APR   2016.

LOGIA

FRANCISCO ORTEGA

LOGIA

El enigma de *La cuarta carabela*

 Planeta

Obra editada en colaboración con Editorial Planeta Chilena - Chile

Diseño de portada: Marcelo Pérez Dalannays
Diagramación y corrección de estilo: Antonio Leiva

© 2014, Francisco Ortega

Derechos exclusivos de edición:
© 2011, Editorial Planeta Chilena S.A. – Santiago de Chile

Derechos reservados

© 2016, Editorial Planeta Mexicana, S.A. de C.V.
Bajo el sello editorial PLANETA M.R.
Avenida Presidente Masarik núm. 111, Piso 2
Colonia Polanco V Sección
Deleg. Miguel Hidalgo
C.P. 11560, México, D.F.
www.planetadelibros.com.mx

Primera edición impresa en Chile: 2014
ISBN: 978-956-247-842-7

Primera edición impresa en México: enero de 2016
ISBN: 978-607-07-3203-4

Impreso en los talleres de Litográfica Ingramex, S.A. de C.V.
Centeno núm. 162-1, colonia Granjas Esmeralda, México, D.F.
Impreso en México – *Printed in Mexico*

A quienes escucharon sin preguntar qué
y a quienes respondieron sin preguntar para qué.

Los datos

«En la formación y estímulo del proceso de la independencia latinoamericana jugó un papel importante una sociedad secreta, conocida generalmente con el nombre de Logia Lautarina, que se ramificó en diversos sitios del continente y que después de la batalla de Chacabuco (Chile), en 1817, mantuvo por varios años un papel decisivo en las políticas hispanoamericanas.

»Sobre su origen y entronques se ha escrito mucho, usándose más la conjetura que los testimonios científicos para apuntalar las afirmaciones. Hoy, en presencia de nuevas y concluyentes pruebas documentales, es posible hacer al respecto un diagnóstico fundado. Se ha sostenido que la citada organización secreta fue una logia masónica instituida en Londres por el venezolano Francisco de Miranda y esparcida luego a Cádiz y a América. ¿Qué hay al respecto de verdad?...

»... también conocida como Logia de los Caballeros Racionales, el apelativo Lautarina se debe a los relatos que contó Bernardo O'Higgins a Miranda acerca de las hazañas de este guerrero araucano en contra de la dominación española. Su objetivo era lograr la independencia de América, estableciendo un sistema republicano unitario y un gobierno unipersonal. Aunque nació y se desarrolló principalmente en Chile y Argentina, su influencia se extendió por otros países sudamericanos, como Perú y Uruguay. Su organización y estructura estaba inspirada en la masonería y en sus inicios fue dirigida por José de Gurruchaga, masón de formación. Su carácter de sociedad secreta ayudó a coordinar y establecer contactos entre muchos de los líderes de la independencia del subcontinente. Miembros destacados del grupo fueron Bernardo O'Higgins y José de San Martín, también José Miguel Carrera, Juan Martín de Pueyrredón, Bernardo de Monteagudo, Simón Bolívar y Andrés Bello. O'Higgins, de facto, fue el autor de la constitución matriz de la logia».

JAIME EYZAGUIRRE
La Logia Lautarina (Ed. Francisco de Aguirre, 1973)

Importante

(1)
Aunque esta es una obra de ficción, los hechos, personajes y referencias históricas son reales, fruto de una investigación realizada en Santiago de Chile, Buenos Aires, Washington D.C., Madrid y Toledo. La Logia Lautarina existió, así como sus conexiones con otras sociedades secretas y paramasónicas europeas y norteamericanas, durante los siglos XVIII y XIX. Francisco de Miranda fue formado en Estados Unidos, Inglaterra y Rusia en doctrinas iniciáticas que posteriormente inculcó a José de San Martín, Bernardo O'Higgins, Simón Bolívar y Antonio José de Sucre, entre otros discípulos y hermanos. El ataque contra la tumba de Juan Domingo Perón fue real y está registrado en todos los diarios de la época. La organización cristiana evangélica de ultraderecha, conocida como La Hermandad o La Familia, existe, y es el nombre informal del National Committee for Christian Leadership, grupo que opera en la política, la economía y la educación estadounidense desde 1935. En 2012 se hizo oficial el hallazgo de que la ciudad de Santiago de Chile no fue fundada en 1541, sino que Pedro de Valdivia la levantó sobre una urbe precolombina de origen incaico que existía en la zona, cuyos vestigios se encuentran hoy bajo el centro histórico de la capital chilena. Este emplazamiento era llamado Mapocho. Finalmente las pruebas de que Cristóbal Colón navegó hasta América usando más de tres embarcaciones, lo que ha alimentado el mito de la cuarta carabela y su «cargamento», son fidedignas y como tal están registradas no solo en las memorias del Papa Inocencio VIII, sino que en la lápida de este pontífice en el interior de la basílica de San Pedro.

(2)
Anciano o Hermano Anciano es el cargo más importante dentro de la organización de las iglesias evangélicas de origen estadounidense, tanto de las doctrinas pentecostales como de las adventistas y misioneras (bautistas, metodistas, presbiterianos, Alianza Cristiana, Asambleas de Cristo, etc.). Aunque comúnmente se entiende que la máxima autoridad dentro de un templo es el pastor o reverendo (llamado también ministro), lo cierto es que es el Anciano quien se encarga de velar por la enseñanza y fidelidad de la doctrina de fe al interior de la congregación, supervisando tanto la labor del pastor como el actuar de los hermanos. En la estructura del evangelismo se distinguen cinco deberes y obligaciones de un Anciano: resolver las disputas y conflictos internos de la iglesia; orar y reconfortar a los enfermos; cuidar el templo y a la congregación con humildad; proteger la vida espiritual tanto del pastor como de los hermanos; y, finalmente, enseñar la palabra, la oración, el respeto y el temor hacia el Espíritu Santo.

(3)
Toda la tecnología y vehículos mencionados en esta novela son reales y como tales están actualmente en uso –o en etapa de prueba– tanto en fuerzas armadas, como en agencias gubernamentales similares al FBI, la NSA, la Interpol o incluso las policías metropolitanas de las grandes ciudades latinoamericanas, como Buenos Aires, Río de Janeiro o Santiago de Chile. También están a disposición de grandes conglomerados empresariales y por supuesto de gente con muchos recursos y poder alrededor del mundo. Los lugares y escenarios donde transcurre la acción también son reales.

Lima, Perú
24 octubre 1842

1

«Entierra el cuchillo y vacíale los ojos», pronunció la mujer, acompañando cada palabra con una sonrisa que se torcía cínica hacia el resplandor mortecino de los tres faroles de aceite que oscilaban del techo de la toldilla, donde las vigas de madera ya se pudrían por efecto de la humedad y la sal. «No es difícil», prosiguió, «el huacho está muerto y el puñal bien afilado, solo debes hacerlo antes de que los gusanos vengan por él».

El mozo revisó la figura tallada en la empuñadura de la hoja y tragó una bocanada de aire para no revelar el temor que el lugar, la situación y su anfitriona le producían. El viejo le había enseñado varios trucos para espantar el miedo: mover los dedos de los pies, apretar la mano izquierda o concentrarse en alguna parte del cuerpo alejada de la cabeza. Ninguno de ellos le funcionó.

«Pon los ojos de un cerdo en lugar de los suyos», continuó la señora. «Esta mañana ordené al patrón que comprara un animal grande y joven en el puerto. Mandé a que lo faenaran y guardaran los ojos en una bolsa de cuero de vaca, así se conservan frescos». Hizo un alto y agregó: «Y no me mires de esa manera, hermoso, recuerda que solo estamos cumpliendo con la voluntad de tu señor. Ojo por ojo, los de un bastardo por los de un puerco».

Magallanes, así llamaban al muchacho, continuó revisando los detalles artísticos del puñal. Y mientras las palabras de la dama se repetían en su cabeza, fue recordando cada uno de los eventos sucedidos a lo largo del día, los mismos que lo habían obligado a viajar del centro de Lima a los muelles del puerto del Callao, bajo una lluvia que se hizo torrencial, para cumplir con la última voluntad de un anciano pelirrojo llamado Bernardo O'Higgins que hacía rato ya estaba al otro lado del camino.

15

Londres, Reino Unido
Tres meses atrás

2

Mientras caía desde el séptimo piso del hotel Dorchester sobre Park Lane Avenue, Bane Barrow, el escritor más exitoso del mundo, entendía que no era cierto aquello de que en los últimos segundos toda la vida se pasaba frente a los ojos. El tiempo era tan corto que a lo más alcanzaba para un par de horas. Y las últimas de Bane Barrow estaban entre las mejores de toda su existencia.

Enumeró: primero, la fiesta que Schuster House había organizado para festejar los ciento diez millones de ejemplares vendidos de *La esposa sagrada,* su más reciente novela. Segundo, el hecho de que su propia editora y mejor amiga, Olivia van der Waals, se hubiese encargado de la organización, detalle no menor y gracias al cual había venido literalmente todo el planeta, con todo lo bueno y malo que ello podía acarrear, incluida una muy aburrida conversación con Salman Rushdie. Tercero, la cita perfecta que se suponía iba a tener después de los festejos.

Supuso: mientras caía desde el séptimo piso del hotel Dorchester sobre Park Lane Avenue, Bane Barrow, el escritor más exitoso del mundo, olvidaba la fiesta y se concentraba en lo que había ocurrido al final de las candilejas, exactamente cincuenta y cinco minutos antes de su inevitable muerte.

Recordó: a las 23.05 habían llamado a la puerta de la suite 704 del hotel. Bane Barrow estaba recostado sobre las sábanas y esperó a que repitieran el golpeteo un par de veces antes de levantarse a abrir. En el trayecto se acomodó la bata y verificó que la botella de *Cristal* estuviera bien fría dentro de la cubeta con hielo. Aprovechó de bajar un poco la intensidad de la luz, acomodarse hacia atrás su cada vez más escaso cabello y respirar profundo. Aún se sentía nervioso, como si fuera su primera vez.

La luz de un helicóptero de la policía metropolitana londinense se coló por los ventanales y cortinas, estirando sombras en cada esquina y rincón de la habitación. Bane apretó con su transpirada mano derecha la manilla de la puerta y abrió.

—¡Te tardaste!

Fueron las primeras dos de las últimas tres palabras de su vida.

El golpe lo empujó con fuerza dentro de la habitación, haciéndolo resbalar contra la mesa de centro. Hielo, una cubeta de acero inoxidable y una botella de champaña se vinieron contra su cabeza, abriéndole una herida encima de la ceja izquierda. La sangre le nubló la vista en un rojo húmedo. Intentó levantarse, pero un puntapié en la entrepierna volvió a tirarlo al suelo. Sintió que algo duro y fuerte le golpeaba la espalda. El dolor y la sorpresa le impidieron darse vuelta, pero estaba seguro de que lo que caía sobre sus hombros y cadera era algo parecido a un palo de golf. Sentía cómo su interior se estremecía ante cada impacto, que la carne se le rajaba por dentro y que coágulos de sangre se le juntaban en la garganta cortándole el habla.

Apretó los dientes e intentó reptar hasta uno de los veladores buscando el teléfono. Conocía el número de emergencias, así que solo necesitaba alcanzar el aparato; pero sabía, podía adivinar, que no lo iba a lograr. Con los ojos mojados contempló las piernas de su atacante, paradas firmes tras él, acechando para el próximo ataque.

Un nuevo golpe contra la espalda lo tumbó sobre la alfombra. Dos y tres más lo molieron por dentro. Un agudo dolor le paralizó un costado, algún órgano dentro suyo, alguna víscera se había roto. Tuvo ganas de vomitar pero le resultó imposible. Bane Barrow giró con el cuerpo reventado y cruzó su brazo derecho sobre la cara.

—¡Basta!... —Sollozó atragantado con su propia sangre.

El atacante lo cogió del pelo y le levantó con fuerza su cabeza hasta poner su cara a centímetros de la suya.

–Hágase la voluntad del Señor a través de su Hermano Anciano –le dijo, golpeando de inmediato la frente del escritor contra el borde de una de las mesas de noche.

Bane Barrow trató de modular palabra, de volver a pedir piedad, pero no hubo sonido, solo un vómito ácido y maloliente, después un nuevo impacto contra la cara y todo se fue a negro.

Cuando el autor de *La esposa sagrada* volvió a abrir los ojos se descubrió de pie, parado en el borde de la terraza de la habitación, con el frío viento del noviembre londinense cortándole la cara. Tenía sangre por todas partes, un agudo dolor en la parte baja de la espalda que lo arrugaba cada vez que respiraba, manchas de vómito en el cuerpo, la vista nublada y la seguridad de que esos eran los últimos segundos de su vida.

Entonces vino el empujón.

La visión borrosa del gran rectángulo negro del Hyde Park frente al hotel se curvó como un remolino dentro de su cabeza.

Y cayó…

Mientras caía desde el séptimo piso del hotel Dorchester sobre Park Lane Avenue, Bane Barrow, el escritor más exitoso del mundo, entendía que aquella advertencia que había recibido hacía pocas semanas estaba lejos de ser la broma ligera de un fanático. Tal vez en realidad no había que escribir sobre «cierta gente y sus asuntos», por más dinero que esa «cierta gente y sus asuntos» pudieran reportar. Cerró los ojos y trató de estirar los dedos; eso que habían marcado en su espalda le ardía mucho, pero ya no tenía importancia, en menos de un segundo su cuerpo obeso, de noventa y ocho kilos de peso, se estrellaría contra el techo de un sedán Daimler que tuvo la mala suerte de salir del parking del hotel a esa misma hora.

Shanghái, China

3

–¿Entonces insiste en la tesis de que el general Augusto Pinochet aceptó liderar el golpe de Estado de 1973 por orden de una sociedad secreta?

–Insisto –contesté en automático.

–¿La Logia Lautarina?

–Los procesos políticos más importantes en la historia de Hispanoamérica han sido guiados por los hilos de este grupo. Partiendo por la independencia de nuestros países y el sueño bolivariano. No me extrañaría que su mano se hubiese extendido hasta nuestros días a través de sectas al interior de la propia masonería o las fuerzas armadas. Si uno profundiza en la organización, no es difícil inferir sus manipulaciones en los golpes de Estado del siglo pasado, la Revolución cubana, la Unidad Popular de Allende e incluso la seguidilla de pronunciamientos militares de derecha e izquierda en la Venezuela neobolivariana; el «Chernóbil» brasileño, los choques fronterizos y la posible segunda guerra del Chaco entre Paraguay y Bolivia, además del alzamiento de las minorías indígenas de Chile y Argentina. Todo obedece a un plan cuidadosamente orquestado por un grupo enigmático del cual yo no he inventado nada, salvo investigar sus acciones.

–Algunos autores sostienen que esta logia no fue más que un instrumento usado por el gobierno británico para que España perdiera su dominio en América…

–Y quedarse con el monopolio del comercio –completé–. En efecto, esa es una de las teorías más populares. Se cimenta, en una primera lectura, en la oferta *concreta* –subrayé la palabra– que acerca del tema del comercio hizo Francisco de Miranda a la corona inglesa. Y, en una segunda, en el dato que el plan estratégico para liberar Argentina, Chile y Perú fue ideado por un general escocés: Thomas Maitland. Lo anterior, sin embargo, no se contradice con el hecho de que este grupo existió y cumplió una misión determinada en la historia de Hispanoamérica, y que es probable que aún lo siga haciendo.

—¿Y cuál habría sido la gran finalidad de esta organización?

—Existen muchas –fui evasivo, luego me expliqué–, pero si me apuras, yo adhiero a la idea de concretar el sueño de Bolívar y de Miranda: convertir Sudamérica en un gran Estado conjunto, un país-continente confederado.

—Como espejo de los Estados Unidos.

—Francisco de Miranda solía hablar de los Estados Unidos de Sudamérica y Colombo. Algo de esa idea fue concretada en la gestación de la Gran Colombia en 1821, que podría haberse extendido al resto del Cono Sur de no ser por las rencillas de Bolívar con otros caudillos de la emancipación latina, como San Martín, O'Higgins o Sucre, miembros todos de la logia; y la intervención de los intereses económicos y expansionistas de Inglaterra y Estados Unidos que promovieron la secesión hacia 1831.

El joven reportero me quedó mirando y agregó:

—Además del hecho de que Ecuador y Venezuela querían mayor autonomía, y que Perú, Chile y Argentina jamás se sintieron parte de la unión al no ser países liberados por Bolívar.

—Hiciste tu tarea –le respondí.

Sonrió. Supongo que habíamos llegado a la complicidad de entrevistador-entrevistado que buscaba desde que apareció en la pantalla de mi celular llamando con insistencia desde Santiago de Chile. Le habían encargado una exclusiva acerca de mi anunciada próxima novela y averiguar cómo me estaba yendo en Shanghái, en el rodaje de la miniserie que TNT producía de *La catedral antártica,* el libro que me hizo muy famoso y muy rico.

Lo último era lo más importante.

Es el precio de haberme convertido en el escritor latinoamericano más exitoso de la década; millonario a punta de inventar historias tan fáciles de leer como comer una hamburguesa, y en persona no grata para buena parte de la intelectualidad chilena, empezando por mi familia. Perdón, mi ex familia. Lo sé, sueno pedante, pero no porque quiera serlo (de hecho soy una excelente persona), sino porque así lo planeó el delicado manual de instrucciones redactado por Caeti Castex, mi agente en español (un catalán gay de origen francés anclado en una oficina decorada con demasiados afiches de viejas películas de Audrey Hepburn en el quinto piso de un desmesurado edificio en Barcelona, la más exagerada de las ciudades del planeta), y confirmado por mis editores en Nueva York y Madrid.

Desde que mi libro se convirtió en éxito internacional y decidieron adaptarlo a la televisión con el nombre de Steven Spielberg liderando a los productores, soy más noticioso que mis propias obras.

–Señor Miele –continuó el periodista chileno, sin mirarme a los ojos.

–Elías –lo corregí, acercándome a propósito a la cámara instalada tras la superficie trasparente del móvil–, llámame Elías, somos compatriotas, algo de cercanía tenemos.

–Aunque hace casi diez años que no vive en Chile...

–El origen no se pierde.

–Ni haya vuelto a pisar suelo chileno.

–Eso no depende de mí.

–Fue usted quien no se presentó al juzgado.

–Todos tenemos que pagar una cuenta…

–¿Por el éxito?

–Por lo que sea.

Se quedó callado. Por la ventana del programa de mensajería lo percibí incómodo, como buscando entre sus notas la pregunta justa para continuar.

–Si prefieres tutéame –le propuse.

–Me acomoda el usted, mantiene distancia con el entrevistado.

Quise preguntarle si esta conversación era su primer trabajo, pero no lo hice.

–Hace poco, en una declaración suya a un diario de Miami, dijo que se sentía un exiliado –prosiguió.

–Lo soy, en cierto modo.

–Esas palabras no cayeron muy bien por acá.

–¿En serio? Nunca lo hubiese imaginado –hice un gesto de sorpresa como sacado de un mal guión–, pero es verdad, no solo existen los exiliados políticos…

Un mensaje pendiente apareció en la bandeja de entrada. El remitente era la oficina de Caeti y el asunto, una respuesta al correo que le había enviado hace dos días: «Primer capítulo». Lo abrí y mientras respondía como muerto en vida las siguientes preguntas del colega chileno, seguí las escuetas líneas del catalán que administraba y le daba valor a mi nombre y apellido. «Deberías dejar de hablar de un libro del que no tienes ni cincuenta páginas escritas, y del cual, yo, como tu agente, aún tengo dudas. Revisé lo que me mandaste. ¿Perú? ¿Por qué coño ha de comenzar en Perú? A nadie le interesa Perú, ni a los peruanos, hasta Vargas Llosa dejó de escribir sobre Perú hace como un milenio» y luego en mayúsculas: «ACERCA DEL TÍTULO, TENEMOS UN TEMA CON LO DE LA CUARTA CARABELA. Besos».

¿Un tema? ¿Qué clase de tema? Creo que jamás en mi carrera se me había ocurrido un mejor título que *La cuarta carabela*.

–¿Conoció a Bane Barrow? –continuó el muchacho, y aunque Caeti me había dejado flotando entre las lunas de Júpiter con lo de «ACERCA DEL TÍTULO», bajé rápido para contestarle.

–Estuvimos juntos un par de veces en Los Ángeles, compartíamos el mismo agente de derechos cinematográficos –escupí en automático.

–A usted lo llaman el Bane Barrow chileno.

—Latinoamericano —corregí—, pero, en fin, Javier Salvo-Otazo es el Bane Barrow español, también hay uno en Francia y como dos en Alemania. El mundo está lleno de Bane Barrows...

—¿No eran amigos?

—No, pero la relación era buena. Era un sujeto agradable, además le gustó mucho *La catedral antártica*. De hecho, fue él quien impulsó que el libro fuera comprado por Dreamworks para Turner-TNT cuando escribió en *Entertainment Weekly* que era la novela más entretenida del año.

¿Qué mierda pasa con *La cuarta carabela*? Es un título estupendo.

—Entonces es cierta esa historia.

—Nunca he dicho que no lo fuera. Tengo claro que en gran medida gracias a la generosidad de Bane Barrow —y a su frase en la contraportada, cosa que no dije— mi novela se convirtió en éxito de ventas. Se lo agradecí en esa oportunidad y se lo sigo agradeciendo, siempre lo voy a hacer.

—¿Lamentó su muerte?

—Mucho, es una gran pérdida para sus lectores y para la industria editorial.

—¿Y qué cree, suicidio o asesinato?

—¿Por qué alguien querría matarlo?

—Abundan las teorías, ex amantes despechados... hay muchos rumores en torno a su persona, es bastante público el escándalo con su primer editor...

—Puede ser, pero yo en realidad no he pensado mucho en los motivos de su muerte. Prefiero lamentarlo, como la tremenda pérdida que fue.

—Sin embargo, usted declaró en una reciente entrevista que le parecía extraño que un hombre con un ego tan grande optara por suicidarse.

—Y me lo parece. Eso, sin embargo, no quiere decir que crea que lo asesinaron.

—¿Entonces?

—Y yo qué sé –levanté los hombros–, la vida y la muerte tienen más vueltas que una oreja. –Me detuve–. Disculpa, ¿en qué entrevista dije lo del ego de Barrow?

—Al *Miami Herald*, lo contactaron al día siguiente de la muerte de Bane…

Era cierto.

La cuarta carabela, la cuarta carabela, la cuarta carabela… Hijo de puta Caeti, sabes que no soporto que me hagas esto.

—Recién hablábamos de lo de TNT. Muchos lectores chilenos se preguntan por qué rodar en Shanghái, incluso hay debates en internet al respecto. *La catedral antártica* transcurre en Sudamérica y en la Antártica, ¿tiene la miniserie alguna variación respecto de la trama original?

—Cambios menores, los guionistas fueron bastante respetuosos con mi material, incluso me permitieron corregir la versión final.

—¿Por qué Shanghái?

—Shanghái no aparecerá en la película, ni siquiera China, los lectores pueden estar tranquilos.

—¿Entonces?

—Logística. Dreamworks tiene estudios acá, la mano de obra es más barata y además los chinos no ponen problemas cuando tienes dinero y necesitas arrendar un submarino nuclear de fabricación rusa.

—¿El barco de Omen?

—El barco de Omen –repetí, subrayando el nombre del villano de mi historia.

¿La cuarta carabela, la cuarta carabela, la cuarta carabela?

—¿Y Chile?

—El sur de nuestro país y la Antártica serán recreados en Terranova y mediante posproducción digital. Hay que entender –continué– que la serie es producida por norteamericanos. Es de ellos, no mía.

—Volvamos a su nuevo libro. ¿Repetirá Colin Campbell como héroe?

—Me cae bien y tiene éxito con las mujeres.

¿La cuarta carabela, la cuarta carabela, la cuarta carabela?

—Usted ha declarado que más que una obra de ficción, la novela será un trabajo documental disfrazado de ficción.

—¿Dónde declaré eso? –le dije solo para incomodarlo, dado que mi cabeza estaba cada vez más lejos.

—En la red, lo encontré por ahí –me contestó nervioso.

—No me acuerdo, pero puede ser.

—Entonces es cierto.

—¿Qué es cierto? –pregunté en modo zombie mientras volvía a leer el mensaje de Caeti: «ACERCA DEL TÍTULO, TENEMOS UN TEMA CON LO DE LA CUARTA CARABELA…».

—Que se trata de un trabajo de no ficción presentado bajo la armadura de una novela –respondió el periodista. Me gustó eso de armadura.

—Es la línea que me interesa, la novela documental, basada en hechos desconocidos pero comprobables, que el lector descubra detalles que ignora de su historia presente y pasada. Es lo que he trabajado a lo largo de mi carrera.

—*La catedral antártica* es ficción.

—¿Seguro que solo ficción?

—¿Una réplica de la Catedral de Chartres en el Polo Sur? –me devolvió.

—Conocemos tan poco del continente antártico que es probable que no solo encontremos catedrales bajo los hielos, sino también templos mesopotámicos, zigurats, pirámides, obeliscos y torres de Babel.

—Suena bonito, pero en el mundo práctico, donde estamos parados, necesitamos pruebas.

—Soy escritor, mis lectores y yo no habitamos en un mundo práctico.

No me contestó, no supo qué más decir, tampoco había mucho más tema; además, desde hacía trece minutos yo solo tenía a Caeti Castex metido en el entrecejo. Mientras escuchaba al muchacho hablar de cualquier cosa, descubrí a través del reflejo del teléfono que uno de los asistentes de producción venía a avisarme que el helicóptero que debía aproximarme al hotel estaba pronto a despegar. Literalmente salvado por la campana. Volví con mi joven compatriota y le indiqué que tendríamos que terminar la entrevista.

–No hay problema, creo que ya tengo lo que necesito.

«Señor Miele, lo esperan en la plataforma», insistió el de producción en un pésimo español. Le pedí dos segundos para terminar el llamado, eran las siete de la tarde y ya comenzaban a desmontar los equipos de filmación. En el set más grande, ubicado en una laguna artificial formada por un brazo del Yangtsé, cuatro poderosos focos iluminaban el casco del submarino ruso prestado por los chinos. La nave estaba bastante deteriorada, pero me aseguraron que los retoques digitales lo dejarían como nuevo. *La cuarta carabela, la cuarta carabela, la cuarta carabela...*, volví a pensar.

4

La perspectiva no podía ser mejor. Tanto, que estoy seguro de que ni el más hábil de los fotógrafos habría conseguido una postal más precisa. La luna llena, colada entre las nubes, aparecía justo al centro de la apertura rectangular formada por los pisos superiores del World Financial Center, el segundo edificio más elevado de Shanghái y el quinto más alto del planeta. Pensé en apuntar con el lente del teléfono, pero soy tan malo detrás de una cámara que el esfuerzo habría sido en vano. Michiko, la piloto del equipo de producción, una japoamericana nacida en Kioto pero criada en San Diego, me desafió con que era capaz de pasar su helicóptero por el agujero de la torre, incluso me asustó dirigiendo su Agusta-Westland de rotores basculantes contra el coloso de casi quinientos metros de altura. De verdad pensé que lo iba a hacer. Ella aprovechó mis nervios para divertirse y justo antes de venirse contra el rascacielos, giró la palanca de mando y llevó la nave lejos de la torre hacia el centro de Pudong.

Antes de aterrizar en el helipuerto del hotel Shangri-La se disculpó por la broma, añadiendo que debía de haber visto mi cara; luego presionó a fondo los pedales de control, rotando a la vertical las poderosas turbinas Pratt & Whitney que impulsaban los rotores gemelos de tres aspas. Enseguida, aminorando la velocidad y desplegando los frenos aerodinámicos, Michiko llevó su nave hasta la losa de malla metálica extendida a diecisiete pisos del suelo. Sin detener los motores me preguntó a qué hora partía mi avión.

−A las cinco de la mañana.

–Vas a despegar con retraso, dos o tres horas mínimo. Mira el cielo –lo hice–; esas nubes bajas no son de tormenta, pero sí de vientos fuertes; así es febrero en Shanghái, complicado para los aviones.

Regresé a mi habitación y pasé lista a los deberes: preparar mi equipaje, responder algunos correos, revisar mensajes y confirmar la hora a la que me recogería el taxi para llevarme al aeropuerto. ¿Por qué no vine con mi asistente? Volví a enlistar. Faltaba lo más importante, esperar la llamada de Caeti, solucionar aquello de «ACERCA DEL TÍTULO, TENEMOS UN TEMA CON LO DE LA CUARTA CARABELA…».

Tiré la toalla sobre la cama y me quité la camisa. Estaba listo para entrar a la ducha cuando mi teléfono comenzó a vibrar con un mensaje entrante. «¿Puedes conectarte?, es urgente», escribía la escueta petición de Caeti Castex. Me senté a los pies de la cama y usé el teléfono como control remoto, dirigiendo la señal hacia la pantalla plana de cuarenta y dos pulgadas que colgaba de la pared móvil de la habitación. Abrí el menú del teléfono, luego digité mi número y seleccioné "llamada entrante", esperé el replique y acepté la opción «Caeti». La imagen de mi agente en español apareció proyectada con un poco de distorsión al inicio, pero luego, a medida que los datos eran filtrados por el satélite, fue tomando nitidez.

–Te estaba esperando –le dije, mirando fijo al ojo del televisor, oculto tras la pantalla del mismo–. ¿Qué sucede?

–Ha sido una tarde complicada –me respondió desde el otro lado del planeta. Bajo la ventana del videófono, un reloj digital me indicaba que en Barcelona eran pasadas las cinco de la tarde.

–Te escucho –insistí, leyendo en el lenguaje no verbal de mi agente que su atención estaba muy lejos del dilema del título de mi nueva novela. Inferencias que permite la alta definición.

–¿Estás sentado?

–Dispara, me tienes en ascuas.

–Hace dos horas encontraron muerto a Javier.

28

–Javier, ¿qué Javier?

–¿A cuántos Javieres conoces, coño?, y no me digas que a miles, hay un solo Javier en el mundo, un solo Javier que importa: Javier Salvo-Otazo.

–¿Qué, dónde, cómo? –Obviedades que se devuelven cuando te dejan en blanco.

–En la bañera de su casa en Toledo.

–¡Qué mierda!

–Lo mismo dije cuando me llamaron hace treinta minutos. No sé, Juliana fue de compras a Madrid con su hija y cuando regresó, al mediodía, Javier no aparecía por ninguna parte. Pensó que había salido, entonces subió a la habitación y entró al baño. Supongo que se cayó de culo, yo me habría caído. Lo descubrió en la bañera, desnudo y metido hasta el cuello en agua caliente, las venas abiertas y ni una gota de sangre en el cuerpo.

Miré hacia la puerta del baño de la suite, la luz estaba prendida. Luego desvié la mirada hacia la toalla extendida sobre la cama y tuve claro que no iba a bañarme. De un segundo a otro me dio exactamente lo mismo embarcarme pasado a sudor y a humedad china.

–Primero Barrow, ahora Javier –pensé en voz alta. Caeti no respondió, levantó la vista y sopló hondo–. ¿Qué ha dicho la policía?

–Hasta ahora nada, todo prosigue entre paréntesis. Me ha llamado todo el mundo… En fin, ya acabaste en Shanghái, ¿verdad?

–Sí, salgo al aeropuerto en un par de horas.

–Que tengas un buen viaje, y lo digo en serio, lo único que me falta es que se caiga tu avión.

–Ni en broma. ¿Cómo está Juliana?

–No lo sé, no he hablado con ella. Mal, supongo, acaba de perder a su marido; yo en su lugar estaría en la mierda.

–Todos lo estaríamos.

Nos quedamos en silencio un instante, luego tragué saliva y disparé:

—Caeti, mira —bajé el tono de mi voz—, tengo claro que no es el mejor momento, que puede sonar inapropiado, pero es que necesito saberlo, sabes cómo soy, obsesivo compulsivo. ¿Qué es lo que no te gustó del título de mi nueva novela?

—E… eso —tartamudeó Caeti—, vaya que te equivocas, tronco. Primero, nunca dije que no me gustara el título, de hecho me gusta mucho. —Se detuvo—. Y segundo, aunque no lo creas, lo del título de tu libro tiene mucho que ver con lo que acaba de suceder…

Supongo que le contesté con mi mejor cara de pregunta porque él me respondió con otra:

—Eres listo, chileno, ¿a que no adivinas cuál era el nombre de la novela que escribía Javier?

Lo miré; él levantó su ceja izquierda.

—¿*La cuarta carabela*? —respondí, subrayando cada una de las tres palabras con tono de pregunta.

—Joder, por algo dicen que Dios es guionista. ¿No lo habías hablado con él?

—No —con suerte logré articular el monosílabo, a esas alturas ya estaba en ruido blanco. Era verdad, aparte de Caeti y de mí, solo una persona en el planeta sabía lo del título, y en Frank, mi asistente, confío más que en mi propia madre.

—Mira —siguió mi agente—, sé que acordamos encontrarnos en Los Ángeles hacia el fin de la semana para ver lo de los derechos, pero la muerte de Javier cambió radicalmente los planes. Soy, bueno… era —aclaró— su voz pública, creo que voy a estar muy ocupado en los próximos días, mañana me marcho a Madrid, por lo mínimo voy a estar dos semanas allí; solo espero que…

—Descuida, entiendo, y gracias por llamar.

—No faltaba más.

—¡Aguarda! —lo detuve—, puede ser una tontera, pero ¿leíste algo de la novela de Javier, sabes de qué se trataba?

—No, pero supongo que al igual que la tuya, del misterio de la carabela perdida de Cristóbal Colón. Tú lo conocías, tenía sus mañas y cábalas; ni a Juliana le adelantaba sus trabajos…

—Lo sé… en fin, que estés bien.

—Y que tú tengas un buen regreso a casa. —El catalán gesticuló una sonrisa cínica y luego cortó el llamado.

«Caeti aparece como desconectado», me informó la agenda del celular, mientras otros tres contactos pedían enlace conmigo; ninguno me importaba demasiado. Salí de la ventana e ingresé en el buscador. «Javier Salvo-Otazo», escribí en la barra de texto.

«Encuentran muerto al escritor español más exitoso de la década», rezaba la primera noticia que apareció en la vertical. El resto, una reproducción casi exacta de lo que me había contado Caeti. «El autor de *Los reyes satánicos* fue encontrado esta tarde muerto al interior de su residencia toledana. El hallazgo lo hizo su mujer, la escritora argentina Juliana de Pascuali. Salvo-Otazo, de cuarenta y siete años, que en menos de un mes iba a ser festejado por los sesenta millones de ejemplares vendidos de su novela más reciente, se habría quitado la vida, aparentemente afectado por una depresión». Esa era la teoría que aparecía en la nota y que se repetía en las otras quince que se adelantaban a la biografía de Javier en Wikipedia. ¿Depresión? No podía ser, lo conocía bien, podría decir que éramos amigos, que había un vínculo real entre nosotros y, al igual que con Bane Barrow, me resultaba imposible creer que se tratara de un suicidio. Los hombres con egos tan tremendos no toman esa clase de decisiones, y menos Javier, que era un hombre de familia y que se desvivía por Juliana y su niña. Y además cortándose las venas… Todo el mundo sabía que Salvo-Otazo era más bien reticente a las luces, que evitaba las entrevistas y las apariciones en prensa. Su bajo perfil lo hizo rehusar la continua oferta de mudarse a Los Ángeles, lo que le valió más de una discusión con su también exitosa mujer, optando por continuar en su España natal (en una casa más grande, claro). De matarse, estoy seguro, habría escogido una alternativa menos vistosa, más subterránea, lejos de libreto de mala teleserie.

Fui a la bandeja de entrada y busqué el último correo que me había enviado Javier. Estaba fechado tres meses atrás, exactamente un día después de la muerte de Bane Barrow. Pulsé mi dedo contra la pantalla del teléfono y lo desplegué a todo lo ancho del televisor. Me saludaba con esa amabilidad tan propia suya y luego me preguntaba si iba a ir al funeral de Barrow, que le daba pereza acudir solo. Luego se reía y comentaba que nos habían despejado el camino. Terminaba su correo contándome que estaba metido en «una nueva historia que estoy seguro te va a encantar», que cada día le llegaba más información, lo que lo tenía tremendamente angustiado, pero también motivado, trabajando prácticamente de sol a sol.

Nunca le respondí.

Él tampoco volvió a escribirme.

Dejé abierta la ventana del correo y me quedé allí, pegado en el nombre de Javier Salvo-Otazo que flotaba sobre el asunto del mensaje, esperando a que corriera la hora y llegara el taxi para llevarme al aeropuerto. Antes de cerrar volví al motor de búsquedas y escribí «la cuarta carabela». Ni un solo enlace. Luego especifiqué «la cuarta carabela de Colón»; el resultado era bastante más auspicioso ahora, pero, claro, no había una sola referencia a Javier Salvo-Otazo, mucho menos a Elías Miele.

5

A treinta y cinco mil pies por encima de la tundra asiática, sobre el corazón de China, el 777-200LR giró hacia el este para tomar la ruta de descenso hacia Beijing, única escala del viaje entre Shanghái y Los Ángeles. El capitán del birreactor de cabina ancha y largo alcance nos informó, primero en inglés y luego en chino, que la estadía en la capital del país más poderoso del mundo sería de cinco horas, tiempo en el cual los pasajeros debíamos descender de la nave para que los técnicos realizaran las maniobras de reaprovisionamiento de combustible. La jefa de cabina agregó que los embarcados de primera teníamos una reserva en el Airport Garden Hotel para descansar durante la escala. Cinco horas, pensé, más las tres de atraso en el despegue, las dos del vuelo entre Shanghái y Beijing y las restantes treinta hasta Los Ángeles, me iba a pasar casi dos días arriba de un avión.

Odio volar.

Agarré mi teléfono y llamé a Frank. La señal tardó unos segundos, pero cuando escuché la voz de mi asistente al otro lado de la línea (y del mundo), esta se escuchaba tan nítida como si estuviera llamando de Century City a West Los Ángeles.

—¿Ya vienes volando? —me preguntó.

—A minutos de aterrizar en Beijing, vamos a hacer una escala de cinco horas.

—¡Cinco horas!

—Cinco horas —repetí—. ¿Qué hora es en Los Ángeles? No te desperté, ¿cierto?

—Las seis.

–¿De la mañana?

–No, de la tarde del día de ayer para ti.

Frank Sánchez es mi brazo derecho, secretario y verificador de datos, también coordina a algunos «fantasmas» que uso cuando los plazos se me vienen encima. Tiene veintitrés años y es hijo de un abogado latino y de una ex cantante que ha sido corista prácticamente de todo el mundo, desde Stevie Wonder hasta Bruce Springsteen, pasando por Broadway y variedades en Las Vegas y Los Ángeles. Lo conocí hace dos años y medio en UCLA. *La catedral antártica* acababa de salir e iniciaba su camino a convertirse en éxito cuando me invitaron a dar un par de clases de escritura creativa a estudiantes de origen latino. Él fue mi mejor alumno, el único de todos que veía la escritura no solo como expresión artística, sino también como un buen negocio. Cuando Caeti me sugirió que contratara a un asistente, no dudé en llamarlo. Y él no dudó en aceptar, solo pidió un poco más de lo que pretendía pagarle, pero valió la pena, pues Sánchez es lejos la mejor inversión que he hecho en mi carrera. Decir que es una bala sería pecar de lento; las veces que me ha salvado la vida y me ha conseguido lo imposible son innumerables. El único problema es precisamente su gran virtud: ser demasiado bueno. Estoy seguro de que más temprano que tarde va a emprender vuelo por sí mismo.

Y no sé qué será de mi vida para entonces.

Yo debería ser su asistente y no al revés.

–¿Está todo listo para la cátedra del lunes? –le pregunté.

–Solo falta un par de imágenes, ¿puedes enviarme algún contacto en algún museo histórico chileno?

–No tengo, pero busca en internet…

–¿Puedo decirles que llamo de tu parte?

–Obvio. Mal que mal, gracias a mí ha aumentado el turismo histórico en Chile. Pero si prefieres inventa algo: que llamas de parte del Centro de Estudios Latinoamericanos de UCLA o qué sé yo. ¿Cómo anda tu español?

–Mejor.

Llegando a Los Ángeles tengo una conferencia. Una actividad gratuita, organizada por la Universidad de California, que ha conseguido más interés del que pensaron los organizadores. Folclore, historia y política latinoamericana como fuente de ficción.

–¿Te enteraste de lo de Salvo-Otazo? –continuó Frank–. Te han llamado bastante para pedir que escribas o hables de Javier.

–Dales mi correo.

–Eso hago, dicen que jamás respondes.

No iba a contarle lo de *La cuarta carabela,* no ahora.

–También te buscó Olivia van der Waals –siguió él.

–¿Qué dijo?

–Que te comunicaras con ella, que era importante, le urgía conversar contigo, me dejó el número de su móvil.

–Ya lo tengo.

–¿Sabes qué querrá?

–Caeti me adelantó algo –contesté en suspenso.

–Te escucho. –Estaba verde, lo conozco.

–Hubo cambios en Schuster House, me asignaron a Olivia.

–Eso es bueno.

–Muy bueno, lo que Olivia toca lo convierte en oro –y cambié de tema–: ¿Algo más?

–Sí, hubo otra llamada –hizo una pausa–, de esas que te gustan, raras…

–Suelta.

–Te llamó una de las ex asistentes de Bane Barrow…

–¿Qué quería?

–Hablar contigo, dijo que era muy importante.

–Dale mi número.

–Eso hice, pero dice que tiene que ser en persona. Me preguntó cuándo llegabas a Los Ángeles.

–¿Se lo dijiste?

–¿Qué crees?

35

–Bueno, ella verá, no soy tan inubicable.

–¿Quieres saber su nombre?

–¿Importa cómo se llama?

–En este caso sí.

–Ok, ¿cómo se llama?

–Princess Valiant…

–Me estás tomando el pelo.

–No…

–Nadie puede llamarse Princess Valiant.

–Me dijo que era su verdadero nombre y que ya estaba acostumbrada a que todos se burlaran.

–Yo también estaría acostumbrado.

–Te acostumbraste a que el tuyo sonara como *Honey* en tu país de origen.

–Más bien sobreviví a llamarme *Honey*.

–Es inglesa –regresó Frank a la tal «princesa valiente».

–Complicada.

La jefa de cabina me pidió muy amablemente que cortara el llamado ya que el avión iba a comenzar el aterrizaje en Beijing. Le pedí que me diera medio segundo más y después de recordarle a Frank que preguntara en las oficinas de United la hora de arribo y que fuera a buscarme a LAX, apagué el teléfono. Miré por la ventanilla, bajo el ala del avión para trescientos pasajeros, todo el horizonte se había convertido en ciudad.

La voz del piloto, primero en inglés y luego en chino, nos pidió subir los respaldos de los asientos, amarrarnos los cinturones de seguridad y prepararnos para el aterrizaje. Estábamos a siete minutos en fila de espera hacia una de las pistas de la terminal.

«Bienvenidos al Aeropuerto Internacional Capital de la ciudad de Beijing, teléfonos y aparatos electrónicos podrán ser usados cuando el avión se encuentre totalmente detenido. La escala en esta terminal será de aproximadamente cinco horas, período en el cual todos los pasajeros deberán abandonar la nave. Son las diez de la mañana en tiempo local y el despegue hacia Los Ángeles está anunciado para las quince horas. Se pide a quienes viajen en primera mantenerse en sus asientos hasta que se acople al fuselaje el transporte que los conducirá al Airport Garden Hotel. Esperemos que disfruten de su estadía en Beijing».

Luego la instrucción vino en chino.

6

«El Huacho murió con el sol en lo alto», se escuchó toda la tarde a lo largo y ancho de los pasillos de la vieja casona limeña. Primero en voz baja, como un rumor temeroso; luego, a medida que pasaban las horas, cada vez más alto, con más confianza, sabiendo que la nueva ya era pública, tanto como la herencia y el destino del difunto dueño de casa.

Magallanes no se movió de su rincón en la cocina, menos pronunció palabra. Prefirió permanecer invisible en su silencio, sabiendo lo que se rumoreaba de él y su relación con el muerto, escuchando cada comentario y anotando en su memoria los que le parecían más despectivos. Los mismos negros que hasta la noche anterior se referían al viejo con el respetuoso apelativo de patrón, ahora no dudaban en rebajarlo al insulto que lo había acompañando desde su nacimiento. El señor le contó esas historias. De cómo sus iguales crecieron riéndose de él, burlándose a sus espaldas con aquellas dos sílabas: huacho. Despreciativo sinónimo de error en la historia de un hombre que no quería errores, menos en la forma de un niño no deseado. Huacho, así también lo habían marcado a rojo los curas e incluso sus propios amigos, a quienes había llegado a amar como hermanos. En todos ellos, tarde o temprano, iba a caer su venganza, de la manera en que más daño iba a terminar haciéndoles.

Iba a llover. Una de las criadas de doña Rosa lo comentó mientras desplumaba una gallina gorda de plumas naranjo amanecer. El cielo estaba cubierto y las nubes bajas. Quizá no para desatar una tormenta, pero sí lo suficiente como para mojar un poco las almas. Al joven mestizo no le importaba. Con los años había aprendido a apreciar la lluvia, incluso le gustaba. El viejo solía hablarle de la forma en que llovía allá en el sur, en ese país llamado Chile, «como si todos los ángeles del cielo lloraran al unísono», solía describir.

El resto de quienes respiraban en la casa, sobre todo la señora Rosa, evitaban hablar de esas tierras, pues decían que no era un buen lugar para vivir. Agregaban incluso que el mismo diablo habitaba en las montañas de «allá abajo». Abajo. El patrón también usaba esa palabra para referirse a los valles infinitos que corrían al sur del Perú. Le dolía hablar de Chile, por eso le funcionaba tan bien aquello de «abajo». Además, en los mapas, esos parajes siempre aparecían por allá, precisamente donde acababa el mundo.

–He dejado una encomienda a tu nombre. Debes prometerme que el día de mi muerte la tomarás como si fuera tuya y la llevarás al puerto. En el Callao busca a Eleonora Hawthorne.

Le hizo repetir hasta el cansancio ese nombre, Eleonora Hawthorne, y luego agregó:

–Para que te entre en esa cabeza dura tuya –e insistió en que se cuidara de los rateros–. Lima está llena de bandidos, tú lo sabes, algunos de ellos recién se empinan sobre la niñez, esos son los peores, porque sus manos pequeñas y suaves son tan rápidas como las piernas flacas de un galgo. ¿Has visto correr a un perro galgo, Magallanes?

El encargo era pesado e incómodo: un paquete largo, de casi dos metros de punta a punta por una veintena de centímetros de ancho. Encima llevaba atado un mensaje sellado y marcado con el timbre de la casa, sobre el cual don Bernardo había intentado dibujar una bandera chilena, apenas un garabato, producto de la debilidad que lo aquejaba.

7

Frederick, un obeso gato persa color humo, fue el primero que despertó cuando el teléfono móvil comenzó a vibrar con insistencia en una de las mesas de noche del dormitorio principal de Cedars Manor, una barroca casona de estilo georgiano emplazada en el corazón de uno de los barrios más elegantes de Arlington, Virginia, al noreste del centro de Washington D.C. El felino abrió los ojos, giró las orejas y se quedó esperando a que su amo, a quien llevaba siete años acompañando, reaccionara. Estiró las patas, movió la cabeza y por un segundo su atención se quedó en los ladridos de un perro que venían desde dos cuadras hacia el poniente. Si el gato tuviese memoria recordaría que se trataba de Cane, un viejo pastor alemán que hace años lo persiguió a lo largo de toda la calle y de cuyas mandíbulas solo sobrevivió trepándose a los arces que formaban un arco a la entrada de la mansión. Dejó los ladridos y se concentró en su amo. El único ser humano que había a esa hora en el dormitorio prendió la luz de la mesa de noche. Regañó al ser despertado y luego se calzó los anteojos. Tomó el teléfono y revisó: las tres con diez de la mañana. No era horario para cristianos, habría dicho su padre, y antes de él, el padre de su padre. Verificó el número y al descubrir que era una señal encriptada, echó a correr el programa de barreras de hielo ZRTP, enviando su señal a cuatro servidores distintos, para confundir a cualquiera que tratara de interceptar la conversación. Enseguida se sentó sobre la cama, acomodó su espalda en uno de los cojines y con la mano izquierda acarició la cabeza del gato.

—Nos despertaron, Frederick —dijo.

El animal respondió con un ronroneo y luego con un maullido mudo, abriendo la boca para enseñar la lengua y los dientes, pero sin emitir sonido.

Del otro lado de la señal, alguien lo saludó y le pidió disculpas por despertarlo, pero la diferencia horaria iba a ser siempre un tema en las comunicaciones de uno a otro lado del mundo. El amo del gato color humo le respondió que no se preocupara.

—Espero que su llamado no tenga que ver con «la tercera carta».

—No, «la tercera carta» ya está en movimiento y en esta oportunidad hemos duplicado la seguridad a su alrededor.

—Entiendo que ella se encargará en persona de protegerlo.

—Lo han informado bien.

—Me alegro, la señorita es un buen soldado.

—El mejor, hemos cuidado de no repetir errores.

—No podemos repetirlos, que es distinto. Entonces, ¿por qué me llama?

—He estado revisando cada antecedente respecto de «la primera y la segunda carta» y cada vez estoy más convencido de que no fueron «los romanos». Es alguien que conoce todo respecto de *La cuarta carabela* y lo que queremos lograr, alguien dentro...

—Es probable, un hombre en mi posición lo que más suma es enemigos; los más son sus propios aliados, así ha sido desde que existimos, así fue con mi antecesor y el antecesor de mi antecesor.

—Hay un rumor bastante...

—Lo del «Hermano Anciano», también lo he escuchado, tengo mis propios oídos.

—¿Y qué piensa?

—Lo que siempre he pensado desde que acepté esta misión. He de cuidarme la espalda, pero también aceptar la voluntad del Señor.

—Su hija podría ayudarnos a descubrir su identidad.

—No, no quiero que mi hija se involucre en este caso, ya tiene demasiado con la carga que le hemos puesto encima.

—Tengo tres nombres.

—Le agradecería me los enviara por mensaje cifrado.

—Acabo de hacerlo.

–Gracias.

–Me perturba que se escuche tan tranquilo.

–Lo estoy, soy un soldado de Dios, confío en su amor, su voluntad y su justicia. No me importan los fariseos, ellos serán castigados. Mi mente y mi corazón están en un solo foco: la victoria sobre nuestros verdaderos adversarios.

–¿*La cuarta carabela*?

–Y usted también debería concentrarse en ello. Para ello estamos, para ello vivimos, para ello oramos.

–Lo sé, solo me preocupo por su bienestar. Hay asuntos que si salen a la luz podrían dañarlo mucho…

–Y no sería el primero ni el último. Somos hombres de Dios, eso no significa que seamos infalibles. Si esa es la voluntad de quien nos guía y ama, debe acatarse. Insisto, no se preocupe de asuntos mundanos. Nuestra obra es divina.

–En cierto sentido me tranquiliza. De todas maneras, por favor, revise los nombres que le envié.

–Eso haré.

–Buenas noches, que Dios le bendiga.

–A usted también, amén.

Apenas cortó la llamada, el amo de Frederick se dirigió a la bandeja de entrada de su móvil, marcó el último mensaje recibido y lo borró. No necesitaba saber la identidad de los tres hermanos sospechosos de estar detrás del boicot contra «La cuarta carabela». Él sabía perfectamente quién era el enemigo y ya estaba preparado.

Los Ángeles, EE.UU.

8

«Elías Miele, autor *best seller* del *New York Times, La catedral antártica*, pronto miniserie por TNT», podía leerse sobre un par de enormes e idénticos pendones que colgaban del sobrecargado y barroco frontis de la Biblioteca Powell, en el campus central de UCLA. Y aunque el decano de la Facultad de Estudios Latinoamericanos me aseguró un lleno total («el interés es enorme», exageró por correo electrónico), lo cierto es que la mitad de los asientos del auditorio estaban vacíos cuando empecé a hablar. Y con el correr de los minutos tampoco se llenaron muchos más.

Los presentes debían de ser unas setenta personas, repartidas entre cuarenta estudiantes y treinta lectores. «Tienes que apurarte con la nueva novela, el público traiciona, olvida rápido», me comentó Frank mientras hacíamos cuenta regresiva al inicio de la exposición. Y aunque Caeti lleva un año diciéndome lo mismo, mi respuesta es que no puedo darme el lujo de apurarme y errar, no después de *La catedral antártica*. Tengo demasiados ojos puestos encima, sobre todo los que me vigilan desde Chile.

Tras una escueta presentación de los organizadores, esperé los aplausos iniciales y me ubiqué tras el atril. Llené con pausa un vaso de agua, tragué un sorbo, me excusé, acomodé mis anteojos para leer, conté mentalmente del uno al diez y comencé:

«A inicios del siglo XIX, mientras Estados Unidos iniciaba su tercera década como nación libre y en Europa las distintas monarquías comenzaban su declive, un grupo de jóvenes caudillos latinoamericanos se dieron cita en Londres, convocados por un maestro que los inició en doctrinas secretas, estrategias políticas y juegos religiosos con el objeto de que, al regresar a sus países de origen, propiciaran la independencia en sus respectivas naciones. Este culto, conocido generalmente con el nombre de Logia Lautarina o Logia de Lautaro, acabaría ramificándose por diversos

43

sitios del continente», introduje, mientras reproducciones de imágenes conseguidas en los museos históricos de Buenos Aires y Santiago construían una precisa arquitectura multimedia. El resto fue insistir en lo que he venido repitiendo desde que empecé a publicar libros, hace ya cada vez más años, primero en las ferias del libro chilenas, luego a lo largo de Hispanoamérica y, finalmente, en los salones del primer mundo.

En los auditorios, los aprendices de escritores siempre son los que toman más notas, les siguen los guionistas, mientras el resto aguanta hasta que el aburrimiento los supera.

—Pensemos en el siguiente relato –repetí media hora después de haber comenzado–, estoy seguro de que todos lo conocemos.

Tomé un sorbo de agua.

«Cada vez que muere un gran guerrero o un gran rey, sus súbditos conducen el cadáver a la playa más cercana y allí lo dejan, en espera de que cuatro mujeres vengan a buscar su cuerpo para trasladarlo a la isla mágica de Occidente. Aquel lugar sagrado donde el señor será curado, atendido y cuidado hasta cuando sea requerido su regreso. ¿Alguien ha escuchado esta historia?».

Dejé en suspenso la respuesta, esperando que alguno de los presentes se adelantara. Frank me ayudó proyectando a mi espalda la imagen de una isla cubierta de niebla hacia la cual conducían a un guerrero vestido con hábitos medievales.

—Avalon –se apresuró en decir un estudiante de camiseta blanca.

—La isla mágica de Avalon y el mito del rey Arturo –completó una muchacha, ubicada un poco más atrás.

—¿Alguien más? –volví a preguntar. Un bombardeo continuo de cinco o seis respuestas confirmaron el dato del primero: la isla de Avalon.

—Correcto –respondí con voz pausada–. ¿Alguien sabe cuál es el asidero histórico y geográfico de Avalon?

—Hiperbórea –contestó un primero, absolutamente confundido entre la realidad y el mito.

—Irlanda –aseguró un sujeto de unos cincuenta años.

44

–Islandia –corrigió una chica de cabello trenzado.

–La Atlántida –espetó un tipo calvo, muy gordo, vestido con una camiseta con dibujos animados japoneses, también enredado entre la verdad y lo mítico, que llevaba un ejemplar de *La catedral antártica* sobre sus piernas. Libro que, estoy seguro, va a pedirme que firme al término de la charla.

Se produjo un breve silencio.

–¿Alguien más?

Una chica delgada, muy pálida, de pelo rojo mal recortado levantó la mano y pronunció:

–América.

Sonreí, era la respuesta que estaba esperando. También porque la muchacha –además de un muy bonito escote– tenía ese acento inglés, arrastrado y cansino, tan típico de suburbio de clase media acomodada londinense.

–Todos están en lo correcto –dije–. Pero si esto fuera un programa de concursos, la respuesta escogida es la de América –indiqué a la pelirroja. Ella esbozó una leve sonrisa, sus dientes eran amarillos, chuecos y separados al medio, pero tenía unas deliciosas pecas en las mejillas que hacían pasar por alto el detalle de la dentadura. Era bonita, no de una belleza evidente, pero sabía llamar la atención. Imperfecta y, por lo mismo, más interesante que la mayoría de las californianas que veía trotar cada mañana sobre las arenas de Zuma Jay; o de las rubias universitarias que, en ese preciso instante, tomaban sol en bikini (o sin él) en los prados, afuera de la Biblioteca Powell.

–Es probable que Avalon sea América –continué, intentado apartar la mirada de mi nueva mejor alumna–, una gran isla al poniente de Inglaterra, una tierra mágica y desconocida, poblada de campeones y criaturas asombrosas. Y que los relatos de vikingos y otros navegantes, que llegaron a nuestro continente en los albores de la era cristiana, o incluso antes, inspiraran estos ciclos épicos. De allí que exista tanto en común entre cada uno de estos mitos.

45

Me detuve, bebí un premeditado sorbo de agua y cerré la idea.

–Como imagino varios ya han adivinado, no he estado hablando del rey Arturo ni de los caballeros de la mesa redonda, sino de su equivalente austral del pueblo mapuche, el mito de Trempulcahue y la isla Mocha, una pequeña porción de tierra ubicada en las costas chilenas.

Cuando le pedí a Frank que proyectara la siguiente diapositiva, la pelirroja volvió a levantarse y a pedir la palabra.

–Adelante –la invité. Su respuesta estuvo lejos de lo esperado.

–Quería pedirle, señor Miele… –titubeó–, no sé cómo decirlo… –le indiqué que continuara, que estábamos en confianza–, si puede quitarse esa mancha de pasta de dientes que tiene en la comisura de su labio, al lado derecho de la boca, no puedo concentrarme en su discurso si eso sigue allí.

La respuesta del auditorio fue una sonora carcajada; ella ni siquiera se sonrojó. Llevé un dedo a mi boca y me lo pasé rápido siguiendo sus indicaciones.

–Al otro lado –insistió ella desde su lugar.

La mancha de dentífrico era tan mínima que de no ser por la del cabello rojo mal recortado, estoy seguro, nadie más lo hubiese notado.

–Ahora sí, gracias, señor Miele –dijo ella rodeada de nuevas risas.

Dobló con insistencia la falda sobre sus rodillas repitiendo el acto hasta sentir que ni un centímetro de tela pudiera arrugarse y solo entonces se sentó, cruzando las piernas como si montara a modo inglés. Se vestía como muñeca, similar a esas Blythe de la década de los setenta: mucho rojo y negro, mucho detalle de tela escocesa, medias de encaje, botas con tacones, charol y cuero.

–¿Puedo continuar? –le pregunté.

Respondió con otra sonrisa.

Quince minutos más tarde, la imagen a mi espalda (tomada de Google Earth) proyectaba una vista de Sudamérica desde el espacio. Líneas rectas dibujadas por Frank estilizaron los contornos y las formas del subcontinente hasta formar una pirámide irregular que apuntaba hacia abajo, un triángulo inverso.

–Dicen que hablamos de cuentos del fin del mundo para el fin del mundo. Pero si en el espacio no hay arriba ni abajo… –la imagen giró y al ser el Cono Sur invertido sobre su eje, la pirámide apuntó hacia arriba, con la Antártica ocupando el lugar de un norte imaginario–, tal vez nuestro tema no sea el fin del mundo, sino el inicio, el comienzo del mismo. Un nuevo norte.

Silencio.

Luces.

Los aplausos fueron prolongados, suficientes como para tomar un largo trago de agua y pensar en que necesitaba pasar el resto de la tarde sin hacer nada, sentado frente al mar, mirando las gaviotas o bajando pornografía rusa o japonesa de internet.

–Muchas gracias –repetí–. Si alguien tiene una pregunta, este es el momento.

Al principio nadie reaccionó.

–Señor Miele –otra vez la pelirroja.

–Dime. –Le hice un gesto para que continuara–. ¿Otra mancha en mi cara?

–No, está bien, eso creo. –Me miró, curvando sus cejas–. Quería decirle… que… que me extrañó que en todo el panorama que acaba de describir, no hiciera una sola mención al mito de la cuarta carabela de Cristóbal Colón.

Fue como si el alma de Javier Salvo-Otazo hubiese venido a penarme, un gol de media cancha. Miré a Frank; supuse que su palidez era reacción a la mía.

–La hipotética cuarta nave que zarpó junto a la *Pinta*, la *Niña* y la *Santa María* desde puerto de Palos el 3 de agosto de 1492, habría llegado a América algunos días después de la «misión oficial», al parecer con una agenda paralela a la del marino genovés –dije con exagerada calma–. En algunos estudios, no más que un mito; en otros, una «posible» realidad, bastante «posible» –acentué.

Miré hacia la audiencia, la mayoría, sobre todo los hombres, se habían vuelto hacia mi improvisada interlocutora. Y esta vez no reían.

–Eso es de amplio conocimiento, cualquiera con una conexión a internet puede averiguarlo –respondió la muchacha–. Mi pregunta era referida a cómo esta historia se ubica al interior de lo que usted ha pontificado. ¿Se entiende?

Fue un buen golpe, lo reconozco.

–Sí, claro que se entiende. Obvié a propósito lo de la cuarta carabela –improvisé– porque me parece que es una historia que solo roza lo que he estado exponiendo, ubicándose mejor dentro de lo que he bautizado como ciclo de la conquista mágica española –mentí–, relacionada de forma más directa con Europa que con el *subcontinente austral* –subrayé aquello de «subcontinente austral»–. Es un tema que me interesa explorar en próximas exposiciones o tal vez en uno o dos libros –fui armando–. Mi dilema, y lo que voy a decir es bastante subjetivo, empieza y acaba en que aún visualizo lo de la cuarta carabela desde la esfera anecdótica. O como usted lo enunció en su pregunta, un mito. –Bebí un sorbo de agua, tosí dos veces y me sequé la frente con una toalla de papel, todo parte de una cuidada ecuación. Luego insistí–: O, si lo prefiere, como un detalle curioso dentro del amplio marco del descubrimiento. De hecho, es bastante probable que no solo hubiese una cuarta, sino también una quinta, una sexta y tal vez hasta una décima carabela.

El silencio que dejé correr fue tan pesado que empañó mis anteojos de lectura.

–Veamos –fingí dudar–. Colón salió de España con rango de almirante, la idea de tres carabelas es una obvia analogía a la trinidad cristiana, a los tres reyes magos, a una construcción mítica y romana de esta búsqueda, pero no a lo titánico de la misión de hallar una ruta hacia las Indias, esfuerzo que al menos requería de una docena de naves similares. No es casual la cantidad de documentos quemados en la época con el fin de ocultar la verdad de que Colón cruzó el Atlántico con una flota completa; tampoco es casual que se pase por alto el hecho de que la nave insignia, la *Santa María*, no era una carabela sino una nao, por lo tanto siempre ha habido una cuarta carabela o un cuarto barco si así lo prefiere; desde niños que inconscientemente lo hemos sabido aunque no nos diéramos cuenta.

—Desde su lectura —respondió mi espía en voz baja.

—Que es una de muchas. Y usted, señorita, ¿cuál de esas lecturas —repetí su propia palabra— prefiere?

Me quedó mirando, luego al resto de los presentes, sabía que tenía todos los ojos encima.

—Creo que la cuarta carabela —comenzó con timidez, luego fue ganando confianza— es el símbolo de algo más, tal vez ni siquiera sea un barco, sino un estado, una figura a medio camino entre lo histórico y lo mítico surgida dentro de lo ya histórico y mítico que resultó el primer viaje de Cristóbal Colón.

—Entonces no hay una cuarta carabela.

—O, como usted mencionó, quizás hayan sido cuatro, seis, diez o quince carabelas —dijo enseguida ella.

El silencio del público se alargó más de lo necesario.

—Aplausos para la dama —improvisé rápido—, creo que tras su intervención queda claro que no estoy solo en mis locuras.

Provoqué risas, no muchas, pero sí las suficientes como para cortar la situación.

—Aplausos —repetí—. Si nos permite su nombre... —la miré.

—Valiant —pronunció ella—, Princess Valiant.

Miré a Frank Sánchez; desde que trabaja conmigo sabe que nunca he creído en las casualidades.

—Un nombre con carácter —estiré—, aplausos, y gracias por su intervención, señorita Valiant. Prometo para una próxima ocasión limpiarme bien la cara antes de subir a un escenario.

—Eso —dijo ella—, eso sería muy bueno.

Intercepté a Princess Valiant a la bajada de las escalinatas neoclási-
cas de la Biblioteca Powell, inmediatamente encima del parque que se
abría sobre el campus central de la Universidad de California. Iba apre-
surada, como si estuviera escapando de algo o alguien, y de su hombro
derecho colgaba un pequeño bolso deportivo de color rojo con cierre de
cremallera que usaba cruzado sobre el cuerpo.

–Señorita Valiant. –La detuve. Su cabello anaranjado y desordenado sabía destacar entre un océano de rubias homogéneas.

–Señor Miele –pronunció ella, girando hacia mí.

–Elías, por favor.

–Princess.

–Princess –respiré–, ¿me permite unos minutos?

–¿Cuántos?

–¿Cuántos qué?

–Nada, que cuántos minutos le permito… En fin, da lo mismo, modos míos. Por favor, dígame, lo escucho.

–Buena intervención la de hace un rato.

–Leo bastante, me preparo.

–Mi asistente me contó que había llamado antes para ubicarme.
Usted trabajaba con Bane Barrow.

–Eso es verídico…

–Lo siento, Bane era un buen sujeto.

–Y lo tenía en buena estima. A usted y a Javier Salvo-Otazo.

–Lo sé, me hubiese gustado conocerlo más.

–Si lo tranquiliza, con lo que lo conoció fue suficiente. Bane efectivamente era un buen tipo, pero también alguien muy complejo, no del
todo sano para tratar. ¿Me entiende?

–No.

–Mejor.

–¿Y qué es lo que quería hablar conmigo?

–Aquí no, prefiero un lugar más…

–¿Privado?

–No, todo lo contrario, más mundano, menos evidente. Si usted quisiera ubicar a un escritor de *thrillers* conspirativos, ¿por dónde empezaría? Fácil, por una universidad del oeste norteamericano, alquimia precisa entre intelectualidad y vacío con sabor a hamburguesa.

–Entonces, usted dirá.

–Espere, un segundo, no, diez o quince mejor –se excusó nerviosa, mientras abría su bolso y sacaba de su interior una libreta Moleskine negra. Volvió a meter su mano y cogió tres lápices de tinta, todos azules, todos idénticos. Revisó cada uno, rayando un círculo y un ocho en la palma de su mano izquierda y finalmente escogió uno. Abrió su libreta y empezó a escribir–. Un poco más de tiempo –me pidió. La vi garabatear rápido, anotar frases entre signos de interrogación y otras marcadas con guiones, también apuntar mi nombre varias veces.

–¿Qué escribes? –Sentía curiosidad.

–Todo.

–¿Cómo todo?

–Eso, todo, es decir todo lo que hemos conversado desde que me detuvo fuera de la biblioteca. Intento ser exacta, claro, es probable que algunas frases se me escapen, pero queda lo esencial, lo que hablamos, el registro del espacio físico y temporal: fecha y hora –sobreexplicó.

–Veo…

–Escribo todo lo que hago y hablo, conmigo misma o con otras personas, es una bitácora de existir. –Me miró–. Estábamos por encontrar un buen lugar donde extender esta charla, dígame, señor Miele, ¿conoce el *Queen Mary*, en Long Beach; le parece a las cinco de la tarde?

Princess Valiant me reveló que su abuelo, «el Valiant original», había llorado cuando la Cunard dio de baja el transatlántico en 1967.

Hace tiempo que soy de la postura de que nada sucede por casualidad y la muchacha, que efectivamente nació y vivió los primeros diecisiete de sus veintiséis años en Londres, no había escogido el buque museo al azar. El *Queen Mary* era muy importante en la historia de su familia. Sus abuelos paternos se habían conocido a bordo del vapor de tres chimeneas a fines de los años treinta, cuando él era un joven oficial de la Cunard y ella una mucama del transatlántico. Al estallar la guerra trasladaron a la mujer a un hospital de Liverpool, mientras él ingresaba a la Marina Real, donde fue enviado a la flota del Mediterráneo.

–Pero eso es otra historia –dijo.

Agregó que al terminar la guerra, su abuelo había vuelto a trabajar como oficial del transatlántico. Su abuela, por el contrario, optó por establecerse en Southampton, donde crió a sus hijos, «el mayor de los cuales era mi padre», agregó.

–¿Se llamaba Prince? –Intenté ser chistoso.

–King y es en serio. –Para ella nada parecía ser un chiste.

Estuvimos hasta la caída de la tarde deambulando sobre la cubierta superior del buque, junto a los botes salvavidas, los respiraderos en forma de cono y las recién lacadas chimeneas, que destellaban en un rojo furioso contra los últimos resplandores del sol de invierno.

–¿Sabías que la tercera chimenea del *Queen Mary* es falsa? –continuó Princess, tratándome cada vez con más confianza–. No hay ningún tubo de humos saliendo por ahí abajo –indicó–. Básicamente fue una forma armónica de montar una bodega sobre la superestructura de la nave y también de no ser menos frente al *Normandie*, la competencia francesa en tamaño, lujo y velocidad. Y como el *Normandie* tenía tres chimeneas, al *Mary* le plantaron una tercera, de otra forma habría sido idéntico a su nave hermana, el *Queen Elizabeth*.

–El *Queen Mary* fue el *Poseidón* –comenté mientras, delante nuestro, un guía turístico hacía lo propio con un grupo de japoneses. Princess me miró sin entender lo que le había dicho–. *La aventura del Poseidón*, 1972, Gene Hackman, producida por Irwin Allen, el rey de los desastres –continué–. Una ola gigante da vueltas un transatlántico de lujo la noche de Año Nuevo. Filmaron la película aquí.

–No la vi.

–¿Ni siquiera el *remake*?

–No veo películas, tampoco televisión, solo dibujos animados –fue cortante, no de pesada, sino para darse tiempo de anotar en su Moleskine cada párrafo de nuestro diálogo. Me fijé que en el borde de la hoja apuntaba cada minuto que pasaba, también que cuando perdía el hilo garabateaba figuras de animales marinos como delfines y monstruos con tentáculos.

–No estamos aquí para hablar de barcos, películas ni dibujos animados, ¿cierto? –la interrumpí.

–Lo sé, discúlpame, pero sufro de fobia social, necesito distraerme con datos tontos antes de entablar una conversación coherente con alguien que recién estoy conociendo.

–Hablaste en un auditorio lleno de desconocidos, no me parece algo de fobia social.

–Medio Ravotril con Coca-Cola dietética y un auditorio que, si me disculpas, distaba mucho de estar repleto.

–Hablaste cinco minutos acerca de una mancha de crema dental que nadie había notado.

–Yo sí la había notado, no soporto las manchas blancas. Las negras o de colores me dan igual, pero las blancas, de leche, pintura o lo que

53

sea, me dan asco. Es bueno que lo sepas, por si seguimos encontrándonos. —Se mordió los labios, sus dientes separados estaban manchados de ese gris blanquecino de alguien que fuma o vomita mucho—. Ven —prosiguió—, busquemos un lugar tranquilo donde platicar.

Llegados al *Queen Mary* la seguí hasta la cubierta superior de popa, detrás y bajo la tercera chimenea, junto al segundo mástil. No había mucha gente, unos doce turistas que descansaban mirando el mar mientras bebían tragos de vistosos colores. Por supuesto bastó con que nos sentáramos para que un mozo se acercara y nos ofreciera algo de tomar. Princess pidió Coca-Cola dietética y yo una botella de agua.

Guardé silencio por un instante, esperando que ella terminara de anotar la actual escena, justo hasta el corte de pedir algo para beber.

—¿Quieres algo de comer? —le ofrecí.

—No, nada.

—Yo creo que voy a pedir algo...

—Mmmmm —murmuró ella en voz alta.

—¿Qué sucede?

—¿Puedo incomodarte con algo? —Dibujé círculos en el aire con mi mano derecha para indicarle que siguiera—. No comas delante mío, no puedo comer frente a otras personas y no soporto que alguien lo haga delante de mí. Comer es una acción privada, personal.

—¿Y cómo lo hacías de niña? —No evité la sonrisa, tampoco la duda; pensé en sus dientes manchados, la opción del vómito, su extrema delgadez.

—Padre y madre respetaban mis decisiones. Esa y otras que tomé de pequeña.

—¿Otras? —Volví a pensar en lo del vómito.

—Soy un poco especial.

—¿Qué es eso de ser «un poco especial»? —destaqué.

—Que tú eres una persona promedio y yo no...

—¿Y eso qué significa?

—Muchas cosas, pero puede explicarse de manera sencilla usando el ejemplo de que es como si tú y yo habitáramos en planetas distintos.

—¿Y eso es bueno o malo?

—Ni bueno ni malo, simplemente es.

Opté por volver al primer tema de la conversación.

—Acabamos de pedir de beber –le dije.

—No tengo problema con la bebida si no es alcohólica.

—¿Y si lo fuera?

—No hablaría contigo, no soporto el olor del alcohol.

—Ok, me queda claro, nunca comer ni emborracharme delante tuyo.

—Además sufro de intolerancia a muchos alimentos y bebidas. ¿Imaginas lo que es eso?

—Muy bien, mi hija es celíaca.

—No sabía que tenías una hija.

—Vive con su madre en Chile, no la he visto en años.

—Hace ocho años que no veo ni hablo con los míos, los quiero pero no los soporto; sucede, así es la vida. –Respiró y luego–: En mi caso es más que solo alergia alimenticia, es una condición completa y compleja.

—Lo tendré presente, me cuidaré de no contaminar tu mundo cuando esté cerca.

—Gracias.

—¿Por qué?

—Por respetar lo de la comida, mi condición y no preguntar más de lo necesario.

—Es tu vida, no me interesa, al menos mientras no te conozca más. –Hundí mi cabeza en los hombros–. Bueno, entonces... –la miré a los ojos– te escucho.

Ella sobreactuó mirando el mar, luego comenzó su cuestionario:

—¿Qué piensas de la muerte de Bane, fue un suicidio o lo mataron?

—¿Importa lo que yo piense, cuando tú crees que lo mataron?

Lo anterior era evidente desde la primera palabra que cruzamos.

—No es que lo crea, estoy segura. —Se detuvo—. Tengo pruebas —suspiró—. Bueno, una prueba.

Levantó su pequeño bolso deportivo rojo y corrió la cremallera. De su interior cogió un pequeño papel doblado en cuatro que me entregó sin mediar palabra, confiando a ciegas en el extraño que estaba sentado a su lado.

Insistió en que desplegara la hoja y leyera lo que había escrito en ella. Lo hice: era un garabato formado por tres series de números, repartidos en cifras únicas y dobles.

$$7\ 2\ 20\ 17\ 1\ 20\ 9\ 4$$
$$4\ 12\ 3\ 11\ 11\ 3\ 17\ 21$$
$$20\ 3\ 19\ 5\ 2\ 15\ 16\ 2$$

—Un código cifrado, ¿de dónde lo sacaste? —le pregunté.

—Del cadáver de Bane Barrow —respiró—. Las tres series numerales estaban marcadas con tinta china, como un tatuaje, en la parte baja de su espalda, sobre la nalga derecha.

—No es broma, ¿cierto?

—Yo nunca bromeo. —Fue cortante, pero no pesada, luego prosiguió—: Uno de los investigadores privados de la editorial me entregó el criptograma, dijo que lo había comprado a un agente de Scotland Yard. Era cierto, hice mis investigaciones. Después del funeral hablé con Van der Waals, la editora de Bane, y le mostré el códice. Me pidió que tratara de averiguar algo, pero que no hiciera mucho ruido.

—Entonces no has averiguado nada…

—No soy mala con los números —subrayó—, pero esto me derrotó.

—¿Estás segura de que no es un engaño?

—¿Por qué habría de serlo?

—No lo sé, hay que descontar todas las variables, quizás alguien quiere chantajear a la editorial o inventar un escándalo. O tal vez la marca es real, pero fue el propio Bane quien se la hizo antes de su muerte.

–¿Por qué una persona de piel muy delicada y en extremo alérgica se iba a escribir tres filas de números en la espalda?

–No sabía ese dato.

–Ya lo sabes.

–También puede ser un invento.

–Olivia reconoció el cadáver de Bane, ella vio la marca.

Revisé de nuevo las tres series numerales, no era complicado traducirlas, de hecho era muy sencillo si se descubría la llave. No quise decirlo, pero quien lo había escrito era un novato, tal vez había sido la misma Princess Valiant.

–¡¿Qué sucede?! –exclamó ella–. No me crees nada, ¿verdad?

No alcancé a responderle; una mujer vestida con un delantal rojo y blanco, con el logo del *Queen Mary* destacando enorme sobre su también enorme pecho derecho, nos interrumpió para entregarnos las bebidas. Le di las gracias y puse un billete de propina sobre la bandeja.

–No es que no te crea –proseguí–, pero reconoce que lo que me cuentas es extraño. Tal vez si llamara a Olivia…

–¡Nooo! –saltó ella–, no le digas nada a ella, se supone que no debería contarle a nadie de esto. La editorial no quiere escándalos, temen que todo tenga que ver con algún lío amoroso de Bane y prefieren dejar las cosas como están –recordé la entrevista que había dado hace pocos días a un periodista chileno, quien me hizo el mismo comentario.

–Si en realidad fue un asesinato, lo más probable es que el móvil haya sido pasional. Los gustos y costumbres de Bane no eran precisamente un secreto.

Ella levantó las cejas, luego despejó un poco el cabello sobre su cuello.

Abrí el papel y volví a leer los números.

7 2 20 17 1 20 9 4
4 12 3 11 11 3 17 21
20 3 19 5 2 15 16 2

—Dijiste que la policía sabe de esto. —Moví el papel en el aire.

—Se supone que no debo contarlo, pero ya que estamos aquí —tartamudeó un poco nerviosa—, qué más da. El caso de la muerte de Bane Barrow está abierto. Oficialmente fue un suicidio, el grupo Schuster House se las arregló para que esa fuera la versión oficial, pero la policía inglesa, el Scotland Yard, el FBI…

—¿El FBI?

—Sí, el asunto pasó al FBI a través de Interpol. Sus agentes no han dejado de investigar el caso, han interrogado a casi todos los presentes en la fiesta de *La esposa sagrada*, al personal del hotel y a los cercanos a Bane…

—¿A ti también?

—Obvio, una tal Ginebra estuvo llamándome casi todos los días, incluso se apareció por mi apartamento para llenarme de preguntas.

—¿Se las contestaste?

—Lo que sabía, podía y me dejaron decir.

—¿Te dejaron decir?

—No somos pocos los que hemos recibido un buen cheque de la editorial para no abrir la boca.

—¿Por qué?

—Tal vez están involucrados, tal vez temen una baja en las ventas de su rey Midas. No me extrañaría, después de la muerte de Bane, las cifras de sus libros han subido en un doscientos por ciento.

—Si hicieran público que fue un crimen, las cifras ascenderían todavía más. —Me detuve—. Y la tal Ginebra, ¿volvió a molestarte?

—No, creo que se convenció de que yo no tenía idea y no llamó más. Era una bruja, daba miedo…

—¿Fea?

—No, todo lo contrario, las brujas no son feas. —Se detuvo, miró al cielo como gastando un par de segundos y preguntó—: ¿Ahora me crees?

—Me tienes dentro. —Era cierto, de hecho tuve que tomarme un trago de agua de golpe para ordenar mis ideas. Claro, aún faltaba llegar a su interés por la cuarta carabela, aunque ya presentía por dónde iba la cosa.

—¿Qué piensas? —volvió a preguntarme ella.

—Intentaba traducir el código, no es complicado; es una clave alfanumérica muy básica.

—Número por letra, ¿estás seguro?

—Bastante, el número más alto es el 21, el alfabeto tiene veintiséis letras, veintisiete en español, si le sumas la ñ. —Dibujé en el aire una letra «ene» con un guión encima.

—¿Me pasas el papel? —me pidió. Accedí. Luego buscó una hoja en blanco al final de su Moleskine y empezó a hacer cálculos—: Entonces el 7 debería ser equivalente a la G, el 2 a la B y el 20 a la T: *gbt*, ¿qué palabra empieza con *gbt*? En inglés ninguna, tal vez esté escrito en español, francés o ruso…

—No si se trata de un cifrado alfanumérico con llave vocal.

—¿Qué es un cifrado con llave vocal?

—Del 1 al 5, corresponde a A, E, I, O, U. Luego el 6 es B, el 7 C, 8 D, el 9 F, y así sucesivamente.

—Entonces el 7 sería la C, el 2 la E, el 20 la…

—Q.

—Eso, Q: *ceq*, definitivamente es ruso. —Princess Valiant era tan encantadora que asustaba—. ¿No? —Me miró, como pidiéndome ayuda.

—Hay que armar un esquema completo.

—Entiendo lo que me dices, pero estoy absolutamente enredada, como que los números, estos números —precisó—, me odian, ¿eso ya te lo había dicho, no? Por eso te busqué, porque…

—Porque te pareció que un autor de *thriller* era una buena opción para jugar al detective criptógrafo.

—En realidad porque no supe dónde encontrar un buen detective criptógrafo.

—Son pocos y en su mayoría unos ineptos, te lo digo porque quise trabajar con uno para mi novela y fue un fiasco; un matemático es mejor opción, pero odian colaborar. ¿Me regresas el papel? —le pedí—, puede que mi relación con estos números resulte mejor que la tuya, pero no me pidas que te lo resuelva ahora.

—No lo haré, pero te advierto, soy ansiosa y sufro de angustia crónica, entre otras cosas, eso dice mi terapeuta. Si no recibo un correo tuyo en una semana voy a llamarte. —Me pidió permiso para encender un cigarrillo, le dije que no me importaba, pero que el barco estaba repleto de señales de «no fumar». Contestó que eso le daba lo mismo, que el planeta entero estaba copado de «no fumar», que si alguien le decía algo lo tiraba y listo, no era el fin del mundo. Tomó uno, lo prendió y dio una primera bocanada, luego comentó que era un vicio asqueroso, que no entendía cómo una mujer inteligente como ella podía depender de él, que tenía dientes de muerto por ello. Volvió a fumar, me miró y añadió que en realidad no era tan dependiente del cigarrillo, tampoco tan inteligente y que igual le gustaban sus dientes—. Entonces las vocales son la llave —cambió de tema.

—No solo las vocales, también pueden ser una o más consonantes. El código alfanumérico es tan sencillo que con frecuencia se le añade algún truco: una letra al azar que funciona para gatillar el traslado de la frase completa.

—Aparte de las vocales…

—O con las vocales. Hay que tratar con todas las alternativas.

—¿Y cuántas hay?

—Tantas como sean posibles al jugar con veintiséis letras.

—Paso.

Terminó rápido de fumar, agarró una servilleta de papel y apretó los restos del cigarro hasta convertirlo en una bolita que guardó en un bolsillo externo de su deportivo. Le di un instante para que limpiara su cabeza de todo el asunto de los números y el supuesto asesinato de Bane Barrow. Entonces la conduje a mi lado de la cancha.

—¿Princess? —presioné el gatillo—, lo de la cuarta carabela que mencionaste en la conferencia, tiene que ver con lo que Bane Barrow estaba escribiendo, ¿verdad?

–Era el título de su próxima novela –confesó.

Ni siquiera me sorprendí, pues desde el inicio de la conversación que ya lo tenía claro.

–¿Cómo lo supiste? –me preguntó ella.

–No lo sabía –mentí–, digamos que fue un presentimiento. Tengo buena memoria, creo haber escuchado a Bane decir que quería escribir sobre el descubrimiento de América –continué mintiendo–, así que solo sumé las partes del modelo –hice un alto y luego completé–: Buen título, vendedor incluso.

–Eso decía él.

–¿Alguien más estaba al tanto?

–¿Al tanto de qué?

–De *La cuarta carabela*.

–Eso es irrelevante, ¿no?

Tragué un poco de aire y probé con el truco de perder la mirada. Una amiga actriz me enseñó esa técnica, decía que era una buena forma de parecer inteligente, de demostrar que uno estaba más delante de su interlocutor. Lo usaban mucho en las series y películas de misterio o policiales.

–Después de todo lo que me has contado, que Scotland Yard y el FBI están metidos en la investigación, que alguien haya grabado un código alfanumérico sobre el culo de Bane Barrow…

–Nalga –me corrigió ella.

–Nalga, glúteo, culo, da lo mismo.

–No da lo mismo, además fue en la espalda baja.

–Donde fuera, Princess, no es el punto, y créeme, después de todo lo que me revelaste, nada de lo que añadas es irrelevante. Las casualidades no existen, menos en este tipo de asuntos. Entonces, en qué quedamos; aparte de ti, ¿alguien más del equipo sabía del nombre del libro?

–Solo yo… probaba los títulos conmigo.

–¿Y qué le dijiste?

–¿Sobre qué?

–Del título.

—La verdad, que era muy bueno desde lo comercial, pero que a mí no me decía nada...

No iba a ponerme a discutir sobre títulos, no ahora.

—¿Y Olivia? —insistí—, ¿sabía de este proyecto?

—Es probable, no solo era la editora, sino también la mejor amiga de Bane. Ella estaba al tanto de todo lo que tuviera que ver con su autor más exitoso.

—¿Alcanzó a terminar el libro?

—Con suerte escribió unas treinta páginas. Ni siquiera me envió material para que verificara datos, estirara historias secundarias o agregara personajes, aunque eso era tarea de los otros asistentes. Decía que quería terminar un primer borrador él, ese era su método de trabajo.

—Entonces nadie leyó el libro...

—Que yo sepa, nadie. Pero estaba contento escribiendo, le gustaba el desafío de empezar una historia ambientándola en un lugar donde nunca había estado.

—¿Qué lugar?

—Lima, en Perú, a mediados del siglo XIX.

Me quedé callado, tratando de ordenar las casualidades. Llamar a Caeti o a Juliana tal vez, ver si Javier también apareció con un código alfanumérico arriba del culo.

—¿En qué piensas? Te quedaste callado —me bajó a tierra Princess.

—En lo raro que suena escuchar Bane Barrow y Lima en una sola frase. —Otra mentira cómoda.

—Tan raro como tu fijación con lo de *La cuarta carabela*...

—Curiosidad profesional —justifiqué sin decir nada.

—Ya lo creo, lástima no poder entregarte más datos para satisfacer tu «curiosidad profesional» —subrayó—. No alcancé a leer nada del libro y tampoco conozco la clave personal del archivo de Bane como para descargarlo; pero claro, por supuesto, no ibas a pedirlo —fue sarcástica.

No le contesté y solo me quedé mirándola, tenía una nariz grande, casi desproporcionada con su rostro.

—Acabas de mencionar a otros asistentes —cambié la conversación, ya habría tiempo de volver a *La cuarta carabela*.

—Somos, bueno, éramos un equipo de cuatro. Yo los supervisaba.

—Eras la jefa.

—No me gusta esa palabra.

—Pero lo eras. —Me estaba gustando incomodarla. Con términos inexactos, se volvía deliciosamente loca—. ¿Qué fue de ellos?

—La editorial les pagó e imagino que volvieron a sus vidas; la mayoría eran universitarios a los que se les compensaba muy bien por el anonimato. Supe que el FBI también los visitó, así que además han de estar asustados. De ser ellos estaría bien oculta, evitando hacer comentarios que pudieran enredarme.

—No como tú.

—Yo soy distinta. —Se rascó la mejilla izquierda.

—¿Y ahora qué harás?

—Regreso a Nueva York mañana, así que si logras descifrar ese código —indicó el bolsillo de mi chaqueta donde yo había doblado y guardado el papel— llámame o envíame un correo electrónico.

—Hace un rato te confirmé que eso iba a hacer.

Una brisa helada desparramó vasos plásticos y servilletas sobre la cubierta del barco. Arriba, encima de Long Beach, las primeras estrellas ya se recortaban contra un cielo anaranjado, pintado con los últimos rayos solares del día.

Esperé a que se tomara un rato para escribir las últimas escenas de nuestro encuentro en el *Queen Mary* y luego le pregunté:

—¿Princess?

—Dime.

—Yo no fui tu primera opción, ¿cierto?

Detuvo el lápiz, marcando un punto de tinta azul sobre la hoja y arqueó sus cejas. Era evidente que había tratado con los otros «Bane Barrows» antes de insistir con la versión latinoamericana de su jefe.

Luego simplemente levantó los hombros.

11

El carruaje, una calesa techada de solo un eje, pintada enteramente de negro y arrastrada por un caballo alto y grueso del mismo color, surgió tras la esquina del mercado y se detuvo a un costado de la plaza, frente a los muelles del Callao. El cochero volteó hacia su único pasajero y se quedó mirándolo fijo.

—Hemos llegado, patroncito —dijo con una voz ronca y cortante.

Magallanes levantó el seguro de la pequeña puerta del carro y descendió de un brinco, agarrando fuerte aquello que le había ordenado y encargado el patrón.

—Su paga —dijo luego, estirándose para poner una bolsa con monedas junto al freno del carruaje.

—Se le agradece, que pase buenas noches y no lo agarre la lluvia sin techo…

—Aguarde —dijo el joven mozo, antes de que el conductor jalara de las riendas y la calesa tomara por una de las calzadas empedradas que ascendían hacia la parte alta del puerto.

—Mande.

—Busco a la señora Eleonora Hawthorne, ¿sabe usted dónde podría encontrarla?

—No conozco a nadie en el puerto, menos a mujer de nombre tan extraño.

—Gracias… —El muchacho bajó el rostro con humildad.

—Aguarde, patroncito… Ese nombre es extranjero, ha de ser de alguna querida de balleneros. Pregunte en las tabernas y posadas junto a los muelles, alguien ahí debe de conocerla.

Magallanes asintió.

–Pero tenga cuidado, este no es lugar para santos ni ingenuos, menos para pergenios que parecen de la calle pero huelen a limpio.

Magallanes no contestó.

Pronunciada la última frase, el hombre soltó el freno, tiró de las riendas y llevó el vehículo en dirección a la ruta que seguían otras calesas y diligencias que retornaban a la ciudad virreinal.

La noche estaba cubierta y los faroles del puerto se reflejaban fantasmagóricos sobre la bahía. Al mozo no le gustaba el Callao. El olor fétido del mar, los hombres extraños que caminaban por los callejones, la maldad que reptaba en cada esquina, las paredes aceitosas. Hace mucho tiempo le habían dado una buena paliza cerca de los muelles, lo dejaron tirado y casi muerto. Tenía doce años y ahí fue cuando el viejo lo encontró. Desde entonces evitaba volver al puerto, le tenía miedo. Prefería por infinito la llamada «Ciudad de los Reyes», la tranquilidad y grandeza de sus casas, la belleza de sus habitantes, los colores y perfumes de su cielo. Pero esa noche, una promesa lo había obligado a regresar al lugar más parecido al infierno que su memoria recordaba.

Y la iba a cumplir, se lo debía al Huacho.

Un trueno retumbó en el cielo, posterior a un relámpago que iluminó el horizonte perdido tras los mástiles de las naves ancladas junto a los malecones. La criada más vieja se había equivocado, pensó el muchacho, en verdad se avecinaba una tormenta. Entonces la lluvia empezó a caer despacio, sonando como una melodía sin ritmo sobre los techos de madera de las viejas bodegas y caserones que corrían junto a los veleros amarrados al puerto. El Callao no estaba tan lejos de Lima, pero en sus sombras nocturnas roncaban secretos que era mejor no despertar. Era cierto, los tiempos eran calmos, pero, como rezaba su difunto señor, eso no era igual a decir que fueran buenos tiempos.

La Última Esperanza era el nombre de una posada ubicada al final de un corredor oscuro, tapado con barriles y cajas con nombres marcados en diversos idiomas: algunas quemadas, otras abiertas de cuajo, la mayoría convertidas en colonias para ratas, gatos ferales y borrachos. Magallanes caminó con la cabeza gacha, protegiéndose de la lluvia con una capucha. Aguardó a que tres marineros terminaran de pelear junto a la puerta de la taberna y luego entró, cuidadoso de no llamar demasiado la atención. No lo consiguió. Buscando una manera de ocultar la encomienda, la apretó contra su pierna derecha, dejándola rígida, coja, como una vara de madera.

–Adelante, precioso, entra por tu voluntad y déjanos un poco de esa felicidad que guardas en el corazón –pronunció una mujer pecosa y de carnes abundantes que le dio la bienvenida al caserón.

Magallanes tragó saliva e intentó superar el temor inicial, gatillado por sus recuerdos de infancia en un lugar muy parecido a aquel. La posada estaba decorada con motivos balleneros: lanzas y arpones en las paredes, enredaderas de cuerdas colgando del techo y pinturas desteñidas que reproducían imágenes de la caza del gran Leviatán. Se quedó fijo en uno de los cuadros, en el que un gran monstruo negro brincaba sobre un barco arrastrando el velamen de la nave en su desesperada acción.

–Eso es verdad, yo he visto al cachalote saltar sobre los barcos más grandes que dan vueltas el cabo de Hornos. –Le habló el posadero, un anciano canoso y de abundante barba, que de la nada emergió tras el mesón de la taberna–. Veinte años persiguiendo al gran pez y de cierto le digo, muchacho, si Dios viviera en el mar sería una ballena. Ese es «Don Miguel», el más feroz de los cachalotes que alguna vez nadaron por estas aguas.

–Buenas noches –saludó Magallanes.

–No sé qué tendrán de buenas, este aguacero va a mojar almas que es preferible mantener secas.

El muchacho no entendió qué había querido decir el viejo, tampoco quiso seguir la corriente.

–¿Qué le sucedió, mi joven amigo?

El mozo levantó los hombros.

–Por su caminar, digo… –indicó el anfitrión de La Última Esperanza– lleva mala la pierna derecha…

—Caí de un caballo —mintió Magallanes.

—¿Y va a servirse algo o requiere de otra cosa? No se ven niños como usted por estos lados.

—En realidad busco a alguien, a una señora que vive en el puerto, tal vez usted sepa dónde puedo encontrarla. Eleonora Hawthorne es su nombre.

El tabernero arrugó una sonrisa cínica.

—¿Y para qué la busca el señorito?

—Le traigo un mensaje de mi patrón...

—Un mensaje del patrón, ya veo —pronunció el viejo.

—¿La conoce, mi señor?

—Claro que la conozco, todos los aquí presentes la conocen y saben dónde ubicarla. Y no me llames mi señor, que no soy tu amo.

Un marinero alto y grueso, que vestía una camiseta roída y sudada, se acercó al mesón e interrumpió la conversación. La zigzagueante cicatriz que le cruzaba el rostro, bajo el ojo izquierdo, más las marcas de líneas y filos de arpones sobre sus muñecas, delataban que se ganaba la vida persiguiendo al gran monstruo de las profundidades.

—Así que el señorito busca a Eleonora Hawthorne —dijo, desordenándole el cabello a Magallanes.

—Sí, señor, requiero hablar con la señora.

El marinero y el tabernero se miraron.

—¿Señora? —preguntó el hombre.

—Sí, la señora Hawthorne. El posadero acá me dijo que todos los presentes sabrían dónde puedo encontrarla.

—Y claro que lo sabemos, también que no es una señora. —Magallanes miró confundido, mientras el ballenero terminaba la frase—: Niño, Eleonora Hawthorne ni siquiera es una mujer.

Los Ángeles, EE.UU.

12

En automático, todavía a medio dormir, busqué el control universal y apunté a los ventanales. Las cortinas se abrieron y el azul marino de las diez de la mañana entró cegador contra mis ojos: Zuma Jay, Malibú y el más perfecto de los océanos pacíficos. Me asomé a la terraza. Si hace quince años me hubiesen dicho que a los cuarenta y tantos iba a vivir en el «heartland» del surf californiano me habría pegado un tiro.

Carraspeando como un perro con años y sobrepeso, el viejo jeep CJ-7 Laredo de Frank se estacionó enfrente de la casa. Escuché la puerta de calle abrirse y luego la voz de mi asistente anunciarme que traía un par de lattes, frutas y panecillos dulces. Le grité que yo quería el de arándano, me contestó que solo había de berries rojos.

–Dame cinco minutos –le pedí.

–Diez si quieres.

Nos juntamos en la cocina. Cuando aparecí, tras cepillarme rápido los dientes, Frank ya estaba instalado, bebiendo jugo de naranja y revisando la edición en papel de *Los Angeles Times* que había recogido en el camino.

–Entonces –comenzó Frank–, ¿qué tal la señorita Valiant?

–Te conté todo por teléfono.

–Quiero más detalles.

–No hay más detalles.

–Resumen: una Asperger con trastornos alimenticios y de personalidad que destruyó tu autoestima con eso de no haber sido su primera opción.

–Para nada.

Intenté sonar seguro, escudarme tras un desayuno muy azucarado suele funcionar. El éxito alimenta el ego y este suele resentirse cuando nos bajan a la fuerza del pedestal. Y en efecto, Frank Sánchez tenía razón, no me gustó que antes de mí Princess Valiant hubiera intentado ubicar a Javier Salvo-Otazo (el Bane Barrow español) –ella no sabía de su muerte–, Isabella Pazi (la Bane Barrow italiana), Stuart Morrison (el Bane Barrow inglés), J. Diermissen (el Bane Barrow alemán), Andrés Leguizamón (el Bane Barrow argentino) e incluso a Clara del Villar (la Bane Barrow mexicana), la peor del lote. Pero era obvio. En la lista, el Bane Barrow chileno, por muy buenas ventas que acarreara, era el más chico de los clones.

–Lógico o no –continuó mi asistente–, es como si la chica más linda de la clase te invitara al baile porque todo el resto del equipo de fútbol ya estaba tomado.

–No creo que Princess Valiant sea la más linda de la clase.

–Yo tampoco, pero no está mal.

–No es mi tipo.

–Nunca lo son hasta que estás dentro y no puedes o no quieres salir.

–Podría ser mi hija.

–Pero no lo es. A propósito, si te interesa –guiñó su ojo derecho–, la busqué en la red.

–¿Twitter, Facebook?

–Ni lo uno ni lo otro. Sitios sociales 3.0 en Deep Web. Lo más suave que dicen de ella es «perra bisexual» –dijo con cierta ironía y sacó del bolsillo interior de su chaqueta un pequeño porro de marihuana–. ¿Puedo?

–Primero abre la ventana.

Se levantó de la mesa y movió la corredera de la cocina. La brisa tibia de la costa californiana se arremolinó dentro de la habitación agitando los papeles del periódico.

–¿Quieres? –Encendió el cigarrillo y dio una corta aspirada.

–Paso.

–Te lo pierdes, está buena, mexicana, del D.F., de Satélites.

A la tercera fumada ya tenía los ojos rojos.

–¿Resolviste algo de lo que te envíe? –le pregunté

–Algo… Es obvio que la primera llave son las vocales, ¿pero el 6?... simplemente no pude dar con él. –La voz se le hizo cansada, torpe, con palabras largas atoradas en el borde de la lengua–. Mira, con del 1 al 5 descifrados ya puede leerse algo.

Desplazó sobre la mesa su celular. En la pantalla se leía:

$$7 \; E \; 20 \; 17 \; A \; 20 \; 9 \; O$$
$$O \; 12 \; I \; 11 \; 11 \; I \; 17 \; 21$$
$$20 \; I \; 19 \; U \; E \; 15 \; 16 \; E$$

Sentí un dolor en la boca del estómago, sabía muy bien lo que decían esos tres renglones.

–¿Aún no puedes leerlo? –le pregunté.

–Aún no dice nada, jefe.

Sabe que odio que me diga jefe.

–Es un nombre propio en español. El 6 es «ñ» o «y» –le indiqué con bastante convicción.

–¿Estás seguro?

–Bastante. La «ñ» es exclusiva del español y respecto de la «y», a fines de los setenta se discutió en la RAE, la Real Academia…

–Sé lo que es la RAE, supero al gringo medio –me respondió, apagando la cola del cigarrillo contra una servilleta de papel.

–Se discutió si acaso la «y» debía ser considerada como la sexta vocal en lugar de consonante.

–Consonante, qué rara esa palabra –pensó en voz alta–. ¿En serio ya sabes lo que dice?

–En serio lo sé.

–¿Y qué dice?

–Haz la tarea.

Tomó el celular y empezó a teclear.

—Ahora no, tómate tu tiempo y ojalá sin estar fumado.

Tosió, me dijo que al contrario del resto de los mortales, la marihuana le servía para relajarse y tener momentos de extrema lucidez. Se frotó los ojos y agregó que debía haber fumado, que estaba exquisita.

—¿Llamaste a Olivia? —le pregunté.

—Esta mañana, te espera el viernes a las nueve. Está feliz de que vayas a Nueva York. Me preguntó si te quedabas el fin de semana, quería presentarte gente, invitarte a un par de fiestas.

—¿Le dijiste que no soy Bane Barrow?

—No con esas palabras, pero algo parecido. En rigor, le expliqué que no sabía hasta cuándo te ibas a quedar.

—¿Conseguiste habitación en el Lowell? —Una tontera, pero es mi hotel favorito de Nueva York, lo ha sido desde que Gwyneth Paltrow lo puso encabezando su lista de mejores hoteles del mundo.

—Reserva hecha, habitación con vista al parque, como te gusta. Quedé de confirmarla apenas me dijeras cuándo vas a salir: mañana o el jueves.

—Mañana temprano.

—Lo imaginé. —Aguardó un instante, que aprovechó para dar una nueva bocanada y luego agregó—: ¿Vas a juntarte con Princess en Manhattan?

—Quizás.

—¿Y cuándo vuelves?

—No sé si regrese.

—Perdón, ¿me perdí de algo?

—No de inmediato, al menos. Tal vez vaya a dar una vuelta por España antes de volver a Los Ángeles, darle mi pésame a Juliana y hablar con Caeti, saber qué más hay alrededor de la muerte de Javier; además…

Fue Frank quien completó la frase:

—De averiguar todo lo que tenga que ver con *La cuarta carabela.*

No agregué nada, pero miré el vaso alto de mi latte. Frank se puso de pie, fue al refrigerador y sacó de su interior una lata de Coca-Cola dietética.

–¿Puedo hacerte otra pregunta? –insistió.

–Dispara.

Dio un corto sorbo a la gaseosa.

–Te conozco desde hace un buen tiempo, sé que eres un obsesivo crónico, que te da gastritis cuando algo se te mete en el entrecejo, pero nunca te había visto jugar en esta cancha, la del periodista investigador. ¿De verdad quieres involucrarte en lo de la muerte de tus colegas?

Esperé a que bebiera un poco más de su Coca-Cola y luego respondí:

–Las muertes de Bane y Javier me dan lo mismo –confesé–, son efectos colaterales de lo que creo que tengo encima: la trama de la mejor novela que he escrito a la fecha. He de involucrarme en esto, Frank, porque de alguna manera soy dueño de la certeza de que acabo de encontrar mi santo grial.

–El que te dará gloria y reconocimiento absoluto –mi asistente miró hacia el techo de la cocina.

–Ni lo uno ni lo otro, simplemente una bomba atómica que enviará definitivamente al olvido a Bane Barrow y sus *thrillers* mediocres.

–¡Salud por eso!

Preferí no decirle que tenía el presentimiento de que a este puerto iba a llegar solo. Menos que desde ayer en la noche estaba averiguando si, tras la muerte de sus «autores», el título *La cuarta carabela* estaba legalmente disponible a ambos lados del Atlántico.

Nueva York, EE.UU.

13

Al quitarme el antifaz de descanso supe de inmediato que algo no andaba bien. Un silencio inquieto dictaba sus reglas a lo ancho y largo de toda la clase ejecutiva del reactor fabricado por Boeing. Miré el reloj y hacía quince minutos que debíamos haber aterrizado en Newark. Para cerciorarme, corroboré la hora en mi teléfono: marcaba lo mismo; también me avisaba que tenía un mensaje de Frank Sánchez en la bandeja de entrada.

Mi asistente podía esperar unos segundos.

Junto a las alas del Dreamliner 787 de American, las nubes altas indicaban que seguíamos en altura crucero y que los pilotos parecían no tener intención de bajar los alerones para iniciar el descenso. Abajo, muy abajo, los bosques y campos verdes de Nueva Jersey, que alcanzaban a aparecer entre los jirones del nublado, firmaban la sentencia con el hecho de que no estábamos cerca de ningún núcleo metropolitano con pistas suficientemente largas como para aguantar el peso de un bimotor de más de trescientos pasajeros.

–Funciona bien –me indicó un sujeto sentado en la fila de enfrente: cabello muy corto, traje de diseño, anteojos con cristales al aire y evidente aspecto de ejecutivo de transnacional, tal vez del rubro automotriz por el logo de Chrysler que se repetía en los papeles desparramados en su mesita, junto a una laptop IBM que tenía acomodada encima de la última edición de *Vanity Fair*–. Su reloj –me aclaró–. Hace media hora que estamos volando en círculos y nadie nos da una explicación. Mire a su alrededor, la gente está poniéndose nerviosa, yo lo estoy.

Me levanté sobre el asiento y revisé el ambiente: la incomodidad y el desconcierto podían cortarse en el aire. Mi nuevo amigo tenía razón, el pasillo se percibía apretado, muerto de miedo. Un Jumbo repleto de civiles, volando hacia Nueva York, con un atraso inexplicable era una combinación que desde hacía dieciséis años a nadie hacía mucha gracia.

–Y eso que en ejecutiva y primera no somos más de veinte; creo que en turista la cosa está más complicada. Hace unos minutos alguien gritó exigiendo una explicación.

Volví a mirar por la ventanilla buscando un punto fijo entre los claros de nubes. Era cierto, volábamos en círculo tratando de ganar tiempo y al mismo tiempo de quemar todo el combustible. Una mujer joven, treinta años, morena, bonita, sollozaba abrazada a un hombre de edad similar que le acariciaba con cariño la cabeza.

Recordé el mensaje de mi asistente y tomé mi celular. Pulsé el dedo sobre la superficie táctil y lo desplegué.

$$7\ 2\ 20\ 17\ 1\ 20\ 9\ 4$$
$$4\ 12\ 3\ 11\ 11\ 3\ 17\ 21$$
$$20\ 3\ 19\ 5\ 2\ 15\ 16\ 2$$

Apareció a pantalla completa, luego abajo: «Si quieres decodificarlo, presiona Y». Lo hice. Primero un fondo negro y después una pregunta: «¿Deseas verificar el mensaje a través de PGP? Y/N». También acepté, más para seguirle el juego a mi asistente que por creer en la seguridad de un software gratuito de encriptación. Con lo que tiene el gobierno moviéndose a través de la nación virtual ya no era tan fácil (ni sano) dedicarse a hackear o a burlar sistemas. Si quieren leer el correo erótico que enviaste a una chica de trece años de Yokohama lo van a hacer y si tienes mala suerte te van a apresar por ello, aunque a nadie le interesen las adolescentes de Yokohama. «Felicitaciones, te has ganado el gran osito color de rosa», se escribió luego sobre la cubierta translúcida del teléfono.

Uno tras otro los números se fueron convirtiendo en letras, primero el 7 en «B», luego el 2 en «E», el 20 en «R», el 17 en «N», el 1 en «A», el 20 nuevamente en «R», el 9 en «D» y el 4 en «O», perfilando la primera palabra del código, un nombre propio: BERNARDO. Luego vino el resto, tal cual yo lo había adivinado la misma tarde en que estuve con Princess Valiant.

BERNARDO
OHIGGINS
RIQUELME

Había más. «Toca la pantalla y la verdad será revelada». Así lo hice: «La llave del 6 era la «y», se fue escribiendo. «Tenías razón, quien lo hizo no sabe de criptografía. Fue un trabajo simple, de principiante, ingenuo incluso», exageró, «de esos que te hacen perder el tiempo pero no te quiebran la cabeza. Si me preguntas, creo que fue la propia señorita Valiant quien lo preparó. Pregunta: ¿Bernardo O'Higgins Riquelme no es uno de los personajes de tu "cuarta carabela"?».

–Disculpe, señor, pero ¿podría apagar su teléfono? –me interrumpió la jefa de cabina, una cuarentona con mal aliento que creía que llevar el cabello como Melanie Griffith en *Working Girl* podía diferenciarla del resto de sus colegas, en especial de las más jóvenes, que día a día se abalanzaban sobre su puesto.

–Solo un segundo –le pedí.

–Lo siento, señor, necesitamos que lo apague de inmediato.

–¿Necesitamos? –Traté de sonar pesado, pero no me resultó.

–Por favor, hágalo o tendremos que requisarlo –subió el tono de su voz.

Levanté el celular y presioné la tecla de apagar delante de su cara, para que le quedara claro que no era mi intención desobedecerla.

–Gracias –me dijo y regresó a la cabina de pilotaje. Abajo, a unos veinte mil pies, Nueva Jersey continuaba girando.

–Se lo dije –volvió a hablarme el pasajero de enfrente–, aquí está ocurriendo algo muy extraño.

Le hice un gesto indicándole la ventana y luego dibujé un círculo en el aire.

–Están vaciando los tanques –me respondió él.

La jefa de cabina reapareció en el pasillo de la derecha, acompañada de una compañera, mucho más joven. Pidió atención a los pasajeros de las clases primera y ejecutiva y anunció que el comandante de la nave iba a dirigirse a nosotros. El capitán se apellidaba Núñez y tenía un insoportable y pegajoso acento portorriqueño de Queens. Nos pidió disculpas tanto por el retraso como por la demora en las explicaciones. Luego recalcó que ambas se debían a una emergencia en Newark: había reventado el tanque de combustible en un C-130 de la Guardia Nacional, lo que impedía el aterrizaje de este y otros vuelos en la terminal de Nueva Jersey. Finalmente nos habían desviado a JFK, pero debido al tráfico de esa terminal la confirmación de la autorización de aterrizaje se había tardado más de lo esperado; sin embargo, ya estaba todo solucionado y el descenso iba a iniciarse en aproximadamente diez minutos. Cualquier duda o pregunta, las asistentes de cabina lo iban a resolver.

14

Mi compañero de viaje estaba en lo correcto, la verdadera causa de nuestro atraso y posterior cambio de aeropuerto no había sido por culpa de un accidente, sino por un motivo muy distinto. Y sin temor a exagerar, ni a parecer egocéntrico, el asunto tenía nombre y apellido: Elías Miele. Algo que evidentemente ni el ejecutivo automotriz ni yo alcanzamos a vislumbrar.

No fueron violentos y evitaron el escándalo en todo momento. Simplemente esperaron a que los pasajeros bajaran del reactor para acercarse.

–Señor Miele. –Me interceptaron mientras buscaba algún taxi a la salida de la terminal 8 de JFK. Eran dos personajes de civil escoltados por un uniformado alto y musculoso, muy de viñeta de mal cómic.

–Sí, soy yo –contesté, mirándolos de pies a cabeza.

–FBI –se identificó uno de los civiles, el único de los dos que usaba anteojos–. Por favor, venga con nosotros.

–Supongo que no puedo negarme.

–Supone bien, por acá, por favor.

Y ante la vista de un centenar de pasajeros y turistas que acababan de arribar a Nueva York me condujeron hacia el exterior del aeropuerto, donde me indicaron abordar un pequeño vehículo eléctrico que nos llevó hasta el nuevo edificio administrativo del terminal, un bloque de concreto y cristal construido hace un par de años junto al retrofuturista domo de embarque de la difunta Pan Am. Miré a mis anfitriones, ellos ni siquiera parecían inmutarse. A lo lejos tronaron los cuatro motores de un A-380 de carga que inició su carrera de despegue en una de las pistas del extremo sur.

The Port Authority of New York and New Jersey, JFK Airport, Federal Building, estaba impreso sobre el arco de concreto que servía de entrada a la construcción. El carro se detuvo bajo la palabra «Federal», tras lo cual se me solicitó que ingresara al edificio.

–¿Me puede decir qué ocurre? –le pregunté al agente de los anteojos.

–Ya se le informará, señor Miele, ahora es mejor que guarde silencio.

No era primera vez que me detenían. A los dieciséis años la policía chilena me sorprendió bebiendo en la calle con unos amigos. Tuve que declarar ante un juez de policía local y después firmar por seis meses en una comisaría. Mi papá no me dirigió la palabra en más de un año y mis antecedentes quedaron con una pequeña mancha que a nadie nunca le importó. La segunda ocasión fue bastante más complicada y acabé escapando de Chile, refugiándome primero en Buenos Aires, luego en Barcelona y finalmente en Los Ángeles.

–Por favor –me indicó el de anteojos, haciéndome ingresar a una pequeña sala con una mesa al centro, lugar común de las habitaciones de interrogación que uno ve en el cine o la televisión–. Su bolso –me pidió. No podía negarme, lo deposité sobre la mesa y luego lo deslicé hacia el agente. Él lo abrió y dio una revisión rápida, haciéndole un gesto de aprobación a su silente compañero–. También necesito su teléfono celular.

–Tome.

–Encendido y desbloqueado, por favor –me lo devolvió.

Ingresé la llave de paso de tres letras y tres números y volví a dejarlo encima de la mesa.

–Gracias.

–Descuide.

–Aguarde unos minutos, ya vendrán por usted. –Luego ambos abandonaron la salita, llevándose el bolso y el móvil.

Los minutos se alargaron por casi media hora. Solo, en silencio y frente a una pared blanca que evidentemente era translúcida por el otro lado, intuía que todo tenía que ver con la efervescente visita de Princess Valiant a Los Ángeles.

Mierda, recordé, en la bandeja de entrada estaban los correos codificados y decodificados que me había enviado Frank; eso significaba que los problemas también iban camino a la costa oeste. Por un instante imaginé que hubiese sido preferible que mi vuelo llevase una bomba a bordo, que el 787 explotara en vuelo y que no quedara ningún pasajero vivo.

—Buenos días, señor Miele —me saludó una voz femenina—. Espero nos disculpe si hemos sido un poco molestos. Sus cosas…

La mujer entró, cerró la puerta tras suyo y se ubicó enfrente, sentándose al otro extremo de la mesa. Dejó encima mi teléfono móvil y mi bolso de viaje.

—Gracias.

Vestía un traje de dos piezas, negro y elegante, encima de una blusa blanca, abierta en el cuello hasta el tercer botón. Medias negras bajo la falda entubada y zapatos de taco alto, todo en la talla perfecta.

—De nada, es nuestro deber —me contestó. Cabello corto, en melena *pixie*, como Mia Farrow en *El bebé de Rosemary*, pero más largo en las puntas, casi en estilo *bob*.

—¿Usted es…? —La miré a los ojos.

—Agente Leverance, FBI. Debo confesarle, señor Miele, que disfruté mucho *La catedral antártica*, aunque el final me pareció inverosímil.

—Eso mismo dijeron los críticos.

Me ofreció un delicado apretón de manos. Leverance no debía de tener más de treinta y cinco años, era una mujer de color, alta y delgada, que recordaba mucho a Halle Berry en *Perfect Strangers*, ese horroroso *thriller* romántico con Bruce Willis, pero con bastante menos pechos que la ganadora del Oscar. Sus ojos eran de un café transparente, casi verde, enmarcados bajo dos cejas con una de las expresiones más tristes que hubiese visto. Algo indescifrable en su porte delineaba un origen europeo o quizá cercano al Medio Oriente, una belleza más que afroamericana, exótica, como de ilustración de cuento de hadas arábico, princesa de *Las mil y una noches* o fantasía bíblica de la reina de Saba. Por sobre una integrante de la policía federal, Leverance podría perfectamente haber sido parte de una agencia de modelos; mi carcelera realmente me había impresionado.

–Entonces puedo irme.

–Adelante.

Cogí mis cosas, le hice un gesto de despedida y me encaminé hacia la puerta. Por supuesto no podía ser tan fácil. Bastó que pusiera mi mano sobre la manija para que Leverance atacara.

–Espere, señor Miele, antes de que se vaya necesito preguntarle algo.

Giré hacia ella. El envoltorio no era tan perfecto; tenía una falla que asomó de inmediato en la segunda impresión: un molesto tic en su ojo derecho, como un ritmo nervioso que la hacía pestañear rápido, producto tal vez de una enfermedad superada, de estrés acumulado o de algo que la estaba derrotando por dentro.

–¿Desde cuando está en contacto con Princess Valiant?

Una cadena de plata con una cruz latina surgió en el escote de su blusa, justo encima de la pequeña línea de sus casi inexistentes pechos. Nada de Cristo, clavos, heridas o corona de espinas; solo el símbolo más básico y esencial del cristianismo, ausente de todo fetichismo o idolatría. Fe protestante, tal vez baptista o metodista. Sabía de eso, los primeros catorce años de mi vida los pasé yendo cada domingo a la escuela dominical de un templo bautista en el barrio alto de Santiago de Chile; incluso participé del rito de aceptar a Cristo como mi legítimo salvador. Era evangélico declarado. Papá jamás pisó esa iglesia, mi madre aún sigue asistiendo y cree en cada coma bíblica que le indica su pastor.

–¿Leverance, me dijo...? –le pregunté–. ¿Su primer nombre no será Ginebra?

—Veo que ha escuchado de mí.

Regresé a la mesa, pero no me senté. El ojo derecho de la mujer seguía molestándome.

—Entonces —insistió—, ¿qué me dice de Princess Valiant?

—Qué puedo decirle… la conozco de pasada. Hace una semana ni siquiera sabía de su existencia. Apareció en una conferencia que di en UCLA, quería hablarme de Bane Barrow —hice un alto deliberado—. Fue una conversación de pasillo.

—Que se extendió por varias horas en el *Queen Mary*.

Regresé a mi silla, contaba con que ella no iba a soltar tan rápido el balón.

—¿Hacia dónde vamos, agente Leverance?

—No sé, dígame usted. Pude ver en su teléfono que decodificó la clave alfanumérica que Barrow tenía escrita en la espalda el día de su muerte. ¿Valiant se la dio? —El tic de su ojo ya me estaba mareando.

—Más que dármela, me pidió si podía resolverla.

—Y por lo que veo, su asistente, el señor Frank Sánchez, es un muy buen criptógrafo.

—No había que ser especialmente bueno para descifrarlo. Era un trabajo simple, letra por número, solo se necesitaba encontrar la llave.

Leverance sonrió, le gustaba el juego del gato y el ratón. Notó que le estaba mirando el ojo.

—¿Le molesta? —Ni siquiera subió el tono de su voz.

—No, solo que es imposible no fijarse en ello. —Bajé la vista y estiré los dedos de mis pies para dirigir la tensión hacia abajo y evitar ruborizarme.

—Una herida de bala —me contó—. Tuve suerte, se enterró en mi cerebro justo aquí —se tocó la cabeza por encima de la oreja izquierda—. Pudo matarme pero resulté más fuerte de lo imaginado, un año y medio de rehabilitación. Pensaron que no iba a volver y aquí me ve. Sacaron la bala, pero quedaron algunas secuelas, la más notoria es el temblor de mi ojo derecho, las otras no voy a contárselas. Como ve, señor Miele, soy un buen personaje, podría funcionar perfecto dentro de una novela suya.

—Mucho. —Era cierto, su historia no se me iba a olvidar rápido.

—Pero no nos desviemos del tema. ¿En qué estábamos? —preguntó a propósito.

—En Princess Valiant.

—Exacto, conversábamos sobre la señorita Valiant. Extraña ella, ¿verdad? —No le respondí—. Pues he de advertirle que hemos estado siguiendo a su nueva amiga, bastante convencidos de que sabe mucho más de lo que confiesa respecto de la muerte de su colega escritor, el señor Bane Barrow.

—¿Que no había sido un suicidio?

—No he dicho lo contrario, señor Miele, la palabra que usé fue muerte, no asesinato. Le aconsejo evitar pensar en voz alta, no conviene, sobre todo en instancias como esta. Uno puede sospechar, usted entiende.

—Pues entonces no sé qué más decirle, usted parece saberlo todo. Valiant me buscó solo para lo del código.

—Y es muy interesante lo que encontró en el código. Usted es chileno, ¿verdad?

—¿Para qué pregunta lo que ya sabe?

—Bernardo O'Higgins Riquelme —en realidad pronunció «Higgins»—, según lo que alcancé a buscar en internet, en su país lo consideran el padre de la patria, una figura histórica a la par de George Washington para nosotros. El impulsor de la independencia chilena.

—Algo así.

—Claro, algo así. Un buen tema para una novela de misterio histórica.

—¿De qué me habla?

—Su teléfono —indicó—. Tenemos buena gente, algunos mejores que su amigo Sánchez. Entramos en su disco duro y el último manuscrito en que ha estado trabajando empieza con la muerte de este personaje, Bernardo «Higgins». Mucha casualidad, ¿no le parece?

—Son temas que hay en el aire.

—Y claro, temas que le interesan a novelistas como usted, sobre todo cuando el trono del rey está desocupado. ¿A qué vino a Nueva York, señor Miele? —El tic del ojo pareció dispararme la misma bala que lo había creado.

—Reuniones editoriales.

—Por supuesto, Schuster House. ¿Imagino que después no pretende viajar a España? —preguntó sin mirarme a los ojos.

—Escúcheme, agente Leverance, no sé qué cosa se le metió en la cabeza ni por qué desvió un vuelo por mi culpa...

—Por favor, no fue por «su culpa», señor Miele. ¿Acaso no escuchó al capitán de su aeronave? Hubo un accidente en Newark, vea las noticias, ahí le informarán de todo. Nosotros simplemente aprovechamos las circunstancias, ya sabe, JFK queda mucho más cerca que Jersey.

—Lo que sea, no he hecho nada y no me gusta como me está tratando. Entiendo que solo ejerce su derecho como encargada de una investigación policial, pero yo también tengo los míos y los conozco muy bien. Si me permite, voy a hacer una llamada.

—Adelante, los abogados de Schuster House son excelentes.

—Con su permiso.

—Solo una cosa más, señor Miele. —Me miró—. ¿No ha pensado que tal vez ya sea hora de volver a Chile?

Más que una pregunta, era una clara amenaza.

—Perdone, pero no voy a responderle eso.

—Como usted quiera. Voy por un café, ¿quiere uno?

—No, gracias.

—Usted se lo pierde, esta es una de las pocas oficinas federales que tiene buen café.

Ginebra Leverance se levantó y salió de la sala.

¿No he pensado en regresar a Chile? Claro que lo he hecho, casi todos los días de mi vida. Tengo una hija adolescente a la que mi ex mujer solo me permite ver por la pantalla del teléfono. Una vida entera que recuperar. La pregunta fue un torpedo directo a mi punto débil, justo ahí, bajo la línea de flotación, por fuera del cuarto de máquinas. Otra cosa, señora Leverance, sepa que feliz cambio mi casa en Malibú por una con vista a un lago en el sur chileno; dinero para hacerlo tengo, pero usted sabe, no depende de mí. Me metí con la familia equivocada, gente que no perdona, muy bien conectada y con una red más que eficiente de influencias. Si no he vuelto es porque no me dejan hacerlo. «Nada ha cambiado, señor Miele, la familia no va a quitar la demanda. Si usted regresa a Chile será detenido y encarcelado por desacato a la ley», me informó un abogado por correo electrónico hace un año, cuando intenté solucionar el problema. Y es verdad, de alguna forma me sentí como Roman Polanski, aunque no me he acostado con nadie. Al menos no con menores de edad.

Busqué en la memoria del teléfono e hice la llamada.

El Callao, Perú
25 octubre 1842

15

El arponero se llamaba Alaistar Kirkpatrick y aunque su padre era escocés, había nacido y crecido en el sur de Argentina, la tierra de su madre. Bajo la lluvia y los truenos que azotaban la costa peruana, el hombre había puesto al día con su vida a Magallanes, haciendo de sus treinta y dos años un resumen de los hitos y eventos que marcaron su existencia, todos extraordinarios, como si lo común y corriente no tuviese espacio en él. A los quince se embarcó en un ballenero de Nantucket a bordo del cual dio su primera vuelta al mundo, donde contempló maravillas como calamares gigantes devorando tiburones cabeza de martillo y ballenas jorobadas con árboles en el lomo, «igual que islas vivientes».

–Le juro que es verdad –decía mientras guiaba al mozo bajo techumbres y terrazas que los ayudaran a escapar de la lluvia.

A pesar de su poco amigable aspecto, Alaistar era un sujeto no solo calmo y amable, también piadoso y muy creyente. Cada dos frases que hilvanaba hacía mención a Dios o a algún pasaje de las Sagradas Escrituras y cada vez que prometía o juraba algo lo hacía en nombre de los tronos celestiales. Su padre, también ballenero, terminó sus días como predicador protestante en la Patagonia, donde hizo buenas migas con los indígenas locales. El señor Kirkpatrick creció en un ambiente donde todo giraba alrededor de la Biblia y al temor ante el Dios de los ejércitos, porque así era el Todopoderoso en quien él creía, el de los israelitas, el que convertía las ciudades en cenizas y arrasaba con pueblos enteros.

Iluminados por un relámpago, que por unos segundos trajo de vuelta el día sobre la bahía, Alaistar Kirkpatrick le relató cómo era que se había convertido en arponero. Sucedió a los veinte años, durante su tercer crucero alrededor del globo, tras una tormenta que se había llevado a los cazadores del buque. Superadas las marejadas, el capitán ordenó a tres de sus tripulantes hacerse cargo de los arpones y así fue como él terminó de pie, en la proa de una ballenera, con una lanza lista para clavarla en la joroba de uno de los grandes leviatanes que rodaban sobre las olas. Y así fue también como el coletazo de un cachalote moribundo casi le arrancó el ojo derecho, marcando su cara para siempre.

–Fue el único accidente que tuve en mis días de mar –confesó el marinero, que llevaba tres años en el Callao, establecido junto a una mujer que conoció caminando por Lima–, aunque usted sabe, amito: el que nace en la mar vuelve tarde o temprano a esos reinos. Sé que moriré en el reino de Neptuno, tragado por el Maëlstrom o dentro de las fauces de una ballena, igual que el profeta Jonás.

Otro relámpago iluminó la bahía y la sombra de los tres mástiles de un buque ballenero se vino encima de Magallanes y su improvisado compañero. Faroles de aceite colgaban tanto de las bordas como de las muchas cuerdas que se mecían bajo los palos de la nave, en cuya proa, bajo el bauprés, el muchacho reconoció el nombre que llevaba casi un día buscando.

–Ahí la tiene, amigo mío, ya le decía yo que Eleonora Hawthorne no era una mujer.

–*Eleonora Hawthorne* –leyó en voz alta Magallanes, la identificación del viejo navío con aparejo de fragata.

–Ballenero de New Bedford, propiedad de la familia Hienam, unos armadores cuáqueros con mucho dinero, mi amigo, más del que usted o yo vamos a contar en nuestras vidas.

Magallanes no respondió.

–Hay luz en la nave, yo que usted me acerco; ahí podrá entregar lo que su patrón le encargó con tanta prisa. Vaya y protéjase de la lluvia.

El muchacho se despidió del arponero y luego se encaminó hacia el *Hawthorne* que se mecía con violencia, agitado por las aguas arremolinadas por la tormenta costera. El agua ya caía a goterones y los rayos y relámpagos dibujaban contra la noche las formas de las torres y sierras que cercaban el puerto y la vieja ciudad imperial.

Alaistar Kirkpatrick aguardó a que el mozo se asomara a la borda del buque, antes de cubrirse el rostro y regresar a la tormenta. No era su intención volver a casa antes de que pasara la lluvia o llegara el amanecer.

–¿Alguien vive? –gritó Magallanes, trepando a la cubierta del *Eleonora Hawthorne*.

–¿Quién respira? –respondió en español la voz de un hombre pequeño y calvo, de edad indefinida entre los cuarenta y cincuenta, que asomó bajo la toldilla–. ¿Qué haces bajo esta tormenta, pillo? –preguntó al verlo.

–Me envía mi señor…

No alcanzó a terminar.

–Sé quién te envía y sé también que no es precisamente un señor. O no lo era. También sé lo que traes.

Magallanes no respondió.

–No te preocupes, muchacho, las noticias vuelan, especialmente en Lima. Pero adelante, sube al barco que la señora te está esperando. Límpiate los pies y ven conmigo… Y no hables a menos que se te pregunte; estás aquí por una voluntad que no es la tuya. No eres un invitado, pero podrías serlo.

Magallanes aguardó nervioso.

–Vamos, cordero, qué esperas, apura el paso, a ella no hay que hacerla esperar.

Nueva York, EE.UU.

16

El perfil que escribió Bane Barrow en el número de septiembre pasado de *Harper's Bazar* no podía ser más preciso. Le pidieron que narrara en primera persona algún episodio de su carrera que le resultara especial. Lo que él quisiera, todo validado por su estatus de superestrella. Escribió sobre Olivia van der Waals, su editora y mejor amiga. Claro, si uno creía en la sentida y algo cursi página y media que le dedicó bajo el título de «La mujer que cambió mi vida».

Sostenía el escritor más vendido de la década que para él, la señora (o señorita) Van der Waals era más importante que su madre y sus hermanas, la única persona por la cual era capaz de dar su vida (tal vez acabó dándola). La retrataba como frívola, divertida y algo malvada –como reina madre de Disney–, pero dueña de una inteligencia no solo seductora, sino peligrosa, sacada de personaje de novela de Patricia Cornwell. Muy cierto, Olivia van der Waals era de esas mujeres capaces de derrotar a un ejército en tres frases. Soltera (en rigor, divorciada), cincuenta y un años bien tenidos a punta de cirugías y trasplantes de todo tipo; trabajólica y ex agente de prensa convertida en editora (aunque jamás había trabajado una página) de los autores más vendidos de Schuster House. Insistir en que era una de las mujeres más poderosas de la industria es abusar de la retórica más vacía.

Hora y media después de mi llamado, apareció en el edificio de Port Authority de JFK junto a dos abogados de la editorial, se encerró a solas con la agente Leverance y en cosa de minutos ya había conseguido liberarme de las garras del FBI.

–No van a volver a molestarte, al menos por un buen rato –me aseguró la mujer, que por esos juegos del destino había terminado por tirar todos los dados de su apuesta a mi nombre. Estaba buscando al heredero de Barrow y con Salvo-Otazo muerto tal vez no era mala idea apuntar al chileno; en su lista era el más inofensivo y, sobre todo, el más maleable.

–¿Me puedes explicar qué fue todo esto? –le pregunté mientras caminábamos hacia el Escalade ESV que nos esperaba fuera de la terminal.

–Ginebra Leverance está loca, es una obsesiva, no parece humana, tomó lo de Bane como personal y ha molestado a toda mi gente desde que… bueno, desde que Bane se descrestó en Londres.

–Desvió un avión para detenerme.

–Casi, iban a pararte acá o en Newark, digamos que se aprovechó de un accidente para traerte a Queens, bruja maldita.

–¿Tanto la odias?

–Ha sabido buscar mi odio.

–Dale a su favor que está interesada en aclarar lo de Bane.

–Nada de interés, su obsesión con Bane empieza y termina en hacer todo lo posible por destruir su imagen. Ni muerto va a dejarlo tranquilo, perra.

–¿Destruirlo? ¿Me perdí algo?

–Ginebra Leverance, ¿el nombre no te dice nada?

–No…

–¿Y Leverance Jackson? –Se detuvo bajo el ala de un Bombardier de American Eagle.

–¡¿Ginebra Leverance es hija de Caleb Leverance?! –salté.

–Del reverendo Caleb Leverance Jackson, la élite de La Hermandad, guardián de la dignidad de Cristo y el Espíritu Santo en esta parte del mundo –completó mi editora.

La fotografía fue inmediata, el escote de Ginebra abierto hasta el tercer botón de su blusa, su piel oscura, ligeramente dorada, un par de pecas similares a un chita a la altura del hombro derecho y más abajo, colgando encima de la línea de sus pechos, una cadena con una cruz latina, sin Cristo, sin imagen. Mis instintos de cristiano retirado habían acertado, la dama en efecto era evangélica practicante. Y no solo eso, estaba directamente relacionada con la gente más importante de esa religión en todo el planeta.

La Hermandad o La Familia era el apodo popular del National Committee for Christian Leadership, la pesadilla de cuanto artista o pensador osara escribir algo que atentara contra la tradición bíblica y se opusiera de alguna forma a la educación creacionista que habían conseguido meter en los planes de las escuelas primarias estadounidenses. La respuesta cristiana al fundamentalismo árabe, decían sus defensores; una agrupación de líderes evangélicos dispuestos a meter su fe en el interior de los estamentos más poderosos de la sociedad. Pretendían regresar a los tiempos en que todo giraba alrededor de la Biblia y mantenían una guerra declarada, con muchos millones de por medio, no solo contra el arte, la cultura, el budismo o los musulmanes, sino contra su más directa competencia camino al trono de Dios: la Iglesia católica. Según el discurso de La Hermandad, el Vaticano era un pozo anticristiano que ocultaba bajo la idolatría al Papa y a los santos la extensión del Imperio romano hasta nuestros días. El apóstol Juan (así a secas, sin el «San») en sus Revelaciones del Apocalipsis lo había advertido: Roma era la gran ramera, la que había que exterminar. De tener misiles nucleares, seguro que sus blancos iban a estar en la capital italiana, no en Bagdad. El gran dilema es que en verdad tenían acceso a esos misiles. Y el reverendo Caleb Leverance Jackson era una de sus cabezas más visibles; obispo protestante baptista de Washington, mantenía una ofensiva mediática contra todo aquel que osara usar el nombre de Dios en vano, más aún para sacar provecho comercial de ello.

Y Bane Barrow lo había hecho.

En artículos de prensa, videos difundidos por internet y entrevistas en canales de televisión conservadores, el reverendo Leverance fue enfático en declarar y reiterar que Barrow era un instrumento de Satán, metiendo en el saco a todos los escritores que seguían su línea pagana, suerte de falsos profetas del Anticristo pronto a venir.

–Ginebra es el brazo armado de su padre, eso es claro como el agua –prosiguió Olivia–. Acuérdate de lo que estoy diciendo cuando resuelva el caso....

–Si es que lo hace.

–Si es que lo hace –repitió ella, encendiendo un cigarrillo e ignorando totalmente que estuviésemos parados en losas de concreto ordenadas sobre kilómetros de oleoductos y estanques llenos de combustible para avión–, va a sacar a la luz todos los trapos sucios de Bane, que no son pocos...

–Lo imagino.

–No, no lo imaginas. Nadie puede imaginarlo... lo digo en serio. ¡Mierda! –exclamó.

–¿Qué sucede?

–Que ya es casi mediodía, que nuestra reunión editorial se retrasó, que deberé mover mil cosas para reagendar durante la tarde. ¿Por qué mejor no te mudas a Nueva York?

–Tengo una idea mejor.

–Cambiar tu manera de vestir.

–No –lo de mi ropa lo dejé en la lista de espera.

–¿Una idea mejor que mudarte a Nueva York? Querido, no hay nada mejor que vivir en esta ciudad.

–Me refiero a nuestra reunión de trabajo. –Olivia van der Waals arqueó sus cejas y creo que la vi sonreír–. Hablemos de negocios aquí y ahora, no necesito más de cinco minutos.

La agarré del brazo y la conduje al otro extremo del Bombardier, justo al lado del tren de aterrizaje delantero. Los dos abogados se quedaron esperando.

–*La cuarta carabela* –pronuncié y noté de inmediato el impacto de esas tres palabras en su rostro. El falso rubor de sus mejillas pasó a un blanco nervioso, inquietante.

–Princess Valiant te lo contó, ¿verdad? –La editora estaba seria. Tras nosotros un helicóptero de la Guardia Costera despegó en medio del relincho molesto de sus rotores de cinco palas.

–Nadie me contó nada, es el *working title* de la novela que llevo cuatro meses escribiendo –Olivia no entendía nada– y que inexplicablemente es el mismo título bajo el cual escribían Bane Barrow y Javier Salvo-Otazo al momento de su muerte.

—Me tomas el pelo, Miele…

—No. Durante mi último día en Shanghái hablé con Caeti Castex, mi agente en Barcelona, tú lo conoces —ella asintió—, acerca de si le gustaba el título *La cuarta carabela* y me dijo que era un gran nombre pero que no podía usarlo porque Javier ya lo había inscrito a su nombre. Esa misma tarde lo encontraron muerto en Toledo. Hace unos días, Princess Valiant me visitó en Los Ángeles y digamos que no fue complicado sacarle que *La cuarta carabela* era el nombre secreto del nuevo trabajo de Barrow. Ambos libros, al igual que el mío, se inician en Lima a mediados del siglo XIX y ambos, imagino, versan acerca de un secreto llegado a este lado del planeta con Cristóbal Colón. No sé qué habrá tras todo esto, pero estoy muy seguro de que es algo grande…

—Es imposible —bramó ella—, Bane tenía inscrito el nombre desde hacía más de un año…

—Inscrito en Estados Unidos —interrumpí—. Si Javier también lo hizo, está bajo las llaves de la propiedad intelectual española; hay un océano entremedio.

—Imposible —repitió Olivia, confundida. De verdad el tema la enredaba—. Esta información estaba resguardada bajo siete llaves —exageró—, incluso filtramos un nombre falso a la prensa —lo recordaba: *La llave Jefferson*—. Nadie, ni tú ni Salvo-Otazo tenían forma de acceder al título a menos que el propio Bane…

—¿Tienes una copia de lo que alcanzó a escribir? —la interrumpí.

Ella bajó la vista.

—No, no quiso adelantarme nada, pero eso no es lo peor. —Apretó los dedos de su mano derecha contra su rostro, enfatizando del modo más melodramático que encontró la siguiente línea del diálogo—: El archivo de la novela desapareció. La nube virtual de Bane está vacía y en las carpetas de documentos de su computadora no hay nada.

—Nada, nada, nada —recalqué en infantil melodía.

—¿Te hablé en chino? —Arrugó el ceño—. La puta nueva novela de Bane Barrow se esfumó con su puta vida —luego bajó el volumen de su voz—. ¿Querías copiarla?

—No exactamente. —Volví a mirarla a los ojos—. Mi idea era compararla con el libro que estoy escribiendo. Olivia, supongo que puede parecerte una locura, pero estoy bastante seguro de que la historia en la que trabajaba Barrow es exactamente igual a la mía.

Recalqué el punto aparte al final de la frase, luego insistí en mi idea:

—Y es más, sospecho que en este instante todos los llamados «clones» de Bane Barrow están redactando su propia versión de *La cuarta carabela*. Javier lo estaba haciendo y voy a conseguir ese manuscrito para corroborar mi teoría y de paso descubrir quién está detrás de este complot —recalqué—, porque es un complot. ¿Que por qué y para qué? —solté sin darle tiempo para responder—. Ya sabes lo del criptograma que Bane tenía escrito sobre el culo cuando murió, ¿verdad? —asintió con un movimiento de cejas—. Pues logré traducirlo, el cifrado era un nombre: «Bernardo O'Higgins Riquelme», uno de los héroes patrios responsables de la independencia de mi país, Chile —subrayé—, y curiosamente el personaje que gatilla el misterio en «mi versión» de *La cuarta carabela*.

Olivia van der Waals parecía petrificada.

—Necesito algunos favores —dije—; el primero, que me metas en un avión a Europa, tenemos algo grande entre las manos, algo que puede ser mayor que las carreras juntas de Bane y Javier juntas.

—Eres escritor, Elías, no investigador privado. Mejor olvídate de todo esto y volvamos a Manhattan, tu deber conmigo es escribir.

—Y eso es justo lo que te estoy proponiendo: *La cuarta carabela,* el libro secreto que estaban escribiendo Bane Barrow y Javier Salvo-Otazo, rescatado por Elías Miele; imagina eso en portada —tenté—. Pero no voy a lograrlo solo, necesito ir a España y no en un vuelo comercial. Tenemos que hacer todo lo posible por quitarme a Ginebra Leverance de encima.

–¿Algo más? –Ya estaba dentro.

–El resto es más simple, primero que tus abogados recuperen los derechos del título *La cuarta carabela* y lo traspasen a mi nombre.

–¿Y segundo?

–Que las filiales de Schuster House rechacen todas las otras versiones de *La cuarta carabela* que de seguro les van a llegar en los próximos meses. Solo puede haber un libro bajo ese nombre, si no todo se va al carajo.

–Solo eso…

–Aparte de hacer lo humanamente imposible por encontrar el manuscrito perdido de Bane Barrow.

Olivia van der Waals sonrió y mentiría si dijera que no hubo un brillo malicioso en sus ojos. Luego sacó su celular del bolso de mano y me dijo que aguardara, que debía hacer una llamada. Se apartó hacia el otro extremo del avión, lo suficiente como para que un guardia del aeropuerto le gritara que estaba prohibido ingresar a esa área; ella, por supuesto, le respondió con un aleteo del brazo derecho. Yo miré hacia atrás, en dirección al edificio de Port Authority, seguro que a través de los cristales espejados del segundo o tercer nivel la hija del líder de La Hermandad estaba pendiente de todos y cada uno de mis movimientos.

–Tengo un vuelo de carga a París mañana, sales desde La Guardia a las cuatro de la madrugada –confirmó mi editora, regresando desde bajo la nave de American Eagle. Un helicóptero, esta vez del NYPD sobrevoló nuestras cabezas–. Y créeme cuando te lo digo, Elías Miele, me estoy jugando el pellejo por ti –no era cierto, simplemente estaba sacando muy buenos cálculos.

–No vas a arrepentirte.

–Eso espero.

–Y hablando de esperar. –La saqué del tema–. No lo he olvidado, ¿qué de malo tiene mi manera de vestir?

Olivia me miró de la cabeza a los pies, volviendo en un segundo a su primer trabajo, como asistente de la editora de modas de *Vogue*.

–Usar siempre camisas blancas con corte de sastre es una decisión acertada –describió–, el saco negro también. Mi problema es que nunca te quitas esos espantosos jeans negros y sobre todo que en lugar de zapatos uses eso –apuntó a mis pies.

–Uno –enumeré–: me visto así porque por primera vez en mi vida estoy delgado como para hacerlo. Mi abuela decía que nunca se es del todo delgado y del todo rico, yo ahora soy ambas cosas y para vivir tranquilo prefiero no cuestionarme las palabras de mi abuela –que no eran ciertas, las había leído en un libro de Stephen King–. Dos: tengo demasiadas cosas en mi cabeza como para preocuparme de cambiar de ropa cada día; además, el negro y el blanco funcionan desde que el César mandó a hacer su primera túnica…

–Válido, continúa.

–Tres: lo de los jeans puedo considerarlo, pero quitarme las zapatillas de tenis blancas, jamás. Nunca me verás con zapatos de diseñador, tengo pies delicados.

Sin deseos de seguir en lo de la ropa, Olivia volvió a lo que en verdad le interesaba.

–Mañana comienza marzo –dijo–. Quiero un avance del libro en mi bandeja de entrada para la primera semana de abril.

–En tu bandeja de entrada.

–Y una cosa más –contestó con una sonrisa–, no se te ocurra morirte.

17

Un nuevo trueno remeció la vieja estructura de madera del ballenero *Eleonora Hawthorne*. Magallanes miró a lo alto de los mástiles
y vio que allá arriba destellaba una fluorescencia opaca que se movía
fantasmagórica entre el verde y el azul.

–Es el fuego de San Telmo –le explicó el hombre calvo y pequeño
que había salido a recibirlo–. Ocurre con las tormentas y dicen que todo
hombre que lo ve en alta mar no regresa jamás a tierra. Pero vamos, hoy
no estamos en la mar, ¿verdad?

Magallanes no respondió, estaba demasiado ocupado sacudiéndose
de la lluvia que estilaba sobre su capucha.

El capitán del ballenero lo guió sobre cubierta hasta la toldilla, ubicada bajo el castillo de popa, donde una pequeña puerta conducía a una
también pequeña escalera que llevaba al corredor en cuyo fondo estaba
la cámara principal de la nave.

–El resto del camino es suyo, amito. Recuerde sacudir sus zapatos
antes de entrar, están sucios y es de buena educación –pronunció el
hombre antes de desaparecer. Al muchacho le resultaba evidente que
salvo ese individuo y quien lo esperaba no había otra alma a bordo del
Hawthorne.

La puerta del camarote parecía embutida a la fuerza dentro de la estructura vieja y húmeda del castillo de popa del buque. Magallanes tuvo
que agarrarse del borde del pasillo para no perder el equilibrio ante los
violentos movimientos del ballenero, sacudido por las marejadas pro-
ducidas por la tormenta. Empuñó su mano derecha y llamó tres veces
seguidas, golpeando contra la superficie de la puerta.

—Está abierto –respondió desde el interior la voz de una mujer.

Magallanes empujó la puerta.

La toldilla era estrecha, con maderas húmedas y hediondas que se curvaban hacia el techo, todo armado y sujeto por la estructura del barco, abierto como el costillar de un monstruo marino similar acaso a esos que precisamente perseguían los tripulantes del *Eleonora Hawthorne*. Tres lámparas de aceite que colgaban del techo del castillo daban algo de luz (y muchas sombras) al lugar, donde destacaba una pequeña cama, un par de violines y una mesa redonda emplazada justo en mitad de la habitación. Y detrás de la mesa, sentada y quieta como un cadáver, lo miraba una dama vestida de blanco, con cabellos negros y la piel muy pálida. Sus labios brillaban en un rojo intenso, casi sanguinolento, mientras los ojos, azules y profundos, recordaron a Magallancs los de su patrón. Al mozo le fue difícil calcular la edad de su anfitriona: cuando el rostro de la señora era tocado por la luz parecía joven, casi adolescente; en cambio, al cubrirse de sombras, sus años delataban una madurez triste. Era hermosa, de eso no cabía duda, pero no como las niñas que el muchacho solía ver de reojo en la ciudad imperial; su belleza era distinta, pesada, como venida de un sitio muy lejano.

—Puedes sentarte –lo invitó ella, mirándolo fijamente y extendiendo su mano izquierda hacia el puesto inmediatamente frente al suyo.

Un anillo enorme brilló sobre su dedo índice.

—¿Aquí, mi señora? –preguntó el mozo, corriendo la silla.

—No hay otro lugar –insistió ella.

El joven mestizo obedeció las indicaciones de la señora.

—Así que tú eres Lorencito Carpio –pronunció la mujer.

—Puede llamarme Magallanes, así me decía el patrón.

—Lo sé, tu señor me contó por escrito muchas cosas de ti, de cómo te encontró, lo que te fue enseñando y cómo te fue educando –respiró–. Entonces el Huacho está muerto. Fue antes de lo previsto, pero así suceden las cosas. Veo que me trajiste el encargo.

–Sí, mi señora –tartamudeó él.

Ella le indicó que deslizara el paquete sobre la mesa.

–Lástima que se largara a llover, pero así es la costa del Perú. ¿Resultó muy complicado dar con el *Eleonora*?

–No demasiado, sabía de lugares donde preguntar.

–Un muchacho inteligente, mucho. –Sonrió ella, luego tomó el paquete y lo desató–. Entonces, cuéntame –prosiguió–, ¿cómo sucedió la muerte del Huacho? No te molesta que llame así a tu patrón, ¿verdad?

–No, señora, usted puede llamarlo como quiera.

–Eres servicial, Magallanes. Y fiel.

El niño tragó un poco de saliva, luego comenzó su relato:

–La señora Rosa pensaba que don Bernardo se nos iba a ir anoche, así que pidió que preparáramos todo para su partida. Cerca de las doce me mandaron a buscar a un señor cura para que lo despidiera. Era la segunda vez que le daban la extremaunción.

–Idea de doña Rosa, puedo imaginarlo –lo interrumpió–. Pero sigue, por favor, mis oídos están atentos a tu historia.

–Todas las mujeres de la casa lloraron, uno de los esclavos dice incluso que escuchó aullar a los perros, pero yo, misiá, puedo jurarle que no escuché nada.

–Hace tiempo que los perros ya no despiden a los muertos –murmuró la dama.

–Don Bernardo consiguió pasar la noche. Los dolores lo hicieron desfallecer y sus quejidos fueron más intensos que en jornadas anteriores, pero la parca no vino a buscarlo. Por la mañana despertó temprano e incluso se levantó a recibir un mensaje que le trajeron desde Chile. Ignoro el contenido de la misiva, pero le mejoró bastante el ánimo, incluso lo escuché reír, y doña Rosa nos reveló que había estado hablando de un pronto regreso a sus tierras. Entonces, poco antes del mediodía, pidió que lo llevaran de vuelta a su cama. Se acostó, cerró los ojos y se quedó largo rato en silencio, rodeado de su hermana y otras mujeres de la casa. Misiá Rosa mandó incluso a traer unas monedas que el cura había santificado para cubrirle los ojos. Pero de pronto el patrón despertó y pronunció mi nombre.

–¿Tu nombre?

–Sí, misiá, dicen que sus palabras exactas fueron «Magallanes», «Magallanes»…

–Entiendo, un hermoso gesto; pero, por favor, prosigue, no te demoro ni te interrumpo más.

–Fueron a buscarme, avisando que don Bernardo me llamaba. Me acerqué a su lecho y esperé su ordenanza. Tomó mi mano derecha con fuerza y me pidió que le trajera su espada y un hábito de monje franciscano que tenía guardado en un ropero.

–De monje franciscano, guardado en un ropero –repitió la mujer–. En verdad el Huacho nunca dejó de sorprenderme.

18

«¿Que dónde estás?», explotó Frank cuando al fin aceptó la llamada entrante de un número que no tenía registrado en la memoria de su teléfono. Antes, un mensaje de texto le aclaró que el código que estaba replicando en su pantalla pertenecía a Elías Miele.

–Llevo dos días tratando de ubicarte y ahora me dices que estás en Madrid –reaccionó entre nubes de estática al otro lado del Atlántico.

–Una larga historia.

–Lo imagino, el FBI vino a verme.

–A propósito del FBI, deben haber pinchado tu número.

–Lo hicieron, pero metí un virus que se comió al espía. Fue complicado, tardó como cuatro horas en masticarlo, pero, ya sabes, conozco a gente útil que conoce a gente más útil. Me informaron que estabas detenido en Nueva York, trajeron una orden para inspeccionar tu casa.

–¿Y lo permitiste?

–¿Qué otra cosa podía hacer? –sonó resignado–. ¿Entonces es cierto lo de tu detención?

–Un par de horas en una sala del edificio federal de Port Authority en JFK. Lo hicieron más para asustarme que por otro motivo. ¿Tomaron algo de casa?

–Nada… solo revisaron por aquí y por allá. ¿Qué pasó?

–Princess Valiant.

–Lo sabía. –Se detuvo y luego exclamó–: ¡Mierda!, entonces saben que fui yo quien descifró el código.

–Sí, pero no les interesa.

–¿Y qué les interesa? –lo escuché encender un cigarrillo (o un porro de marihuana) y aspirar nervioso.

–Aclarar la muerte de Bane Barrow.

–Entonces la pelirroja tenía razón. –Bajó el tono de su voz para luego subirlo–: ¿Y qué mierda haces en Madrid?

–Hice un trato.

–¿Con el FBI?

–Con Olivia van der Waals.

–No sé qué es peor… ¡Aguarda! –Hizo otro alto para cambiar de tema–. Me estás llamando de un número nuevo, ¿requisaron tu teléfono?

–Solo por unos minutos, pero era mejor prevenir. Envié todos mis archivos a una nube y guardé solo el chip de los bancos y algunas direcciones.

–Con el chip bancario igual te van a encontrar.

–Estoy en Europa, acá es más fácil esconderse.

–¿Qué hiciste con el otro aparato?

–Lo dejé en el asiento trasero de un taxi.

–Estás aprendiendo. –Fumó–. Espera, espera, espera –repitió en el acto–. ¿Cómo mierda pasaste el control del aeropuerto?

–No volé de pasajero, Olivia me envió en un vuelo de carga a la filial francesa de la editorial.

–¡¿Estás de ilegal?!

–No, con todos los papeles en orden, además de privilegios de «alto ejecutivo» de Schuster House. Interpol sabe que estoy acá, también que no hay cargos para detenerme… pero pueden molestarme.

–¿Qué hago si el FBI vuelve a insistir contigo?

–Diles la verdad, además ya la saben; cuéntales que vine a ver a unos amigos en España, a la familia de Javier Salvo-Otazo… Dales lo que te pidan y anota este nombre: Ginebra Leverance, ella puede ser bastante insistente.

–No estás solo, ¿verdad?

–No, y ahora debo cortar…

Y sin despedirme guardé el teléfono. Luego me quedé viendo cómo unos turistas muy rubios y muy alemanes se amontonaban sobre un microbús estacionado bajo la curva fachada del edificio Capitol, en la Gran Vía con Callao, mientras al otro lado de la calzada la mole de FNAC fabricaba gente a través de sus puertas giratorias. Dentro de quince minutos había quedado de reunirme con Caeti en la sala de lectura del cuarto piso de esa tienda. Abrí la tapa del café y revolví un poco mi americano con dos dedos de leche descremada. «¿Quieres pasar desapercibido en Madrid? Escoge un Starbucks, estamos repletos de ellos y los odiamos, nunca hay gente», me aconsejó hace años mi agente. No era cierto. Pensé en Ginebra Leverance, en su tic, su boca rosa y su apetecible figura de ex modelo encerrada en una falda tubo, la cadena con la cruz latina en el filo de su escote, también en su padre, su religión y en lo extraño que se había vuelto todo.

El Starbucks no estaba repleto de españoles, pero sí de turistas.

Di un sorbo a la bebida y eché mis ochenta y tres kilos sobre el cómodo sillón de la cafetería. Respiré hondo y volví a agarrar el libro que compré apenas me bajé del tren en Chamartín y del cual, por más que trato, no puedo pasar de la página 13. *Las hijas de la penumbra*, Juliana de Pascuali, estaba escrito con letras plateadas sobre una cubierta negra donde relucían cuatro manos blancas agarradas a un candelabro. *Best seller* del año pasado en España y, tras su presentación en Frankfurt, una de las grandes apuestas para el mercado anglo en la temporada entrante. El libro de la viuda, de la mujer que alguna vez casi acaba con mi amistad con Javier. Yo la vi primero, él se casó con ella, ahora estaba libre. Era imposible que no pensara en eso, más ahora que el destino nos había librado de su esposo.

«A veces la muerte puede acariciarse», decía la frase promocional en la contratapa, junto a una línea aún más publicitaria: «Por la premiada autora de *La herencia escondida*», título de su primera novela, un *thriller* también gótico, también romántico y también de época que le dio buenas ventas y algunos premios menores, distinciones todas que sin embargo no le permitieron encumbrarse por sobre la popularidad de su exitoso marido.

En una ocasión, durante una Feria del Libro en Guadalajara, México, Juliana me confesó sentir celos de la atención que recibía Javier. Con unas copas de más sumó que la rabia le surgía por saberse más escritora que él. «Incluso tú escribes mejor y eres más entretenido, deberías superar sus ventas», me sopló guiñándome un ojo y recordándome la historia pasada que teníamos juntos, lo que pudo ser. Aquella noche Javier era el rey del mundo, presentaba *La cifra de Salomón*, su segunda novela, antesala del éxito arrollador que dos años después vendría con *Los reyes satánicos,* su sobrevendido *thriller* acerca del verdadero culto procesado por Fernando de Aragón e Isabel de Castilla, grueso novelón que vendió tantos ejemplares como sumó tanto repudio del catolicismo más conservador de España, sin contar toda clase de polémicas (muy útiles comercialmente) con las escuelas de estudio histórico tradicionales. Recuerdo que me envió un correo que no era más que una colección de frases que habían salido en la prensa. La que más gracia le hacía era la cita de un reconocido doctor en filosofía de Navarra que definía la novela como «una colección pornográfica de libertades e inexactitudes históricas, pero la culpa no es del autor sino de la editorial que se animó a publicar colosal falta de respeto contra la herencia castellana». Miré la foto de portada del libro que tenía sobre mis rodillas: Juliana siempre se las había arreglado para ser amada por las cámaras.

Revisé la hora y abandoné rápido el Starbucks para acudir a la reunión con mi agente.

Caeti Castex llegó retrasado.

–No es un lugar muy apropiado para que un autor superventas pase desapercibido –me dijo al descubrirme en el mesón de ventas de FNAC, firmando un par de ejemplares de *La catedral antártica.*

Tenía razón, pero esa era la idea; el público al final era el mejor de los disfraces. Nada había sido escogido al azar. Si lo cité allí era porque necesitaba de la cubierta de los lectores.

–El ego es más fuerte –le contesté a mi agente, quien tras la muerte de Javier Salvo-Otazo se había visto obligado a cambiar Barcelona por Madrid.

–Te ves bien, te sienta bien ese dorado californiano.

–Tú estás pálido.

–*Com una imatge de l'hivern*, tronco.

Al fondo del pasillo, el rostro anguloso de Juliana sonreía en un colgante de *Las hijas de la penumbra*, «auténtica y provocadora renovación a la literatura gótica, Guillermo del Toro», enunciaba la frase publicitaria.

–Eso, lo de Del Toro –le indiqué, mostrando el pendón de Juliana–, fue idea tuya.

–Ni siquiera se leyó el libro –susurró–, pero me debía un favor. Además, como está interesado en hacer algo con *Los reyes satánicos*, buscaba quedar bien con Javier y le pareció que darle un espaldarazo a su mujer podía funcionar.

–¿Dónde te estás hospedando?

–En un hotel cerca de la Puerta del Sol.

–Hombre, ¿por qué no te vienes a casa? Mi apartamento en Madrid no es tan vasto como el de Barcelona, pero siempre hay espacio para los amigos.

–No es el espacio lo que me preocupa contigo...

–Homofóbico de la gran puta, *que et foti un peix!*

Luego me dio un fuerte abrazo.

–¡Qué gustazo volver a verte!

–Aun en estas circunstancias.

–Tronco, si lo que me has contado al teléfono es cierto –anoche le había revelado casi todo–, estoy como la Van der Waals, con las piernas abiertas, listo para que me adentres tu pollona. –Una señora nos quedó mirando, pero a Caeti le dio lo mismo–. Con tu juego de creerte Indiana Jones todos podemos ganar.

–*La cuarta carabela.*

–Y si te apetece… una «quinta carabela» –se entusiasmó.

–Ya sabes lo que necesito para apurarme. –Salimos del edificio de FNAC hacia la Gran Vía.

–Y te lo daría, si pudiera… pero no tengo nada.

Se detuvo a comprar una barra de chocolate en un quiosco. Al otro lado de la avenida una imagen gigantesca de Daria Werbowy modelando un entero para H&M colgaba en todo lo alto de los seis niveles del edificio de la tienda.

Caeti comenzó a masticar su chocolate. Comentó que para él era una adicción, que después de una larga lista de drogas legales lo único que necesitaba para sobrevivir era cacao. Me ofreció un trozo, le respondí que no me apetecía; enseguida se metió la mano derecha al bolsillo izquierdo de su pantalón de pinzas y cuadrillé y me alcanzó una pequeña tarjeta gráfica para teléfono móvil.

–Por mientras –bajó el tono de su voz– que tus abogados gringos sepan administrar estratégicamente todo lo legal acerca de la inscripción de nombre, derechos y marca de *La cuarta carabela* para el mercado hispano –exageró.

–O con la conveniencia y el oportunismo que todos necesitamos –completé.

–Amén. –Se persignó–. Pensé mandártelos por correo –susurró como si nos estuvieran grabando para una película policial–, pero después de lo que me contaste ayer me dio pánico, no quiero que me pinchen, como dices tú.

–Crees que no estás pinchado –le dije a propósito. No respondió y dio otra mordida a su chocolate. Había sido buena idea traerme los archivos en una tarjeta; pinchado o no, era más seguro que por mensaje directo–. ¿Hablaste con Juliana? –le pregunté mientras guardaba el hardware dentro de mi teléfono.

–Te está esperando en Toledo, este es el número de su casa y el de su móvil –sacó otro papel doblado del mismo bolsillo y lo puso sobre la palma de mi mano derecha–; me indicó que prefería discutir contigo lo del manuscrito en persona.

Sonreí mientras miraba los ocho dígitos garabateados en la hoja.

Un vagabundo cruzó la calle gritando consignas contra la monarquía, diciendo que los cerdos debían llevarse al matadero. Exactamente la frase inicial de *Los reyes satánicos*. Caeti tenía razón al declarar que el libro de su difunto protegido lo habían leído todos los españoles.

–¿Y vas a ir solo a Toledo?

–No vine solo a España. –Levanté mi mano derecha e hice una seña. Princess Valiant, que se había quedado esperándome dentro del Starbucks de Callao con la Gran Vía se levantó, salió del local y caminó hacia nosotros.

–Caeti, ella es Princess Valiant, la ex asistente de Bane Barrow.

–Joder –exclamó mi agente, mirándola de pies a cabeza–, es que no puedes llamarte «Princesa Valiente».

–Mi padre se llamaba «Rey Valiente» –contestó ella en un perfecto español neutro, mientras sacaba su Moleskine y un lápiz azul de su bolso deportivo.

–¿Qué anotas, niña? –preguntó Caeti al verla escribir en su libreta.

–Todo, anoto todo lo que hablo, con nombre, fecha y lugar. A veces también dibujo. Aquí estás tú –le enseñó, había garabateado nuestras siluetas frente a la fachada del edificio Capitol– junto a Elías. Y no me mires de esa forma, sé que estoy loca, pero me gusto así.

–No va dir res.

–Pero te mueres de ganas de preguntarme por qué me visto como me visto.

–M'agrada aquesta noia.

19

Magallanes se quedó en silencio, mirando a la mujer que tenía enfrente. Ella parecía perdida, con la vista fija en ninguna parte. Con los ojos más acostumbrados a la oscuridad y a la tenue luz de las farolas de aceite, el muchacho descubrió que el curvado techo del único privado del *Eleonora Hawthorne* estaba decorado con estrellas y constelaciones del Zodiaco. Al centro destacaba enorme la forma de Orión, el arquero, la misma que de niño le habían enseñado a identificar como las tres Marías y sus hermanas. Don Bernardo le reveló, tiempo después, que las tres estrellas eran en realidad el cinturón del cazador.

Volvió a mirar a su anfitriona y se encontró con sus ojos celestes y grandes clavados en los suyos. Eran intensos y profundos, atemorizantes como la mirada de yeso de la estatua de un santo. La dama alargó su mano izquierda y trazando unos círculos en el aire le indicó que volviera a su relato.

—Entonces fuiste por los hábitos de un franciscano.

—Eso hice, mi señora. El patrón le pidió a su hermana que lo vistiera como un monje, esas fueron sus exactas palabras. Repetía también que era el uniforme de Dios…

—¿Y después?

—Después, doña Rosa me expulsó de la habitación, dijo que era lugar solo para la familia. Ignoro lo que habrá sucedido entonces, pero a la hora más o menos supimos que el señor había muerto.

—El Huacho está muerto —reiteró la mujer.

—¿Perdón, mi señora?

—Que el Huacho está muerto. A estas alturas ya casi toda Lima debe haberse enterado. Las noticias, en especial cuando tienen que ver con el paso a la otra vida, vuelan como ánimas en la noche.

El mocito no respondió.

—Respóndeme, hermoso —continuó la mujer, cambiando el eje de la conversación—, ¿sabes por qué tu señor te llamaba Magallanes?

—Él me decía que le recordaba el sur, a la gente de por allá.

—El sur —repitió ella—, si todo sale de acuerdo a lo planeado, pronto me acompañarás a tierras australes —respiró profundo—. ¿Me permites hacerte otra pregunta?

—Usted dirá, mi señora.

—¿Lo amabas?

Lorencito sintió que una lengua fría, congelada y punzante, bajaba por su espalda.

—No me contestes —prosiguió la señora del *Eleonora Hawthorne*—, no es necesario, todo está en tus ojos…

El mozo arrugó el ceño para tranquilizar su ansiedad. No sabía cuál sensación le era más intensa, si las ganas de escapar corriendo del barco ballenero o continuar escuchando las frases alargadas de la señora de ojos celestes.

—No imaginas lo que dice la carta que acompaña la encomienda, ¿verdad? —inquirió ella mientras levantaba el sobre que continuaba encima de la mesa—. Tu patrón me pide que me haga cargo de ti —subrayó—. Tal como escuchas. Don Bernardo te encargó a mis cuidados cuando supo que sus días estaban contados.

Otro halo congelado descendió por el cuerpo de Carpio.

—Debes de estar en paz —prosiguió la mujer—. ¿Estás contento? Mi intención es que lo estés.

—Lo estoy —pronunció nervioso.

—Así me gusta, mi pequeño. —Le sonrió de una forma amable, calmada, casi maternal—. ¿Te parece si vemos el otro obsequio que tu patrón nos envió?

Magallanes levantó la mirada pero no emitió palabra. La señora buscó un cuchillo que usaba para abrir cartas y con el mango quebró el timbre de cera. Hizo un comentario acerca de la bandera que O'Higgins había dibujado sobre el sello, después rebanó las ataduras y forros. Desenrolló sobre la mesa una forma ahusada y larga que venía apretada entre ropas y trapos viejos. A medida que la mujer fue deshaciendo las telas, el objeto adquirió forma: una vaina aterciopelada con una espada, que el mocito conocía muy bien. Tenía la empuñadura dorada y el león estilizado alrededor del nacimiento de la hoja.

–¿Qué sucede? –le preguntó la señora.

–¡La espada de don Bernardo! –exclamó el muchacho–. No puede ser, yo mismo la llevé hasta el lecho de muerte de mi amo.

–Me temo, mi niño, que aquella no era su espada. Al menos no la verdadera. Quiero que mires esto –insistió la mujer, desenvainando la hoja y poniéndola contra la luz de una de las farolas–. Lo notas, ¿verdad? –En el borde de ataque del arma podía verse una especie de inscripción, palabras hiladas formando una frase.

–No reconozco la lengua –afirmó el muchacho.

–Por supuesto que no, pero eso no es lo importante, Magallanes. Has de saber que esa frase es el nombre propio de esta arma; que en realidad no es una espada, sino una llave –el muchacho limeño la miró con cien preguntas reflejadas en sus ojos–, y por esta llave el Huacho se desvivió. Su seguridad era fundamental para asegurar el éxito de esta misión que ahora es tan tuya como lo fue de él. Ese es el motivo por el cual tu patrón mandó a hacer una réplica, para distraer a los inocentes y para que lo acompañara en su muerte. La verdadera espada, esta que tengo en mi poder –regresó la hoja a la funda–, debía de volver con nosotros cuando el barquero viniera a buscarlo –se detuvo y lo miró a los ojos–. Por supuesto ahora tenemos mucho que enseñarte, continuar tu educación. Pero antes necesito que me hagas un favor.

–Usted dígame.

La dama volvió a sonreír y puso sobre la mesa una daga curva, larga y plateada, cuyo mango estaba decorado con la figura en relieve de dos peces entrelazados que se devoraban el uno al otro.

—Al amanecer, cuando amaine la tormenta, regresarás a Lima, mi niño. Lleva este cuchillo y saca con él los ojos del cadáver de tu patrón. Luego mandaré a buscarte. A ti y a los ojos del Huacho.

20

La casa de Javier Salvo-Otazo había sido en su origen un hostal, que tras ser adquirido por el escritor, fue reconstruido como una pequeña mansión de tres niveles con antejardín elevado. La propiedad se emplazaba cerca de la intersección triangular de calle del Ángel con calle de los Reyes Católicos, casi enfrente de la sinagoga Santa María la Blanca, y como la conocía por fotos no me fue complicado encontrarla. Las imágenes me las había enviado Javier por correo electrónico, jactándose de las regalías que le estaban dando las distintas ediciones de *Los reyes satánicos*. Por supuesto, cada e-mail suyo iba acompañado de la respectiva invitación a pasar unos días cuando su solar (así lo llamaba, aunque en rigor no lo era) estuviera terminado. Hace cinco meses las obras fueron finalizadas, curiosamente al mismo tiempo en que cesaron sus correos con fotos y convites.

–¿En serio aquí vivía un escritor de *thrillers* históricos? –comentó Princess con sorna.

–Sí, ¿por qué?

–Es como si un autor de libros de terror se mudara a Transilvania; un campo común demasiado obvio, parece un chiste.

Llamé a la puerta.

–¿Bueno o malo?

–¿Qué es lo bueno o malo?

–El chiste.

Ella no contestó, agarró su libreta y apuntó rápido los detalles del lugar y la conversación.

–Malo –dijo enseguida–, no hay chistes buenos, todos son malos.

–¿Todos?

–Sí, todos. No comprendo por qué la gente se ríe con los chistes. Tampoco por qué me hablas de estas cosas. Algo me conoces, entro en un *loop* y ahora no puedo dejar de hablar de chistes. ¡Asco! –chilló de golpe.

–¿Qué es lo asquiento?

–Tienes una mancha blanca en el hombro; límpiatela, por favor.

–Es solo polvo. –Me sacudí. Ella no era capaz de mirarme.

Volví a insistir, tocando la campanilla eléctrica dos veces seguidas. Desde el interior de la casa regresó un eco vacío.

–Aquí no hay nadie –comenté.

–Intenta otra vez –agregó Princess, aún sin atreverse a mirarme.

Volví a llamar, nada.

Habíamos llegado a Toledo por tren, la forma más rápida y anónima de movernos. Salimos desde Puerta de Atocha a las 14.50 y arribamos a la ciudad amurallada una hora más tarde. Tras bajarnos del alta velocidad AVANT, bien camuflados entre una multitud de turistas, en su mayoría chinos, buscamos un taxi que nos subiera a la ciudad vieja o a «la capital maldita del verdadero reino castellano», como repetía Javier Salvo-Otazo cada diez páginas en *Los reyes satánicos,* novela que transcurría todo su tercio final dentro de las almenaras y torres de la fortaleza que se levantaban ante mis ojos y los de mi improvisada compañera inglesa.

No volví a llamar a la puerta, busqué mi teléfono móvil y marqué el número de Juliana; una voz femenina me respondió que el celular estaba apagado o fuera de cobertura, levanté la mano y decidí tocar la campanilla por cuarta vez.

–No vuelvas a llamar y vámonos de aquí rápido –subrayó mi acompañante.

Princess me indicó que volteara con disimulo hacia la esquina. En la entrada de calle del Ángel estaba estacionado un sedán color gris metálico, Seat Exeo, según logré reconocer en el logo que asomaba sobre la máscara del capó.

–No se ha movido desde que llegamos y hay tres hombres en su interior, ninguno ha bajado del vehículo y ninguno ha dejado de mirarnos.

El motor del auto se encendió y comenzó a acelerar despacio hacia nosotros.

–Salgamos de aquí. –Y le agarré la mano.

–¡Suéltame! –chilló ella–, no me gusta que me toquen.

No le respondí, pues si lo hacía, Princess iba a entrar en alguna de sus fijaciones obsesivas de las cuales iba a hablar por horas. Tampoco era lo que importaba, no en ese instante ni lugar. El Seat fue acercándose despacio y aumentó su velocidad a medida que nosotros apurábamos el paso.

Bajamos hasta el cruce con Reyes Católicos y luego tomamos la calzada en dirección contraria, hacia el edificio del teatro de la Escuela de Arte de Toledo. El giro en la esquina triangular nos iba a dar una ventaja sobre el vehículo. Valiant caminaba un par de pasos detrás mío y de cuando en vez volteaba para darme novedades de nuestros perseguidores.

–Nos salvaron unos turistas –me dijo, agregando que habían tenido que frenar para no atropellar a un grupo de noruegos, «o al menos hablaban en noruego», que subía desde la sinagoga hacia el alcázar y la catedral.

–Corre –le ordené, mientras trataba de sortear los obstáculos y la gente que nos separaba del viejo claustro medieval que servía de edificio para el teatro de la Escuela de Arte, donde la calle formaba una perpendicular con Santa Ana que conducía a la bajada del mismo nombre en dirección al plano de la ciudad y a la puerta del Cambrón.

Escuché cómo el auto apuraba calle abajo y luego frenaba chirriando sus neumáticos en la intersección de las arterias. Tardó menos de lo esperado, pero nos dio tiempo para avanzar por Santa Ana hasta la vía peatonal que se estiraba hacia la muralla del norte.

–Tomaremos por el paseo del Recaredo y luego cruzaremos ese puente –le señalé–. ¿Ves aquel edificio grande? –Ella, agitada, me indicó que sí, que lo estaba viendo–. Es la Universidad de Castilla-La Mancha, el mejor lugar para escondernos, lo aprendí de las películas de Indiana Jones. –Traté de bromear, demasiado nervioso para que sonara bien.

–No sé quién es Indiana Jones –me respondió ella; de verdad su falta de empatía me estaba superando.

Dos hombres, ninguno de ellos especialmente rudo, aparecieron en la parte alta de la callejuela y empezaron a avanzar hacia nosotros. Una ciudad turística de fama mundial y no hay visitantes cuando más se les necesita. Siguiendo la pauta de un mal guión de película de espionaje, todo el trayecto de Santa Ana surgió vacío, sin más personajes que mi compañera, yo y los dos sujetos del sedán.

–¿Por dónde? –me preguntó Princess cuando llegamos al final de la escalinata peatonal, donde Santa Ana volvía a convertirse en calle de ambos sentidos, bifurcándose uno hacia San Martín y otro en dirección al monasterio de San Juan de los Reyes.

–A la iglesia –le indiqué, mientras nos apartábamos metros de quienes nos perseguían.

No alcanzamos a avanzar mucho, ya que en la punta de diamante que se formaba ante nosotros apareció el mascarón y los faros del Seat gris metálico. Buen plan, reconocí. Mientras dos de sus ocupantes nos daban caza escalera abajo, el vehículo tuvo tiempo de adelantarse hacia la parte baja de la fortaleza, cortándonos la ruta.

–Eres un horrible estratega –soltó Princess al verse rodeada.

–Soy escritor, y da gracias que conozco bien esta ciudad. –No era verdad, pues había estado en cuatro ocasiones antes y lo único que sabía es que había calles que llevaban a la parte alta o amurallada y otras a la parte baja o ciudad plana.

La agarré de la mano a la fuerza y aunque me tironeó para que la soltara, la conduje al interior del monasterio por la puerta abierta más cercana que encontré; si todo era como en el resto de las iglesias de la ciudad, el edificio tendría suficientes corredores y salidas como para eludir a los dos hombres que venían tras nosotros, además de imposibilitar que un auto atravesara sus muros.

–Te dije que no me gusta que me toquen. –Se liberó ella.

–Era eso o la Interpol.

–¿Cómo sabes que era la Interpol?

–No lo sé, pero no se me ocurre quién más pueda ser.

–Los que mataron a Bane, tal vez –regañó ella buscando un pañuelo de papel dentro de su bolso, con el cual se limpió con energía la mano que yo le había tomado. Explotó por no llevar jabón líquido y reclamó que necesitaba pasar por una farmacia a buscar un frasco–. ¿Conoces farmacias en Toledo?

–No.

–¿Y en Madrid?

–Eso da lo mismo, Princess, no importa –le grité mientras la dirigía a través de un patio techado que rodeaba los viejos claustros del monasterio. Busqué donde hubiese más visitantes y le apunté que nos mezcláramos con ellos. Miré hacia atrás, los hombres no se veían por ninguna parte.

–Sí importa –continuó ella con lo del jabón.

–Tanto como que no te toquen.

–Soy así, ya te lo advertí. Y me cuesta estar demasiado tiempo con gente promedio.

Preferí no responderle, me adelanté hasta el final del pasillo y abrí la puerta que conducía, tras pasar por una pequeña arcada rodeada de columnas, a la nave central del monasterio, donde una docena de chinos miraban el techo tratando de entender la forma de la arquitectura y la cultura occidental.

–También odio eso –siguió ella.

–¿Qué cosa?

–Que no contestes, que dejes una conversación interrumpida, como si no tuvieras de qué hablar.

–No lo tengo –contesté en automático, pensando en eso de ser promedio–. ¿Puedo decirte algo?

–Es la idea, ¿no?

—Eres divertida.

—No, solo soy rara —cortó ella, mientras me seguía hacia el sector opuesto de la nave central, donde una señalética indicaba «Salida hacia el palacio de la Cava».

Cuidando de no volver a rozarle una mano, le propuse que avanzáramos con calma por el portal, como una pareja de visitantes extranjeros (que lo éramos) y que habláramos en inglés, elevando el tono.

—Crucemos la calle y entremos al palacio de la Cava. Por su interior podemos regresar a Reyes Católicos y de ahí a Recaredo y hacia la universidad.

—Eso lo entiendo, pero ¿de qué hablamos?

—De cualquier cosa.

—Conmigo no funciona eso de cualquier cosa, propón un tema.

—Arquitectura…

—¿Qué tipo de arquitectura?

—¡Este tipo de arquitectura! —Apunté hacia las formas ojivales del monasterio.

Pero Princess no alcanzó a responder. Apenas cruzamos bajo el pórtico del templo hacia la intersección de Reyes Católicos con la calle del Pintor Matías Moreno, mezclados como una heterogénea pareja inglesa entre tantas otras provenientes de ese país, Estados Unidos, Alemania e incluso Latinoamérica (reconocí acentos de Colombia y Perú), dos figuras ya conocidas nos cortaron el paso. Me detuve en seco, Valiant tardó un poco más en reaccionar. Intenté girar y a mi espalda me encontré con un tercer individuo que nos miraba de la misma forma que los dos primeros. La diferencia es que este último era bastante más fornido y alto que sus compañeros, parecía miembro de las fuerzas armadas, mientras que los otros dos, profesores universitarios. De tener que improvisar un escape, con los «profesores» estaba la vía.

—Vale, ¿qué sucede? —les pregunté en español a los dos primeros.

—Por Dios, cómo te gusta jugar al James Bond —me contestó una cuarta persona, una voz que hacía años no escuchaba—. No te conocía

116

tu lado impredecible, Elías Miele. Ahora deja esta comedia y acompáñanos.

Princess me miró y yo levanté las cejas.

—Está todo bien –le dije a mi compañera–. Vamos con ella.

21

«¿Quién es tu amiga?», fue lo primero que me preguntó la viuda de Javier Salvo-Otazo, cuando finalmente nos quedamos solos.

Tras nuestro desconcertante reencuentro en el pórtico del monasterio San Juan de los Reyes, ella y sus «amigos» nos invitaron a una reunión en las dependencias de la Universidad de Castilla-La Mancha, donde tanto Juliana como su fallecido esposo dictaban sendas cátedras de literatura creativa para la Facultad de Humanidades. Yo estaba en lo correcto, de verdad era el lugar más seguro de la ciudad. Tras breves saludos y presentación de nuestros «perseguidores», Juliana me pidió si podíamos conversar un rato en privado. Previo le indicó a Princess que era libre de hacer lo que quisiera. Mi compañera británica respondió asintiendo con la cabeza y optó por quedarse sentada anotando garabatos en su libreta.

Nos encerramos en el despacho de literatura medieval de la biblioteca de la facultad, una pequeña sala rodeada de pinturas, réplicas de armas y viejos volúmenes que ascendían a lo largo y ancho de los estantes que cubrían tres de las cuatro paredes de la oficina, completada con un escritorio pequeño y muy desordenado.

La mujer de Javier Salvo-Otazo se sentó detrás de la mesa de trabajo, yo acerqué una silla y esperé a que ella moviera las piezas. De inmediato quiso saber de Princess.

—¿Quiénes son los miembros de «tu ejército privado»? —le devolví.

—Yo pregunté primero —insistió, clavándome sus ojos verdes, ligeramente almendrados. Se había dejado flequillo sobre la frente y se veía muy bien.

—Princess Valiant, la asistente de Bane Barrow, la conocí en Los Ángeles cuando vino a pedirme ayuda para que resolviera un misterio relacionado con la muerte de su ex jefe.

Sin hablar, Juliana me hizo un ademán para que continuara. Al moverse, el escote de su blusa se abrió un poco revelando su cuello. Noté que ya no llevaba su típica gargantilla con el crucifijo de plata que le habían regalado para la primera comunión. Conocía la historia del pequeño objeto, ella me la había contado en varias ocasiones, todas para recalcar que a pesar de su carrera artística e intelectual seguía siendo una devota católica.

—¿Y tu… crucifijo? —pregunté, pegado en el detalle.

—Está guardado. —Fue cortante.

—Es raro verte sin él —insistí.

—Digamos que últimamente no me he sentido muy cerca de la Iglesia.

—Curioso, siempre me llamó la atención lo devota que eras.

—Uno cambia, lo bueno y lo malo que nos sucede nos moldea, Elías. Sigo creyendo en Dios, pero de otra manera. —Suspiró y luego cambió de tema—. Me decías que la piba inglesa te buscó por lo de la muerte de Bane Barrow.

—Sí —volví a la conversación, no sin quitar el detalle del crucifijo de mi cabeza. Tuve rápidas instantáneas de esa otra cruz, la que colgaba del cuello de la agente del FBI Ginebra Leverance—. Según ella —proseguí—, tenía pruebas de que Bane había sido asesinado…

—¿Y las tenía?

—En efecto. Un código alfanumérico que le grabaron a Barrow arriba de la cadera, en esta posición. —Indiqué sobre mi cuerpo—. Quería que yo lo decodificara.

—¿Y lo hiciste? —El tono de voz de la escritora se entorpeció, como si algo se le hubiese quedado trabado entre la lengua y los dientes.

—Con ayuda, pero lo hice —fui alargando la frase.

—¿Y...? —Estaba ansiosa.

—El cifrado resultó ser el nombre de Bernardo O'Higgins Riquelme, el…

—Sé quien es Bernardo O'Higgins Riquelme —se adelantó ella, acelerada y nerviosa—, soy argentina, conozco todo ese proceso; además, estuve casada con Javier Salvo-Otazo —bajó la mirada.

—En fin —proseguí, no sacaba nada con ocultar información o mentir—, no tengo idea cómo ni por qué, pero el FBI se involucró en esta investigación y me pidieron no salir de Estados Unidos, con amenaza incluida.

—Y vos estás en España…

—Cometiendo tal vez el mayor error de mi vida.

—O investigando para la novela que te hará tan famoso y rico como siempre soñaste. —Ella me conocía bastante más de lo que yo hubiese querido.

—¿Cómo has estado? —cambié de conversación.

—Prozac y otras píldoras; no me hacen olvidar, pero me mantienen despierta.

—Lo siento.

—Sé que lo sentís.

—¿Tu hija?

—Con sus abuelos paternos, ahora está mejor con ellos que conmigo. Yo ahora tengo que preocuparme de otras cosas. —Levantó la vista.

—¿Qué fue todo esto, Juliana? Tu casa vacía, la persecución por Toledo, esta conversación secreta en la universidad.

—A Javier lo mataron —respondió certera— igual que a Bane Barrow.

No le contesté. Entonces, como si la historia se repitiera, De Pascuali sacó algo de un bolsillo de sus jeans y lo puso sobre la mesa. Ese algo era una hoja de papel doblada en cuatro.

—Adelante.

Me acerqué, desdoblé el papel y constaté que, garabateado con un plumón rojo, al centro de la hoja, estaba escrito:

QGY

RGSUY

JK

JURÑSMU

—Lo marcaron en los hombros de Javier —Se tocó en el lugar.

Volví a revisar el papel, tres palabras y un monosílabo, solo letras, igual y distinto a lo del culo de Bane Barrow.

—¿La policía sabe de esto?

—Vino hasta la Interpol, pero no me han dicho nada, solo pidieron que no difundiera el hecho, que era mejor mantener todo en secreto. ¿Puedes decodificarlo?

La vida era un círculo.

—Supongo, dame un par de días. —Frank iba a tener trabajo—. ¿Puedo quedármelo?

—Es tuyo.

—Entonces todo este show, el montaje de mala película de Bond…

—Ya no sé en quién confiar, si te habían seguido o no. El espectáculo fue idea de Bayó.

—¿Quién es Bayó?

—Uno de tus tres «perseguidores». El calvo más alto y grande de todos, quien apareció conmigo en la puerta del monasterio. Es Luis Pablo Bayó Salvo-Otazo, primo hermano de Javier. Se divorció el año pasado después de casi veinte años de matrimonio y desde entonces que vive en casa. De no ser por él, me habría muerto cuando encontramos a Javier.

—¿Confías en él? —pregunté en serio.

—¡Por supuesto que confío en él! Hoy por hoy es la persona en quien más confío. —Volvió a clavarme sus ojos verdes.

—Reconozco que su idea, la distracción para sacarnos de tu casa y conducirnos a la universidad, fue buena.

—Coronel retirado del Ejército del Aire. Trabaja de consultor para esa rama de defensa hispana y es asesor técnico de la industria aeroespacial europea. Créeme, sabe de estos temas…

—No me cabe duda. —En verdad estaba impresionado con el currículo del «primo»—. ¿Y los otros dos?

—Amigos de Javier, profesores de la universidad. Uno es el bibliotecario, por eso tenemos facilidades como este despacho; gente buena.

121

—A la que también le gusta jugar al policía y al ladrón.

—Javier jugaba rol y estrategias con ellos, son tipos buenos —insistió.

Volví a mirar el código de Javier y levanté mi ceja izquierda, teniendo muy claro que la mujer que tenía enfrente sabía perfectamente lo que venía ahora.

—¿Así que *La cuarta carabela*? —pronunció ella.

—Caeti te contó.

—Te escucho —inquirió.

—Lo supe el día de la muerte de Javier, cuando Caeti llamó para informarme…

—Eso ya lo sé, que el libro en el cual trabajás también se llamaba *La cuarta carabela* y que ahora descubriste que el que dejó inconcluso Bane Barrow llevaba el mismo nombre…

—Y creo que no somos los únicos autores de género que llevamos meses trabajando en el mismo texto.

—¿Qué es lo que querés?

—Ver el manuscrito de Javier.

—¿Para qué?

—Para intentar descubrir qué hay detrás de todo esto. Quién, cómo y por qué logró que un grupo de autores estemos tras la misma historia. Saber si Bane y Javier murieron por algo en particular, o adelantarme a quién será el próximo, si es que hay un próximo.

—Ese es un por qué, te pregunté el para qué.

—Ya me escuchaste.

—¿Para qué, Elías Miele?

—Para ser yo quien termine *La cuarta carabela*.

Juliana gesticuló la más encantadora y al mismo dura de sus sonrisas.

—No.

—¿Qué no?

—No puedo pasarte el manuscrito.

—Julia. —Así la llamaba antes de que se casara con mi fallecido amigo—. A Javier le hubiese gustado, él confiaba en mí.

122

—No diría eso, le caías bien, que es distinto.

—¿Vas a publicarlo tú?

Supongo que mi pregunta le causó risa, porque fue incapaz de evitar un rezongo antes de responder.

—No, no me interesa. —Fue enfática.

—Confía en mí.

—Confiar o no confiar en ti no es el problema.

—¿Entonces?

—Que no puedo pasarte el manuscrito porque no sé dónde está.

—¿De qué estás hablando?

—Lo que acabás de escuchar. He revisado el ordenador de Javier, su nube y otros discos duros reales y virtuales. Todas las carpetas indicadas como *La cuarta carabela* o «novela» están vacías y no hay una sola copia impresa en casa; ni un solo borrador de trabajo. Alguien borró todo o se llevó el libro. Quizá debieras buscar el de Barrow.

—¡También desapareció! –exclamé.

—¿También desapareció? –repitió preguntando.

Juliana se mordió los labios y respiró hondo, ignoro si sobreactuando o porque de verdad estaba contrariada con la situación.

—Lo siento –me dijo.

No alcancé a responderle.

La puerta del privado se abrió y Princess Valiant ingresó sin pedir permiso. Se había cambiado de ropa, llevaba ahora una falda de tela escocesa color naranja muy corta, medias blancas, botas de charol y una camiseta roja de cuello alto y cerrado con un 01 grande bordado en el pecho. Amarró su cabello con una varilla de madera.

— ¿Qué es esto? –preguntó mientras agarraba el papel doblado sobre la mesa–. ¿Otro código? ¿Dónde lo encontraron, en las caderas del cadáver de tu esposo?

—Princess –intenté callarla.

—Un cifrado César, esto es sencillo –dijo–. ¿Tienes un lápiz?

22

Regresó de amanecida a la vieja casona emplazada en el barrio de Pachacamilla, en el centro de Lima. Con cuidado, Magallanes abrió los postigos y tras superarlos se movió sigiloso por el patio interior para no despertar a los perros. En punta de pies avanzó hasta su habitación, donde escondió el morral con la daga y los ojos de cerdo bajo el grueso colchón de lana que le servía de catre. Las manos le temblaban. Se quedó en silencio un instante meditando en cada evento de su último día, pensando en sus nuevas órdenes y en que la voluntad del viejo aún se hacía sentir, pasada su muerte incluso. Después de un rato decidió ir a la cocina, donde se encontró con la más vieja de las negras que auxiliaban a la señora Rosa. Hacía una hora que estaba trabajando, preparando el pan para el desayuno. Por ella supo que ninguno de los patrones se había levantado, aunque las lloronas que la dueña de casa había contratado para acompañar el féretro de su hermano habían permanecido la noche entera de pie junto a don Bernardo sollozando y rezando. «Solo pidieron agua caliente con yerbas», le contó la negra antes de preguntarle dónde se había metido.

—Una última orden de don Bernardo —contestó el muchacho antes de pedirle que le diera algo de comer.

—Voy a calentarte un poco del caldo de pava que quedó de ayer. A propósito de ayer, doña Rosa preguntó hasta bien entrada la noche por tu persona. Quería hablar contigo, nos ordenó que si llegabas a hora decente pasaras por su recámara.

—Esta es hora decente.

—Cierra ese pico de ave que tienes, negro, y siéntate que la comida ya va a estar lista.

Le sirvió un plato con caldo, un poco de carne de ave y una taza de agua caliente con yerbas. Magallanes comió como si fuera el último día de su vida.

—¿Y dónde te envió el patrón?

—Por ahí –contestó el mocito mientras cortaba un mendrugo de pan y lo metía dentro del jugo caliente de pava.

—Quizás en qué lío andas metido –comentó la negra antes de dejarlo solo en la cocina, acompañado del desayuno y de un gato gris carbón y gordo que trepó a la mesa y se lo quedó mirando fijo–. Cuida que el pan no vaya a quemarse.

Después de arrojarle los huesos del pavo al gato, Magallanes fue hasta el lavatorio de la cocina y mojó los trastos, para que cuando volviera la negra no tuviese problemas para limpiarlos. Estaba en eso, en el momento en que doña Rosa, la ahora dueña de casa, se apersonó en el lugar.

—Buen día, Lorencito –lo saludó.

—Buen día para usted, misiá –respondió él, bajando la mirada.

—Si puede acompañarme… –pidió la señora.

—La sigo.

Rosa O'Higgins se adelantó en silencio a lo largo del corredor principal de la casa, que atravesaba entero el primer nivel de la mansión, desde la cocina y el vestíbulo hasta los estudios y privados que daban al segundo patio interior. A propósito evitó acercarse al salón donde velaban a su hermano, aunque Magallanes, que caminaba unos seis pasos atrás, alcanzó a ver el ataúd flanqueado por las seis lloronas. Pensó en que muy poca gente había venido a despedir a su señor. En verdad el pelirrojo tenía pocos amigos, si no ninguno, en la Ciudad de los Reyes.

—Por favor –le indicó doña Rosa, haciéndole pasar a su estudio–, tome asiento. –Y luego cerró la puerta tras ella.

En los seis años que Lorencito Carpio llevaba viviendo en esa casa y sirviendo a la familia O'Higgins, jamás había entrado al privado de misiá Rosa. Se lo tenían prohibido. A ese cuarto solo ingresaban las criadas y de cuando en vez la negra de la cocina. Él estaba para cumplir las órdenes de don Bernardo y la geografía íntima del patrón no incluía las dependencias de su hermana. El mocito revisó la habitación, alumbrada por una delicada luz diurna que se filtraba a través del lino transparente que cubría un par de enormes ventanas de doble hoja, en un par de miradas. Había un pequeño escritorio con dos sillas lacadas de negro, una de las cuales ocupó el chiquillo por orden de la señora. También, y apoyado contra un rincón, un piano alto, muebles con pocos libros y muchos adornos de porcelana. Rumas de tejidos, lanas, géneros e instrumentos para bordar; una réplica de loza de un perro negro y dos grandes acuarelas colgando de las paredes, perpendiculares a la puerta de entrada. La primera era una imagen campestre, una vieja casona rodeada de tres grandes árboles, un riachuelo sobre el cual nadaban unos gansos y, al fondo, como inmenso telón, un enorme macizo nevado. La otra pintura era una imagen urbana, una gran ciudad flanqueada también por montañas; una ciudad que no se parecía en nada a la bella Lima.

—Es Santiago de Chile –dijo la patrona al descubrirlo mirando el cuadro–, la Alameda de las Delicias desde la torre de la iglesia de San Francisco.

Magallanes guardó silencio.

Doña Rosa se sentó enfrente del muchacho y se lo quedó mirando un rato, callada, como si quisiera hacer sentir al mozo más incómodo de lo que ya estaba.

—Te preguntarás por qué te he llamado –comenzó ella.

—Usted dirá, patrona.

Ella sonrió, luego:

—Pero antes contéstame, ¿qué te hiciste ayer en la tarde? Fue como si la tierra te hubiese tragado.

—El patrón me dejó un encargo que debía hacer tras su muerte.

—¿Qué encargo?

Magallanes recordó aquello que le había inculcado don Bernardo acerca de nunca mentir y preferir las verdades a medias

—Una encomienda que debía entregar en un barco en el Callao.

—¿Qué clase de encomienda?

—No lo sé, misiá, era una caja amarrada. Se me ordenó llevarla, no abrirla y no hacer preguntas. Cumplí con mi deber.

—¿En qué barco?

—Solo sé que se llama *Eleonora Hawthorne* —tartamudeó al pronunciar, para que no se le entendiera bien— y tiene bandera extranjera.

Doña Rosa anotó el nombre del barco en una hoja de papel, que arrancó de un voluminoso cuaderno con tapas de cuero que había encima de la mesa, junto a un tintero. Luego abrió un cajón del escritorio y tomó un sobre que le entregó a Magallanes.

—Es tuyo —le dijo.

—¿Qué es, misiá? —preguntó él.

—Dinero y una carta que te libera de tus servicios, ya no eres necesario en esta casa.

Magallanes recordó que don Bernardo ya lo había eximido de su labor y que ahora su custodia era la misteriosa propietaria de un viejo buque ballenero con nombre de mujer.

—Entenderás que sin mi hermano no es necesario que permanezcas en la familia —intentó justificar la señora.

—Lo entiendo, misiá.

—Sé que lo entiendes. Don Bernardo decía que eras muy inteligente, te tenía en mucha estima.

—Y yo estimaba a don Bernardo, misiá.

—En fin —doña Rosa fue cortante en su tono—, tienes tres días para sacar tus cosas de la casa.

—Es suficiente, misiá.

—Espero que lo sea; ahora, por favor, sal del estudio y cierra la puerta por fuera. Di que he ordenado que nadie me moleste.

Magallanes guardó el sobre en un bolsillo, se levantó de la silla, hizo una venia y caminó en dirección a la salida del privado. Antes de dejar el cuarto se dirigió a la mujer que momentos atrás lo había despedido.

—¿Misiá Rosa? —preguntó—. ¿Cuándo entierran a don Bernardo?

23

−¿Qué es el cifrado César? −le preguntó Juliana a Princess. La inglesa no le respondió, agarró la hoja de papel en la que estaban escritas las letras, un lápiz y se sentó en el rincón del privado con menos luz directa. Buscó su bolso deportivo y sacó del interior una de sus libretas, giró las páginas rápido y comenzó a tomar nota.

−Elías te puede informar −le respondió, mientras sumaba con los dedos y pronunciaba en voz baja cada uno de sus movimientos.

−¿Miele? −Me miró la viuda del escritor más exitoso de España.

−Es el sistema criptográfico que se usaba para enviar mensajes militares durante el gobierno de Julio César en la Roma Antigua, se supone que fue ideado por el propio César, aunque eso es más mito que realidad. De todos los sistemas de cifrado, es uno de los más rudimentarios. Básicamente se trata de mover las letras tres espacios hacia delante en sentido del orden alfabético, de este modo la A queda en el lugar de la D y la B en el de la E, y así sucesivamente.

−Y si es tan simple, ¿cómo no te diste cuenta?

−Por lo mismo, el César es un cifrado tan básico que prácticamente nadie lo usa, ni siquiera los malos escritores de *thrillers*. Hay que esforzarse un poco más, con Bane Barrow lo hicieron.

−Eso no fue gracioso.

−Lo siento.

Me acerqué a Princess y vi lo que estaba haciendo. Tenía una hoja de su libreta entera marcada con letras que iba tarjando, también números del 1 al 10 que se repetían en cuatro filas muy ordenadas.

−Por favor, no te acerques −me pidió.

—Solo quería ver cómo ibas, pensé que no te llevabas bien con los códigos.

—No he dicho eso. Lo que te dije en Los Ángeles es que los sistemas alfanuméricos sin un orden lógico me superan. Un cifrado como el César se me hace simple, de hecho lo es, y si dejas de molestarme lo resolveré en un minuto.

—Un minuto.

—Ahora son setenta segundos.

—Ok.

Y me alejé de ella. Juliana miró a mi compañera, luego a mí e hizo un gesto de que Princess estaba loca.

—No, Juliana —le respondió ella—, no estoy loca, solo tengo una condición distinta que me aparta de las personas promedio. Tú deberías saberlo, tu difunto esposo era como yo.

—Si tú lo dices… —respondió la escritora.

—Y tú lo sabes —cortó Valiant—. Listo, decodifiqué el cifrado.

Cortó una hoja de su libreta y me la alcanzó. Miré el papel y leí:

LAS

MANOS

DEL

DOMINGO

Luego se lo alcancé a Julieta que repitió en voz alta.

—Las manos del domingo, ¿las manos del domingo?

—*The hands of the sunday* —tradujo libremente Princess.

—No —le dije yo—, no del domingo, no habla del día sino de un nombre propio. Las manos de un sujeto llamado Domingo.

—¿Y vos sabés a qué Domingo se refiere? —preguntó Juliana.

—Y creo que tú también lo sabes. —Miré a la viuda de Javier Salvo-Otazo—. Después de todo, la historia que nos apuntan ocurrió en tu ciudad natal: Buenos Aires.

24

–Las manos del Domingo se refiere al ex presidente argentino Juan Domingo Perón. El 29 de junio de 1987 profanaron su tumba en el cementerio de Chacarita en Buenos Aires, abrieron el féretro y le amputaron ambas manos al cadáver usando una sierra eléctrica. También le sustrajeron el sable, el anillo y otros objetos. Dos días después del incidente, el senador peronista Vicente Leónidas Saadi recibió una carta firmada por "Hermes Lai y los trece" en la que se exigía un rescate de ocho millones de dólares por las manos y las pertenencias del caudillo. Saúl Ubaldini, dirigente sindical también peronista, recibió casi simultáneamente una carta similar. Los mensajes incluían, como prueba de autenticidad, un pedazo del poema de Isabelita Perón, su tercera esposa, colocado sobre el féretro. Nunca más se supo de las manos, del anillo y la espada –concluí.

–Sable –me corrigió Princess.

–Sable, espada, da lo mismo –acotó Juliana, impaciente.

–No da lo mismo –replicó la inglesa.

–En este caso sí –le contesté yo.

Valiant bajó la mirada tratando de aguantar su enfado ante una imprecisión que la volvía loca.

–¿Cómo sabes todo esto? –interrumpió Bayó, el primo de Javier que no había tardado en apersonarse en el privado de la biblioteca. Sus otros dos compañeros se excusaron. El bibliotecario nos dejó un manojo de llaves y la petición de por favor cerrar con cuidado cuando dejáramos la universidad. Añadió: «El guardia está al tanto, nadie los importunará».

–Antes de dejar Chile grabé una serie documental acerca de los grandes misterios de la independencia hispanoamericana –expliqué–.

La idea era emitirlo durante el 2007, pero no hubo fondos ni canales de televisión interesados. Ni siquiera me pagaron. Una de las historias que investigué para el capítulo piloto fue la de Perón y la domino muy bien. Además tengo buena memoria.

—Entonces las manos desaparecieron —insistió la viuda del autor de *Los reyes satánicos*.

—Sí, y dos años después del escándalo, en noviembre de 1989, el juez que investigaba el asunto, Jaime Far Suau, murió en un inusual accidente de tráfico: su coche se volcó en una larga recta y a baja velocidad, lo que desde una mirada mecánica es imposible. En similares fechas, el comisario de la Policía Federal que trabajaba con Far Suau recibió un balazo en la cabeza, pero salvó la vida. El vigilante nocturno del cementerio de Chacarita denunció que intentaban matarle; poco después fue asesinado a golpes. Una mujer que dijo haber visto a un sospechoso cerca de la tumba, también murió a golpes. Meses antes también falleció Leónidas Saadi, el peronista que recibió la petición de los ocho millones de dólares y se negó a pagarla.

—¿De qué murió? —preguntó Princess.

—No se sabe. Un día estaba en su despacho, cerró la puerta y en la tarde su secretaria lo encontró tumbado sobre la silla de su escritorio.

—Continúa —interrumpió Juliana.

—El juez Far Suau trabajaba sobre tres hipótesis. Una: que las manos o el anillo de Perón ocultaban la clave de acceso a cuentas cifradas en Suiza, lo que se descartó poco después. Dos: que el acto fue cometido por un grupo de militares, con el objetivo de desprestigiar al gobierno democrático de Raúl Alfonsín y frenar las investigaciones sobre los crímenes de la dictadura. Tres: que se trató de un castigo ritual ejercido por miembros de la logia masónica Propaganda 2 o P2, a la cual Perón habría pertenecido. Y esta última, por descabellada que pueda escucharse, ha terminado siendo la más aceptada de todas las opciones.

»Por un lado se supone que fue un acto de venganza contra José López Rega, ministro de Bienestar Social de Perón y a quien apodaban "El

Brujo". López Rega estaba relacionado con la orden Anael, un grupo luciferino vinculado a la P2. El rito contra el sepulcro de Perón habría sido una revancha de la Internacional Luciferina...

–¿Internacional Luciferina? –dudó el primo de Salvo-Otazo, curvando una sonrisa burlona.

–Solo estoy armando una historia, no emitiendo juicios de ningún tipo.

–Dale, macho, no fue mi intención, por favor.

–El tema es que de acuerdo a una teoría difundida en 1990 por el francés Jean-Paul Bourre –verifiqué el nombre en el móvil de Juliana, que se lo había pedido antes de iniciar la disertación y que era preferible a usar el mío; aunque lo hubiese comprado en Madrid, si me conectaba a la red iba a tener varios ojos invisibles encima–, la Internacional Luciferina fue una camarilla que reunía a las principales logias iluminadas del planeta. López Rega, durante su estancia forzada en España, cometió la falta de iniciar en las artes negras, sin permiso de los grandes maestros, a Perón y posiblemente a Pinochet y a otros miembros de la Junta militar de la dictadura chilena.

»Pero dentro de la opción masónica hay también otra variante, fuera de la esotérica, y que es la económica y política. Desde esta mirada, la profanación no habría sido otra cosa que una represalia por el incumplimiento, por parte de Perón, de los acuerdos económicos establecidos con su viejo amigo Licio Gelli, mafioso y político italiano, masón de alta jerarquía, fundador de la P2. Aquí aparece la figura de un tal Leandro Sánchez...

–Leandro Sánchez Reisse –precisó Juliana.

–Exacto. Sánchez Reisse –subrayé–, un agente de los servicios de seguridad durante la dictadura argentina, procesado por crímenes políticos, torturas y violaciones a los derechos humanos. Este individuo fue compañero de celda de Gelli durante un tiempo y lo acusó públicamente de organizar la mutilación ritual, responsabilizándolo de toda la conspiración. Aunque Sánchez Reisse carecía de credibilidad y muchos desestimaron su denuncia, la particular carrera de Gelli hace que no sean pocos los que con el tiempo regresaron a esta versión.

»Licio Gelli fue fascista durante la Segunda Guerra Mundial y trabajó en la posguerra para que varios jerarcas nazis pudieran escapar hacia Argentina; fundó la P2, como ya sabemos, a la que pertenecieron casi todos los poderosos italianos, Silvio Berlusconi incluido, y varias figuras del peronismo tardío, como el recién nombrado José López Rega…

–¿El Brujo?

–El mismo, además del ex almirante Emilio Massera, entre otros. Gelli fue procesado y absuelto por falta de pruebas por el asesinato de Roberto Calvi, presidente del Banco Ambrosiano y gestor de fondos del Vaticano.

–¿Sigue vivo…?

–Se supone. Está retirado en una finca privada al sur de Italia, dicen que dedicado a escribir poesía y ensayos en los que añora el fascismo y deplora la decadencia italiana. Esa decadencia que, sostiene, él intentó frenar con el gobierno clandestino de la P2. Biógrafos suyos aseguran además que continúa muy activo dentro de los círculos más elevados de la masonería del rito oriental, en su caso del Meaprmm, la masonería egipcia de Memphis Misraim.

–¿Algo más? –habló Princess, tras mi último punto aparte.

–Siempre hay algo más.

–Es curiosa –comenzó Juliana– la relación de la Argentina con la profanación de cadáveres famosos. De los tres muertos argentinos más célebres, Gardel aparte, uno fue robado, el de Evita, y otros dos sufrieron la mutilación de las manos: Perón y Che Guevara.

–Si se acepta que vivimos en un mundo gobernado por poderosos que buscan marcar a quienes los traicionan a través de rituales, no lo es tanto. Piensa en Javier y en Barrow… –dije, sin alcanzar a terminar la idea.

–¿Dices que a mi marido lo mataron como parte de un ritual?

–No estoy diciendo nada, solo tirando naipes sobre la mesa.

–Hermes Lai y los trece –interrumpió Princess.

Juliana y Bayó la miraron, yo solo sonreí.

–Eso decía la firma de la carta que pidió la recompensa por las manos de este señor Sunday, ¿*really*? –asentí–. Según la mitología egipcia, Hermes es el otro nombre de Anubis, es decir, el dios de los muertos. Lai apunta a un algo, un objeto, hechizo, etc., que cancela el tránsito pacífico entre la vida y la muerte y trece son las partes en que se divide el cuerpo al momento de ir al inframundo; si una de ellas falta no hay paso. El significado del ritual es bastante obvio: no dejar que el muerto avance en paz al otro lado.

–Entiendo todo, o en realidad trato de hacerlo, que es muy distinto –dijo Juliana, mientras se ponía de pie y caminaba hacia los ventanales del despacho. Afuera empezaba a caer la noche. Me fijé en que las manos de la viuda de Salvo-Otazo temblaban, acaso por nervios ante todo lo revelado durante la tarde, acaso porque ocultaba alguna pieza del tablero que no estaba dispuesta a revelar–. Pero no encuentro el vínculo entre lo de Perón y la muerte de Javier.

–Y la de Bane Barrow –completé–, el círculo es el mismo.

–¿Cuál es este círculo? –Volteó hacia mí.

–*La cuarta carabela* –respondí.

Washington D.C., EE.UU.

25

La agente especial del FBI Ginebra Leverance lo hacía una vez cada cuatro meses. Aunque siempre adivinaba la respuesta de los especialistas, el ir y venir se había convertido en una terapia y al mismo tiempo en un rito. Ya era parte de su rutina y a esas alturas las conclusiones, en realidad, daban lo mismo. Se había acostumbrado a los «no» y a los «lo siento», y de eso hacía ya casi nueve años tras ser secuestrada y herida en un enfrentamiento contra narcos mexicanos, en el que una bala le había dejado ese reflejo nervioso en el ojo derecho, molesto pero mínimo, percibido por Miele durante su interrogatorio en el aeropuerto. Nada comparable al resto del precio que había tenido que pagar. Secuelas físicas y psíquicas que la acosaban como fantasmas cada noche y que solían golpearla con fuerza cada vez que algún ginecólogo, muy costoso, le repetía que la reconstrucción no era posible dado el daño de los tejidos internos. Casi nueve años y ni un solo avance, salvo el apoyo incondicional de su padre y el poder de Dios Padre y la sangre salvadora de Nuestro Señor Jesucristo.

Cerró la puerta de su departamento, emplazado en el cuarto piso de un acomodado condominio en el barrio de Georgetown, de la ciudad capital de los Estados Unidos, cerca de la universidad del mismo nombre y a dos cuadras del lugar donde habían filmado *El exorcista*, y trató de no pensar en nada. Las dos de la tarde y el sol se colaba brillante a través de las correderas de la sala, cuyos ventanales daban a una vista espléndida sobre el Potomac, razón por la cual se había embarcado en una hipoteca demasiado cara, pero que a la larga se había convertido en una de las pocas instancias de felicidad sin peros de su vida.

Arrojó su bolso de mano sobre uno de los sitiales de la habitación y caminó rápido al baño. Echó a correr la ducha y comenzó a desvestirse despacio, revisando cada parte del proceso en el amplio espejo de cuerpo entero que colgaba desde lo alto de la puerta del privado. Y como cada mañana y cada tarde, vio la cicatriz y la marca. Si la reconstrucción interna era imposible, la externa era aún más difícil. De verdad, si estaba viva era solo por obra y gracia de Cristo Jesús.

Amarró su cabello con un elástico y probó que el agua estuviera a la temperatura adecuada. No alcanzó a meter una pierna dentro de la regadera, cuando escuchó el timbre de su teléfono móvil llamándola desde la sala. No era cualquier tono, sino la alarma predeterminada que usaba con su padre, la persona más importante en su vida, por quien estaba dispuesta a hacer lo que fuera, empezando por suspender una ducha relajante y terminando en apretar el gatillo y mentir en interrogatorios e informes oficiales. Ya lo había hecho, no pocas veces, y si él se lo pedía volvería a hacerlo.

Buscó una bata, se la amarró a la cintura y fue a la habitación principal del piso. «Padre», se escribía con caracteres brillantes en la pantalla del teléfono. Lo tomó rápido y contestó.

—En la ducha, disculpa la demora… sí, de inmediato, dame unos segundos.

Ginebra se sentó en un sofá de tres cuerpos que daba a una pantalla plana de cincuenta pulgadas que colgaba del muro más cercano y, usando el móvil como control remoto, la encendió en modo de videoconferencia, enlazando la llamada con el LCD. El rostro canoso y arrugado del reverendo Caleb Leverance Jackson, director del National Committee for Christian Leadership, apareció en el televisor, indicando abajo que la llamada entrante venía de Seattle, desde el hotel Hilton, en el 1301 de la Sexta Avenida de esa ciudad.

—Pensé que estabas en San Francisco –dijo ella.

—Llegamos anoche a Seattle, reunión con Boeing.

—Algo me habías contado.

—¿Todo bien, hija?

—Sí, padre, todo bien.

–¿Es una línea segura?

–Dame un segundo.

Ginebra Leverance volvió a tomar el móvil, descargó una aplicación de barrera de hielo con ZRTP incorporado y la usó para pasar el resto de la conversación a modo furtivo.

–Ahora sí –dijo, apenas la luz parpadeante roja pasó a verde. En la pantalla su padre sonrió.

–El señor Miele ha encontrado la segunda pista –comentó su padre sin preámbulos.

–Esperemos que sepa interpretar lo que quiere decir.

–Lo sabrá, ha resultado más brillante de lo esperado.

–No sé si es brillante, más bien tiene hambre y es ambicioso...

–No lo subestimaría. Ya ves lo que ocurrió con Salvo-Otazo por subestimarlo.

–Lo que ocurrió con el español no tuvo que ver con él –fue segura en su juicio.

–¿Cuándo te moverás?

–Apenas Miele realice el próximo desplazamiento. No quiero llevar a mi gente a Europa si él opta por trasladarse a Sudamérica.

–Puede que elija Europa, aún queda otra pieza al otro lado del Atlántico –comentó el reverendo con tono enigmático.

–Es demasiado impulsivo, no la verá –sentenció Ginebra con certeza.

–Estamos ganando, hija, la guerra llegará a su fin, el trono caerá y los salvos en la sangre de Nuestro Señor Jesucristo heredaremos la Tierra...

Ginebra Leverance tuvo ganas de decir «Occidente», pero prefirió guardar su corrección. No era el tema. No en ese momento y lugar. En ocasiones temía a su padre, no por lo que decía o hacía, sino porque quizá de verdad estaba orate, tal como sus enemigos insinuaban en sus ataques. No obstante, cada vez que esos pensamientos la asaltaban recordaba lo que el hombre al otro lado de la línea había hecho por ella desde el abandono de su madre, cómo la había protegido y, sobre todo, cómo había conseguido que la fuerza del Señor la salvara de la pesadilla de hacía nueve años. Todo eso era cierto, muy cierto, pero también que en el rincón más profundo de su ser la implacable agente de la Policía Federal norteamericana le temía a su progenitor.

—Amén. —Fue lo único que finalmente se atrevió a decir.

—Amén —pronunció él.

Ginebra vio la forma en que su padre la miraba y adivinó cómo iba a terminar el llamado, con lo que así dispuso para ella la voluntad del Señor.

—¿Llevas algo bajo la bata? —preguntó su padre.

—Nada, papá.

—Ábretela despacio y déjame ver tu marca.

Con la mirada fija en el ojo del televisor, la agente federal obedeció al hombre que le dio la vida.

—Que Dios te bendiga, pequeña mía —alargó la frase el líder espiritual de los Estados Unidos de América—. Ahora ponte de pie y desnúdate… Dime que me amas.

—Te amo, papá.

—Yo también te amo, hija querida. Ahora tócate y dime cuánto amas al Señor.

—Amo al Señor sobre todas las cosas —contestó Ginebra Leverance, mientras al otro lado del país un anciano se bajaba la braga de sus pantalones e intentaba levantar un pene demasiado viejo y demasiado cansado.

26

–Tal como escuchaste, la clave está en *La cuarta carabela*– le respondí a Juliana, acompañando cada una de las nueve palabras con mi mirada fija en la suya. Bayó también buscó mis ojos, mientras Princess seguía en su mundo, teniendo claridad absoluta de cada situación y línea de diálogo que afloraba al interior del privado de la biblioteca.

–La novela de Javier –reaccionó la viuda.

–La novela de Bane y de Javier –fui preciso–, y la misma que yo estoy tratando de escribir. Si el libro de tu difunto esposo y el del jefe de Princess es exactamente idéntico al que yo redacto, su historia gira alrededor de la Logia Lautarina y su propósito de independizar Latinoamérica como parte de un complot luciferino.

–¿Luciferino? –preguntó Bayó, levantando las cejas de un modo burlón.

–Sí, luciferino, de Lucifer, el que porta la luz, el *lux foros*, Prometeo de los griegos, Adán de los hebreos, Jesucristo de los cristianos –le regresé su burla.

–Lucifer jamás ha sido el diablo, Bayó. –Esta vez fue Juliana quien lo precisó.

–Ni siquiera es un nombre propio –cortó Princess, sin levantar la cabeza.

–Tronco, entonces creo que no entendí nada en mis años de catecismo –respondió el primo de Javier Salvo-Otazo, revisando con la mirada los estantes repletos con libros que nos cercaban.

–Isaías, capítulo 14 –expliqué–, Antiguo Testamento, donde se habla de la caída de Satanás, la serpiente antigua, el líder de los ángeles rebeldes. El profeta dice «y caíste como el lucero del alba» y luego hace referencia al deseo del dragón, como también lo llaman, de brillar más que las estrellas del trono de Dios.

»Lucero del alba es Lucifer y aplica aquí como adjetivo, como idea de belleza. Venus es una Lucifer, al igual que Prometeo, quien trajo el conocimiento a los hombres. Nunca fue el diablo, error de traducción durante la Edad Media, que vio la palabra como sustantivo y la levantó como otro de los nombres para Satanás. ¿Se entiende?

Sin esperar respuesta proseguí:

—Las logias lautarinas surgen en Londres, Cádiz y Buenos Aires en 1797, fundadas por Francisco de Miranda, quien usó su formación masónica para estructurar estos grupos iniciáticos que nacieron como una unión de «caballeros racionales», es decir, «brillantes», de mente y de luz, portadores de una sabiduría especial, «iluminados».

—Como los Illuminati —reaccionó Bayó.

Princess levantó su pulgar hacia el ex militar, burlona.

—Francisco de Miranda fue compañero de logia y amigo personal de George Washington y Thomas Jefferson, fundadores de los Illuminati del Nuevo Mundo y el Nuevo Orden, Estados Unidos —subrayé.

—Washington y Jefferson fueron masones, no Illuminati. —Trató de ser listo Luis Pablo Bayó.

—¿Estás seguro?

—Bastante, los Illuminati surgieron en Europa, años después de la independencia norteamericana, y fueron fundados en Baviera por Adam Wesblutt —respondió.

—Weishaupt —corregí—, Adam Weishaupt, y lo que apuntas es cierto, pero falta el dato de que el grupo de Baviera surgió como respuesta al de los padres de la patria norteamericanos. También que Miranda colaboró activamente con Weishaupt y su gente a partir de 1778.

Curvé una mueca de soberbia y continué:

—De ellos tomó la idea de la iluminación, pero no solo intelectual, también política y sobre todo económica. Como Weishaupt, Miranda tenía claro que la única manera de concretar sus fines era controlando el comercio y los negocios, por eso su primer movimiento a la hora de pensar en una unión hispanoamericana a espejo de los Estados Unidos fue ofrecer el control de la economía de esta posible nueva confederación a los británicos.

»A pesar de que confiaba en el odio inglés contra España, su idea fracasó –respiré un segundo–, no tuvo eco. Pero ello no acabó con sus ideales, solo los dirigió hacia otras piezas del tablero. Educó a jóvenes criollos de los virreinatos latinoamericanos en las artes del complot y la conspiración, los inició en la masonería y en la iluminación luciferina.

–Vamos acotando, por favor –insistió Juliana, de pie entre el enojo y el nulo aguante.

–Los «racionales» o «brillantes», se llamaron así hasta que Bernardo O'Higgins, futuro padre de la patria de Chile, le relató a Miranda las hazañas de un caudillo mapuche llamado Lautaro. Durante el siglo XVI este personaje usó su inteligencia y astucia para ganarse la confianza de los conquistadores españoles. A través de una cuidada actuación fingió ser dócil y humilde, así aprendió las artes de la guerra de los invasores, su lengua, planes y estrategias, que luego enseñó a los suyos, iniciando una resistencia que se alargó por más de trescientos años, mucho más que la que sostuvo cualquier otro pueblo originario de América del Sur.

»Miranda comprendió que sus pupilos, como modernos Lautaros, debían infiltrarse en el corazón de los gobiernos de la colonia española, crecer como un enemigo interno, conspirar en las sombras y coordinar en secreto la independencia de estos territorios, lo que consiguieron con la liberación de Argentina, Chile, Perú y todo lo que llaman la gran Colombia, desde 1817 en adelante.

–¿En adelante? –cuestionó Juliana.

–Debiste leer el libro de tu marido. –Princess sonrió, era tan obvia su nula empatía con la viuda del autor de *Los reyes satánicos*.

Busqué mi billetera y revisé el efectivo que llevaba. Sabía que entre los dólares y euros estaba mi «amuleto de buena suerte». Tras encontrarlo, lo desenrollé y lo puse sobre la mesa.

—Dos mil pesos chilenos, el billete equivalente al dólar en mi país natal. Él es —mostré el rostro dibujado en la cara principal del papel moneda— Manuel Rodríguez, patriota y supuesto líder guerrillero vinculado a José Miguel Carrera, enemigos de O'Higgins y la Logia Lautarina en Chile. Sobre todo Carrera, que en un inicio fue lautarista pero que luego los traicionó por diferencias políticas y religiosas. Pero esa es otra historia… Rodríguez, este personaje —volví a indicar—, fue asesinado por uno de los integrantes más siniestros de la logia, el argentino Bernardo de Monteagudo, un matón aristócrata al servicio de José de San Martín.

»Vean esta figura, junto al rostro de Rodríguez —enseñé un logo similar a una estrella—. Se supone que es Antú, el sol mapuche; sin embargo, las representaciones de Antú solo tienen cuatro brazos o rayos y esta tiene siete. Y la estrella de siete y ocho brazos es para los mapuches el rostro del Wünelfe, Venus, la estrella del alba, Lucifer. Sumando y restando, la marca de los grupos iluminados y su control en la economía, el equivalente chileno —busqué un billete de dólar y apunté a la pirámide y el ojo que todo lo ve— al udjat del nuevo orden, de los Illuminati del hemisferio norte.

»Las manos de Perón, el mensaje recibido, la idea del rito egipcio en aquello de "Hermes Lai y los trece". Las pistas son claras, vean lo que nos están mostrando: número 13; trece son los escalones en la pirámide del dólar; el ritual de la amputación del cuerpo del caudillo argentino; la presencia de la Logia Lautarina; el eje de la trama de *La cuarta carabela*, nuestra inesperada novela colectiva.

»Con la marca en el cuerpo de Bane Barrow tuve la idea de que se trataba de una guía, una invitación, ahora no me queda duda. Ellos, quienes sean que están detrás de esto, los herederos de la Logia Lautarina o alguien que los conoce muy bien, han estado señalando una ruta de viaje en los asesinatos de tu jefe –miré a Princess– y tu marido. –Hice lo propio con Juliana.

La escritora argentina me clavó sus ojos verdes.

–A Bane Barrow le marcaron Bernardo O'Higgins Riquelme en su espalda y lo asesinaron en Londres, ciudad donde O'Higgins conoció a Francisco de Miranda y fue fundada la primera Reunión de Caballeros Racionales, el génesis de las logias lautarinas. A Javier lo mataron en Toledo, donde se fundó el grupo Illuminati de López Rega. –Respiré–. Cuando Princess vino conmigo con lo de Barrow y traduje el cifrado, me resultó obvio que el segundo paso iba a ocurrir en Europa, en algún lugar de la llamada ruta lautarina. Con Londres fuera solo quedaban Cádiz y Madrid como puntos nodales, pero en el entreacto pasó lo de Javier y aunque vine por lo del libro, la verdad no me sorprendió que me hubieses confirmado que en él también grabaran un criptograma –enfaticé a Juliana–, el que Princess decodificó. El resto es bastante obvio: las manos de Perón nos están indicando Buenos Aires.

–Si es que las manos de Perón siguen en Buenos Aires –dudó Juliana.

–Las manos de Perón jamás salieron de Buenos Aires. El ritual que diseñaron al amputarlas impide que estas fueran separadas del cuerpo a más de doscientos kilómetros, así lo estipuló Monteagudo en los preceptos de la logia respecto de asesinatos por venganza.

–Eso si es que la logia fue la que cortó las manos de Perón y quien está tras esta maraña.

–Es la mejor pista que tenemos.

–La única pista –corrigió Juliana.

Princess, que había permanecido toda la conversación sentada sobre la alfombra que cubría de pared a pared el privado de la biblioteca garabateando en una de sus libretas, se levantó, caminó hasta mi posición y se ubicó a mi espalda, afirmando su pierna derecha contra la puerta como si quisiera evitar que cualquiera de los presentes abandonara el lugar.

143

–Tiene sentido, hay lógica dentro de lo ilógico de tus deducciones –dijo–. Y en esta línea, al no darse más variables, creo que la razón apunta a que debemos viajar a Buenos Aires.

–No solo la razón –le respondí–; sé de alguien en Buenos Aires que puede ayudarnos.

Las miradas de mis contertulios hicieron al unísono la misma pregunta.

–Andrés Leguizamón –contestó Juliana, como si pudiera leer mi mente.

–Exacto –sonreí.

–¿Quién es ese tío? –preguntó Bayó.

–Un colega escritor –contestó la viuda de Salvo-Otazo.

–El Bane Barrow argentino, también era amigo de Javier –expliqué–. Es autor de *El código Perón*, tal vez la persona que más sabe de este tema; fue mi fuente principal para el piloto televisivo del que les hablé hace un rato.

–Es un buen sujeto y una enciclopedia ambulante, pero el dilema aquí es si confiamos en él –cortó otra vez Juliana.

–No se trata de confianza, sino de utilidad. –La miré–. Además, dado el mensaje tatuado en Javier, es probable que Leguizamón también esté escribiendo su propia versión de *La cuarta carabela;* es decir, él y yo podemos ser las próximas víctimas.

Fue Princess Valiant quien continuó el diálogo:

–¿Entonces cuándo partimos? –preguntó.

Levanté los hombros.

–Yo voy con ustedes –se apresuró Juliana.

–No te adelantes –traté de pararla–, tienes una hija aquí, no creo que sea...

–Cerrá tu boca, Elías, voy con vos y tu amiga sí o sí. Mataron a mi marido, le grabaron algo en la espalda y según lo que acabás de rezar, algo pasará en Buenos Aires, ciudad que conozco mejor que tú. Agregá además que por mi editorial puedo contactar a Leguizamón en el acto.

Además, si todo sigue según lo que pontificás, es probable que debamos viajar a Chile. Tú no podés entrar a tu país de manera oficial; la señorita Valiant, aquí presente, no conoce a nadie en nuestras naciones y, asimismo, llama demasiado la atención…

–Podría responderte pero no lo haré. – Princess sonrió.

–En fin –siguió Juliana–, la cosa es que voy con vos, te guste o no.

Miré a los presentes y soplé profundo.

–No es tan sencillo, el FBI me pidió que no saliera de Estados Unidos. Lo hice sin permiso en un avión privado de la editorial que me llevó a París; eso significa que tanto Princess como yo estamos fichados por la Interpol. Si tomas un vuelo comercial con uno de nosotros, una manga de sabuesos te caerán encima, no por delito pero sí por desacato. Además, estoy bastante seguro de que la policía española no quiere que salgas del país. Raya para la suma, no creo que puedas dejar España.

–A menos que yo –nos interrumpió Bayó– pueda hacer algo.

–¿Algo como qué? –Intenté ser sarcástico–. ¿Nos vas a decir que tienes un avión privado capaz de cruzar el Atlántico sin escalas?

–No exactamente –devolvió él–. Tengo un avión privado capaz de dar la vuelta al mundo sin escalas.

27

Uno de los asistentes de Boeing se acercó al diácono Joshua Kincaid y abrió un paraguas para protegerlo de la lluvia que empezaba a caer sobre las enormes instalaciones construidas a las afueras de Everett, unos cuarenta kilómetros al norte de Seattle, en el condado de Snohomish, estado de Washington; la planta industrial más grande de los Estados Unidos y la mayor dedicada a la fabricación de aeronaves comerciales y militares del planeta.

–Gracias –pronunció Kincaid, un afroamericano de treinta y ocho años, tataranieto de esclavos y abogado de formación, aunque su principal tarea era ser hermano mayor de la Primera Iglesia Baptista de Athens, Georgia. El muchacho, que llevaba una gorra deportiva con el logo de Boeing, sujetó bien el paraguas para que no se lo llevara el viento y lo guió hacia la fila que, algunos metros más adelante, se había ordenado ante el helicóptero que llevaría a los invitados de vuelta a Seattle.

El prototipo de una nueva versión del 787 Dreamliner tronó en el extremo de la pista principal mientras iniciaba su carrera para el despegue.

–Un vuelo de pruebas –explicó el joven–. Realizan giros rápidos alrededor de la ciudad y prueban el avión en condiciones extremas, como aterrizaje con mal clima, como hoy.

–Esta lluvia apenas moja –comentó el hombre de color.

–¿De dónde es usted?

–Athens, cerca de Atlanta.

–Entonces usted no sabe cómo es el clima en Everett o en Seattle. Empieza así y en un par de horas se largará un aguacero con viento cruzado, por eso es mejor que vuelen ya de regreso a la ciudad.

–¿Hace cuánto trabajas en Boeing?

–Tres años, señor.

–¿Como asistente?

–Empecé repartiendo correspondencia.

–¿Estuviste en la reunión?

–No, señor, soy católico.

–Eso no es impedimento.

–Me hubiera sentido incómodo.

–Te entiendo; igual pide a tus compañeros que te entreguen la información que les dejamos, quizá te interese.

–Eso haré, señor.

–¿Y te gusta la religión católica?

–Es la religión de mis padres, creo que no se trata de si me gusta o no –respondió el muchacho, visiblemente incómodo con el interrogatorio.

–Comprendo.

Kincaid observó como pocos metros delante, la comitiva oficial del reverendo Caleb Leverance Jackson abordaba el Boeing 234 de doble rotor, pintado de blanco y con los logos oficiales de la empresa grabados a ambos lados del fuselaje en forma de banana. El helicóptero ya empezaba a girar sus hélices gemelas de tres palas mientras los turboejes, que colgaban de la parte posterior, vibraban al interior de sus barquillas al expulsar aire caliente hacia atrás.

–La versión civil del Chinook –describió el asistente, identificando al aparato como un utilitario para transporte de pasajeros basado en la plataforma de la nave de alas rotatorias de carga y asalto más popular del ejército–. ¿Ha volado en uno de esos?

–No –respondió el hombre.

–Ni lo hará –interrumpió una tercera voz, cortando la conversación. Ambos giraron.

Un anciano encorvado, de espesas cejas blancas, apareció bajo su propio paraguas. Lo primero que hizo fue presentarse:

–Andrew Chapeltown. Gusto en conocerlo, señor Kincaid.

147

Le estrechó la mano.

—Sé quién es usted, senador —contestó el diácono de Athens, sabiendo que ese contacto iba a suceder tarde o temprano.

—Ex senador —aclaró Chapeltown—, hace más de diez años que no estoy en la Cámara. —Era cierto, su último período como representante de Texas por el Partido Republicano había terminado en 2008 y desde entonces vivía retirado de la vida política.

—Cuatro elecciones consecutivas como senador, con todo respeto, pero ese cargo lo acompañará de por vida.

—Puede ser, pero ahora solo soy un ministro del Señor.

—De la famosa —no exageró— iglesia «La Espada de Dios»; gusto en conocerlo, pastor.

A Chapeltown le gustaba que el mote con el cual llamaban a su congregación, el templo Christ of Life de Austin, Texas, fuese tan popular y reconocido dentro de la obra.

—Y gracias —continuó Kincaid— por la invitación, supe que usted no solo organizó esta reunión, sino que escogió personalmente a los asistentes.

—Me habían hablado muy bien de usted, hermano, en la gracia de Dios. —El anciano texano hizo un alto y luego se dirigió al asistente que veía la escena sin entender mucho—: El caballero viene conmigo y no vamos en ese vuelo. Yo me encargo ahora, conozco bien este lugar —le indicó.

—Mis órdenes son otras… —trató de replicar el muchacho.

—Insisto, no se preocupe —recalcó el ex senador—, nuestro transporte está por allá —apuntó—. Ahora, si me permite... —Y tomando del brazo a Kincaid lo llevó de regreso a las instalaciones principales de la base. El asistente se los quedó mirando, y luego, arrastrando los pies, buscó salir rápido de la losa principal de la gigantesca fábrica.

—No entiendo —se excusó el hombre de Atlanta.

—Ya lo hará, Kincaid —respiró—. Como le decía, he recibido muy buenas referencias de usted y de sus ideas para con La Hermandad. Hay alguien que quiero presentarle –fue estirando el diálogo–. Escuché que quiso convertir al muchacho.

–Hay que ganar almas para la obra.

–Mi estimado, usted ya no es un simple diácono y debe acostumbrarse a su nuevo rango. El motivo por el cual estamos acá no es para tratar con mandos medios o bajos, como ese pelafustán. –Fue hiriente, pues concebía que era la única forma de dar a entender su posición–. Esa es solo la fachada, lo que los directores de esta compañía nos pidieron para excusar esta reunión. Hubiese sido sencillo concretar esta visita en las oficinas centrales de Boeing en Chicago, pero ellos, por una cuestión de imagen de la compañía, prefirieron encontrarse con nosotros acá, en su «Disneylandia» –sonrió–. Lo relevante fue lo que sucedió allá arriba –indicó al acristalado piso superior del edificio central de las dependencias–. Usted estuvo ahí, ¿verdad?

Kincaid asintió.

–Entonces escuchó al reverendo Leverance.

–Lo hice.

–Y dígame, ¿qué le pareció?

El diácono de Athens, Georgia, expresó sus dudas, opiniones favorables y contrarias a lo ocurrido en la reunión entre Leverance y los altos ejecutivos de Boeing. La mayoría eran juicios negativos ante la gestión del reverendo líder de La Hermandad.

Fundada en 1916 en Seattle por William Boeing, la empresa comenzó diseñando y fabricando hidroaviones para Pan American, los que dominaron el mercado del transporte de pasajeros durante la década de 1930. Con la llegada de la Segunda Guerra Mundial, la compañía entró al desarrollo de aeronaves militares, como el B-17 y el B-29, responsable este último de llevar las bombas atómicas que destruyeron Hiroshima y Nagasaki, que pusieron fin al conflicto. Durante la guerra fría, la empresa no abandonó el negocio militar, pero su gran fuerte apuntó a la aeronáutica comercial, iniciando con el 707 la llamada era del jet, en la que destacaron naves suyas como el Jumbo 747 o el Dreamliner 787.

Con doscientos mil empleados e ingresos de 74.000 millones de dólares anuales durante las primeras décadas del siglo XXI, Boeing absorbió a las quebradas McDonnell Douglas y North American Rockwell, apropiándose de esta manera de algunos de los contratos aeroespaciales más rentables, como los cazas F-15 y F-18 y el bombardero B-1B, además de la Estación Espacial Internacional. Pero fuera de las armas y la alta tecnología, había otra área en la cual Boeing tenía una especial dedicación: la garantía de los valores más básicos sobre los cuales se construyeron los Estados Unidos de América, una mirada conservadora que puso a la firma en la mira de los grupos más liberales de la nación, incluido el Partido Demócrata, que se encargó de frenar desarrollos como el caza F-32 o el nuevo transbordador Venture Star en beneficio de competencia más ambigua en temas valóricos, sus eternos rivales de Lockheed. En ese ambiente no era extraño que La Hermandad se hubiera acercado a Boeing, menos aún que desarrollaran una jornada de dos días de reuniones y que todo terminara en un trato político y económico entre el mayor fabricante de armas de Norteamérica y el grupo que desde 1935 se había encargado de resguardar la fe y los valores cristianos al interior de los estamentos más poderosos de Washington D.C.

–Por acá –indicó Chapeltown, invitando a Kincaid a ingresar a un hangar privado, donde los aguardaba un helicóptero civil que el abogado de Atlanta jamás había visto–. Ventajas de tener buenos contactos –se justificó el ex político y actual reverendo de Austin, Texas, al enseñarle el aparato.

La nave, estilizada y curva como una lágrima, parecía más un jet ejecutivo que un helicóptero. Sobre el fuselaje, montado uno encima de otro, resaltaban un par de rotores gemelos que giraban en direcciones contrarias. Pero lo más novedoso estaba en la cola, donde en lugar de la clásica hélice de antitorsión aparecía una propela de cinco cuchillas apuntando hacia atrás a manera de sistema de empuje de un barco.

–¿Estamos listos, pastor? –preguntó el piloto de la máquina, apareciendo desde el fondo del hangar.

–Cuando usted quiera –contestó Chapeltown, presentando de inmediato a su nuevo acompañante.

–Sikorsky S-97 –describió el piloto al diácono de Athens, Georgia–, la versión civil del RAH-97 Raider, la nave de asalto más rápida y sigilosa de nuestras fuerzas. La CIA usó dos de estos para matar a Osama bin Laden en mayo de 2011 –contextualizó–. El propulsor trasero lo empuja más allá de los cuatrocientos cincuenta kilómetros por hora, casi el doble que su competidor más cercano. Por favor, suba –insistió.

El interior era incluso más lujoso.

–Acomódese donde quiera, solo iremos los dos –indicó el pastor de Austin, Texas, mientras le pedía al piloto que no perdiera más tiempo en tierra.

Con elegancia, el Sikorsky carreteó por la pista hasta encontrar el punto preciso para el despegue. Luego, apenas la torre dio luz verde, los rotores principales comenzaron a girar y, tras un ligero soplido, elevaron la aeronave en dirección norte, hacia la metrópoli capital del estado de Washington. La única sacudida experimentada fue la del tren de aterrizaje al plegarse dentro de la bodega debajo del fuselaje.

–El vuelo silencioso nos da otra ventaja –argumentó el pastor texano–: acá se puede conversar.

–Entonces, senador –dijo Kincaid y Chapeltown ni siquiera se inmutó–, lo escucho.

–No voy a andar con rodeos, a pesar de que es nuevo dentro del círculo central de La Hermandad, sé que está muy bien *informado* –subrayó el adverbio–. Supongo que no es necesario hablar en detalle acerca de la operación La cuarta carabela que tanto ha propiciado Leverance y sus aliados, pero me interesa su opinión al respecto.

–Opino –recalcó– que tiene la ventaja de ser una estrategia muy inteligente y sobre todo furtiva para concretar la misión que La Hermandad ha abrazado desde su fundación.

–¿Cree que funcionará?

–Según entiendo, está funcionando.

–A pesar de la demora ocasionada por el asunto este de Bane Barrow y ahora del escritor español…

–Salvo-Otazo –precisó el afroamericano.

–El mismo, soy malo para los nombres –sonrió–, además no lo he leído.

–No es el único peón que Leverance está moviendo, además tengo entendido que ya hay otro escritor «haciendo el trabajo» –subrayó–; una «tercera carta», como lo llama él. Lo lúcido del plan, aparte de usar la historia nacional de determinados países de Sudamérica a nuestro favor, es que ha sabido garantizar su concreción con buenos actores secundarios, jugadores de reserva bien entrenados.

–Dijo ventajas, por lo que puedo presuponer que también ve desventajas.

–Varias.

–¿Por ejemplo?

–El excesivo gasto de dinero en el desarrollo del software, que dependamos en demasía de esos «socios externos» de los cuales tanto habla Leverance, la infiltración de su propia hija en el FBI y la Interpol y, finalmente, la posibilidad de que nadie termine *La cuarta carabela*.

–Hay muchos que opinamos como usted.

–Lo imagino. E imagino también que se trata de gente muy poderosa, adversarios políticos de Leverance dentro de La Hermandad; por algo me invitó a volar en –miró alrededor– esta cosa.

–Inteligente.

–No hay que serlo demasiado.

–Usted es contrario a la administración de Caleb. –Al nombrar a Leverance por su nombre propio, el diácono y abogado de Atlanta entendió lo que a esas alturas ya era evidente: que su anfitrión estaba situado muy arriba y que lo mejor, para sus propios intereses personales, era aceptar la invitación que estaban haciéndole.

–Usted ya lo sabe, como yo sé que usted también lo es.

–Diácono Kincaid, ambos somos caballeros del Señor.

–En su glorioso y santo nombre.

–Y por su voluntad haremos cosas que pueden parecerle ilegítimas al resto del mundo.

–Somos obreros de Jesucristo, el mundo externo no es nuestro negocio.

–Me hace feliz en Cristo que opine así.

–No soy tonto ni ingenuo, pastor. Hasta ahora lo que me muestra tiene todo el sentido del mundo, pero hay algo que me preocupa. Si vamos a frenar…

–Adelantarnos –cortó Chapeltown.

–Adelantarnos –repitió Kincaid– a los planes de Leverance, necesitaremos más que solo ilimitados recursos económicos, algo que nos dé una ventaja concreta y nos ponga por sobre los planes del reverendo.

–Digamos que el Señor ha puesto en nuestro camino un objeto que nos da esa ventaja.

–¿Un arma?

–Más bien una llave.

Como si siguiera las órdenes de un guión preestablecido, el abogado y hombre de Dios de Athens, Georgia, observó cómo las pesadas nubes ensombrecían los bosques siempre verdes del estado de Washington y no respondió. Pasados unos segundos se volvió hacia su interlocutor.

–Entonces, dígame –preguntó el pastor y ex congresista–, ¿estaría dispuesto a viajar conmigo a Chile en los próximos días?

–¿Chile? ¿No es la nacionalidad de la «tercera carta» de Leverance? –devolvió Kincaid con sarcasmo.

–No contestó la pregunta, hermano.

–Si esa es la voluntad del Señor…

–Perfecto, cuando lo invité le dije que quería presentarle a alguien –prosiguió Chapeltown, mientras enlazaba con su teléfono móvil una señal emitida desde el otro lado del mundo, la que se materializó en un video proyectado en un monitor plegable que bajó desde el techo de la cabina de pasajeros del helicóptero. Y agregó–: Lo llamamos Hermano Anciano.

28

Princess Valiant llamó a mi habitación a la una y media pasada la medianoche. Tras una rápida cena (de la que Princess no participó) en una posada propiedad de unas amigas de Juliana, conseguimos alojamiento en un hostal que también pertenecía a las mujeres: un agradable edificio de cuatro plantas ubicado a pocos pasos del alcázar y museo de Toledo. Tanto la viuda de Salvo-Otazo como Bayó coincidieron en que era un lugar seguro y que en sus instalaciones llamaríamos menos la atención a que si pernoctábamos en casa del autor de *Los reyes satánicos*. La asistente de Barrow estuvo de acuerdo con la opción, aunque sus razones estaban bastante lejos de las esgrimidas por la escritora argentina. Más de las que yo mismo atiné imaginar. El resto del plan era simple: al día siguiente partiríamos a Madrid para reunirnos en Barajas con el supuesto avión capaz de dar la vuelta al mundo sin escalas del que tanto fanfarroneó el primo de Javier durante nuestra larga charla en la biblioteca.

–¿Qué sucede? –pregunté al descubrir a Princess en la puerta de mi dormitorio. Estaba descalza y sin tacones era bastante más baja. Vestía una camiseta blanca, con la portada del disco *London Calling* de The Clash, muy larga y ancha, que la cubría entera, como si fuera un vestido corto de verano.

–¿Puedo pasar?

Sin esperar respuesta ya estaba dentro de la habitación. Cerré sin seguro y la seguí con la mirada, ella se sentó al borde de la cama.

–¿Te desperté? –preguntó.

–Estaba leyendo –mentí, indicándole unas revistas que había sobre la mesa de noche–. ¿Qué sucede? –volví a preguntar.

—Ven —me invitó a sentarme a su lado. Lo hice.

—¿Qué ocurre? —insistí.

—Hace cuatro semanas que no tengo sexo. —Entreabrió su boca, enseñándome sus dientes grises y separados.

—Y yo hace cuatro años.

—Quiero que me lo metas.

Sin tiempo para pensar en una respuesta la tuve encima, con las rodillas flectadas sobre mis muslos. Acomodó sus manos encima de mis hombros y me empujó sobre la cama, luego comenzó a desvestirme con ansiedad nerviosa.

—Tranquila —le pedí.

—Déjame. —Jadeó, mientras se quitaba la camiseta.

Giré sobre mi cuerpo y la puse abajo, ella se contrarió. Intente acercar mi boca a su cuello, pero me apartó con rabia. Insistí conduciendo mis manos hacia su sujetador pero no alcancé a poner un dedo sobre sus pechos.

—No me gusta que me toquen, ni que me agarren las tetas, no son juguetes. Tampoco que me las miren. —Me detuvo en seco, luego me apartó y se sentó sobre las almohadas.

Fui hacia el otro lado de la cama.

—¡¿Qué?! —vociferó aún molesta.

—Que no te gusta nada: que no te hablen, que te hablen; que no te toquen ni te acaricien, ni siquiera me dejas besarte. Vienes a mi habitación a medianoche, me pides que te haga el amor y… no sé.

—No vine a pedirte que me hicieras el amor, cursi. ¡Nadie puede decir hacer el amor, menos un escritor! —chilló—. Quiero que me lo metas, sentir tu pene dentro mío, eso. Nada de besos, los detesto; el olor a la saliva, la baba, ¡asco! Ni cariños, ni amor, no soy un gato; si estoy aquí es porque quiero que me penetres. Simple, tu pene en mi vagina y que sepas moverte, uno más uno es igual a dos, ¿*right*?

Bajó de la cama y caminó alrededor de esta en dirección a mi lado del colchón. De pie y sin mirarme se quitó el calzón: llevaba el sexo depilado casi por completo, dibujado como una pequeña rayita abierta en forma de V.

—Entonces, ¿vas a metérmelo?

Sonreí. Desvestida era preciosa: delgada y larga, como dibujo de colegiala de cómic japonés. Tenía ganas de tocarla y lengüetearla entera, pero si el trato era otro estaba dispuesto a jugar con sus reglas. Me quité los bóxer y le dije que viniera conmigo.

—Una cosa más, quiero correrme y, si no lo hago, voy a enojarme mucho. ¿Puedes hacerte cargo de eso?

—Creo.

—No me interesa que lo creas, sino que lo hagas. Odio los potenciales, ¡por qué la gente promedio los usa tanto! —Respiró—. Mira, tengo el clítoris pequeño y si te dejo a cargo, vas a estar como una hora tratando de correrme; yo me voy a aburrir y no sucederá nada, pero conozco mi cuerpo, sé qué y cómo hacerlo, así que si no deseas enrabiarme, haz lo que te pida. —Asentí, si decía algo me iba a largar a reír—. Entonces, primero yo abajo, métemela con fuerza, como si fuera tu primera vez.

—Es mi primera vez contigo —le dije mientras ella se acomodaba sobre la almohada y abría sus piernas alrededor de mis caderas.

—Tu primera vez de la vida, quiero decir. Ahora entra y quédate callado.

—¿Te vas a callar tú?

—Si lo haces bien, sí —respondió, mientras yo daba la primera embestida en su interior.

Ella gritó, jadeó un par de veces y enseguida apretó los dientes emitiendo un sonido constante, como vibratorio. Su cuerpo entero se estremeció, como si cada centímetro de su piel cobrara vida propia e intentara arrancar de las sábanas. Y por primera vez la vi sonreír de verdad, por gusto, sin sorna o burla; también tomar un color cálido y ligeramente rosado que tiñó esa palidez nublada, tan británica suya. Su aliento gris, a tabaco y humo no era agradable, pero no estaba en posición de quejarme.

156

–Entra despacio primero, dos veces y luego fuerte. –Fue dándome instrucciones, que seguí sin alegar–. Eso, fuerte, más fuerte. ¡Qué bien se siente, qué bien es todo…! Trata de no acercar tus manos a mi piel, por favor…

Aparté mis palmas lo más que pude de sus hombros y me afirmé en el borde de la cama, concentrando mi fuerza solo en la entrepierna.

–Me gusta esto… –murmuraba ella. Luego sin mediar palabra me empujó fuera; respiró hondo, entrecortado, rápido y luego añadió–: Ahora tú abajo y no hagas nada, ni siquiera te muevas, déjame todo a mí. –Era como la séptima vez que me daba la misma indicación.

Me giré sobre la cama y permanecí quieto, ella montó hasta acomodarse sobre mi entrepierna. El cabello se le había humedecido con el sudor y su respiración era rítmica y constante, como si siguiera el más aritmético de los patrones.

–Yo –me detuvo.

Agarró con su mano derecha mi pene erecto y mojado y lo llevó dentro suyo, apretando los labios de su sexo alrededor del mío. Estuvo un rato en silencio y quieta, como si meditara. Cerró los ojos, tragó aire y agregó: «Córrete cuando yo te diga y puedes irte dentro si quieres, no soy fértil en estas fechas».

Inició sus movimientos, primero de arriba hacia abajo, luego describiendo círculos, acompañando cada uno de estos con gemidos cortos. A veces se acariciaba el cuello, se enredaba el cabello con una mano y por un instante la vi apretarse los pechos por encima del sujetador. Bajo estos, los pezones grandes e hinchados luchaban por escapar de la tela blanca y elástica que los cubría.

Princess comenzó a aumentar la velocidad de sus movimientos, intensificando el subir y bajar con un arrastre lento y horizontal. Se sentía húmeda, mojada, casi licuada por dentro, extremadamente acogedora, femenina en cada poro de su carne, deliciosa en su interior. Se sabía, se conocía, tenía completo dominio de cada rincón de sus cavidades, era ella la que llevaba el peso de la relación, era ella la que en el fondo estaba tirando consigo misma.

—¡¡¡Ahora!!!! —gritó.

—Espera. —Apreté mis dientes.

—¡¡¡Córrete ahora!!! —aulló con más fuerza.

Relajé mis músculos y me dejé llevar, un espasmo ligero y luego el relajo exquisito e indescriptible de soltar todo lo que llevaba dentro. El quejido imposible de sostener, el desahogo completo y luego la calma.

Princess quitó mi pene de su interior, me dio las gracias, se levantó, tomó su calzón y fue al baño.

No dije nada.

Escuché cómo echaba a correr el agua del grifo, luego se sentaba en el inodoro por unos minutos; antes de tirar de la cadena, otra vez el agua del grifo, entreacto que aproveché para volverme a poner los bóxer y la camiseta, además de regresar desde ese lugar remoto donde te transporta un orgasmo.

—No iba a dejar que te tiraras a la frígida de la viuda de tu amigo —me dijo al regresar del baño—, porque te la tiraste hace años, eso es obvio.

—Antes de que se casara con Javier.

—Por eso es tan histérica contigo. Si hubieses querido te la habrías montado esta noche. Es la típica mujer promedio, empática desde lo más básico, de las que creen que manteniendo distancia seducen. Un mueble me importa más que esa clase de personas.

—Yo soy de esa clase de personas.

—Sí, pero te concedo que eres honesto y frontal, eso te acerca un poco a mi esquina.

Regresó a la cama y se sentó a mi lado.

—Entonces puedo concluir que follaste conmigo para que no lo hiciera con Juliana.

—No, tuve sexo contigo porque lo necesitaba. Para mí es como comer, beber, orinar, una necesidad de mi cuerpo; si no lo hago cada tres semanas, me enfermo y no te gustaría verme enferma, soy insoportable.

—¿Más aún?

—No puedes imaginar cuánto.

—¿Puedo decirte algo?

—Estamos en un país libre.

—Pensé que eras lesbiana o bisexual.

—Qué básico eres, Elías Miele. ¿Qué edad tienes, quince? Porque me visto raro y me maquillo como muñeca voy a ser lesbiana o bisexual. No. No me gustan las mujeres, a pesar de que me he acostado con varias; tampoco me gustan mucho los hombres, lo que me gusta es el pene, sea de quien sea. ¿Se entiende?

—Supongo.

—Y no, no soy puta, porque no cobro. Perra sí, porque me gusta y me gusta harto. ¿Estamos?

—Estamos.

—¡¡¡¿Queeé?!!!

—Nada, que eres divertida sin serlo.

—No, soy distinta y honesta y eso es lo que te parece divertido, lo que es muy distinto. —Botó aire con fuerza y luego me miró—. ¿Y entonces cuándo nos vamos?

Sonreí, Princess Valiant amaba jugar a ser la caja de sorpresas perfecta. La mayoría de las veces le resultaba, pero en otras sus reacciones eran tan evidentes que leer su mente era tan sencillo como sumar dos más dos.

—Yo no voy a volar a Argentina con la viuda de Salvo-Otazo —recalcó.

—Perfecto, entonces te quedas.

—¡Eres idiota, Miele! —Su tono de voz se hizo chillón—. ¿No te das cuenta de lo raro que es todo esto? La emboscada que ella y sus amigos

159

prepararon, el tal Bayó que justo tiene un avión que puede volar a cualquier parte y lo ofrece así como así, la insistencia de la viuda en ir con nosotros. ¿No eres tan bueno con los números y los códigos secretos? Deberías juntar las letras, acá son puras vocales.

–¿Y crees que no lo he hecho, que no he visto ese y otros factores? Tengo claro que vine a Toledo por *La cuarta carabela* y si debo vender mi alma al diablo para conseguir el manuscrito, lo haré. Las pistas apuntan a Buenos Aires y no tenemos otra forma de llegar allá que en el avión que ofreció el amigo de Juliana.

–Primo de su marido muerto –precisó la inglesa.

–Lo que sea; en este punto de nuestra historia da lo mismo, no es importante, solo es un medio. Y si te tranquiliza, tengo muy claro que tanto él como Juliana no nos han contado todo. Pero entre salir huyendo o enfrentarlos, prefiero la tercera alternativa: seguirles el juego, hacerles creer que confío en ellos, pero siempre cuidándome la espalda. Y tu espalda con la mía.

–Confías en mí, entonces.

–Más de lo que crees, Princess Valiant –mentí, era lo mínimo tras el orgasmo que me había dado.

Ella volvió a sonreír, por segunda vez desde el rincón de lo sincero.

–Deberíamos hacerlo de nuevo –dijo enseguida, luego comenzó a desvestirme, tan ansiosa como cuando entró a mi dormitorio–. Otra cosa: hay que conseguir un arma, nunca se sabe cuándo vas a necesitarla y yo sé disparar muy bien. Ahora quiero que me lo metas por atrás, apúrate que estoy hirviendo.

29

En la casona ya todo estaba dispuesto para el entierro de don Bernardo. Misiá Rosa despachó a las lloronas durante la tarde y al día siguiente temprano un par de sacerdotes y dos delegados del Consulado de Chile vendrían para llevar al muerto a un panteón que la familia había adquirido con ayuda de conocidos y vecinos. El deseo del viejo de ser expatriado a su país natal no tuvo ecos y ninguna de las cartas que tanto el muerto como su hermana habían remitido meses antes regresaron con respuestas alentadoras. La mayoría ni siquiera había vuelto, frustración que misiá Rosa disimulaba con un optimismo de drama barato y frases hechas acerca de la voluntad de los hombres contra la voluntad de Dios.

Lorencito Carpio, el muchacho al cual llamaban Magallanes, ya había juntado sus pocas pertenencias en un morral. Vestimenta, ropa de cama y algunos cuadernos y libros que el patrón le había heredado. Si todo salía según lo previsto, a primeras horas del alba estaría camino de regreso al Callao, donde lo esperaba la extraña mujer y su barco ballenero. El mocito jamás había navegado y aunque no tenía seguridad de que iba a hacerlo, la sola idea de mudarse a un navío le provocaba un sentimiento de libertad como jamás había experimentado. El anciano pelirrojo se lo había dicho, el mar convertía a los niños en hombres de verdad y Magallanes siempre lo había creído, al igual que cada palabra que su muerto amigo y maestro le había inculcado desde que lo recogió de entre los callejones del puerto hacía cada vez más años. Y estaba la dama de la mirada extraña, de las frases alargadas y el acento lejano; esa recámara al fondo de la nave con nombre de dama inglesa y la misión.

Magallanes ya era un hombre libre pero sabía muy bien el costo de serlo. Metió su mano derecha bajo el colchón y cogió la pequeña alforja con los ojos de cerdo y el puñal que le habían entregado en el puerto. Levantó la vista hacia el techo de la habitación y dejó el catre; pensó en que si le quedara un poco de fe se habría persignado. Abrió la puerta del cuartucho y tras cruzar la cocina y la despensa se asomó al corredor de la vieja mansión limeña que la familia O'Higgins Riquelme había hecho suya en 1834.

Cada año viviendo en la casona, cada caminata nocturna junto a don Bernardo, cada consejo de que memorizara rincones, esquinas, contara el número de pasos y aprendiera a interpretar los cambios de aire y temperatura, le habían enseñado a Lorencito Carpio el arte de moverse por la enorme estancia de la Ciudad de los Reyes durante la noche sin requerir de lámpara de gas o palmatorias con velas viejas. Descalzo, era capaz de desplazarse con el sigilo de un gato, no llamar la atención y usar la invisibilidad de la casa para proyectar la suya propia. Ni siquiera las almas en pena que algunos criados juraban escuchar por los pasillos durante las frías madrugadas iban a sorprenderlo. Además, no creía en fantasmas, el Huacho le había inculcado que estos no existían, que eran solo recuerdos o deudas personales que se aparecían en los sueños.

La luz de la luna creciente se filtró pálida a través de las ramas de los molles que ornamentaban el patio interior de la mansión. El muchacho corrió tras estos e hizo callar a uno de los gatos de la cocinera cuando el felino levantó las orejas al sentirlo pasar, atento acaso por si dejaba restos de comida. Brincó entre los pequeños arbustos y supo llegar a la puerta corredera que separaba el salón principal del resto de la mansión, lugar donde su difunto señor esperaba dentro de un cajón de madera bellamente lacado y repleto de detalles, como las rosas talladas por artesanos chinos marcadas en las cuatro esquinas del féretro a modo de puntos cardinales, guías necesarias para el trayecto a la otra vida.

Temblando de nervios, el muchacho se acercó al ataúd. Sentía que su corazón latía tan fuerte que pronto iba a escapar de su pecho, o peor aún, que ese ritmo matemático iba a terminar despertando a la patrona o a alguno de los negros de la servidumbre. Tragó saliva y, por segunda vez en los dos más recientes días de su vida, intentó con los trucos que don Bernardo le enseñó para distraer el miedo. Apretó los dedos de los pies y tensó la espalda, el esfuerzo funcionaba pero la percusión cardíaca no bajaba su volumen. Llevó sus manos temblorosas a la tapa del cajón y la abrió con sigilo.

Los ojos de Magallanes recorrieron lento el cuerpo sin vida de quien había sido su amo y señor. La falsa espada cruzada sobre el pecho, las vestimentas de fraile franciscano, el rosario apretado en su puño derecho, la rosa roja para evitar que se levantara de entre los muertos y esa extrema palidez, pintada en azul por los rayos de luna que se filtraban a través del vidrio de la puerta corredera. Las pecas de vejez de las manos, los huesos remarcados. El temor de Magallanes se hizo pena y así, con los ojos llorosos, quitó el velo de seda con el cual habían cubierto el rostro del Huacho.

El pelirrojo parecía estar solo durmiendo. El cabello corto y canoso, con los pocos mechones desordenados sobre la frente, las arrugas, los pómulos caídos y esa cicatriz pequeña bajo el lóbulo de la oreja izquierda de la cual jamás había hablado. Los labios recogidos, con un rubor cada vez más translúcido y las cejas espesas, ancianas, otorgando un carácter imposible de definir a una mirada protegida por dos monedas de plata; la ofrenda para el barquero, otro de los rituales que el viejo le había ordenado a su hermana.

Magallanes sentía que los dedos iban a escapar de su mano a medida que quitaba las monedas que tapaban los ojos del fallecido. Aceleró voluntario el ritmo de su respiración y recordó las palabras de la misteriosa dama que había conocido la madrugada anterior. Era una tarea sencilla, solo se necesitaba un puñal bien afilado, como el que llevaba amarrado al cinto. Aún no entendía qué era lo sencillo de la tarea.

Apretó su mano derecha alrededor del mango del cuchillo y acercó la hoja reluciente al espacio del ojo derecho. La levantó un poco, cerró los ojos y clavó.

El segundo corte fue más fácil.

Madrid, España

30

El aeropuerto internacional de Madrid-Barajas se emplaza al noreste del centro de la ciudad, en el pueblo del mismo nombre. Se abrió al tráfico aéreo el 22 de abril de 1931 y a la fecha es la cuarta terminal con más movimiento en Europa y la número once del mundo. A pesar de sus modernas instalaciones, el emplazamiento geográfico del aeropuerto, sumado a la contaminación lumínica del cercano *metroplex* de rascacielos en el norte madrileño, eran causantes de una estricta norma respecto de las operaciones nocturnas en Barajas. Era pública la lista de aeronaves con restricciones para operar después de medianoche. Por supuesto ese no era nuestro caso.

—¿Pues dónde debo dejaros? –preguntó Caeti, mientras aceleraba su Volkswagen Passat por la autopista M-40 y delante comenzaban a divisarse las luces de uno de los dos edificios principales del aeropuerto.

Princess buscó su libreta, hojeó rápido y luego leyó:

—En los hangares del área industrial de la Muñoza.

—¡Cristo! *I això on és?*

—De acuerdo a las indicaciones del primo de Salvo-Otazo, se encuentra al otro extremo de las pistas, al lado contrario de las terminales de vuelos comerciales –afirmó ella.

—Coño, entonces vamos *per la direcció equivocada.*

—Tranquilo, Caeti, tiempo nos sobra, son recién las diez y media y se supone despegamos a medianoche –intenté calmarlo.

—Me cago en los clavos de Cristo, si estoy inquieto no es porque me sobre o me falte el tiempo. Joder, tío, tengo una mala espina respecto de todo esto y la Virgen madre de mis pecados sabe cómo me funcionan estas malas espinas.

—No nos va a pasar nada.

–*Parlo per mi*, coño. Tú, es decir ustedes dos, me dan exactamente lo mismo –subrayó.

–Cuando recibas tus regalías te olvidarás de todo.

–Si es que hay regalías en lugar de un cajón contigo dentro.

–Hace un día estabas más optimista.

–Hace un día le veía algo de sentido a este cuento, ahora solo un gran lío y ninguna historia que contar. Además, no entiendo la insistencia de Juliana por participar.

–Yo tampoco –deslizó Princess.

–Tu amiga me parece cada vez más cuerda –respondió Caeti.

–En verdad estoy loca –retrucó ella.

Mi agente y amigo acercó el sedán hasta una de las garitas de seguridad del aeropuerto y se detuvo junto a un guardia a quien le preguntó por los hangares de la Muñoza. El hombre lo hizo esperar un rato, luego regresó con un plano desplegable y le dio las indicaciones. Imagino que por la cara de no comprender nada de Caeti, acabó regalándole el mapa.

–Estamos aquí. –Me mostró luego en el plano–. Ese es el norte, hacia allá está el este y debemos de llegar aquí –apuntó–, así que espero seas un buen navegante. *Digues-me on* –preguntó mi agente en su lengua.

Revisé las indicaciones, miré rápido por aquí y por allá y le señalé que siguiera derecho medio kilómetro. Luego íbamos a encontrarnos con una bifurcación en la que debíamos tomar la vía izquierda.

Sobre las luces de Barajas se acercaban los focos frontales de un bimotor grande de pasajeros, quizás un 777 o un Airbus A-350.

Recapitulando, regresamos a Madrid a eso de las once de la mañana. Bayó nos indicó que lo mejor era separarnos, que él iba con Juliana al departamento de sus padres a hacer hora y que nosotros buscáramos algún hostal u hotel donde descansar, que a medianoche nos juntáramos en los hangares del barrio industrial de la Muñoza en Barajas. Según él, era fácil llegar y si enseñábamos su tarjeta de presentación no íbamos a tener problemas. Nos dio a Princess y a mí una de estas, llevaban su nombre completo: Luis Pablo Bayó Salvo-Otazo, acompañado del grado de coronel retirado, todo bajo el escudo de armas del Ejército del Aire de España. Nos separamos en la Puerta del Sol y apenas encontré un teléfono público, ya que evité usar el móvil, llamé a Caeti.

—Ni sueñes que voy a levantarme para ir por ti, toma un taxi y vente a lo mío, ya sabes dónde queda.

Princess se sentía decaída, así que estuvo toda la tarde durmiendo.

—¿Te pasa algo?

—Algo como que una vez al mes me desangro.

En el entreacto me dediqué a poner al día a mi agente con lo ocurrido la tarde anterior en Toledo. Aquello del posible asesinato de Javier le contrarió bastante, lo sentí en su mirada y en el cambio de voz. De hecho, fue lo que levantó más reticencias respecto de nuestra decisión de viajar a Argentina siguiendo una pista de la cual no teníamos más que una frase descubierta en un código César grabado en el cuerpo de un escritor muerto.

—Planeo contactar a Andrés Leguizamón.

—Y meter a otro más en el cuento.

—Escribió e investigó lo de las manos de Perón, es quien más puede ayudarme. Además, quiero saber si él también está escribiendo *La cuarta carabela*.

—*I si estau escrivint-lo*?

—Ya veremos qué hago.

—O lo convences de dejar de escribir para salvar su vida.

Levanté los hombros.

—Joder, Elías, eres escritor, no personaje de tus escritos. Hace más de un mes que no redactas nada, deberías dejar esto, olvidarte de Buenos Aires y encerrarte a terminar la novela.

—Una novela que ha matado a todos quienes se han metido a trabajar en ella, el peligro es el mismo.

—Si quieres puedes esconderte acá, tengo habitaciones de sobra. —Era verdad, el piso de Caeti en Madrid era un enorme departamento de cuatro habitaciones que daba al Parque del Retiro–. Puedes quedarte con tu amiga hasta que se aburra de ti, porque de seguro se aburre.

No respondí.

–Es verdad –insistió–, *ella és boja.*

–Es distinta, especial –justifiqué.

–Está loca, pero se viste bien.

Varias horas y una siesta más tarde estábamos arriba de su turismo de cuatro puertas y fabricación alemana camino al aeropuerto de Barajas, escuchando durante todo el trayecto que le parecía una muy mala idea la opción de viajar a Buenos Aires.

El área industrial de la Muñoza en Barajas aparecía custodiada por la Policía Militar y alrededor de las iluminadas bodegas, que se apreciaban al fondo de la loza, era fácil distinguir las formas de helicópteros militares, vehículos con tracción en las cuatro ruedas y tropas que avanzaban a trote marcial hacia el más grande de los hangares.

–Y los hechos me demuestran que estoy en lo correcto –comentó Caeti–. *Tornem?*

–Continúa –le indiqué.

No avanzamos mucho. Pocos metros delante, un par de uniformados nos obligaron a detener el motor del Volkswagen apuntándonos con sendas armas de asalto automáticas, que reconocí del tipo Hecker & Kosh G36E.

–¿Y ahora qué? –preguntó nuestro anfitrión catalán.

–Déjame a mí –le respondí, mientras quitaba el seguro de la puerta de acompañante y bajaba del vehículo.

Con los brazos en alto, tal como había visto en las películas, caminé hacia los infantes. Uno de ellos bajó su rifle y se acercó hasta donde yo me encontraba; todo mientras la mirilla infrarroja de su compañero seguía clavada entre mis ojos.

–Buenas noches. –Saludé a la par que sacaba del bolsillo de mi camisa la tarjeta de identificación de Bayó y se la enseñaba–. Mi amigo, el…

No me dejó terminar.

—Baja el arma, es la gente del coronel Bayó —le indicó a su compañero—. Los están esperando —me dijo luego—; apenas abra la barrera, diríjase al edificio aquel, el de las ventanas grandes y dos niveles junto al hangar, ahí lo recibirán.

Regresé al sedán de mi amigo y le apunté la ruta a seguir.

—Y supongo que esta de acá atrás es tu chica Bond —comentó Caeti mientras nos acercábamos a las instalaciones tomadas por el Ejército del Aire español—; hasta nombre de Ian Fleming tiene.

—Chúpate un huevo —le respondió Princess.

—*Jo t'estimo, nina.*

—Y tú me caes muy bien —contestó ella.

Apenas estacionamos el Volkswagen, Bayó y Juliana vinieron a recibirnos. La viuda del autor de *Los reyes satánicos* y *El código Salomón* saltó sobre Caeti y lo abrazó como si el mundo se fuera acabar al día siguiente. Le dio mil gracias por haber ido y por nunca dejarla sola. Argumentó en frases cortas y muy bien armadas que todo lo estábamos haciendo por aclarar lo que le había ocurrido a Javier. Caeti solo sonrió y devolvió más campos comunes, sabiendo bien que su interés (porque aún lo había, a pesar de sus resquemores) en los eventos presentes solo tenía que ver con las páginas a imprimirse en un futuro cercano.

Saqué de la cajuela del Passat mi bolso y la mochila de Princess.

—¿Solo eso? —nos preguntó Bayó.

—Viajamos liviano, mi coronel —le contesté.

—Ex coronel —subrayó él, y luego nos pidió que lo siguiéramos hasta el hangar principal. Le pidió a Juliana que también trajera sus cosas. Caeti se ofreció a ayudarla.

—¿Y mi arma? —me preguntó Princess al oído.

—Ya veremos.

—Ya veremos, ¿no puedes darme un sí o un no?, tan promedio que eres… —Exclamó de pronto: —¡Mierda!

—¿Qué pasa?

—En la tarde te lo dije, estoy desangrándome, no es agradable tener que repetirlo.

Caminamos los treinta metros que separaban el edificio administrativo del área de carga del hangar más grande de la Muñoza, donde una fila de vehículos militares avanzaba despacio hacia los potentes focos que iluminaban las instalaciones desde el interior. Bayó se adelantó unos pasos y luego supo quitarnos las palabras de la boca.

—Les dije que tenía un avión grande.

Llenando prácticamente la totalidad del vasto hangar surgió una máquina descomunal, blanca y con la forma de una desproporcionada ballena que con sus quijadas abiertas tragaba filas de todoterrenos militares y un par de helicópteros que eran levantados desarmados desde la parte superior de sus costillas de metal. Cuatro motores colgaban de las alas que se abrían por más de setenta metros de envergadura, misma distancia que separaba la proa de la punta de la cola, donde un timón pintado de azul claro se alzaba a una altura similar a la de un edificio de cuatro pisos. El peso entero de la máquina se sostenía sobre un tren de aterrizaje, compuesto de veinticuatro ruedas ordenadas en doble formación de oruga a ambos lados del fuselaje, bajo el punto de unión de las alas, mientras cuatro ruedas delanteras inclinaban la proa de la aeronave facilitando la carta por el portalón frontal.

—¿Qué clase de avión es este? —preguntó Juliana.

—Uno que dobla en tamaño al instituto donde cursé bachillerato y donde ni muerto me treparía —comentó Caeti.

—Ruso, de carga, el segundo más grande del mundo —enumeró Princess y luego yo expliqué:

—Antonov An-124, Cóndor en el código de la OTAN. Después del también ruso An-225, el avión de transporte más pesado del planeta. Fueron ordenados por la Fuerza Aérea soviética en 1982 para hacerse cargo de llevar material militar pesado de un lado del mundo al otro, volando sin escalas y resistiendo toda clase de condiciones atmosféricas. Con la caída de la Unión Soviética, la compañía que los diseña y fabrica pasó a ser una empresa privada que arrienda el servicio de estos cargueros al mejor postor. Llevan material de construcción, piezas aeroespaciales y escenarios para giras de conciertos donde uno lo requiera. También transportan ejércitos mercenarios desde Europa hasta a Latinoamérica –miré a nuestro anfitrión.

–A Paraguay –Bayó sonrió–, y yo no usaría la palabra mercenario, es más bien una empresa particular diseñada para financiar las Fuerzas Armadas españolas tras la crisis. Es eso o se acaba el ejército, ley del mejor postor y beneficios del libre mercado, por Cristo. La operación matemática más sencilla de todas.

Tenía razón. Con la caída de las bolsas que casi hundieron a España bajo el Mediterráneo hace algunos años, una de las áreas más afectadas fue la de defensa. Los recortes militares resultaron tan grandes que barcos de guerra, como el portaaviones *Príncipe de Asturias,* debieron ser abandonados y vendidos como chatarra. Hubo despido de uniformados y se suspendieron inversiones millonarias, como todo lo referido al cazabombardero de quinta generación Eurofighter Typhoon. Frente a tal panorama había que buscar salidas y una de ellas fue la que tomó el Ejército del Aire al privatizar todo lo referente a servicios de colaboración con el exterior. Funcionarios en retiro, como el primo del autor de Javier Salvo-Otazo, pasaron a ser corredores de paquetes de asesoría y prestaciones militares a países del tercer mundo que carecen de fuerzas especiales para períodos de crisis, que es lo que en estos días sucede en la frontera de Paraguay con Bolivia, lo que la prensa ha llamado «segunda guerra del Chaco», a pesar de que aún no se ha disparado una bala. Desde hace ya varios meses que la nación andina viene exigiendo derechos territoriales y soberanos sobre la provincia de Artigas e incluso movilizó sus tropas a modo de advertencia. Y el gobierno de Asunción, al verse sin un buen destacamento armamentístico, optó por arrendarlo a la madre patria. Dos pelotones de infantes, diez carros de combate liviano, una docena de camiones con tracción en las cuatro ruedas y tres helicópteros artillados tipo Tiger eran parte de los primeros envíos, uno de los cuales cruzaría esta noche el Atlántico a bordo de un carguero de fabricación rusa capaz de volar sin necesidad de repostar en vuelo o llamar demasiado la atención. Al carecer de insignias militares, el An-124 pasaba perfecto como un vuelo de carga con materiales de construcción, tal como indicaba la bitácora que llevaba el capitán de la nave, un ucraniano de apellido Sherkovic.

—El avión bajará en Montevideo a recoger personal, es la oportunidad que aprovecharán ustedes. Viajarán en la cubierta para pasajeros, en la parte alta, junto al *cockpit* de los pilotos; es bastante más cómodo que ir con el resto de los soldados. No es un Jumbo pero está bien. La teniente Marta Iglesias está al mando de esta misión y velará por su seguridad y la entrada a Uruguay sin que nadie haga muchas preguntas. También verá la manera de ingresarlos a Argentina. ¡¿Marta, por favor?! —convocó Bayó a una mujer alta y delgada, de cabello rubio amarrado en moño tipo tomate y mirada fija, a pesar de lo bizco de su ojo derecho. Tenía un lunar grande en el cuello en forma de cruz y los brazos muy tonificados, con músculos marcados, casi masculinos. De no ser por los rasgos delicados de su rostro, habría pasado por otro soldado más. Se acercó a nosotros y saludó.

—Teniente, ella es la prima política de la que le hablé, y sus amigos; el resto de la historia usted ya la conoce.

—A su servicio —nos dijo.

Princess se adelantó.

—Y en lo personal le agradezco mucho que esté a nuestro servicio, señora, porque en este preciso momento necesito de manera urgente un baño. ¿Hay algo parecido a eso en el avión?

—Venga conmigo. —Encaminó a mi compañera a bordo de la nave, guiándola luego hacia el fondo del fuselaje.

—Insisto, especial tu amiga —comentó Juliana—. No me cae bien.

—Es mutuo.

—Me di cuenta.

171

—Entonces —nos interrumpió Bayó—, imagino que ya está todo bien para lo del viaje.

—Sí, gracias —respondió su prima política.

—Lo hago por Javier. Ahora es mejor que suban al carguero, sus lugares ya están preparados. Apenas terminen de cargar van a despegar. Yo aquí me despido, Juliana. —Ella lo abrazó—. Elías, ha sido un gusto —le di un apretón de manos—. Por favor, dale mis saludos a Princess.

—En tu nombre.

—Yo también regreso a casa, esto de ser parte de un *thriller* no es lo mío —exageró Caeti, luego fue donde Juliana y le dio un efusivo y sobreactuado beso de despedida en la mejilla que ella respondió con otro en la frente. Enseguida vino mi turno—. Cristo, *tenir un bon viatge*, y llama. Dale mis cariños también a tu princesa extraña —agregó guiñándome un ojo. Nos dimos un abrazo y mutuos deseos de suerte.

Apenas Bayó y Caeti abandonaron el hangar, le hice un gesto a Juliana y le señalé la escalera que ascendía hacia la joroba del segundo piso del Antonov.

—Tal vez debiéramos aguardar a que Princess vuelva del baño —dije.

—No es una piba, sabe cuidarse sola. —Me clavó la más ácida de sus miradas—. Eres tan predecible, Elías; cada vez que te gusta una mujer te convertís en un boludo, por algo escogí a Javier y no a ti. A él jamás se le notó que moría por mí. En todo caso, como te tengo cariño, permíteme un consejo: aléjate de esa loca. Conozco a las de su especie, lo que tocan lo destruyen. Además, en la cama ha de ser la persona más egoísta del planeta. No me equivoco, ¿verdad?

No le respondí.

—Claro que no me equivoco, te quedaste callado, como lo haces cada vez que enfrentas a una mujer con carácter que te planta una verdad.

Y se apresuró en dirección a la cubierta elevada de la nave.

—Cuidado… —me indicó un militar que conducía un todoterreno y que buscaba un espacio para acomodarlo dentro de la barriga de carga del avión— mejor salga de aquí, está estorbando.

31

Doce minutos antes de medianoche, el capitán Anatoli Sherkovic, encaramado a diez metros de altura en la carlinga que compartía con otros cuatro tripulantes: copiloto, navegante y dos controladores de carga, todos nacidos en Ucrania entre 1979 y 1986, detuvo las veinticuatro ruedas del An-124 en el extremo de la pista 14L de Madrid-Barajas y pidió permiso para despegar. Desde la torre, y sin mediar pregunta alguna, no tardaron en darle la autorización. Apenas la luz del tablero pasó a amarillo, Sherkovic le ordenó a su copiloto encender las luces de despegue, luego quitó los frenos y usando su mano derecha junto a la izquierda de su compañero inyectó combustible a las cuatro poderosas turbinas Ivchenko Progress D-18T que colgaban de a dos de cada ala de la titánica aeronave. Lo primero fue un silbido profundo y luego el resoplido de empuje que fue moviendo la mole de casi cuatrocientas toneladas de peso hasta los trescientos sesenta kilómetros por hora necesarios para que las alas alcanzaran la sustentación precisa para levantar la máquina voladora de transporte más grande del mundo. Es verdad que su hermano de diseño, el Antonov An-225, lo superaba en tamaño y peso, pero el 225 no pasó de la etapa de prototipo y solo se construyó uno, mientras que alrededor de cincuenta An-124 llevaban, quizás en ese mismo instante, cargas pesadas de un lugar a otro del planeta Tierra.

En un inglés lento y arrastrado, Sherkovic nos informó que habíamos despegado sin problemas y que pronto alcanzaríamos velocidad y altura crucero, estimándose el arribo a Montevideo para dentro de nueve horas. Nos pidió que no hiciéramos uso ni de teléfonos móviles ni de aparatos con sistema wi-fi, no porque pudieran interferir los sistemas del carguero, sino para evitar cualquier rastreo de ruta o identidad a través del satélite o alguna aeronave *drone* que anduviese revoloteando cerca.

—Suficiente —exclamó Princess y se quitó el cinturón de seguridad. Luego se levantó de su asiento y se ubicó junto al mío. Al otro lado del pequeño pasillo. Juliana nos miró de reojo, luego buscó un par de anteojeras y se cubrió con ellas para intentar dormir. Nos dio las buenas noches y agregó que mañana nos veíamos en Uruguay. Le devolví sus buenos deseos, Princess sumó un escuálido «Ok».

—¿No vas a dormir aún? —me preguntó en voz baja.

—No creo que pueda dormir, esto es demasiado incómodo.

—Si necesitas ayuda, ando con un buen cargamento de pastillas.

Princess estaba de un inusual buen humor, considerando lo irritable que se encontraba cuando llegamos a Barajas por aquello que ella llamaba sin sutileza «estar desangrándose».

—¿Ya te sientes bien?

—Mejor, que es distinto a estar bien —suspiró—. ¿Quieres saber lo que me quitó el mal rato?

—Me gustaría.

Arqueó sus cejas, después buscó su bolso deportivo y escarbó en el interior. Tomó sus tres libretas y las ordenó encima de sus piernas, luego me mostró lo que la tenía tan feliz.

—¡¿Qué mierda es esto?! —exclamé al ver lo que la asistente de Bane Barrow ponía sobre mi brazo derecho.

—Una Heckler & Kosh USP semiautomática de nueve milímetros con un cargador de ocho balas, el arma reglamentaria de las tres ramas militares de España; en realidad, de casi todos los países miembros de la OTAN. Y calma, está con seguro.

—Me da lo mismo lo del seguro. Y sé lo que es, la pregunta es de dónde la sacaste.

—El baño de la nave se encuentra en la parte posterior del fuselaje, junto donde amontonan los pertrechos. Aproveché un descuido de la teniente Iglesias y me moví rápido. De pequeña era bastante buena tomando cosas ajenas, pero después las regresaba porque no podía dormir. No creo que este sea el caso. Hay cientos de estas allá atrás, nadie va a echar de menos una pistola y tres cargadores. Te dije que necesitaba un arma y que si tú no me la conseguías yo vería la manera de hacerlo. Me pasa a menudo que cuando deseo algo termino atrayéndolo a mí. Es mover energía, la regla de tres, eso que ahora llaman «ley de la atracción», pero que en realidad es una cuestión pagana de tiempos precristianos, pero de seguro ya lo sabes.

—Por favor, guarda esa pistola.

—Vale, no seas tan escandaloso, no va a pasar nada. Es solo para defendernos. Es hermosa, ¿verdad? Me gusta que las armas sean tan bellas. Desde las balas hasta un misil, desde un tanque hasta un buque de guerra, una hermosura maquinal perfecta. Todos los diseños rusos de posguerra o de la Alemania nazi eran perfectos. En verdad no hay creación humana más linda que un arma. Si jamás ocupo esta pistola –la mostró por una última vez antes de guardarla–, voy a conservarla como un objeto de colección. Pensé en tomar una para ti –me miró–, pero imaginé que te ibas a poner así.

—¿Así como?

—Gritón como una niña de siete años, pero me da lo mismo, porque me siento bien. ¿Te molesta que no sigamos esta conversación?

—Adelante, haz lo que quieras.

—No te he pedido permiso.

Después cogió un lápiz de tinta azul, abrió una de sus libretas y me dijo que iba a dibujar un rato. Yo cerré los ojos y traté de dormir; me resultó.

32

A las siete y once minutos, una llamada entrante hizo vibrar el teléfono de Ginebra Leverance. La agente, encargada entre otras obligaciones de las relaciones entre el FBI y sus símiles internacionales, como Scotland Yard o Interpol, giró sobre la silla de su escritorio, ubicado en un privado en el ala oeste del quinto piso del edificio central de la Federal en el 935 de avenida Pennsylvania, y tomó el aparato, verificando sobre la pantalla que el número entrante viniera con identificador encriptado. Ojeó que nadie indeseable anduviera cerca y respondió la llamada mientras con el pulgar derecho presionaba la tecla «enter» para echar a correr un software de hielo que evitara escuchas de terceros o pinchazos a través de la ahora también llamada nación virtual. La voz de su interlocutor se escuchaba clara a pesar de la distancia y el océano que la separaban.

—¿Salieron de España? –preguntó Leverance.

—Hace unos minutos, en un vuelo de carga con destino a Uruguay. Es un carguero ruso Antonov que pasará por aduana como transporte de material logístico de construcción, cuando en verdad lleva pertrechos y hombres arrendados a las Fuerzas Armadas paraguayas por sus problemas fronterizos con Bolivia.

—Eso significa que tengo ocho o nueve horas.

—Con suerte un poco más. El paso de Uruguay a Argentina puede demorarlos.

—Gracias…

—¿Necesita que…?

—No, por ahora nada, solo que siga mirando y me mantenga alerta.

Ginebra colgó la llamada y de inmediato quitó los programas de encriptación y seguridad. Revisó los papeles y documentos desparramados sobre el escritorio y luego se levantó en dirección a la salida del privado. Mientras caminaba por el pasillo se acomodó la falda entubada y estiró su blusa para verse impecable. Se quitó los anteojos de lectura y los colgó del borde de su escote. Luego apresuró el paso hacia el despacho de su superior. Saludó a la recepcionista y sin preguntar si el jefe estaba o no, llamó a la puerta con tres golpes rápidos.

–Adelante –respondieron desde el interior de la oficina más grande del quinto piso del edificio.

Ginebra Leverance ingresó y se quedó de pie, firme como una estatua, junto a la puerta del privado.

–Asiento –le ofrecieron.

–Prefiero acá –respondió ella, mirando directo a los ojos a su interlocutor. Tragó un poco de saliva y luego dijo–: Acabo de confirmar que Bane Barrow fue asesinado, al igual que Javier Salvo-Otazo –mintió– y tengo al asesino –continuó mintiendo.

–¿Está segura? –respondió su jefe, un tipo alto, caucásico, de poco cabello y pequeños ojos que parecían montados sobre las arrugas que atravesaban su rostro por encima de las mejillas. Tenía sesenta y cuatro años y de no ser por el desastre en que se había convertido su matrimonio, lo único que estaría deseando era que corriera rápido su último año de servicio para retirarse a algún lugar muy alejado de la capital de la nación. Pero las cosas no eran simples para un hombre que se había pasado la vida caminando por el lado menos simple de la vida. El infierno de administrar un tercio del organigrama del FBI era más calmo que pasar veinticuatro horas contemplando el rostro de una mujer demasiado enojada y demasiado cansada de seguir pasando la vida junto a él.

–Como que le estoy viendo los ojos señor –contestó Leverance.

–¿Y qué espera, agente?

–En este instante va volando hacia Argentina, podríamos coordinar con la Interpol de Buenos Aires, pero…

–Pero qué…

Ginebra Leverance no respondió.

—¿Qué necesita?

—Un grupo táctico y el avión más rápido que tengamos a nuestro servicio, señor. Eso y no más de tres días.

33

Lo primero que hizo Lorencito Carpio fue guardar los ojos del Huacho en la bolsa de cuero que había traído consigo desde el *Eleonora Hawthorne*. Enseguida limpió la sangre que escurría por la hoja del puñal, usando para ello un extremo de la propia mortaja franciscana que cubría al muerto. Luego, volviendo a su sigilo habitual, abandonó veloz la sala donde su ex patrón era velado. Antes de que el gallo de la casa cantara por primera vez, el muchacho ya estaba fuera de la mansión, caminando con la cabeza gacha hacia la plaza donde esperaba conseguir transporte hacia el Callao. Nadie podía imaginar que en menos de doce horas, él y los ojos robados al hijo del virrey estarían partiendo hacia el sur en un viaje sin retorno y cuyos motivos vendrían a saberse muchas décadas después de la propia muerte del mocito. Y mientras esa madeja comenzaba a desenredarse, el cuerpo de Bernardo O'Higgins era enterrado en un panteón limeño con dos monedas de plata cubriendo los ojos negros y podridos de un puerco, vestido con el linaje de un religioso, burla final a la casta que de niño disfrutó humillándolo una vez tras otra. Sus manos huesudas y frías aferradas a una espada falsa, hecha de hierro barato y liviano, lo suficiente para transitar a la otra vida como un pálido reflejo de la mentira que el anciano, que alguna vez cruzara los Andes como parte de un ritual mágico y ancestral, había sido. El engaño llamado Bernardo O'Higgins, la falsa victoria que sostuvo a un país por más de doscientos años, la trampa final y más dolorosa para un continente entero, la clave para acabar con una fe absoluta. Hispanoamérica pensó que saltarse quinientos años de historia no era gran cosa, olvidó que en las sumas y restas que dan vida a una cultura nada es gratuito, menos cuando esa aritmética se escribe con sangre. Y Bernardo O'Higgins Riquelme redactó su vida entera con demasiada sangre.

34

Roberto Sandoval llevaba seis años como controlador de vuelo de la torre del aeropuerto internacional Ministro Pistarini, mejor conocido como aeropuerto Ezeiza, y a lo largo de ese período venía escuchando toda clase de noticias extrañas relacionadas con llegadas o salidas de naves que oficialmente no existían, misiones encubiertas y arribos de medianoche de los cuales no debían quedar registros, ni siquiera en la memoria del controlador a cargo. Era parte del contrato de confiabilidad: si te ordenan que eso nunca ocurrió, en verdad jamás sucedió. Quizá por eso Roberto Sandoval miró la pantalla del radar y esbozó una pequeña sonrisa para sí mismo. Sabía que más temprano que tarde iba a tener que aprobar un vuelo fantasma. La señal apareció repentina en el monitor, primero a un punto sobre la velocidad del sonido y luego, a medida que se acercaba a la Capital Federal de Argentina, fue disminuyendo su aceleración mientras lograba colarse entre las rutas de navegación de la terminal. Vuela como una nave militar, pensó, pero no lo es. Buscó con la mirada sobre el horizonte tratando de identificar algún punto con luces, pero no descubrió nada.

–¿Tenés un fantasma? –le preguntó Amparo, la muchacha sentada en la pantalla continua, que había notado la agitación de su compañero.

–Uno muy rápido.

Contessi, otro de los operadores de turno, se acercó a mirar.

–Tiene el eco de un F-16; ¿seguro que no es militar?

–No lo es –respondió la voz de Esteban Muzzi, tercer comisario de Ezeiza, oficial civil de la Fuerza Aérea argentina, quien acababa de asomarse a la torre de control–. Y vos sabés el protocolo en estos casos. –Miró a Sandoval–. Es tu primera vez, ¿cierto?

181

El controlador respondió afirmativamente con un movimiento de cabeza, luego volvió a la pantalla, verificó que la nave estuviera en la ruta de aproximación correcta y abrió la comunicación.

—Torre Ezeiza a nave no identificada —insistió el controlador en el español más neutro que fue capaz de pronunciar—, torre Ezeiza a nave no identificada. Nave no identificada identifíquese… —insistió, antes de repetir la frase completa en inglés.

No hubo respuesta. Esteban Muzzi cotejó las pantallas, luego a su subalterno y cogió el intercomunicador.

—Permitime, Sandoval, acá entro yo —y abrió el contacto, hablando en inglés—: Ezeiza a nave no identificada, tome la pista 11/29. El controlador a cargo continuará con el resto de las instrucciones de arribo, mantenga abierto este canal.

—Roger —respondió una voz monocorde, apenas distinguida entre la estática.

—Hecho —indicó Muzzi a Sandoval—. Conducí la nave a la 11/29 y luego, cuando esté en tierra, que la guíen a la terminal de carga de Aerolíneas Argentinas, la que usa la Fuerza Aérea. Cuando el proceso acabe, pasá por mi oficina, vamos a ir a dar la bienvenida oficial. Te ganaste el derecho de conocer a tu fantasma.

—Procedo, señor —sonrió el controlador.

Esteban Muzzi respondió arqueando sus cejas y luego indicó al resto de los presentes en la torre que a partir de ese momento todos debían olvidar los últimos siete minutos. «Solo es un 737 de Aerolíneas en un vuelo institucional privado, que así sea registrado», ordenó antes de dejar el piso. Los presentes asintieron y volvieron a sus pantallas. Había un vuelo comercial proveniente de Frankfurt que desviar.

Diez minutos después, Roberto Sandoval y Esteban Muzzi conducían una pick-up Ford Ranger con los colores oficiales de la operadora Aeropuertos Argentinos 2000 a lo largo de la losa principal de Ezeiza rumbo al área de carga donde habían ordenado que se detuviera la nave recién llegada. El hangar ya estaba cuidadosamente cerrado y custodiado por uniformados de la Fuerza Aérea argentina, todos armados con fusiles automáticos. Sandoval, que conducía el vehículo, lo estacionó junto a la bodega, entre dos todoterrenos militares, y tras apagar el motor acompañó a su jefe en dirección a la terminal de carga.

–¡¿Qué es esta cosa?! –exclamó Sandoval al ingresar al edificio en forma de bóveda y enfrentarse al impresionante aparato que tenía enfrente: una estructura delgada similar a una flecha con tres motores en la parte posterior, dos bajo el ala delta principal y un tercero inserto bajo el plano horizontal de cola, similar a como lo llevaban reactores Jumbo del tipo DC-10 y L-1011. Seis ventanillas con forma de lenteja a ambos lados del fuselaje y una escotilla de pilotaje que simulaba una placa translúcida pegada sobre el morro, similar a una cuña. Los colores y distinciones no era distintos de otras aeronaves civiles, pero el largo era notoriamente mayor. Mientras una nave ejecutiva de su tipo, como un Lear Jet, rara vez excedía los quince metros de punta a cola, el avión que los dos argentinos tenían ante ellos se estiraba fácil hasta los cuarenta. Pero lejos lo que más llamaba la atención era las alas. Dos pequeñas y móviles bajo la línea de ventanillas en la parte anterior del fuselaje y un par delta que sostenía el peso entero de la máquina como si fuera una enorme mantarraya. Pero al contrario que otros planos similares, como los usados en el legendario Concorde, estos acababan en sendos alerones verticales, similares pero más pequeños que el timón posterior, dándole al avión una silueta aerodinámica de triple cola, configuración no solo inusual en aviones de su tipo, sino en aeronaves en general. Cada uno de los turbofans que impulsaban la máquina terminaban en las distinguibles formas facetadas de posquemadores y solo una clase de naves usaba ese sistema de impulso: las capaces de superar la barrera del sonido.

–¿Mach 1? –preguntó Sandoval.

–Mach 2,5 –respondió Muzzi, indicando que el avión hacia el cual se acercaban volaba a dos veces y media sobre el límite supersónico, marca alcanzada por aviones de combate como el F-15 o el ultramoderno y secreto F-22.

–¿Qué avión es este, señor? –insistió el operador.

–Un Sukhoi-Gulfstream S-21, unión de esfuerzos rusos con norteamericanos. Vuelan desde hace cinco años para clientes con recursos capaces de pagarlos u organizaciones de gobierno que necesitan llegar muy rápido de un lado del mundo al otro. Ahora son una rareza, en diez años serán el común de la aviación ejecutiva. Ahí está el mercado del transporte supersónico, no en las aerolíneas comerciales.

–¿Y acá tenemos a un millonario árabe –Sandoval fue sarcástico– o a una poderosa organización gubernamental súper secreta?

–Súper secreta no –contestó su jefe, mientras le señalaba a la atractiva mujer afroamericana que se había asomado a la puerta del avión.

La agente especial del FBI Ginebra Leverance fue la primera en respirar aire argentino. Le hizo un gesto a sus compañeros para que aguardaran un momento y mientras descendía revisó a quienes la rodeaban: un grupo de uniformados con el emblema del país rioplatense en sus hombros y un par de civiles, uno con evidente aspecto de superior y otro que observaba la situación confundido, sin entender demasiado qué ocurría dentro del hangar. Se ajustó la falda y saltó con agilidad, a pesar de los tacones, desde el último peldaño de la escalera retráctil desplegada bajo la puerta del supersónico. Luego caminó hacia Muzzi y Sandoval.

–*Wel, wel-come to Argentina* –tartamudeó Esteban en su pésimo inglés.

–Descuide, entiendo y hablo bien su idioma –dijo despacio la mujer, para hacerse entender de mejor modo.

–Bienvenida entonces a Buenos Aires –repitió el tercer comisario del aeropuerto.

–Agente del FBI Ginebra Leverance –se presentó ella, enseñando su identificación–; mi equipo y yo les agradecemos por mantener la reserva de nuestra llegada. Ahora, si pudiera ponernos en contacto con la jefatura de la Policía Federal de la ciudad, ellos saben de nuestro arribo.

–Por supuesto, yo me encargo del enlace. Veré que preparen un helicóptero. Si le parece…

–No se preocupe –interrumpió Leverance–, aguardaremos en el avión; estamos cómodos en la nave.

–Como guste.

La mujer no respondió, hizo un gesto con la cabeza y regresó al interior del fuselaje del Sukhoi-Gulfstream.

–Brava la mina –comentó Ernesto Muzzi en voz baja.

–Y magnífica… ¡Qué pedazo de hembra! –adjetivó Sandoval.

–Dejá de babear y comunicate con los federales. Deciles que los del FBI ya están aquí y que despachen un helicóptero desde el centro. Y uno de buen tamaño, para diez plazas o más. Aquí hay algo grande y es mejor procurar que todo corra sin contratiempos.

35

–Veinticinco años viviendo en Buenos Aires y jamás vine al infierno –comentó Juliana, mientras levantaba su mano derecha y llamaba a uno de los garzones de la confitería.

–La inauguraron hace un par de años –le contesté–. Tampoco la conocía, excepto por fotos.

–Un lindo lugar –agregó Princess apuntando a las paredes translúcidas que daban al pasaje Hipólito Yrigoyen, en el barrio de Montserrat, una de las manzanas más elegantes del gran Buenos Aires–, aunque se nota demasiado el esfuerzo por dar al cliente la idea o la experiencia –recalcó– de estar inmerso en un pedazo de los años treinta. Bonito, insisto, pero también muy turístico.

–¿Querrás algo? –le preguntó Juliana a mi compañera inglesa, cuando el mozo, alto, muy delgado y ligeramente bizco, se acercó para tomar el pedido.

–Nada… sí –se arrepintió enseguida–, solo un vaso de agua.

El garzón no despegaba la vista de Princess, incluso intentó regalarle una sonrisa. Ella, como era de esperar, ni siquiera se inmutó.

–Agua para la señorita –ordenó la viuda del autor de *Los reyes satánicos*–; yo voy a pedir un café con leche y dos medialunas –cambió su tono al acento porteño, como si no llevara doce años viviendo fuera de Argentina–. ¿Elías? –me preguntó.

Me volví hacia Princess.

–¿No te molesta que comamos delante de ti? –le pregunté, recordando nuestra conversación en el *Queen Mary* y el compromiso que entonces le hice.

–¿Saco algo con molestarme? Evitaré mirarlos y vomitar sobre sus platos –arrugó su rostro.

Regresé con el mesero y le indiqué que quería lo mismo que Juliana más un jugo de naranja.

–Pomelo –indicó él.

–Ok, pomelo –acepté. En verdad no era un tema en el que se me fuera la vida.

–Señorita, ¿seguro solo un vaso de agua? –insistió el mesero a Princess.

–Sí, solo agua –respondió ella, mientras manipulaba el teléfono celular de pago que ayer por la tarde habíamos conseguido en una agencia de turismo que además se dedicaba a comerciar con aparatos electrónicos usados–. Esto es prehistórico –me dijo.

–Lo necesitamos solo para mensajes de texto –le indiqué, mostrándole el mío.

–El infierno –volvió a comentar en voz alta Juliana, y de verdad no supe identificar si se refería al lugar donde estábamos o a la situación que vivíamos desde que hacía tres noches salimos de Madrid rumbo a Buenos Aires vía Montevideo arriba de un desproporcionado carguero volador de fabricación rusa. O ucraniana para ser más exactos, como me explicó el capitán de la nave al dejarnos en la capital de Uruguay.

En lo concreto, el infierno se ubicaba en el centro cívico de Buenos Aires, a pocos pasos del Congreso y a distancia caminable de la Casa Rosada, exactamente en la planta baja de la intersección de avenida de Mayo con Hipólito Yrigoyen, primer nivel de una estilizada y al mismo tiempo barroca torre art decó de cien metros de altura y veinte pisos, que algunas noches iluminaba el puerto con un faro que rotaba desde lo más alto de la construcción, o si se prefiere desde el mismo paraíso. Y el infierno, por supuesto, tenía nombre propio: confitería Barolo.

Entrar a Argentina fue fácil; Bayó tenía razón. El Antonov aterrizó la madrugada de anteayer en Montevideo, previo a seguir su viaje a Asunción. Bajamos con inmunidad militar y diplomática, Uruguay no nos hizo problema. Hacia las dos de la tarde estábamos arriba de un buquebús comercial surcando la superficie del Río de la Plata hacia la capital del tango y las milanesas. Una llamada a través de un teléfono público y Juliana se consiguió el departamento de un tío suyo. Aseguró que ahí íbamos a estar seguros, libres de curiosos, preguntones y de su propia familia. «Ellos son mi problema, ustedes no se involucren en ese negocio», nos indicó mientras repartía las habitaciones del piso, emplazado en la Recoleta, por Pueyrredón, prácticamente enfrente del cementerio que ha hecho famoso al barrio alrededor del planeta. Ella se quedó con el dormitorio principal, Princess se acomodó en el más pequeño, de servicio, y yo hice lo propio en un sofá desplegable de la sala. No hablamos mucho; Juliana y Princess no se tragaban y yo no tenía ánimos de ser embajador de relaciones femeninas.

Leí diarios, me puse al día con el acontecer del mundo y comí algo rápido. Princess solo dibujó en silencio, mientras que Juliana se fue a la cama temprano y aunque dijo que iba a dormir, la escuché ver televisión hasta casi de madrugada: comedias de situaciones estadounidenses y teleseries con acento argentino.

Ayer temprano llamé a Frank Sánchez desde un teléfono público; Sánchez se estaba quedando en mi casa en Zuma Jay y no tenía muchas novedades: telefoneaban todos los días, había autos «extraños, de esos sedanes de colores primarios, conducidos por parejas que evidentemente no son amantes», me informó, que se paseaban por los alrededores e incluso se estacionaban enfrente. «Y obviamente en un par de días voy a tener que tirar este celular, es el tercero que boto desde que te convertiste en fugitivo. Hay que hablar de subirme el sueldo», me pidió. Le respondí que sí, que lo que quisiera, luego le di el número de cuenta de Juliana para que hiciera un depósito de dinero. Él me aconsejó comprar un par de teléfonos de pago en el mercado negro, que igual me iban a encontrar, pero podría ganar tiempo. «Voy a conseguirme un par de nombres de personas que conocen gente en Buenos Aires, vuelve a llamarme en dos horas», me dijo. Llamé en tres, él cumplió. Por la tarde,

Juliana retiró efectivo de tres cajeros automáticos y me pasó la mitad, que convertimos a moneda local en una agencia de turismo que funcionaba a la vez de caja de cambio no oficial. Mientras tanto, Juliana, a través de la filial local de su editorial, consiguió el número de Andrés Leguizamón. Lo llamé en la noche, me confirmó que por supuesto se acordaba de mí, también que le parecía raro que estuviera en Buenos Aires. Le dije que la situación era complicada, que le iba a contar todo y que necesitaba su ayuda. «Entonces», me devolvió, «imagino que esta llamada quizás está siendo rastreada. Me gusta eso, es como estar dentro de uno de nuestros libros. Te espero mañana, a eso de las diez, donde el infierno se antepone al cielo. Nos vemos». Y sin agregar más cortó la llamada.

«Donde el infierno se antepone al cielo», les repetí a Juliana y a Princess en voz alta con una sonrisa. Solo podía ser un lugar: el palacio Barolo.

–¿Y Andrés? –preguntó Juliana.

–Tranquila, aún faltan veinte minutos para las diez. Ya va a venir –le contesté, mientras el mesero nos traía el pedido y otra vez trataba de hacer contacto visual con Princess, que no se había despegado de su libreta en la que dibujaba detalles del lugar y tomaba nota de todo cuanto hablábamos con la mujer de Javier Salvo-Otazo.

–Quizá vio que no estabas solo y escapó –comentó en un inglés arrastrado con mucha separación entre una y otra palabra.

–Andrés no es así –le respondió Juliana–, es un pibe muy amable y empático, va a acercarse y nos va a saludar, luego se llevará a Elías a algún lugar privado para profundizar en el tema.

–Ese escritor los conoce a ustedes dos –le respondió la ex asistente de Bane Barrow–, no a mí. Mira como me visto, no soy fiable.

–Pero eres atractiva y a Andrés le gustan mucho las pibas muy jóvenes y muy llamativas, como a todos los escritores. –Me miró.

–Excepto a Bane –respondió Princess Valiant, mientras dibujaba todo el diálogo en formato cómic. Garabateó a Juliana con el aspecto de la bruja mala del oeste de Oz. A mí me dibujó con rasgos cuadrados, como si fuera un robot. Para su «autorretrato» usó palotes bajo una cabeza redonda, como una cereza.

—Esperemos un rato, si pasadas las diez no aparece, lo voy a ir a buscar.

—Quizá te equivocaste de infierno —comentó Princess.

—Imposible, este es el infierno de Buenos Aires.

—¿Y dónde está el diablo?

—Quizás es el mesero.

—No tiene cara de diablo. —Lo miró—. En realidad no tiene cara de nada. Entonces este edificio es el cielo y el infierno.

—Y el purgatorio. Mario Palanti, el arquitecto, lo diseñó en 1919 para el señor Barolo, un magnate textil, y fue el primer rascacielos de Latinoamérica. Palanti era un obseso por el Dante y diseñó esta torre basada en *La divina comedia*. No es casual que mida exactos cien metros de alto ni que tenga veintidós pisos construidos; cien son los cantos de *La divina comedia* y veintidós los versos en que el poema épico está dividido. El palacio Barolo está estructurado en forma de círculos, porque círculos son los que conforman la ruta del infierno al paraíso, pasando por el purgatorio, en la ascensión de Virgilio junto al poeta de Florencia.

—¿Entonces el edificio se divide en tres? —preguntó Princess, en esta ocasión dibujando la forma de la torre, copiando una de las fotografías del rascacielos que colgaban de una de las paredes de la confitería.

—Exacto. Infierno acá, purgatorio en la estructura central y cielo en los pisos superiores, excepto la cúpula que es imagen del empíreo, es decir, el lugar donde habita Dios y los nueve coros angelicales, los cuales inspiran el sobrerrelieve que decora el círculo más elevado del palacio. Tal era la fijación de Palanti con la simbología de Dante, que en lo superior de la cúpula, es decir en el empíreo, instaló un faro como imagen del ojo del Creador bajo la idea de que este iluminara Buenos Aires, en el sentido real y metafórico de la palabra iluminación: dar luz a las mentes de los habitantes de la metrópoli. Y sobre el faro, una veleta que representa la constelación de la Cruz del Sur, ya que estas estrellas representarían la entrada al cielo. No solo eso, el eje mismo del edificio se alinea con esta conjunción estelar desde los primeros días de junio hasta el solsticio de invierno. Otra conexión con las ideas prometeicas y luciferinas de las logias que dieron forma e identidad a esta parte del mundo.

–¿Era masón?

–Miembro de la Fede Santa, logia supuestamente heredera de la Orden de los Templarios, de la cual el propio Dante formó parte. Además era un reconocido admirador de Benito Mussolini y del fascismo italiano y, aunque suene contradictorio, un muy fiel católico. Su idea era construir tres rascacielos idénticos, que a su vez funcionaran como la Trinidad divina, pero solo logró levantar dos: este y la torre hermana, el palacio Salvo, ubicado justo en línea recta en el centro de Montevideo, siguiendo la guía de la Cruz del Sur superpuesta al cinturón de Orión.

–Como las pirámides de Gizeh –comentó Juliana.

–Y las iglesias góticas francesas –completó Princess.

–Esas siguen la constelación de Virgo –trató de corregir Juliana, aunque no debió hacerlo.

–Todas imitan a Virgo, pero además las tres primeras catedrales que llevaron el nombre de Notre-Dame: la de Chartres, la de Reims y la más conocida de todas, la de París, espejean al cinturón de Orión, también conocido como las Tres Marías. ¿Me equivoco? –me miró.

No fue necesario responder, Juliana contestó con una mueca al jaque mate de la mejor alumna de Bane Barrow.

–¿Y el tercer edificio? –preguntó enseguida Princess.

–Iba a ser levantado en Córdoba, pero no hubo financiamiento…

–Quisieron trasladar la tumba del Dante a este edificio –interrumpió Juliana

–Cierto, Barolo y Palanti tenían la idea de instalar el mausoleo definitivo para el poeta en la cúpula. Delirio que tuvo bastantes adeptos y estuvo cerca de concretarse a finales de 1938, pero pocos meses después estalló la Segunda Guerra Mundial y, bueno, es bastante obvio lo que pasó. La atención del mundo y de los gobiernos argentino e italiano se apartaron bastante del posible traslado del cadáver de un poeta renacentista.

—Las diez con nueve minutos —cortó la conversación Juliana mirando su reloj.

—Espérenme acá —les indiqué—; voy a recorrer la galería del primer piso, el infierno completo, a ver si encuentro a Andrés. Si aparece —miré a la viuda de Salvo-Otazo—, dile que me espere.

—No lo vas a encontrar —auguró Princess.

—¿Por qué no iba a encontrarlo?

—Porque este no es el infierno que te indicó el escritor. Después de la historia que acabas de contar, sé que tengo la razón, como es usual —me miró a los ojos por primera vez desde que llegamos a la confitería Barolo.

—Explícate.

—Las palabras de Leguizamón fueron «donde el infierno se antepone al cielo», ¿verdad?

—Sí.

—Pues Dante nunca habla de cielo, sino de paraíso. Además usó la palabra «antepone», que no significa donde se inicia un viaje, como es la idea tras *La divina comedia*. «Antepone» es literalmente lo que tapa, lo que eclipsa, y este infierno no eclipsa al cielo.

—¿Te he dicho que eres un genio?

—No es necesario, lo sé —me contestó.

—Ustedes regresen al departamento, nos encontramos a media tarde allá —les indiqué a la viuda y a la ex asistente.

—¿Vos a dónde vas? —interrogó Juliana.

—Princess tiene razón, me equivoqué de infierno. Pero solo por algunas cuadras.

—¡Voy con vos! —saltó Juliana, ante la mirada recelosa de Princess.

—No, ustedes hagan lo que acabo de decirles. —Salí de la confitería.

36

«¡Taxi!», detuve un sedán Chevrolet Corsa en la esquina de avenida de Mayo, bajo la sombra del palacio Barolo.

–¿Dónde lo llevo, señor? –me preguntó el conductor, con un acento muy familiar y muy distinto al del resto de las casi veinte millones de personas que me rodeaban.

–Plaza San Martín, a San Martín con Florida –especifiqué.

–¿Le parece que subamos hasta Callao para evitar el tráfico?

–Me parece lo que usted estime conveniente. ¿Chileno, verdad?

–¿Usted también?

–Ex chileno, hace más de diez años que vivo en Estados Unidos.

–Yo hace quince que estoy acá, me vine por amor.

–Yo me fui por trabajo. ¿Y vuelve a Santiago?

–No. Me gusta Buenos Aires, no soy de los que viven de la nostalgia. ¿Usted?

–Igual. Aunque en mi caso hay otras cosas.

–Todos tenemos otras cosas, mi amigo –me dijo, mientras trataba de adelantar a un microbús colectivo detenido junto a la plaza del Congreso.

–¡Qué calor!, ¿no? –intentó seguir la conversación.

–Ni que lo diga, pensé que con marzo iban a bajar las temperaturas.

–El mundo está loco, mi amigo, y aquí en la capital el verano va a durar hasta mayo. Si quiere se lo firmo.

–Le creo –corté la charla.

Fui por mi teléfono y marqué el número que Frank Sánchez me había enviado anoche por mensaje de texto.

—¿Puedes hablar? —le pregunté apenas escuché su voz al otro lado del mundo.

—No hago más que hablar. Recuerda que tienes que terminar un libro y no me has enviado nada para trabajar en él.

—Quiero seguir vivo, ese libro mata… En fin, pronto te mandaré material, promesa. ¿Novedades?

—Lo de siempre. Olivia llamó para saber si tenía noticias tuyas.

—¿Qué le dijiste?

—Lo que me pediste, que seguías en España y que no había hablado contigo en varios días.

—¿Te creyó?

—Sabe que estás en Buenos Aires.

—Caeti.

—Quién otro…

—¿Dijo algo?

—Solo que te recordara que la editorial está pagando por una novela, no para que su autor se convierta en protagonista de la misma. No le gusta nada que estés jugando al detective privado.

—No juego al detective privado —el taxista miró de reojo a través del retrovisor.

—Lo sé, es un decir. ¿Te juntaste con Leguizamón?

—Aún no, me equivoqué de infierno. No era en el Barolo.

—Necesitas otra investigación rápida. Dame datos y busco mientras hablamos.

—No es necesario, Princess fue más veloz.

—Esa chica…

—Por eso te llamo.

—Dale.

—Es demasiado inteligente y cada vez me queda claro que sabe más de lo que está diciendo. Sus conclusiones son tan rápidas que ya no creo que sea solo azar, capacidad o alguna facultad especial. Además…

—¿Además qué?

194

–Su personalidad –marqué el punto seguido–. Es como si de un momento a otro hubiese cambiado. La cero empatía, lo Asperger –no encontré una palabra más precisa para explicarme– que tenía cuando la conocí en el *Queen Mary* simplemente desapareció, como si se hubiera olvidado del libreto. Y cuando dibuja o anota es como si se sintiera obligada a hacerlo.

–Te dije que las pelirrojas, aunque sean falsas pelirrojas, no son de fiar. Menos una que se llama «Princesa Valiente». ¿Qué quieres que haga?

–Lo que debí hacer antes de invitarla a viajar conmigo a España y confesarle mis planes respecto de *La cuarta carabela*. Busca todo lo que encuentres de Princess. Pero ojo, no me interesa que sus amigos digan que es una «perra bisexual» –recordé la primera búsqueda que de su persona había hecho mi asistente–. Lo que necesito es todo lo que descubras respecto de su verdadera relación con Bane Barrow y cada uno de sus traslados y movimientos realizados desde la muerte de Bane hasta antes de conocerme. ¿Puedes?

–Deep Web siempre puede…

–Haz lo mismo con Juliana y con su «primo» Luis Pablo Bayó. Te envío los datos que tengo por mensaje de texto.

–¿También sospechas de ellos?

–Digamos que quiero cuidarme la espalda. Me he apresurado demasiado y no he meditado mucho las cosas. Ahora que llevo un par de minutos solo me surgieron preguntas sobre preguntas. La manera en que salimos de España y cómo entramos a Argentina, todo ha sido demasiado sencillo, incluso para un autor de supermercado bastante inclinado hacia el *deux ex machina* como yo.

–Ok.

–Ya, ahora te corto. Espera mi llamado.

–Suerte.

–Gracias, tú también.

Guardé el celular y luego le quité la batería para evitar cualquier intrusión. El taxista chileno me estaba mirando.

–Parecen complicadas sus cosas –me dijo.

–Ni se imagina…

El Chevrolet Corsa se detuvo frente a la plaza San Martín, justo en la bocacalle con Florida.

–¿Aquí está bien?

–Perfecto –le contesté con la vista clavada en la mole piramidal del infierno que alguna vez eclipsó al cielo.

37

Ginebra Leverance respiró contrariada y, aprovechando que estaba sola en el despacho, se levantó del asiento y caminó hasta la ventana, elevada en el tercer piso del amplio edificio que ocupaba la manzana completa entre las calles Moreno, Virrey Cevallos y Luis Sáenz Peña en la avenida Belgrano, sede de la Policía Federal de Buenos Aires. Levantó las persianas y se quedó viendo el tráfico que se atascaba sobre avenida. Un enorme camión cisterna se había cruzado sobre la calzada e impedía que los autos circularan libres por las vías. La agente especial del FBI había escuchado cuentos acerca de los embotellamientos en la capital de Argentina, pero nunca imaginó que esos relatos fueran tan exactos. Incluso sonrió, pero no por mucho rato. De pronto descubrió dónde estaba, por qué había tenido que viajar y la frente volvió a arrugársele. Pensó en su padre, en ella misma, en el costo de todo y tuvo ganas de volver a fumar, vicio que había dejado después de lo de México, después de todo lo que ocurrió cuando su vida literalmente comenzó de nuevo. Dejó la ventana y miró hacia la puerta del despacho. Si se concentraba, seguro iba a conseguir que el inepto comisario argentino que habían puesto a su servicio entrara con novedades. Un día perdido y ahora cuarenta minutos de espera para un trámite que en Washington, con su equipo y sus instrumentos, no tardaría más de cinco, si acaso menos. Se mordió los labios y regresó al escritorio. Encima, dentro de una carpeta, había cuatro fotos; en todas aparecía Miele, la muchacha inglesa y la escritora argentina apellidada De Pascuali bajándose de un buquebús en la terminal comercial de esas embarcaciones en el sector de Retiro, entre la estación de ferrocarriles del mismo nombre y las viejas dársenas reacondicionadas de Puerto Madero. Todo hubiese sido más fácil de haberlo coordinado a través de la Interpol, pero claro, no había de qué acusar al chileno y sus acompañantes, ni siquiera se le ocurría cómo bloquear una investigación policíaca. Inventar alguna falta, un crimen incluso, no era difícil, ella lo había hecho en varias ocasiones, pero ahora era distinto, ahora no había una manera creíble de inculparlos, por mucho que su padre recalcara que era la voluntad de Dios, que ellos eran guerreros bendecidos en la sangre de Cristo, que el pecado de la mentira si debía ser cometido por un fin superior, tenía disculpa ante los tribunales celestiales. Dejó las fotografías y volvió a concentrarse en la entrada al despacho; esta vez su enfoque dio resultados. La puerta se abrió y bajo el umbral apareció el comisario Barbosa, oficial de la Federal que habían puesto a su disposición. Lo acompañaba una joven de cabello oscuro, evidentemente teñido, que vestía con camisa de hombre y pantalones grises de pinzas y corte a la cadera. No debía tener más de veintidós años y su muy enérgica mirada impresionó favorablemente a Leverance.

–Usted dirá... –le dijo la agente del FBI, en su español lento, ligeramente mexicano, al policía argentino…

–¿Ayudante Cohen? –El comisario se dirigió a la oficial que iba a su lado. Ginebra miró al hombre, que ostentaba sus calvos pero muy cuidados treinta y ocho años con una recortada barba de tres días estratégicamente desordenada. Atractivo, sin duda, pensó la agente del FBI en una primera impresión. Por supuesto, sus demoras y torpezas la hicieron rápidamente evitar pasar a una segunda opinión. No era necesario.

La muchacha le entregó a su superior una computadora de tableta.

–Señora –siguió el comisario–, todo lo que nos pidió.

–Casi dos horas.

–Buenos Aires es más grande que Washington o Nueva York –Leverance le reconoció su rapidez–. Tome, revíselo usted misma.

Ginebra cogió la tableta. En la superficie aparecía desplegada una planilla de cálculo con cuarenta y cinco nombres junto a la misma cantidad de conjuntos numéricos de siete y ocho cifras, números de telefonía, IP's de móviles y de estación, y conexiones a internet.

–¿Todos? –preguntó ella.

–Gran Buenos Aires, Capital Federal y también interior o provincia, pero son los menos.

–¿En provincia?

–Exacto. Cotejamos –empezó a explicar– lo que nos pidió; todos los vínculos familiares, cercanos y lejanos de la familia de De Pascuali, y los editores y escritores con alguna relación cercana tanto con Javier Salvo-Otazo como con Elías Miele. Puedo asegurarle que gracias a que nos demoramos, no falta nadie.

–Perfecto. –Ginebra Leveance sonrió–. Ahora continúo con mi equipo. Supongo que también me consiguió lo que requeríamos.

–Supone bien. –Fue escueto el comisario–. Si me permite.

–Por favor.

Barbosa y su asistente escoltaron a Ginebra Leverance por el corredor principal del tercer piso del edificio de la Federal hasta una planta libre donde habían instalado a los cuatro agentes que acompañaban a la hija del reverendo evangélico más poderoso de los Estados Unidos, un espacio dispuesto con tres cubículos junto a igual número de terminales conectadas a la intranet federal del gobierno, la red abierta y cerrada y todas las líneas telefónicas fijas y aéreas de Buenos Aires y Argentina. Un par de discos duros de diez teras estaban cableados a la terminal principal para ayudar en velocidad y soporte el correr de los softwares de infiltración y rastreo. Ginebra se acercó a Teo, el especialista en cacería informática, y le entregó la tableta de Fabiola Cohen, la asistente del comisario.

–¿Es todo? –interrogó el joven agente del FBI de ascendencia italiana que llevaba solo dos meses trabajando en el equipo de Ginebra.

–Sí, es todo.

Teo Valenti puso su mano sobre el archivo de la tableta e hizo el traslado en modo táctil al monitor de su terminal. Luego tecleó un código alfanumérico y puso a correr el Echelon Carnivore 2.0. En un segundo monitor se abrió un mapa de Buenos Aires donde un GPS comenzó a marcar una serie de lugares con rojo, enlazándolos con rectas que simbolizaban ondas de wi-fi y otras líneas invisibles de comunicación y conexión de aparatos electrónicos.

–¿Qué hace? –preguntó Barbosa.

–¿No ha oído de Carnivore? –pronunció Ginebra, sin despegarse de las pantallas de su experto.

–No –dudó el comisario.

–Acá lo hemos usado, comisario –interrumpió la ayudante Cohen. Leverance tenía razón con su intuición respecto de la joven asistente del policía–. Es un programa que sirve para rastrear a sospechosos, ubicando el lugar donde se encuentra su número de telefonía móvil u ordenador portátil.

–Estamos haciendo exactamente lo que describe ella –completó Ginebra Leverance, mirando a la joven policía–, pero a mayor escala, una especie de sonar, como un submarino, pero enfocado en ondas de telefonía y redes inalámbricas. Ubicamos la posición geográfica de cada uno de los números que usted me entregó, comisario, ya sean estos fijos o de individuos, y cuando los encontramos averiguamos con qué otros números se encuentran. Posteriormente, el procedimiento es matemática básica: saber a quiénes pertenecen los números que acompañan a los cuarenta y cinco iniciales.

–¿Y de esa manera pretende encontrar a sus fugitivos?

–Se lo voy a explicar de esta manera, lo más didáctica posible, comisario. Elías Miele es un hombre brillante –exageró a propósito– y tiene a gente muy capacitada trabajando para él. Si entró a Argentina sin que *nadie* –subrayó– se diera cuenta, créame que puede lograr mucho más. El sujeto es bueno, pero mi gente y yo somos mejores, nos adelantamos. Sé lo que Miele va a hacer. Necesita estar conectado, de otra forma no funciona, está perdido. Él y las mujeres que lo acompañan deben haber conseguido teléfonos móviles de pago, desechables, sin identificatorio.

El programa está buscando a los propietarios de los números que acompañan a quienes usted y su equipo encontró... Le aseguro que tres de esos números serán anónimos; si los ubicamos, encontraremos a Miele.

–¿Y si los teléfonos están apagados o se deshacen de las baterías...? –trató de ser listo Barbosa.

–Los llamamos fantasmas no solo por carecer de identificador propio. Los artefactos, cualquiera sea su marca, usados hoy para conexiones individuales a la red, jamás se apagan después de que son activados por primera vez; solo entran en reposo y por lo tanto mantienen un espectro residual, un fantasma, aunque la indicación en pantalla diga otra cosa –respiró–. Tiempo, eso es lo único que puede ganar un fugitivo al apagar su móvil o quitar la batería: apenas unos cinco o seis minutos.

–Que pueden ser una diferencia...

–Para mí no. –Fue categórica la mujer del tic en el ojo derecho.

–Le creo –dijo el comisario, tratando de encontrar más argumentos para rebatir, lo que le resultó imposible.

–¡Bingo! –exclamó Teo–, los tengo –y agrandó en el mapa de Buenos Aires la ubicación de los teléfonos fantasmas encontrados por el software.

–Comisario –solicitó Ginebra Leverance–, necesito un par de autos y tres agentes suyos que vengan con nosotros. Si le parece, me gustaría llevarla a ella.

Fabiola Cohen, la oficial ayudante de Barbosa, no disimuló su gusto.

38

Juliana de Pascuali levantó la mano derecha y pidió otro café con leche acompañado de una segunda porción de medialunas. El jefe de garzones de la confitería Barolo le respondió con una sonrisa y le hizo un gesto al muchacho que atendía la mesa para que acudiera al llamado de la clienta.

–¿Seguro no quieres nada? –le preguntó Juliana a Princess.

–Seguro –respondió ella sin dejar de garabatear en su cuaderno.

Elías Miele las había dejado solas hacía diez minutos. Las probabilidades no eran muchas. O contactaba a Andrés Leguizamón o estaba perdido; o quizás Ginebra Leverance había dado con él, si tal como temía Juliana, la del FBI ya estaba en Buenos Aires.

–No como delante de otras personas –le aclaró la inglesa–. Ya lo sabes.

–Tú y tu condición diferente.

–Especial, querida. Tu marido también era de mi clan: excéntrico, alérgico a casi todas las proteínas y cereales, y a relacionarse con la gente; extremadamente deductivo e inteligente. Además de *muy activo en lo sexual* –subrayó el adverbio–. ¿O me equivoco?

–No.

–Claro que no me equivoco, lo conocí tan bien como tú.

El mozo se acercó a las mujeres y confirmó el pedido de Juliana. También le preguntó a Princess si se le antojaba algo.

–No, mi sobrina no quiere nada –respondió De Pascuali con sorna. Princess la miró y por primera vez desde que se habían encontrado en Toledo le sonrió.

–Estamos solas –continuó Juliana–, podés dejar ese teatro de la libreta, los dibujos y las notas.

–No es teatro.

–¿Verdad?

Princess volvió a sonreírle, apretando con sus dientes separados y manchados el labio inferior.

–¿Elías? –preguntó la viuda de Javier Salvo-Otazo.

–No sospecha nada y de verdad cree estar resolviendo el enigma de un libro maldito que asesina a quienes se embarcan en su escritura, todo como parte de una conspiración –acentuó– fraguada por continuadores de la obra de la Logia Lautarina. –Antes de bajar la mirada terminó su línea con una pregunta–: ¿No te preocupa Leguizamón?

–Andrés nos será útil con o sin Elías; por supuesto habría sido más sencillo si hubiera venido, pero confiemos en que nuestro *buen amigo* –subrayó– lo encuentre. Si algo he aprendido en estos meses es a esperar.

–Quizá la bruja lo encuentre primero.

–Si eso ocurre veremos qué hacer. Tenemos dos ventajas sobre ella y vos lo sabés. La primera es que no somos hijas de su padre. –Juliana de Pascuali sonrió y luego añadió–: Y la segunda, que el Hermano Anciano está con nosotras. A propósito, tuve noticias respecto de lo de Chile.

–¿Algún cambio? –Princess la miró a los ojos.

–El Hermano Anciano se hará cargo personalmente de lo que va a ocurrir en Santiago de Chile, ya envió a dos de sus apóstoles y pronto llegará él trayendo la llave…

–¿Y *La cuarta carabela*…?

–Princess, querida, la prioridad ahora no está en terminar el libro, ni menos en seguir las instrucciones de los Leverance –interrumpió Juliana–, sino en dar con la pista que finalmente nos lleve a la cerradura que abrirá la llave del Hermano Anciano. Hechos concretos –acentuó–, como a ti te gustan.

–Entonces no deberíamos haber dejado que Elías fuera solo.

–Piba. –El tono de la escritora argentina se hizo curiosamente tierno–. Es probable que Elías ya no nos sea necesario; veamos qué nos dicen las próximas instrucciones. –Se detuvo–. Espero que no te encariñes demasiado.

–Nunca me encariño, ni demasiado ni poco. No soy emotiva, solo relacional –subrayó Princess Valiant, mientras el garzón traía el pedido de su compañera–. Sabe –le dijo al muchacho–, cambié de opinión. Tráigame un café sin azúcar y un huevo revuelto sin pan.

–¿Te venció el hambre? –preguntó Juliana.

–El ansia, que en inglés es uno de los sinónimos del hambre –contestó la joven de cabello rojo y desordenado que se vestía como muñeca.

39

Número 1065 de avenida Florida sobre plaza San Martín, mi edificio favorito de la capital argentina, alguna vez el rascacielos de hormigón armado más alto del mundo y una obra de arte de la arquitectura latinoamericana: el Kavanagh. De no ser por Princess no habría deducido que este era el infierno de Leguizamón. Ciento veinte metros de altura para treinta y un pisos levantados en forma piramidal escalonada sobre una base triangular, como si fuera una versión de inicios del siglo XX de un zigurat mesopotámico. Cuando lo construyeron en 1934 lo llamaban la nueva torre de Babel, mote puesto por los adversarios de Corina Kavanagh, la millonaria que financió la construcción del coloso y de quien se decía había creado su fortuna gracias a un pacto con Satanás, rumor que se justificó cuando ella ordenó a los arquitectos tapar a Dios. Pero claro, como suele suceder, la historia real de la «eclipse arquitectónica» era bastante más mundana y se originaba en rivalidades de dos de las familias más poderosas de la edad de oro del Gran Buenos Aires.

De origen irlandés, Corina Kavanagh era hacia 1925 la mujer más hermosa, excéntrica y decidida de la Capital Federal. Esos eran los adjetivos con los que la definían en las páginas sociales de los diarios y revistas. Cuentan que por aquellos años, Corina mantenía una historia de amor con el joven hijo de Mercedes Castellanos de Anchorena, quien se oponía rotundamente a la relación, dada la diferencia de edad entre el muchacho y la heredera. Corina tenía doce años más que su amante. El primer round de la pelea lo había ganado doña Mercedes, que consiguió separar a la pareja. Despechada, Corina comenzó a planear su venganza. Los Anchorena vivían en una amplia mansión ubicada en la plaza

San Martín, desde la cual la matriarca tenía una vista directa a la basílica del Santísimo Sacramento, iglesia cuya construcción habían ayudado a terminar y cuyo plan familiar era transformar en mausoleo. De hecho, el gran propósito de doña Mercedes era comprar un lote vacío frente a la iglesia para construir allí una nueva mansión y que la parroquia quedara anexada a la nueva casona, trámites que estaban en proceso cuando Corina reapareció y, aprovechando un viaje de la matriarca de los Anchorena a Europa, ofertó el doble por el terreno. No solo frustró los sueños de su enemiga, sino que decidió levantar en el sitio una torre lo suficientemente alta y ancha como para tapar la vista de la basílica desde la casona de su adversaria. El Kavanagh, como fue llamado el rascacielos, fue definido por la devota doña Mercedes como una obra del diablo, un pedazo del infierno que se había levantado para cubrir la visión del cielo, acusaciones que alimentaron una fama de maldito al edificio, que Corina contrarrestó instalando durante octubre de 1934, cuando la mole aún estaba en construcción, una enorme cruz blanca que cubría los diez pisos superiores a manera de celebrar el Congreso Eucarístico Internacional que se celebraba en la ciudad y, al mismo tiempo, declararle a la ciudadanía y a su familia rival que el coloso de treinta pisos había sido bendecido por Dios, a pesar de haber nacido para eclipsarlo.

Llevaba casi un minuto mirando hacia lo más alto del Kavanagh cuando regresé al motivo por el cual me había desplazado desde avenida de Mayo hasta plaza San Martín. Andrés Leguizamón debía estar por algún lado; en la plaza, tal vez en algún café cercano. Era un tipo fácil de identificar: los calvos con sobrepeso y barba recortada a lo Abraham Lincoln no abundaban ni en esta ciudad ni en ninguna otra del mundo. Miré hacia el Kavanagh y tuve un presentimiento. A pesar del «Prohibido el ingreso, solo residentes» que colgaba del vestíbulo, ingresé a la planta baja. El portero me convocó de inmediato.

—¿Desea algo el señor?

—Sí, buenos días…

–Buenos. –El individuo me examinó de pies a cabeza, al igual que su colega que limpiaba los azulejos junto a la puerta de los ascensores.

–Disculpe, necesito saber si en este edificio vive el señor... –dudé a propósito– Andrés Leguizamón.

–No. –Ni siquiera me miró.

–Vale, muchas gracias.

–Espere. –Me detuvo–. Don Andrés Leguizamón no vive en el edificio, pero a veces viene de visita a lo de su abuela paterna, en el 19A. Mi compañero le indicará el elevador.

–Gracias.

–No hay de qué, señor. ¿Me haría un favor?

–Por supuesto.

–¿Podría subirle estas boletas? –Me entregó cuatro sobres, dos de ellos con el logo de la compañía eléctrica de Buenos Aires.

Toqué el timbre del 19A, ubicado al fondo triangular del ala oriente de ese piso del Kavanagh, y esperé a que abrieran. Sentí que alguien me veía a través del ojo de pez de la puerta, mismo «alguien» que tosió dos veces antes de correr un pestillo de cadena y abrir. Una mujer de edad y mirada triste se plantó en el umbral y me quedó observando. Vestía enteramente de azul y llevaba medias blancas. De estatura baja, no más de un metro sesenta, tenía, sin embargo, una presencia y una gracia que hacían que su porte finalmente no importara.

–Elías Miele, imagino –me saludó.

–Buenos días.

–Bienvenido a casa, pero por favor adelante. Vení conmigo, mi nieto estará enseguida con vos.

–El conserje me pidió que le subiera estas cuentas. –Le mostré las facturas.

–Dejalas por ahí encima. –Apuntó en dirección a un pequeño arrimo bajo un espejo ubicado en la pared del vestíbulo–. Ya me encargaré de esos trámites.

Hice cálculos mentales, la edad de Andrés, los rasgos de la anciana; debía de andar por sobre los ochenta y cinco años, si acaso no tenía más.

–Por acá, seguime –me invitó con amabilidad.

Me condujo a través de un corto corredor blanco invierno, color oficial del Kavanagh y que ningún propietario o arrendatario debía cambiar por orden de la administración, hasta la sala ubicada en el extremo del apartamento, donde una pared curva daba a una vista privilegiada que dominaba desde el Río de la Plata y las viejas dársenas de Puerto Madero hasta el doble hangar acristalado de la estación Retiro, a pocas cuadras en dirección poniente. De hecho, si uno afinaba la vista no era complicado divisar, en la línea misma del horizonte, la forma plana de la costa de Uruguay.

–De noche y en días claros se alcanzan a ver las luces de Montevideo –me indicó la mujer–; por cierto, mi nombre es Antonieta. Asiento, por favor; Andrés estará de inmediato con vos. Con tu permiso.

–Suyo –dije antes de acomodarme en un sofá de cinco cuerpos fabricado en cuero sintético blanco, ligeramente más brillante que el color que dominaba la sala. Los ventanales del piso 19 temblaron al cruzar a baja altura un Embraer de Austral en dirección al cercano Aeroparque, el segundo aeropuerto de la ciudad, destinado a vuelos dentro de la nación o entre países vecinos, como Uruguay y Chile.

–Debe venir de Chile –me interrumpió la voz de Andrés Leguizamón–; por la hora, digo. A esta hora arriban los vuelos de Santiago. Estuve por allá hace dos semanas presentando mi último libro…

–*Repúblika Argentina* –dije, había hecho mis tareas.

–¿Lo leíste?

–No, pero he escuchado muy buenas reseñas. La crítica ahora te ama.

–Al parecer, la historia alternativa genera más simpatía entre los reseñistas y la academia que el *thriller* de conspiraciones.

Se veía bien, más delgado que la última vez que nos habíamos visto, en Guadalajara hacía tres años. Seguía calvo, luciendo esa barba a lo amish que sabía destacar sus mejillas hinchadas; amigo de los lentes de soporte grueso y de plástico rojo y de vestirse en forma llamativa: pantalones de cuadrillé naranjo, camisa blanca, chaleco de lana roja y humita negra. Lo suyo nunca fue combinar con orden lógico colores y estilos. Al contrario que otros autores, él podía hacerlo. Sucedía que Leguizamón tenía una gran ventaja por sobre sus contemporáneos: el apoyo de una familia millonaria que lo consideraba el excéntrico del grupo.

–Bienvenido a Buenos Aires –continuó–. Imagino, por tu demora, que antes fuiste a lo del Barolo.

–¿Es tan obvio?

–Como el agua. Si uno nombra el infierno porteño entre escritores aficionados al misterio y a las conspiraciones masónicas, el palacio Barolo es una obviedad. Aunque es útil cuando un colega te confiesa que entró de fugitivo de la justicia a tu país y que más encima alguien está asesinando a escritores exitosos del género que vos y yo cultivamos.

–No podría haberlo dicho mejor.

–¿Cómo estás, chileno?

Y me dio uno de esos abrazos fuertes tan suyos.

–Así que estamos en problemas –me dijo luego.

–Algo así.

–Algo así –repitió–. ¿Sabías que esas dos palabras juntas son la frase que más repite el personaje de tu libro?

–Colin Campbell soy yo…

–Al menos ahora lo asumís.

–Necesito tu ayuda.

–Lo imagino, algo me adelantaste. Ahora vení conmigo.

–¿Dónde?

–Me advertís que tu teléfono está intervenido, que es probable que la policía ande tras tus pasos, ¿y querés que meta a mi abuela en problemas? Vamos a ir al lugar más seguro que conozco. Tomá tus cosas y apurate –luego gritó–: ¡Abuela! No vuelvo a almorzar.

Diecinueve pisos más tarde estábamos de regreso en el lobby del rascacielos, saludando a los conserjes y asomándonos a la calle. Un viento helado arremolinaba las hojas caídas de los árboles que vigilaban los senderos en forma de letra X que se cruzaban al centro de la plaza General San Martín.

–¿Vos dónde vas? –me dijo Andrés, cuando me vio adelantarme hacia la plaza.

–Pensé que íbamos a charlar en una de esas bancas. –Apunté al pequeño parque que tenía enfrente.

–Nunca hablar de asuntos importantes en un punto fijo, siempre hay que estar en movimiento. ¿Qué?, ¿vos nunca leíste a Ian Fleming?

–¿Entonces?

–Vení por acá.

Me condujo hasta el pasaje Corina Kavanagh, que cortaba en perpendicular el rascacielos por su cara sur formando un triángulo con las avenidas Florida y San Martín. En la callejuela había varios autos estacionados, algunos incluso montados sobre la calzada para peatones. En primer plano destacaba un gigantesco Studebaker Commander de 1941 y llegué a pensar que era el vehículo escogido por mi excéntrico colega. Conociéndolo, no hubiese resultado inusual.

–¿Este? –le indiqué bastante en serio.

–Miele, no estoy tan loco.

40

Un Eurocopter EC-145 con los escudos e insignias oficiales de la Policía Federal argentina, marcados sobre el uniforme azul metálico que cubría por entero el fuselaje en forma de tiburón de la nave, sobrevoló a baja altura la capital rioplatense siguiendo la línea de la 9 de Julio entre Corrientes y Córdoba para conseguir una panorámica de las zonas delimitadas por avenida de Mayo y plaza San Martín. El piloto se detuvo en estacionario y aguardó la recepción de datos previa al siguiente movimiento. Bajo los pedales de control, colgando entre los patines de aterrizaje, la cámara de video controlada por el casco de uno de los tripulantes escaneó las calles y pasajes cercanos «olfateando» como un sabueso volador el rastro de la señal de telefonía móvil que los agentes del FBI, situados en la central, les habían indicado.

–¡Lo encontré! –exclamó el copiloto del helicóptero mientras le enseñaba a su compañero, en la pantalla del servidor de video, el automóvil que en esos precisos instantes adelantaba camiones y buses de movilización colectiva por avenida Libertador hacia el poniente–. El eco coincide con lo que nos remitieron los gringos.

Zumbando, como un insecto prehistórico, la nave de alas rotatorias diseñada y fabricada por un consorcio europeo, trazó una curva descendente y luego marcó una recta a 130 kilómetros por hora por encima de los techos acristalados, tipo invernadero, de los hangares gemelos de la estación Retiro.

–Astro dieciséis a oficial ayudante Cohen –abrió comunicación el operador de sistemas electrónicos de la nave.

Metros más abajo, sentada en el asiento de acompañante de un Ford Focus II pintado de civil de la Policía Federal argentina, la joven oficial Fabiola Cohen respondió el llamado.

–¿Lo tienen? –preguntó ella sin siquiera saludar.

–Un eco coincidente se dirige en un Peugeot 307 por Córdoba hacia el poniente. Tomando en cuenta el tráfico, en unos cuatro minutos será fácil interceptarlo en el cruce con Larrea o Pueyrredón.

–Buen laburo, continúe desde el aire –indicó la muchacha, antes de voltearse hacia el asiento trasero del vehículo, donde la agente del FBI Ginebra Leverance hacía esfuerzos por entender cada palabra de la joven policía que estaba a su servicio. Su español era bueno, salvo cuando hablaban rápido, y la policía lo hacía muy rápido–. Lo encontramos –dijo Cohen con una sonrisa. Luego ordenó al conductor del auto que acelerara hacia la esquina indicada por los pilotos del helicóptero. Volvió a tomar el intercomunicador y pidió a dos motoristas de la uniformada que ayudaran a cercar el perímetro de la perpendicular que habían indicado desde el aire.

Tres minutos y medio después, justo cuando el Peugeot 307 dobló en Córdoba con Larrea hacia el norte, el conductor del auto se vio obligado a frenar en seco y arrastrar los neumáticos hasta sacar chispas para evitar chocar contra un sedán de la Policía Federal que se había atravesado en su ruta, flanqueado por dos motoristas que permanecían con los motores apagados de sus Guzzi Norge y las manos abiertas cerca de sus armas institucionales.

–¡¿Que mierda hicieron, pibas?! –exclamó el taxista, mirando a las pasajeras que iban en el asiento posterior de su automóvil.

–Vos no digás nada y no te pasará nada –respondió Juliana de Pascuali, mientras Princess Valiant se asomaba por el parabrisas y reconocía a la espigada mujer de color que bajaba del vehículo policial y se encaminaba con seguridad hacia ellas.

«¿Cómo puede caminar tan rápido con esos tacones?», pensó la inglesa mientras se mordía los labios y sonreía al imaginar todo lo que se venía a partir de ahora.

41

«Podés quedarte tranquilo. No tengo nada que ver con *La cuarta carabela* ni con ningún libro inédito relacionado con el tema», se extendió Andrés Leguizamón, mientras tres vagones delante nuestro la bocina montada en lo más alto del morro de la poderosa locomotora dieseléctrica de fabricación china tipo B-952 de seis ejes y doce ruedas anunciaba la pronta llegada a la siguiente estación de la ruta.

–La Lucila –comenté mirando el mapa del recorrido, impreso sobre una de las puertas del carro.

–Martínez –me corrigió el escritor argentino–; pasamos La Lucila hace cinco minutos.

La idea fue suya y cuando le pregunté de dónde la había sacado respondió bastante escueto que de tardes y tardes adolescentes sin nada más que hacer que ver malas películas policiales y leer buenos libros de espionaje de escritores ingleses de posguerra. Nombró cuatro, de los cuales solo reconocí el nombre de Ian Fleming. Sumó que además llevaba varios meses investigando tecnologías al servicio de los aparatos de seguridad e inteligencia para su próxima novela, un *technothriller* ambientado en el Polo Norte.

–Tengo amigos en la Federal y el Ejército, sé bastante del tema –me explicó.

Insistió en que apresuráramos el paso, que avanzáramos por pasajes y callejuelas con muchos autos estacionados en la vereda hasta llegar a estación Retiro. Cuando entramos al gigantesco hall de la terminal, inaugurada en 1915, Andrés me pidió que bajara al subterráneo y que dejara mi móvil dentro de un carro del metro. «No importa la dirección.

Tomá esta bolsa y usala para esconder el teléfono», y me pasó una de plástico que tras un amable saludo tomó de un quiosco de revistas dentro de la terminal. Luego, como parte de un guión escrito con precisión, continuó sus instrucciones: «Entrás y salís del vagón. Imagino que anotaste en un papel los números y datos que necesitás usar, ¿verdad?». Suponía bien. Lo más valioso que llevaba en la billetera, aparte de una considerable cantidad de efectivo en dólares, era un papel doblado en el que Princess me había apuntado lo necesario para sobrevivir en un mundo sin telefonía móvil y conexión a internet inmediata.

—No te demorés y regresá lo antes posible. Nos encontramos bajo las boleterías de la línea Mitre-Sarmiento. Esas que están por allá –apuntó–. Nos vamos a Tigre, ¿vos conocés Tigre? ¿No? Te va a encantar, pero apurá.

Seguí sus indicaciones al pie de la letra. Compré un boleto de subte, como lo llaman acá, bajé a los andenes, entré a un vagón, tiré la bolsa con el teléfono de pago bajo un asiento y a pesar de que un señor me gritó que se me había caído «un paquete», abandoné rápido el carro, justo cuando este cerraba las puertas y comenzaba a carrilear en dirección al centro de Buenos Aires. Imaginé que el señor pensó que era una bomba y que mientras el tren se perdía dentro del túnel iniciaba un pequeño ataque de histeria colectiva producido por una bolsa con un viejo celular dentro.

De que era sospechoso, lo era.

Agitado y a medio respirar subí de vuelta al salón principal de Retiro, donde Andrés Leguizamón me esperaba con dos pasajes en la mano.

—Tren 3043 –me indicó–, sale a las once con tres, ya está bocinando. Seguime.

Quince minutos después estábamos arriba de un convoy de fabricación argentina propulsado por una locomotora china con destino a los barrios más pudientes del Gran Buenos Aires, con parada final en ese encantador balneario del nororiente del cual mi único recuerdo era una película de Sandro llamada *Muchacho,* que vi de niño con mi abuela en la reposición que hizo un cine de Santiago de Chile, sala que fue demolida hace treinta años para instalar una farmacia. Mi país natal está tan enfermo que hay farmacias cada cincuenta metros. La película no era buena; las canciones, excelentes. Sandro no tenía nombre, y cuando se lo preguntaban decía que solo lo llamaran «muchacho», que así lo conocía todo el mundo.

Acabábamos de pasar Acassuso rumbo a San Isidro, tiempo y distancia necesarios para dejar las trivialidades y concentrarnos en lo importante, la razón por la cual había confiado en Andrés, las dudas de las que estaba seguro él podía sacarme.

—Eso echa abajo mi teoría —le respondí cuando me contestó que no estaba trabajando en un manuscrito llamado *La cuarta carabela*.

—¿Acaso todos y cada uno de los escritores de *thrillers* históricos y conspiranoicos con coqueteos de política y religión del planeta están laburando en el mismo libro?

—Algo así.

—Siempre me he sentido la excepción de la regla, que me llamaran «el Bane Barrow argentino» no era por mis temas, como en tu caso, sino por las cifras de ventas —sonrió. Era cierto. Su obra más reciente, más que una novela de suspenso, era una ucronía o historia alternativa ambientada durante el gobierno de Perón, en la que Argentina, gracias a científicos nazis, lograba construir una bomba atómica, la que detonaban en la Patagonia, hecho que gatillaba una guerra fría con Brasil, que gracias a los rusos también se hacían de un artefacto nuclear. Las críticas eran soberbias y se hablaba de una pronta adaptación al cine.

—¿Pensaste en lo que te pregunté? ¿Lo de las manos de Perón?

—A eso vamos después. Además, no son las manos de Perón, son las manos de Domingo.

—Creo que me he perdido…

—Las manos de Domingo, eso es lo que marcaron en la espalda de Javier usando un código César. ¿Me equivoco?

—No.

215

–Entonces vos no estás perdido, escuchaste bien; son las manos de Domingo, no las de Perón. Pero eso lo veremos después, ahora me interesa que sigamos en lo de *La cuarta carabela.*

–¿Quieres que te cuente la trama?

–Boludo, me da lo mismo la trama, además no podrías hacerlo…

–¿Cómo que no podría?

–Ni siquiera lo pensaste, contestaste en automático, lo que me indica que estoy en lo correcto.

–¿Entonces?

–Entonces me interesa averiguar quién –subrayó– está detrás del hecho de que dos de los novelistas más exitosos del mundo y su clon chileno escribieran el mismo libro.

–No sé si es exactamente el mismo, y gracias por lo de clon.

–De hecho, es bastante probable que sea exactamente el mismo libro, aunque uno escriba en inglés y los otros dos en español.

–¿Bastante probable?

–Por supuesto. Es más fácil conseguir que varias personas escriban o hagan lo mismo a que trabajen algo parecido bajo un mismo acto, título o idea. ¿Se entiende?

–En la superficie, sí.

–¿Vos cómo creés que un gran porcentaje de la población del mundo acude en masa a ver determinada película por muy mala que sea? ¿Creés que la motivación para ser piloto de pruebas o astronauta es natural? ¿Que los miembros de tropas de élite de las Fuerzas Armadas norteamericanas, rusas o chinas se convierten en monstruos solo gracias a la instrucción en escuelas de formación?

–¿Manipulación de masas para un fin específico?

–¿*Hemowares*? –Estaba familiarizado con la idea, los había usado en la novela responsable de que no pudiera volver a entrar a Chile y en un par de cuentos publicados en antologías de relatos de ciencia ficción latinoamericanos.

Andrés arrugó el rostro, conocía ese libro y sabía que yo estaba al tanto del tema.

–Pero hasta donde entiendo, los *hemowares* son más un sistema de transporte de información que usa el torrente sanguíneo de un individuo a modo de disco duro, no una manera de inyectar una… motivación o inspiración –fui incapaz de encontrar la palabra precisa.

–Una musa de diseño –definió Leguizamón.

Hemoware fue un neologismo inventado por la prensa conspiranoide a mediados de la década de los noventa, que cruza las palabras software con hemo o sangre. La manera de simplificar una definición demasiado larga de escribir y de explicar, y de poner en el ojo de la atención pública un mito urbano que ha sabido crecer entre las sombras de la misma manera en que los helicópteros negros lo hicieron en los setenta y el pacto CIA-alienígenas desde mediados de los ochenta. En simple, se trata de programas que se inyectan dentro de una solución salina directo a la sangre, aunque también pueden ser ingeridos a través de comida o bebida. Comenzaron como un experimento militar a fines de la década de los setenta, propiciado y financiado por la NSA, la Agencia de Seguridad Nacional de los Estados Unidos, con el fin de transportar de manera segura grandes cantidades de información clasificada, como las identidades de agentes secretos, ubicación de submarinos nucleares o protocolos de blancos de misiles nucleares; también documentos de alta seguridad, como el mítico libro de los secretos al que accede todo presidente de los Estados Unidos cuando inicia su mandato. Se supone que su uso también se ha extendido a particulares, fundamentalmente a empresas vinculadas a alta tecnología, farmacéutica, armas y negocios.

–Pura lógica, boludo –concluyó Andrés–, aritmética simple, sumar uno más uno. Si puedes cargar a una persona con información, también puedes cargarla con órdenes. Son programas: vos, yo, todos somos la máquina, nos pueden usar como quieran, lo están haciendo. El *hemoware* no solo fue creado como un modo de transporte, esa es solo la fachada. Lo oficial, la verdad, es bastante más complejo: controlar y manipular a aliados y enemigos.

»Se supone que el Glasnot y la Perestroika –explicó– fueron propiciados por *hemowares* metidos en la comida y la bebida de Gorbachov y otros líderes soviéticos. La primera guerra del Golfo logró tal aprobación en el pueblo norteamericano porque se infiltraron este tipo de programas a través de la leche y el agua y, bueno… de ahí a que otras industrias, fuera de la militar y las relacionadas, comenzaran a usarlas fue solo cosa de tiempo. Los estudios de cine y TV implementaron *hemowares* con fines prácticos, para lograr la coordinación perfecta entre equipos de guionistas que trabajaron en una misma historia. La farmacéutica los usó para algo mucho más lucrativo que solo llevar nuevas drogas legales de un lado al otro del Atlántico. McDonald's para convencer a todo el mundo de lo bueno que es el nuevo Big Mac. Starbucks para entender que es normal que un vaso de mal café cueste diez dólares. La industria de la música para crear productos como Justin Bieber, y así un larga etcétera. Todo es obra y gracia de estas inyecciones neuronales.

–En otras palabras, según esta teoría, a mí me inyectaron *La cuarta carabela*.

–Sí, igual que al protagonista de tu novela maldita ese código con los números árabes robados por los nazis –se detuvo–, aunque en este caso lo más probable es que el *hemoware* te lo hayas comido o bebido.

Moví la cabeza a media ruta entre la burla y la duda.

–Elías. Puedo sonar paranoico, pero vos mejor que nadie sabe que la realidad suele superar a la fantasía más disparatada. ¿Tengo que recordarte lo de hace once años en Santiago de Chile? –No era necesario contestar–. Acá tenés un hecho bastante concreto: al menos tres novelistas, separados por miles de kilómetros de distancia, escriben el mismo libro y dos de ellos acaban muertos. Para mí es claro como la soda de mi abuela. Alguien quiere que ese libro sea terminado y alguien está tratando de evitar que eso suceda.

–No lo había pensado de esa manera...

–Claro que no lo pensás. Paraste de escribir, cortaste el ritmo de la acción. ¿Querés que te pruebe que te metieron un *hemoware*?

–No pierdo nada.

–¿Cuántas páginas tenés escritas de *La cuarta carabela*?

–Unas treinta.

–¿Sabés de qué se tratan esas treinta?

–Por supuesto.

–Bueno, decime, cómo va a continuar la historia de la página 31 en adelante. Te hago la misma pregunta que vos me hiciste hace un rato: contame la trama.

Me quedé en silencio tratando de ordenar los datos y de estructurar el argumento de la novela. Fijar los eventos, los personajes, los hechos, lo que continuaba tras el primer corte de la historia, cuando Magallanes escapa de Lima llevando los ojos de Bernardo O'Higgins. Pero por más que intenté no pude, no tenía la escaleta ni la línea argumental. ¡Demonios, ni siquiera tenía el nombre del protagonista!

–No, no, no... –tartamudeé.

–No podés porque no tenés nada. *La cuarta carabela* no es un libro. Te escogieron a vos para ser parte de un propósito. La única manera que tenés para saber hacia dónde va el relato, los nombres de los personajes y el momento climático, es sentándote a escribir –marcó un punto–. Es la tecla «enter» del programa que te metieron al sistema.

–Se trata de la Logia Lautarina y el complot masónico de O'Higgins, San Martín y Francisco de Miranda –traté de defenderme.

–¿Entonces por qué se llama *La cuarta carabela*? ¿Con cuál de las «cuartas carabelas» laburás? ¿El posible buque número cuatro de la expedición dc 1492 que se perdió yendo hacia América del Sur con supuestos tesoros templarios o robados del Vaticano; la carabela que usó Colón en el segundo viaje o... el navío con el cual habría venido a América siete años antes? ¿Ves? –continuó sin darme tiempo a contestar–. Solo tenés una idea, no hay libro, porque nunca lo hubo. A menos que te sentés frente al procesador de palabras. Alguien te está jodiendo, boludo, ¿querés otra prueba?

—Estamos en esa…

—¿Cuál es la razón lógica de que hayas viajado primero a España y luego a Argentina?

—Resolver el misterio de los criptogramas grabados en las espaldas de Barrow y Javier.

—¿Y eso vos no podías hacerlo desde tu casa en Los Ángeles? Este es un mundo conectado…

—Perdón —bufé—, ¿me estás queriendo decir que no solo me están manipulando para terminar una especie de libro maldito, sino que también para viajar alrededor del mundo?

—Yo no diría para viajar, sino para encontrar algo. Sos el obrero de alguien muy poderoso.

La bocina de la locomotora nos marcó una pauta de silencio, quiebre perfecto para una vida que parecía estar siendo redactada por un guionista de imaginación cada vez más desaforada. Observé al resto de los pasajeros e imaginé que todo el mundo dentro del vagón estaba escuchando nuestra conversación. Tragué un poco de aire y luego bajé el volumen de la plática…

—¿Hay manera de quitarme el *hemoware*? —No era lo que quería preguntar, pero fue lo primero que salió de mi boca.

—No, lo que vos inventaste en tu primera novela no funciona —fue categórico—. Una de las gracias de los *hemowares* reales es que no existe manera de extraerlos o destruirlos. El programa vos lo tenés en tu cabeza, está en tu torrente sanguíneo; cuando acabés se va a diluir, convertirse en nada. En otras palabras, querido Elías Miele, sos un androide. Pero para tu tranquilidad, yo también lo soy; la mayoría lo somos. En mi caso no para escribir un libro, pero sí para gastar demasiado dinero en drogas legales demasiado caras. También me gustó Madonna —bromeó.

—No es un chiste —respondí.

–Lo sé, colega. Pero ahora eso es lo que menos debe preocuparte. Llevás el libro dentro, estás destinado a escribirlo, a cumplir una misión o encontrar algo en esta parte del planeta… Lo importante ahora es descubrir quién está detrás de este puzle. Y con eso resuelto, es probable que vos no solo consigás el mayor *best seller* de tu carrera, sino que resolvás el misterio de quién mató a Javier Salvo-Otazo y a Bane Barrow.

–O termine como ellos, muerto y con un criptograma marcado en el culo… Pero antes quiero encontrar las manos de Perón –lo miré.

–¿De verdad vos creés que se trata de la masonería o de herederos de la Logia Lautarina?

–Es mi teoría…

–La masonería hoy es una caricatura de lo que fue. Los masones que conozco en Buenos Aires, y conozco a muchos, son unos boludos más preocupados de levantarse la mina del otro que de conspirar por el dominio mundial.

–Esa es la historia oficial, tú me has enseñado que siempre hay que mirar bajo la superficie.

–Esos pibes ya ni siquiera tienen superficie. Más razonable me parece aquello de los posibles herederos de la Logia Lautarina, presentes en las fuerzas armadas o en los gobiernos de nuestros países o de España, con lo corruptos que son estos hijos de puta no me sorprendería. En todo caso, viendo las partes del mecano que me presentás, yo miraría hacia otros sitios. *Hemowares*, boludo, seguí esa pista… privados o alguien vinculado a algún organismo de seguridad norteamericano.

–Ginebra Leverance –respondí.

–¿Y quién es esa? –me devolvió Andrés.

–La agente del FBI que me detuvo en Nueva York y que anda tras mis pasos y los de mis compañeras. No solo trabaja para el gobierno gringo, también es hija del reverendo Caleb Leverance Jackson…

–¡La puta que te parió, boludo, te metiste con La Hermandad…! –aulló Leguizamón, causando que prácticamente todos los que iban a bordo del vagón giraran hacia nosotros.

–Nunca quisieron mucho a Bane y, por añadidura, a quienes escribimos en su línea.

–Ellos no quieren a nadie que no crea en Dios según su visión y reglas. Vos deberías saberlo, sos evangelista.

–¿Cómo supiste eso?

–Lo confesaste en cuanta entrevista diste por *La catedral antártica*. Que eras ateo pero tenías una buena formación teológica por tu infancia y adolescencia como «hermano» –exageró las comillas con sus manos– evangelista. Que tu madre seguía siendo activa participante del templo, que las supuestas ventajas intelectuales de no haber crecido como católico, etcétera y etcétera. Reconozco que me interesó mucho ese capítulo de tu vida. Los evangelistas, o evangélicos como los llamás vos, son narrativamente más interesantes que los católicos, poseen un fundamentalismo cercano al Islam, creen de verdad que el carpintero de Belén murió por los pecados del mundo y al tercer día resucitó volando como Superman.

–Te concedo el punto –se lo dije para cortar el análisis de mi formación religiosa y regresar a lo relevante de la conversación.

–En todo caso, la guerra la tienen contra el Vaticano y los católicos –prosiguió él, bajando la intensidad de su tono, como si al mismo tiempo que hablara estuviera pensando, analizando y relacionando–; no veo la razón de meterse con… –se detuvo y me miró fijo a los ojos, literalmente como si hubiese encontrado el Santo Grial.

–¿Qué?

–Un momento. ¿Me acabás de decir que lo único claro que tenés respecto de *La cuarta carabela* es que la historia tiene como eje a la Logia Lautarina? –asentí–. Pues entonces a La Hermandad le conviene que el libro sea terminado. Es poner a la luz el complot masónico contra la Iglesia católica que supuestamente ha tenido engañado a Latinoamérica desde 1818. Hablamos de la negación absoluta del culto mariano, del verdadero sentido e identidad de la Virgen del Carmen, del rito pagano tras el cruce de los Andes. De dos siglos de silencio propiciado por los curas y auspiciado por institutos de historia vinculados a escuelas pontificias. ¿Que tenés en la cabeza, Elías? ¡Olvidáte de las tonteras de la masonería y los seguidores de lo de Lautaro!, si hay alguien detrás de todo lo que te está pasando, esos son los putos cristianos blancos y ultraderechistas de La Hermandad.

–¿No te parece un poco rebuscado?

–Vos conocés sus acciones, sabés cómo operan. Han metido el creacionismo hasta en las escuelas más liberales de Boston y Nueva York, casi sacan del aire al Discovery Channel y arruinan al Smithsonian –respiró–. ¿Cómo era aquello que decían para justificar sus acciones? ¡Ya lo recuerdo!: «¿Cuántas iglesias cristianas hay en Bagdad? Cero. ¿Cuántas mezquitas hay en Washington? Tres. Eso es lo que vamos a cambiar». Lo rebuscado no funciona con ellos, pensá en cada atrocidad que hicieron durante el escándalo de los aviones stealth, del YF-22 versus el YF-23, todo porque el CEO de una de las empresas era católico. –Tragó otra bocanada de aire y luego agregó–: E imagino que recordás que entre 1983 y 1987 echaron a correr esa abominación llamada «proyecto Ladrón en la Noche» en la que usaron la paranoia gringa de las abducciones y supuestos raptos extraterrestres para promover la idea de que había llegado el Apocalipsis y los justos estaban comenzando a ser raptados, tal cual decía la Biblia…

–Con un Jesucristo viniendo como ladrón en la noche… –reiteré la idea.

–Primera de Tesalonicenses, capítulo 5, versículo 2, para ser exactos. –Sonrió–. Estos putos contrataron helicópteros negros silenciosos del ejército: Black Hawks y Little Birds, y raptaron al menos a ochenta personas, incluidos niños de los cuales nunca más se supo. No hay límites para sus acciones, operan por encima de la ley, porque tienen a Dios de su parte…

–Y al gobierno norteamericano.

–Es lo mismo –subrayó–. Si esos boludos hijos de la gran puta tramaron una operación de esa envergadura, créeme, son capaces de cualquier otra cosa, como inventar una conspiración basada en un *best seller* para destruir el dominio de la Iglesia católica en Latinoamérica. Desde una perspectiva militar, me parece una espléndida ofensiva para llegar al objetivo final que es erradicar el catolicismo como credo cristiano. Ahora –dudó–, si La Hermandad está efectivamente detrás de todo, los veo más cerca de querer que el libro salga a la luz. Quizá Leverance no anda tras de ti, está tratando de protegerte.

–Eso me deja igual que al principio.

–Yo no diría eso, más bien todo lo contrario. Ahora levantate, estamos llegando. No soporto ser de los últimos que bajan del tren.

Me tardé un poco en ponerme de pie. Afuera todo era verde, canales y arquitectura pastoral con influencias campesinas tanto de la provincia argentina como de postal de los años cincuenta del norte de Europa.

–Te quedaste congelado. –Leguizamón fue un resto sarcástico.

–No es para menos, estoy ordenando mi cuaderno mental. Si tú no estás escribiendo una cuarta carabela –dije–, entonces la única certeza que tengo al respecto es que solo Bane, Javier y yo estábamos en el barco, que ellos dos están muertos y que las dos personas que estuvieron con ellos al momento de morir, viajaron conmigo a Buenos Aires.

–Pensé que eran tus amigas.

–Ya no las llamaría precisamente amigas…

224

42

«Señorita Cohen, por favor, déjenos solas», pidió Ginebra Leverance a la asistente que ella misma había seleccionado del personal de la Policía Federal de Buenos Aires.

–Vos mandás –respondió informal la joven oficial de veintidós años, sin quitar la mirada de las dos detenidas.

–Espere en el auto, abajo, y no se mueva. Puede indicarle a los motoristas que ya no los necesitamos –continuó la mujer del FBI.

–¿Está segura, señora? –insistió la muchacha, que no quería dejar sola a la norteamericana, más por curiosidad que por motivaciones netamente profesionales.

–Segura, obedezca lo que le ordeno. Sé cuidarme sola –añadió mientras dejaba su arma de servicio sobre la mesa que tenía inmediatamente a un lado.

Fabiola Cohen no volvió a abrir la boca, se amarró el cabello en una cola de caballo y abandonó rápido el departamento al que habían arribado y que tenía dos ambientes, dos baños y que se ubicaba a metros de la intersección de Pueyrredón con Vicente López.

Ginebra esperó quedar a solas, se olvidó del arma y caminó hasta la pequeña terraza del lugar, cuya cerrada vista a un desfiladero de edificios de similar altura se abría en dirección el oeste, permitiendo ver las cúpulas y obeliscos más altos del cercano cementerio de la Recoleta.

–Es un hermoso lugar –comentó Juliana, sentada junto a Princess en el sofá desplegable que ocupaba prácticamente la totalidad de la estancia–, debería conocerlo. Una vez me contó que le gustaban los cementerios.

–Me gustan, pero no tenemos tiempo para turismo –prosiguió ella, ahora en inglés.

–Por favor –interrumpió Princess, apuntando a una pequeña mancha blanca que se veía en la solapa del lado derecho de la blusa que la agente del FBI llevaba puesta–, no puedo hablar mientras eso…

–Es solo espuma de café –respondió Leverance, mientras se quitaba la salpicadura y arqueaba las cejas en dirección a la inglesa que alguna vez había sido asistente y ayudante de Bane Barrow.

Las tres mujeres se miraron y dejaron pasar otro segundo de silencio. Luego, como era de esperar, fue Ginebra la primera que disparó.

–¿Y Elías Miele?

Juliana miró a Princess.

–¡¿Qué?! –saltó la inglesa–, solo lo ayudé a encontrar la pista. Estaba equivocado, no era el Barolo…

–La orden era mantenerlo con ustedes, que siguiera el juego hasta mi llegada. Es muy peligroso que Elías opere en solitario, ustedes saben…

–Ellos aún no llegan a Buenos Aires –fue cortante Juliana.

–Eso no lo sabemos –respondió Ginebra.

–¿Hay algo que no nos ha contado, agente Leverance? –agregó la viuda de Salvo-Otazo.

–Da lo mismo, ahora lo relevante es encontrar a Elías.

–Debe de estar con Andrés Leguizamón.

–Encontramos el eco de su móvil en un vagón de metro en la estación –revisó su teléfono– Moreno de la línea C.

–Está aprendiendo –comentó Princess.

–Voto por Leguizamón –dijo Juliana–. Es un *geek*, escribe de espionaje y uso de altas tecnologías; es una máquina de información. Seguramente se las arregló para sacar a Elías del ojo de los helicópteros de la Federal por un rato. Por eso me interesaba participar de la conversación…

–Ni siquiera trataste de detenerlo –arguyó Valiant.

–No había manera de hacerlo, no de una manera verosímil. Como sea, ya está hecho. Andrés debe estarlo moviendo por la Capital Federal, es la forma más segura de hacerse invisible en una ciudad de quince millones de habitantes. Yo lo dije desde un inicio: Andrés era mejor tercer candidato que Miele, solo había que encontrar una manera de conducirlo a Europa o a Estados Unidos.

–No teníamos tiempo, no contábamos con que ocurriera lo de Bane y lo de Javier… –Ginebra las miró–. Ni que «ellos» lograran burlarlas.

–No nos burlaron –corrigió Princess–. «Ellos» –acentuó luego.

–Podríamos discutir por horas si fue o no fue así, lo concreto es que sí lo hicieron. Ellos ganaron la primera mitad del partido.

–¿No has encontrado al topo? –interrumpió Juliana, fingiendo con absoluta seguridad de sí misma.

–Estamos trabajando en ello –la miró fijo, como si la leyera.

–Estamos trabajando en ello –repitió Princess, siguiendo el juego a la viuda de Salvo-Otazo.

Ginebra Leverance arrugó el mentón.

–¿No sería mejor que nos llevaras a la central de la Federal? –preguntó Juliana.

–No, es preferible que permanezcan en el departamento. Por las apariencias, pediré que las dejen con un oficial de custodia. Además, Miele podría reaparecer y si lo hace, lo lógico es que regrese a este sitio.

–¿Y si no lo hace? –dudó Princess.

–Habrá que crear un cuarto candidato para *La cuarta carabela* –comentó la escritora argentina.

–Esa alternativa solo es válida si perdemos a Miele.

–Si muere, querrás decir, seamos precisos –subrayó Princess–. Entonces esperamos horas, días, semanas…

–Un día –Ginebra Leverance fue cortante–. Y cuando Elías Miele regrese, habrá que acelerar la velocidad de las cosas, ya hemos perdido demasiado tiempo.

43

El Tigre era tal cual me lo imaginaba, según los recuerdos fílmicos que de ese barrio bonaerense tenía por la película de Sandro que vi de niño. Una especie de Venecia argentina: mucha casa turística, mucha feria artesanal, mucho turista paseando con cámara fotográfica, muchos canales y afluentes del Paraná adentrándose como patas de araña o rayas de tigre. Algo sabía acerca del origen del nombre de la localidad, que se relacionaba con un jaguar o tigre muy feroz que alguna vez habitó y asoló la región. Si la historia era falsa o verdadera no era el tema, y a pesar de que la duda comenzó a crecer como un trauma obseso y compulsivo dentro de mi cabeza opté por no preguntar ni confirmar. No era necesario y además siempre he evitado pasar por ignorante, es un trauma infantil producto de años de estricta crianza bajo la tutela de un padre autoritario, genio intelectual para el resto del país, duro profesor privado para un hijo que desde pequeño se encargó de entrenar para seguir sus pasos. Abogado y premiado dramaturgo, que su primogénito terminara ganándose la vida con literatura de aeropuerto y con escándalo mediante nunca le hizo gracia, lo suyo eran las letras como arte; lo mío, todo lo contrario. Por supuesto no lo busqué, las cosas se dieron así. En el fondo, y sé que murió sabiéndolo, siempre quise ser como él. Cambiaría la mitad de su prestigio por los millones que he ganado encumbrado en las listas del *New York Times*. Pero cierto es eso que somos fantasmas de nuestros padres; a mí me faltan sus extremidades. No pude ir a su funeral. Tuve ganas pero mi abogado me aconsejó que no lo hiciera. Mamá no volvió a escribirme ni a llamarme. Lo tengo claro, jamás me va a perdonar. Ella no lo hace, sus deudas duran la vida entera.

Por supuesto, poner un pie en Chile y terminar detenido por amor a mi padre hubiese sido para ella la prueba absoluta de mi valentía, pero papá decía que había escapado como una rata, asustado por poderosos, que debí permanecer firme o incluso pasar un par de meses en la cárcel, que no me iba a ocurrir nada y saldría con la frente en alto. No me atreví. Me exilié por voluntad propia en el éxito de un *best seller* escrito con fórmula matemática. Me exilié huyendo de una familia con demasiados recursos e influencias. Una vergüenza para mi clan, poblado de tíos y cercanos que en 1973 se exiliaron por otras razones. Papá fue torturado, encarcelado y ni con eso escapó del país. Yo a la primera salí huyendo como un insectívoro, sin que nadie me pusiera un dedo encima.

—No has abierto la boca desde que bajamos del tren —comentó Andrés mientras me indicaba que cruzáramos hacia el puente de avenida 25 de Mayo y bajáramos por esa arteria en dirección poniente.

—No sé si me parece buena idea. No quiero involucrarte.

—No lo harás, no saben dónde estás. Es imposible que lo sepan.

—La estación está llena de cámaras.

—Esto es Argentina, las cámaras no funcionan. Es una de las ventajas de este país. Nos hemos robado todo, incluso los lentes de sistemas de vigilancia urbana.

—Confío en ti, entonces.

—No te queda otra…

—Debería comunicarme con Princess y Juliana, espero que no sigan aguardándome en el café.

—Escaparon con vos, creeme, lo lógico es que no estén esperándote. Además —continuó—, hace un rato me acabás de confesar que no confiabas del todo en las nenas, no entiendo por qué te preocupás de su seguridad.

—No he dicho que me preocupe su seguridad, me preocupa no saber qué están haciendo.

Leguizamón no respondió

—Por acá —me indicó luego, cuando llegamos a la intersección de 25 de Mayo con avenida Liniers, exactamente frente a la pequeña plaza que servía de costanera sobre el río Reconquista, uno de los dos canales más importantes de El Tigre, y de bienvenida a un templo católico de dos niveles pintado entero de un blanco muy pálido.

–La Inmaculada Concepción –describió el escritor argentino–, la segunda iglesia más antigua de esta zona, erigida en 1774, y monumento nacional.

–¿Quieres que me esconda aquí?

–Una noche.

–¿No es un poco obvio?

–Obvio en las tramas que escribimos, Elías. En el mundo real es un lugar perfecto para perderse del mundo uno o dos días. Además, el cura me debe un favor –indicó, mientras me invitaba a ingresar al antejardín de la construcción de estilo colonial y doble piso–. No preguntés qué tipo de favor –subrayó luego.

–No lo haré.

Andrés Leguizamón me sugirió que aguardara unos segundos. Asentí y me senté en una banca al centro de la nave central, bajo la atenta mirada de una imagen de la Virgen de la Inmaculada Concepción que vigilaba la tranquila estancia desde su trono de rayos y nubes, mientras abrazaba a un pequeño Niño Jesús. Pensé en la Logia Lautarina y no pude evitar torcer una mueca. Recordé la última conversación con Andrés y traté de enhebrar en mi cabeza una continuación para la trama del libro. Ideas por todas partes, nada claro. ¿Y si el argentino tenía razón y no era inspiración narrativa lo que guiaba mi obsesión, sino ese programa de nombre extraño que quizá me había bebido licuado en un *latte* con jarabe de frambuesa de alguno de los Starbucks de Newport o del centro de Los Ángeles?

Mi colega argentino regresó acompañado de un sacerdote diocesano que corría en esa edad indefinible que va entre los cincuenta y los setenta años, cuando la calvicie, las canas, las arrugas y la postura del cuerpo hacen imposible acertar en el cálculo de la edad exacta de un hombre.

—Elías —presentó Leguizamón–, él es el presbítero Roberto Barón, párroco de esta iglesia; le conté de vos y no tiene problema en que pases la noche acá.

—Aunque espero no acarree líos a la iglesia —saludó el cura–; un gusto conocerlo en persona, disfruté mucho *La catedral antártica*.

—Gra… gracias —tartamudeé.

—El padre Barón es un entusiasta del *thriller* histórico.

—Sobre todo si aparecen logias secretas, esotéricas y paganas al interior del Vaticano, obsesionadas con la aparición en el Polo Sur de una réplica exacta de la catedral de Chartres —resumió el religioso en tres líneas la trama de mi libro más conocido–. Pero vamos, señor Miele, está en su casa, siéntase con toda la libertad del mundo. Andrés —miró a mi colega–, hacele vos el recorrido por la parroquia, enseñale las habitaciones, el patio y los túneles secretos… ¡Ja! —soltó el diocesano–. En realidad no hay tales túneles, al menos ya no, los taparon cuando restauraron el templo en 1915 y tiraron abajo la capilla gótica que había a un costado.

Andrés me confirmó que esa historia era cierta, luego me hizo el recorrido por el interior de las instalaciones eclesiásticas, tal cual le había pedido el sacerdote. Tras conocer la habitación donde iba a pasar la noche, bajamos al patio interior del templo.

—Tú y yo tenemos algo pendiente– le dije, mientras buscábamos una banca para sentarnos.

—¿Las manos de Domingo? —me devolvió él.

—Es en lo que necesito que me ayudes, ubicar las manos de Perón.

—Las manos de Perón están perdidas, ni el diablo sabe dónde están. Además no las necesitás, es lo que te dije en el tren.

—El criptograma descifrado en la espalda de Javier me dice lo contrario.

—Como te dije, el criptograma César de Salvo-Otazo decía «las manos de Domingo» —asentí– y la novela que a vos te obligan a escribir es acerca de la Logia Lautarina, ¿o no, boludo?

–Tal cual.

–Pues si es así, debés saber que el código te está hablando de otro Domingo, no de Perón. Es más, debo decirte que te equivocaste de ciudad. «Las manos del Domingo» que buscás están a dos horas de vuelo de Buenos Aires.

Los Ángeles, EE.UU.

44

Once de la noche en Zuma Jay y no fue la brisa la que despertó a Alison, la rubia de diecinueve años que dormía desnuda entre las sábanas de la cama tamaño king que dominaba la habitación más grande de la casa. Estudiaba latín y arte en la UCLA y había conocido a Frank Sánchez en una fiesta en la casa de su compañera de cuarto hacía ya tres meses. Esta era la décima vez que salían y la segunda que se quedaba a dormir en la casa del jefe de Sánchez. Le gustaba el lugar, y medio en serio, medio en broma le había dicho a Frank que si Elías no regresaba de su periplo alrededor del mundo debería quedarse con la casa. Agregó que su padrastro era abogado y conocía suficientes trucos como para ganarle al sistema sin necesidad de pagar una cuota de hipoteca el resto de la vida.

–¿A cambio de qué? –le preguntó Frank, mientras terminaba el último cigarrillo de marihuana mexicana que le quedaba.

–Un compromiso más serio – dijo la muchacha, siendo totalmente directa.

El asistente del autor chileno solo respondió con una sonrisa, luego le indicó que mejor durmiera, que era tarde.

Nuevamente, no fue la brisa cálida la que despertó a la hermosa joven, sino la ruidosa melodía de «Into the void» de Nine Inch Nails que servía de tono al teléfono móvil de Sánchez.

–¿Quién llama a esta hora? –regañó ella.

–Ni siquiera es medianoche –justificó él, mientras identificaba el número de la llamada y se levantaba de la cama.

–¿Quién es? –insistió Alison.

233

–Nadie, negocios, no te importa, sigue durmiendo –enumeró Frank, mientras caminaba por el corredor de la casa hacia la sala-cocina que ocupaba la mayor parte de la estructura y cuyas ventanas daban a una perfecta panorámica de las playas de California, el mar y la luna llena que se escondía en el horizonte, iluminando todo con la más pálida de las claridades.

–Espera –respondió Sánchez, voy a echar a correr un encriptador, estoy pinchado, tengo que protegerte aunque me hables desde la Deep Web –contestó, mientras con los dedos de la mano activaba el Whisper System Redphone, una tan básica como segura aplicación para resguardar llamadas que operan sobre plataformas Android. La descarga no tardó más de un segundo, filtrando el llamado por otro canal. Si alguien estaba colgado a su LG, solo recibiría estática y ruido molesto–. ¡Listo! –contestó.

Del otro lado de la línea y el mundo le contestaron que habían conseguido la información pedida y que le estaban enviando documentos a través de un mensaje de texto por ese mismo canal.

Y mientras Frank Sánchez revisaba los documentos, pensaba en que era necesario llamar de inmediato a Elías Miele. «Mierda», se dijo al recordar que su jefe estaba inubicable por seguridad y la única manera de restablecer contacto era esperar a que él llamara o escribiera.

Buenos Aires, Argentina

45

Cuando el padre Barón salió de su habitación, a las cinco con treinta minutos de la mañana, pensó que era la única persona despierta dentro de las instalaciones del templo de la Inmaculada Concepción de El Tigre. Es probable que imaginara que salvo algunos taxistas y panaderos, debía ser la única persona de pie y activo en todo el barrio fluvial y turístico al noreste del Gran Buenos Aires. Se equivocó. Yo hacía rato que estaba levantado, de hecho no había dormido en toda la noche.

A lo lejos, el eco de la mañana trajo la bocina del primer tren que partía hacia Retiro. No era el exclusivo ruido que se escuchaba esa mañana dentro de la iglesia. El continuo y lento ritmo de mis dedos sobre el teclado del computador se estiraba como una canción monocorde desde la oficina parroquial. Las monjas asistentes aún no se levantaban y era muy inusual que alguno de los diáconos llegara al templo antes de que siquiera saliera el sol. Sumando y restando, el padre Barón no iba a tardar en darse cuenta de que solo podía tratarse de una persona, el invitado que había llegado ayer pasado el mediodía junto a su amigo Andrés Leguizamón. El autor de esa novela protagonizada por un multimillonario ecoterrorista que se hacía llamar Omen y que homenajeaba y citaba al mismo capitán Nemo de Julio Verne, libro que le había gustado mucho y que llevaba años esperando por la segunda parte, que yo mismo había prometido en la última página del volumen. Ahora ese autor estaba en su casa, metido en un lío del cual él, como buen pastor, prefería no preguntar.

Roberto Barón entró a la oficina pastoral y me descubrió sentado en el escritorio frente al computador, con la mirada fija en la pantalla plana que colgaba de la pared, algunos centímetros más abajo de un calendario rayado con plumones rojos en el que se indicaban las futuras bodas y los horarios de charlas matrimoniales que el cura o algunos de los diáconos dictaban a los feligreses de la congregación. El sacerdote se acercó despacio y supongo que no le fue difícil ver que estaba mandando un correo electrónico.

–Pensé que laburabas en la secuela de *La catedral antártica* –dijo en voz baja, como si no quisiera asustarme.

–¡Oh, lo siento! –exclamé–, no quise importunarlo, aunque debo agradecer que no se maneje con clave.

–Esta es la casa del Señor, no hay secretos, no se necesitan claves –enunció el religioso.

–No hay secuela de *La catedral antártica*. –Sonreí–. Ni siquiera se planeó. Eso del final del libro fue idea de mi editor.

–Entonces nunca sabremos qué fue de Omen.

–Quizás está en un lago subterráneo, junto a su *Nautilus*, en lo más profundo de una isla misteriosa. –Jugué como el autor de *thriller* que era.

–Esperando que de la nada arriben unos náufragos en un globo aerostático a quienes ayudar para redimir las faltas cometidas…

–No sé si en un globo, quizás en un avanzado avión supersónico diseñado para gente con muchos recursos…

–Una lástima, tampoco sabremos qué fue de la piedra angular de la Chartres antártica.

–Penúltima página del libro, tercera línea, reléala entera, padre, ahí esta el secreto de lo que sucedió con ese objeto.

El sacerdote cambió de tema.

–Andrés me dijo que la idea era que vos no te conectaras ni llamaras por teléfono, al menos por un par de días.

–Ese era el plan original, pero decidí cambiarlo.

–Si mandás ese correo, descubrirán la dirección de la IP y en cosa de horas…

—Voy a esperar esas horas, padre. Es precisamente lo que estoy buscando que ocurra.

—¿Seguro?

—Mucho, no tengo otra salida.

—¿Necesitás algo?

—En realidad sí. Que me preste su teléfono móvil un momento y si además tuviese un tubo de pasta dental…

—¿Pasta dental? —miró extrañado el presbítero de la Inmaculada Concepción de El Tigre.

—Crema dental, dentífrico, no sé cómo le dirán en Argentina.

—Dentífrico —me aclaró el cura, mientras me indicaba que iba por un tubo y que su iPhone estaba en el mueble, junto al computador—. A tu derecha, junto a unas Biblias y textos de estudio.

Me asomé al patio interno del templo de la Inmaculada Concepción de El Tigre y al pasar junto al corredor saludé a unas de las monjas del servicio con un ademán. Una de ellas me preguntó si iba a desayunar. Le contesté que no, que en pocos minutos salía de regreso a Buenos Aires; luego busqué un rincón apartado en el pequeño jardín y, tomando el móvil del padre Barón, marqué el número encriptado que por correo electrónico, también encriptado, me había enviado Frank Sánchez hacía pocos minutos, cuando lo contacté a través de una cuenta en Gmail que abrí rato antes usando la identidad falsa de Ingrid Sopena, una novia que tuve en mis tiempos de estudiante secundario en Santiago de Chile, hace demasiado tiempo y en una galaxia cada vez más lejana.

–¿Estás? –pregunté después de la cuarta señal de tono.

–Sí –respondió desde el hemisferio norte Frank Sánchez, mientras yo meditaba en aquello del tono y concluía acerca de lo extraño que era pensar en un concepto telefónico tan análogo en una época cada vez más digital–. Averigüé lo que me pediste –siguió–. Tenías razón al sospechar: Princess y Juliana estuvieron en Londres el fin de semana que mataron a Bane Barrow.

–Que Princess estuviera tiene sentido, pero Juliana… –dudé–. ¿Fue con Javier?

–No hay manera de saberlo, pero hay más. Le pedí a mi contacto que buscara las llamadas de telefonía móvil que se hicieron el día de la muerte de Bane, tanto en el lugar de la fiesta como en el pasillo del hotel Dorchester donde estaba su suite. Solo dos fantasmas residuales se repitieron en el lugar de los hechos: el de Olivia van der Waals y el de Juliana de Pascuali… La viuda de Javier vio a Bane antes de su muerte.

—O lo asesinó.

—No sé. Y espera. Luis Pablo Bayó, el primo de Javier, el militar retirado de España…

—Sí, ¿qué pasa con él?

—Pasa que al parecer también voló con ustedes, escondido en el mismo vuelo. Ayer lo vieron en el aeropuerto de Asunción junto a un grupo de militares españoles.

—¿Está en Paraguay?

—Ya no, abordó un vuelo comercial a Chile.

—¿Solo?

—No, cuatro hombres viajaron con él.

—La puta que nos parió…

—¿Qué vas a hacer? —me preguntó.

—Ya lo estoy haciendo: hace veinte minutos le escribí a Princess indicándole dónde me encuentro.

—¡Te van a encontrar!

—Es la idea, necesito que eso ocurra…

—¿De qué me perdí?

—Ahora no puedo contarte, pero necesito que me hagas otro favor.

—Para eso me pagas.

—Quiero saber cada movimiento de Juliana el día en que asesinaron a su esposo —tuve una repentina y momentánea pérdida de razón. Juliana, Bayó, Javier. ¿Alguien más aparte de la policía española había visto el cadáver de Salvo-Otazo? A estas alturas del juego ya poco me podría sorprender, incluso la resurrección de los muertos.

Lo primero que hice al escuchar el ruido del motor de los autos que se estacionaron fuera de la Inmaculada Concepción de El Tigre fue esconder el tubo de pasta dental dentro de un bolsillo interno de mi chaqueta; luego volví a asomarme al jardín interior de la iglesia y aguardé. En los dos minutos siguientes vi que tanto el padre Barón como las monjas corrían hacia la puerta principal del templo y escuché cómo voces en español e inglés se mezclaban a distintos volúmenes, junto con pasos rápidos que resonaban por los corredores del templo, uno de ellos con el ritmo reconocible y sordo de tacos muy altos y afilados. Entonces levanté la cabeza y sonreí al descubrir, de pie y mirándome en la puerta de vidrio que comunicaba la nave de la iglesia con el patio interior, al padre Barón junto a la agente del FBI Ginebra Leverance. El cura estaba nervioso; ella, imposible de leer, con la mirada oculta bajo un par de enormes lentes oscuros con marco de aviador de la Fuerza Naval de los Estados Unidos, los labios pintados de un rojo furioso, el porte y el traje perfectos, el tic molesto en el lado derecho del rostro. Y la impresión fue la misma de la primera vez que la vi: una mezcla entre ganas de llevármela a la cama y pegarle un tiro entre los ojos de tener un arma a mano. Recordé que Princess había robado una semiautomática en el avión que nos había traído desde España, recordé también que, en rigor, no vi que la robara, solo era su versión de los hechos.

–Señor Miele –saludó en inglés la agente federal. A su espalda surgió una oficial de la policía argentina de unos veinte años, muy bonita, con esa mirada almendrada y azul propia de la belleza argentina de origen judío, porque con esa nariz y ese color de ojos, por lugar común que se lea, la muchacha de seguro pertenecía a la colonia. Lo sé, las reconozco bien.

—Si Mahoma no va a la montaña, la montaña va a Mahoma —respondí.

—Si Mahoma quiere que la montaña vaya a Mahoma, se conecta desde una línea a internet no encriptada y sin protección —me contestó Ginebra.

—Elías, esta señora… —interrumpió el cura.

—Descuide, padre Barón, nos conocemos, voy con ella —miré a Ginebra y cambié al inglés—, porque supongo que he de regresar con usted a Buenos Aires.

—Por favor —contestó la mujer del FBI.

Me levanté, me acomodé la chaqueta y fui tras ella. La policía que la acompañaba se ubicó a mi espalda.

—La asistente Cohen —presentó Ginebra—; no trate de pasarse de listo, señor Miele. Ella es joven, pero muy despierta.

—Lo imagino. —La miré saludándola con la mirada. La joven ni siquiera se dio por aludida—. ¿No me va a esposar?

—¿Por qué habría de hacerlo, señor Miele? Hasta ahora usted no ha hecho nada.

—Salvo no obedecerle y moverme como un proscrito por España y Argentina.

—¿Prefiere esposas?

—Es lo más obvio, ¿no? Si la idea es disimular una agenda secreta.

—No hay agenda secreta, Miele, tampoco esposas. Solo acompáñenos y no haga tonterías.

Me despedí del padre Barón y le di las gracias por acogerme en su hogar. Me preguntó en voz baja si era necesario llamar a Andrés y le dije al oído que lo hiciera, para tenerlo al tanto, que le indicara además que apenas pudiera lo iba a llamar.

Tanto Ginebra como la ayudante Cohen también se despidieron del sacerdote. En el pasillo las monjas miraron asustadas, como pensando que habían compartido la noche con un terrorista o algo peor, con ese miedo inexplicable y casi infantil que asalta a la gente cuando algo interrumpe y desordena la continuidad de sus cosas.

—En la esquina. —Me apuntó la policía porteña, mostrándome un Ford Focus II civil estacionado junto a un par de vehículos idénticos, pero con los colores, balizas y sirenas de la Policía Federal de Buenos Aires. Un helicóptero de la Fuerza Aérea sobrevoló El Tigre, giró a unos cincuenta metros sobre la torre de la Inmaculada Concepción y luego partió de regreso hacia el suroriente, en dirección al centro de la capital rioplatense.

Apunté al helicóptero y comenté:

—¿No será demasiado? Bueno, en realidad hace ocho días desvió un vuelo comercial por mi culpa de Newark a JFK —recordé, con el tono más sarcástico que pude.

Ginebra Leverance volvió a sonreír.

—Recursos, señor Miele, solo hacemos uso de los recursos. —Luego le indicó a Fabiola Cohen, ese era su nombre completo, que subiera delante, junto al conductor. Apenas partimos, las escoltas policiales nos flanquearon en silencio, sin necesidad de balizas ni sirenas.

—Debe ser complicado —sondeé a Ginebra, sentado a su lado en el asiento trasero del sedán.

—¿Qué es lo tan complicado, señor Miele?

—Entrar a un templo católico y rendirle respeto a un cura, tomando en cuenta lo que opina su padre de la Iglesia de Roma —presioné.

—Lo que diga o haga mi padre es su negocio, yo estoy en otro.

—Eso veo, averiguar qué hay de verdad en el supuesto asesinato de Bane Barrow.

—¿Supuesto? Cuando lo conocí usted prácticamente lo confirmó.

—Pero usted me lo aclaró: no había pruebas. ¿En serio le da lo mismo entrar a una iglesia católica?

—¿Qué trata de hacer, señor Miele?

—Conversar, gastar el tiempo. El trayecto es largo de aquí a Buenos Aires. Si quiere puedo cambiar de tema.

–¿Y de qué quiere hablar?

–No lo sé, cuénteme usted. ¿Hace cuánto y cómo fue que conoció a Juliana de Pascuali y Princess Valiant? Pero dígame la verdad, no invente, estamos entre gente adulta.

Santiago de Chile

48

A ciento diez kilómetros por hora y al interior del túnel urbano que cruzaba bajo el lecho del río Mapocho en la capital de Chile, el Hyundai Azera color azul metálico del servicio de taxis privado cambió de pista y enfiló hacia la vía indicada como salida de La Concepción, una de las tantas bocas de la carretera subterránea que conducía al centro de la comuna de Providencia, uno de los barrios más tradicionales de la ciudad fundada en 1541 con el nombre de Santiago del Nuevo Extremo.

El conductor del vehículo levantó la mirada y vio de reojo a los dos pasajeros que media hora atrás había recogido en la puerta de llegadas internacionales del aeropuerto internacional Arturo Merino Benítez, terminal que los santiaguinos conocían desde siempre como Pudahuel. El auto bajó la velocidad hasta los cuarenta kilómetros por hora, tomó la salida de La Concepción y cruzó junto a la torre del hotel Sheraton para de inmediato enfilar hacia el puente que conducía en línea recta hacia el centro de la ciudad. Poco más de una hora para el mediodía y el tráfico en Santiago de Chile ya era un infierno.

–¿Siempre es así? –preguntó uno de los pasajeros.

El conductor había retirado a dos hombres. Uno de ellos era afroamericano y el otro tenía la cara demasiado rosada, como si se hubiera quemado con el sol. Salvo pequeñas diferencias, ambos vestían de forma casi idéntica, muy formal: traje y corbata negra sobre camisa blanca. De los dos pasajeros, el blanco era el mayor. Según calculó el chofer, debía de andar por los setenta años. Sus rasgos eran los típicos de un gringo bien gringo: la mencionada cara rosada y los ojos muy azules, casi como los de un albino. Llevaba una barba abundante y gris, espesa, igual que sus poderosas cejas enmarcadas detrás de unos anteojos de marco superior grueso con el cristal libre por la mitad inferior. Su acompañante, el de color, era más joven, sin rastros de vello facial en el rostro ni anteojos. Debía tener unos cuarenta años, quizá menos. Era bastante alto y parecía basquetbolista de la NBA, pensó el chofer cuando precisamente fue el afroamericano quien rompió el silencio del viaje, hablando despacio y lento, con un español muy bien modulado y con un ligero acento centroamericano, similar a como hablaban los millonarios en esas teleseries ambientadas en Miami que pasaban a las tres de la tarde, las mismas que a veces el conductor alcanzaba a ver cuando podía almorzar en su casa.

–Cada vez es peor –respondió–, sobre todo en este mes, marzo –explicó–, cuando los escolares vuelven a clases. Se calcula que por año entran unos doscientos mil autos nuevos y la autoridad no hace nada por regular ese exceso. En las mañanas y en las tardes es imposible moverse rápido en la ciudad.

–Así se ve… –continuó el más joven de los pasajeros.

–¿Primera vez en Santiago? –preguntó el taxista.

–Sí, primera vez.

–¿Estamos cerca?

–Sí –afirmó el conductor, mirando al anciano de barba y rostro anaranjado–, a unos siete minutos, dependiendo del tráfico. Hay que desviarse unas cuadras, dado el sentido de las calles, pero falta poco –cortó, mientras continuaba por La Concepción hacia Carlos Antúnez, para luego virar a la derecha en avenida Pedro de Valdivia.

–Es una bonita ciudad –comentó luego el anciano.

–A la mayoría de los turistas les gusta lo cerca que estamos de las montañas –contestó el conductor, mientras esperaba que el semáforo diera en verde en Pedro de Valdivia con Eliodoro Yáñez.

–Lo imagino, pero nosotros no somos turistas.

El resto del trayecto transcurrió en silencio.

El Hyundai Azera color azul metálico prosiguió hasta Román Díaz, dobló a la izquierda en Valenzuela Castillo y luego siguió por una cuadra hasta la intersección de esa calle con avenida Miguel Claro, donde se estacionó en la entrada de vehículos del amplio edificio de tres cuerpos y dos niveles que ocupaba la mitad de la cuadra, flanqueando un jardín infantil y un pequeño templo evangélico.

De cuidados jardines y elegante acabado de pintura que destacaba los marcos de madera de las ventanas de un rojo furioso contra el gris claro del resto de la estructura, la construcción estaba indicada como «Seminario Teológico Bautista», algo así como la universidad que preparaba a los pastores que guiaban a esa congregación evangélica en el país más austral del mundo.

El conductor descendió del vehículo y caminó hasta la parte posterior del sedán para abrir el portamaletas. De la cajuela sacó las cuatro maletas de sus pasajeros y las dejó en el suelo. El más joven de los dos se acercó y le pasó tres billetes de diez dólares.

–¿Acepta dólares? –le preguntó.

–No se preocupe, ya está todo cancelado –contestó el chofer, maldiciendo mentalmente los duros protocolos de servicio respecto de las propinas en la empresa para la cual trabajaba.

–Insisto.

–Yo también, gracias –subrayó el conductor, levantando su palma derecha en señal de por favor no continúe, lo que el alto hombre de color entendió de inmediato–; que tengan un buen día –dijo, regresando al vehículo y poniéndolo marcha atrás.

Los dos pasajeros se quedaron solos. Acomodaron sus sacos y procuraron que los prendedores con el escudo de Gedeones Internacionales destacaran bien en las solapas de sus trajes. De alguna forma era su firma, su protocolo de identificación, tal cual lo comprobaron cuando la puerta principal del seminario se abrió y el pastor Hernán Mardones se asomó para darles la bienvenida. Mardones era el director del seminario y reverendo de la pequeña capilla adjunta al edificio. Junto a su familia habitaba un agradable chalet, construido al fondo del patio trasero del edificio, cuyas habitaciones del segundo piso estaban preparadas para recibir a los recién llegados.

Se acercó a la reja exterior y mientras la abría comentó en inglés, aprendido durante sus dos años de estudios en la Universidad Bautista de Dallas, el retraso del vuelo.

—La voluntad de Dios, hermano —subrayó el más anciano de los recién llegados—, pero fue un buen vuelo.

—En la gloria del Señor, por favor, adelante, están en su casa —insistió el pastor chileno. Y así fue como el reverendo texano y ex senador republicano por ese mismo estado Andrew Chapeltown, y su compañero, el diácono Joshua Kincaid, abogado de Atlanta, ingresaron al edificio religioso construido en el corazón de la comuna de Providencia de Santiago de Chile.

Kincaid notó que el prendedor de Gedeones Internacionales también lucía reluciente sobre el bolsillo de la camisa que llevaba el pastor Mardones.

Los Gedeones fueron fundados en 1899 en Janesville, Wisconsin, y fue una de las primeras organizaciones paraeclesiásticas en Estados Unidos dedicadas a la evangelización cristiana. Gedeones Internacionales tiene su sede central en Nashville, Tennessee, en el medio oeste norteamericano. Su principal tarea ha sido distribuir en forma gratuita Biblias y Nuevos Testamentos en hospitales, escuelas, centros comerciales y habitaciones de hotel y motel, textos que realizan en noventa idiomas y en casi doscientos países. El reparto de Biblias comenzó en 1908, cuando sesenta Nuevos Testamentos fueron colocados en las habitaciones del hotel Superior en la ciudad del mismo nombre del estado de Montana. En español, los Gedeones Internacionales distribuyen Biblias en la versión de las Sagradas Escrituras de 1569. Según el libro *Guinness Records*, en su edición más reciente, desde su fundación esta organización ha repartido más de mil setecientos millones de ejemplares de Sagradas Escrituras.

247

–Los conduciré a su habitación –insistió Mardones, guiándolos por los corredores del seminario.

–¿El doctor Sagredo está acá? –preguntó el diácono de Athens, Georgia.

–En el despacho de la rectoría.

–Por favor, acomodarnos puede esperar –insistió el norteamericano. Mardones sonrió, les indicó que dejaran las maletas bajo la escalera y los llevó a la oficina principal de la escuela.

«Porque hay un solo Dios y un solo mediador entre Dios y los hombres, Jesucristo hombre (1ª de Timoteo, 2:5)», estaba escrito en un desproporcionado cuadro, enmarcado en madera lacada de rojo, que colgaba sobre la mesa del escritorio del despacho. Estantes con libros y textos de estudio, un par de sofás forrados en tela cuadrillé, la reproducción de una acuarela cristiana de Nathan Greene que mostraba a Jesucristo con unos niños y un atril con una voluminosa edición de la Biblia completaban la escueta decoración del privado.

En la mesa de trabajo, sentado tras un computador portátil, había un hombre de unos sesenta años, con el cabello negro muy peinado, casi como si usara gomina, esa solución ocupada en la década de los sesenta para domar cabellos masculinos rebeldes. Vestía sin corbata, con una camisa abierta solo hasta el primer botón y en el respaldo de la silla colgaba su chaqueta color gris perla, igual que sus pantalones. En uno de los cuellos de la chaqueta llevaba un prendedor que lo apuntaba como miembro del Colegio de Médicos Cirujanos de Chile.

Había otro hombre en el lugar, acomodado en el sofá, y que leía una revista de actualidad para enterarse de las novedades de Santiago de Chile. Era alto, calvo y muy fornido, incluso más que Kincaid.

Tras tocar tres veces, el pastor Mardones abrió la puerta e ingresó con los recién llegados.

–Doctor –dijo–, disculpe, los invitados quieren hablar con usted.

–¡Por favor! Y nada de disculpas, pastor Mardones, esta es su oficina, adelante.

248

El ministro religioso ingresó con los dos norteamericanos. Sagredo corrió hacia atrás la silla, esbozó una sonrisa y se puso de pie para dar la bienvenida a los caballeros Gedeones que acababan de entrar. Él también era parte de la organización.

—Reverendo Chapeltown, diácono Kincaid, Dios los bendiga —saludó el médico con alegría.

Se estrecharon las manos y luego se abrazaron.

Mardones contempló la escena, miró a la cuarta persona dentro de la oficina y prefirió abandonar el lugar.

—Con su permiso —dijo en inglés–, están en su casa. Voy a ordenar sus pertenencias en la habitación. Hermano Sagredo —obvió a propósito tratarlo de doctor–, nuestros misioneros están en sus manos.

—En las mejores —devolvió el médico–; adelante, pastor.

Cuando Mardones salió del despacho, Sagredo se acercó y cerró la puerta. Luego arqueó sus cejas e invitó a los estadounidenses a acomodarse donde quisieran. Ambos escogieron las sillas opuestas del escritorio.

—El pastor Mardones es un buen siervo —dijo.

—Lo sabemos, sus referencias son impecables —respondió Kincaid, quien luego agregó–: Imagino que recibió la clave del rompehielos para decodificar el documento encriptado.

—La recibí, hermano.

—¿Algún comentario?

—Los historiadores que contratamos están dichosos, los documentos que nos remitió serán vitales para el éxito de la investigación.

—Me alegro mucho, hermano.

Entonces, Chapeltown cortó el diálogo:

—Nuestra parte está hecha, hermano Sagredo. ¿Qué me dice de la suya en el asunto Elías Miele?

—Tenemos novedades desde Buenos Aires que imagino les interesarán —marcó el punto–. Hermanos —hizo un nuevo alto–, les presento a quien ha sido uno de nuestros mejores y más fieles socios en la operación «La cuarta carabela», el señor Luis Pablo Bayó.

–Un gusto –saludó el coronel retirado del Ejército del Aire español y primo hermano del asesinado autor de *Los reyes satánicos*.

–El gusto es nuestro, en la gracia del Señor –respondió el más joven de los norteamericanos.

49

–Espere en el auto, asistente Cohen –ordenó Ginebra Leverance a la joven oficial que durante todo el trayecto, de casi dos horas, no abrió la boca ni se despegó de su teléfono móvil.

–Sí, señora –respondió la policía, mientras le indicaba al suboficial que manejaba el auto que se estacionara por Vicente López, donde había espacio entre dos camionetas de carga con el logo de una cadena de supermercados.

–Usted venga conmigo, señor Miele –me indicó Ginebra mientras bajaba del vehículo.

La seguí. Ella fue unos dos metros por delante, sabía que yo no era tan estúpido como para salir arrancando y confiaba en que Cohen iba a ser lo suficientemente rápida si yo intentaba hacer una estupidez, algo bastante improbable, dado que si me habían encontrado era porque yo había movido las piezas.

Leverance saludó al portero del edificio donde estaba el departamento de los primos de Juliana, cuya entrada era por avenida Pucyrrcdón.

–Esperá –me detuvo el hombre–, ¿vos también venís a lo del señor De Pascuali?

Ginebra se detuvo.

–Sí, me estoy quedando en el departamento –respondí.

–No hay nadie.

–¿Cómo que no hay nadie? –saltó Ginebra.

–Eso, la señora Juliana y la piba punkie que estaba con ella salieron hace dos horas.

–Tenemos llave –mintió Ginebra, y sin mediar se adelantó hasta el ascensor. La seguí. Antes de que el conserje intentara detenernos o decir algo, la agente del FBI había presionado el botón del piso cuatro.

–Parece que alguien tiene otros planes, agente Leverance –le dije sin mirarla a los ojos.

–Usted no entiende, señor Miele –sentenció Ginebra–. Yo nunca he confiado en ellas, por eso las dejé en custodia con un policía argentino. Estos imbéciles… –bramó justo cuando el elevador se detenía en el cuarto nivel del edificio.

La seguí a lo largo del pequeño pasillo hasta la puerta del departamento de la familia de Juliana. La hija del director de La Hermandad llamó dos veces a la puerta del número 405 y sin esperar a que viniera una respuesta desde el interior, cogió su arma de servicio y de dos tiros voló el pomo de la puerta, luego dio un golpe de cadera y con el arma levantada la empujó.

Los vecinos no tardaron en asomarse, pronto llegaría más gente.

El interior del piso de la familia de Juliana estaba desordenado, con evidentes muestras de una pelea. Muebles rotos, vasos quebrados, libros tirados por todas partes, platos y loza hechos añicos en la cocina. Por supuesto, eso era lo menos relevante de la escena. En medio de la sala y tirado de pecho sobre la mesa de centro se dejaba ver el cadáver de un hombre de unos veinticuatro años, delgado y vestido de traje. Un balazo a la altura de la frente y otro en el cuerpo, sobre el corazón, habían vaciado la sangre del muchacho que escurría por el piso de parqué de prácticamente toda la habitación principal del departamento.

–No se mueva –me indicó Ginebra, pasando con cuidado al interior de la escena del crimen.

Me quedé quieto, revisando cada detalle del paisaje. No era primera vez que veía a un muerto. En mis años universitarios en Santiago de Chile había hecho la pasantía profesional en la sección policial de un periódico. Hice amistad con varios policías y me daban exclusivas, la mayoría de las veces con visitas a las escenas del crimen incluidas.

En una ocasión reporteé la historia de un tipo que tras ser asaltado fue golpeado y metido dentro del motor de una locomotora diésel que hacía el trayecto entre Santiago y San Bernardo, veinte kilómetros al sur de la capital de Chile. Allá lo encontró la policía uniformada. Cuando lo vi, era un cadáver del que quedaban huesos y jirones de carne, la piel y el cabello habían sido aspirados por el ventilador de la turbina de la máquina ferroviaria. Uno de los peritos forenses dijo que era probable que el desgraciado hubiese llegado vivo a San Bernardo y que muriese pocas horas antes de ser encontrado. Por años tuve pesadillas con la idea de sentir que te arrancan la piel con unas hélices metálicas mientras gritas y nadie puede oírte, mientras clamas que todo acabe luego y que la muerte venga a buscarte lo antes posible.

Junto al cadáver del policía, bajo la mesa de centro, estaba el casquillo de una de las balas usadas. Como Ginebra no me estaba mirando, me agaché y busqué con qué agarrarla; usé un mantel triangular que estaba tirado en el suelo, manchado en una de las esquinas con la sangre del muerto.

–¡Le dije que no tomara nada! –gritó Ginebra al percatarse de lo que acababa de hacer.

–Nueve milímetros, usada por un Heckler & Kosh USP semiautomática robada al Ejército del Aire español –le describí a la del FBI mientras le acercaba el mantel con la bala.

–Déjela ahí, junto al cadáver, y no vuelva a desobedecerme –me indicó.

–Fue Princess –dije–. Ella robó esa arma en el avión que nos trajo desde España.

–¡Silencio! –bramó la mujer de color al escuchar voces que venían desde el pasillo.

El conserje del edificio entró al departamento junto a la oficial Fabiola Cohen, que imaginé había oído el disparo desde la calle. Algunos vecinos también se acercaron y una señora ya mayor no pudo evitar gritar de horror al ver el cuerpo.

–¡Zúñiga! –exclamó Cohen al reconocer el cadáver de su compañero.

–Cohen, deje eso para después. Ahora saque a esta gente de la escena.

Fabiola tardó un poco en reaccionar, luego vi cómo tragaba aire y, ayudada por el conserje, que preguntó qué ocurría, comenzó a despejar el pasillo.

–¿Qué? –me preguntó Ginebra cuando volvimos a quedarnos solos con el muerto.

–Dígamelo usted. La organización de su padre está detrás de todo esto, ¿no?, el plan de «La cuarta carabela»...

–Miele...

–Agente Leverance, si vamos a trabajar juntos, no sigamos viéndonos la cara.

–¿Quién dijo que vamos a trabajar juntos?

–La acaban de joder, agente...

Ginebra no me respondió; traté de ser empático en adelante.

–En verdad nos acaban de joder a ambos –rezongué–. A pesar de nuestras diferencias tenemos un enemigo común. Usted tiene una misión oficial y extraoficial que completar, yo quiero escribir un libro, nada más. Además, yo sé dónde fueron Juliana y Princess...

–Hable.

Antes de decir una palabra, la puerta se abrió y Fabiola Cohen regresó a la escena del crimen.

–Ya llamé a los peritos y está todo listo para iniciar la búsqueda de las fugitivas, agente Leverance –afirmó la muchacha.

–Encárguese del muerto –ordenó Ginebra–, yo veo lo de las fugitivas. Quédese acá y avise al conductor del auto que ahora está bajo mi servicio.

–Pero pensé que yo era su guía en Buenos Aires... –tartamudeó la joven policía.

–Encontré con quien reemplazarla. Usted conoce bien esta ciudad, ¿verdad, señor Miele?

—Bastante —mentí a medias.

—¿Entonces?

—Entonces vamos a plaza San Martín —le dije mientras dejábamos a Fabiola Cohen sola con un colega policía muerto y ahora era yo quien se adelantaba por el pasillo del cuarto piso hacia el único ascensor del bloque. Dentro de uno de los departamentos se escuchó el sollozo de una mujer muy asustada mientras desde la calle subían los ecos de sirenas de radiopatrullas y ambulancias.

50

El pastor Hernán Mardones, rector del Seminario Teológico Bautista de Santiago de Chile, abandonó la oficina de la rectoría de su escuela y avanzó tres o cuatro pasos por el corredor que daba a las escaleras principales del establecimiento educacional y religioso. Volteó hacia atrás y por un segundo tuvo la idea de regresar y escuchar qué era eso tan privado que se estaba conversando en lo que se suponía era su despacho, mal que mal se entendía que no debía de haber secretos entre los hombres de Dios, más aún cuando no solo compartían credo, sino también funciones evangelizadoras para los Gedeones Internacionales. Eran todos parte de un fin y una misión, pero Mardones no había llegado y mantenido su puesto como educador cuestionador. Todo lo contrario, la rectoría del seminario la consiguió siendo dócil y teniendo muy claro que él no estaba en la misma línea que otros hermanos suyos, como ocurría ahora con Kincaid, Chapeltown y el doctor Sagredo.

La Biblia decía que todos los hombres, en cuanto siervos de Cristo, eran iguales, pero la Biblia estaba llena de verdades a medias. El educador entendía que Sagredo, a pesar de no ser pastor y carecer de estudios formales de teología, en el organigrama eclesiástico pesaba mucho más que él. De hecho, pesaba más que todos los ministros evangélicos misioneros y pentecostales de Chile. El doctor era un conocido cirujano, socio fundador de una de las clínicas más exclusivas del barrio alto de Santiago de Chile y participante de suficientes directorios empresariales como para apuntarlo, desde una perspectiva económica y de influencia, como un hombre poderoso. Y esa era la diferencia. Sagredo dominaba el arte de mover hilos y gestionar contactos, y así se las había arreglado para conseguir que en los últimos diez años prácticamente toda la comunidad evangélica chilena dependiera de él. Era el verdadero poder en las sombras y tanto Mardones como el resto de sus colegas pastores lo sabían; por lo mismo, entendían que respecto de sus acciones lo mejor era guardar silencio. Por lo demás, existía un segundo mandamiento implícito en el organigrama religioso: no levantar la voz contra quien firma los cheques de la obra de Dios.

El rector del Seminario Teológico Bautista avanzó por el pasillo y prefirió no seguir pensando en lo que sucedía en su oficina. No era su arena, mejor así. Ni siquiera tenía idea de quién era el individuo de acento español que acompañaba al médico y sabía que lo más sano era ni siquiera preguntar su nombre. Sabía, además, que Sagredo no se lo iba a revelar; a lo más diría «un socio» o «un amigo». Levantó la mano, llamó a uno de sus alumnos y le pidió que lo ayudara a llevar las maletas y el equipaje a la habitación de alojados en la casa pastoral.

El doctor Sagredo acababa de cumplir sesenta y seis años; los cuarenta primeros de su vida los pasó siguiendo la fe del Vaticano. Al cumplir los cuarenta y dos se convirtió al evangelismo, aceptando a Jesucristo como legítimo salvador una tarde de domingo de julio en el templo Cordillera de la Iglesia Alianza Cristiana y Misionera, ubicado en avenida Las Condes, a la altura del nueve mil, justo sobre la intersección con la autopista Kennedy en el sector de Estoril. Desde entonces se había hecho a sí mismo (y a su familia: devota esposa, tres hijos: dos arquitectos y uno abogado, y una hija recién casada) un activo e influyente cristiano, además de muy adinerado. Lo suficiente como para transformarse en uno de los pocos hermanos no nacidos en Estados Unidos que había sido llamado para integrar el grupo paraeclesiástico más importante al interior de la organización, que reunía a todas las congregaciones e iglesias surgidas a partir del protestantismo estadounidense. Además de los Gedeones Internacionales, tanto Sagredo como Chapeltown y Kincaid eran integrantes del National Committee for Christian Leadership, mejor conocido como La Hermandad o La Familia.

Sagredo conocía toda la historia de La Hermandad. Además de ser un apasionado por la misión, poseía una memoria prodigiosa. Leía cuanto documento cifrado le enviaban por correo electrónico, además de las biografías y ensayos que al menos cuatro veces al año le remitían sus compañeros de fe, sus hermanos en la promesa. Las memorias del ex senador republicano y actual pastor Chapeltown eran unas de las más completas, también las de Leverance, sobre todo lo que estas últimas subrayaban respecto de los estamentos políticos y educacionales de la organización. El doctor chileno sabía que La Hermandad había sido fundada en Cedars Manor –un barroco palacio en Arlington, Virginia, que aún era su principal sede– en 1935 por el reverendo Abraham Vereide. El comité podía explicarse como una logia que funcionaba al interior y por sobre la estructura eclesiástica de las iglesias evangélicas norteamericanas, reuniendo a sus fieles más influyentes y con mayor peso tanto social como político y económico. Oficialmente, su propósito era formar cristianamente a profesionales y futuros tomadores de decisiones a través de la educación, por lo que fomentaban cursos bíblicos y reuniones de oración en escuelas y universidades tanto públicas como privadas. A través de los años se habían mostrado como un grupo abierto que daba cabida a debates de todo tipo, por lo cual supieron con inteligencia mantenerse fuera de asuntos triviales como la oposición al matrimonio homosexual, criticando de manera abierta el conservadurismo de las iglesias del dogma pentecostal del evangelismo. Distinto había sido con el tema del creacionismo, dogma básico en su posición tanto ética como educacional y teológica. No solo lograron imponerlo en la educación primaria estadounidense, gracias a una efectiva campaña de manipulación moral y monetaria al interior del Congreso, sino también hicieron que fuera tema en los medios de comunicación, primer eslabón para exportar su estudio fuera de los Estados Unidos, especialmente a países del tercer mundo que mantuvieran tratados de libre comercio con el gobierno de Washington. «Dólares por ciencia bíblica», ha sido su lema de acción.

Por supuesto en la esfera privada, el origen y la existencia de La Hermandad se sostenía en otro propósito: ser la respuesta cristiana a las logias masónicas surgidas al interior de Yale y Harvard, y contrarrestar la cada vez más fuerte entrada de la Iglesia católica en los Estados Unidos a partir de la década de 1930, para de esta manera garantizar que todas las esferas de poder dentro del organigrama político, judicial y social de Washington D.C. quedaran bajo el amparo de la religión evangélica, garantizando que el origen de los Estados Unidos como nación consagrada a la sangre de Jesucristo se mantuviera pura a pesar de las arremetidas del ateísmo secular, el judaísmo y, sobre todo, del Vaticano, a quienes consideraban la enfermedad del viejo mundo y básicamente la extensión decadente del Imperio romano hasta nuestros días, la gran ramera de la cual hablaba el Apocalipsis.

Cada vez que un hermano era llamado a integrar las filas de La Hermandad, era iniciado en un ritual cerrado basado en el episodio del Antiguo Testamento en el que Abraham era convocado por Dios a sacrificar a su hijo Isaac. Si el sacrificio era simbólico o real eso es parte de alguno de los mitos que siempre han circulado alrededor de esta agrupación. Aunque su funcionamiento es secreto, se sabe que anualmente sus doce miembros más importantes, conocidos como «los doce apóstoles», acuden a un evento público llamado Desayuno Nacional de la Oración que se celebra en Washington D.C. y en el cual han participado todos los presidentes estadounidenses desde Dwight D. Eisenhower en 1953 hasta el actual mandatario, con la excepción de John F. Kennedy, que se excusó por ser católico.

En 2002, el periodista y escritor Jeff Sharlet se infiltró al interior de La Hermandad para hacer públicos sus secretos. Su investigación, difundida por televisión a través de NBC, comparó el actuar y funcionamiento del grupo con el de Hitler, Lenin y Mao. Sharlet sostuvo que la cabeza de esta cofradía estaba formada por un triunvirato que justificaba su actuar en gobernar de la misma manera como la tríada Hitler, Himmler y Goebbels hicieron en el III Reich, es decir, coordinando como un solo poder central las esferas políticas, sociales y religiosas a través de un todo que apuntaba a la manipulación efectiva del lado espiritual tanto de los miembros activos de La Hermandad como del pueblo de los Estados Unidos. El trabajo de Sharlet hacía referencia a textos en los que los mensajes y enseñanzas de Jesús eran redactados a la manera de un manual de instrucciones, que recordaba mucho los textos de formación que se le entregaron a la Guardia Roja durante la Revolución china en 1949. El periodista y escritor no tuvo reparos en comparar el funcionamiento interno de La Hermandad con regímenes autoritarios basados en el carisma de sus líderes, como la era de Stalin en la Unión Soviética, Fidel Castro en Cuba o los ayatolah en Irán, espejos bastante fuertes, pero que se justificaban en la andanada de datos con los que Sharlet compuso su trabajo. Finalmente, aunque el reportaje fue emitido por NBC, días después, el directorio de la cadena estadounidense debió pedir disculpas por calumnias e inexactitudes que entre otras cosas le costaron el puesto a Sharlet, quien sin embargo supo continuar su carrera en el periodismo de investigación en medios como *Harper's Bazar* y *Rolling Stone,* además de publicar libros de no ficción relacionados con la política interna de los Estados Unidos, el más famoso de todos es precisamente *The Family: The Secret Fundamentalism at the Heart of American Power,* publicado por HarperCollins en 2008, en el que extiende lo desarrollado para NBC, concluyendo que aparte de las políticas de control teológico del gobierno de Washington, en los últimos años La Hermandad se ha volcado hacia un fin aún mayor, lo que él define como una guerra santa por hacer que el evangelismo estadounidense tome autoridad sobre toda religión cristiana, lo que comienza y termina por desprestigiar y acabar con el Vaticano, destruyendo sus dogmas más preciados, como la comunión por los santos, la figura del Papa y, sobre todo, la devoción por la Virgen María, que ellos definen como el mayor fraude de toda la historia cristiana y la prueba definitiva de la idolatría de Roma. Por supuesto, ni el Vaticano ni la directiva de La Hermandad respondieron a las acusaciones del periodista y escritor.

No era necesario, las sombras que les han servido por más de setenta años para proteger sus acciones seguían allí y eran más útiles que largos juicios que solo darían más atención a un libro que en rigor no iba a leer nadie.

En el despacho principal de la rectoría del Seminario de la Iglesia Bautista de Santiago de Chile, el doctor Agustín Sagredo, diácono mayor del templo Cordillera de la Alianza Cristiana y Misionera, y miembro de Gedeones Internacionales y de La Hermandad, miró a sus tres interlocutores y les dijo:

–Entonces –hizo un alto y respiró corto–, ¿les parece que comencemos con nuestros temas? El Hermano Anciano ha insistido en que debemos optimizar nuestro tiempo y hay mucho que pensar antes de actuar. Me gustaría iniciar la conversación con lo de José Miguel Carrera.

El reverendo y ex congresista Andrew Chapeltown de Austin, Texas, asintió.

51

–¿En el Kavanagh? –me preguntó el aspirante a oficial de la Metropolitana que conducía el Ford Focus III.

–Sí, puede esperarnos afuera del vehículo.

–Es un vehículo oficial.

–¿Qué es el Kavanagh? –preguntó Ginebra en inglés…

–El edificio blanco y grande en forma de pirámide que está al otro lado de esta plaza –le indiqué mientras el sedán daba la vuelta alrededor del parque San Martín.

Entre una lluvia de bocinas de taxis y autos particulares nos detuvimos ante el pórtico del que alguna vez fue el rascacielos de hormigón armado más elevado del mundo. Descendí primero y le pedí a Ginebra que me siguiera. En el vestíbulo, tras la mesa de conserjería, nos detuvo el mismo señor de cuidado uniforme que me había parado ayer por la mañana.

–Buenas tardes –saludé–, no sé si me recuerda, pero voy al piso 19, donde la abuela del señor Andrés Leguizamón.

–Si no tiene clara la identidad del dueño del departamento no lo puedo dejar pasar.

–Pero ayer…

–Ayer me encargaron…

–Suficiente –cortó Ginebra en español y enseñó su doble identificación como agente del FBI y de la Interpol–. Si le parece podemos hablar con el comisario Barbosa, de la Metropolitana.

El conserje miró a un compañero que se había parado junto a las puertas de los elevadores.

–No quiero problemas –dijo enfáticamente–. Es el 19A y la señora se llama Josefina.

–Gracias –le respondí en una reacción tan amable como gratuita, mientras Ginebra se adelantaba hasta el ascensor y el muchacho que cuidaba las puertas no apartaba sus ojos de las generosas caderas de la policía norteamericana.

–Se parece al Chrysler –comentó Leverance mientras subíamos al 19, y creo que fue lo primero amable y fuera del caso que le escuché decir desde que nos habíamos conocido hacía poco más de una semana en una sala de interrogatorios del aeropuerto JFK de Nueva York.

–Son de la misma época, arquitectos masones –sonreí.

No respondió.

Las puertas se abrieron y bajamos en el piso 19 del rascacielos. Ella miró las letras sobre las puertas de los distintos apartamentos y trató de encontrar un orden lógico que la condujera al A.

–Por acá. –La guié hacia el ala oriente, en dirección a la puerta que cerraba el pasillo y daba al amplio espacio en forma triangular donde vivía la abuela del escritor argentino.

–¡Ya va, ya va! –se escuchó desde el interior la voz de una mujer joven que no correspondía al tono de la dueña de casa.

La puerta se entreabrió, manteniéndose fija con la cadena de protección, y en el espacio apareció el rostro de una mujer de unos treinta y tantos, que usaba el pelo tomado y vestía como mucama.

–¿Busca? –preguntó.

–Soy amigo del señor Andrés. ¿Estará él o la señora Josefina?

–Espere. –Y cerró la puerta.

Miré a Ginebra, quien tenía la mirada fija, como petrificada. Los postigos de la puerta volvieron a escucharse desde el interior y la puerta se abrió, esta vez la señora Josefina de Leguizamón estaba de pie bajo el arco de la entrada a su departamento.

–Pasá, no te quedés afuera. Tu amiga también –invitó la anciana, conduciéndonos luego al amplio salón que daba hacia el estuario del Río de la Plata.

–¿Té, café? –nos ofreció.

263

—No, no se moleste, no creo que sea una visita muy larga. Buscamos a Andrés.

—Oh, él me dijo que te había dejado con unos amigos.

—Sí, eso fue ayer… –respondí impaciente–. Es muy importante encontrar a Andrés hoy, ahora; si pudiera darme su dirección…

—Por supuesto, siempre la olvido, esperá que él la dejó anotada en algún lado, creo que en un papel en la nevera. Si me permitís, ¿seguro que vos y tu amiga no quieren nada?

—Seguro.

La anciana salió de la habitación y al poco rato regresó trayendo un papel doblado que acercó a mi mano derecha apretándolo con una mezcla de cariño y deber dentro de mi puño.

—Caseros con San Martín, a la altura del 1100 –dijo–, no recuerdo el número del apartamento, pero no te será difícil averiguarlo. –Sonrió.

—Eso es cerca –comenté.

—No tanto –sumó la anciana–; en todo caso, Andrés no está allá, se fue con tus amigas.

Ginebra se acercó.

—¿Amigas? –pregunté.

—Andrés me dijo que eran amigas tuyas, vinieron hoy temprano. La más piba me llamó la atención, vestía como muñeca y hablaba bonito, un español cantado mezclado con inglés británico.

—Princess…

—No lo sé, no dijo su nombre.

—¿Y sabe a dónde fueron?

—No, pero Andrés me dijo que se iba con ellas y que no iba a regresar pronto.

Imagino que la señora de Leguizamón no tenía que ser muy brillante para notar que mi cara había cambiado completamente con lo último que me dijo.

—¿Hace cuánto rato fue eso?

—A eso de las nueve de la mañana.

–Gracias, señora Josefina. Gracias por todo –me detuve–. Una cosa más: si Andrés volviera pronto, ¿podría pedirle que se comunicara al teléfono de –miré a Ginebra– mi amiga? ¿Puedes dárselo?

–Claro –dijo la agente y luego dictó una cifra compuesta de diez números, repartidos en un conjunto de dos y un par de cuatro.

–Mi nombre es Ginebra Leverance –habló con lentitud para que la señora recordara su nombre.

–¿Me permite ir por un lápiz para anotarlo?

–Descuide, tome. –Y le alcanzó una tarjeta de presentación.

–FBI –leyó la anciana en la tarjeta–, es como de las películas.

–Sí –agregó la mujer policía–, como de las películas.

Tras despedirnos y volver a negarnos ante la oferta de un té o café, regresamos con Ginebra al corredor del piso 19 del Kavanagh.

–Son la una y media de la tarde –dijo, mirando su teléfono–, nos llevan cuatro horas de ventaja. ¿Leguizamón te dio la ubicación de las manos de Domingo?

–No, no sabe dónde están, pero tiene ideas cercanas a su ubicación.

–¿Algún cementerio o templo masónico de Buenos Aires?

–Ni lo uno ni lo otro, las manos de Domingo no están en Buenos Aires, el código no se refiere a las manos de Perón. De hecho, tengo una mala noticia. Lo más probable es que Juliana, Princess y Andrés estén muy lejos de Buenos Aires, volando quizás a Santiago de Chile.

Ginebra se cruzó en mi camino justo antes de llegar a las puertas del ascensor, exigiendo con su cuerpo que le diera una explicación.

–Me equivoqué –confesé–, lo de las manos de Domingo grabado en la espalda del cadáver de Javier Salvo-Otazo no hacía referencia a las amputadas manos de Domingo Perón, que de hecho poco y nada tienen que ver con la Logia Lautarina, que es el tema detrás de *La cuarta carabela,* sino a las manos de Domingo French, miembro de la Logia Lautarina del Río de la Plata, que además de militar era pintor. Diseñó la escarapela de Argentina y dio a O'Higgins la idea de la estrella solitaria para la bandera definitiva de mi país. Sus manos no fueron amputadas, sus manos hicieron cosas. Bernardo O'Higgins en la espalda de Bane Barrow, Domingo French en la de Javier Salvo-Otazo. Si sumamos uno más uno, las pistas llevan a Santiago de Chile.

Ginebra Leverance se quedó en silencio y presionó el botón de llamado del ascensor. Bajamos callados hasta el vestíbulo y sin saludar al portero apresuramos el paso hasta el vehículo policial que aún esperaba afuera del edificio, aunque ahora la sirena institucional puesta sobre el techo del Ford había dejado de sonar y con ello los reclamos de los otros autos que circulaban alrededor de la plaza San Martín.

–¿Entonces? –nos preguntó el conductor.

–A la central de la Policía Metropolitana –contestó Ginebra desganada, imaginando quizá de qué manera Princess y Juliana se las habían ingeniado para salir de Argentina rumbo a Chile. Infiero que no meditó demasiado, a estas alturas estaba claro que alguien, dentro del grupo para el que ella supuestamente trabajaba, se la estaba jodiendo. Alguien cercano a su padre o tal vez su propio padre. Amaba al reverendo Leverance, pero sabía muy bien lo que era capaz de hacer, lo tenía claro desde el día en que había cumplido dieciséis años.

–No –detuve al oficial, sacando del bolsillo de mi chaqueta el papel que me había pasado la abuela de Andrés–, llévenos a Caseros con San Martín, a la altura del 1100 –leí en voz alta.

–Leguizamón no está en su casa, ya lo sabemos –cortó Ginebra.

–Lo tengo claro, pero tras la conversación que ayer tuve con Andrés creo que pudo…

–Señora –nos detuvo el suboficial a cargo del vehículo–. Caseros con San Martín no existe y además San Martín altura del 1100 es imposible, eso da por… Malvinas Argentinas.

–¿Está seguro?

–Mucho, conozco esa ciudad como la palma de mi mano, ¿por qué cree que me escogieron para llevarlos?

–Necesito tu teléfono –le pedí a Ginebra.

–Tiene control de huella digital, ¿qué necesitas? –me devolvió ella.

266

–Ingresa a Google –le pedí– y escribe Caseros con San Martín 1100.

Me pasó el teléfono.

–Está desbloqueado –me indicó, le faltó añadir que su español escrito era deficiente.

Agarré el móvil y tecleé rápido…

–No es Santiago de Chile –dije, mirando a Ginebra–. Andrés las lleva en una pista falsa, nos dejó con su abuela la verdadera... Pero necesitamos salir rápido de Buenos Aires –agregué, enseñándole a Leverance en la pantalla de su teléfono que la intersección señalada por Leguizamón era la ubicación del Cementerio General de la ciudad de Mendoza.

Santiago de Chile

52

El coronel retirado del Ejército del Aire de España Luis Pablo Bayó Salvo-Otazo se acercó a la ventana del despacho y corriendo un poco el velo de la cortina miró hacia la calle. Apretó sus dientes y recordó la primera vez que había estado en Chile, en 1994, como parte de la delegación oficial de su país para FIDAE, la Feria Internacional del Aire y el Espacio, un exposición de armas y aviones que realizaba la Fuerza Aérea de Chile, y a la cual regresó ocho años más tarde como parte de la embajada europea encargada de negociar la compra del Eurofighter Typhoon por parte de la rama del aire de las Fuerzas Armadas de Chile. Era un buen contrato, pero finalmente los locales se inclinaron por el F-16 norteamericano. Gran error, aunque el F-16 era un gran avión de combate, sus prestaciones eran solo de tercera generación, mientras las versiones recientes del Typhoon lo acercaban a la cuarta con características stealth que lo igualaban a los F-22 y F-35 estadounidenses, por supuesto sin lo del despegue corto y aterrizaje vertical de este último. Recordó y pensó cómo se movían las mareas, jamás imaginó que su tercera venida a Chile tuviese que ver con los negocios de un grupo religioso vinculado al evangelismo de Washington D.C., menos en todas las vueltas que había tenido su vida en el último año, propiciadas por las agradables manipulaciones de su prima política Juliana de Pascuali. Meditó sobre cuántas veces había querido salir del laberinto, sobre las largas conversaciones, sobre los potenciales «última vez» dichos en una cama desarmada, sobre las verdades a medias de un lado a otro, sobre los depósitos con muchos ceros en su cuenta corriente, y entendió que en la actual aritmética de las cosas ya era imposible un «no más».

Tampoco quería un «no más».

Dejó de mirar en dirección a la calle y se volteó hacia el resto de los presentes en la rectoría. Lo que hablaban no era de su área ni de su conocimiento, pero aun así le pareció interesante. El médico chileno y los «misioneros» gringos hacían referencia al pasado de Chile, ese de principios del siglo XIX, y de un plan para hacer pública en el país la idea de que sus padres fundadores y principales héroes no eran católicos. Entendió que era el primer paso para desestabilizar el rol y el poder del Vaticano en la región, y aunque sabían que no era un arma definitiva contra los curas, tenían claro que resultaba una buena andanada para una guerra no declarada en la cual el enemigo no solo no estaba preparado, sino que era incapaz de reaccionar. Como un viejo dinosaurio herido, el catolicismo se arrastraba hacia su tumba siguiendo un cuidadoso plan que La Hermandad había comenzado en 1935 y que a fines de la segunda década del siglo XXI iniciaría su camino hacia la victoria definitiva desde el país más austral del orbe.

Bayó distinguió el nombre de un tal José Miguel Carrera en la conversación y los documentos que el doctor Sagredo revisaba. Entendió que era un aristócrata chileno, hijo mayor de una familia distinguida de criollos descendientes de españoles que se había convertido en uno de los protagonistas del proceso de independencia de Chile, que había liderado la llamada Patria Vieja y que junto a Bernardo O'Higgins, a quien recordaba de las conversaciones de Juliana y de Elías Miele en Toledo, eran los nombres más importantes de la guerra de emancipación de la colonia hispana desarrollada entre 1810 y 1818. Comprendió además que Carrera era una figura más bien trágica, que fue traicionado por sus iguales, que terminó convertido en bandolero en Argentina y que por orden de la Logia Lautarina, cuyo funcionamiento ya le era familiar, él y sus cercanos habían sido prácticamente exterminados. Pero, sobre todo, entendió que lo que más le interesaba a Sagredo y a sus socios era lo referente a la estadía de Carrera en Estados Unidos en 1816, gracias a la ayuda y la influencia de su amigo Joel Robert Poinsett.

Poinsett conoció a Carrera en 1811 cuando arribó a Santiago en carácter de cónsul del gobierno estadounidense, enviado por el presidente James Madison. Pero aparte de diplomático y político, Poinsett era además «Hermano Anciano Gobernante» de la Primera Iglesia Presbiteriana de Charleston, Carolina del Sur. Durante sus dos años de estadía en Chile, Poinsett habló del mensaje de Cristo a Carrera, quien a pesar de subrayar que la religión imperante en Chile sería la apostólica romana, se sintió especialmente conmovido por el mensaje de esperanza de su amigo y la idea de la buena nueva de la fe evangélica. No menor era la admiración que el gobernante sentía por el gran país del Norte, donde, de acuerdo a las palabras del cónsul y ahora amigo, la clave para lograr la independencia había sido el carácter menos conservador y más liberal de la religión evangélica. «De ser católicos aún seríamos colonia inglesa», recalcó en variadas ocasiones Poinsett.

Años más tarde, en abril de 1815 y tras la caída del general Carlos María Alvear, su gran aliado en las Provincias Unidas del Río de la Plata, futura Argentina, Carrera se vio obligado a autoexiliarse en los Estados Unidos. Acogido por Poinsett en Filadelfia, el caudillo chileno entró en contacto con el secretario de Estado, James Monroe, y el presidente de los Estados Unidos, James Madison, a quienes pidió su ayuda para el proceso independentista de Chile. Sin embargo, tanto Monroe como Madison se negaron a dar un apoyo oficial, a pesar del compromiso de Carrera de otorgarle a los Estados Unidos el control del comercio y las exportaciones en la futura nación libre. Atribulado, logró ser aceptado al interior de la logia masónica de San Juan 1 de Filadelfia, parte de la Gran Logia de Pennsylvania en la que también expresó sus necesidades a los hermanos, refiriéndose a la obligación de unir el grupo con las Logias Racionales de Lautaro que se habían establecido en el sur del continente. Pero los recursos pedidos eran demasiado elevados y los integrantes de la San Juan 1 le dieron la espalda, presumiblemente manipulados por cartas remitidas desde Mendoza por el general José de

San Martín, director de la Logia Lautarina del Ejército de los Andes, que se refirió a Carrera como un traidor.

Desolado y otra vez sin apoyo, Carrera volvió a encontrar refugio en la amistad de Poinsett y su familia, quienes además lo invitaron a vivir con ellos y a compartir el abrazo de la fe en Cristo hombre. Carrera nuevamente se sintió conmovido por el mensaje evangélico y no tardó en aceptar a Jesús como su legítimo salvador, siendo bautizado como hijo de la promesa en la Primera Iglesia Presbiteriana de Charleston en julio de 1816.

–11 de julio de 1816 –leyó en voz alta Sagredo.

–Es lo que dice el acta de la iglesia de Charleston que usted tiene en sus manos, hermano –recalcó Chapeltown.

–Entonces, Carrera consagró su misión libertadora a la voluntad de Cristo.

–Continúe leyendo.

–Y en la guía de Dios, Carrera logró los recursos y la ayuda para crear su propia escuadra libertadora –dijo Sagredo en voz alta.

–Cuatro barcos, armas y soldados, los cuales pidió que un ministro presbiteriano consagrara a la obra de Dios en el puerto de Filadelfia –sonrió el ex senador y hombre de fe.

–Gloria a Dios –exclamó el médico chileno.

–Amén –repitieron los estadounidenses.

Sin embargo, la misión de Carrera partiría demasiado tarde, y cuando su escuadra libertadora arribó a Buenos Aires el 9 de febrero de 1817, se encontró con la noticia de que en Mendoza sus adversarios políticos, San Martín y O'Higgins, ya habían iniciado el cruce de los Andes para liberar a Chile. Aunque en un inicio Carrera se deprimió, gritó y condenó su destino, argumentado a su hermana Javiera que San Martín no iba a independizar Chile, sino a conquistarlo para establecer un gobierno ateo y anticristiano a cargo de la Logia Lautarina; luego, con más calma, pidió que lo dejaran solo, permaneciendo dos días en retiro y meditación junto al pastor presbiteriano que trajo consigo desde Filadelfia.

Cuatro años más tarde, el 5 de septiembre de 1821, en la ciudad de Mendoza, estando en su celda a la espera de su fusilamiento, le fue llevado a José Miguel Carrera un sacerdote católico para que le otorgara la extremaunción, pero Carrera se negó a aceptarlo, argumentando que no necesitaba de un cura ni de interacción humana, pues él ya se encontraba cerca del Señor Jesucristo; que se había arrepentido de sus pecados y estaba listo para, en la voluntad del Espíritu Santo, entrar al reino de los cielos.

–¿Los originales con estos datos? –preguntó Sagredo.

–Serán enviados desde Filadelfia y Atlanta cuando todo este proceso termine –respondió Kincaid.

–Los historiadores locales que usted ha contratado tendrán material concreto con el cual trabajar y hacer pública esta investigación, hermano Sagredo –completó el reverendo Chapeltown–. Lo importante es que la Iglesia evangélica chilena se concentre en esta misión y deje de estar haciendo el ridículo en asuntos ordinarios. Usted debe saber que no estamos muy contentos con las declaraciones de algunos hermanos pentecostales a los medios respecto de temas de educación y legislación en asuntos del matrimonio igualitario y el derecho de adopción de los homosexuales.

–Costará, pero créame, estamos tomando medidas contra nuestros hermanos pentecostales –acentuó.

–Los pentecostales nunca nos han preocupado, son nuestros payasos utilitarios; me parece más grave cuando hermanos de congregaciones misioneras opinan de estos temas, cambiando el eje de atención de lo que realmente nos interesa.

–Créame, pastor, eso se soluciona de dos maneras. Cortando el envío de cheques o enviando alguno que otro bono extra.

El senador retirado del Partido Republicano estadounidense sonrió.

–Bueno –dijo luego–, nosotros hemos cumplido con nuestra parte…

Sagredo miró a Bayó. El español se acercó al escritorio y se ubicó por delante del médico chileno.

–Mi inglés no es bueno –partió excusándose–, pero deben saber que nuestra gente ya viene camino a Santiago. Encontraron un buen reemplazo para el escritor, no seguiremos perdiendo el tiempo. Hace una hora me comuniqué con ellas y logré meterlas dentro de un vuelo de la Fuerza Aérea de Chile. Calculo que el LearJet que las trae debiera estar aterrizando en los próximos minutos…

–¿Y el señor Miele?

–De él y de la hija del reverendo Leverance también nos hemos ocupado. No se preocupe, no habrá más muertos… si esa es la voluntad del Señor.

–¿Y si Miele y Ginebra logran entrar a Chile? –insistió Kincaid.

–En ese caso continuaremos con el plan A. El escritor tiene muchos puntos vulnerables en este país.

–Por su situación judicial –interrumpió Sagredo.

–No, doctor, por su hija.

Buenos Aires, Argentina

53

Los tres turbofans Aviadvigatel D-21A1 de fabricación rusa empujaron en línea recta los casi sesenta mil kilos de peso del Sukhoi-Gulfstream S-21 desde una de las pistas del aeropuerto internacional de Ezeiza hasta los veinte mil metros de altura que era el techo necesario para alcanzar la velocidad crucero. El jet ejecutivo supersónico, propiedad del FBI, se tambaleó un poco cuando las ruedas del tren de aterrizaje fueron plegadas al interior del fuselaje, pero luego, a medida que iba acelerando, se deslizó con la tranquilidad de un avión de papel arrojado contra una corriente de aire. Aunque la aeronave era capaz de superar los dos mil quinientos kilómetros por hora, por petición de la dirección aeronáutica argentina no debíamos de exceder los mil cuatrocientos kilómetros por hora, es decir, poco más de Mach 1, todo para no confundir a los controladores aéreos que podían informarnos como tráfico militar no autorizado. A pesar de ello, con esa prestación íbamos a alcanzar Mendoza en cuarenta minutos, bastante menos que haciéndolo en una nave convencional.

Mi primer vuelo sobre la velocidad del sonido y apenas percibí el estampido producido al atravesar la barrera, un delicado trueno que se estiró desde la punta hasta la cola de la nave y que no duró más de dos segundos. De niño pensé que iba a ser más emocionante; supongo que entonces la fantasía de cruzar el Atlántico en el Concorde o pilotear un F-14 Tomcat venía con más efectos especiales.

—¿Puedo terminar mi pizza? —pregunté cuando el capitán de la nave nos indicó que ya estábamos a la altitud de vuelo requerido y nos autorizó a desabrochar los cinturones de seguridad.

Teo Valenti, el agente especialista en informática del FBI y único del equipo de Leverance, fuera de los pilotos que vinieron con nosotros desde Buenos Aires, me respondió:

–Adelante. ¿Está buena? –agregó con amabilidad–. La pedí a los argentinos, tal cual usted me indicó.

–No sé si está buena o si yo moría de hambre –respondí. Era verdad, esa pizza con doble queso, pepperoni y tomate era lo primero sólido que comía desde que Ginebra Leverance había ido por mí al barrio de El Tigre hoy temprano en la mañana.

Once y media de la noche y la aventura recién comenzaba.

–¿Y qué le parece? Le dije que iba a sorprenderse –continuó Valenti, indicándome el estilizado interior de la nave.

–Es mi primera vez arriba de uno de estos, pero no estoy tan sorprendido. Sigo casi todas las publicaciones de alta tecnología, por lo que sabía que los S-21 estaban volando; de hecho, usé un par de estos aviones en mis dos novelas anteriores.

–Lo sé, leí *La catedral antártica*. El avión privado de Omen, que roba y luego estrella Ned, el canadiense, contra el *Nautilus*... La jefa me hizo leerla.

–¿Un pedazo de pizza? –lo invité.

–No, gracias, ya comí.

–¿Ginebra? –Le mostré lo que quedaba de la pizza a mi ahora nueva aliada, otra vez tratándola con formalidad.

–Gracias, no como después de las ocho de la noche.

–¿Entonces hoy no comió?

–A veces no como –respondió mientras continuaba sumergida en un computador portátil

El álgebra de las cosas. Tras entender que Princess y Juliana nos habían jodido a ambos, Ginebra Leverance solo sumó las cifras de la ecuación y no le fue difícil deducir que la única variable que le permitiría resolver el enigma era yo. Claro, por supuesto, era un trato momentáneo que iba a terminar cuando todo el enredo se aclarara, si es que eso sucedía. Teníamos una pista. Andrés se había llevado a nuestras ex aliadas a Santiago de Chile siguiendo una interpretación incorrecta de aquello de «las manos de Domingo», aunque antes de hacerlo se las había ingeniado para que nosotros averiguábamos que el paso siguiente no estaba en mi ciudad de origen, sino un poco más cerca, en Mendoza, ciudad significativa en todo este inmenso tablero; después de todo, allí se fraguó el plan de la Logia Lautarina para la liberación de Hispanoamérica.

–Entonces, ¿ya no soy fugitivo? –le pregunté a la agente del FBI.

–Mientras estés conmigo no –me respondió ella–. Tres horas después, tras una ducha y un cambio rápido de ropa, estaba junto a Teo Valenti en un auto de la Federal argentina rumbo a Ezeiza, donde nos reuniríamos con ella para volar hacia la cuarta ciudad más grande de la República Argentina.

–Valenti –llamó Ginebra, indicándole a su subordinado que le dejara su lugar en el asiento enfrente mío y se retirara hacia el rincón más apartado de la cabina de pasajeros. El resto del equipo del FBI se había quedado en Buenos Aires a la espera de nuevas órdenes.

–Sí, señora –dijo el joven experto en tecnología, y tras levantarse de su puesto caminó hacia la sección posterior del avión.

–Lo que le pedí –lo interrumpió ella.

–Acá está. –Y le pasó un teléfono que por fuera no era muy distinto a un Samsung de la última serie Galaxy, diseñado para correr con Android.

–Gracias –dijo ella, revisando el aparato. Luego me lo entregó.

–Necesitas uno –fue cortante, aunque luego se justificó–. Y yo también necesito que lo tengas.

–No voy a perderme, y si lo hiciera podría deshacerme de este aparato.

–Digamos que no es lo que parece. La marca y el modelo son solo un favor de fábrica, por dentro es una petición especial del FBI, la CIA y la NSA. Por ejemplo, la carcasa entera es un sistema de sonar. Si lo abandonas, se activa una señal de radio que nos permitiría peinar rápido el área cercana.

–Tú y él. –Sonreí.

–Yo y él –me devolvió–. También escanea el ADN del usuario, es como llevar un collar de detención.

–¿Podrían robármelo?

–Sería desafortunado para el ladrón, perdería su mano en diez segundos.

Era en serio.

–Entonces tenemos un trato y yo cumplo mis promesas –le dije mientras movía el dedo sobre la pantalla y el teléfono me pedía la clave de acceso. Ginebra me la dio y me pidió que la memorizara. Era fácil, la recordé de inmediato.

–Es un número secreto y codificado, nadie más allá de nosotros podrá rastrearte ni saber que eres tú quien llama.

–¿Aparezco como número privado o con una IP satelital falsa?

–Como ambos. El sistema arma cifras al azar sin seguir patrones lógicos relacionados con el verdadero número del teléfono y las distribuye en forma de árbol por diversos servidores, como si una sola llamada hubiese sido emitida desde diez partes distintas al mismo tiempo. Y viceversa. Además, opera con un software de hielo ZRTP que encripta y desencripta cualquier clase de llamada: audio, visual o escrita.

–La cámara también corre por el ZRTP.

–Bien informado; si alguien lograra colgarse de ella, solo vería píxeles de colores, ni siquiera algo remotamente parecido a un rostro. Por seguridad, solo mi móvil estará enlazado con el tuyo.

–El inicio de una bonita relación.

Logré que sacara una sonrisa.

–Permiso –dije y acabé el último trozo de pizza. Luego cerré la caja y la dejé sobre el desocupado asiento que tenía delante. Abrí la lata de Pepsi Light y bebí un primer sorbo. Si hay algo que odio de Buenos Aires es que sea tan complicado encontrar Coca-Cola; debe ser de los únicos lugares del planeta donde la Pepsi es más popular.

–Ginebra –dije, cuidando que Teo Valenti no nos escuchara–, si vamos a seguir en esto juntos…

–Hasta dar con Valiant y De Pascuali –aclaró ella rápido.

–Hasta cuando sea –corté y luego insistí–. Si vamos a seguir en esto juntos, necesito saber todo sobre *La cuarta carabela*…

–Es el libro que tú, Bane Barrow y Javier Salvo-Otazo escribían –respondió con sorna.

–Un libro que alguien escribió antes y que tengo navegando en un *hemoware* por mi torrente sanguíneo, y que si sumo y resto todas las partes, me parece que lo más lógico es que fuera inyectado por La Hermandad o como sea que se llame la organización que dirige tu padre.

–¿De dónde sacaste eso?

–Uno: el tema del libro. Dos: que soy incapaz de saber de qué se trata a menos que me siente a escribirlo. Tres: que precisamente seas tú la encargada de la investigación. O quizá de proteger al escritor encargado de terminar la obra; mal que mal, ya perdieron a un par. No creo en tantas casualidades. Cuatro: provengo de una familia evangélica chilena y amo las conspiraciones relacionadas con mi religión de formación. Somos hermanos de fe, hijos de la promesa, como imagino tu padre ha de haberte enseñado –arrugué mi mirada y luego cerré los ojos–. Amén.

Ginebra se quitó los anteojos de lectura que llevaba puestos desde que abordamos el avión, luego apartó la caja de pizza del asiento delantero y sentándose en él lo giró hacia mí, para que quedáramos frente a frente, como en un vagón de tren europeo.

–Es verdad –dijo–, La Hermandad te está usando para sus propósitos y se suponía que tanto Princess como Juliana y yo debíamos protegerte. Ya perdimos a Bane, nuestra arma principal, y a Javier, «la segunda carta» –supuse que «carta» era la clave con la que nos identificaban–; no podíamos darnos el lujo de que se encargaran de ti…

–¿Quiénes?

–Lo ignoramos –continuó en plural–, pero siempre tuve mis sospechas. Soy buena en lo que hago y que Princess y Juliana nos traicionaran solo confirma que estaba en lo correcto.

–Enemigos internos.

–Exacto, La Hermandad tiene la fantasía de que su gran enemigo ancestral es la Iglesia católica, aunque mi padre tiene muy claro que las verdaderas víboras son internas. Fariseos con intereses propios, hay mucho poder en juego, mucho que ganar.

–O que perder –no me contestó–. Imagino que ya le avisaste a tu padre acerca de cómo han cambiado las cosas.

–Sí.

–¿Y?

–Estoy cumpliendo sus órdenes. –Apuntó al teléfono que me había pasado.

–Entiendo lo de Bane. Qué mejor para difundir un mensaje que usar al escritor más vendido del mundo; también lo de Javier, es el más exitoso en habla hispana. ¿Pero yo? Hay muchos más clones de Barrow que me superan en ventas y éxito…

–Sí, pero ninguno de ellos era conocido de Juliana de Pascuali.

Por supuesto, cómo no lo había visto.

–*La cuarta carabela*, ella es la escritora fantasma, ¿verdad? –dije.

–No es tan difícil llegar a esa conclusión. Claro, si se tienen todas las piezas del ajedrez –añadió ella.

–Yo no las tengo todas.

–Pero eres inteligente.

Le regresé una sonrisa. Afuera la luna brillaba grande sobre el horizonte y a lo lejos, bajo el cielo despejado y con estrellas de la primera semana de marzo, empezaban a distinguirse las formas de la cordillera de los Andes. Por primera vez en una década tan cerca de casa. Las luces de una gran ciudad destellaban hacia el norte. Calculé que debía de ser Córdoba o alguna otra urbe cercana.

–Juliana estuvo en Londres la noche que mataron a Bane –dije.

–Lo sé, yo le ordené que fuera. Ella y Princess iban a cuidar que todo saliera bien.

–Lo que no ocurrió. –El sarcasmo fue a propósito.

–¿Crees que Juliana mató a Bane y luego a su marido?

–No he dicho eso.

–Pero lo crees. No eres policía, Elías, solo escribes y desde esa perspectiva debo decirte que concluyes demasiado rápido.

–No, solo pienso desde la mirada más lógica de todas.

–Bueno, desde esa mirada lógica que dices, dejaste pasar otra opción.

–¿Cuál?

–Que el asesino sea la persona para la cual ellas trabajan, porque solas no están en este juego.

–Luis Pablo Bayó está en Santiago.

–¿Cómo así? –saltó ella.

–El primo de…

–Sé quién es el señor Bayó, te pregunto cómo sabes que está en Santiago.

–Yo también tengo buenos aliados que pueden conseguir información de manera segura –imité su tono de voz–. Bayó viajó con nosotros desde Madrid, lo hizo sin que… bueno, sin que yo me percatara. No bajó en Montevideo, sino en Asunción, con las unidades mercenarias españolas. No estuvo ni un solo día en Paraguay, tomó de inmediato un vuelo a Santiago de Chile.

–¿Estás seguro?

–Mi fuente es buena.

–El señor Sánchez.

–Mi fuente es buena –recalqué.

–Bayó en Santiago, su prima política también –pensó en voz alta–. El enemigo interno –suspiró como derrotada.

–Repites e insistes en aquello del enemigo interno, que sumando y restando me parece bastante razonable. Pero creo que pasas por alto que también puede tratarse de un infiltrado, de ese gran enemigo del que siempre habla La Hermandad. ¿Cuál es la idea tras *La cuarta carabela*? Desacreditar a la Iglesia católica, ¿verdad? Pues te informo que el Vaticano tiene un buen servicio de inteligencia…

–Lo sé, mi padre lo sabe y, aunque no lo parezca, lo hemos considerado. De hecho, lo pensamos mucho tras el asesinato de Javier; sus disputas contra el arzobispado español fueron mundialmente reconocidas, el Vaticano lo excomulgó tras *Los reyes satánicos,* pero…

–¿Qué?

–Los criptogramas grabados en la espalda… Quien lo hizo sabía perfectamente de qué se trataba el plan de *La cuarta carabela.*

–¿Y nunca sospechaste de Juliana?

–Juliana era una devota sierva de la obra del Señor.

Me esforcé para no soltar una carcajada.

–Hasta la más certera y efectiva agente del FBI pierde su genialidad al chocar contra el muro de sus creencias religiosas –dije.

–Tú no…

–Ni me interesa. Ahora háblame del plan de *La cuarta carabela*… A estas alturas te aseguro que no voy a sentarme a terminar ese libro.

–¿Qué sabes tú del plan?, porque pareces bien informado –hay que reconocerlo, Ginebra Leverance era astuta, sobre todo a la hora de estirar una conversación.

–¿No te enseñaron que es de mala educación responder una pregunta con otra pregunta?

–No.

–Ok, si ese es el juego… –acepté las reglas–. Conozco bien la historia de La Hermandad, o ¿cómo es su… nombre oficial? Sí –exageré acentuando cada sílaba–, National Committee for Christian Leadership, y sé que desde su fundación en la década de 1930 ha existido con dos propósitos: mantener una élite cristiana y evangélica en los altos puestos de poder de Washington y derrotar, en una guerra santa no declarada, a la Iglesia católica con el propósito de apropiarse del liderazgo de la fe cristiana alrededor del mundo. Con este último punto claro, me parece evidente que esta operación de «La cuarta carabela» apunta a dar un golpe definitivo contra la influencia del catolicismo en una de las regiones donde es más fuerte: Latinoamérica. Y ya que denunciar pedofilia dentro del clero o escándalos de índole sexual, política o económica resultaba demasiado lento, imagino que para los propósitos de tu padre, cuya ambición personal es convertirse a todas luces en el soldado de Cristo responsable de esta victoria, qué mejor que usar la historia patria de Hispanoamérica para asestar el golpe definitivo al clero de Roma.

–No es definitivo, no somos tan ingenuos…

–Pero sí lo suficiente como para desestabilizar la fe de una nación. Están usando la cultura popular para inyectar la idea de que los curas han mentido por más de doscientos años ocultando una verdad terrible, que ante la sensibilidad de cualquier católico medio, que ya venía conmocionada por los escándalos sexuales de curas y párrocos, acá se derrumbaría por completo. Lo que pretenden decirle a sesenta millones de fieles es que su culto más valioso y querido, la devoción a la Virgen María, en nuestro caso particular la Virgen del Carmen, fue un invento fraguado por una logia de ateos y paganos para cobrarle una antigua deuda a la Iglesia católica del siglo XIX, y que por más de dos siglos se han arrodillado ante la imagen de Satanás. No es acabar con una religión, es acabar con una tradición, que entre tú y yo me parece una estrategia admirable. Por supuesto, yo nunca he creído que Lucifer sea el diablo, pero esa es otra historia.

–Es necesario, somos soldados de Cristo.

–¿En serio? Yo diría que tú solo eres hija de tu padre. Pero, en fin, en lo que íbamos: con ese nudo argumental solo quedaba buscar una buena excusa narrativa; por supuesto, si vas a vender un libro y luego la película y la serie a nivel mundial, no puedes centrarte en un relato tan local y tan latinoamericano como el complot de la Logia Lautarina, había que buscar algo que lo englobara todo. Y claro, el mito de la cuarta carabela de Colón era bastante utilitario para este propósito –fruncí el ceño–. Cristóbal Colón es un nombre mucho más universal que Bernardo O'Higgins o Francisco de Miranda; a los gringos no hay que explicárselo. Claro, imagino que si ideas un libro con un *hemoware* te encargarás también de venderlo con uno, para convertirlo en un fenómeno mundial. Insisto, es un plan brillante.

–Mi padre piensa que…

–Ginebra, antes de que continúes permíteme una pregunta: ¿quién le habló a tu padre de la Logia Lautarina?

–Yo creo que fue… –dudó ella

No alcanzó a terminar la frase cuando un gran sacudón, como un temblor en el aire, azotó la estructura entera de la nave. Luego vino una explosión, humo desde la cola y todo comenzó a crujir. Miré por la ventanilla, de pronto el horizonte no estaba por ninguna parte. Amarré rápido el cinturón de seguridad, Ginebra también lo hizo. Teo Valenti no tuvo tanta suerte, de un segundo a otro lo vimos volar sobre el pasillo, impactando de cabeza contra la puerta que llevaba a la carlinga de pilotaje. Luego se desplomó y su cuerpo delgado empezó a moverse al ritmo de los sacudones del avión. Empezamos a caer. Atrás, en la cola del Sukhoi-Gulfstream, una de las turbinas acababa de explotar. Las máscaras de oxígeno cayeron sobre nosotros y Ginebra de inmediato se puso la suya.

–Espera –la detuve.

Santiago de Chile

54

Juliana de Pascuali estacionó el auto, un Peugeot 307 arrendado en un rent a car del aeropuerto Arturo Merino Benítez, en calle Zenteno pasado Tarapacá, en pleno Barrio Cívico de Santiago de Chile, y pronto miró el reloj: faltaban diez minutos para la medianoche. Apagó las luces y verificó que no anduvieran guardias militares cerca. El sector de la ciudad estaba con vigilancia permanente por ubicarse allí los edificios del Ministerio de Defensa y las jefaturas de las Fuerzas Armadas chilenas, pero la extensión de las líneas de metro y las retrasadas obras de remodelación que pretendían convertir el vecindario en un gran paseo público tenían todo repleto de maquinarias, grúas y retroexcavadoras, artilugios perfectos para esconderse si es que era necesario. En el asiento trasero del auto, Princess quitó el seguro de la Heckler & Kosh USP semiautomática que Bayó le había dado antes de salir de Madrid y jugó con el cargador, mirando de reojo a Andrés Leguizamón.

–No tenés para qué amenazarme, piba –dijo con su mejor acento porteño–, no voy a escaparme, y como les dije esta mañana en el vuelo, no quiero problemas y si puedo ayudar lo haré.

–Solo es tu palabra, no puedo hacer nada con ella –contestó en español la ayudante inglesa de Bane Barrow, luego le tocó la espalda a Juliana y le indicó que mirara hacia la esquina que había detrás, donde el pasaje Miguel de Olivares formaba una L con Zenteno.

–Ya los había visto –respondió la argentina.

Un grupo de muchachos, ninguno mayor de veinte años, removían basura y gritaban mientras bebían cerveza en botellas de litro.

–Además –continuó Juliana–, vos sos buena tiradora.

Valiant respondió conectando a la punta de su arma el silenciador KAC que Bayó le había pasado dos horas atrás, cuando las recibió en el departamento que habían arrendado como base de operaciones.

La pantalla del teléfono móvil de Juliana brilló con una entrada a la bandeja. La escritora argentina corrió la ventana y leyó el mensaje, luego cerró el teléfono y les indicó a su compañera e invitado que había llegado la hora.

–Vamos –ordenó.

Princess golpeó con el mango de la pistola a Leguizamón en la espalda, él abrió la puerta y fue el primero en bajar del auto.

–Por acá –guió Juliana, llevándolos por Tarapacá hasta la gran explanada del paseo Bulnes, eje geográfico y geométrico de dicho Barrio Cívico de Santiago de Chile. Por oriente y poniente, muros pétreos afirmados por bloques de concreto uniformes de siete pisos más nivel zócalo de calle. Al fondo, por el sur, los árboles de una plaza y las formas a medio construir de dos torres gemelas de veinte pisos; hacia el norte, una gran caja de madera y fierro no solo cortaba el tráfico en la Alameda Libertador Bernardo O'Higgins, el principal eje de la ciudad, sino que interrumpía la vista hacia el palacio de La Moneda, la casa de gobierno de Chile.

–Magnífico, Elías me enseñó la historia de este lugar –comentó Andrés, aunque sabía que nadie le hacía caso–; para mí es un hito de la historia arquitectónica de Latinoamérica, incluso más grande que esa abominación posmodernista de Brasilia. ¿Han escuchado de Germania? –preguntó, aunque nadie le contestó–, la Welthauptstadt Germania, capital del mundo Germania, la ciudad soñada por Hitler para gobernar el planeta y la cual ordenó a su arquitecto Albert Speer diseñar para empezar a construir apenas terminara la guerra. Iban a derrumbar la mitad de Berlín para convertirla en la mayor metrópoli del orbe, abrir un gran avenida de más de dos kilómetros que uniría el gran palacio del Reich con un nuevo estadio olímpico y que finalizaría en el gran domo del Volkshale, el salón de los foros populares que sería más grande que la catedral de San Pedro. Pues han de saber, pibas, que Speer, buscando ideas para tan titánica labor, dio con los planos de este lugar, el Barrio Cívico de Santiago de Chile, y decidió usarlos de base para la creación de la urbe destinada a regir el mundo; claro, la historia dijo otra cosa. Miren la perfección de esta línea recta; se supone que iba a ser un gran eje de poder con el palacio de gobierno al centro; claro, el paseo no pudo extenderse hacia el norte creando la gran explanada que pretendía, pero la idea siempre estuvo. Hacia allá –apuntó al norte– están los Tribunales de Justicia, el Poder Judicial; al centro La Moneda, el Poder Ejecutivo, y allá, al sur, donde ahora aparece esa arboleda flanqueada por las torres gemelas en construcción, se construiría el capitolio del nuevo Congreso, el Poder Legislativo, frente al cual iban a levantar un obelisco de setenta metros de alto, más elevado que el de Buenos Aires, en cuya base se iba a grabar una estrella de cinco puntas, la estrella solitaria que es la bandera que hoy buscamos. Karl Brunner, el arquitecto austriaco que construyó todo esto por orden del gobierno chileno –aleteó el argentino durante la expresión «todo esto»–, lo hizo tomando en cuenta ideas de varios colegas suyos, algunos locales de acá, pero sobre todo la idea geométrica del orden del poder con la cual fue compuesto y delineado Washington D.C. No es raro, Brunner pertenecía a la masonería, era miembro del Gran Priorato de Viena, la logia más importante de Austria, con grado de maestro, y desde sus inicios se sintió atraído por lo que él llamaba el orden «luciferino o iluminado» de la capital estadounidense, lo que intentó replicar acá en Santiago; una lástima que el dinero no alcanzara para el obelisco y el capitolio. De haberse completado, esta magnificencia habría sido una ciudad modelo, un monumento contemporáneo a la par de los grandes templos egipcios de Karnak y Luxor. Elías se quejaba que acá en Chile todo el mundo transitaba por este eje y nadie se detenía a observarlo con detención… ¿Estoy delirando mucho?

—No, considerando que eres un sujeto con evidentes trastornos obsesivos compulsivos –respondió Princess, mientras apuntaba en dirección a la intersección de Bulnes con Alonso de Ovalle, en lo que era la primera manzana del Barrio Cívico viniendo desde la Alameda.

–Silencio –dijo Juliana, mientras le apuntaba a las siluetas de tres hombres que esperaban en la esquina. Uno de ellos, el más alto, levantó la mano.

–Es Bayó –dijo la argentina.

–Y dos de sus amigos –ironizó Leguizamón.

–Gente de su equipo, más bien –precisó Juliana–, mercenarios del Ejército español a paga. Y supongo que fieles al coronel –nunca antes había llamado a su primo político por el cargo que por años tuvo en la milicia hispana.

–Me perturba que ingrese gente y más gente que no conocemos, como el tipo de color que está con el senador –reclamó Princess.

–De ese sujeto no te preocupés, de estos tampoco, son instrumentos, sirven para cumplir órdenes; mientras lo hagan sin preguntar, todo bien.

Bayó le indicó a sus compañeros que aguardaran y se dirigió hacia las mujeres, aprovechando la protección que daba la sombra de una grúa apoyada contra la mole de uno de los edificios que formaban el portal hacia el llamado paseo Bulnes.

–Tardaron –le dijo a Juliana.

–Algunos imprevistos de última hora –miró a Princess–. ¿Ellos...?

–Ellos conocen sus órdenes –luego miró a Andrés–. Buenas noches, señor Leguizamón –era segunda vez que se veían. En la primera, Bayó le había prometido al autor que de hacer lo que se le había pedido no habría mayores problemas, también la exclusividad para escribir de lo que viera y publicarlo a nivel mundial.

–Buenas noches –contestó él–. ¿Entonces? –preguntó.

–Hay dos guardias, no será complicado... –luego miró a Princess–. ¿Tú estás lista?

Princess no respondió, sacó la pistola que llevaba bajo su casaca de cuero y se la pasó al ex militar español, luego estiró el brazo derecho y abrió su mano en señal de que esperaba algo. Bayó volteó hacia sus hombres e hizo una señal. Uno de los mercenarios corrió sigiloso hacia el grupo y le pasó a su superior una botella de cerveza de litro.

—Toda tuya —se la entregó a Princess.

—Escudo —leyó ella en voz baja la marca de la bebida, después buscó un manojo de llaves en su chaqueta y usando la más grande de ellas como palanca abrió la botella con fuerza. La espuma de la cerveza tipo lager chorreó por el envase y salpicó el pavimento del Barrio Cívico. Princess respiró y se llevó la botella a la boca bebiendo un trago largo que acabó con un tercio de la cerveza. Luego se manchó la ropa para quedar hedionda a alcohol y se mojó la cara, corriéndosele la pintura de los labios.

—Tiene cebada, sos alérgica, ve con cuidado. —Se preocupó Juliana.

—Por lo mismo, querida, necesito intoxicarme y volverme un poco loca… no imaginas cómo se siente. Libre. Ok —miró a Bayó–, ya estoy lista, ahora dame lo tuyo…

—¡¿De qué hablan?! —interrumpió Juliana.

—Hubo un pequeño cambio de planes para hacer creíble la historia —explicó la inglesa–. Entonces, coronel, lo estoy esperando.

Bayó miró a la mujer de su primo y luego a la delgada asistente de Barrow y, abriendo su palma, golpeó con fuerza el mentón de Princess, tanto que la pequeña muchacha perdió el equilibrio y cayó sobre sus brazos, resbalándose en el pavimento con sus botas de cuero terminadas en taco aguja y suela alta.

—¡¿Qué mierda?! —reaccionó Andrés y se agachó a ayudar a la joven.

Juliana miró a su primo político.

—Estoy bien, escritor —Valiant apartó la mano y el brazo de Leguizamón–, puedo sola y además no me gusta que me toquen a menos que yo lo permita, ¿estamos claros?

El autor bonaerense no respondió.

Princess regresó a su lugar y se acomodó un poco el cabello, atándolo en un moño sobre su cabeza. Un delgado hilo de sangre le bajaba por la comisura derecha de sus labios hasta mancharle los dientes.

—Pensé que me ibas a dar más fuerte —le indicó a Bayó–, quizás en otra ocasión podríamos jugar. Debo parecer vampiro con los dientes todos sanguinolentos…

–Estás loca –reaccionó Juliana.

–Y por eso soy tan buena en lo que hago –contestó la pelirroja; luego buscando más cerveza se manchó las manos y licuó con ellas la pintura de sus ojos–. ¿Parezco como si me hubiesen violado? –preguntó.

Mendoza, Argentina

55

Pensé que así debía sentirse cuando en medio de una batalla aérea tu caza bombardero era impactado por un misil aire-aire. Como pude, me solté del cinturón de seguridad y arrastrándome a lo largo de la estructura del avión, que se agitaba como si estuviera hecho de cartulina, fui con Teo Valenti y lo ayudé a encontrar un lugar seguro en la cabina. Ginebra me agarró de una pierna para evitar que yo también me fuera contra la puerta de la carlinga. No sin poco esfuerzo logré que el joven agente experto en informática del FBI se sentara y lo amarré con el cinturón. El golpe le había abierto un tajo en la frente y aunque no había perdido el conocimiento estaba en estado de shock. Imagino que más por la situación que por el golpe.

–Pon tu mano y aprieta fuerte –le indiqué mientras le ponía la máscara de oxígeno, recordando cada paso de las instrucciones que había escuchado cientos de veces en mis viajes alrededor del mundo, luego regresé a mi asiento.

–¿De dónde sacaste eso de apretar fuerte una herida? –me preguntó Ginebra.

–Películas –le respondí, mientras me amarraba al cinturón de seguridad y volvía a cubrirme con la mascarilla.

Siempre imaginé que cuando un avión se venía al suelo lo hacía girando en barrena o cayendo en línea recta, zumbando como millones de moscardones a través de una sirena, tal como se veía en el cine. Bueno, también siempre imaginé que si alguna vez moría no iba a ser en un avionazo, como le dicen en México a los accidentes aéreos.

–Tenemos un incendio en el motor de cola –nos interrumpió el piloto a través del interlocutor–, controlamos la nave pero nos veremos obligados a realizar un aterrizaje de emergencia en el aeropuerto de Mendoza, estamos a cuarenta kilómetros de la pista. Les pedimos no levantarse de sus asientos porque esto se va a mover mucho.

Dicho: otro golpe sacudió el avión, seguido luego de un crujido alargado como si una mano gigante cogiera la nave y arrancara una parte de su estructura con fuerza, tirando hacia atrás.

–Perdimos un alerón –comentó Ginebra tras mirar por la ventana.

Una luz roja se prendió en toda la cabina, debimos poner nuestra cabeza entre las piernas, protegiéndonos con los brazos. Revisé que Valenti pudiera hacerlo y solo cuando él estuvo listo, yo seguí los pasos indicados. No quería cerrar los ojos, necesitaba tener todos los sentidos alertas; si había llegado la hora de morir, mi intención era reportear hasta el último minuto. Un humo espeso empezó a entrar al interior del fuselaje a través del piso que se fue resquebrajando.

–Esto no es casual –comentó Ginebra

–Claro que no lo es –respondí yo, pensando en las palabras del capitán de la nave y en aquello de que en esta clase de situaciones los pilotos solo te dicen mentiras porque las probabilidades de sobrevivir a un impacto a más de ochocientos kilómetros por hora, que era la velocidad de descenso que en estos momentos debía alcanzar el Sukhoi-Gulfstream, eran desde toda lógica nulas.

–Vamos a tomar la pista del aeropuerto en dos minutos; por favor, protejan sus cabezas y no intenten tomar medidas desespera…

Luego vino estática.

Y un ruido alargado y agudo.

Y el oxígeno que trató de aturdirnos a través de las mascarillas.

Fuego y llamas por la ventanilla.

El horizonte que se movía como en un terremoto.

Las luces vertiginosas de un lugar que debía ser Mendoza.

Más humo cubriéndolo todo.

La letanía de un rezo católico desde el asiento de Valenti.

Lo cortó de un «Señor, en tus manos me entrego, que se haga tu voluntad», saliendo de la boca de Ginebra Leverance.

Y se hizo la voluntad de Dios.

Un chirriar metálico y sordo desde la parte baja del avión indicó que el tren de aterrizaje había bajado.

A pesar de los saltos y sacudones, la nave había logrado ser estabilizada.

Y entonces de golpe, el tocar tierra y sentir que todo se desarmaba y luego el tirón, como si te detuvieran justo cuando estabas listo para saltar en un clavado a una piscina invisible. Un puñetazo no demasiado duro en la frente, otro en las costillas y sentir que te molieron entero por dentro. Ganas de vomitar que se van en el acto, un pito en los oídos que de a poco se transforma en sonido de sirenas. Mirar por la ventanilla y notar que no solo estábamos en tierra, sino que nos habían logrado detener. Mentiría si dijera que no tuve ganas de gritar o de abrazar a alguien.

Me quité la mascarilla y le pregunté a Ginebra si estaba bien.

–Sí, algo golpeada, pero bien. Esto se está llenando de humo. –Era cierto–. ¿Valenti? –preguntó enseguida.

Su subordinado estiró el brazo derecho y levantó el pulgar en señal de que estaba bien.

La puerta de la carlinga de pilotaje se abrió y los dos operarios del supersónico aparecieron en la cabina de pasajeros. Sin abrir la boca verificaron que los tres pasajeros estuviéramos bien, luego reventaron los sellos de seguridad de una de las puertas y desplegaron los toboganes. Valenti fue el primero en saltar del S-21, luego Ginebra y finalmente yo, seguido de los pilotos.

Prácticamente todo el personal de emergencia y policía del aeropuerto internacional Gobernador Francisco Gabrielli, más conocido como Plumerillo, había venido a recibirnos. La mayoría estaban atónitos más por el extraño avión en que habíamos llegado que por las inusuales condiciones de nuestro aterrizaje. Un carro de bomberos chorreaba con espuma la turbina derecha que era la que había reventado y de la cual ahora solo salía vapor de agua entre los fierros quemados. Me fijé que de la cola hacia atrás, por unos cincuenta metros, se estiraban las cuerdas y formas de un paracaídas de frenado. Di gracias al Dios en el cual ya no creía porque las naves supersónicas aún incluyeran ese rudimentario sistema de detención junto a sus avanzados artilugios de vuelo y control.

Ginebra ni siquiera tomó en cuenta a los argentinos. Apenas se sintió completa y en calma se dirigió donde el capitán de la nave y lo obligó a caminar con ella hasta la cola del Sukhoi-Gulfstream. Yo le pedí a un policía argentino que se encargara de Valenti, que estaba herido, y me acerqué a la agente del FBI.

–La pregunta es simple –le decía Ginebra al aviador–: ¿lo que sucedió con el motor pudo ser accidental?

–Es difícil decirlo, señora, vea la turbina, está completamente destruida, pruebas de si fue accidental o intencionado son imposibles de conseguir.

–Es un avión nuevo, ¿en otras unidades de este tipo ha ocurrido algo similar?

–No, señora.

–Si hubiésemos volado a Santiago, ¿a qué altura habríamos ido cuando explotó el motor?

–Sesenta y cuatro mil pies, unos veinte mil metros, poco más.

Ginebra Leverance arqueó las cejas y buscó su teléfono móvil.

–Buenas noches y disculpe si lo desperté, comisario Barbosa –la escuché llamar al oficial superior de la Federal de Buenos Aires que estaba a cargo de apoyarla–. Ya le daré más explicaciones, ahora necesito que alguien de su equipo o del mío revise todos los videos de seguridad de Ezeiza, del hangar donde estacionamos nuestro avión… Sí, intentaron derribarnos, que esté bien.

–¿Segura? –Me acerqué.

–Tú lo dijiste, nos están jodiendo. Esto fue para mandarnos a tierra, nos salvó que cambiaras los planes y el avión estuviera descendiendo hacia Mendoza.

Miré al piloto, él arrugó la frente. Observé la turbina destruida, los fierros estaban tan calcinados que era inútil verificar cómo había sido la explosión, una técnica bastante simple para dilucidar si un estallido era fortuito o provocado.

Las sirenas de un trío de Ford Focus III con los colores de la Policía Provincial de Mendoza nos avisaron de la inminente llegada de las autoridades. Los autos giraron alrededor del avión y se estacionaron junto a los vehículos y carros contraincendio de la seguridad del aeropuerto. Un hombre alto y gordo bajó del primer sedán y caminó entre el personal del terminal. Vestía un traje de pantalón y chaqueta azul oscuro. Calvo a medias, con unas pocas mechas canosas sobre las orejas, lucía un bigote mal recortado tipo mostacho asomándose bajo la nariz. De ser más delgado habría sido más fácil calcular su edad. Caminaba manteniendo fija su pierna derecha, cojeando como esos robots que se filmaban cuadro a cuadro en las primeras versiones de *Terminator*.

—¿Quién es el encargado acá? —bramó el oficial, enseñando en alto la placa de comisario.

Ginebra acomodó su falda y avanzó hacia el hombre como si no hubiese nadie más en el universo. Admiro la capacidad de las mujeres que usan tacos para desplazarse como si fueran dueñas de todo lo existente. Y la agente Leverance lo hacía.

—Acá —dijo y enseñó la placa—, agente Ginebra Leverance, FBI e Interpol. —Luego buscó su teléfono y marcó el último número al cual había llamado—. Tengo al comisario Barbosa, de la Federal de Buenos Aires, en línea; él le contará más. ¿Cuál es su nombre?

—Ariel Ortega, comisario Ariel Ortega, de la provincia de Mendoza —respondió el sujeto, recuperándose de las andanadas disparadas por Ginebra.

—Comisario Ortega, como le informará su colega de Buenos Aires, toda esta gente está a mi cargo.

Ortega hablaba al teléfono y respondía con monosílabos.

–Entiendo, entiendo. –El policía cambió de tono, previo a regresarle el celular a mi nueva compañera de aventuras–. Entonces, ¿qué necesitás?

–Para empezar, guardar esta aeronave en un lugar seguro y que nadie haga muchas preguntas... Para continuar –volteó hacia mí–, ¿señor Miele?

Me acerqué.

–Que alguien nos abra el cementerio de Mendoza y... –dudé– algún historiador especializado en la época de la independencia.

56

Princess se quitó una de sus botas de taco alto y la dejó tirada en un rincón de la calle, luego cojeando se fue aproximando a la cripta, único lugar despejado de maquinarias y torres de construcción en la zona. Se quitó la chaqueta de cuero negro con tachas de plata y la dejó caer, luego con fuerza rasgó la camiseta con tirantes que llevaba puesta, dejando uno de sus pechos medio descubierto. A cada paso ensayaba distintos modos de llorar. Comenzó a sollozar y a gritar, y así, en medio de chillidos de auxilio repetidos en inglés, se dejó caer en la entrada de la cripta antes llamada Altar de la Patria, un panteón subterráneo ubicado frente al palacio de La Moneda que guardaba los restos del Libertador Bernardo O'Higgins. Dio un nuevo grito y luego se dejó resbalar por la explanada en forma de rampa que comunicaba al pequeño museo abierto en concreto y cubierto por placas que imitaban el mármol.

Uno de los guardias, perteneciente a la Policía Militar del Ejército de Chile, se percató de su presencia y corrió a verla.

–¿Qué sucede, señorita? –le preguntó, mientras la inglesa se aferraba de sus piernas y lloraba como si el mundo entero hubiese pasado por encima suyo.

Palabras sueltas: hombres, borrachos, violación, dichas en inglés. El guardia no entendía nada y solo atinaba a contenerla, agachándose para abrazarla. Gritó el nombre de su compañero y le pidió que viniera y trajera el teléfono, que lo hiciera rápido, que era una emergencia.

–¿Qué pasa? –preguntó el otro uniformado sin entender demasiado.

–Está herida, es extranjera, habla en inglés –le indicó–. Parece que la asaltaron o la violaron…

El otro ni siquiera contestó, miró a la joven de cabello rojo y ropa desordenada y rota, y tomó su móvil para llamar a emergencias. No alcanzó a teclear la clave de desbloqueo del aparato cuando de la parte alta de la cripta cayeron dos sombras, más altas y robustas que los dos policías militares. Un golpe en la nuca y quien intentaba llamar por teléfono cayó sin conciencia sobre la rampa. El otro, el que cuidaba de Princess, alcanzó a reaccionar, sacó su arma institucional y se apartó, apuntando a los mercenarios. No dijo nada, solo los miró nervioso. Era joven, su cuerpo temblaba entero, por primera vez le sucedía algo así. Siempre había pensado que cuidar de la cripta era un trámite aburrido, un lugar al que mandaban a los buenos para nada como él. Si alguien le hubiera dicho que un día los iban a asaltar no lo habría creído. Pero tenía un automática y eso le daba ventaja. Haciendo gestos rápidos les indicó a sus adversarios que se retiraran y arrojaran sus armas. Uno de los mercenarios lo hizo; el otro fue retrocediendo hacia donde Princess permanecía tirada y sollozando. Entonces ella, aprovechando la protección que le daba el matón de Bayó, se levantó rápido, y sacando la pistola del cinturón del agente español apuntó al chileno, y antes de que él siquiera se percatara de la situación le metió tres tiros, dos en el pecho y uno en la frente. El silenciador evitó que todo el centro de la capital de Chile escuchara los disparos. Hecho, Princess caminó hasta el cuerpo inconsciente del otro policía militar y le disparó en la cabeza hasta reventarle la nuca. Luego le devolvió la pistola a su dueño.

—Llamen a su jefe —ordenó— y que traiga mi chaqueta y la otra bota.

Luis Pablo Bayó, Juliana y Andrés Leguizamón no demoraron en llegar, vieron los dos cuerpos muertos y solo atinaron a respirar profundo. La viuda del escritor español traía la ropa de su compañera.

—¿No se supone que iba a ser sin muertos? —reclamó el argentino.

—Daños colaterales —contestó el ex coronel del Ejército del Aire hispano, mientras se dirigía a la puerta de vidrio del panteón—. Tenemos quince minutos, después de eso va a llamar la atención que este par no responda y puede llegar la policía.

El español se arrodilló ante la cerradura y la examinó por arriba y abajo.

–¿Puede abrirse? –preguntó Juliana mientras le pasaba la bota y la chaqueta a Princess.

–Todo puede abrirse y esto es fácil, es una cerradura electrónica de caja fuerte convencional. Necesito una llave maestra y un destornillador –pidió.

Uno de los mercenarios se acercó con lo que Bayó requería y mientras Princess se arreglaba la ropa, el ex coronel arrancó el panel de la cerradura, luego buscó el dial del aparato y por detrás insertó la llave maestra girándola en sentido de las agujas de reloj. Quitó la llave. Aguardó tres segundos, volvió a meterla y la movió en dirección contraria. Las teclas de la cerradura se movieron solas apuntando la clave de cuatro dígitos y la puerta se abrió.

–Juliana, ven con Leguizamón –luego se dirigió a sus soldados–. Ustedes dos, tomen los cuerpos de los chilenos y métanlos en la cripta; cuiden de no manchar todo con sangre.

Andrés Leguizamón se adelantó al grupo y caminó alrededor de la cripta que había dentro del mausoleo.

–El Altar de la Patria, antes se llamaba así. Ahora creo que carece de nombre propio –dijo–. Pinochet trasladó el cadáver de O'Higgins a este sitio el 11 de septiembre de 1975. Elías me contó la historia; fue su manera de legitimarse como gobernante, típico de dictadores tercermundistas. Instaló allá arriba –indicó– una antorcha a la que identificó como Llama de la Libertad. Cuando Chile recuperó la democracia, alguien no tardó en apagar esa tontería.

–Hablas más que Miele –dijo Princess.

–Soy obsesivo compulsivo con estos temas, además soy historiador y estudié abogacía, tengo mejor memoria que tu amigo.

–Así que aquí yace O'Higgins. –La inglesa se acercó a la cripta que ocupaba el centro de la cámara, levantada en mármol blanco y con tres esculturas victoriosas guardándola, dos figuras femeninas al costado y un escudo de armas en el nivel más elevado. Y agregó–: El tipo que inició todo esto –subrayó.

–Un mal militar que tuvo suerte –describió Andrés–. Se entiende que un hijo de puta como Pinochet se identificara con él. Trajeron el cuerpo desde Perú, veinte años después de su muerte. Estuvo en el Cementerio General de Santiago, luego en la Escuela Militar de Chile y finalmente fue trasladado a este lugar. Tiene sentido, guste o no. Este boludo, el Huacho, como lo llamaban, es el padre del Chile cívico, la puerta a la arquitectura totalitaria del barrio.

–Todo es muy interesante, pero tenemos pocos minutos y el tema ya no es escribir un libro –cortó Bayó mirando a su prima política–; la bandera está por allá.

Juliana, Princess y Andrés se acercaron a la vitrina de vidrio instalada en la pared opuesta a la tumba de O'Higgins, donde estaba estirada la primera bandera de la Patria Nueva chilena. Roja en el rectángulo inferior, blanca en el superior y un cuadrado azul al costado izquierdo, donde destacaba la estrella de cinco puntas, ubicada acá ligeramente inclinada hacia la posición del mástil, detalle que cambió a medida que el pabellón fue reproduciéndose. Al centro de la bandera y plasmado siguiendo el horizonte que separaba el blanco del negro, la reproducción del primer escudo de Chile, el también llamado «de la transición».

–Fue empleada por primera vez el 16 de julio de 1817 –leyó Princess en voz alta sobre la placa metálica puesta dentro de la vitrina, bajo el pabellón patrio.

–Para la fiesta de la Virgen del Carmen, tiene bastante sentido –completó Andrés–. Acá la llaman la bandera de la Patria Nueva, O'Higgins la nombró «la estrella solitaria», aunque en rigor la estrella no está sola.

Princess y Juliana se acercaron, el escritor argentino siguió describiéndola:

–Al interior de la estrella hay otra estrella, una de ocho puntas realizada en forma de cruz foliada; eso que parece un asterisco –mostró– es la estrella de Arauco, el Wunelfe, el lucero o Venus… Lucifer.

–¿Lo que estamos buscando? –Se acercó Bayó.

–Supongo… Ustedes mismos escribieron la pista en la espalda de Javier, ¿no? –miró a Juliana.

–¿No debería ser un mapa? –Se acercó Princess.

–Es un mapa –confirmó Andrés–, la bandera entera está plagada de códigos de la logia, solo que aquí, con el poco tiempo que tenemos, no puedo…

Antes de que el argentino terminara, tres disparos retumbaron huecos en la bóveda subterránea, a pesar de que los proyectiles cruzaron a través del caño de un silenciador. Las balas golpearon en tres puntos específicos de la vitrina de cristal y el vidrio estalló en un millar de hojas de cristal. Cinco segundos después la alarma del mausoleo comenzó a llorar encima y debajo del centro cívico de la ciudad de Santiago.

–¡Mierda, Bayó! –gritó Juliana, mientras veía al primo de su marido que aún mantenía en alto su arma, de cuyo extremo salía un serpenteante rastro de humo.

–Era eso o estábamos veinte minutos escuchándolo –respondió el militar retirado, indicando a Leguizamón.

–Me gusta como piensa. –Sonrió Princess, mientras Andrés permanecía en el suelo, arrodillado y con los brazos cruzados sobre la cabeza.

A lo lejos se escucharon sirenas de radiopatrullas.

–¡Por los clavos de Cristo, tomad esa bandera y seguidme! –gritó Bayó.

–¡La puta que te parió, acabás de reventar el Altar de la Patria chilena y ahora querés que robemos esta reliquia…! –aulló el escritor rioplatense.

–Usted va a hacer lo que le digamos; de partida, obedecer mis órdenes y luego encontrar en esta jodida bandera alguna pista que nos lleve a la cerradura que va a abrir la llave que trae el Hermano Anciano.

–No conozco la llave, como quiere que…

–La llave no es su problema, señor Leguizamón. ¿Princess?

La ex asistente de Bane Barrow quitó los restos de vidrio y sacó la bandera del atril, luego la enrolló sobre sus brazos y se la pasó al argentino.

–Estás a cargo –le dijo.

–Yo, yo, yo… –tartamudeó Leguizamón.

–Cállate y sigue a quien manda.

Bayó caminó de regreso hacia la puerta del mausoleo y comenzó a golpear las losas de mármol, dando pequeños puñetazos en grupos de tres. Afuera, el sonido de las bocinas y sirenas se hacía cada vez más cercano, rebotando en las macizas estructuras de los edificios del centro de Santiago.

–Están muy cerca –Juliana estaba muy nerviosa.

–Tranquila. –El tono de Bayó era inusualmente calmo.

Idénticos «clics» de los seguros de las armas se escucharon venir de los dos soldados de Bayó que luego pasaron sus cargadores. El sudor de Leguizamón chorreaba por su frente y cuello y manchaba la camisa que llevaba puesta, extendiendo sendos lamparones húmedos sobre su estómago, los que se abrieron como manchas de tintas similares a las del test de Rorschach.

–Necesito una bayoneta –pidió el español. Uno de sus mercenarios se acercó y abriendo su mochila de trabajo le alcanzó un puñal grueso de unos cuarenta centímetros, cuya empuñadura estaba diseñada para ser conectada al caño de un arma larga para usarla de lanza en combates cuerpo a cuerpo.

El ex coronel del Ejército del Aire español enterró la punta del puñal entre la junta de dos bloques de mármol y empujó fuerte. Crujiendo, la mitad de la pequeña pared que separaba la puerta de cristal del muro izquierdo de la cripta cedió y se abrió hacia atrás, como si fuera la puerta secreta a un pasadizo aún más secreto.

–A la baticueva –ironizó Princess.

–Rápido, cabrones –ordenó Bayó–, y traed los cuerpos. Ya con lo de la bandera vamos a tener suficiente.

La primera en entrar fue Juliana, luego Andrés, Princess y los dos mercenarios llevando los cadáveres de los dos policías militares chilenos. Bayó espero unos segundos y luego ingresó al interior del túnel, cuidando de cerrar bien el pasadizo para dejar todo bien calzado y así demorar el que las autoridades locales reconocieran la puerta. Si estaba bien informado, muy poca gente conocía la existencia de ese túnel.

–Caminen –ordenó, mientras sacaba una linterna de su bolso y se ubicaba en la delantera de la fila.

El corredor era un pequeño túnel que se adentraba unos cincuenta metros bajo la superficie del Altar de la Patria hasta llegar a una escalera de hierro que conducía a una enorme bóveda subterránea que se perdía en ambas direcciones y cuyo suelo estaba conformado por dos vías gemelas de ferrocarril.

–Tengan cuidado al bajar –dijo el español–, estos fierros son viejos e imagino que ya casi nadie los usa.

–¿Dónde estamos? –preguntó Juliana.

–Bajo las líneas del metro de Santiago –explicó Princess, mientras se adelantaba al resto para ser la primera en bajar al túnel de las vías. La escalerilla no era muy alta, a lo más cinco metros. Cuando la inglesa saltó sobre las líneas férreas, un grupo de ratas grandes y hediondas escaparon asustadas soltando chillidos agudos que rebotaron contra los muros que se abrían bajo el centro de la capital de Chile.

–Casi –explicó Bayó–, esta es una línea de ferrocarril metropolitano que fue iniciada pero jamás terminada oficialmente, porque los planes de expansión del metro cambiaron; la verdad es que en 1978 el gobierno de Pinochet decidió requisarlas para usarlas con otro propósito, razón por la cual reemplazaron las vías neumáticas por rieles convencionales de acero –enseñó con la linterna–. Va desde el palacio de gobierno, acá arriba, hasta una estación de trenes al norte del centro de la ciudad.

–La estación Mapocho –concluyó Leguizamón, mientras le arrojaba la bandera a Princess, que esperaba abajo con los brazos abiertos.

–Bien informado –comentó la muchacha londinense.

–También hago mis deberes –agregó el español–. Si venía a Santiago tenía que conocer todos sus secretos, sobre todo los militares. En mi caso, eso es fácil, se consigue con dos o tres telefonazos –marcó el punto seguido–. Continuemos, señores. El camino es largo, espero que no le tengan miedo a las ratas.

–Las odio –contestó Juliana.

Luis Pablo Bayó ordenó a sus subalternos dejar los cuerpos de los policías arrinconados contra una de las paredes del túnel y adelantarse a la fila, caminando con las armas preparadas por si sucedía algo inusual, lo que era bastante improbable.

–Los contados militares que saben de la existencia de este túnel, o están muertos o no tienen la menor intención de colaborar con gobiernos que les han dado sistemáticamente la espalda –justificó.

Tras una leve curva, el túnel giró hacia una recta en la que las vías del tren estaban ocupadas por un convoy de diez carros de ferrocarril muy viejos y oxidados. Todos los vagones, excepto los tres del extremo final, eran del tipo tanque, destinados a transportar combustible o aceite; el resto eran cajones de carga convencional. Una pequeña locomotora diésel eléctrica estaba estacionada pocos metros delante del convoy, los fierros podridos y humedecidos expelían un olor repugnante proveniente de los metales.

–En 1978 –fue relatando Bayó–, el gobierno de Pinochet no solo tenía conflictos internos, por fuera estaba acosado por serios problemas limítrofes. Perú y Bolivia por el norte y Argentina por el sur.

–El Beagle, lo recuerdo –interrumpió Leguizamón–; las Malvinas evitaron que nos fuéramos a guerra con Chile. La gente de Pinochet hablaba de la hipótesis del triple ataque consecutivo. Por el norte, Perú y sus aliados, y por el sur, Argentina.

–Tal cual el señor Leguizamón explica –Bayó fue flemático–, había certeza en el gobierno militar de que Santiago iba a ser atacado de manera sorpresiva, así que se instalaron faros en las azoteas de los edificios más altos y se pintaron cruces rojas en los techos de hospitales y escuelas, además de usar subterráneos para guardar pertrechos de guerra. Este es solo uno de los convoyes que nos vamos a encontrar en el camino. Al requisar este túnel al metro, el ejército lo destinó para guardar reservas de combustible y armas; estos carros todavía están llenos de petróleo y gasolina –terminó Bayó, mientras les indicaba apresurarse. Dos trenes exactamente iguales y tan abandonados y oxidados como el primero, aparecieron a lo largo de la ruta que se alargaba dos kilómetros hacia el sur de la ciudad.

Poco antes de alcanzar la salida, el eco del timbre de un teléfono retumbó a lo largo de la bóveda del túnel abandonado. Todas las miradas se clavaron en Bayó, mientras el ex coronel levantaba la mano para que estuvieran tranquilos.

–¿Tenés señal acá abajo? –preguntó Juliana.

–Lo de la señal es lo de menos –respondió Bayó, mientras leía el mensaje que acababa de llegarle–. Señor Leguizamón –dijo mientras volteaba hacia el escritor–, supongo que tendrá una buena explicación para lo que acaba de ocurrir en Mendoza.

57

Sentado en el lugar del acompañante del Ford Focus III de la Policía Provincial de Mendoza, el comisario Ariel Ortega le ordenó al joven sargento que conducía el sedán institucional acelerar por avenida Libertador San Martín en dirección al Cementerio Capital, ubicado en el departamento de Las Heras, hacia el norte de la ciudad. «Pasá el límite», le indicó.

—El guardia está esperando en la puerta principal —nos informó enseguida, dirigiéndose hacia el asiento trasero—; hay autorización para ingresar.

—Gracias, comisario —le contesté.

—¿Y el historiador? —preguntó Ginebra en su español de acento mexicano.

Ariel Ortega le pidió un segundo y le dijo que estaba en eso, luego tomó el intercomunicador e hizo un par de preguntas a un oficial policial de apellido Goyeneche. Siguieron los monosílabos, el corte de la llamada y, enseguida, la respuesta oficial hacia mi nueva compañera.

—Nos va a encontrar en el cementerio, señora —dijo—. Es uno de los directores del Museo Histórico General San Martín, creo que es la persona más idónea para lo que ustedes necesitan.

—Gracias, comisario —contesté y luego miré a Ginebra. Ella revisaba los mensajes de su teléfono móvil y mostraba el mínimo interés en conocer las calles de Mendoza, ciudad que estaba seguro jamás había visitado. Recordé la única vez que yo había venido, último año de universidad y el dólar estaba bajo. Con una novia de entonces viajamos a comprar y a comer rico. Hicimos ambas cosas y otras más también, incluso peleamos. Ella regresó con un bolso extra de ropa y zapatos, yo con libros y discos compactos. Vinimos en bus, el viaje de Santiago a Mendoza fue tranquilo, a pesar de las curvas. El de regreso no tanto. No por lo irregular de la ruta, sino por las peleas. Ni siquiera hablamos, ella se quedó dormida, yo leí cuatro de los cuarenta libros que había comprado. No volvimos a vernos; ella tuvo otros novios e imagino que se casó y hoy debe tener unos cuantos hijos. Amaba los niños. Mi historia fue un poco más complicada.

—¿En qué piensas? —me preguntó la agente del FBI.

—En nada, solo recordaba la única vez que vine a esta ciudad.

—Recuerdos —suspiró—. La gente que vive demasiado de ellos no habita el presente, desaprovecha el aquí y el ahora.

—No es mi problema, yo soy mucho del aquí y ahora, pero a veces uno se acuerda del pasado cuando fue un buen pasado.

—¿Y este lo fue?

—Al inicio sí.

Otra vez sonrió y regresó a su teléfono móvil.

—El piloto dice que tardará mínimo diez días en reparar el avión —me informó—, eso si los repuestos no demoran en salir de Estados Unidos —en realidad dijo «de América», como suelen llamar a su país los estadounidenses—. He estado tratando de comunicarme con el *bureau* para coordinar el envío de un avión de la Fuerza Aérea, pero nadie responde.

—¿No hay señal?

—No —Ginebra me vio fijamente—. Es como si no quisieran contestarme.

—Deberías probar con un mensaje, así uno siempre sabe si te quieren responder o derechamente te ignoran.

—Sí, debería, pero esto es trabajo, no redes sociales. —Y guardó su aparato.

El vehículo policial dobló a la izquierda y se estacionó frente al portón principal del Cementerio Capital de Mendoza, por el ingreso de avenida San Martín a la altura del 1100, donde aguardaba otro Ford Focus III con colores institucionales y tres guardias uniformados.

–Señores –volteó Ortega–, llegamos. Por favor...

El conductor estacionó el radiopatrulla al lado de los otros autos y apagó el motor, manteniendo eso sí las luces encendidas, igual que el resto de los vehículos. La manera de avisarle a curiosos que estaban en servicio.

–Caballeros –anunció el comisario Ortega–, la señora acá a mi lado es agente del FBI y adjunta de la Interpol y está en la Argentina realizando una investigación; su compañero es un escritor chileno...

–Lo conozco –lo interrumpió un sujeto de barba pelirroja y que vestía un chaleco de lana sin mangas sobre una camisa celeste, con pantalones de cotelé muy arrugados–. Leí su novela –me dijo. A pesar de algunas canas, era joven, no debía de tener más de treinta y cinco años.

–*La catedral antártica* –respondí en automático.

–No, la otra, la de los nazis y el centro de la Tierra, la del código de los tractores Lanz y el héroe judío. Me gustó.

–No sabía que se conseguía en Argentina, no fue un gran éxito.

–Viajo bastante a Santiago, de hecho hice mi magíster en la Universidad Católica, donde vos estudiaste. Soy Arturo Ferrada, historiador y segundo director del Museo José de San Martín. Supongo que tienen una gran razón para sacarme de la cama a medianoche.

–Lo siento –se disculpó Ginebra.

–Descuide, era una broma. Estaba despierto, viendo tonterías en la televisión.

–Ginebra Leverance –saludó ella. Yo la imité.

–Un gusto –pronunció el historiador–. Entonces, ¿en qué puedo ayudarlos?

–Domingo French –dije.

–Protagonista de la Revolución de Mayo, no era muy amigo de San Martín y tiene su lugar ganado en la historia de nuestro país al crear la escarapela de la Argentina –recitó casi de memoria–. ¿Qué pasa con él?

–Buscamos su tumba.

–¿Y quién les dijo que la tumba de French estaba acá? En Wikipedia o en cualquier página web encuentran la información. El cuerpo de Domingo French está en el cementerio de la Recoleta, en Buenos Aires.

Ginebra me miró, Ortega y los otros policías también. Uno de los guardias se acercó al comisario y le preguntó si íbamos a entrar al cementerio para abrir las puertas. El superior de la policía mendocina contestó que aguardara un rato.

–Entonces mi idea es la correcta –respondió Ginebra en inglés, hablándome casi en privado–. Leguizamón nos envió a Mendoza no a buscar algo, sino para evitar que nos derribaran sobre la cordillera de los Andes.

–No, Andrés me habló de Mendoza cuando conversamos en El Tigre…

–Disculpe –me interrumpió el historiador, también en inglés–, ¿hablan del escritor Andrés Leguizamón? Lo conozco, trabajé con él en la Universidad de Buenos Aires. Esto tiene que ver con la Logia Lautarina, ¿verdad? –Me acerqué a Ferrada y asentí con un movimiento de cabeza–. ¿Qué es exactamente lo que están buscando?

–Las manos de Domingo, y no las de Perón –dije.

Arturo Ferrada se dirigió a Ortega.

–Comisario –dijo–, que abran el cementerio. ¿Me facilita una linterna, si fuera tan amable? Y que alguno de sus hombres traiga algo de metal, una barra ojalá. Necesitamos romper unas cadenas y abrir una tumba.

Todos los presentes nos miramos, Ferrada actuaba como el secundario perfecto del capítulo de una serie de misterio, el clásico personaje que aparecía de la nada y sabía cómo acceder a la clave justa para resolver el enigma.

El superior de la policía le pasó su propia linterna, Arturo la tomó con la mano izquierda y tras prenderla apuntó hacia el interior de la necrópolis. Era zurdo.

–Las manos de Domingo –continuó el historiador, volteando hacia mí– era como llamaban San Martín y O'Higgins a French por su habilidad para pintar, dibujar y diseñar emblemas. Suyas son las ideas de la bandera de la estrella solitaria para Chile, la escarapela para las Provincias Unidas del Río de la Plata, futura Argentina, y varios estandartes usados por el ejército que cruzó los Andes en 1817 –explicó mientras uno de los guardias del cementerio abría los candados de la reja metálica del cementerio y otro regresaba trayendo una estaca de fierro, lo que fue aprobado por Ferrada con un movimiento de cejas. En verdad era un gran actor.

–Eso lo sé –respondí con autoridad.

–Por favor, sigamos por esta calle –nos fue guiando.

Lo acompañamos por pasillos interiores, repletos de tumbas de piedra y mausoleos que alguna vez habían sido de mármol lustroso y hoy eran estructuras viejas y heladas, con más de algún gato brincando entre panteones y cruces. Era divertido ver que alguno de los policías que nos acompañaban estaban asustados, presos de las supersticiones populares que de seguro alimentaba el camposanto. Por otra parte, los guardias municipales, acostumbrados a estas sombras, sonreían cómplices ante el miedo de sus colegas.

–Pues Domingo French –prosiguió el historiador– decía que sus verdaderas manos eran las de Tomás Godoy Cruz. Seguramente su nombre le será familiar, señor Miele.

–Gobernador de Mendoza, financista del Ejército Libertador y responsable del fusilamiento de José Miguel Carrera –le dije.

–Uno de los miembros más prominentes de la Logia Lautarina de Mendoza y del Ejército de los Andes –subrayó él–. De hecho, era quien la mantenía económicamente. Fue además uno de los más firmes defensores de la idea monárquica que San Martín tenía para O'Higgins. Imagino que también conoce esa historia.

–La domino bien –miré a Ginebra y le expliqué, sabiendo que la historia le interesaba–. José de San Martín creía que Hispanoamérica debía ser gobernada por una monarquía, su ideal no era establecer gobiernos locales, sino un reino conjunto que se opusiera a España, y el candidato que tenía para sentarse en ese trono no era otro que Bernardo O'Higgins, el del código grabado en la espalda de Bane Barrow.

–Lo recuerdo –respondió la agente.

–Aunque O'Higgins era hijo de madre soltera, llevaba el apellido de su progenitor, que había sido virrey del Perú, la autoridad más importante de las colonias hispanas del sur del mundo. Tenía por lo tanto un abolengo real que los integrantes de la logia querían usar. Era lo más cercano a un príncipe dentro del grupo dirigente de los patriotas.

–Además de ser el protegido de Francisco de Miranda –completó el historiador.

–¿Francisco de Miranda? –preguntó Ginebra.

–¿Vio *La guerra de las galaxias,* señora? –devolvió Ferrada.

–¿Quién no? –contestó la agente del FBI.

–Pues Francisco de Miranda es lo más parecido a Obi Wan Kenobi del proceso independentista latinoamericano. Ideólogo y fundador de las logias lautarinas, instruido en la masonería por George Washington y el príncipe Potemkin de Rusia. Bueno –respiró–, también fue amante de la zarina Catalina II… pero esa es otra historia.

–Entonces, la tumba de Godoy Cruz está en este cementerio.

–No, la tumba de Godoy Cruz está en la iglesia San Vicente Ferrer, en el municipio llamado precisamente Godoy Cruz –subrayó–, al sur de la ciudad. –Apuntó luego en esa dirección con el faro de su linterna.

–¿Entonces qué hacemos acá? –Gesticulé nervioso. Ginebra se dio cuenta y detuvo su avance, parando con un gesto de su palma derecha a los policías que nos acompañaban.

–Señor Miele, que la tumba de Godoy Cruz esté en una iglesia no significa que su cuerpo esté en esa iglesia. Estamos hablando de un masón ateo. Venga conmigo y confíe –y dicho eso bajó hacia unos sepulcros con losa de piedra que se abrían hacia lo que era el sector viejo del camposanto, una fila de varias manzanas con entierros que databan de la primera mitad del siglo XIX, la parte histórica de la necrópolis mendocina.

–Por acá. –Nos condujo hasta un mausoleo que se habría venido abajo de no estar sujeto por unos andamios metálicos que sostenían su estructura como un esqueleto externo o, mejor dicho, como partes ortopédicas para extremidades demasiado viejas como para continuar soportando el peso de un cuerpo que no hacía más que sumar días, cada uno más pesado que el anterior.

Ferrada abrió el ángulo de la linterna disparando el cono luminoso hacia la parte superior de la tumba: una pequeña losa sostenida por cuatro columnas dóricas quedó a la vista, en la cual se leía con grandes letras mayúsculas: FAMILIA LENCINAS.

–Allá arriba dice familia –explicó nuestro guía–, pero en realidad en este mausoleo está enterrada una sola integrante de esa familia, valga la redundancia, doña Emiliana Lencinas, cuyo nombre imagino no les dice nada.

Levanté los hombros mientras Ginebra miraba con cara poco amable de desear apurar las cosas; y los policías del comisario Ortega que nos acompañaban no entendían nada de lo que ocurría frente a ellos y seguían más preocupados de buscar con las trazas de sus linternas cualquier movimiento inusual que ocurriera en el camposanto: ratas, gatos y lagartijas asustaban más que los fantasmas de la independencia del país argentino.

–La historia oficial dice que don Tomás Godoy Cruz se casó en 1823 con doña María de la Luz Sosa Corbalán, con quien tuvo tres hijos. Eso es cierto, como también que fue un matrimonio político, por conveniencia, arreglado por los padres de Luz Sosa a cambio de financiar la carrera política de Godoy Cruz, que llegó a ser elegido dos veces gobernador de Mendoza. El caso es que Godoy Cruz amaba a otra mujer, Emiliana Lencinas, y que en esta tumba descansan los cuerpos de dos personas: la única integrante de la familia Lencinas y el hombre que por años fue su amor prohibido. No estuvieron juntos durante la vida, pero en la muerte hicieron familia.

–¿No hubo hijos? –pregunté, aunque sabía que no era el tema que nos había traído al cementerio de Mendoza.

–No, al parecer la señora Lencinas no podía concebir. –Luego miró a los guardias municipales–. Amigo –dijo con amabilidad–, ¿me ayudás con la estaca de metal?

–Vos mandás –respondió el empleado del cementerio.

–Por favor, rompé el candado y la cadena.

Con ayuda de uno de sus compañeros, el guardia del camposanto metió la punta de la estaca entre los eslabones de la cadena y el candado que cerraban la puerta del mausoleo, y tiraron de esta dos veces con fuerza. Al tercer intento el cerrojo cedió y chirriando como un animal prehistórico muy anciano, la reja del sepulcro se abrió.

–Vengan conmigo –nos llamó–; ustedes también –indicó a los hombres que aún sujetaban la estaca.

Al interior del mausoleo había dos sepulcros ordenados en forma paralela como una cama matrimonial hecha de piedra. Helechos y líquenes habían invadido todo y un olor a humedad y podredumbre entraba por cada poro de los que estábamos ahí adentro. El historiador Arturo Ferrada iluminó la placa que estaba puesta sobre la tumba derecha, donde se leía el nombre de Emiliana Lencinas junto a los años de su nacimiento y muerte: 1801 y 1851. También se podían divisar las primeras letras de algo que quizás era una frase bíblica o un poema dedicado a la enterrada. La única sílaba que podía leerse era «Fe».

–La estaca, por favor –pidió el hombre del museo, indicando que la metieran por debajo de la placa.

–Señor… –dudó uno de los guardias.

–Tranquilo, boludo, ya está suelta. Hace tres años que el museo descubrió lo que hay aquí abajo y lo hemos mantenido en… –se detuvo un instante– secreto, hasta que tengamos más pruebas de su significado. Cuando le conté a Leguizamón del hallazgo viajó de inmediato a verlo. No lo dejé sacar fotos… Ahora tampoco, por si acaso –advirtió.

—Ok —respondí, mientras los funcionarios municipales del cementerio metían la estaca bajo la placa y hacían presión para removerla. No fue difícil, tan solo un tirón y la pieza de mármol cedió.

—Señor Miele, ¿me ayuda?

Me agaché junto a él y tomé la placa desde el extremo contrario al que estaba sujeto Ferrada; luego con cuidado la removimos. Bajo el rectángulo de piedra blanca apareció otro, más cuidado y protegido.

—La tumba de doña Emiliana es la del lado, la que no está identificada. Acá está don Tomás.

La placa secreta tenía grabado el símbolo de la Logia Lautarina: el cruce del compás y la escuadra de la masonería; el ojo que todo lo ve en la parte superior y la figura del caudillo Lautaro al centro, flanqueado por dos volcanes, igual a la escarapela de la Patria Vieja chilena. Bajo el símbolo, una frase escrita en una lengua que supe identificar y traducir en una primera ojeada.

REHUE CURA ÑUQUE
FILL MACUL KINTUNIEN
MAPUCHUNKO

—¿Qué lengua es? —preguntó Ginebra.

—Mapudungún, el idioma de los mapuches, pueblo ancestral de Chile y Argentina al cual pertenecía Lautaro, el héroe nativo de la guerra contra la conquista con el que San Martín, O'Higgins y Francisco de Miranda bautizaron a las logias racionales e iluminadas de Cádiz.

—¿Sabes lo que dice?

Ferrada me miró.

—Sí, aunque hay errores de léxico y gramática, es fácil de traducir: «El lugar de piedra desde donde la madre de todos promete cuidar al Mapocho».

—El lugar sagrado de piedra —corrigió Ferrada—. Con rehue se refiere a un altar o sitio ceremonial. Mapocho es el río que atraviesa Santiago, ¿verdad?

Ginebra me miró.

—No solo el río, es el nombre original de Santiago. Por años, la historia que nos enseñaron decía que Santiago había sido fundada con el nombre de Santiago del Nuevo Extremo por Pedro de Valdivia en febrero de 1541, cuando en realidad la historia fue muy distinta, tal como concluyó un grupo de arqueólogos de la Universidad de Santiago y el Museo de Historia Natural hace unos años. Pedro de Valdivia arribó a una ciudad que ya existía y estaba medio abandonada; la llamaban Mapuchunko o Mapocho y se supone era la urbe más austral del Tahuantinsuyo, el Imperio inca. Algo así como la última capital de los hijos del sur, ciudad que además tenía un carácter sagrado y a la que habían nombrado así por el río que la rodeaba con dos brazos. Los conquistadores simplemente tomaron esa ciudad y levantaron la nueva encima.

—¿Qué pasó con Mapuchunko? —preguntó Ginebra, interesada.

—Al igual que el segundo brazo del río, está enterrada bajo el centro histórico de Santiago y otros lugares cercanos. Lo único de ella que queda en pie es el pucará o huaina del cerro de Chena, una fortaleza militar y religiosa, suerte de torreón que se levanta en un cerro algunos kilómetros al sur de la ciudad…

—¿Y la «madre de todos» grabada en la placa sería esa fortaleza?

—No, lo de Chena es un tigre, un guardián, no alguien que ha prometido cuidar y acoger. En todo caso me resulta bastante obvio el lugar al que se refiere la placa. Está a la vista de todos los santiaguinos.

Ferrada sonrió, conocía la capital de Chile y sabía perfectamente a qué me refería.

Ginebra me tomó del brazo y me sacó fuera de la tumba, dejando al historiador con cara de pregunta dentro de la cripta.

—¿Encontró lo que buscaba? —preguntó el comisario Ariel Ortega al vernos salir del sepulcro.

—Comisario —respondió la agente del FBI—, necesitamos volar a Santiago lo antes posible. No en avión, ojalá en un helicóptero. ¿Conoce a alguien que pueda ayudarnos?

58

Bayó cerró la puerta de la habitación y se sentó en una de las sillas del escritorio. Luego, por casi un minuto y en completo silencio, estuvo mirando a los ojos a Andrés Leguizamón, quien permanecía sentado en la cama con la robada bandera de la estrella solitaria sobre las rodillas, mientras con su mano derecha se limpiaba un hilo de sangre que chorreaba desde la comisura izquierda de sus labios, justo donde el español lo había golpeado hacía diez minutos. Afuera, ocho pisos sobre la calle Padre Mariano, en el corazón de Providencia, se escuchaban las sirenas de un vehículo policial. Ninguno de los dos hombres presentes en el dormitorio principal del departamento amoblado, que el ex coronel español había conseguido gracias a un par de llamados del doctor Sagredo, pensó que el alboroto y el ruido se debían al robo del emblema que habían sacado de la cripta del Barrio Cívico. Ambos estaban seguros de que se trataba de un delito menor, quizá la detención de algún borracho callejero.

–Me rompiste una muela, hijo de puta –comentó el escritor argentino.

–Usted nos mintió.

–No les mentí, dije que podía ayudarles. A Elías le di otra prueba, una que quizá nos sirva más que la que tenemos acá.

–Usted dijo que el mapa estaba en la primera bandera.

–No, dije que podría estar, que es muy distinto. Vos y tu gente idearon lo de las manos de Domingo y lo escribieron en la espalda de Javier. Yo traté de ser verosímil con Elías. Es inteligente, más de lo que todos ustedes suponen. Si lo mandé a Mendoza fue para que ganáramos tiempo y para que siguiera el juego que vos y tus pibas le propusieron… Ignoraba lo del avión, ¿cómo podía saberlo?

—No lo sé, dígamelo usted. No soy tonto, Andrés, sé que usted sabe mucho más de lo que nos está diciendo. Voy a hacerle una pregunta y de su respuesta dependerá lo que ocurra con su persona, ¿le parece?

Andrés Leguizamón tragó saliva.

—Usted envió a Elías Miele a Mendoza —comenzó Bayó—, ¿cierto?

—Cierto.

—¿Él va a encontrar una pista en Mendoza?

—Si sabe dar con la persona precisa, le será bastante fácil.

—¿Y esa pista lo traerá a Santiago?

—Bayó, vos sabés que todas las pistas traen a Santiago, así se planeó desde un inicio… Y la gente para la cual trabajás debe tener algo claro antes de seguir con esta locura. Necesitan sí o sí a Elías Miele. Yo puedo asegurar que él va a encontrar esa cerradura que tanto buscan. También puedo asegurarles dónde irá Elías Miele cuando llegue a Santiago, porque va a llegar.

—Explíquese.

—Lo de las manos de Domingo tiene muchos significados. La bandera que tengo aquí es uno de ellos, pero hay otro… Vos ya sabés todo lo de Domingo French, pues este señor tenía un aliado en Mendoza, un miembro también de la Logia Lautarina, precisamente del grupo que custodió el secreto de esta ciudad. Él dejó un mensaje en la tumba de su amante antes de morir, una pista para los futuros herederos del grupo. Envié a Elías con la persona perfecta para que diera con ese mensaje, una frase en mapudungún que apunta a un lugar bastante conocido para todos los santiaguinos. Tanto él como yo lo conocemos…

—¿A qué está jugando, señor Leguizamón?

—Al juego que todos jugamos: ser indispensable.

—Nos ha hecho perder soberanamente el tiempo. Si usted sabía lo que Elías iba a encontrar en Mendoza…

—No lo sabía, no lo sé, no hay modo de saberlo —soltó el argentino—. Quizá no encontró la manera de llegar a la tumba, quizás está durmiendo, perdiendo el tiempo, tirándose a la hija de Leverance. Las posibilidades son múltiples… pero lo hice para ganar tiempo.

–Me está jodiendo.

–No. En esta bandera hay una pista y esa se relaciona con lo que dice la tumba de Mendoza. Están unidas, es la misma idea. El lucero que ilumina Santiago –le mostró la estrella de ocho puntas dentro de la estrella solitaria de la bandera– y la que voy a mostrarte ahora. Vos, vení conmigo.

Andrés Leguizamón se levantó de la cama y caminó hasta la ventana corredera de la habitación. Tras abrirla se asomó a la terraza desde la cual se tenía una vista espléndida del cerro San Cristóbal, un macizo precordillerano que se adentraba hacia el corazón de la ciudad y que los años habían convertido en el principal parque santiaguino.

–Allí puede verla. Solitaria y luminosa, cuidando de esta ciudad de mierda.

Luis Pablo Bayó se acercó al borde del balcón y miró hacia donde el escritor apuntaba. Prefirió no decir nada, no era tan entendido en el tema y eso lo irritaba. Le dijo a Leguizamón que ya volverían a verse y salió de la habitación cerrándola con llave por fuera.

En la sala, tomando café y un vaso con agua, esperaban Juliana y Princess. Esta última hojeaba una revista de modas y comentaba el mal gusto para vestirse que tenían las chilenas.

–Que no salga de la habitación –les indicó a las dos mujeres.

–¿Habló? –preguntó Juliana.

–Sí. Y a pesar de que no le creo una sola palabra, cada frase que articuló tiene todo el sentido del mundo. Sabe mucho, muchísimo más de lo que nos está diciendo.

Princess se echó a reír.

–¿Qué te pasa? –preguntó Bayó.

–Es que pensé que era un alfeñique débil que se iba a orinar en los pantalones cuando lo golpeaste… Hay gente que sorprende.

–¿También te lo vas a coger? –interrumpió Juliana.

317

—No es mi tipo, pero podría ser. Insisto, confieso que me sorprendió.

—¿Dijo algo sobre Elías?

—Sí, que le indicó una pista fácil de encontrar en Mendoza y que si resolvía ese misterio era bastante probable que decidiera venir a Santiago.

—Si está con Ginebra Leverance ya debe haberlo resuelto. Esa perra es buena en lo que hace. Y Elías también. Ahora lo complicado es saber cómo vendrán a Chile. Por tierra es imposible, demasiada demora, y Elías no puede entrar al país porque tiene un proceso judicial abierto en su contra. Por línea aérea tampoco…

—Está con Leverance —precisó Princess—, ella puede conseguir lo que sea.

—No si hago una llamada —dijo Bayó.

—Llamada que harás —cortó Juliana— solo si quieres evitar que Elías Miele llegue a Santiago. Y no creo que esa sea la idea luego de lo que conversaste con Leguizamón.

Bayó arrugó la frente y no contestó.

—Elías y Leverance deben venir, lo importante es estar preparados para cuando lo hagan.

—De eso me encargo yo —dijo Princess.

—Mañana temprano —le respondió el español—. Ahora lo mejor es dormir, las cosas se van a mover mucho en las próximas horas —luego sacó su teléfono móvil.

—Pensé que no ibas a hacer la llamada… —afirmó su prima política.

Bayó no respondió.

59

El pastor y ex senador por el Partido Republicano Andrew Chapel-town roncaba como el motor de un viejo automóvil, mientras su compañero de viaje, el abogado y diácono Joshua Kincaid, trataba de ganarle al insomnio leyendo una copia de los documentos que les había traído el hermano Sagredo. El plan del médico para desprestigiar a la Iglesia católica dentro de la comunidad cristiana local tenía muchos puntos rescatables. Sostenía el chileno que el respeto hacia los valores patrios era el punto que debía de ser atacado, para así quebrar las bases y demostrar que el país, aunque en su origen y moral era cristiano, poco y nada tenía que ver con los preceptos de la curia romana. Habían pagado mucho por las investigaciones, y la lista de historiadores y antropólogos citados al final del documento era larga. Básicamente eran tres los puntos del asalto: Bernardo O'Higgins y José Miguel Carrera, los padres fundadores de la patria, y Arturo Prat, el héroe más popular de todos, que se había sacrificado junto a su tripulación en un combate desigual durante la guerra de 1879, que enfrentó a Chile con el Perú y Bolivia, y en cuyos detalles el abogado y religioso de Atlanta no estaba interesado en profundizar. El trabajo subrayaba que difundir que O'Higgins era masón y contrario a la Iglesia; que Carrera se había convertido al evangelismo durante su estadía en Estados Unidos en 1816; y que Prat había abrazado el espiritismo luego de que el arzobispado le diera la espalda tras la muerte de su hija y lo acusara a él y a su mujer de prácticas paganas, era la manera de iniciar una solapada guerra donde, en la gracia de Dios, ellos tenían todas las de ganar. Después de todo, los curas estaban tan desprestigiados que no iban a poder reaccionar rápido a un ataque tan directo a sus cimientos. Y claro, pensó Kincaid, si a eso se sumaba lo de *La cuarta carabela,* el libro y la verdadera cuarta carabela, Babilonia se iba a derrumbar pronto sobre sus cimientos. Pero al contrario que Chapeltown y de rebote de Sagredo, el abogado de Atlanta no compartía todo el optimismo de sus colegas. Había un factor que nadie parecía tomar en cuenta y ante el cual el Vaticano siempre tendría una ventaja sobre ellos: el de la religiosidad popular. Al atacar el culto mariano, muchos fieles podrían sentirse atacados ellos mismos y la respuesta contra la Iglesia evangélica podría ser muy desastrosa. Chapeltown decía que si eso sucediera sería la voluntad del Señor. Si los marianistas atacaban a los verdaderos cristianos, era el precio necesario por alcanzar la gracia del Señor. Kincaid sonrió al recordarlo. Sabía que las palabras del hombre que roncaba en la cama del lado no eran del todo sinceras; las del plan de Leverance tampoco. Si de verdad confiaban en la voluntad del Padre Celestial habrían apuntado a un culto marianista real, como el de la Guadalupe en México. Lo de Chile y Argentina solo era un ensayo y eso todos los involucrados lo sabían.

Existía un documento histórico adjunto, uno que obviamente no iba a ser difundido junto al de los padres de la patria chilena, y que hacía referencia a la primera visita de Chapeltown a Chile en 1982. El viejo se lo había contado durante el vuelo desde Atlanta. En ese entonces, tanto él como Leverance ya eran miembros de La Hermandad, aunque no formaban parte de la jerarquía más alta. Claro, eran hermanos que iban aumentando su rango y ambos iniciaban auspiciosas carreras políticas. En el caso de Chapeltown, una ruta que lo llevaría al Senado, y en el de Leverance, a altas esferas dentro de los organismos de seguridad e inteligencia de los gobiernos de Reagan, primero, y Bush padre, después. Los dos viajaron a Santiago a reunirse con Augusto Pinochet, general y dictador que gobernaba el país desde el golpe de Estado de 1973, con el que había sido derrocado el gobierno socialista de Salvador Allende, gracias, entre otras cosas, a la intervención directa de la CIA y del gobierno de Nixon, que buscaba evitar que Chile se convirtiera en una segunda Cuba. Pero la reunión de Leverance y Chapeltown con el gobernante no había sido por motivos políticos. Al menos no evidentemente políticos. «La Hermandad había estado monitoreando las relaciones entre la dictadura militar chilena y la Iglesia católica desde 1973. En un principio el arzobispado había estado muy de la mano de Pinochet. Temían que con Allende el país se convirtiera en una dictadura comunista y atea en la que la Iglesia fuera perseguida. Pero con los años eso fue cambiando. La lealtad con los militares se limitó a grupos católicos de élite relacionados con las clases altas, mientras la Iglesia católica en sí se fue transformando en una firme detractora de la dictadura, en especial por las denuncias de continuas violaciones a los derechos humanos. El Colegio Cardenalicio de Santiago de Chile se convirtió en la principal institución opositora a Pinochet y el dictador temía al poder popular que ello podía desencadenar. Entonces, apuntó a la Iglesia evangélica, sabiendo muy bien que en las clases bajas del país nuestra religión crecía como una plaga, una que además era muy fácil de manipular y controlar, ya que es sabido que en el evangelismo lo que menos importa es la posición política, porque es tema de hombres, no de Dios.

Y encontramos una puerta abierta que decidimos aprovechar. La Hermandad hizo un trato con Pinochet: a cambio de su apoyo al crecimiento de la Iglesia evangélica en Chile, nosotros garantizábamos que las relaciones entre su gobierno y el nuestro iban a ser cada vez mejores, permitiendo que se liberaran los embargos de la Enmienda Kennedy para facilitar el acceso a armas de última tecnología, además, por supuesto, de garantizar que el pueblo evangélico jamás intervendría en temas de orden social y político, lo que se aseguró a través de un ordenamiento enviado a los pastores en el que se advertía que el hermano que se involucrara en temas relacionados con el gobierno, a favor o en contra, se expondría a ser disciplinado y expulsado de la congregación. Si hoy viajamos a Chile es gracias a la expansión del pueblo evangélico, logrado por obra y gracia de Pinochet, quien fue un títere muy útil y dócil a la voluntad de Dios. Hace tres años La Hermandad abogó ante el Congreso y el presidente Obama para que a los chilenos les fuera abolida la visa de ingreso a territorio estadounidense. Nada fue por casualidad, nos preparábamos para este evento; para lo que pronto sucederá en Santiago de Chile cuando arribe el Hermano Anciano. Entonces pasaremos esta y otras facturas, y en un plazo no mayor a cinco años, el Estado chileno deberá imponer de manera obligatoria el estudio del creacionismo en los planes de educación primaria, privada y estatal. De no hacerlo, sabemos perfectamente dónde apretar a este gobierno y al que venga después.

Sobre la mesa de noche de la habitación, el teléfono móvil de Kincaid vibró con una llamada entrante. El diácono tomó el aparato y vio que era de un número codificado. Antes de responder echó a correr el desencriptador y solo cuando en la cubierta translúcida apareció el nombre de Bayó, desbloqueó el celular para responder.

–¿Sí? –contestó en español. El coronel retirado y primo de Javier Salvo-Otazo le hizo un resumen de todo lo ocurrido desde la medianoche, haciendo hincapié en las noticias de lo sucedido en Mendoza.

Cuando Kincaid cortó la llamada, Chapeltown, que había despertado con el ruido del teléfono, preguntó:

–¿Sucede algo, hermano? –Tenía la voz lenta, ya que acababa de despertar.

–Leverance y Miele están vivos. El avión no venía a Chile. Bajó en Mendoza y eso permitió que, a pesar de la explosión, sobrevivieran. Leguizamón confesó estar detrás de todo, que lo hizo para que «la tercera carta» encontrara otra pista, una que lo trajera a Santiago. Según el argentino, su interacción era necesaria para nuestros fines.

–¿Y la bandera?

–Tuvieron que robarla.

–Si esa es la voluntad del Señor… –respiró hondo–. Entonces, ¿la hija de Leverance sobrevivió?

–Sí.

–Una lástima, para ella será muy complicado lo que viene. –El abogado de Athens, Georgia, no respondió–. Diácono Kincaid –continuó el anciano–, por favor, ¿sería tan amable de enviarle un mensaje al Hermano Anciano? Infórmele que todo está listo para su llegada.

60

–Toma, bébelo despacio –dijo Ginebra, mientras me alcanzaba un vaso plástico con café muy negro y muy caliente. A las siete y media de la mañana, con un día sin dormir de por medio, mi estado era de completa anestesia.

–Me estoy quedando dormido.

–Me doy cuenta. Traga dos de estas. –Me pasó un par de cápsulas blancas con una línea negra que las dividía en mitades iguales.

–¿Qué es?

–Da lo mismo, un secreto del FBI para mantenernos despiertos. Funciona.

–Me desarmo de sueño.

–El efecto es rápido y te necesito con todos los sentidos.

La obedecí, deseando que el efecto fuera inmediato.

–También deberíamos comer algo –le dije a mi compañera.

–Ahí vienen –me contestó Leverance–, tal vez más tarde tengamos tiempo de desayunar.

Estábamos en las oficinas de bodegas Senetiner, una enorme y hermosa viña dedicada a la producción de Malbec, ubicada en Luján de Cuyo, a dieciséis kilómetros al sur del centro de Mendoza. En el cementerio, cuando Ginebra preguntó si alguien sabía quién contaba con un helicóptero que realizara viajes a Chile, el comisario Ariel Ortega respondió que tenía una buena idea. Tras un par de horas en la comisaría y varias llamadas telefónicas nos trajo a estas instalaciones. Según él, aquí nos iban ayudar. Tras dejarnos en la recepción, el policía nos pidió unos minutos y se encaminó a las bodegas principales.

Tardó casi media hora en regresar.

Ortega venía acompañado de una mujer que por las líneas de expresión alrededor de su cara y las manchas sobre el dorso de las manos debía rondar los cincuenta años. Llevaba un traje de dos piezas con pantalones de pinza y el cabello cano, corto y amarrado. Lucía unos enormes anteojos de sol redondos y en la chaqueta, a la altura del pecho, llevaba un broche con el logo de la viña.

–Señora Leverance, señor Miele, ella es Gabriela Ruz, administradora de Senetiner. Le conté de sus necesidades.

–Así que por ustedes dos tuve que madrugar hoy –comentó–. En fin, me tomé la libertad de llamar a Buenos Aires al comisario Barbosa para tener sus referencias. Ortega me facilitó el número –agregó la mujer, mientras nos saludaba a ambos con dos besos en cada mejilla.

–Espero fueran buenas referencias. –Cuando quería, Ginebra podía ser muy amable.

–Lo suficiente para creer en su historia. Entonces, según entiendo, necesitan volar de incógnito a Chile…

–Es un caso complicado… –continuó la agente.

–Lo imagino, el comisario me relató lo ocurrido anoche. Pusieron una bomba en el avión en que viajaban –Ginebra asintió de mala gana pero con cortesía. Las pastillas me estaban haciendo efecto–. Sabrá –continuó Gabriela Ruz– que acabo de hablar con el señor Senetiner, quien me dio entera libertad para actuar, siempre que el nombre de la viña no se vea involucrado en un escándalo. Usted entiende…

–Solo necesitamos que nos lleven y nos dejen cerca de los Andes.

–Hacemos ese vuelo con frecuencia, tenemos bodegas en el valle del Aconcagua. Nadie pregunta demasiado. Imagino que eso es lo que necesitan.

–¿Entonces?

–Entonces hay que esperar al piloto, dependemos de él y de las condiciones del tiempo para ver a qué hora poder partir. Ahora vengan conmigo, esta persona ha de estar por llegar, quedamos de reunirnos en el helipuerto. Por favor –nos invitó a seguirla.

Bodegas Senetiner poseía un aparato de fabricación europea y mediano tamaño del tipo EC-225, modelo civil del Súper Puma militar, ampliamente usado por los ejércitos, fuerzas aéreas y marinas de todo el mundo. Estaba pintado entero de blanco y llevaba el logo de la viña en las puertas de la sección de pasajeros, además del nombre de las bodegas pintado a modo de librea a lo largo de la cola que separaba el fuselaje del rotor antitorsión de cinco palas.

—Buenos días —nos saludó un hombre de alrededor de cuarenta años y cabello muy oscuro y abundante, que lucía una gorra para el sol con el logo de la bodega.

—Buenas —respondí.

—Entonces ustedes tres son los pasajeros.

—Solo ellos dos —corrigió Ortega.

—¿Puede cruzar los Andes? —preguntó Ginebra, reiterando algo que ya teníamos claro.

—Sí, esta cosa vuela más alto que el Aconcagua —indicó la montaña maciza que podía verse hacia el noroeste, tras los cerros del valle de Luján—, pero no es necesario pasar por ahí, suelo seguir la ruta del paso de Uspallata cuando vuelo a Chile.

—¿Y puede volar ahora?

—De hecho les quería proponer que saliéramos en unos noventa minutos, lo que tardo en preparar la nave. Las condiciones son favorables y en unas tres horas, quizá menos, podríamos estar aterrizando en las bodegas de Aconcagua. A propósito, me llamo Amaro y vuelo con mi hijo Mateo de copiloto. Nos vemos acá a las —revisó su reloj— diez menos quince en punto.

—¿Y la aduana? —pregunté.

—Pibe, esta máquina lleva el logo del apellido Senetiner. Creeme, ni aduanas ni preguntas. Eso es lo que necesitás, ¿no? —me respondió la versión mendocina de Han Solo.

61

Princess Valiant le indicó a uno de los hombres de Bayó que estacionara el Peugeot 307 por calle Bustos, casi al llegar a avenida Los Leones. Luego le pidió que esperara dentro del vehículo con el motor apagado.

−Y quítate los anteojos oscuros, no queremos asustar a nadie, menos a una niña de doce años −agregó. Luego bajó del automóvil y caminó en dirección a la intersección de Bustos con avenida Ricardo Lyon, donde se ubicaba la puerta de entrada del colegio The English Institute de Providencia.

Faltaban siete minutos para las ocho de la mañana, la hora en que la hija de Elías Miele entraba a clases. Tenía una foto de la muchacha; sabía el movimiento del vehículo de transporte escolar, los horarios de salida y entrada. No iba a ser difícil, nunca lo era. Menos para alguien que se vestía y maquillaba como muñeca de colección, siempre un factor atractivo para una adolescente que buscaba su lugar en el mundo. Y Elisa Miele llevaba años buscándolo, el costo de ser hija de un escritor exitoso y fugitivo y de una psicóloga cuya fuerte personalidad solía opacar la suya, sumado a un padrastro ausente y a un par de hermanos menores que exigían demasiada atención. Parte de su refugio lo había encontrado en videojuegos, películas de terror y libros de manga e historieta. Princess la había estudiado, sabía acerca de su música favorita, sus platos predilectos, la película que se repetía cada dos días, la gente con la que más hablaba por redes sociales y la novela romántica de vampiros que subrayaba con lápices de tinta de colores brillantes. La asistente de Bane Barrow también sabía que el peinado de trenza que la niña usaba desde hacía tres meses tenía mucho que ver con el de la heroína de la novela que ocupaba la mayor atención de sus días.

La inglesa esperó a que avanzara el tráfico que bajaba por Lyon hacia Providencia y se ubicó frente a la entrada del colegio, ante los ojos de un guardia del establecimiento que en un principio desconfió de su aspecto, pero luego pensó que no era más que una excéntrica estudiante universitaria del sector. Princess pensó en fumar, pero sabía que era una pésima idea. Miró a las jóvenes estudiantes que ingresaban al establecimiento y recordó cuando ella tenía esa edad. King Valiant, su padre, que en verdad se llamaba así, pero no era hijo de un oficial de la Cunard que había servido en el *Queen Mary* ni pertenecía a la clase media alta londinense, había llevado a la familia a la ruina por deudas de juegos. A veces llamaban a casa, amenazando a su madre y hermanos; a veces el dinero desaparecía y no había para comprar libros o zapatos nuevos. A los once años la sacaron de un exclusivo colegio privado en el Ealing londinense y la matricularon en una escuela pública en el centro de la ciudad. No fue bueno, en especial para alguien con problemas de comportamiento producto de múltiples alergias alimenticias, que se sabía y consideraba no solo más inteligente que sus iguales, sino derechamente mejor. Cuando se es así puedes sobrevivir con solo hablar en un liceo privado; en uno público necesitas otras armas. Algo bueno había salido de esa traumática experiencia. También de que a los trece años la secuestraran durante dos semanas para que su padre pagara sus deudas, dinero que no canceló. Había capítulos de su vida que Princess Valiant prefería no recordar. De hecho, los había borrado con la precisión de una editora y verificadora de datos.

El autobús escolar, un Hyundai H1 pintado de amarillo, se estacionó sobre la vereda, al ingreso del The English Institute, y de su interior bajaron seis alumnas, todas de alrededor de doce años. Elisa Miele fue la última y caminaba junto a su mejor amiga, Julia Oyarzún, mientras hojeaban el último número de una revista para adolescentes. Princess aguardó que el transporte se alejara por Lyon hacia el norte y cruzó la calle.

–¿Elisa? –llamó–. ¿Elisa Miele?

La muchacha volteó hacia Princess al igual que Julia. Ambas la miraron de arriba a abajo, como si le escanearan la ropa: las botas, el pelo rojo desordenado, sus bandas de plástico como muñeca que usaba en el cabello, los aros fluorescentes y el bolso deportivo que siempre estaba a medio abrir. Aunque Valiant carecía de empatía, era buena relacionando y leyendo los ojos. Sabía que a ambas señoritas les había fascinado la forma en que ella lucía, que se morían de ganas de preguntarle dónde había comprado esa falda de tela escocesa o esos accesorios de plástico con los que amarraba su cabello.

–Sí, soy yo –respondió Elisa, mientras Julia le tomaba la mano. El guardia también observó la situación, pero las madres de otras alumnas lo tenían demasiado ocupado respondiendo acerca de los nuevos horarios de salida de la tarde.

–Hola –continuó la inglesa en español–. Tú no me conoces, me llamo Princess Valiant.

Ambas sonrieron.

–Es verdad –Princess cuando se lo proponía sabía actuar muy empáticamente, escribía sus guiones con antelación y los repetía de acuerdo a la persona que tenía enfrente–, ese es mi nombre y todo el mundo me pregunta lo mismo: si soy una «una princesa valiente». No lo tengo muy claro, pero sí que me visto como una. Como de animé japonés, ¿verdad?

Ambas sonrieron. Ya estaban dentro.

–¿Y quieres escuchar algo más chistoso? –siguió la ex asistente de Bane Barrow–. Mi padre se llamaba King Valiant y murió peleando por Inglaterra en la guerra del Golfo, la primera, la de 1992. Era piloto de la Marina Real inglesa y lo derribaron cerca de Bagdad, yo tenía un año –bajó el tono de su voz. Aunque sabía que a las niñas poco y nada les interesaba lo de la guerra, la historia de un padre muerto siempre era efectiva con la hija de un padre ausente. De hecho, la mirada cómplice y emotiva de Elisa le dijo que la adolescente estaba lista para la última parte del diálogo.

—Soy amiga de tu padre –dijo–. Elías está en Chile, ya eres grande e imagino que sabes que él no puede entrar.

—Lo sé…

—Y que tu madre no quiere que lo veas…

Elisa bajó la vista.

—Elías está esperándote en un auto por acá cerca y quiere saludarte.

—Yo… –dudó Elisa.

—No hay mucho tiempo. No va a estar muchos días y tiene muchas ganas de verte. Dile a tu amiga que le avise a tu madre, si es…

—Julia, ¿puedes llamar a mi mamá? Pero no altiro, espera diez minutos.

—Pero el colegio… –dijo Julia.

—Yo veo eso, hazme el favor, *please.*

—Sí, amiga.

Elisa Miele le sonrió a Princess, quien le contestó del mismo modo.

—¿Vamos? –dijo la hija de Elías.

—Vamos –confirmó la mujer que acababa de secuestrarla.

Paso de Uspallata, frontera Chile-Argentina

62

Amaro Cuyo y su hijo nivelaron la altura del Eurocopter EC-225 a unos trescientos metros por sobre la superficie del valle en forma de «V» que atravesaba a lo largo de 315 kilómetros la cordillera de los Andes entre Las Heras, en la provincia de Mendoza, y Portillo, cerca de los Andes, en la zona de Aconcagua en Chile. Abajo, un río casi seco, quebradas y restos de glaciales; atrás, los valles fértiles de Mendoza que dejamos hace hora y media, y, delante, solo montañas sobre montañas, elevándose en picos y cimas romas en dirección a mi tierra natal. Faltaban poco más de cien kilómetros para entrar a Chile después de casi once años, menos de una hora de vuelo para decir, en silencio, «estoy de regreso en casa».

En la carlinga de control, los pilotos se concentraban en la ruta. Enfrente mío y mirando hacia la parte posterior de la nave, como en un vagón de ferrocarril, Ginebra Leverance. Había estado leyendo desde que despegamos, pero pronto el sueño le ganó. Yo también dormí un rato, a pesar de la pastilla, hasta que un movimiento violento del helicóptero me azotó la cabeza contra una de las ventanillas de la cabina de carga y el dolor me despertó. El moretón en la frente no iba a tardar en aparecer.

Mateo, el hijo del piloto, se volteó hacia la cabina de pasajeros y me indicó que mirara hacia el norte. Lo hice y le devolví una señal del pulgar hacia arriba. Ya conocía ese sitio, pues cuando vine a Mendoza la primera vez, el bus se detuvo para que lo recorriéramos.

–¿Qué sucede? –despertó Ginebra.

–El puente del Inca, eso que se ve allá, ¿alcanzas a distinguirlo? –grité para que pudiera escucharme, algo casi imposible dado el ruido que había dentro. Ella tomó el intercomunicador y se lo puso sobre los oídos, marcando el canal de comunicación disponible para la cabina de pasajeros. Hice lo mismo. El ruido aún estaba, pero era más soportable.

—El puente del Inca, abajo hacia tu izquierda –repetí–. ¿Lo ves?

—Algo, hay una especie de ruinas.

En verdad se veía poco y nada.

—Es lo que queda de un hotel que existió en el lugar. El puente del Inca es una formación geológica en forma de viaducto –busqué un sinónimo apropiado– que se curva sobre el río Las Cuevas. La leyenda dice que el dios Inti, el sol, lo creó durante una noche para permitir que un príncipe inca, aquejado de parálisis, pudiera cruzar el río para acceder a unas fuentes termales con propiedades medicinales que podían curar su mal. Ya estamos próximos a la frontera con Chile. ¿Qué tal el sueño?

—No sé si bueno, pero sí necesario. ¿Cuánto dormí?

—Media hora, cuarenta minutos. No ha habido mucha novedad.

—Siento el cuerpo pesado.

—Estamos por sobre los tres mil metros de altura en una nave sin cabina presurizada, hay máscaras de oxígeno por si te sientes mal.

—Voy a estar bien… Este ruido es infernal, odio los helicópteros.

—Yo odio volar, pero no teníamos otra forma de cruzar, un avión involucra paso por aeropuertos.

—Lo tengo claro, Miele. Solo digo algo que me molesta.

La sombra en forma de pez prehistórico del EC-225 se estiraba y se deformaba en las laderas y barrancos de piedra de la cordillera, abajo, cada vez más abajo. Enfoqué la vista y descubrí, entre las curvas del paso de Uspallata, a un grupo de jinetes que arriaban ganado en dirección a Argentina. Delante, a través del ventanal en forma de invernadero del helicóptero, ya podía distinguirse Chile.

—Ginebra –dije–, cuando veníamos hacia Mendoza desde Buenos Aires, antes de que explotara la turbina del avión, te pregunté cómo tu padre y La Hermandad habían dado con la historia de la Logia Lautarina.

—Yo no sé nada de eso, salvo lo referente a *La cuarta carabela.*

–Por eso te lo pregunto. El complot de la Logia Lautarina es bastante conocido en el mundo hispanoamericano, especialmente en España, Argentina, Venezuela y Chile, pero en el mundo anglosajón no es precisamente un mito reconocible al nivel de las logias fundadoras de Washington, el esoterismo nazi o la agenda CIA-Ovni.

Ella sonrió.

–Por eso se pensó en Barrow; de la mano del escritor más exitoso del planeta, la historia de la Logia Lautarina se habría universalizado. Por supuesto, tú no eres Barrow y de terminar el libro tendremos que trabajar más –sonrió con sorna.

–No me respondiste la pregunta.

–No lo sé –bajó el tono de la voz–. De hecho, yo poco y nada conozco del tema. Sé que mi padre llevaba años buscando en la historia de países y regiones tradicionalmente católicos relatos que pudieran servir para lo que era su gran plan: destruir al Vaticano acabando con su credo más popular, la devoción mariana.

–Pero la Virgen del Carmen –rezongué– no es precisamente popular; si la idea era torpedear a los marianistas, el blanco era la Virgen de Guadalupe.

–¿Y crees que La Hermandad no lo sabe? ¿Quién piensas que ha financiado los libros y documentales de Discovery y The History Channel acerca de los mensajes ocultos en «la morena de Guadalupe»? Las constelaciones en el manto, los reflejos en los ojos, la idea de que no es una imagen de María –no usó el calificativo o sustantivo de virgen–, sino una supuesta entidad extraterrestre. Hubo un intento de difundir con pruebas casi científicas el dato de que Guadalupe fue y es una manifestación diabólica, relacionada con cultos paganos de los indígenas mexicanos. Nada resultó. La devoción a «la morenita» es demasiado poderosa, está demasiado fusionada con la identidad de ese país. Tu Virgen del Carmen, por otro lado, no genera ese fervor enfermo, pero sí un respeto histórico que les era muy conveniente.

–¿Les era? ¿No deberías decir «nos era»?

–Ya te dije, yo soy solo un soldado de mi padre. El conocimiento que manejo de este asunto se limita al que requiero para actuar –me miró fijo.

Cuando le regresé la vista, me encontré otra vez con Mateo, el hijo del piloto de la nave que me señalaba que ojeara hacia mi izquierda. Giré sobre mi asiento y volteé hacia donde apuntaba el muchacho.

–¿Qué hay? –me preguntó Ginebra.

–El Cristo Redentor de los Andes –le mostré. Ella se acercó para mirar. Trescientos metros bajo nuestra altura de vuelo aparecía la escultura que marcaba el límite exacto entre los dos países y un compromiso a mantener la paz de ambas naciones–. Bienvenida a Chile –le dije a mi compañera antes de contarle brevemente la historia de esa estatua–. Fue levantada a inicios del siglo pasado por un escultor argentino, impulsado por el obispo de Cuyo con la idea de representar la amistad entre los pueblos. Tiene una inscripción bastante poética que señala que se desplomarán primero las montañas, antes que argentinos y chilenos rompan la paz jurada a los pies de esa imagen del Cristo Redentor.

–Casi se derrumban en 1978.

–Y el año pasado también. La historia de ambas naciones ha estado marcada por uniones y peleas, eso nos ha definido. Aquí mismo, esta ruta que seguimos, fue un paso clave en la misión que dio la independencia tanto a Chile y Argentina como al resto de los países dominados por la corona española. El plan Maitland –dejé en el aire.

Ginebra Leverance se apartó de la estatua del Cristo y regresó a su lugar, frente a mí. Sin decir nada, volvió a su habitual estratagema de observar lo más fijo posible, lo que resultaba especialmente efectivo por el ligero temblor que afectaba a su ojo derecho, aquel que antes me resultaba intimidante, molesto incluso, y que ahora ya me era habitual. Sabía leer sus miradas y aquella manifestaba interés en que siguiera hablando. Lo mismo daba si su fijación era espontánea o lo hacía porque necesitaba manejar un marco teórico cada vez más completo respecto de la misión. Por mi parte, me convenía que mi aliada también manejara los detalles más escabrosos del relato, incluso los que no eran directamente fundamentales.

–Thomas Maitland fue un general escocés que en 1800 ideó y redactó un plan para liberar Hispanoamérica del dominio español –inicié–. Previo a su estrategia se pensaba que la mejor manera de guerrear era mediante revueltas particulares en cada capital de los virreinatos, para así lograr la independencia de los diversos territorios desde lo local. Esa idea fue la que abrazaron los primeros caudillos, como José Miguel Carrera en Chile. Maitland, por el contrario, sostenía que la forma más efectiva de lograr este propósito, dada la geografía de América del Sur, era a través de la creación de un ejército común que en lugar de actuar como una guerrilla contra las fuerzas españolas funcionara como una ofensiva masiva y organizada. De hecho, su plan estaba definido como una invasión y se dividía en siete pasos que debían de realizarse en un plazo no mayor a tres años, desde el primer hito. De acuerdo al general escocés, el primer eslabón era tomar el control de Buenos Aires para iniciar desde allí una ofensiva terrestre con el objeto de controlar Mendoza y convertirla en la base de operaciones, que era la segunda base. El tercer punto era organizar, precisamente en Mendoza, una gran fuerza armada conjunta de todos los países involucrados: el Ejército de los Andes. Teniendo a los invasores preparados para actuar, el siguiente escalón era cruzar los Andes en diversas columnas que permitieran acceder a Chile desde distintos puntos, para confundir a los realistas y así asegurar la victoria. Conseguido Chile, la siguiente etapa era el Perú, para lo cual se requería crear una escuadra libertadora que zarpara desde Valparaíso para acceder a Lima a través del mar. Con la capital del virreinato del Perú en manos patriotas venía la última fase de la operación, conformada por asaltos terrestres y marinos a los territorios de Ecuador, Colombia y Venezuela

–¿Funcionó?

–Y de una manera perfecta; salvo por lo de Venezuela que, corrió por el carril particular de Simón Bolívar y sus hermanos más fieles. El plan Maitland fue enseñado por Francisco de Miranda a sus jóvenes alumnos de Londres y Cádiz, futuros integrantes de la Logia Racional de Cádiz, bautizada luego como Logia Lautarina. José de San Martín y Bernardo O'Higgins acogieron la idea y la concretaron hacia 1817. Esto alimentó la hipótesis entre ciertas escuelas historiográficas de que la logia no fue más que una tapadera para ocultar a los verdaderos gestores de la independencia sudamericana, que habrían sido los ingleses, de los cuales Miranda fue el principal aliado. Por supuesto que hay motivos para pensarlo; se sabe que el venezolano buscó apoyo en la corona británica y que a cambio de armas y tropas ofreció el monopolio del comercio en el subcontinente, lo que finalmente no se concretó por una cuestión práctica.

–La distancia.

–Más específicamente, el tamaño de la inversión que debían de hacer los británicos, producto de la distancia.

–De igual manera la logia concretó el plan Maitland.

–Sí, es que además de lo estratégico, para Miranda lo de cruzar los Andes tenía un especial significado iniciático. Se trataba de una epopeya que conducía a sus hermanos menores a proscenios épicos igualables a los de Aníbal de Cartago venciendo a los Alpes con sus elefantes o a los de Alejandro Magno atreviéndose en el Cáucaso, con todos los sacrificios y glorias que ello arrastraría. San Martín, es más, realizó el paso afectado de terribles úlceras que lo tuvieron inconsciente durante todo el trayecto. Fueron veintiún días, pasaron casi seis mil hombres, cuatro mil caballos y alrededor de mil animales de tiro. Entre los carros que arrastraban figuraban veintidós cañones, muy pesados de llevar, en una ruta que básicamente eran solo pendientes.

–¿Esta fue la ruta? –preguntó Ginebra, indicando el paso que sobrevolábamos.

–La de la segunda columna y la artillería pesada, al mando del general bonaerense Juan Gregorio de las Heras y de Luis Beltrán, un fraile franciscano genio de las ciencias de la balística y la artillería.

–¿Y O'Higgins y San Martín?

–Ellos integraban la primera columna, que avanzó por el paso de Los Patos, algunos kilómetros más al norte –apunté–. Ambos líderes salieron desde El Plumerillo, al norte de Mendoza, mientras que los batallones que pasaron por acá abajo lo hicieron desde el mismo centro de la ciudad. Ambas confluyeron en Chacabuco, donde se dio el primer enfrentamiento y la primera victoria para el Ejército Libertador el 12 de febrero de 1817.

–¿Y las otras divisiones? De acuerdo a lo que me explicaste del plan Maitland, la idea era abrirse como las patas de una araña.

Sonreí, estaba de verdad interesada.

–Hubo un regimiento que salió de La Rioja, al norte de Argentina, el que se encargó de tomar Copiapó y Huasco, precisamente en el norte de Chile. Un poco más al sur estuvo la fuerza al mando del teniente coronel Juan Cabot, que desde San Juan asaltó Coquimbo. Las columnas de Tunuyán asaltaron Santiago directamente por el este a través del paso de Portezuelo, y la ofensiva del general Ramón Freire, encargada de liberar el sur de Chile, invadió a la altura de Talca.

–Aún no entiendo lo del sentido iniciático del cruce. ¿Tiene que ver con la Virgen del Carmen?

–En realidad, con el culto al señor o a la señora de la luz que era el guía de las logias racionales creadas por Miranda.

–Te escucho.

Busqué el teléfono móvil que me había pasado Ginebra al despegar de Buenos Aires, pulsé la clave de usuario, me conecté a la red vía satélite y luego accedí a mi disco duro virtual, desde donde descargué un archivo de texto.

–Toma –le dije, pasándole el celular–, lee.

–¿Qué es?

–Todo lo que necesitas saber acerca de lo que me acabas de preguntar. Es un ensayo que publiqué hace varios años en una revista española de misterios históricos y que luego traduje y actualicé para la conferencia que ofrecí en UCLA hace dos semanas. Creo que es más claro a que yo siga hablando. Además, estoy cansado y quiero tratar de dormir un rato. Espero no te moleste.

–No –respondió ella–, de hecho prefiero leer. –Luego buscó sus anteojos de lectura y comenzó a mover su índice derecho por la pantalla del móvil.

63

«La Gran Reunión Americana, también conocida como Logia de los Caballeros Racionales, fue fundada por el caudillo venezolano Francisco de Miranda en el año 1797 en Londres. El apelativo de Logia Lautarina o Logia de Lautaro se debe a los relatos que contó Bernardo O'Higgins a Miranda sobre las hazañas en contra de la dominación española del héroe mapuche Lautaro, quien en 1546 se dejó capturar por las fuerzas conquistadoras de Pedro de Valdivia, para así ganarse la confianza de los invasores y aprender de sus fortalezas y debilidades, lo que luego usó para iniciar una guerra contra el avance hispano. Miranda y O'Higgins educaron a los "hermanos lautaristas" en la idea de que ellos también debían convertirse en "enemigos internos, supuestamente aliados" para sus adversarios. El objetivo fundamental de esta logia era lograr la independencia de América, estableciendo un sistema republicano unitario y un gobierno confederado. Se habló incluso de una monarquía criolla, idea que defendió hasta su muerte el hermano José de San Martín.

»Aunque nació y se desarrolló principalmente en Argentina, su influencia se extendió por otros países sudamericanos, como Chile, Perú, Ecuador, Colombia, Venezuela y Uruguay. Dado su carácter de organización secreta, ayudó a coordinar y establecer contactos entre muchos de los líderes de la independencia hispanoamericana, como Bernardo O'Higgins, Simón Bolívar, Andrés Bello, Antonio José de Sucre, José de San Martín y otros tantos, incluso algunos que traicionaron y fueron traicionados por la organización, como es el caso del chileno José Miguel Carrera, por lejos la figura más trágica relacionada con la historia de esta conspiración.

»De acuerdo a lo que sostiene el historiador chileno Jaime Eyzaguirre (1908-1968) en la introducción a su ensayo *La Logia Lautarina y otros estudios sobre la independencia,* "en la formación y estímulo del proceso de la independencia hispanoamericana jugó un papel importante una sociedad secreta, conocida con el nombre de Logia Lautarina, que se ramificó en diversos sitios del continente y que después de la batalla de Chacabuco, el 12 de febrero de 1817, tuvo por varios años un papel decisivo en la política chilena y argentina". Sostiene Eyzaguirre que sobre el origen de la logia abundan más las conjeturas que los documentos realmente comprobados. Sin embargo, hay más o menos consenso entre los historiadores –y estudiosos– en apuntar que este grupo secreto emerge de una logia masónica instituida en Londres por el venezolano Francisco de Miranda y esparcida luego a España y a las colonias de América del Sur.

»¿Pero puede hablarse de ellos como reales exponentes de la masonería? El historiador español y experto en sectas y grupos religiosos Manuel Prado es contrario a la idea: "Creo que la relación más directa entre esta logia y la masonería se da en la figura del primer presidente de Chile, don Manuel Blanco Encalada, quien fue miembro del grupo y luego fundó la masonería chilena en 1827. Por otra parte, debe tomarse en cuenta que muchos miembros de la Lautarina eran fervientes católicos, como el sacerdote José Cortés Madariaga, algo imposible de imaginar dentro de una sociedad de masones".

»Pero indudablemente la Logia Lautarina compartía elementos con la masonería, sobre todo en cuanto a su carácter iniciático y secreto. Bernardo O'Higgins usaba en su correspondencia cierto lenguaje fácil de identificar como masón: referencias al Gran Hacedor, al Gran Dispensador de los Favores, al Señor de la Luz, a la Estrella Solitaria, al género humano como La Obra, etc. Por supuesto, este tipo de sustantivos y adjetivos eran bastante comunes en el siglo XVIII que, después de la Ilustración, trataba de alejarse lo más posible de ideas y preceptos vinculados con la religión, especialmente del catolicismo.

»A propósito de Bernardo O'Higgins, no debe olvidarse que el prócer tuvo una fuerte influencia tanto religiosa como filosófica en su formación educacional. Para él fue especialmente importante la "Carta de la tolerancia" de John Locke, que sumada a la influencia de Miranda hicieron del hijo del virrey del Perú un humanista con ideas muy ilustradas, más de lo que muchos piensan. En el aspecto religioso, por ejemplo, tenía una visión extremadamente racional, inclinada hacia la teología natural en lugar de la teología sagrada, es decir, hacia probar y demostrar la existencia de Dios más por el criterio de la razón humana que por la fe.

»No obstante, no es menor el dato del desprecio que O'Higgins sentía de niño hacia las autoridades eclesiásticas que por años lo trataron como un ciudadano de segunda clase, ultrajando su origen como hijo de una madre soltera y primogénito no reconocido del virrey del Perú. Sabía el futuro padre de la patria de Chile que el apelativo de "huacho" se había originado en los pasillos de parroquias, conventos y escuelas, amparados por la Iglesia católica, y de ahí se había difundido entre sus iguales, primero, y enemigos políticos, después. Aunque jamás habló de venganza hacia los curas, era bien sabido entre sus pares el deseo de O'Higgins de bajarle los humos a los portadores de sotanas. Fue precisamente su mentor, Francisco de Miranda, quien le enseñó que lo mejor no era un ataque directo, sino usar su propio dogma y tradiciones para espolonear donde más les doliera a los obispos, "como Lautaro con Pedro de Valdivia", le habría recordado. El dato de que a su muerte, en 1842, lo hiciera vestido con los hábitos de un franciscano no fue, como se piensa, un acto de humildad y acercamiento a la fe cristiana, sino una derecha burla hacia esa orden católica, la misma que lo educó, despreció y burló de niño en su natal Chillán.

»A la hora de buscar antecedentes de la Logia Lautarina en Chile y Argentina, ha de retrocederse a 1811. Ese año los hermanos Carrera, que habían regresado de España, se tomaron el poder en Santiago. José Miguel ocupó el cargo de Director Supremo de Chile, iniciando la formación del ejército patriota. Instaló además el alumbrado público, compró una imprenta y publicó *La Aurora de Chile*, el primer periódico del continente. Todo como parte de un plan de manipulación de masas ideado por su amigo fray Camilo Henríquez, un intelectual carolino que además era hermano lautarino y quien fuera responsable de iniciar a José Miguel en este grupo, por instrucciones del propio Francisco de Miranda, con quien mantenía una constante correspondencia. El propio Bernardo O'Higgins abogó para que Carrera fuera aceptado en la logia, sin imaginar lo que ello acarrearía. Este primer gobierno instauró además la primera bandera chilena y comenzó la planificación de un nuevo Congreso.

»Pero a poco andar el régimen, José Miguel Carrera dejó de ser un hermano activo dentro de la Lautarina, nombrando a los componentes de su gobierno sin consultar a la logia y sin hacerla partícipe. Mucho molestó a Miranda que en lugar de Camilo Henríquez fuera Manuel Rodríguez –amigo de infancia de los Carrera– convocado como secretario de gobierno, y que se le diera activa participación como ideóloga a Javiera, la hermana del clan, ya que era sabido que uno de los preceptos más inquebrantables de la Lautarina era la negación a que mujeres participaran en asuntos relacionados con sus intereses. Esto fue visto como una traición por José de San Martín, quien convocó a su "hermano" Bernardo O'Higgins –miembro fundador de la logia y quien en 1811 participaba en el gobierno como congresista representante de la ciudad de Concepción– a que derrocara el gobierno.

»Obediente a sus maestros y camaradas, en agosto de 1814, O'Higgins formó un ejército privado y avanzó desde Concepción hacia Santiago. Quiso la casualidad que esto sucediera al mismo tiempo en que desembarcaron en Valparaíso y Coquimbo tropas realistas enviadas para reconquistar Chile. Carrera le hizo ver a O'Higgins que debían unirse para atacar a los españoles. Sin embargo, O'Higgins solo deseaba ocupar la dirección del país y que Carrera dejara el mando de las fuerzas armadas.

»Finalmente se produjo el choque entre ambos caudillos, al tiempo que los españoles alcanzaban a las tropas de O'Higgins y las atacaban.

Al ver esto, el hijo del virrey se unió a Carrera, compartiendo el mando del ejército. Las fuerzas chilenas estaban compuestas por mil trescientos soldados, aunque solo algunos eran profesionales, en tanto que las españolas estaban formadas por más de cinco mil, todos aguerridos. Es lo que se conoce en la historia de Chile como el Desastre de Rancagua, sucedido el 2 de octubre de 1814 y que termina con el gobierno de Carrera, iniciando así el proceso político bautizado como Reconquista española. Es también uno de los instantes más controvertidos en la carrera militar de O'Higgins, cuando en medio de la batalla y al ver que sus tropas estaban perdidas, reúne a sus oficiales y realiza una "carga", que fue en realidad una manera de escapar con la frente en alto. El dejar a sus hombres en medio de una carnicería sería un precio que el hijo del virrey, a pesar del apoyo incondicional de la Logia Lautarina, jamás lograría saldar.

»Lo que quedaba de las tropas chilenas debió huir a Mendoza. El primero en llegar fue O'Higgins, quien de inmediato fue acogido por José de San Martín, quien lo nombró segundo al mando. Dos meses después arribó José Miguel Carrera, a quien de golpe se le quitó el mando del Ejército chileno, se le dejó de reconocer como Director Supremo y se le encarceló por cargos de desobediencia, todo por orden de los miembros de la logia».

–¿Se entiende? –le pregunté a Ginebra, mientras en el exterior la altura de las montañas comenzaba a bajar y a lo lejos, delante de la carlinga del helicóptero, se distinguía el verde de los valles precordilleranos chilenos.

–Por favor, no me interrumpas –respondió la agente del FBI sin despegarse de la pantalla del móvil.

Seguí mirando el paisaje, recordando Chile. Ella continuó leyendo:

«Para nadie es un secreto que la francmasonería alcanzó un gran desarrollo en las clases altas y cultas de la Europa del siglo XVIII. Aunque hay indicios de su existencia en Inglaterra desde al menos un par de siglos antes, su orientación definitiva data de 1717, año que coincide

342

con la fundación en la capital británica de una gran logia que recibió los principios racionalistas en boga, contrarios, en su mayoría, a las religiones positivistas, particularmente la católica. Tras su aparición en las islas Británicas, el movimiento se extendió por Alemania, Francia, Italia y España. Desde un inicio, el Vaticano advirtió con preocupación su influencia, que estimó antagónica a sus principios. Sucesivamente, los papas Clemente XII y Benedicto XIV condenaron esta organización secreta y prohibieron bajo severas penas canónicas afiliarse a ella. Ser católico practicante y francmasón resultó incompatible para la Santa Sede. Y así lo aceptó el rey Fernando VI de España, quien en 1751 mandó a redactar un decreto contra la masonería, bajo pena de excomunión papal. Sus súbditos de la península y América quedaron de esta forma advertidos.

»Entonces, ¿cuál fue el vínculo inicial entre Francisco de Miranda, mentor de la Logia Lautarina, y la francmasonería? A inicios del siglo XX, el historiador norteamericano William Spence Robertson, en su ensayo *La vida de Miranda* (1929), aporta más sombras que luces al misterio. Literalmente: "Aunque manifestó interés por los establecimientos masónicos en el curso de sus viajes por Europa, el examen de sus papeles inéditos nada revela y prueba que perteneciera a la orden masónica, ni que fuese un gran maestro de esta".

»Sobre lo anterior, el libro de Eyzaguirre subraya que las investigaciones de Spence Robertson no excluyen el afán proselitista de Miranda en pro del ideario de la emancipación, cosa que señala, en particular, al referirse a sus relaciones con el joven Bernardo O'Higgins. Sobre el caso es necesario apuntar que O'Higgins guardó como recuerdo unas instrucciones del venezolano en las que se leían consejos acerca de la relación con la Iglesia: "Es un error creer que cada hombre, que es un tonsurado o canónigo (sacerdotes, diáconos y clérigos), es un fanático intolerante y un enemigo decidido de los derechos del hombre. Conozco por experiencia que en esta clase existen los hombres más ilustrados y liberales de Sudamérica, pero la dificultad está en descubrirlos. El temor a los graves castigos los hacía disimular sus ideas". No hubo, como puede leerse, en su persona una aversión completa hacia los hombres de fe.

»Por supuesto, lo anterior es lo que podemos definir como la versión oficial de la historia de la logia y su particular mentor, Francisco de Miranda; bajo la superficie el relato crece y se extiende en una geografía donde los límites no solo son difíciles de definir, sino que derechamente no existen. Miranda nació en Caracas en 1750 en el seno de la familia de un rico comerciante que de inmediato educó a su hijo en las artes de la ilustración y la lectura, haciendo del muchacho un temprano intelectual cuya curiosidad y necesidad de conocimiento propició que, en plena adolescencia, consultara textos y filosofías que no eran precisamente del gusto de su familia y, sobre todo, de sus educadores religiosos. Sacerdotes católicos advirtieron al padre de Miranda que el joven estaba buscando la compañía de pensadores peligrosos y leyendo textos contrarios a la educación cristiana.

»A los catorce años, Francisco de Miranda sufrió la primera quema de libros, un dolor que, sin embargo, fue curado por la seguridad de que lo aprendido en esos textos ya habitaba en su cabeza. Tres años después fue enviado a España a terminar su instrucción militar, donde se graduó con maestría en esgrima, ciencias de la guerra y grado de capitán, cargo con el cual el ejército del rey lo envió a Pensacola, Estados Unidos, como parte de las fuerzas hispanas que apoyaban al general George Washington en la guerra de Independencia contra los ingleses. Es aquí cuando surge en el joven oficial la idea de convertir Sudamérica en un espejo del proyecto de Washington, unos Estados Unidos del sur, libres de la corona española. Sin embargo, pronto cae en la atención de la Inquisición, que lo investiga por su lectura y colección de textos prohibidos y por su fascinación por dibujar desnudos femeninos, que lo llevan a ser acusado de promover obscenidades. En 1782 llega la orden de apresarlo y regresarlo a España, pero él escapa y se refugia en Filadelfia.

»En 1783, Thomas Jefferson, amigo muy cercano de Miranda, se encargó de iniciarlo en la masonería y lo invitó a ser parte de una orden aún más secreta, de la cual formaban parte el general Washington y otros intelectuales estadounidenses, como John Adams y Benjamin Franklin, los cuales eran llamados Illuminati del Nuevo Orden o del Nuevo Mundo; es en ese contexto donde comienza a fraguar su sueño de los Estados Unidos de Sudamérica o Gran Colombia, y la búsqueda iniciática de un "gran señor de la luz". Miranda es, además, el secreto impulsor de la carrera presidencial de Washington, a quien bautiza en lo que el venezolano llama "rito del poder", del cual el general estadounidense era el único que podía ser parte, dado su origen vinculado a la nobleza criolla estadounidense.

»En 1785, Miranda regresa a España, nación que lo declara proscrito y ordena su detención. Escapa e inicia una aventura por Holanda, Prusia, Italia, Francia, Turquía y Rusia, donde es considerado ciudadano protegido por el príncipe Potemkin. En este período es invitado a Baviera por Adam Weishaupt, fundador de los Illuminati europeos, quien había creado el movimiento como respuesta a los norteamericanos para así garantizar el control de la economía del viejo mundo. De Weishaupt, el venezolano abraza la idea de que la iluminación no solo es intelectual, sino también política y, sobre todo, económica. Es así que recurre al primer ministro inglés para presentarle el proyecto de la Nueva Colombia ofreciéndole –a cambio de su ayuda contra la corona española– el monopolio del comercio en la nueva nación federada que iba a surgir en el nuevo mundo. El plan es finalmente desechado, por lo cual Francisco vuelve a recorrer Europa, refugiándose en Francia, donde acaba apresado en el proceso de la Revolución francesa, compartiendo celda con un joven Napoleón y salvándose de la guillotina gracias a una oportuna confusión de nombres. Tras arrancar de Francia, Miranda viaja al norte de Italia, donde encuentra a su "señor de luz" –su Lucifer privado– en los relatos de la aparición de un ser de luz cerca de Palermo, el cual, según un culto local, era espejo de la señora luminosa que había aparecido por primera vez en el cerro de Al-Karem en Israel y a la que la Iglesia católica había cristianizado como Virgen del Carmen.

»Hacia 1798, Francisco de Miranda regresa a Londres como profesor de estrategias de guerra y esgrima en la academia Richmond, donde empieza a tomar contacto con jóvenes criollos latinoamericanos, como Bernardo O'Higgins, José de San Martín y su amigo Simón Bolívar. Recordando la experiencia de los Illuminati de Jefferson, el venezolano une a sus pupilos en su propia versión de este grupo al cual, para diferenciarlos, llama Caballeros Racionales o Brillantes, bautizando luego a la logia como la Gran Reunión Americana, y finalmente, tras los relatos del chileno Bernardo O'Higgins sobre la guerra de Arauco, como Logia Lautarina o Logia de Lautaro. Y son estos jóvenes caudillos, más otros que fueron sumándose con el paso de los años, tanto en Londres como en Cádiz y Buenos Aires, los que concretaron el sueño del venezolano universal: dar libertad a Hispanoamérica y consagrar la hazaña a la devoción del Señor de la Luz de la Iluminación, o como se ha conocido desde entonces: la Virgen del Carmen. Traicionado por su propio hermano, Simón Bolívar, Francisco de Miranda fallecería en San Fernando, España, en 1816, un año antes de que sus pupilos más queridos –Bernardo O'Higgins y José de San Martín– cruzaran los Andes en un rito iniciático dedicado a la Señora del Carmen. El plan para la Gran Colombia o los Estados Unidos de Sudamérica fue tomado posteriormente por Simón Bolívar, pero su rivalidad con los hermanos Sucre, San Martín y O'Higgins impidió que el gran proyecto del fundador de la logia se concretara, limitándose a una nación federal fundada en 1821 y que unió a Panamá, Ecuador, Colombia y Venezuela durante una década. Luego, los celos internos levantaron las fronteras y cada país participante continuó su carrera como nación independiente y soberana.

»Aunque no hay consenso absoluto sobre los miembros de este grupo, en listas e investigaciones suelen repetirse los siguientes nombres: Francisco de Miranda, Antonio José de Sucre, Santiago Mariño, Andrés Bello, Luis López Méndez, José Cortés de Madariaga, Francisco Isnardi y Simón Bolívar, de Venezuela; José María Caro, de México; Bernardo O'Higgins, José Miguel Carrera, Ramón Freire, Camilo Henríquez,

Manuel Blanco Encalada, de Chile; Juan Pablo Fretes, de Paraguay; y José de San Martín, José Matías Zapiola, Carlos de Alvear, Bernardo de Monteagudo, Gervasio Posadas, Domingo French, Tomás Godoy Cruz y Tomás Guido, de Argentina».

64

Frederick, el gato persa color humo, levantó las orejas y luego abrió los ojos. Estaba recostado en el alféizar de una de las ventanas del estudio de su amo, ubicado en el ala sur del primer piso de la casona de Cedars Manor, y de inmediato reconoció que los autos que avanzaban por el parque que formaba el ingreso a la propiedad no le resultaban familiares. Los gatos nunca se equivocan.

El agente del FBI apellidado Watterson descendió del primer Ford Crown Victoria pintado de negro brillante que se estacionó frente a la puerta principal de Cedars Manor y, sin quitarse los anteojos, se dirigió hacia el vestíbulo, donde presionó dos veces seguidas el timbre. Una doble cadena de campanillas hizo eco al interior de los pasillos de la enorme propiedad. Antes de que alguien fuera a abrir, una mujer de cabello castaño, fiscal adjunta del FBI apellidada López, se había unido a Watterson.

–Buenas tardes –saludó el mayordomo de Cedars Manor, un señor de color y sesenta y cinco años, cuarenta de los cuales llevaba trabajando para los hombres que eran convocados a habitar la enorme casona emplazada en Arlington, a pocos kilómetros del centro de Washington D.C. No era primera vez que el FBI se acercaba a la puerta, sí la única oportunidad en que lo hacía con esa fría prepotencia de una operación oficial.

Watterson mostró la placa y preguntó:

–¿El reverendo Caleb Leverance?

–De inmediato –respondió el mayordomo, pero el agente lo detuvo.

–No, vamos con usted. –Y junto a López ingresaron al vestíbulo de la mansión.

Antes de que el mayordomo de la mansión, propiedad del National Committee for Christian Leadership, cerrara la puerta, vio ingresar por el jardín exterior un par de autos con los colores de la policía de Virginia y una camioneta con el logo de una estación local de televisión. Respiró profundo y pidió a Dios por sabiduría y humildad ante su voluntad.

—Por acá —guió el mayordomo al agente y a la fiscal.

Frederick hinchó los pelos de la cola —no le gustaban los extraños— y saltó del borde de la ventana, buscando refugio debajo de uno de los sofás del estudio.

—¿Qué sucede, Frederick? —dijo Caleb Leverance, levantando sus canosos setenta años del escritorio para luego caminar hacia donde se había escondido su mascota. No alcanzó a dar un paso, cuando tras dos golpes continuos a la puerta del despacho, el mayordomo abrió la puerta. Nunca lo hacía antes de que desde el interior lo autorizaran a entrar. El reverendo Leverance comprendió en el acto la razón por la cual el gato se había escondido. Ese animal era el ser vivo más inteligente que había conocido en su vida.

—Disculpe, pastor —se excusó el mayordomo.

—Reverendo Leverance —interrumpió el agente Watterson enseñando su identificación—, está usted detenido según las leyes del gobierno federal de los Estados Unidos. Tiene derecho a llamar a un abogado. Por favor, acompáñenos.

—¿De qué me está hablando? —Arrugó el ceño el director de La Hermandad.

—Se le ha acusado de abusos sexuales contra menores de edad —explicó con frialdad la fiscal López, sin disimular el asco que sentía hacia el anciano afroamericano que tenía enfrente—. Debe venir con nosotros.

65

Aguardé a que el Marcopolo Viagio 1050 G7 de Pullman Bus saliera del túnel Chacabuco, en la carretera Los Libertadores que unía los Andes con Santiago de Chile, para volver a intentar conectarme a la red con el teléfono que Ginebra me había pasado en Buenos Aires.

–¿Resulta? –me preguntó Ginebra.

–Debería. Antes del túnel pude entrar a mi correo electrónico, pero no logré descargar nada.

–El mío está muerto –la agente enseñó su teléfono– y eso es muy extraño… –dudó.

–¿Que no tengas señal? Esto es Chile, tercer mundo –traté de tranquilizarla.

–Te conectaste en el helicóptero, sobre la cordillera –me corrigió.

No supe qué responder.

Ginebra me miró, había algo que quería decirme, eso era evidente. Finalmente, justo cuando el vehículo de transporte colectivo se detuvo en el control de peaje, lo soltó:

–¿Sabes que estos teléfonos no requieren red convencional 4G o wi-fi?, roban red de cualquier satélite que esté flotando encima nuestro, pero hay que estar autorizado para el acceso.

–¿Y tú no lo estás?

–Se suponía –bajó el tono de la voz.

–Quizás en la geografía hay áreas de silencio –inventé.

–No, es peor que eso, no digas tonterías. Si no puedo enlazar es que me cortaron desde Washington. Temo que algo muy grave esté sucediendo.

–Si prefieres…

–No, a estas alturas ocurra lo que ocurra, quiero saber quién está detrás de Princess y Juliana, quién nos está jodiendo, por qué y para qué…

–Aunque eso signifique…

–Aunque eso signifique lo que signifique –hizo un alto–. De todas formas, algo bueno hay en esto, sin esta conexión –levantó su móvil– soy invisible, al menos por uno o dos días. Menos mal que traías efectivo del que cambiaste en Argentina para pagar los pasajes; si hubiésemos usado una tarjeta de crédito tendríamos a la Interpol completa esperándonos ya en Santiago.

–No es la Interpol lo que me preocupa –subrayé.

Tras dejar atrás la plaza de peaje el bus aceleró y continuó el viaje pasando junto al parque Monumento a la Victoria de la batalla de Chacabuco.

–¿Qué es eso? –me preguntó Ginebra apuntando a la estatua de veinte metros de alto que representaba una figura de rasgos ligeramente antropomórficos, la que levantaba los brazos en «U» sujetando en la parte superior una espada de cuatro metros de largo.

–En el ensayo que te di a leer –expliqué– se hablaba de la batalla de Chacabuco, el primer enfrentamiento entre las tropas realistas y el Ejército Libertador que acababa de cruzar los Andes…

–Y la primera victoria –completó ella; había entendido bien el ensayo.

–Exacto. Esta zona que vamos cruzando son los altos y el valle de Chacabuco; aquí se desarrolló ese enfrentamiento. En la parte alta, donde está el monumento, se instaló la artillería que cruzó por Uspallata y en los bajos las tropas. Así se tuvo una ventaja estratégica y geográfica sobre los españoles. En realidad no fue una sola batalla, sino una serie de enfrentamientos que empezaron el 9 y terminaron el 12 de febrero de 1817.

Leverance miró nuevamente por la ventanilla y reiteró:

–Es extraña la figura de la estatua…

351

–Muy de su época, alrededor de 1970. No estoy muy seguro. Imagino que fue encargada por la dictadura de Pinochet, que exaltó todo lo que tuviera que ver con patriotismo y el culto a la figura de Bernardo O'Higgins; curioso e ignorante, porque el real héroe de esta batalla fue José de San Martín. O'Higgins y su compatriota Ramón Freire se limitaron a entrenar a las tropas y, en el caso de Freire, a convencer a los carreristas a que pelearon por ellos. Leíste esa parte, ¿verdad? ¿Lo de José Miguel Carrera? –ella asintió–. Por años yo pensé que el monumento representaba a uno de los libertadores, por esa gorra tan de época –imité sobre mi cabeza, Ginebra esbozó una sonrisa–, pero luego me indicaron que era una imagen femenina, de una Victoria o Libertad. Lo que tiene en la cabeza son alas.

–Extraña –insistió ella, y continuó con su vista fija en la ruta–. ¿Cuánto falta para llegar a Santiago?

–Cuarenta minutos; ya estamos en la ciudad capital –murmuré, mientras veía cómo el resto de los pasajeros de la máquina, la mayoría observando con cara de extrañeza a este par de «gringos» que hablaban en inglés, revisaban sus teléfonos inteligentes. Imagino que a más de alguno le llamó la atención que entre las frases en inglés aparecieran nombres como O'Higgins, Carrera o Chacabuco.

Hacía noventa minutos, Amaro Cuyo había aterrizado su helicóptero en las instalaciones de la viña bodegas Senetiner-Chile, ubicadas a once kilómetros del centro de Los Andes, en el valle de Aconcagua, cerca de la ruta a San Felipe. Tras unos saludos protocolares y un autógrafo a un ingeniero agrícola que me reconoció porque había leído mis novelas, una camioneta de la empresa nos trajo al terminal de autobuses de Los Andes. Menos de un minuto después estábamos en una máquina de piso y medio y dos ejes con motor Mercedes Benz de origen brasileño rodando desde Los Andes y la vecina calle Larga hacia la ruta a la capital de la nación.

–Tengo conexión –le dije a mi compañera, enseñándole la pantalla de mi teléfono.

Ginebra miró y no dijo nada.

En forma automática, el navegador predeterminado por el wi-fi de Pullman Bus me llevó a la página de entrada de un periódico chileno. La segunda noticia de portada me provocó una punzada en la boca del estómago.

—No son precisamente pudorosos —le enseñé a mi compañera.

Ella observó la imagen y me pidió que le tradujera; era mejor hablando el español que leyéndolo.

—Desconocidos ingresaron —leí— a la cripta del Barrio Cívico, ex Altar de la Patria, y robaron la primera bandera de Chile. Dicen que la profanación, sí —aclaré—, usan esa palabra, habría sucedido durante la medianoche de ayer; que los dos guardias están desaparecidos, que no se forzó la cerradura para entrar y que lo único que fue destruido fue la vitrina donde estaba expuesta la bandera.

—¿Es la bandera de French, la falsa pista de las manos de Domingo?

—Sí, la estrella solitaria. Imagino que Andrés estuvo detrás de esto y que trató de retrasarlos con el robo…

—Eso o Andrés sabe más de lo que te dijo…

—Nos salvó de caer en Mendoza.

—¿Sí? ¿Estás tan seguro? ¿Y si solo nos retrasó a nosotros? Él conocía la historia de la tumba de Mendoza. Según Ferrada, el historiador, había visitado el mausoleo. Es escritor e historiador, debe haber traducido lo de la placa; él también sabe lo del «lugar desde donde nos cuida la madre de todos». Miele, aunque no te guste, yo soy la única persona confiable hoy en tu vida. ¿Me puedes hacer un favor?

—Claro.

—Entra a esta dirección —me dictó un enlace. Era un servidor privado de mensajería y correo electrónico. Le acerqué el aparato—. No —dijo ella—, apunta esto —y me indicó un número de usuario y un *password* de cinco letras y seis números.

—No existe —le enseñé la pantalla.

–¿Ves? –me dijo–, tengo razones para sospechar. Ya no soy parte del FBI y no tengo idea por qué. Tengo –volvió a insistir–, perdón, tenemos dos días.

–Voy a ver qué puedo hacer –dije y entré a mi servidor de correo electrónico. Escribí la dirección de Frank Sánchez y le informé que estaba bien y que me averiguara todo lo que pudiera acerca de Ginebra Leverance, lo que encontrara. Por razones de seguridad, a pesar de lo que me había indicado sobre el teléfono, no nombré ni Mendoza ni menos Chile. Para Frank, lo más sano era creer que aún estaba en Buenos Aires.

–Frank es bueno.

–Lo sé –dijo ella–, lo tenemos pinchado. Muy bueno, pero nosotros somos mejores.

–Éramos –la corregí.

Ginebra Leverance no me respondió.

Santiago de Chile

66

Dorothy, la de *El Mago de Oz*, decía hacia el final de la película que no había nada mejor que estar en casa. También era la última frase de una canción acústica de un grupo de rock en español que me gustaba mucho cuando era adolescente. Antes pensaba que era una tremenda verdad, de esas verdades que uno se inventa para hacer del mundo un mejor lugar. Ahora no lo creo. Eso de casa es un término tan relativo, tan del momento, tan sin importancia. Perdí mi casa verdadera hace diez años. Me he pasado la última década arriba de aviones, durmiendo en hoteles, tratando de hacer acogedora una casa en la playa californiana adquirida a precio excesivo, dándome el gusto de escoger hoteles de diseño en Nueva York y Londres, pensando que la geografía personal es finalmente la que uno se arma en la cabeza. Pero no. Basta una caída, un golpe en el estómago, una marejada de nostalgia y ahí quedas: con náuseas perpetuas, sabiendo que estás a una esquina de la que realmente es tu casa. O era. O sería. Tiempos verbales pretéritos o potenciales que finalmente dan lo mismo. Santiago de Chile. Sabía que más temprano que tarde iba a regresar, jamás imaginé que de esta manera, cazando a unos cazadores, siendo parte de una aventura que supuestamente no era más que la novela que debía escribir para cancelar un adelanto millonario que, si no cubría, me dejaría en la ruina en concepto de devoluciones.

Fue bajarse del bus y entender que estaba de regreso. Las caras, esos rostros que parecen fotografías antiguas, y los rasgos que han pasado de moda en todo el resto del planeta, menos en Santiago. Los vehículos apiñados en la Alameda; los microbuses de la locomoción colectiva; la torre Entel disminuida en altura ante los nuevos rascacielos, pero aún lo más parecido al Empire State Building que hay en la ciudad. Y ese olor.

Ese olor que en verano es tan seco, tan de sudor colectivo. Efectivamente, estaba de vuelta en casa. Tan cerca de todo. De Miranda y su actual familia; de Elisa, mi hija, a la que no veía desde hace tanto tiempo; de mamá y su resentimiento perpetuo por no haber viajado al funeral de mi padre; de amigos que ya no son amigos, de calles y pasajes que a pesar de que me eran cada vez más ajenos, seguían siendo míos. Santiago de Chile lucía muy distinta a la ciudad que había dejado hace una década, pero entre las nuevas autopistas y tras el cristal de las torres cada vez más altas, las más grandes del hemisferio sur, seguía siendo ese pueblo encantador en que me pasaron tantas (demasiadas) cosas. Y flotaba esa sensación de peligro, de roce con lo prohibido, de que bastaba un llamado telefónico o un pago con tarjeta de crédito para que la policía se me viniera encima y, con ella, la venganza de una familia que no estaba dispuesta a perdonar, a pesar del tiempo pasado.

Saqué el efectivo que me quedaba y lo repartí en partes iguales. «Es mejor así, hay que evitar el dinero plástico», le indiqué a Ginebra. Luego le expliqué brevemente cómo era el cambio de dólar a peso chileno; eran casi la misma moneda. Ella comentó que la ciudad le parecía mucho más del primer mundo que Buenos Aires. Le expliqué que efectivamente así era. La capital argentina se esforzaba por resguardar su pasado; en Santiago lo único que importaba era el futuro. Y el futuro ni siquiera era parecerse a Nueva York o a Chicago, sino tratar de ser una copia anoréxica de alguna de las nuevas megaurbes asiáticas.

–Estuve en Shanghái hace un mes. Esto se parece mucho, solo que un poco más bajo.

A las siete y media de la tarde, Ginebra manifestó que tenía hambre. Primer comportamiento «humano» desde que la conocí. Le dije que conocía un buen lugar. Hicimos parar un taxi y subimos por Alameda del Libertador Bernardo O'Higgins hacia Providencia esquina con avenida Pedro de Valdivia. En el trayecto pasamos fuera del ex Altar de la Patria, que estaba cercado con protección policial; también por fuera de mi primer departamento de soltero, en la esquina de Providencia con Condell.

Había mesas en el Liguria, un bar restaurante típico de Santiago, en el que pasaba demasiado tiempo cuando vivía acá. Hacía de las noches días, conocía gente y más de alguna vez me subieron a un auto muerto de borracho; todas postales de una geografía que ya no existía. Por supuesto, el Liguria era un lugar de encuentro (aún lo es) donde es demasiado fácil cruzarse con gente que fue importante en tu vida. Pero la comida era buena y el riesgo necesario. Pedimos dos cervezas Corona y dos Coca-Cola Light. Ella una ensalada verde, yo un sándwich de pescado frito con tomate, lechuga y un poco de mayonesa. Para ambos era la primera comida completa que ingeríamos en dos días.

–No deberíamos beber alcohol –dijo ella.

–No nos va a hacer nada. Además, nos va a envalentonar para lo que viene.

–Para lo que viene –repitió ella. Luego miró hacia el interior del restaurante–. Es un sitio agradable –dijo.

–Trata de imitar los lugares para comer y beber del llamado viejo Santiago fiscal, de mediados del siglo XX. Fotografías y afiches antiguos, lo *vintage* como moral. La carta, de hecho, está basada en lo que se supone es la cocinería chilena. Fueron pioneros. Yo conocía al dueño, imagino que aún se debe acordar de mí…

–Eres un escritor famoso, Miele, obvio que aún se acuerdan de ti. Eres más paranoico de lo que hubiese imaginado. Más que Salvo-Otazo, que ya era un caso. –La cerveza le estaba haciendo efecto.

–Tenemos que conseguir un auto.

–Primero comamos. –Su tranquilidad me estaba perturbando.

–¡Elías! ¡Elías Miele! –escuché una voz de hombre a mi espalda. Volteé, era uno de los mozos del local. Me acordaba perfectamente de él. Me levanté y le di un abrazo.

–El mismo –dije.

–Lo imaginaba en Estados Unidos, amigo. Pensé que no iba a volver más.

–Uno siempre vuelve a los sitios donde amó la vida –dije citando una canción de Silvio Rodríguez.

–Es bueno tenerlo de regreso y que sus problemas se solucionen –sonrió–. ¿Los han atendido bien, quiere algo más? Hay unas botellas de reserva, de esas que usted mataba de madrugada en esta misma terraza.

–Estamos más viejos y estamos bien –le contesté–. Si necesitamos algo te llamo.

–Lo que usted quiera.

No pude evitar la sonrisa y regresé a mi sándwich. Ginebra comentó que me había ruborizado, que me había situado en ese lugar ambiguo entre la incomodidad y lo confortable.

–Temía que me pasara; en esta ciudad voy a revivir muchos fantasmas.

–Tú elegiste este restaurante –sentenció y en una mirada panorámica confirmó que estaba repleto de parejas, grupos de amigos, solteras y solteros, gente muy gritona e hiperventilada–; podríamos haber ido a uno menos público. Esto es pura exhibición –concluyó con la ventaja de hablar en inglés.

Le respondí con la verdad. Me habían dado ganas de venir; desde que había puesto un pie en Santiago tenía unos deseos locos de reencontrarme y recuperar cada pieza del puzle de mi vida. Me contestó que yo era muy cursi.

–La cursilería viene amarrada a lo emotivo.

–Y esas piezas –siguió ella– incluyen las del puzle *El verbo Kaifman.*

Fue un jaque mate.

En 2004, cuando Bane Barrow debutó en estanterías con *El enigma Miguel Ángel,* el primero de la serie de *best sellers* protagonizados por el profesor de literatura Jonah Whale que lo convertirían en el autor más vendido de todos los tiempos, las editoriales del planeta comenzaron a buscar sus propias versiones de Barrow. Así surgieron figuras como

Javier Salvo-Otazo y Andrés Leguizamón. Así surgí yo, quien por ese entonces tenía treinta y dos años. Trabajaba como editor de cultura y columnas de opinión de la revista *Paréntesis* y era uno de los redactores de las ediciones locales de *Rolling Stone* y *Muy Interesante,* todas editadas por Publicaciones Dobleverso, una ya desaparecida empresa que pertenecía al grupo de diarios y revistas del diario *El Mercurio.* También escribía guiones para televisión, participaba en un programa de radio acerca de cultura pop y había vendido un par de ideas para cine. Ya vivía con Miranda y faltaban dos años para el nacimiento de Elisa. La vida la tenía bastante ordenada. No era famoso, pero sí relativamente conocido. En *Paréntesis* conocí a Paul Kaifman, un abogado e ideólogo de la llamada «nueva derecha chilena», que a fines de los noventa se había convertido en el niño genio de su conglomerado político gracias a *Nación/Pausa,* un espléndido ensayo sociopolítico que se convirtió en biblia para muchos y lo transformó en uno de los autores más vendidos en la historia editorial chilena. Con Paul iniciamos una relación de editor/columnista que no tardó en convertirse en una muy buena amistad. Me presentó a su familia, a su ex mujer, a su hijo, su mundo. Un día, a mediados de 2004, Paul Kaifman desapareció en el marco de una historia que causó bastante ruido en el país. Lo habían asaltado en su casa, luego estuvo interno en una clínica un par de días, a la semana tomó un vuelo a Temuco y nunca más se supo de él. Bueno, casi, porque su reloj y billetera aparecieron en el cuerpo de un hombre totalmente quemado que fue descubierto flotando en un río cercano a Valdivia, en el sur de Chile, junto a una mujer en similares condiciones. Claro, el asunto era bastante sórdido, ya que días antes del asalto a su morada, Paul había tenido que viajar, también a Temuco, a reconocer el cuerpo de su primo Samuel Levy, un arquitecto homosexual asesinado por motivaciones en apariencia pasionales.

Como fui una de las últimas personas que habló con Paul antes de su desaparición, la policía me citó a variados interrogatorios. Por amistad me reservé mucha de la información que manejaba. Que Samuel, su primo, llevaba una doble vida y en secreto trabajaba para la Fundación Simon Wiesenthal rastreando criminales de guerra nazis en el sur de Chile; que antes de su asesinato le había pedido a Paul guardar un disco duro y que poco antes de que mi amigo se esfumara del mundo había sido contactado por una mujer estadounidense llamada Sarah, que también pertenecía a la Fundación Wiesenthal.

El 2004 fue un año extraño para Chile. Además de lo de Kaifman imagino que muchos aún recuerdan el atentado explosivo en el Parque Arauco, el centro comercial más grande del barrio oriente de la ciudad. Una pequeña bomba termobárica de combustión oxígeno fue detonada un sábado al mediodía en el patio de comidas de ese mall capitalino, con resultado de muchos muertos y bastantes heridos. Una célula de Al-Qaeda se adjudicó el hecho, como respuesta al apoyo incondicional del gobierno chileno a los Estados Unidos tras los eventos del 11-S. Santiago vivió la época más paranoica de su historia, también la más aterradora tras el golpe de Estado de 1973. Estado de sitio, patrullajes nocturnos de helicópteros policiales y del ejército, fuerzas especiales gringas enviadas para apoyar a sus homólogas locales; mucha detención por sospecha, mucha sensación de que vivíamos con un cuchillo pendiendo sobre nuestras cabezas.

Ese mismo año recibí una llamada de la oficina local de Ediciones Global y me ofrecieron escribir una novela que funcionara como la respuesta local, incluso latinoamericana, a *El enigma Miguel Ángel* de Bane Barrow. Supe que no había sido el único «escritor» convocado y que varios narradores participamos, en secreto, por el premio mayor: un contrato millonario y la promesa de éxito. Mi propuesta resultó la ganadora. Me basé en lo que había ocurrido con mi amigo Paul Kaifman, a quien rebauticé como Leo Cohen. El manuscrito se llamaba *El número Cohen* y, aparte de un par de correcciones menores, fue aceptado por la editorial, que fijó su publicación para el primer semestre de 2006, la que iba a ser acompañada de una vistosa campaña publicitaria. Sucedió que en esas fechas hubo un cambio en la dirección de Global y el nuevo editor se reunió conmigo para proponerme una idea arriesgada, pero que resultaría en mayores ventas y mayor ruido para la novela: usar los nombres reales de los integrantes de la familia Kaifman y proponer, como en efecto lo hacía *El enigma Miguel Ángel*, que el libro estaba basado en hechos reales. «Si la gente se encuentra con la supuesta verdad de un evento que le es familiar, como la desaparición de Paul Kaifman, va a responder agotando la novela», me indicó el editor. El riesgo era alto, pero la editorial ofreció el 13% de derechos de autor si se vendían más de diez mil ejemplares y todo su aparato jurídico, además de publicar el libro en todo el mercado de habla española.

El editor tuvo razón. La novela, a la que le cambié el título por *El verbo Kaifman*, vendió más de veinte mil ejemplares en un mes, batiendo un récord absoluto para un libro de un autor chileno. Además, acababa de nacer mi hija y entonces me sentía el rey del mundo. Fui invitado a programas de televisión, hice giras por todo el país y aunque la crítica me desangró, los lectores amaron las cuatrocientas páginas impresas en tapa blanda. En Ediciones Global hablaban de una estrategia para ingresar al mercado español y argentino en 2007. Por supuesto, nadie consideró que los cinco meses de silencio de la poderosa familia Kaifman no eran casualidad. Estaban preparando su mejor arsenal contra alguien que había traicionado su confianza.

Empezaron a caer las demandas una tras otra. Por difamación, por uso indebido de nombres, por usurpación de identidades, por una serie de cargos de los cuales ya ni siquiera me acuerdo. Mucho dinero y petición de cárcel, todo apoyado en los mejores y más despiadados abogados del país, varios vinculados a la derecha política que tampoco habían visto con buenos ojos lo que se me ocurrió hacer con uno de sus héroes. Los representantes legales de la editorial perdieron y optaron por retirarse. El 2007 fue un año de terror. Miranda no aguantó y se fue de casa con Elisa. Tuve que vender mi departamento, el auto, algunas inversiones para pagar abogados que poco y nada podían hacer. El escándalo podría haber ayudado a vender más libros si los Kaifman no hubiesen logrado sacarlo de estanterías. Miles de ejemplares de *El verbo Kaifman* se picaron y otros cuantos se quemaron. Eso, sin embargo, no restó que siguiera siendo un éxito de ventas en ediciones piratas, vendidas en cunetas y ferias artesanales, de las cuales yo no recibía un céntimo. Tenía la cuenta corriente en cero, vida pública y familiar hecha añicos y una orden judicial que me daba un mes de plazo para pagarle a la familia Kaifman un total de trescientos millones de pesos chilenos por daños, perjurios y difamación de nombre. De no pagar, la condena era de seiscientos noventa días de cárcel sin derecho a apelación. Si no me presentaba, la orden de arresto era inmediata y se arriesgaba una condena mayor. Como tenía treinta días antes de que se cursara el proceso, mi abogado me aconsejó salir del país hasta que la familia Kaifman desistiera y quitara la demanda. Agarré un bolso con ropa, le pedí dinero prestado a mi padre (que jamás devolví), me despedí de Elisa, pero no de Miranda porque no quiso hablar conmigo, y diez días antes del plazo fatal estaba a bordo de un Airbus A-340 de fuselaje ancho volando primero a Buenos Aires y una semana más tarde a España, donde un compañero de universidad me había ofrecido refugio y posibilidades de trabajo. Diez años después, aún sigo esperando que, tal como dijo mi abogado, la familia Kaifman retire los cargos. De lo contrario si volvía al país a través de un ingreso oficial, la Policía Internacional me iba a retener hasta que el aparato judicial viniera por mí y me encarcelara de inmediato por desacato.

—Lo que no entiendo —interrumpió Ginebra— es que ahora tienes el dinero para pagarle a la familia de este tipo. El adelanto que Schuster House te dio por *La cuarta carabela* es bastante mayor que trescientos millones de pesos chilenos, además de lo que has ganado por *La catedral antártica*.

—Lo sé, pero eso no excluye que salí huyendo y eso no me salva de la cárcel.

—No domino el sistema judicial chileno, pero imagino que no serán más de dos semanas. Hazte cargo, Miele. No ahora, pero hazlo. El precio no es tan alto —levantó su cerveza Corona. Tenía razón. Siempre la tienen. Ese no es el dilema, soy yo. Me acomoda estar escapando, sin asumir las consecuencias de mis actos. He sido así desde niño. Madre sobreprotectora y todo ese cuento. Tenía doce años y no me dejaba lavarme el pelo solo, decía que lo hacía mal, por eso me acostumbré a que otros hicieran las cosas por mí.

—¿Tu mujer volvió a casarse?

—Sí. No fue complicado para Miranda, porque nunca nos casamos. Finalmente fue mejor de esa manera; cuando se enamoró de nuevo no tuvo problemas para formalizar su nueva relación ni para aprovecharse de mi estatus de «proscrito» para prohibirle a mi hija visitarme en Estados Unidos, incluso llamarme más de una vez al mes. —Ginebra Leverance se rió. Creo que era primera vez que lo hacía. Un capítulo de calma en el vértigo de estos días.

—A propósito —dije y me levanté.

—¿Adónde vas?

— A conseguirme la clave de wi-fi.

—Acá hay señal satelital —corrigió ella.

—Después de lo de tu móvil en mudo no voy a arriesgarme a usar el fantasma residual de un teléfono del FBI. Por wi-fi es más seguro, la IP que reciben es la del Liguria.

Ella asintió y le entregué la clave que me pasó el mesero.

Busqué el teléfono e indiqué la llave de entrada. Luego pasé al programa de correo electrónico. Frank Sánchez me había contestado. «Los Leverance en problemas», decía el asunto del mensaje. Lo abrí y había un enlace del *Washington Post*. Ginebra me observaba con cara de pregunta. Hice clic en la dirección y leí a la rápida el titular y la bajada.

—Hay problemas —le dije a Ginebra—. Tu padre —agregué mientras le alcanzaba el teléfono.

67

Ni siquiera comentó la nota del *Washington Post*. Me regresó el teléfono y me dijo que llamara al mozo para pagar la cuenta. Pensé en preguntarle si quería hablar de su padre, pero no era una buena idea. Ginebra tenía una facultad extraordinaria para evadir lo que le afectaba personalmente a favor de temas que tuvieran que ver con su vida profesional. Supuse que ahora más, porque era bastante evidente que la habían suspendido del FBI. Primero el corte de su conexión satelital, luego lo que acabábamos de leer en el periódico. Lo más lógico es que la estuvieran investigando por posible encubrimiento de las actividades de su padre. Un terapeuta que tuve hace años en Los Ángeles me subrayó que lo más importante en una relación de todo tipo, de trabajo, amistad o amorosa, era mantener el espacio del otro. No soy bueno obedeciendo los consejos de psicólogos, pero en este caso preferí no entrometerme, al menos no hasta que ella me abriera la puerta.

Cuando la cuenta fue saldada, ella me preguntó hacia dónde íbamos.

–Hacia allá –indiqué en dirección al río Mapocho–. A la cima del Parque Metropolitano.

–¿Cima, parque?

–El Parque Metropolitano es un cerro de baja altura, el San Cristóbal. Atraviesa desde el oriente hasta el corazón de Santiago. Para acceder requerimos ascender por la entrada de Pedro de Valdivia, exactamente por esta misma calle –apunté al norte–. Necesitamos un auto, detener un taxi…

–Nada de taxi –cortó ella–. ¿Hay algún estacionamiento subterráneo cerca, ojalá uno muy caluroso?

Recordé que los aparcamientos del sector de Lyon con Providencia eran insoportables en verano.

–Sí, por acá –la guié–, solo hay que cruzar la avenida.

Ginebra se apresuró y sin siquiera esperar el verde del semáforo, corrió hacia el otro lado de Providencia para luego instintivamente entrar a los estacionamientos a través de las rampas de salida de los mismos.

–¿Qué? –me dijo, al ver la barrera del peaje a la salida del estacionamiento–. No tenemos comprobante de entrega, el sistema automático no nos va a dejar pasar por la vía oficial.

La seguí apurando el paso y cuidando de que nadie nos hubiese visto.

La ex agente del FBI revisó los autos estacionados en el primer subsuelo y buscó la escalera que conducía a los pisos inferiores. No había muchos vehículos en el cuarto nivel

–Busca un vehículo de fabricación japonesa o coreana, ojalá no del año –me indicó.

–Esto es un sauna. –De hecho era difícil respirar.

–Es la idea, ojalá hiciera más calor –sonrió–. Bienvenido a la primera clase de robo efectivo de auto; te aviso que no tiene nada de guión de Hollywood.

Revisé los siete autos estacionados y escogí un Kia Río 3 modelo *hatchback*. Calculé que debía ser del año 2010 o a lo más del 2012.

–Acá –le grité, mientras ella revisaba un SUV marca Toyota.

–Mejor –comentó viendo mi elección–, esta es demasiado llamativa –apuntó hacia la camioneta.

Ginebra se acercó y comenzó a palpar despacio las dos puertas del auto alrededor del cilindro de la cerradura. Comparó ambas y luego comentó:

–La del conductor está más caliente.

–¿No vas a usar una tarjeta de crédito, algún instrumento?

–Eso es ficción. La manera más fácil de abrir un auto es usando la física. La temperatura ambiental contrae los metales, los hace, por decirlo de algún modo, transpirar y con eso ceden, entonces solo necesitas dar un buen golpe y la puerta se va abrir, solo debes escoger la que está a más alta temperatura. ¿Nunca te has preguntado por qué se roban más automóviles en verano que en invierno?

Dicho, empuñó su mano derecha y golpeó con fuerza el cilindro de la cerradura de la puerta del lado del conductor. El auto se abrió y de inmediato saltó la alarma. Con destreza, Ginebra ingresó al interior del Kia, metió sus manos bajo el volante y arrancó de cuajo tres cables. La sirena se apagó.

–Quedamos sin bocina, tampoco la íbamos a necesitar –dijo–. ¿Sabes conducir?

Asentí.

–Tú conoces la ciudad, sube al volante.

Salió del vehículo, dio la vuelta y tras pedirme que levantara el seguro de la puerta, se ubicó en el lugar del acompañante.

–Acá no dejan las llaves en el tablero –le indiqué.

–Solo en las películas –me respondió ella, enseñándome un cuchillo de punta roma, usado para untar mantequilla–. Lo robé de tu restaurante amigo –me indicó. Luego lo metió con cuidado en el contacto del motor y lo movió con fuerza hacia la derecha; al tercer intento el motor se encendió.

–Acelera –me indicó. Tuve ganas de decirle que la amaba y era en serio.

Subí rápido a los dos niveles superiores y de ahí me dirigí a la rampa de salida. Antes de que yo le preguntara, ella ordenó:

–Detente junto a la barrera, sin parar el motor.

Eso hice. Ginebra bajó del auto, revisó el control de la barrera, escarbó algo atrás del sensor de la misma y luego, usando el mismo cuchillo con el que había activado el motor del Kia, cortó un juego de tres corridas de pares de cables. Acto seguido y en forma manual levantó la barrera. Como era pesada, esta rozó y raspó el techo del vehículo. Esperaba que el dueño tuviera seguro.

–¿Qué hora es? –le pregunté a mi compañera.

–Las nueve y media –me contestó ella.

–Estamos a fines de verano, espero que el parque esté abierto.

—Miele, eso no es un gran problema y lo sabes —Ginebra estaba en lo correcto.

Llevé el auto a través de Providencia atravesando la costanera Andrés Bello para luego, mediante el puente Nueva de Lyon, acceder al barrio al otro lado del Mapocho, el llamado Pedro de Valdivia Norte. Luego Los Conquistadores y, finalmente, avenida del Cerro hacia el acceso al Parque Metropolitano.

El guardia nos advirtió que a medianoche se cerraban todos los accesos y que la tarifa nocturna había subido dos mil pesos. Una vez que pagamos, comenzamos a ascender el cerro emblema de Santiago de Chile.

—Un lugar hermoso —comentó Ginebra mientras tomábamos con cuidado las curvas en dirección a la cumbre.

—Es lo más bello —en serio usé esa palabra, aunque la odiaba— que tenemos en la ciudad. Tengo entendido que es uno de los parques metropolitanos más grandes del mundo.

—¿Es mayor que Central Park?

Preferí no responderle.

—¿Acá se fundó la ciudad? —me agradaba su hambre de saber cada detalle acerca del caso en que estaba involucrada. Ahora incluso más, ya que sus motivaciones eran personales y no solo profesionales.

—No, ese es el cerro Santa Lucía. Se ubica en el centro de Santiago y es bastante más pequeño. Cuando lleguemos a la cumbre te lo enseñaré. Este —indiqué lo que nos rodeaba— era un antiguo peñón rocoso al cual Pedro de Valdivia, el fundador de la ciudad, dio el nombre de San Cristóbal de Licia, patrono de los viajeros. A inicios del siglo XX decidieron reforestarlo y convertirlo en parque. Instalaron un sistema de funiculares, el zoológico de la capital, senderos y vegetación autóctona, también a «la madre que cuida a todos» —recordé la frase en mapudungún que habíamos descubierto hace una noche en el cementerio de Mendoza—, como parte de los festejos del primer centenario de la patria, en 1910.

—Según lo que me hiciste leer, la independencia de Chile fue en 1818.

—Una de las cosas curiosas de la historia de mi país —sentencié—. Aunque en lo formal la declaración de independencia fue el 12 de febrero de 1818, canónicamente se considera como inicio de la vida libre de Chile el 18 de septiembre de 1810, cuando se instaura la primera Junta Nacional de Gobierno, un gobierno autónomo encabezado por nobles criollos, la Patria Vieja —le recordé—. Básicamente fue un trámite para reemplazar a las autoridades realistas ocupadas en lo de las guerras napoleónicas y la abdicación del rey Fernando VII en 1808.

—En pocas palabras, celebran un trámite.

—No puedo defender eso. Chile ha de ser el único país en el mundo que no festeja su legítimo día de la independencia.

La cumbre del San Cristóbal estaba desierta. Ni siquiera una pareja haciendo uso de la complicidad de las últimas noches de verano. Busqué un buen lugar para dejar el auto y le informé a mi compañera que habíamos llegado y que el resto del trayecto había que hacerlo caminando. Antes de bajar del Kia, Ginebra buscó en la guantera algún paño o esponja de limpieza y sacudió rápido manillas, volante y todo rincón donde pudiésemos haber dejado huellas.

—El vehículo se queda aquí, bajaremos a pie —me indicó mientras arrugaba el paño y lo metía dentro de uno de los bolsillos de su pantalón—. ¿Hacia qué dirección? —me preguntó apenas descendió del auto. Le señalé hacia el frente, derecho por la ruta.

Al pasar junto al castillo de la sala de máquinas del funicular del cerro, hoy convertida en una galería de arte, tuve el impulso de contarle que era obra de Luciano Kulczewski, mi arquitecto santiaguino preferido, una especie de Gaudí local que además fundó el Partido Socialista y tuvo el sueño de poblar la ciudad con un estilo de construcción que sus fanáticos, que no son pocos, han definido como *chilean gothic*. Un amigo cineasta decía que Kulczewski, de existir, ahora trabajaría como diseñador para una película de Batman.

Al llegar al plano de acceso a la cumbre del cerro, me detuve en seco y le señalé a mi compañera la estatua que teníamos delante.

–*Rehue cura ñuque fill macul kintunien mapuchunko* –repetí lo del grabado del mausoleo de Mendoza, traduciendo de inmediato–. El lugar sagrado de piedra desde donde la madre de todos promete cuidar al Mapocho.

Ginebra se quedó mirando la enorme estatua de quince metros de alto levantada sobre un pedestal en forma de cono truncado de ocho metros, que se alzaba frente a nosotros. Una figura femenina completamente blanca que descansaba sobre una media luna y extendía sus brazos en un gesto maternal y al mismo tiempo protector hacia el valle de Santiago.

–Espera –se detuvo la ex agente del FBI y confiaba en que lo hiciera–; soy hija de Caleb Leverance Jackson –primera vez que nombraba a su padre con el nombre completo y primera vez que se refería a él tras lo que había leído en la pantalla de mi teléfono móvil–, me eduqué en temas de iconografía religiosa, sobre todo en símbolos católicos, y ese monumento no es a la Virgen del Carmen. Es una Inmaculada Concepción, una virgen inocente, no una guerrera.

Torcí una mueca cómplice, tenía toda la razón.

–Historia secreta –dije–; la obra fue encargada en 1904 para conmemorar los cincuenta años de la consagración del dogma de la Inmaculada Concepción al arquitecto italiano Luigi Poletti y a su compatriota el escultor Giuseppi Obici. Sin embargo, las indicaciones que le dieron a ambos artistas fue basarse en la imagen de la Virgen del Carmen de Santurce, España, añadiendo elementos «cósmicos» como la media luna de la efigie de la Inmaculada Concepción llamada «La Virgen de Roma». Es, por así decirlo, una estatua híbrida. Una Inmaculada que en el fondo es una Carmela que vigila la ciudad de Santiago. ¿Puedes ver hacia dónde mira?

–Creo –intentó enfocar la vista.

—Fíjate en aquellos edificios —le apunté—. Junto a ellos hay un pequeño promontorio, un cerro convertido en parque como este, pero bastante más pequeño. ¿Lo distingues?

Asintió.

—Es el Santa Lucía. Huelén en su nombre original mapuche. Allí Pedro de Valdivia fundó la ciudad de Santiago el 13 de diciembre de 1540, aunque la historia oficial festeja el 12 de febrero de 1541 como fecha definitiva, que en rigor es cuando el conquistador oficializa la fundación de la ciudad. Valdivia cambió el nombre del peñón de Huelén, que significa misericordia y dolor en mapudungún, a Santa Lucía porque el 13 de diciembre precisamente se celebra ese santoral católico. También porque entregó a Santiago de Chile al resguardo de la «Santa Lucía, la Santa Luz, la que porta la luz, el *lux foros*».

—¿Lucifer?

—Exacto. El adjetivo, no el sustantivo que las iglesias cristianas se han encargado de difundir. Lo de Santa Lucía no fue un capricho de Valdivia, sino que tenía que ver con este sitio donde estamos parados, precisamente en esta cumbre, que los indígenas llamaban Tupahue, es decir, lugar de la diosa, porque aquí, sostenían, se aparecía una deidad femenina que era la madre de todos y que traía la luz para cada uno de los hombres. Si este santuario se levantó aquí no es casualidad o capricho de un grupo de curas. Este fue uno de los puntos en los que, tras la victoria sobre los realistas, la Logia Lautarina consagró Santiago a su señor de la luz e iluminación, o mejor dicho a su señora, el llamado rito de las cuatro dagas. Hay muchas suposiciones respecto de los otros tres sitios, pero el consenso apunta que otro fue el pucará de Chena hacia el sur, seguido de algún punto en el centro histórico, cercano al cerro Santa Lucía: la iglesia de los Dominicos hacia el oriente, en Las Condes, o la catedral metropolitana, quizás. El palacio presidencial de La Moneda o el templo de los monjes agustinos. Con sus bajorrelieves illuminati del ojo que todo lo ve en el techo y el símbolo templario de la Cruz de

Malta. No dejaron escritos ni mapas, solo el más obvio de todos los santuarios, hacia donde nos dirigimos en este momento.

—Una virgen que en verdad es el mismo diablo. Eso quería difundir mi padre como parte de su delirio para destruir la fe católica en Latinoamérica, por eso ideó lo de *La cuarta carabela,* un libro que iba a hacer popular la idea y la iba a insertar en la cultura popular.

—Un plan tan bueno como absurdo. Lucifer no es el diablo, es una idea, un adjetivo usado para nombrar a quienes portan ideas nuevas, luces para la humanidad.

—Pero la gente es ignorante y no sabe eso.

—Francisco de Miranda escogió a la Virgen del Carmen como Señor o Señora de la Luz de la Logia Lautarina por el origen sobrenatural de su devoción, un ser luminoso que traía conocimiento a quienes se inclinaban a sus bendiciones y que los locales aseguraban se aparecía durante la noche del solsticio de invierno en Al-Karem, el monte del Carmelo, el mismo lugar donde el profeta Ezequiel tuvo la visión de la gloria del Señor, narrada en el Antiguo Testamento, y la montaña que hace de puerta de entrada al valle de Megido, donde ocurrirá la batalla del Armagedón. Ese ser de luz, identificado por el Lucifer de los antiguos cananitas, se convirtió en el Yahvé de los profetas, luego en la Carmelita del culto mariano y finalmente en la Guñelve o Wünelfe, el lucero, la estrella solitaria, el «Lucifer mapuche» de los relatos que O'Higgins contó a sus hermanos en la fundación de la logia. Miranda usó este «cómodo disfraz» católico para imponer el culto al portador de luz, su propio Prometeo, en los países liberados de la nueva América: el verdadero nuevo mundo.

—En menos palabras y sin tanto rodeo: por más de doscientos años el pueblo católico latinoamericano ha vivido engañado, adorando al diablo en lugar de una supuesta deidad mariana. Todo como parte de una manipulación pagana propiciada por sus padres fundadores. El Vaticano siempre lo ha sabido, pero lo ha ocultado en favor de sus propios intereses.

No le contesté. Levanté los hombros y le indiqué que subiéramos a la Virgen, aunque en realidad no tenía idea qué estábamos buscando, si es que buscar algo era la razón del porqué habíamos ascendido a la cumbre del San Cristóbal.

—El lugar donde enterraron la famosa daga, quizá –se explicó ella.

—Se supone que está sepultada bajo la estructura de la estatua. Habría que derribar el santuario –contesté en voz baja.

—Quizá para reencontrarte con nosotros –me respondió la voz de una tercera persona, alguien con quien no hablaba desde hacía dos días. Ginebra y yo volteamos. La ex agente del FBI fue rápida en sacar su arma de servicio y apuntar.

—A propósito, muy didáctica tu explicación, Elías. Señora Leverance, si tuviera la amabilidad de bajar la pistola –agregó Juliana de Pascuali, que nos miraba junto a un Andrés Leguizamón que arqueaba sus cejas como si quisiera pedirme perdón.

—No está en posición de exigirme nada, Juliana –dijo Ginebra.

—Pero yo sí –respondió Princess Valiant, apareciendo como una sombra y cargando el cañón de su semiautomática contra la nuca de la hija del ex señor de La Hermandad–. No sería primera vez que te den por acá, bruja, ¿verdad? Pero yo, al contrario que esos pinches mexicanos, tengo mucha mejor puntería… Arroje su teléfono también –marcó el punto seguido–. Hola, Miele –agregó luego–, te extrañé mucho, sabes. Por favor, también tira tu móvil.

68

–Sabía que vos ibas a traducir el mensaje de la tumba de Mendoza de manera correcta –sonrió Leguizamón, mientras las tres mujeres se apartaban hacia el plano en la parte baja del ascenso al santuario de la Inmaculada Concepción del San Cristóbal.

–No era muy difícil y Ferrada fue de gran ayuda –contesté mientras mi cabeza trataba de ubicar rápido las piezas sobre el tablero y así buscar alguna ventaja. Con el único que tenía posibilidad de adelantarme era con mi colega porteño.

–Un buen amigo –dijo él.

–Eso imaginé.

Bayó apareció con una linterna de campaña agarrada en su mano derecha, trotando hasta donde nos encontrábamos por la escalera de piedra que bajaba desde la capilla y conducía a la estatua de la Virgen. Me saludó llamándome señor Miele y añadió que llevaban una hora esperándonos. Ginebra le respondió que habíamos pasado a comer.

–Imagino que ya se enteró de las noticias acerca de su padre –agregó el militar español– y que por razones más o menos obvias el FBI suspendió sus servicios. Debió haberle advertido al señor Caleb que también borrase los videos con usted de protagonista.

Miré a Ginebra, ella clavó los ojos en mi cara y luego bajó la vista. Por primera vez la vi frágil, como si el hielo que llevaba por dentro hubiese sido quebrado con la fuerza de una frase de cierre con quince palabras. La gélida agente federal se había venido al suelo como una niña de seis años asustada. Princess seguía a su lado, apuntándola con el arma.

–¿Sus teléfonos? –preguntó el español a su prima política. Juliana le indicó que mirara el suelo e identificó a Valiant como la responsable de esa acción. El coronel retirado se acercó, los recogió y revisó.

–¡Qué lástima! –dijo mirando a Ginebra y luego, enseñando uno de los móviles–: Si aún estuviera activo, ya sabrían dónde estamos.

–¿Qué le hace pensar que no lo saben? –respondió la hija del acusado director de La Hermandad.

–Es verdad, es probable que lo sepan. Lo importante es que eso a usted ya no le sirve de nada –y dicho esto caminó hasta el borde de la explanada, donde un muro construido a imitación de almena de castillo medieval daba al sector más empinado de la ladera poniente del San Cristóbal, el desfiladero en dirección a Recoleta.

–Si alguien los encuentra, cosa que dudo, va a llevarse una sorpresa –acotó, previo a arrojar los teléfonos hacia el fondo del socavón.

Bayó volteó hacia el santuario y llamó a dos hombres. Ambos eran muy altos, vestían con camisetas deportivas y jeans gastados, casi idénticos el uno al otro. Si la idea era que pasaran desapercibidos, les faltó la ayuda de un guionista con más asidero en la realidad. Definirlos como una parodia de la imagen que salta a la vista cuando pensamos en la palabra mercenario es ser generosos.

–Acompañad a la señora –indicó a Ginebra– al auto y llevadla al punto de reunión. No se preocupe –miró a la ex agente del FBI–, hay gente esperándola que quiere ponerla al día y mostrarle algunas fotografías y videos.

Los «soldados de Bayó» se acercaron a Ginebra y la sacaron del plano de la acción. La seguí con la vista hasta que desapareció junto a sus dos captores hacia el castillo de la sala de máquinas del funicular del Parque Metropolitano.

–Tranquilo, vas a volver a ver a tu nueva novia –me sonrió Princess.

Recordé que en el bolsillo interior de mi chaqueta aún llevaba el tubo de pasta dental que había traído desde El Tigre y que me había facilitado el padre Barón. Lo saqué con cuidado, me unté el dedo índice de la mano izquierda y me dibujé un bigote sobre los labios, recordando lo que había ocurrido hace doce días cuando ella interrumpió mi exposición en el auditorio de la Biblioteca Powell en Los Ángeles.

La inglesa ni siquiera se inmutó.

—¿También ese TOC era mentira? —ironicé.

—Ese sí —me guiñó un ojo—, otros no —agregó con coquetería. Ya ni siquiera llevaba el cuaderno donde anotaba todo lo que ocurría.

Juliana había permanecido en silencio, observando con atención felina mis movimientos y los de Ginebra, meditando en cada palabra que se había pronunciado. Arriba, la estatua de la Virgen de la Inmaculada Concepción pasaba de un verde pálido a un azul ligero que hacía destellar el blanco de la figura. Más que una guardiana parecía un inmenso fantasma de quince metros de alto. Recordé cuando una vez en radio enuncié la verdadera identidad de este monumento y lo comparé con la Estatua de la Libertad de Nueva York, una imagen de la misma naturaleza luciferina. Llamó mucha gente indignada, incluso el relacionador público del arzobispado. Después de todo, el plan de *La cuarta carabela* era una muy buena idea.

—Entonces, señor Miele —presionó Bayó.

Levanté los brazos y luego pregunté:

—¿Entonces qué, señor Bayó? Dígame usted. O no —corté—, dímelo tú, Juliana; mal que mal, tú escribiste el libro…

—No lo he finalizado —respondió la viuda de Javier Salvo-Otazo.

—Por supuesto, lo del libro ya no es tema. Ese era el plan de Ginebra y su padre. Imagino que todo eso se fue al tacho de la basura y yo no tengo idea qué papel estoy jugando ahora. Simplemente seguí lo que encontré en Mendoza, gracias a Andrés aquí presente, y subí hasta aquí arriba a… —dudé—. En realidad a encontrarlos a ustedes para que me dieran una explicación.

—¿Qué tipo de explicación quieres? —continuó Juliana.

—Para empezar quiero saber por qué me intentaron matar en el vuelo a Mendoza.

–No eras el blanco –siguió Juliana–. No contábamos con que la bruja volara con vos.

–¿Y con quién más lo iba a hacer? El enemigo de tu enemigo es tu mejor amigo. Juliana, ustedes o la gente con la que ustedes trabajan –subrayé– han jodido sistemáticamente el plan de *La cuarta carabela*. Mataron a Barrow, luego a tu marido y lo intentaron conmigo. Y perdona que sea tan directo, pero todo indica que la principal sospechosa de haberlo hecho eres tú.

–No maté a Javier.

–No he dicho eso, pero de lo que sí estoy seguro es de que estuviste en Londres la noche en que Bane Barrow fue asesinado.

–No maté a Barrow –recalcó ella.

Levanté los hombros. Princess hacía gestos de estar muy aburrida.

–Si tú lo dices… yo solo sumo piezas. Cuando niño me gustaba armar aviones a escala. Si la famosa Hermandad evangélica estuvo detrás de la idea de *La cuarta carabela*, infiero que ustedes trabajan para la Iglesia católica, dedicados a evitar que ese libro por encargo sea terminado.

–Trabajamos para La Hermandad –interrumpió Bayó y lo quedé mirando pensando en que era una broma–. Señor Miele, ¿no pensará que el National Committee for Christian Leadership –pronunció en un horroroso inglés– se limita a la esfera de influencia de la familia Leverance? Hay gente, incluso más poderosa que él, que piensa que aunque lo de *La cuarta carabela* era una locura, bajo el concepto había algo real que podía resultar mucho más beneficioso para la organización en todo sentido. Claro, había que cortar lo que sobraba. Felicitaciones, señor Miele; contra lo que todos alguna vez imaginamos, usted no es de los sobrantes, todo lo contrario.

–¿Por alguna razón especial? –le seguí el juego, imitando su molesto sarcasmo–. Imagino que no solo por haber crecido en una familia evangélica…

–Además –me respondió Andrés Leguizamón, interrumpiendo–, porque vos sos chileno y conocés esta ciudad mejor que todos nosotros.

Ahora vení conmigo. Bayó –agregó–, yo me encargo del resto, ustedes manténganse cerca. Y quitate esa mancha de dentífrico, por favor. A la piba ya no le molestará, pero a mí sí.

Amable como era habitual en él, Leguizamón me pidió que lo acompañara hasta la base de la Inmaculada Concepción. Mientras ascendíamos le pregunté desde cuándo era parte de todo este juego.

–Desde ayer en la mañana, cuando Juliana y la piba inglesa loca fueron por mí a casa de la abuela –me contestó.

–No te creo –insistí.

–Es la verdad, si me metí en esto fue después de la historia que vos mismo me contaste. Juliana no vino con buenas maneras. Quería saber todo lo que habíamos hablado. No solo le di detalles de nuestra conversación, sino que le expresé mi opinión acerca de los puntos muertos del plan. Inferí hacia dónde iba el asunto. No entiendo cómo vos no te diste cuenta antes, Elías –levantó el tono de su voz–. Luego le hice ver que yo les era muy necesario y les prometí que si me salía de la agenda estaba dispuesto a que me mataran, que no tenían nada que perder.

–¿Y tú...?

–Yo estoy loco, Elías, mirame; estoy siendo parte de una película de acción. Tu película de acción –acentuó el posesivo–. ¿No es irónico?

–¿Qué es lo irónico? –dije casi jadeando. No recordaba que la subida a la Virgen fuera tan cansadora.

–Te hacés a vos mismo lo que le hiciste a ese judío difunto de apellido Kaifman hace diez años.

Llegamos a los pies del pedestal de la estatua. Lucía igual que la última vez que había venido: sucio, cubierto de excremento de palomas y rodeado de un muro repleto de peticiones y agradecimientos por intervenciones divinas y velas a medio quemar. La sequedad del caluroso mes de marzo santiaguino sumado al olor de la esperma gastada hacían muy desagradable el lugar, como si estuviésemos en una tumba.

–¿Sabés cómo funcionan las iglesias evangélicas? –me preguntó Andrés.

–Bastante.

–¿Entonces sabés lo que es un Hermano Anciano?

–El equivalente al jefe de los diáconos en una parroquia católica, solo que su labor es más importante y a veces supera a la del pastor de una congregación.

–Pues ellos están bajo las órdenes de alguien a quien llaman el Hermano Anciano de la Hermandad.

–Espera –dudé–, antes de que continúes, ¿me dices que no llevas más de dos días con ellos y manejas este tipo de información?

–Bayó no es muy brillante. Sin preguntar demasiado logré sacarle suficiente información como para dibujar un mapa de lo que están haciendo acá. Sé que ese Hermano Anciano es una especie de anónimo adversario político del padre de la mujer hermosa que vino con vos desde Argentina.

–Ginebra.

–Como se llame. El asunto es que Bayó, Juliana e imagino que la piba inglesa son solo la punta del iceberg de una especie de golpe de Estado contra el padre de esa belleza de ébano –fue cursi–. Lo que partió como un complot para desbaratar lo del libro, acabó convertido en algo radicalmente distinto. Las fuentes que informaron a Leverance –noté que de pronto Leguizamón había recordado el apellido– también encontraron información fidedigna acerca de la existencia de una reliquia muy importante para la cristiandad oculta en algún lugar de Santiago y que no solo podría resultar definitiva en la lucha del National Committee for Christian Leadership contra el Vaticano, sino que además hacer muy rico a quien lo descubriera. Imagino que sabés lo de los cuatro puñales.

–Sabes que lo sé.

–Y lo de la verdadera Ciudad de los Césares, El Dorado, que no habría sido otro lugar que la ciudad incaica que Pedro de Valdivia enterró bajo Santiago después de saquearla.

–Un delirio conspiranoico.

–¿Y si te dijera que no lo es, que efectivamente hay restos de una ciudad «de oro» –acentuó la adjetivación– precolombina bajo Santiago de Chile y que no solo fue resguardada por Bernardo O'Higgins, José de San Martín y la Logia Lautarina, sino también usada para ocultar un tesoro que Francisco de Miranda habría identificado como traído al nuevo mundo por el propio Cristóbal Colón? El enigma de la cuarta carabela, imagino que te resulta familiar.

No le contesté.

–Quizá sea un delirio más, pero de una cosa estoy seguro: ellos tienen la llave para abrir esa bóveda subterránea. Es real, yo la vi, y no imaginás qué clase de objeto es.

–Te escucho.

–Todo a su tiempo, ya la verás, sé que te la van a mostrar. Saben que tu ayuda es fundamental en este asunto –arrugó la comisura derecha de su labio, arrugando la mejilla de ese lado de la cara, cubierta por su espesa barba a lo Abraham Lincoln–. No sé lo que nos vaya a pasar, pero si todo lo que te he contado es cierto, vamos a ser testigos de un descubrimiento de la puta madre que supera todo lo que vos y yo hemos escrito.

–Que de nada servirá si estamos muertos.

Andrés Leguizamón torció otra mueca y volteó hacia Juliana, Princess y Bayó que miraban desde abajo.

–Imagino que estamos acá –miré a mi colega escritor– porque es el único lugar que conoces –fui irónico a propósito– donde podríamos encontrar una cerradura para la entrada a esa «ciudad de oro» –grafiqué las comillas usando dos dedos de cada mano.

Leguizamón no respondió. Pasa cuando enfrentas a alguien con esa fatal combinación de ego exacerbado y baja autoestima. Los conozco, soy de ese clan.

–Por eso los hiciste robar la primera bandera; seguro que en la «estrella solitaria» encontrarías algo que indicara otras posibles ubicaciones para esa supuesta cerradura mágica –subrayé–. Pues me temo que te equivocaste, la bandera de 1817 tiene varias claves lautaristas, como la estrella guñelve o wünelfe, el Lucifer, la Virgen del Carmen, pero O'Higgins y los suyos no fueron tan lúcidos. Pero eso tú lo sabías, ¿verdad? Dime otra cosa: lo de las manos de Domingo nunca fue por Domingo French, ¿verdad? Se te ocurrió cuando me escuchaste contar todo ese cuento en el tren, asociaste rápido y te inventaste una historia para poder entrar en la trama.

Leguizamón no habló. Yo le di la espalda y caminé de regreso con Bayó y las mujeres.

–Los felicito –les dije–, cayeron como cachorros en una trampa. Lo de las manos de Domingo era para hacerme ir a Buenos Aires y, efectivamente, se refería a las manos de Perón y al supuesto ritual masónico. Lo de French y lo de Mendoza fue improvisado por el señor Leguizamón aquí presente para demorarlos y demorarnos en la resolución del misterio. Robaron una reliquia histórica por nada y los hicieron subir aquí también para nada –recalqué–. Esta efectivamente es la señora que cuida Santiago, pero no hay nada oculto ni abajo ni alrededor de este santuario. Lo sé, el San Cristóbal es roca sólida, lo único cierto es que acá se efectuó una parte de un ritual. El resto es un volador de luces.

–¿Entonces a qué subiste, si siempre has sabido que acá no hay nada y que todo es una gran broma? –me desafió Juliana.

–De partida ignoraba lo de la broma y si vine fue precisamente para encontrarlos. Descubrir el qué, por qué y para qué de todo este espectáculo.

–¡La llave es real, decilo, Bayó! –gritó Leguizamón subiendo el tono de su voz.

–Usted guarde silencio –lo apuntó el español.

–Y debe serlo –dije–, como también lo es que hay otros tres sitios en Santiago donde se puede encontrar esa famosa cerradura. Y que en todo este rato, mi cabeza –que suele funcionar de muy curiosa manera– ha descubierto exactamente dónde puede estar esa entrada. Dentro de todo este teatro –miré a Andrés–, lo de la cripta de Mendoza estaba en lo correcto, solo que esta no era la madre protectora que indicaba.

Andrés se acercó con rostro de querer saltar sobre mi cuello.

–Por supuesto, eso no significa que se los vaya a decir. No tengo nada que perder; si me matan o torturan, a estas alturas da lo mismo.

–Tenemos a la hija de Leverance –me recordó Juliana.

–No lograron matarla cuando pudieron, ahora que todo el FBI debe andar tras su pista no les conviene ni siquiera tocarla, menos aún si lo que me acaba de contar Andrés acerca de ese tal Hermano Anciano es cierto.

Bayó volvió a clavar sus ojos en Leguizamón.

–Insisto –dije–, a estas alturas del conteo de votos, no tengo nada que perder.

–Amor, por supuesto que tienes mucho que perder –me dijo Princess, acercándose con un teléfono en sus manos–: tu propi hija.

En la pantalla del móvil había una foto de Princess junto a Elisa.

–Somos muy buenas amigas –dijo la inglesa.

–¡Hija de puta! –bramé.

–Por supuesto, señor Miele –agregó Bayó–, hemos sido muy pacientes con usted, pero todo el mundo se agota, hasta el más santo. Y quizá debiera entender que por muy amables que seamos, no estamos bromeando.

Dicho eso sacó su arma automática y presionó el gatillo. Una bala de nueve milímetros zumbó por el tubo del silenciador y cruzó a velocidad supersónica hacia la frente de Andrés Leguizamón, quien ni siquiera se percató de que ya estaba muerto.

El cuerpo del escritor argentino se desplomó sobre las escalinatas del santuario y fue rebotando de laja de piedra en laja de piedra hasta la explanada ubicada en la parte baja de la cima, donde durante el día se instalaban los vendedores de comida y juegos infantiles.

–Juliana –ordenó–, ve por la puta bandera que el idiota nos hizo robar y cúbrelo con ella. Esto se acabó.

Bayó vino hasta mi lado.

–Entonces, señor Miele, usted dirá…

Luchando para que mis piernas no temblaran o me orinara en los pantalones, tragué saliva y respondí:

–Ok, pero primero quiero ver a mi hija.

69

Juliana condujo el auto, un Peugeot 307 con los logos de una empresa de rent a car en los parabrisas, cerro abajo. Manejaba en silencio con Princess en el asiento del acompañante. Bayó no vino con nosotros, por lo que no era difícil suponer que habían arrendado otro vehículo. Pensé en Andrés, en la manera en que su cuerpo se estremeció cuando la bala atravesó su frente, desplomándose como si estuviera hecho de varillas de madera. Aunque en los últimos días había visto un muerto (el policía argentino en el apartamento de la familia de Juliana), jamás imaginé que iba a presenciar el momento exacto en que un ser humano era fulminado. Todo lo visto en películas, leído en libros o escuchado por ahí no se comparaba a la sensación de ese instante cero en que todo se quiebra.

La viuda de Javier Salvo-Otazo conducía despacio. El lugar no le era familiar, las continuas curvas la intimidaban y supongo que en su interior se estaba hartando de la cantidad de muertos que estaba dejando el camino que había decidido tomar. La conozco desde hace años y, por muy alto que fuera el precio que estaba cobrando, la gente no cambia tanto.

–Imagino que les están pagando muy bien –comenté con la idea de provocarlas.

–Demasiado bien –Juliana fue parca.

–¿Se puede saber cuánto? Digo por si me uno al club…

–No –la viuda continuaba con la mirada fija en la ruta. Abajo ya se veían las luces del barrio de Pedro de Valdivia Norte.

–Si te portas bien, yo te cuento –me sonrió Princess–. Como algo te conozco –prosiguió la inglesa, cambiando de tema–, creo que esto puede interesarte. Hay videos. Tu amiga tiene varios secretos, como toda la gente, pero en su caso son un poco más sórdidos, incluso para alguien como yo –me alcanzó su teléfono.

Comencé a ver las imágenes. Fotos de Ginebra Leverance a diversas edades. Muy joven, casi una niña, luego mayor y mayor… y esa cicatriz. ¿Qué mierda le hicieron?

Levanté la mirada y la clavé en Princess, quien sonreía con maldad. Regresé a las fotos y seguí revisándolas; en una de ellas aparecía su padre reflejado en un espejo y con una cámara en la mano. La ex agente del FBI estaba completamente desnuda tendida en una cama con sábanas sucias, muy sucias. Abandoné las imágenes fijas y le di play al video que estaba adjunto. Era reciente. De este año, quizá. Ginebra hablaba con su padre, él le pedía que se desvistiera despacio, que lo dejara ver su herida y ella lo hacía. Le enseñaba su marca, esa espantosa huella que denunciaba un trauma que estaba seguro ninguna mujer, ni siquiera una bruja de hielo como Ginebra Leveranc, era capaz de superar. Y la voz gastada y anciana del reverendo líder de La Hermandad le hablaba de la cicatriz, de que él la había salvado, que le debía todo, que por favor ahora se tocara, lento y jugando con sus dedos dentro de la vagina, haciendo círculos, igual como lo hacía cuando era niña y empezaron con sus secretos.

Esperé a que finalizara el video y le devolví a Princess su teléfono.

–Niña mala –comentó la inglesa.

No le respondí.

–Está bien jodida –siguió ella–; el proceso que el FBI abrió contra ella no es solo por tapar los crímenes de su padre, también por usar el aparato federal al servicio de los intereses de su familia, engañando a sus superiores para usurpar recursos, algunos muuuyyy –exageró– caros, como ese avión supersónico en el que casi te matas en Mendoza.

Al salir del parque desde Pedro de Valdivia hacia Los Conquistadores, la voz femenina del GPS le indicó a Juliana que prosiguiera cuatro cuadras hasta el puente de La Concepción. Esperamos dos semáforos y luego la argentina llevó el 307 hasta una pequeña calle llamada

Francisco de Encina, que unía La Concepción con Padre Mariano, donde ingresó el auto al estacionamiento subterráneo de un edificio de departamentos. Bajamos hasta el segundo nivel y nos detuvimos en el espacio correspondiente al D-804; íbamos al octavo piso.

–Los ascensores están a tu derecha –me indicó Juliana.

Adelantarme hubiese sido inútil. Princess llevaba un arma y lo más seguro es que arriba mi hija no estuviera sola, así que esperé a que ellas bajaran del auto y juntos avanzamos hacia el ascensor.

–Éramos un buen equipo los tres –les dije, tratando de provocarlas.

–No digás tonteras, Elías –me respondió Juliana.

Reconozco que no solo hablaba por molestar, era mi manera de distraerme, de disociarme, de mantener mi cabeza ocupada para no explotar.

El 804 estaba al final del corto pasillo. Juliana se adelantó y abrió la puerta. Era un departamento amoblado, con cocina americana y dos habitaciones. Idéntico a tantos otros que se construyeron en Santiago de Chile durante la primera década del nuevo siglo.

En la sala nos recibió otro de los matones de Bayó; el español se había traído un batallón completo. Estaba comiendo un sándwich de jamón y queso y tenía el televisor sintonizado en un canal de deportes del cable, en el que unos argentinos hablaban de la actual campaña del Barcelona.

–¿La niña? –preguntó Juliana.

–Sigue en el cuarto, solo se asomó para pedir algo de tomar.

Princess me hizo entrar y luego me indicó la habitación donde estaba Elisa.

–Diez minutos –me indicó la inglesa.

No le contesté.

Caminé hasta la puerta del dormitorio y abrí la puerta.

Mi hija estaba tirada en la cama, rodeada de cuadernos y con la vista y la atención absolutamente fijas en una novela gruesa.

–Elisa –dije despacio para traerla de regreso al dormitorio.

385

–¡¡¡Papáaaaaa!!! –gritó ella, tiró el libro y saltó de la cama a mis brazos, apretándome con esa fuerza que solo logra un hijo y que te hace sentir que nada más vale la pena, que de verdad eres la persona más importante y grande del universo. Polaroids en la memoria: su manito cuando era bebé agarrándome el dedo índice; la primera vez que dijo papá; el día en que aprendió a caminar; cuando la vi por última vez, cuatro horas antes de tomar el avión a España; con Miranda observándome como si fuera el peor criminal del planeta, y luego las conversaciones por teléfono, por chat, por video, cada vez más cortas, cada vez más distantes. Era extraño. Sabía que en esos precisos instantes la familia de mi ex mujer debía de estar como loca buscándola, pero me dio lo mismo, tenía diez minutos para estar con la persona más importante de mi cosmos y eso era lo único que valía. En ese abrazo me olvidé de *La cuarta carabela*, de mi estatus de proscrito ilegal, de la muerte de Andrés Leguizamón, de las fotos y videos de Ginebra Leverance y de las dos mujeres locas que aguardaban en la sala principal del departamento. Llámenme sentimental, pero no pude evitar llorar; desde hace tanto tiempo que no lo hacía, que llegué a pensar que se me había olvidado.

–Que eres llorón, papá –me dijo Elisa.

–Cosas que se meten en los ojos, amor.

–¡Mentiiiiira! –alargó con su voz aguda, a pocos años de convertirse en voz de mujer.

–Soy un gran mentiroso, ¿no te acuerdas?

–Eres escritor, tonto.

–¿Y no es lo mismo?

–No lo sé –dijo y se sentó al borde de la cama. Yo acerqué una silla que había junto a una pequeña mesa que servía de escritorio–. Tanto que te demoraste.

–Estuve ocupado –le mentí–. ¿No has hablado con mamá?

–En la mañana. Se enojó y se puso a gritar, preguntándome que dónde estaba, pero Princess me dijo que no le contara nada. Luego se murió la batería del teléfono y ando sin el cargador. Acá tampoco tienen. Estaba preocupada, pero Princess dijo que ya venías. Me cae bien ella.

—Es simpática —mentí.

—Y loca. Y además es igual que yo.

—¿Igual que tú?

—Celíaca, así que tiene solo comida no contaminada, sin gluten. Me enseñó algunas recetas y trucos para comer chocolate sin intoxicarme. Me encanta como se viste, prometió mandarme accesorios plásticos desde Inglaterra. Me contó que era tu asistente. Yo creo que debería ser tu novia.

—No seas loca. ¿Entonces te han tratado bien?

—Sí. Juliana me pasó el libro que escribió. Me dijo que tú le habías contado que me gustaban las historias de vampiros. Es bueno al inicio, pero hacia la mitad se vuelve aburrido y ya sé cuál de las hermanas será la que se salvará por amor. Igual es entretenido y los personajes son guapos. ¿Lo leíste?

—Sí —mentí.

—Me contó que iban a hacer la película y que estaba trabajando en la segunda parte.

—¡Guau! —sonreí—, no tenía idea. —Era cierto, aunque lo obvio es que no fuera verdad.

—¿Papá?

—¿Sí?

—¿Por qué no me avisaste que venías a Chile?

—Porque no lo tenía planeado. Vine por trabajo.

—Princess me contó que habías entrado escondido a Chile para que no te tomaran preso, por eso todo era tan secreto.

—Es verdad. ¿Se lo contaste a mamá?

—Sí y por eso se enfureció más todavía. Ya sé que me va a castigar. La última vez que desaparecí, y eso que estaba en la casa de la Julia, me tuvo un mes sin internet.

–No, no te va a castigar. –Le desordené su pelo rubio, casi blanco, que sacó de su madre–. ¿Y cómo va el colegio?

–Sabes que bien, bueno, excepto matemáticas. Los números me odian.

–Lo sé y te entiendo, a mí también me odiaban. Ahora nos llevamos un poco mejor. Creo que saben que quiero destruirlos y que mi bando es el de las palabras, por eso…

–Elías –a veces me llamaba por mi nombre–, ya no tengo siete años, no me cuentes historias para niños.

–Solo era para contarte que recién a los cuarenta y cinco años he aprendido a dividir.

–Eso es ser menso, mi problema es con el álgebra.

–Chino.

–Menso.

–¿Así que ya no eres mi niña?

–Oyeee, voy a ser tu niña toda la vida, solo que ahora estoy más grande.

–Eso significa que ya tienes novio. ¡¿Cómo se llama?! –bromeé.

–Papáaaaaaaa….

–Te estoy molestando…

–No me gusta que me molesten y lo sabes. Igual tengo un poco de pena.

–¿Por qué tienes pena?

–Porque hace mil años que no te veo y ni siquiera me trajiste un regalo chiquitito.

Sonreí.

–Te lo debo y te daré un regalo grande. Promesa.

–Ya –bajó la mirada.

–¿Qué pasa?

–Que mamá dice que tú nunca cumples las promesas que haces.

–Es que tu mamá conoció a mi otro yo, uno más tonto.

–Aún eres un poco tonto.

–Siempre voy a ser un poco tonto, pero no se lo digas a nadie. ¿Trato?

–Trato.

La puerta se abrió e ingresó Princess con una bandeja en la que traía un vaso con Ginger Ale y tres barras de chocolate energético.

–Son libres de gluten, de caseína y de lactosa. Además, deliciosas –dijo con una inusual empatía, mientras ubicaba la comida en una de las mesas de noche de la habitación.

–Gracias, amiga –respondió Elisa con una sonrisa.

–Gracias –le dije a Princess. Era en serio; aunque había secuestrado a mi hija, se esmeraba en tratarla bien.

–Es para que no te enojes conmigo –le respondió la inglesa a Elisa– ahora que voy a quitarte a tu papá otra vez.

–No me enojo contigo.

Princess me hizo un gesto para que la siguiera. Me levanté y fui con ella a la sala del departamento, cerrando la puerta a mis espaldas.

–Nos están esperado, quieren conocerte –me indicó Juliana cuando me vio aparecer junto a Valiant.

–Esos no fueron diez minutos –reclamé.

–No estás en posición de nada.

–Antes de acompañarlas quiero saber qué va a pasar con mi hija.

–¿Qué querés que pase con ella? –contrapreguntó la argentina.

–Llévenla con su madre.

–Ok –me sorprendió su respuesta; luego se dirigió a su compañera–: Princess, usá el auto. Que él –apuntó al hombre de Bayó– te lleve donde la niña te diga, luego nos alcanzás en el punto de reunión. Elisa confía en ti, no va a negarse.

Valiant asintió.

–¿Contento? –me devolvió la viuda de Javier Salvo-Otazo.

–Sí, vuelvo a despedirme de Elisa y salimos.

–Te espero.

Regresé a la habitación donde mi hija había vuelto a recostarse en la cama y a retomar la lectura de la novela de su captora. Comía una de las barras energéticas que le había traído la ex asistente de Bane Barrow.

—No me digas nada, ya te vas —me dijo apenas me vio aparecer.

—Sí, pero nos vemos pronto. Princess te va a llevar donde tu madre.

Asintió con la cabeza.

Entonces noté que sobre la mesa, junto a la bandeja, había un lápiz de tinta.

—¿Me lo prestas? —le pregunté.

—Sí, no es mío —me respondió mi hija.

—Préstame un momento el libro, por favor.

70

El punto de encuentro era una clínica en el barrio alto de Santiago, en el sector de Los Dominicos en Las Condes, por Camino El Alba hacia la precordillera. Juliana le indicó al conductor del taxi que nos dejara por la entrada principal.

—Esperá —me indicó Juliana cuando me vio bajar del auto—, es por acá —y me llevó con ella a la recepción de la torre de oficinas administrativas de la clínica. Revisó su teléfono y respondió un mensaje de texto que le había llegado.

—Podés estar tranquilo —me dijo—, Princess dejó a tu hija en la puerta de lo de tu ex mujer.

—Gracias. ¿En scrio?.

—Te has mostrado dispuesto a cooperar, no era necesario presionarte más. Bayó no está de acuerdo con que hubiésemos devuelto a la niña, pero yo tampoco lo estoy con que matara a Leguizamón. La idea era pasar desapercibidos en Santiago, no robar una reliquia, asesinar a un escritor extranjero en un lugar público y secuestrar a una menor de edad. Eso no ayuda en nada. Todo lo contrario.

—Insisto, gracias.

—Está bien.

Juliana me dijo que esperara un segundo y se acercó a la recepción de la torre, donde preguntó por el doctor Agustín Sagredo. «Nos está esperando», anunció y luego pronunció su nombre completo y el mío. El guardia hizo una llamada corta y a continuación indicó que tomáramos el tercer ascensor.

—Décimo piso.

—Gracias.

Caminamos hacia los elevadores. El tercero era el único que conducía hasta el nivel diez y lo hacía de modo directo, exclusivo para la gerencia.

Me llevaron por un pasillo que atravesaba el piso más alto de la torre administrativa de la clínica hasta un auditorio donde me esperaban Bayó y dos de sus mercenarios, los mismos que habían estado en el santuario del San Cristóbal hacía un par de horas; además de un anciano de cabellos canos, algo encorvado con palidez rojiza tan reconocible del sur de Estados Unidos, un muy alto hombre de color y otro sujeto de edad mediana con un poco de sobrepeso y esa mirada despistada tan típica chilena. Estaban todos ubicados en las primeras filas, junto al proscenio y hablaban entre sí. Por más que busqué a Ginebra Leverance no estaba por ninguna parte. Juliana me indicó que nos acercáramos, y a medida que lo hacía, el rostro del más anciano de los presentes se me fue haciendo familiar. Revistas de política y actualidad, videos en internet, notas en programas periodísticos, la portada hace un par de años en la desaparecida revista *Time*. Uno de los baluartes de la ética protestante norteamericana y de los hombres más duros del Partido Republicano. Fue él precisamente el primero en acercarse a saludarme.

–Señor Miele –dijo arrastrando la «L» y la «E» del final de mi apellido–. ¿Se pronuncia así su nombre?

–Sí –contesté.

–De Francia, ¿verdad?, norte quizás…

–Sur –aclaré–, de la región de los Pirineos.

–Veo; hermosa región. Gente buena, católica, pero muy buena. Por favor, acérquese, lo esperábamos. –Me estiró su mano para apretar la mía–. Andrew Chapeltown, pastor Andrew Chapeltown –subrayó–. A su servicio.

Tenía las manos sudadas, resbalosas, débiles. Mi padre decía que jamás había que confiar en un sujeto que no supiera dar un buen apretón de manos. Era un hombre sabio y a pesar de nuestras diferencias, jamás he dejado de pensar en sus consejos.

–Lo reconocí –dije–. Senador por Texas, ¿verdad?, Partido Republicano.

–Ex senador –me corrigió.

–Eso quise decir. Tres o cuatro períodos consecutivos, abandonó el Congreso en 2008…

–Exacto y fueron cuatro períodos, no tres –corrigió–. Es bueno conversar con gente que sabe con quién está tratando –debió ser más preciso y decir negociando, pero la gente de fe tiende a usar eufemismos.

–No es muy difícil. Usted ha sido un hombre bastante público en Estados Unidos. Vivo allá desde hace una década y tengo buena memoria con los rostros; me acuerdo especialmente de quienes he escuchado opiniones que se oponen absolutamente a lo que yo me dedico.

Chapeltown sonrió y luego me presentó a todos. El hombre de color se apellidaba Kincaid y era el chaperón del ex senador texano. Y efectivamente el de la mirada extraviada era chileno, doctor Agustín Sagredo, uno de los tres socios mayoritarios de la clínica donde nos encontrábamos.

–¿Y Ginebra? –pregunté.

–Ella está bien, pronto podrá verla –respondió Bayó–, ahora tenemos temas más importantes que tratar.

–El señor Bayó –volvió a hablar Chapeltown– nos dijo que usted sabía dónde se encuentra esa cerradura que tanto buscamos.

–Efectivamente tengo sospechas bien fundadas, pero antes ¿puedo preguntarle algo?

–Adelante, estamos en confianza.

–¿Usted es a quien sus socios llaman Hermano Anciano?

La puerta del auditorio se abrió y entró Princess riendo.

–No –gritó la inglesa mientras bajaba–, él no es el Hermano Anciano. Está lejos de serlo, ¿verdad, Juliana?

La argentina no contestó.

–No, no lo soy –contestó Chapeltown, más formal que la joven ex asistente de Bane Barrow.

–¿Dónde está el Hermano Anciano?

–Miele, ese no es su tema –presionó Bayó.

–¿No es mi tema? –tragué saliva–. Enumero: alguien me metió una especie de programa de manipulación para que escribiera una novela junto a otros dos escritores, ambos asesinados –lo miré, luego a Juliana y finalmente a Princess. Era obvio que el asesino estaba entre ellos y mi sospecha hablaba con acento británico–. Luego me sacan de la tranquilidad de mi casa en estatus de proscrito para hacerme viajar de España a Argentina buscando pistas falsas, para darles tiempo a ustedes para preparar la búsqueda de una especie de objeto mágico escondido bajo Santiago de Chile, mientras intentan derribar el avión en el que viajaba a Mendoza. Y cuando finalmente arribo a Santiago secuestran a mi hija y asesinan a un amigo delante mío. Perdón, señor Bayó, pero creo que tengo mucho que ver, es un tema que me incumbe, por algo no me está apuntando con un arma. Uno de estos señores –apunté al ex senador, al tal Kincaid y al médico chileno– debe haberle ordenado que no lo hiciera. Además no hay que ser muy inteligente. No saben si estoy diciendo la verdad, pero es lo único que tienen. Puede estar tranquilo, estoy bastante seguro de que si eso que buscan existe, está en un sitio que conozco muy bien. ¿Continúo? Por supuesto, estoy en medio de un complot de un grupo de ultraderecha de la Iglesia evangélica norteamericana, y al parecer chilena también –miré a Sagredo–, para destruir el culto mariano usando una revelación de la Logia Lautarina, es decir, de la historia patria de este lado del planeta que se relaciona con la verdadera naturaleza de la Virgen del Carmen. Pero no solo eso, si buceamos aun más, estoy parado entre dos bandas rivales al interior de ese grupo de ultraderecha evangélico. Insisto. Tengo mucho que ver, que escuchar, saber –recalqué– y entender.

–Miele… –trató de hablar Bayó, pero Chapeltown lo detuvo.

–Todo lo que dice es verdad, señor Miele. Usted ha sido convocado para completar una misión de la que el tiempo le hará entender su magnitud. Es la voluntad de Dios que esté con nosotros, Él lo escogió como uno de sus soldados...

–¿Es la voluntad de Dios que me fuercen a escribir un libro que ha matado a dos colegas? Oh, perdón, de veras que ustedes mandaron a matarlos…

–El camino de Dios exige sacrificios. Lo del libro fue un error que hemos tratado de enmendar.

–Lo imagino… La Hermandad tiene muchos métodos. Recordemos el sonado boicot contra el YF-23, que terminó con varios misteriosos accidentes.

–Insisto, señor Miele. El camino de Dios exige sacrificios. Es su voluntad, no la nuestra.

El asunto del YF-23 ha sido con ventaja el mayor escándalo público en el que ha aparecido la mano del National Committee for Christian Leadership. De hecho, fue uno de los casos en que la presencia de esta organización no solo mostró su influencia, sino todo su poder. La Hermandad pisoteó públicamente a la Casa Blanca, al FBI, al Departamento de Defensa, a la Fuerza Aérea de los Estados Unidos y a la misma industria armamentista, el negocio más rentable del planeta. En 1984, la rama aérea de la milicia estadounidense llamó a un concurso para elegir el avión que reemplazara al F-15 en el arsenal del nuevo siglo. La nave ganadora debía de estar dotada de la tecnología más avanzada disponible y ser completamente invisible al radar. Con ventaja, se trataba del contrato militar más rentable de la historia. En 1986, la Fuerza Aérea escogió a dos finalistas para adjudicarse el negocio: el YF-22 del conglomerado Lockheed, Boeing, y el YF-23 de la trinidad Northrop, McDonnell Douglas, Grumman. Hacia 1990 todo indicaba que la nave escogida iba a ser el YF-23, un avión superior en todo sentido; por eso fue sorpresivo e inesperado que un año después se anunciara que los militares habían seleccionado finalmente al YF-22, que pasó a ser denominado F-22 Raptor. A dos semanas de darse el polémico resultado, todos los documentos que avalaban que el YF-23 era una mejor alternativa desaparecieron. Uno de los pilotos de prueba del avión, que fue invitado a hablar a un especial de CNN, murió en un accidente de tránsito; los dos prototipos de la nave fueron desmantelados, a pesar de que la NASA manifestó su intención de quedarse con ellos en calidad de demostradores tecnológicos; tres ingenieros a cargo del proyecto desaparecieron para nunca más saberse de ellos, y los restantes profesionales del equipo declararon no saber nada y que preferían retirarse como buenos perdedores. La revista *Aviation News,* que se había decidido a hacer un reportaje del «escándalo stealth», envió a un reportero y a un fotógrafo a Las Vegas, Nevada, ciudad cercana a la base Nellis, quienes fueron encontrados muertos en la habitación de un hotel, supuestamente involucrados en un lío con la mafia. El reportaje jamás se publicó y un año después McDonnell Douglas, uno de los tres socios del YF-23, se declaró en quiebra e inició un proceso de debacle que acabó en 1997 cuando fue absorbido por Boeing. ¿Dónde entra La Hermandad en este escándalo? Hasta 1990 había un pacto valórico entre McDonnell Douglas y el National Committee for Christian Leadership, concretado en la figura de John F. McDonnell, hijo del fundador de la compañía y un ferviente cristiano que puso en las más altas esferas de la empresa a ejecutivos ligados no solo a este grupo de élite, sino a la Iglesia evangélica norteamericana en general. Uno de los miembros más importantes de la directiva era el consejero Mark Kulhman, quien además era pastor presbiteriano. Todo eso cambió cuando la plana eligió como nuevo CEO a Michael M. Sears, un católico no practicante que decidió dar una revisión laica a la estructura de la compañía, mientras paralelamente se decidía el contrato del nuevo caza furtivo. Una mala gestión en relaciones públicas hizo que varios importantes miembros del National Committee for Christian Leadership declararan en la prensa que la industria bélica norteamericana estaba pasando por una crisis valórica, producto de la salida de líderes cristianos de sus filas, y citaron el caso de McDonnell Douglas. Sears respondió que en temas de industria de defensa no había que meter la mano de Dios. Olvidó el CEO a cargo del desarrollo del YF-23 que Richard Cheney, secretario de Defensa durante la administración de George Bush padre, era parte de la mesa central de La Hermandad. Asimismo, estaba personalmente abogando por el ingreso de miembros de esta asociación dentro de cargos de alta importancia al interior de Boeing y Lockheed. Bastó una sola carta suya para que milagrosamente (nunca mejor dicho) el aventajado YF-23 perdiera en dos meses la carrera frente al menos dotado YF-22, que arrastró muertes, raras desapariciones y la quiebra total del imperio que había tomado Sears.

—Además, hermano Miele —ahora habló Sagredo, el chileno del lote—, usted es un hijo de la promesa.

—Soy ateo y, por favor, no me llame hijo de la promesa.

—No, hermano —no me obedeció—, usted creció en un hogar cristiano, usted entiende de esta guerra en la que estamos involucrados, la hermana Lilian Ruiz lo crió bien.

—No meta a mi madre en esto.

—La meto porque ella estaría orgullosa de que usted esté con nosotros.

—Mi madre no me habla y mi hogar no era cristiano. Si tanto nos conoce, como parece, sabrá que mi padre era agnóstico.

—Un agnóstico que en el lecho de muerte mandó a llamar un pastor para que le perdonara sus pecados.

No sabía esa historia.

—¿De qué me está hablando?

—Amigo mío, usted no imagina cuán cerca del Señor está y cuánto quiere Cristo que regrese a su abrazo. De las «tres cartas» que fueron escritas, él escogió la suya.

Miré a Juliana y a Princess. La inglesa hacía esfuerzos para no estallar en carcajadas.

—De la misma manera como ustedes escogieron no hacer caso al mandamiento de no matar.

—Amarás al Señor tu Dios sobre todas las cosas —recitó Sagredo—, eso dice el primero y más importante de los mandamientos. Y si en favor de cumplirlo había que sacrificar a impíos y pecadores, con nuestro deber de hijos de su amor cumplimos.

397

–Fariseos blancos por fuera –seguí su juego bíblico.

–Hermano Miele –insistió Sagredo–, la voluntad del Señor lo trajo aquí y eso siempre sucede por algo. La felicidad de su madre, por ejemplo; la dicha de su hija o el destino de su amiga, la señorita Leverance, también –amenazó solapadamente. Si repetía lo de los fariseos, solo los provocaría más y estiraría lo innecesario.

–Entonces –ahora abrió la boca Chapeltown– ha de decirnos dónde cree usted que está esa cerradura que tanto buscamos.

–Mi primera condición es que quiero participar, ir con ustedes.

–Eso puede arreglarse, ¿verdad, señor Bayó?

El español asintió.

–Segundo, que Ginebra venga con nosotros.

–Eso también es conversable, somos hombres de fe, sensatos en la gloria del Señor.

–Tercero, quiero saber qué es lo que están buscando.

Chapeltown me respondió con la mirada, sin acceder ni negarse a mi petición.

–Y cuarto, quiero ver esa famosa llave que dicen poseer.

–Por supuesto que la verás –respondió la voz de un nuevo integrante del grupo que se asomó tras el pastor y ex senador republicano, haciendo una entrada triunfal, casi de diva teatral, desde la parte trasera del escenario del auditorio–. ¿Qué? –agregó en tono de pregunta–, cualquiera diría que estás viendo a un muerto.

71

«Imagino que ya conociste al Hermano Anciano…», me encaró Ginebra Leverance apenas me vio entrar a la habitación donde la tenían encerrada. Una suite de lujo para pacientes de primer nivel de la clínica del doctor Sagredo. Obviamente, el cuarto no tenía disponibilidad de líneas telefónicas ni de internet en ningún soporte. Hasta el televisor estaba con el módem desconectado para que la ex agente del FBI permaneciera lo más aislada posible.

Cuando entré, ella estaba pegada al amplio ventanal que daba al poniente de la ciudad, desde el cual podía verse prácticamente todo Santiago. A la altura del edificio había que sumar que la clínica estaba construida en una ladera de la precordillera. Los ocho pisos equivalían a ciento veinte en el plano normal de la ciudad.

–Sí –le contesté, mientras uno de los mercenarios de Bayó cerraba con llave la puerta a mi espalda.

–¿Sorprendido?

–La verdad no. Por un lado no estoy seguro de que él sea realmente el Hermano Anciano y, por otro, aunque te resulte difícil creerme, era una de las posibilidades respecto de su identidad que había barajado.

–No te creo.

–Es en serio. Claro, fue una hipótesis tan infundada que la deseché prácticamente al mismo instante en que la pensé. Me acuerdo incluso cuando pasó: en Buenos Aires, la mañana en que envié el correo que te entregó el fantasma residual gracias al cual descubriste que estaba en la Inmaculada Concepción de El Tigre. Se me cruzó la idea tras una llamada que recibí de Frank.

–Da lo mismo, no creo que sea el verdadero Hermano Anciano.

–¿No?

–Solo piensa con inteligencia lógica, Elías; olvídate de la inteligencia narrativa de tu yo escritor. Si fueras el coordinador secreto de una conspiración de esta envergadura, no te arriesgarías a participar de la fase final de la misma. Para eso tienes buenos soldados.

–¿Y si el interés es suficiente como para arriesgarse?

–¿Existe un interés así de grande? Hablamos del cerebro detrás de un complot contra mi padre, uno de los cuatro hombres más poderosos del país más poderoso del mundo.

No le respondí.

–¡Dios! –exclamó–. ¡Ni siquiera es americano ni habla inglés!

–Tiene sentido lo que dices. Yo también tengo mis sospechas, pero necesito más elementos para concluir si es o no. Por ahora, mi posición es que si él quiere que así lo creamos, ha de ser por algo. Y ese algo es mi tema, lo que me interesa.

–Un gran escritor, un pésimo agente de inteligencia –agregó Ginebra en voz baja, luego levantó sus cejas, respiró hondo y cambió de tema–. Es hermosa tu ciudad de noche. Se parece a Los Ángeles, ¿te has dado cuenta?

–Una vez escribí para una revista de viajes que Santiago de Chile era la ciudad más parecida a Los Ángeles. Las calles, la expansión, el clima, la manera como se ve de noche.

Mi compañera de viajé abandonó el ventanal y se sentó en un sofá de tres cuerpos y forma de «L» que hacía una cómoda esquina entre la pared de fondo y el mirador de vidrio de la habitación.

–¿Quieres agua? –le ofrecí.

–No.

–Yo sí, con permiso.

–Por favor.

Fui hasta la cocina de la suite, busqué una copa y la llené con agua de la llave. Tenía la boca seca, continuaba sin dormir y, aunque lo que menos sentía era sueño, necesitaba hidratarme para no perder energía.

–¿Entonces vas a cooperar con ellos? –me preguntó Ginebra.

–No tengo otra salida.

–Tampoco pierdes nada y podrías escribir un libro que se vendería muy bien.

–Lo he pensado –dije cortante–. Pero no quiero que hablemos de eso, Ginebra. Vi los videos y las fotos de tu padre.

–No te conocía tu lado de institución garante de la moral y las buenas costumbres.

–No es eso…

–¡¿Entonces qué?! ¿Voyerismo? ¿Quieres ver la cicatriz?, ¿quieres ver si es verdad? –se levantó y comenzó a abrir con desesperación su blusa, luego vino hasta mi lado, se acercó y desafiante se quitó el sujetador.

Aunque lo intentaba, no podía evitar mirar.

Un pecho joven, turgente, adornaba el lado izquierdo de esa mujer hermosa. Lucía un par de lunares sobre el pezón, pequeño y ligeramente marrón, que se endureció ante el repentino cambio de temperatura al quedar expuesto. Uno de los lunares tenía forma de medialuna, el otro dibujaba una pequeña corona en la parte superior del seno.

Y a la derecha, la cicatriz. Piel arrugada, manchada y a medio camino entre la vida y la muerte que cubría el espacio donde alguna vez hubo un pecho tan o más bello que su compañero de la izquierda. La excitación, la pena, el rechazo y el morbo. Sé que Ginebra vio cada una de esas emociones desfilar por mi mirada. Se sentó en la cama sin cubrirse y me miró con una expresión tan lejana que no parecía ser una mujer de este mundo. Ginebra Leverance estaba parada en la superficie de una luna helada que orbitaba un mundo muy lejano, un planeta perdido en el corazón más negro de la galaxia.

–Me lo arrancaron y me destruyeron por dentro, me acabaron como mujer y fue mi padre el único hombre que estuvo conmigo, que ha estado conmigo en todos estos años.

Me senté junto a ella y la escuché.

401

–Hace nueve años yo era parte de un escuadrón del FBI que seguía el caso de unos traficantes de droga mexicanos que tenían por costumbre asesinar a sus rivales en unos extraños ritos que mezclaban paganismo cristiano de la zona de Jalisco con cultos satánicos…

–La Santa Muerte, Judas Tadeo y Jesús Malverde… conozco algo de ese sincretismo cultural y religioso –comenté.

–El grupo operaba en el sur de California, Los Ángeles, inclusive Arizona, Texas y Nuevo México. Tras cuatro meses de investigación, un informante delató que iban a realizar una operación en una barriada de San Diego. Confirmamos los datos y junto a mi escuadrón preparamos una emboscada. Todo era una trampa. Lo último que recuerdo fue a mis compañeros y compañeras cayendo bajo armas de fuego de gran poder. Poseían ametralladoras e incluso lanzagranadas y lanzacohetes de uso manual. El líder del grupo, que se hacía llamar Santos Pastor, me metió una bala sobre el ojo derecho, aquí –se levantó el flequillo sobre la frente y me enseñó el punto donde había entrado el proyectil–. No me mató, pero dejó secuelas nerviosas. Algunas bastante obvias como el temblor de mi ojo, otras más difíciles de notar como el hecho de que no veo nada por mi ojo derecho. Perdí mi capacidad de apuntar y sufro repentinas e invalidantes jaquecas y cefaleas. Pero eso fue solo el inicio. Desperté una semana después en algún lugar del norte de México. Me extirparon la bala y evitaron que esta alcanzara mi cerebro y me matara, curaron incluso mi infección. No porque fueran bienintencionados o me tuvieran lástima. Santos Pastor me quería como su trofeo, su esclava sexual. Más aún cuando se enteró de que mi padre era el famoso reverendo Caleb Leverance Jackson, patrón de la espiritualidad del gobierno de los Estados Unidos. Santos Pastor era además muy católico. A su modo, defendía el rito romano y al Vaticano y odiaba todo lo que tuviera que ver con evangélicos y protestantes. Una de sus diversiones era salir a disparar contra predicadores y pastores que osaran entrar en los pueblos que él dominaba…

Se detuvo y me pidió un vaso con agua. Fui por uno y se lo pasé. Ella bebió tres tragos, el último muy largo. Luego pasó el dedo de su mano izquierda por su cicatriz, avanzando enseguida hacia su único pecho, jugando en círculos sobre la areola del pezón hasta endurecerlo. Contemplé cómo ese hermoso botón se levantaba como si quisiera mirar qué ocurría arriba y dentro de la habitación, como si su ojo de carne quisiera mirarme a los ojos.

–Durante dos meses fui violada varias veces por día. Uno, dos, tres hasta siete hombres al mismo tiempo. También mujeres. Me amarraban, me colgaban, me azotaban. Me usaban de la manera como se les antojara. Santos Pastor utilizó mi cuerpo para iniciar sexualmente a tres de sus hijos, adolescentes entre doce y catorce años. Ni siquiera era una muñeca para ellos, con suerte era más que un trapo. En una ocasión su esposa y sus amigas jugaron conmigo y me metieron una vara de madera tan adentro que me destrozaron el útero y el ano. Creo que fue el único momento durante ese infierno en que tuve algo de paz. Santos Pastor ordenó que no dejaran que me desangrara y me encargó a sus médicos personales. Cumplieron con mantenerme viva, pero el daño interior era demasiado grande. «Olvídate de tener hijos», me dijeron. ¿Sabes lo más irónico? Es que estaba embarazada, pues alguno de esos malditos me preñó en alguna de las múltiples violaciones. El feto tenía un par de semanas. Me lo regalaron envuelto en pañales, el único hijo que tuve y que iba a tener.

Ginebra Leverance hablaba con un tono monocorde, como si ninguna emoción lograra colarse entre cada sílaba que pronunciaba.

–Después de unos pocos días –siguió– volvió la rutina, aunque ahora Santos Pastor me reservó para él, lo que tampoco hacía una mayor diferencia. Y entonces me encontraron. Alguien delató la ubicación del refugio secreto del cartel a cambio de protección o de dinero –estiró–. Escuadrones del FBI junto a los de la Policía Federal mexicana sitiaron a Santos Pastor y a su gente. Los superaban en número y era obvio que iban a caer, pero Santos no se iba a ir solo. Vino hasta el lugar donde me tenía cautiva y amarrada. Me desnudó y me dijo que si él caía, yo caía con él. Pensé que me iba a matar, pero no. Cuando se lo pregunté se rió y me dijo que la muerte no era tortura, que yo me iba a ir con su marca, que yo iba a ser su obra maestra en la guerra santa que había iniciado. Luego me forzó a beber un líquido de coca y todo se nubló. Recuerdo que el mundo comenzó a dar vueltas y de pronto se apagó. Los agentes me encontraron medio muerta, con un reguero de sangre a mi alrededor y con el cadáver de Santos Pastor a mi lado, un machete en el suelo y mi seno derecho arrancado de cuajo en su mano izquierda. Dicen que tenía una gran sonrisa marcada en el rostro. Imagino que fue mejor así, no hay recuerdo de dolor, de casi nada. Estuve adormecida e inconsciente por días; debí haber muerto desangrada pero no, sobreviví. Las oraciones de mi padre, sus bendiciones, el clamor de tantos fieles a los cuales papá guiaba como pastor. La preciosa mano de mi Señor Jesucristo cuidándome. Él no quiso llevarme, no era mi hora, me requería para su obra, necesitaba que me convirtiera en su mejor soldado –su voz sonaba enajenada, casi en el límite de la locura.

–¿Nunca barajaste cirugía de reconstrucción? –Mi comentario era imbécil, de ética de tarjeta de saludos, pero necesario. Ella sonrió con burla.

–No se pudo. Los daños eran demasiado grandes a nivel muscular y nervioso. Además, la sutura de emergencia que me practicaron los médicos de la Federal mexicana para evitar que me desangrara dañó aún más los tejidos. Santos Pastor dijo que yo iba a ser su marca, su obra de arte en una guerra santa. Mi sacrificio fue por amor a Dios, es mi precio, lo que recuerda día a día por qué sigo con vida.

–¿Y por eso protegiste tantos años a tu padre?

–Él fue mi fuerza y mi guía en el camino que me trajo de regreso de ese valle de sombra y de muerte –citó el salmo 23.

–Hay fotos de niña con tu padre.

–Mi madre nos dejó cuando yo tenía ocho años. Traicionó a mi padre con un amigo suyo de la iglesia. Él se quedó solo y destruido. Era un hombre de Dios que no debía flaquear. Yo solo hice lo necesario para hacerlo feliz.

–Ginebra, por Dios, hay fotos de otras niñas. Un disco duro completo.

–El rey Salomón tenía harenes de doncellas, algunas que ni siquiera habían sangrado por primera vez.

–Tu padre no es el rey Salomón, es un criminal y tú lo encubriste.

–No, yo solo cuidé la obra de un buen soldado de Cristo.

–¿En qué momento nos derrotó la locura? Todo esto se ha salido de toda lógica. Tu historia, lo de tu padre, estos evangélicos terroristas, el libro maldito, la identidad del Hermano Anciano…

–Es la voluntad del Señor. Míralo de esa manera.

Quizá Ginebra, al igual que Chapeltown y que todos los que descansaban en las otras habitaciones, tenía razón y estábamos en esto por voluntad de Dios.

–Así que encontraste el lugar que andan buscando –cambió de tema Ginebra.

–Sí. Además vi la llave. Todo concuerda, no tengo idea cómo ni por qué, pero todo concuerda.

–No era la Virgen de ese cerro.

–Casi, pero la traducción estaba mal hecha. *Rehue cura ñuque fill macul kintunien mapuchunko*. No era «el lugar sagrado de piedra desde donde la madre de todos promete cuidar al Mapocho», sino «el lugar sagrado de la promesa de la madre de piedra que cuida del Mapocho». El 5 de abril de 1818, San Martín y O'Higgins derrotaron definitivamente al ejército realista y los últimos remanentes de la corona hispana fueron expulsados de Chile. El lugar del combate es el llano de Maipú, hacia el surponiente de Santiago, y, para conmemorar la victoria, O'Higgins prometió levantar en el lugar una iglesia en honor a la Virgen del Carmen, un templo de piedra. El lugar se vino abajo, pero allí levantaron el Templo Votivo de Maipú, una mole de piedra de setenta metros de alto cuya forma remite íntegramente a la de la Virgen del Carmen. Mañana partimos cerca del mediodía y tú vienes con nosotros.

–¿Yo?

—Sí, acepté participar a cambio de que tú nos acompañes, que seas parte del final de la historia. Es mejor que duermas, hay que descansar. Yo… Yo voy a llamar para que me abran la puerta –pero no alcancé a levantarme de la cama.

—Espera –me detuvo Ginebra–, quédate. No quiero dormir sola –me agarró de la mano y acercó su rostro para darme un beso en los labios. Lento, despacio, tímido incluso, como si a cada segundo dudara de lo que estaba haciendo. Usó su lengua para mojar mis labios y me volvió a besar, esta vez con más fuerza, buscando que yo le respondiera. Y lo hice. Entonces ella tomó mi mano derecha y la puso sobre su pecho. Sin soltarme, sus dedos cogieron los míos y me guiaron en juegos circulares sobre el pezón; luego, cuando lo sintió duro, me condujo hacia la cicatriz, como si quisiera evitar que mi mano escapara de la sensación extraña de tocar ese pedazo de piel muerta, ese cráter cubierto que reemplazaba su femineidad más exquisita.

—Con la boca, hazlo con la boca –me pidió mientras me recostaba sobre el plumón y se montaba encima mío para acercar su pecho a mi boca. Primero, su seno que entró seguro a las caricias de mi lengua, luego la humedad de mis labios y las mordidas de mis dientes. Sentí cómo la respiración de la ex agente del FBI se aceleraba mientras movía su cuerpo en arcos intentando meterse entera en mi boca. Entonces se levantó y se volteó hacia la derecha para que mi lengua repasara su marca. No tuvo que pedírmelo, no era necesario; de hecho, lo hice por gusto y mentiría si dijera que sentí lástima o asco al besar esos muñones blandos rodeados de costra hecha piel muerta.

—No hagas nada, déjame a mí –me pidió con ternura. Luego apartó su cuerpo y empezó a descender hasta mis pantalones. Me desabrochó con seguridad y con la misma determinación bajó el cierre. Levantó el rostro y me sonrió.

—Desde lo de México no quiero volver a ser penetrada, pero esto me gusta, me gusta mucho, en serio –dijo y a continuación llevó su boca hasta mi sexo. No hablamos más durante el resto de la noche.

72

El sujeto que se hacía llamar Hermano Anciano me estaba esperando a las siete de la mañana en punto en el despacho principal del edificio de la clínica, en un privado que pertenecía a su camarada en la fe, el médico cirujano chileno Agustín Sagredo. Aunque eso de camarada en la fe era un decir, porque yo estaba seguro de que el hombre que me miraba desde el otro lado del escritorio no compartía la religión de ninguno de sus auspiciadores. Con suerte otro tipo de intereses, lo más seguro, de naturaleza económica. Aunque conociéndolo y sumando las partes de su mecano, era probable que la razón por la cual había creado todo este *thriller* de la vida real tuviese razones incluso más profundas que lo meramente monetario.

—¿Te apetece algo de comer? —me ofreció apenas me vio entrar. Había servido, en una pequeña mesa redonda, un contundente desayuno para dos personas. Café, leche, jugo de naranja, frutas, pan tostado, cubos de mantequilla y huevos revueltos.

—Gracias —no iba a negarme. Moría de hambre.

—Imagino que dormiste bien.

No le respondí.

Sobre el escritorio, al lado de mi anfitrión, estaba la llave.

—Adelante —me indicó el Hermano Anciano al notar que mi atención estaba puesta en ese alargado y delgado objeto que medía poco menos de dos metros de punta a punta, cuya empuñadura de plata tenía la monterilla hecha de bronce pulido a imitación del oro. En el pomo se advertía la figura de un águila y el guardamano se curvaba como serpiente hasta un gavilán tallado en forma de cabeza de león. La marca con el nombre del propietario relucía: «Bernardo O'Higgins Riquelme», así como la hoja, de noventa y ocho centímetros, forjada en el mejor acero de Toledo. Junta a ella, también encima del escritorio, estaba la vaina forrada en terciopelo rojo, elegantemente curva y muy bien conservada. A pesar de que se notaba el paso de los años, la espada del Libertador relucía como si estuviera nueva.

–¿Es la original?

El Hermano Anciano asintió, mientras se servía café en una taza de porcelana blanca con los logos de la clínica.

–Acércate, puedes revisarla –me ofreció.

Lo hice. En el dorso de la hoja, por encima del filo, estaba escrito en mapudungún:

LEFTRARU CHAU KURÜÑAMKU

Saqué mis anteojos de lectura del bolsillo interior del saco y tras ponérmelos leí en voz alta:

–*Leftraru chau kurüñamku.*

–«Lautaro, hijo de Curiñancu» –tradujo el Hermano Anciano–; así nombró don Bernardo O'Higgins a esta, su espada más querida.

–El cacique Curiñancu, en efecto, era el padre de Lautaro –corregí–, pero la frase está escrita usando la palabra *chau,* que es hijo en sentido general, no «hijo de un determinado padre». El *kurüñamku* de la oración apunta al significado del nombre del cacique, aguilucho negro. O'Higgins sabía hablar muy bien mapudungún y su ave favorita era el águila. El juego de palabras fue a propósito. El nombre del sable es «Lautaro de los aguiluchos» –precisé.

–Juliana está en lo correcto. Nos es muy conveniente tenerte con nosotros –agregó mi interlocutor.

–Eso quiere decir que esta es realmente la famosa llave –dije.

–No fueron cuatro puñales, fueron cuatro espadas las del rito de la refundación de Santiago en 1818 –sonrió el Hermano Anciano mientras sorbía un poco de su café–: la de O'Higgins, la de José de San Martín, la de Ramón Freire y la de Manuel Blanco Encalada.

Levanté el sable con cuidado y miré la hoja desde el frente; en efecto, no era curva, sino ligeramente triangular en sus primeros quince centímetros, con dos sacados en forma de cuña junto al borde de ataque, perfecto para servir de llave.

–Hubo tres «espadas o'higgiginianas», no dos como sostiene la historia oficial de tu país –prosiguió él, mientras tomaba un gajo de naranja y se lo metía a la boca–. Al ser desterrado a Lima –fue alargando–, O'Higgins mandó a forjar una copia exacta de su espada. Por supuesto, sin el detalle del sello de la punta, la llave –acentuó–, lo que estás revisando –indicó para ser aún más exacto en sus palabras–. La original la ocultó en la biblioteca de su casona limeña y la otra la mantuvo en exhibición en algún lugar visible de csa misma mansión, para evitar sospechas. A la hora de su muerte pidió que lo enterraran con la copia, la que por años se pensó que era la original y con la cual su cuerpo fue trasladado a Chile en 1869. Imagino que el resto de la historia la conoces bien.

–Que esa «segunda espada» fue robada por Augusto Pinochet en 1979 –respondí– y se perdió con la muerte del dictador. Y que él mismo mandó a forjar una tercera reproducción para cubrir su delito, que es la que hoy se exhibe en la tumba del pelirrojo, desde donde ustedes hurtaron la primera bandera. Una historia, la de las «espadas o'higginianas» –recalqué–, que ha vuelto locas a tres generaciones de historiadores chilenos.

–En todo caso, no hay mucha diferencia entre la copia del dictador y la que el propio O'Higgins mandó a herrar para distraer a sus cercanos, amigos y enemigos. Pero bueno, para qué vamos a desesperar más a tus compatriotas historiadores con un asunto que en verdad no les interesa mucho.

Volví a la espada.

–Entre tanta copia –argumenté– podría dudar de la autenticidad de esta.

–En efecto, podrías, pero sabes que es real. Empezaste a escribir *La cuarta carabela,* te dictamos parte de la historia de la espada, como lo de la frase en mapudungún grabada en el dorso. No inventaste nada.

–¿Quién escribió el libro, tú o Juliana?

–Juliana… Tú sabes que mi estilo es demasiado reconocible. Yo le di las pautas y corregí.

–¿Terminaron la novela?

–La estamos finalizando… –Abrió los brazos indicando que el final de *La cuarta carabela* no se desarrollaba dentro de los límites de la pantalla de un procesador de palabras, sino aquí y ahora.

–Entonces el 24 de octubre de 1842, Lorencito Carpio, el mozo de O'Higgins, a quien llamaban Magallanes, efectivamente llevó esta espada –volví a indicarla– al Callao, a bordo de un buque ballenero de bandera norteamericana.

–Efectivamente –repitió el Hermano Anciano–, el *Eleonora Hawthorne* con bandera de New Bedford, donde se la entregó a Catalina, la hija menor de José Miguel Carrera, el enemigo político de don Bernardo O'Higgins –reveló.

Intenté disimular la sorpresa inicial y corregí:

–José Miguel Carrera solo tuvo dos hijas: Francisca y Josefa.

–Dirás dos hijas legítimas con Mercedes Fontecilla –subrayó–. Catalina era hija de José Miguel y Elizabeth Poinsett, hermana de su amigo Joel Robert Poinsett, a quien conoció en su estadía en Estados Unidos en 1816 y con la cual mantuvo una breve relación de la cual nació Catalina y a la que José Miguel mantuvo en secreto hasta poco antes de su muerte, cuando en una carta reservada el ilustre proscrito de la Logia Lautarina le pidió a su hermana Javiera que contactara a la familia Poinsett, lo que sucedió hacia 1831, diez años después de la muerte de José Miguel y cuando Catalina cumplía catorce años. Elizabeth había contraído matrimonio con Ezequiel Hienam, un magnate ballenero de New Bedford que no solo crió a Catalina como su propia hija, sino que además le dio su apellido. Ni él ni Elizabeth vieron con buenos ojos la aparición de la «tía chilena, pero ella, a través de Joel Robert, logró contactar a la muchacha. Durante diez años Javiera Carrera y su sobrina Catalina se escribieron compartiendo la historia de la familia; Catalina incluso aprendió a hablar y escribir en español para entender mejor lo que su tía le relataba. Y juntas planearon la venganza...

–Contra O'Higgins.

–No, él solo era un peón. El verdadero enemigo, quien había terminado con la vida y el sueño de José Miguel Carrera era la Logia Lautarina. Javiera pasó veinte años estudiando las fortalezas y debilidades de esa sociedad secreta. Desde su exilio en Buenos Aires vio cómo se traicionaban internamente y cómo día a día iban aflorando secretos. No le fue muy difícil encontrar informantes, gente contraria a José de San Martín, dispuesta a abrir la boca. Averiguó la historia del rito de las cuatro dagas, o de las cuatro espadas –recalcó–, de la refundación mítica de Santiago y la ciudad subterránea que la logia juró proteger por orden de Francisco de Miranda, de ese supuesto tesoro oculto en una bóveda en el subsuelo de la capital chilena al que a O'Higgins, en su carácter de Director Supremo de la nación, le había sido confiada la responsabilidad de cuidar. Su propia espada era la llave que abría esa cripta, razón por la cual debía de ser devuelta a la logia al momento de su muerte. Ese era el juramento y el compromiso. Supo doña Javiera que ahí estaba el punto débil. Bernardo O'Higgins era una pieza importante de la conspiración Lautaro, pero también era dueño de una personalidad impulsiva y resentida a la que resultaba muy fácil manipular. Miranda y San Martín lo habían conseguido con efectividad durante décadas hasta convertirlo en su mejor títere. San Martín incluso lo convenció de que por su herencia «real», al ser hijo de Ambrosio O'Higgins, estaba destinado a ser rey de la Nueva Colombia.

–Eso no es novedad, se sabe que San Martín era pro monárquico –afirmé desdeñosamente.

–Sí, ¿pero con O'Higgins? ¡Por favor! ¿Alguno de vosotros iba a respetar a un rey que perdió cada batalla en la que participó y que para todos, incluso para sus hermanos de logia, era famoso por salir huyendo de Rancagua? Hablamos de la primera mitad del siglo XIX: las intenciones no eran válidas, solo los hechos. Francisco de Miranda vio a Bernardo O'Higgins apenas como un bien utilitario. Él siempre quiso de hijo predilecto a José Miguel Carrera. De hecho, le parecía muy atractivo que José Miguel lo despreciara. Y cuando digo atractivo no estoy usando un sinónimo, no sé si me entiendes…

No le contesté.

–En 1823, tras su abdicación, O'Higgins se exilió en Lima, pero permaneció pocos meses allá, trasladándose en diciembre de ese año al puerto de Trujillo con la intención de unirse al ejército de su hermano Simón Bolívar para participar de las últimas etapas de la independencia americana y de la concreción del proyecto de la Gran Colombia, que estaba conformando una gran nación confederada en la región norte del continente, primer escalón de los futuros Estados Unidos de Sudamérica.

–Conozco esa historia –lo interrumpí–. Bolívar acogió a O'Higgins pero no le dio un cargo de importancia dentro del ejército, lo cual fue mal visto por Bernardo; después de todo, ambos tenían el mismo grado dentro de la logia.

–No, Elías, fue visto como una traición, que es distinto. La logia ya lo había golpeado cuando le exigieron abdicar a inicios de ese año, culpándole del estado de anarquía al que se dirigía su gobierno. Ahora lo estaban rematando, impidiéndole ser parte del gran sueño de Miranda.

–No debió sorprenderle tanto –justifiqué, más que nada para llevarle la contraria a mi anfitrión–. Se trataba de Simón Bolívar, el ego más grande dentro de la logia, el mismo que ya había traicionado a San Martín en Guayaquil y al propio Francisco de Miranda en Caracas. O'Higgins sabía cómo actuaba su hermano, no era tonto…

–O'Higgins era confiado, un niño de campo, como Superman.

–Válido –corté, aunque me había gustado su ejemplo–. ¿Entonces cómo entra Catalina Carrera o Catalina Hienam en esta historia? Porque hacia allá vamos, me imagino...

El Hermano Anciano dio un nuevo sorbo a su café y continuó:

–Hacia mediados de 1824, cuando O'Higgins ya estaba establecido en Lima y había decidido dejar sus actividades públicas y políticas para siempre, recibió una emotiva carta de parte de Javiera Carrera. Fue la primera de una larga correspondencia entre ambos, aunque estas misivas por un pacto mutuo eran quemadas después de ser leídas. Javiera le habló de las disputas familiares, le pidió disculpas por la manera en que lo habían tratado sus hermanos y de a poco fue inyectando en el hijo del virrey la idea de que tanto su familia como él habían sido manipulados por la Logia Lautarina. Compartió con él además cartas secretas, escritas y firmadas con el puño de Miranda, en las que el venezolano manifestaba a José Miguel su favoritismo, instándolo a tomar el lugar del «Huacho del irlandés» dentro de la logia y diciéndole que su destino era llegar a ser el rey de la Nueva Colombia. Misiva a misiva, Javiera Carrera fue escarbando al interior de O'Higgins, convenciéndolo de renegar de sus hermanos como ellos lo habían hecho con él. Y Bernardo le juró que antes de su muerte le iba a hacer llegar su espada, la llave, como una manera de vengarse de quienes lo habían convertido en un títere. Toda esta artimaña no solo fue planeada por la hermana de Carrera, sino también por Catalina, alimentada por el deseo de revancha por la memoria de su verdadero padre. Apenas O'Higgins empezó a sentirse mal, augurando su pronta muerte, Catalina Hienam, que recién había cumplido los veinticinco años, viajó en el ballenero *Eleonora Hawthorne*, propiedad de su padre adoptivo, al Callao, donde aguardó por año y medio la muerte del pelirrojo, tiempo en el cual visitó en secreto a O'Higgins, ayudándolo a preparar su camino a la otra vida.

–De lo que se encargaría Lorencito Carpio cuando le entregó la espada a esta supuesta hija de Carrera...

–Exactamente.

–¿Y ahora vas a decirme que toda esta historia llegó a tus manos porque resultaste ser tataranieto de Catalina Hienam?

–No, Elías Miele, no tengo relación parental con los Carrera. Mi tatarabuelo fue Lorencito Carpio, a ese que llamaban Magallanes, el mocito y amante de Bernardo O'Higgins. Carpio escribió toda esta historia en unos diarios a los que mi familia accedió en 2010, tal como lo dejó estipulado en el testamento que redactó poco antes de su muerte. No solo estaba el relato completo, tal cual Catalina Hienam se lo contó, sino también la ubicación de la espada de O'Higgins, oculta por más de un siglo en la caja fuerte de un banco de Charleston, propiedad de la familia Poinsett. Cuatro años demoré en contactar y negociar con La Hermandad para que me ayudaran a recuperar este tesoro familiar. Por supuesto los convencí relatándoles que podía ser una poderosa arma en su guerra contra el dominio del catolicismo, asestando un golpe directo contra la idolatría mariana en el sur del mundo, primera fase para luego hacerlo en el resto del planeta.

–Y en el entreacto te convertiste en el escritor más exitoso de habla hispana.

–¿Cómo crees que vendí a Caleb Leverance la idea de *La cuarta carabela,* estimado colega?

–De la misma forma en que convenciste a Chapeltown del plan B.

Javier Salvo-Otazo arrugó la frente y luego me respondió:

–No. Leverance nunca supo quién era yo realmente, lo que me dio una ventaja. De hecho, para él estoy muerto. Con Chapeltown y su gente tuve que ser más práctico, mostrarles hechos, no intenciones.

–Hechos. En otras palabras, el cadáver de los peones de Leverance. El de Bane Barrow y el tuyo mismo. ¿Cómo lo hiciste, Javier? –por primera vez pronuncié su nombre–. La policía vio tu cadáver.

–Vieron un cadáver, que es distinto –subrayó el marido de Juliana de Pascuali–. La ineptitud del cuerpo policial español tras la crisis es famosa en todo el globo. Además, el suceso ocurrió en Toledo, no en Madrid o Barcelona. A nadie le interesa Toledo más que a los turistas y a los fanáticos de las espadas y el Medioevo. Suma eso a que Bayó es coronel del Ejército del Aire, administra negocios de las fuerzas militares y policiales de casi toda Europa, conoce a quienes hay que conocer, gente que evita que otra formule muchas preguntas. Hoy en día, con las personas y los recursos adecuados, cualquiera puede fingir su muerte y conseguir un cadáver no identificado. Desaparecidos sin identificar hay en todas partes.

—Cuando ocurrió lo del avión en Mendoza pensé que podías ser tú, que habías fingido tu muerte y estabas usando a tu mujer. Pero lo encontré tan descabellado que lo dejé pasar. Se lo comenté a Ginebra incluso.

—Claro que lo pensaste, no eres tonto y tienes buena imaginación. Además, Juliana es pésima actriz, pero Princess es un arma perfecta, la contraparte que mi mujer necesita para estar en el juego.

—¿Quién mató a Bane?

—Para qué preguntas lo que sabes.

—Princess.

—Es un arma perfecta, solo diré eso —arrugó el ceño—. Juliana, una buena escritora —algo no había cambiado: seguía siendo despectivo ante la carrera de su mujer. Y seguía manipulándola, igual que cuando comenzó a salir con ella, vampirizándola emocionalmente.

—¿Imagino que te bautizaste? —le pregunté en broma, cosa que él no entendió.

—Por supuesto, ¿de qué otra manera me iba ganar su confianza? Soy un hijo de la promesa.

—Lo que no significa que ascendieras a Hermano Anciano.

—Tampoco significa que no lo hiciera. Ginebra trató de convencerte de que no soy estadounidense, de que si yo fuera la mente maestra no estaría en persona participando de la conclusión del plan, de que no tengo herencia para lograr apoyo de gente como Andrew Chapeltown y Joshua Kincaid.

Le contesté con una mirada.

–Pues ella está en lo correcto –se respondió a sí mismo–, salvo por un punto. Yo tengo algo que todos quieren y esta es *mi* historia –subrayó el posesivo–. Si revisas las funciones eclesiásticas de un Hermano Anciano, entre ellas está el velar por el bienestar de la iglesia y eso solo se logra participando.

–Esta no es una iglesia.

–«Donde haya dos o tres reunidos en mi nombre, allí estoy yo en medio de ellos», Mateo 18:20. Eres libre de creer, después de todo, sabes bien que el que sea o no sea el verdadero Hermano Anciano no es lo importante.

Tenía razón.

–Aún no entiendo el porqué de esta comedia –dije.

–Error, amigo mío. No hay por qué en esta operación, solo un para qué.

–¿Para qué, entonces?

–Ellos –apuntó hacia la puerta– quieren cobrarse de quinientos años de supremacía católica en el negocio cristiano.

Me parecía estar dentro del capítulo final de una serie de dibujos animados, en la que el cerebro maligno tras las villanías se revelaba ante su adversario y le confesaba cómo es que habían llegado a ese punto, explicando en forma detallada la concreción de sus planes para pasar finalmente al golpe final, que en un mundo de héroes y villanos siempre era rechazado por el primero. Pero este no era un mundo de capas y súper poderes y yo estaba bastante lejos de ser un héroe. Además, me vería muy mal con un traje de colores chillones o un antifaz sobre los ojos.

–No me contestaste.

–En tu caso –siguió eludiendo–, tú para qué es escribir un libro que te dará fama y fortuna a nivel mundial.

–Te pregunté otra cosa.

–¿Vas a negarme que tu motivación es otra aparte de escribir ese libro? Porque con la chica ya te quedaste, o con las chicas –acentuó–.

Princess primero, Ginebra después. Lo siento si querías recordar viejos tiempos con Juliana. Ya sabes que ella no es de relaciones paralelas. Salvo esa vez, que imagino aún recuerdas –se detuvo y leyendo mi expresión facial, continuó–: Sí, no te sorprendas, ella misma me lo contó, y no vale porque entonces no estábamos casados.

–¿Y tu para qué, Javier Salvo-Otazo? –reiteré.

–El más simple de todos –me contestó sin escapar–. Un asunto de familia.

Torcí una sonrisa y fui por una taza de café.

–Entonces es cierto lo de la ciudad subterránea.

–Tanto como que te estoy mirando a los ojos.

–¿No sería mejor ir de noche?

–No hay mayor diferencia entre ir de día o de noche. El día, de hecho, permite llamar menos la atención.

–Javier, que nos dirijamos allá –fui cauto– no significa que vayamos a encontrar la cerradura y la puerta que abre esa llave –apunté a la espada.

–Tampoco significa lo contrario, pero es la pista más concreta que tenemos. No vamos a dejar pasar esta oportunidad.

–Ni siquiera tenemos los planos originales del lugar.

–Ya me estoy haciendo cargo de ello. Te lo dije hace unos minutos: con los recursos y la gente adecuada todo se puede conseguir.

–De los dos templos –subrayé.

–Con los recursos y la gente adecuada todo se puede conseguir –reiteró el Hermano Anciano.

–¿Qué es lo que hay en esa bóveda? –pregunté.

–Creo que antes de su muerte –lo dijo en tono de sarcasmo para evitar que yo le devolviera la palabra asesinato–, Andrés Leguizamón ya te lo adelantó: lo que Cristóbal Colón envió a América en una cuarta embarcación, en nuestra querida «cuarta carabela». Un sarcófago con las cenizas de una mujer.

–¿María Magdalena? –le pregunté con mordacidad.

–Por favor, Elías, estas no son fantasías de merovingios ni santos griales. Esto es en serio. En dos horas vamos a recuperar los restos de María de Séforis. O como la llaman los católicos, la Virgen María.

73

Dos ambulancias de la clínica del doctor Sagredo, ambas motorizadas en idénticos minibuses Mercedes Benz Sprinter 515, bajaron por avenida Las Condes hasta la circunvalación Américo Vespucio y de ahí tomaron la autopista sur para acercarse a la comuna de Maipú, ciudad satélite ubicada en el extremo surponiente del Santiago metropolitano. Una urbanización con poco más de seiscientos mil habitantes que hasta hacía dos décadas estaba a buena distancia del centro histórico de la capital, pero que con los años de expansión del *metroplex* conurbano había terminado siendo parte de la urbe en un ensanche que día a día se extendía hasta los sectores más externos del valle del río Mapocho, desde la cordillera de los Andes hasta las alturas de los macizos de la costa.

Con Ginebra nos montaron en el primero de los vehículos junto al llamado Hermano Anciano, también conocido como Javier Salvo-Otazo, Princess, Juliana y uno de los mercenarios de Bayó, quien iba tras el volante. En la otra ambulancia fueron Chapeltown, Kincaid y un conductor de confianza de la clínica del doctor Sagredo, que supuse era ajeno a toda esta maraña de conspiraciones. El médico prefirió mantenerse fuera de la acción, más por voluntad propia que por sugerencia de sus aliados. Bayó y sus otros tres soldados se habían adelantado, saliendo de madrugada de la clínica o base de operaciones.

Viajar en una ambulancia, con las balizas sonando, había sido una buena idea. Abría camino y permitía acelerar por sobre el resto de los vehículos que compartían la autopista. Hasta la policía se inclinaba a nuestro paso. Con recursos y la gente adecuada todo era conseguible. Salvo-Otazo tenía toda la razón.

Ginebra permaneció en silencio durante el trayecto, al igual que Juliana, que ni siquiera me miraba a los ojos. Princess gastaba los minutos concentrada en un videojuego con música y risa chillona en un teléfono. Adelante, en el asiento del acompañante del conductor y vistiendo una bata de paramédico, Javier Salvo-Otazo se dedicaba a revisar un periódico. Llevaba a sus pies una larga caja de madera con un mango de cuero; en su interior estaba la llave de O'Higgins.

–Mira –me dijo el «amo del juego», pasándome el diario que hojeaba, un ejemplar de *La Tercera* que venía abierto en la página 10.

Lo tomé y leí el artículo: «Encuentran cadáver de escritor argentino junto a la bandera de O'Higgins robada del Altar de la Patria. En las cercanías del crimen se encontró un vehículo Kia Río 3 buscado por robo, luego de que anoche su dueño, identificado con las iniciales A.P.O.E., hiciera la denuncia en la 19ª Comisaría de Carabineros de Providencia. Peritos policiales no han encontrado huellas en el automóvil…». Luego detallaba explicaciones que iban desde el nombre del escritor hasta la manera en que había perdido la vida.

–Insisto, tengo razón –me dijo–, todo es conseguible.

Las ambulancias Mercedes Benz aceleraron por el anillo sur de Américo Vespucio hasta dar con la intersección de avenida 5 de Abril, para acceder a través de esta vía –la principal de Maipú– al centro de la comuna, una línea recta de siete kilómetros que nos llevaba directo a la «gran madre de piedra de la promesa, la guardiana del Mapocho, de Santiago de Chile».

La idea de una ciudad de oro estuvo presente entre los conquistadores españoles prácticamente desde que llegaron a América a finales del siglo XV, pero fue en los años siguientes cuando se convirtió en obsesión. Cada pueblo que caía bajo las espadas europeas relataba a los invasores acerca de una urbe perdida hacia el sur del continente, cuyos edificios y calles estaban construidas de oro. Hacia 1531, cuando Francisco Pizarro y Diego de Almagro zarparon de Panamá con rumbo al Imperio incaico ya se hablaba de El Dorado como el mito absoluto de este proceso histórico. El conquistador, que haría caer al Cusco, no era movido por las ansias de poseer el Imperio inca, sino de encontrar esa ciudad mágica que lo haría rico, famoso y en teoría más poderoso que el mismo rey de España. Hacia 1535, el inca impuesto por Pizarro para gobernar el recién conquistado Perú, Manco Cápac II, le habló a los conquistadores acerca de la ciudad de oro que se encontraba al final del camino incaico, en el territorio llamado Chile, lo que propició que Diego de Almagro organizara una expedición a través de Bolivia y el norte de Argentina para acceder a Chile a través de un cruce andino que diezmó a más de la mitad de su expedición, asentándose en el valle de Copiapó, desde donde avanzaron hasta la zona de Aconcagua sin encontrar la ciudad de oro de la que tanto hablaban los incas y otros aborígenes locales. Hacia 1537, ante las noticias llegadas desde el Perú de una revuelta contra Pizarro, Almagro decidió regresar, esta vez a través del desierto de Atacama, donde acabaría de perder otro tercio de sus hombres. Tan destruido llegó Almagro al Cusco, que se empezó a hablar de Chile como un terreno maldito, adjetivo que Pedro de Valdivia —otro de los capitanes de Pizarro— no tardó en asociar con el oro, dada la idea de maldición comúnmente asociada al rey de los metales.

Valdivia salió del Perú a mediados de 1540 y él sí tuvo la suerte de encontrar la mítica El Dorado. Al contrario que su predecesor, el nuevo conquistador tomó la ruta del desierto de Atacama para entrar a Chile y lo hizo acompañando a sus tropas de más de mil indígenas. Hacia fines de ese año arribó a Copiapó y de ahí buscó el valle del Aconcagua, donde, sabía, estaba el camino del Inca. Tuvo la seguridad de que su ruta era la correcta al ser continuamente detenido por el cacique Michimalonco, que no quería que los invasores alcanzaran el final de la ruta. Pero Valdivia y sus hombres poseían caballos y armas de fuego, y ante esa ventaja, las lanzas y flechas de los mapuches poco contrapeso conseguían. El camino del Inca lo llevó por lo que hoy es la carretera Los Libertadores y la avenida Independencia hasta las ruinas de una vieja ciudad incaica que se extendía desde los pies del cerro Huelén hacia el surponiente siguiendo los dos brazos del río Mapocho, motivo por el cual era llamada, precisamente, Mapocho por los locales. Había sido una ciudad magnífica, pero no una ciudad de oro como decían los cuentos escuchados en los corredores de los palacios del inca.

Cuando Pedro de Valdivia «descubrió» Mapocho la madrugada del 13 de diciembre de 1540, el día de Santa Lucía, lo que quedaba de la gran urbe incaica estaba tomada por familias mapuches que dependían del cacique Michimalonco y el lonko Huechuraba, cabecillas de la región al sur del Aconcagua y que desde la llegada de los conquistadores ultimaron esfuerzos para expulsar a los invasores, realizando asaltos nocturnos, atacando a vigías solitarios y evitando de todas las formas posibles que Valdivia y sus hombres descubrieran el secreto de la ciudad perdida. Pero la fortuna y la maldición estaban de parte del conquistador, quien enfurecido por no encontrar el metal precioso mandó a destruir y a quemar el emplazamiento. En este proceso, sus hombres descubrieron bajo las estructuras incaicas, escondidas entre el adobe y los ladrillos de piedra, delicadas líneas de oro que servían para unir las lajas de piedra. Mapocho no era El Dorado como el mito lo relataba, pero el rey metal estaba ahí, en cada casa, en cada esquina, en cada techo, pegando a las rocas y sosteniendo a la ciudad completa. No era una urbe de oro, era una urbe con oro, un fantasma muerto de una edad arcaica, el recuerdo de un imperio que alguna vez había brillado como el sol. La riqueza suprema estaba ahí, al alcance de todos, pero sin que nadie pudiera tomarla.

Furioso, Pedro de Valdivia ordenó ocultar todo. Si él no podía tomarlo, nadie podría. Cambió su orden inicial y mandó a los mil indios que había traído consigo desde el Perú no a destruir la ciudad, sino a enterrarla para construir una nueva sobre ella, la que fue fundada el 12 de febrero de 1541 con el nombre de Santiago del Nuevo Extremo. Pocos meses después, el 11 de septiembre de ese año, Michimalonco logró destruir la nueva urbe, quemando las obras y echando abajo los nuevos adobes que tapaban y sepultaban la ciudad original. Hizo daño, pero no el que se necesitaba para acabar con el propósito de Valdivia.

Y la realidad se convirtió en mito y el mito en leyenda. A medida que avanzaban los años, la sepultada Mapocho pasó de ser El Dorado de los incas a convertirse en la Ciudad de los Césares de los conquistadores, en recuerdo de una expedición perdida, iniciada en 1528 por Francisco César y que pretendía encontrar El Dorado hacia el sur de Argentina; una ciudad encantada que cientos de españoles, chilenos e incluso extranjeros, como los alemanes de la Ahnenerbe (el Departamento de Arqueología «fantástica» de las SS nazis), viajaron a buscar, sin saber que estaban parados sobre ella, que bajo las calles de Santiago estaba esa última ciudad ancestral de América, cubierta por piedras, lodo, tierra, cemento, fierro, cristal, vidrios y más cemento.

Alguna vez, la Ciudad de los Césares trató de emerger desde las profundidades de Santiago. Sucedió la noche del lunes 13 de mayo de 1647, cuando la quebrada de San Ramón, en la precordillera, se rajó hasta abrir la propia Alameda, que literalmente se tragó a la joven capital de la capitanía austral. A los miles de muertos por el sismo se sumaron lluvias y aluviones las semanas siguientes que gatillaron una epidemia de chavalongo, como entonces se llamaba al tifus. Esto obligó a las autoridades a abandonar la ciudad y a declararla zona peligrosa, trasladando la capital a Concepción mientras se estudiaba la posibilidad de reconstruir Santiago en un lugar más seguro, como la región de Aconcagua cercana a Quillota. Con tropas se prohibió el ingreso al valle del Mapocho, abandonando en las ruinas de la ciudad a enfermos terminales que debían de arreglárselas por sus propios medios para sobrevivir a sus últimos días. El canibalismo e incluso el vampirismo hicieron de las suyas entre las ruinas. Santiago de Chile fue en 1647 un lugar alejado de la gracia de Dios, habitado por muertos en vida y vivos muertos, pero también por los vestigios de una ciudad perdida que la tierra hizo aflorar en la zona sur del centro histórico.

Sería la Compañía de Jesús la que haría el descubrimiento, encontrando entre los restos de casas antiguas construcciones de piedra similares a las descritas en viejos documentos dejados por contemporáneos de Pedro de Valdivia, en los que se relataba la historia secreta de Mapocho. Los «guerreros de Cristo» poseían conocimientos antiguos, heredados de las órdenes de constructores de catedrales y de los caballeros templarios. Sabían que esa roca que había emergido tras al terremoto debía de guardarse, ocultarse. Supieron, además, cómo extraer el oro de las piedras y adobes y así se las ingeniaron para convencer al virreinato de que Santiago debía reconstruirse donde siempre había estado, ofreciendo sus servicios para hacerse cargo de las obras. Cientos de jesuitas y aliados de la Compañía vinieron de todas partes de América e incluso cruzaron el Atlántico para unirse a la misión. Constructores, albañiles, arquitectos y religiosos se comprometieron en la misión de volver a enterrar la Ciudad de los Césares para levantar otra vez Santiago del Nuevo Extremo sobre sus ruinas. Se encargaron esta vez de diseñar una serie de túneles, naves, templos, criptas y bóvedas subterráneas que comunicaran determinadas partes de la capital de Chile con esa otra ciudad que se extendía en el subsuelo. El oro que lograron retirar lo llevaron a pucarás existentes hacia el sur, los que también enterraron levantando montes artificiales sobre ellos, que el tiempo, el clima y la erosión se encargaron de sumir en profundidades cada vez mayores. Esta obra resultó vital para esconder a hermanos y frailes, además de tesoros y documentos, durante la expulsión de la Compañía de Jesús de todos los territorios bajo la monarquía española en 1767.

Fue precisamente de la mano de un jesuita que Francisco de Miranda supo de la existencia de la Ciudad de los Césares bajo el subsuelo santiaguino, y convirtió su existencia, resguardo y custodia secreta en el fin último, el horizonte eterno para la Logia Lautarina. Mapocho, el verdadero Santiago, sería el gran centro hacia el cual sus hermanos menores debían ir, y la gran razón, más allá del plan Maitland, de por qué la capital de Chile se transformó en el corazón de la independencia de Hispanoamérica. El oro de los incas, la sabiduría del subcontinente y un lugar para esconder el tesoro de la cuarta carabela.

Fue a finales del siglo XX, cuando se construyeron las líneas 1 y 2 del metro, cuando Santiago redescubrió los túneles jesuitas y prehispánicos de la ciudad subterránea. Y aunque tanto la Universidad de Chile como la Universidad de Santiago y el Museo de Historia Natural comenzaron los estudios de los hallazgos –primero en secreto y luego hacia 2010 en forma pública–, siempre ha existido un velo tanto oficial como extraoficial respecto de la naturaleza de la perdida ciudad incaica de Mapocho; una realidad histórica que se ha convertido en un mito urbano, como es conveniente que suceda con todos los enigmas cuyo interés es reservado para grupos cerrados de poder económico, político y, sobre todo, religioso. Y si en todos estos años ninguno de quienes sabían de esta verdad hizo lo necesario para reclamarlo, no es inusual que una organización cristiana con tantos recursos como La Hermandad llegara a hacer suyo este secreto de piedra, adobe y oro subterráneo.

Las ambulancias accedieron a la elipse del Templo Votivo de Maipú por avenida 5 de Abril y luego giraron a la derecha para tomar por camino a La Rinconada, donde se estacionaron junto a la reja que separaba el anillo alrededor del santuario del resto de la ciudad.

–Bueno, señores –dijo Javier–, ya habéis llegado. Espero que el viaje les haya resultado placentero. Ahora si me permiten, ha llegado la hora de comenzar a trabajar. Elías –me miró–, en tus manos estamos –dijo exagerando, porque tanto él como el resto sabíamos que no era cierto. Las manos que tiraban nuestros hilos no eran las mías.

De hecho, ni siquiera eran las suyas.

74

«¿Adónde vas?», me detuvo Javier cuando me aparté del grupo hacia la izquierda, imaginando que el resto me iba a seguir. Era lo más lógico.

–¿Cómo que adónde voy? A la «madre de piedra de la promesa» –recordé, indicando hacia los restos de la capilla de la Victoria, el templo original de Maipú, el que se levantó tras el juramento de Bernardo O'Higgins en noviembre de 1818, del cual solo quedaban los muros de piedra de la nave central.

–No, Elías, eso en un momento. Ahora debemos dirigirnos a la madre mayor –indicó a la mole de sesenta y seis metros de altura y silueta femenina que se alzaba al centro del gran anfiteatro que daba forma al Santuario Nacional.

–La basílica de Nuestra Señora del Carmen –apunté al templo, por primer vez identificándolo con su nombre oficial– fue construida en 1948 e inaugurada recién en 1974. Si los patriotas escondieron lo que sea que abre eso –señalé la espada que portaba Javier dentro de la caja de madera con mango de cuero y detalles metálicos–, lo hicieron en la iglesia original –otra vez indiqué la capilla de la Victoria–, a menos que hubiesen viajado en el tiempo –pero no resultó mi ironía.

–Lo tengo claro, pero hemos de ir a la basílica.

–¿Cómo que hemos de ir a la basílica? –interrumpí, reiterando a propósito su línea del diálogo–. Fui yo quien los traje acá, quien tradujo el mensaje de Mendoza. No tengo idea cómo sigue el camino, pero estoy bastante seguro de que lo que sea que busquemos está en la capilla de la Victoria y no en el templo central.

Javier Salvo-Otazo sonrió.

–Sí, pero el señor Bayó, que dirige la logística de la operación, nos espera en la basílica –me advirtió.

El ex senador y actual reverendo Andrew Chapeltown, que caminaba al final de la caravana junto a Kincaid, ambos vestidos con ropas ligeras y deportivas, miró hacia lo alto de la basílica y, al reconocer las estilizadas formas marianas de la iglesia, comentó:

–No tendrás otros dioses delante de mí. –Miró a su compañero y completó–: Y aquí vamos, hermano Kincaid, caminando nuevamente hacia un santuario de la idolatría, un lugar de impíos y fariseos. –Entonces descubrió que yo los estaba escuchando y volteando hacía mí agregó–: Ha de sentirse dichoso en Cristo, hermano Miele, gracias a usted el paganismo católico está pronto a ser derrotado. Se ha transformado en la cruz con la que exorcizaremos a este demonio en forma de mujer al que llaman Virgen del Carmen de este mundo engañado. Siéntase orgulloso de ser un soldado del Señor –terminó, sumando una sonrisa de lo más amable. A su lado, Joshua Kincaid ni siquiera se inmutaba.

La brisa cálida de la primera quincena de marzo arremolinó la tierra suelta que se extendía a lo largo y ancho del óvalo que formaba el atrio del Santuario Nacional, que abrazaba la plaza con sendos corredores de columnas que surgían desde la basílica y se curvaban hasta la entrada de la misma por avenida 5 de Abril, y nos soltó el polvo encima con fuerza, como si Dios mismo no quisiera que el plan de Javier y sus aliados de La Hermandad se concretara.

–¡Qué asco! –exclamó Princess–, en este país no conocen el cemento –pero nadie le respondió; más preocupados estaban de esquivar los remolinos de polvo que de seguirle el juego a la joven inglesa, quien había cometido el error de venir con tacones a un lugar que estaba hecho para transitar con zapatos bajos.

–Esto conmemora una batalla o algo así, ¿verdad, señor Miele? –me preguntó Joshua Kincaid, rompiendo su ya habitual silencio.

–En efecto, algo así –le respondí–; la batalla de Maipú o Maipo, llamada así porque se desarrolló en esta zona, exactamente desde donde

427

estamos parados hacia el oriente –indiqué en dirección al centro de la comuna, hacia la Plaza de Armas.

–¿Guerra de Independencia?

–La última batalla, sucedida dos meses después de que se jurara el acta de libertad de Chile en el centro de Santiago –expliqué, para luego armar un resumen de los hechos sucedidos hacía dos siglos en la explanada por la cual caminábamos–. Tras la Declaración de Independencia firmada por Bernardo O'Higgins en la ciudad de Talca, el ejército realista se replegó en espera de refuerzos para efectuar un contraataque, lo que sucedió el 18 de febrero de ese año. Mariano Osorio, el general a cargo de las tropas del rey de España, sabía que el grueso de la armada libertadora de San Martín y O'Higgins estaba de vuelta en Santiago, así que ordenó a sus hombres asaltar y tomar Talca. Enterado, San Martín y sus hombres dispusieron sus unidades y cabalgaron hacia el sur para rodear la ciudad y así obligar a los realistas a que se rindieran. Los patriotas ignoraban que una tropa de cuatro mil soldados leales a la corona se había replegado con anterioridad y estaba preparada para atacarlos de sorpresa por la retaguardia. A esa batalla se le llamó la Sorpresa de Cancha Rayada y fue una gran derrota para los libertadores, que terminó con ciento veinte muertos, trescientos heridos, entre ellos Bernardo O'Higgins, dos mil voluntarios dispersos, veintidós cañones capturados y un ejército realista reposicionado que comenzó a marchar hacia Santiago para reconquistar la capital de Chile y recuperar la colonia.

»Quince días tardó José de San Martín en reunir un ejército de seis mil hombres y veintiún piezas de artillería con el cual frenar el avance realista de las tropas de Mariano Osorio, que avanzaban hacia la capital, optimistas tras la victoria de Cancha Rayada. Espías de las fuerzas patriotas avisaron al general argentino que los españoles seguían la línea del río Maipo y, como tal, la invasión a Santiago se haría no desde el sur, sino desde el poniente. Confirmada la información, San Martín preparó a sus fuerzas en los llanos de Maipo o Maipú. –Extendí los brazos para recalcar que estábamos sobre el lugar de la batalla–, disponiendo diecinueve regimientos en forma de «U» en este valle, para tener completo dominio de los atacantes y lograr una delantera a la hora de usar la artillería, que fue colocada en los lugares más altos. La batalla de Maipú se decidió el 5 de abril de 1818 y fue una rápida victoria para los patriotas al mando de San Martín. El dominio de las fuerzas chilenas sobre la geografía fue vital para que los cañones diezmaran al grueso de los batallones realistas, mientras los jinetes y soldados del ejército aliado de los Andes y Mendoza cargaron contra el grueso de las fuerzas realistas, consiguiendo en cuatro horas que de los cinco mil hombres al servicio de la corona española, dos mil murieran y otros mil quinientos resultaran heridos y prisioneros, además de ser capturados sus doce cañones. Fue la victoria definitiva del ejército patriota, tras la cual se inició la expulsión del grueso de las fuerzas hispanas del país. Constituyó el hecho de armas que consolidó la independencia de Chile.

»Un par de horas después de finalizada la batalla, arribó un batallón de otros mil soldados patriotas al mando de Bernardo O'Higgins, que acudió herido al campo de batalla y fue recibido por José de San Martín con un abrazo que se convirtió en símbolo y firmó una alianza eterna entre los pueblos de Chile y Argentina, cuestión que durante el siglo XX ambas naciones se encargaron de enviar al tacho de la basura. El mito histórico sostiene que O'Higgins dijo a San Martín: "¡Gloria al salvador de Chile!", y su hermano de logia le respondió: "General, Chile jamás olvidará su sacrificio presentándose al campo de batalla con la gloriosa herida abierta". Un segundo mito asegura que la victoria de la batalla fue encomendada por ambos líderes patriotas a la Virgen del Carmen, prometiéndole construir un santuario en su honor en el lugar donde se desarrolló el enfrentamiento, lo que se concretó en noviembre de 1818 cuando comenzaron las obras de la capilla de la Victoria, que son las ruinas que acabamos de pasar. No fue un proceso rápido. El odio hacia la figura de O'Higgins, que se extendió prácticamente hasta finales del siglo XIX, los continuos problemas económicos del país y las disputas limítrofes con Perú y Bolivia retrasaron la finalización de las obras, que fueron recién inauguradas en 1892, para poco tiempo después, en 1906, venirse abajo con un violento terremoto que sacudió la zona central del país. Cuarenta y dos años más tarde, en 1948, el arzobispado de Santiago, apoyado por un congreso mariano, declaró la construcción de esta basílica –apunté hacia el monumental templo que ya teníamos encima–, obras que fueron inauguradas tras una demora de tres décadas, en 1974.

–¿También por problemas políticos?

–Y sociales y arquitectónicos. El diseño de la obra fue un problema. Juan Martínez Gutiérrez, el arquitecto, propuso una enorme cúpula que recibía al público con una explanada abierta y protegida por un semicírculo, formado por dos corridas de columnas paralelas a imitación de la catedral de San Pedro en el Vaticano, pero la arquidiócesis de Santiago buscaba algo que homenajeara de forma más explícita el culto a la Virgen del Carmen, por lo cual se buscó un diseño en forma de torre cuya silueta pudiera ser identificada con la imagen de la Virgen con sus mantos abiertos, como una especie de inmensa «madre de piedra» –subrayé, reiterando el enigma que encontramos con Ginebra en Mendoza–, con un mirador abierto al público en la cúpula superior, la cabeza de la Virgen, que los fieles pudieran ver hacia la capital y hacia Maipú desde los ojos de la madre de Dios. –Sé que no le agradó ese sinónimo–. Entonces, cuando las obras se reiniciaron, una parte de la Iglesia y el gobierno propusieron transformar la basílica en un gran mausoleo para los héroes de la patria y otros chilenos connotados, algo así como la versión local del Panteón de París, lo que gatilló una interrupción de las obras por casi un año hasta que la Iglesia decidió que había que regresar a la idea original de dedicar el templo al culto mariano, como santuario católico. Luego, hacia inicios de los sesenta, una campaña iniciada por grupos eclesiásticos más liberales y vinculados a la izquierda cristiana logró que las obras se detuvieran argumentando que era un lujo y un gastadero de dinero, y que lo que debía de hacerse era destinar los fondos en ayuda de gente pobre y necesitada. Aunque la idea no prosperó, la crisis económica paró las obras hasta 1973, cuando la Fundación

Voto Nacional O'Higgins, creada por orden del dictador Augusto Pino-chet, recolectó de forma jamás aclarada los fondos necesarios para la terminación de la basílica, que fue inaugurada el 24 de octubre de 1974. El terremoto de marzo del 85 derrumbó la cúpula superior o cabeza de la basílica, lo que obligó a una labor de reconstrucción que se extendió hasta los primeros años de la década de 1990.

Las puertas de la basílica de Nuestra Señora del Carmen de Maipú estaban cerradas, lo que era extraño para un día hábil a las once de la mañana, tomando además en cuenta que el templo era uno de los hitos turísticos más visitados de la zona.

Javier Salvo-Otazo, el Hermano Anciano, dio un paso adelante y trepó por las escalinatas del atrio triangular que se abría sobre las tres puertas principales del templo y golpeó fuerte sobre la gran estructura de madera. Luego volteó, agarró su celular y marcó un número.

–Estamos afuera –dijo.

Una señora de edad, acompañada de tres niños pequeños, apareció por la derecha. Se acercó a nosotros y se quedó parada detrás de Cha-peltown. Juliana quiso hablarles pero Javier la detuvo. «Calma», le dijo.

Al descorrerse y abrirse, el sonido de los cerrojos internos se escu-chó hueco y fuerte, amplificado por el eco producido al interior de la amplia bóveda de la nave central de la basílica, que formaba un cono acústico de más de cincuenta metros de alto.

Uno de los hombres de Bayó, el que había cuidado de mi hija ayer por la tarde, fue quien abrió la puerta. Vestía entero de negro y llevaba un cinturón de trabajo, con un arma y una linterna al cinto. Era difícil de notar porque el negro era uniforme, parecía sacado de un videojuego o de un cómic de Batman, algo así como la versión más ligera y menos llamativa de un comando SEAL de la Marina norteamericana.

–Adelante. –Nos hizo pasar. Luego detuvo a la mujer con los ni-ños–. El templo está cerrado por hoy, señora –respondió en seco.

–¿Y cómo ellos? –contestó la abuela.

–Disculpe –Javier se interpuso en el diálogo, y acentuando su tono castellano–: Se están haciendo estudios para reparaciones. Los señores que acabamos de ingresar formamos parte del equipo arquitectónico a cargo. A partir de mañana todo volverá a la normalidad y vosotros podréis visitar el santuario cuando os apetezca.

Mientras la señora reclamaba que nadie avisaba, el mercenario de Bayó cerró la puerta, clausurando la basílica por dentro.

El Templo Votivo estaba vacío, como un mausoleo recién construido. Los tres arcos del altar, las bancas dispuestas en forma de abanico y por encima del sagrario el cono que conducía la luz hacia la punta de la torre.

–La Virgen del Carmen –me susurró Ginebra, acercándose a mi lado y apuntando a la imagen central que parecía volar sobre el altar, sujeta a una corona construida de vigas de metal dorado que imitaban los rayos del sol. Abajo, ramos de flores recién cortadas, la mayoría rosas blancas, y a ambos lados flanqueando el altar, iguales filas con las banderas de todos los países de Hispanoamérica, incluido Brasil.

–La llaman la Reina de Chile, así la nombró el Papa Juan Pablo II en 1987. La imagen fue tallada en madera en Quito a fines del siglo XVIII y enviada a la iglesia de los Agustinos, en el centro de Santiago. La tradición sostiene que personajes de la independencia chilena, como nuestros ya familiares O'Higgins, San Martín, Manuel Rodríguez y los hermanos Carrera, participaron de peregrinaciones en su honor. En algún momento del siglo XIX fue trasladada a la catedral metropolitana y allí estuvo hasta 1948, cuando fue mudada a esta basílica en construcción y guardada en el interior hasta que las obras finalizaron casi cuarenta años más tarde. Las banderas representan la unión de los pueblos latinoamericanos.

–La unión –ironizó ella.

–Es un Templo Votivo.

–Los católicos y su simbología de plástico –dijo. Luego se acercó hacia el altar y comentó–: Así que ella es la responsable de todo este show.

–Por decirlo de algún modo…

Luis Pablo Bayó apareció desde la parte posterior del altar. Vestía igual que el mercenario suyo que nos abrió la puerta, como si fuera parte de una mala película de Hollywood.

–*G.I. Joe, a real american hero* –canté, entonando la melodía de los clásicos juguetes Hasbro. Joshua Kincaid sonrió al escucharme. Nadie más hizo algún gesto o comentario al respecto.

–Señores –señaló el ex coronel español–, ya todo está preparado.

–¿Los curas? –preguntó Javier.

–El párroco, un par de monjas y el personal de aseo están encerrados en la oficina, atados y con los ojos cubiertos, pensando que se trata de un robo. Manú los está cuidando –supuse que Manú era otro de los hombres a su servicio.

–Perfecto –respondió el Hermano Anciano.

–Roca –le dijo Bayó al soldado que nos había recibido–, regresa con Manú y permanezcan con los rehenes –la palabra sonaba exagerada, pero era correcta– hasta que me comunique con ustedes. Desordenen la oficina parroquial, rompan muebles y tomen el dinero que encuentren. Lo que sea útil para fingir que es un robo.

El matón no respondió, avanzó en dirección al altar y antes de perderse detrás del atrio se cubrió la cabeza con un pasamontañas tan negro como su uniforme. Noté que Bayó también llevaba uno colgando de su cinturón de herramientas.

–*The dark knight returns* –pronuncié.

–Suficiente –me dijo Juliana. Kincaid sonrió.

–¿Entonces? –insistió Chapeltown alzando la voz, que fue rebotando en el gran cono acústico de la basílica en dirección a la parte más alta del templo, al mirador que ocupaba la cabeza de la gran madre de piedra de Santiago de Chile.

–Por acá –indicó Bayó y nos condujo hacia el lado izquierdo del altar, a una puerta de servicio que llevaba a un pasillo que daba la vuelta por detrás de la nave central de la basílica en dirección a una escalera que se adentraba al subsuelo del templo.

—Hay un pequeño oratorio acá abajo y en la parte de atrás el acceso a las bodegas del sótano.

—Hizo su trabajo. —Me acerqué a Javier.

—Conseguimos los planos originales y a la persona correcta para ayudarnos. Y no hablo de ti. —Me miró–. Ya te lo he dicho, con la gente y los recursos adecuados, todo es conseguible, incluso hackear el sitio de Bienes Nacionales del Estado de Chile un día hábil a las siete de la mañana.

El oratorio era una pequeña capilla en forma de cono trunco o triángulo de paredes curvas, dependiendo del ángulo en que se observara. Calculé que de fondo tendría unos treinta metros, mientras que de ancho, la manga, usando terminología náutica, variaba de diez a veinte. El pequeño altar estaba construido alrededor de una imagen no de la Virgen del Carmen, sino de su afín, la Inmaculada Concepción, y se extendía hacia los lados con retablos del vía crucis e iconografía mariana de Schoensttat, orden que administraba el santuario desde 1974 que me era familiar. Sabía que otros templos poseían oratorios subterráneos, el más conocido era el de la basílica de los Sacramentinos en el centro de Santiago, pero ignoraba que el Templo Votivo de Maipú tuviera uno.

—Lo reservan para cultos privados, ceremonias cerradas para los curas que administran la basílica y velatorios de gente importante que no quiere ser «exhibida» en la nave central. No lo abren al público ordinario, vosotros sois los primeros que entran acá en años —contó Bayó, dirigiéndose al resto, pero acentuando determinadas palabras hacia mí, como si quisiera decirme que había algo que yo no sabía respecto a la última etapa de la misión.

—¿Ese dato también sale en los planos? —le devolví.

—No, no en los planos, señor Miele. Por acá, por favor —me respondió sin contestar mi pregunta.

El ex militar español nos invitó a ir nuevamente por detrás de un altar y allí tomamos una escalera en espiral que bajaba unos doce metros hacia las bases del templo. Una enorme bodega repleta de cajas y objetos, estantes con libros viejos, plataformas para procesiones y armarios con ropas sacerdotales se extendía bajo una nave sujeta por columnas curvas que imitaban el estilo del resto de la construcción. Al fondo del depósito surgió una puerta cerrada con un postigo de hierro. Bayó lo levantó y nos hizo entrar. Era una estrecha habitación donde junto a una caldera rota había una escotilla metálica abierta que comunicaba a un estrecho túnel que se adentraba de manera vertical incluso más abajo. No era lo único que había en aquella habitación. Otro de los hombres de Bayó estaba de pie junto a alguien que permanecía sentado con las manos amarradas y los ojos cubiertos. Era joven, de unos treinta años, y tenía el cabello oscuro, rizado y abundante. Aunque vestía de civil, el cuello lo delataba como sacerdote de la Orden de la Congregación del Santísimo Redentor. Sudaba copiosamente, no solo por el calor que abajo se hacía cada vez más insoportable, sino por los nervios de la situación en la que lo habían involucrado y forzado. Rastros de lágrimas sucias se escurrían bajo el antifaz abriéndose hacia las mejillas.

–No en los planos –repitió Bayó, dirigiéndose hacia nosotros, pero enfocándose en mí–. Caballeros –evitó mencionar que había damas presentes–, les presento al presbítero Horacio Ugarte, sacerdote redentorista y arquitecto de profesión, además de conservador histórico del arzobispado de Santiago de Chile y asesor religioso del Museo Histórico Nacional, quizá la persona que más conoce acerca de la estructura que tenemos sobre y bajo nosotros.

«Con recursos y la gente adecuada, todo se puede conseguir», recordé las palabras de Javier, quien se acercó al sacerdote y se agachó junto a él.

–Gusto en conocerlo, padre Ugarte, y desde ya le agradezco su cooperación.

–Las hermanas… –fue lo único que contestó Ugarte.

–Las monjitas y los niños están bien –le confirmó Bayó–. Un amigo las está cuidando.

Enseguida se acercó al rehén, tomó su teléfono móvil y echó a correr un video en el que tres monjas y dos niños pequeños lloraban y le decían al «padre» que estaban bien y no les habían hecho nada.

—Entenderá que acá abajo no hay señal y no puede hablar con ellos. El video es de hace diez minutos. Somos hombres de honor.

Miré a mis compañeros. Chapeltown estaba inquieto, nervioso de que la situación se saliera por algún lado y estuviera cada vez involucrando a más personas, algunas —como el cura arquitecto— ajenas a la naturaleza de lo que se estaba desarrollando. Princess también estaba nerviosa, se secaba el sudor de la frente con movimientos rápidos de su mano izquierda, mientras agitaba los dedos de la derecha cerca del cinturón, donde llevaba el arma que me había mostrado en el Antonov cuando despegamos de Madrid.

En un rincón de la habitación había un par de iPads grandes junto a una caja cuadrada de plástico de unos dos metros por lado. Negra, porosa y con el logo en relieve de una empresa llamada AeroVironment escrito en el dorso. El nombre me sonaba, un contratista bastante conocido de la defensa norteamericana y sus socios de la OTAN, especializado en el desarrollo de sistemas de inteligencia artificial.

—¿No vamos a bajar nosotros? —pregunté.

—No de inmediato, señor Miele —respondió Bayó—, tenemos un buen robot.

—Recursos y personas adecuadas —reiteró hasta lo insufrible Javier Salvo-Otazo.

Bayó se acercó al padre Ugarte y le dijo algo al oído, a lo que el arquitecto y religioso respondió asintiendo con un movimiento de cabeza. Luego le quitó la venda de los ojos y le desató los brazos.

—Gracias —respondió el rehén, mientras pestañeaba rápido para acostumbrarse a las luces del subterráneo y buscaba sus anteojos en el bolsillo de su camisa. Mientras lo hacía, el ex militar español le alcanzó una botella plástica con agua mineral.

—Beba —le ordenó.

El padre Ugarte casi vació la botella de un solo trago, mientras miraba a quienes lo rodeábamos.

—Entonces, señor presbítero… –dijo Javier.

—Por favor, padre –recalcó Bayó–, puede contarle a mis socios lo que hablamos hace un rato.

El sacerdote asintió y luego comenzó a hablar. Primero despacio, tímidamente, y luego fue sumando confianza a su disertación.

—Los cimientos de la basílica, al igual que los de la capilla de la Victoria, el templo en ruinas a la entrada del santuario, se levantaron sobre una serie de construcciones subterráneas que fueron atribuidas a los jesuitas. Se decía que las construyeron para esconder sus bienes y ocultarse cuando fueron expulsados… Esa siempre ha sido la versión oficial, pero lo cierto es que los túneles solo fueron reforzados por la Compañía de Jesús, ya que su naturaleza es bastante más antigua –se detuvo y me miró–. Las obras originales corresponden a una serie de tres fortalezas incaicas, similares al pucará de Chena, que habrían sido enterradas en una época anterior a la llegada de los españoles, imaginamos que por los propios incas o quizá por mapuches de la zona.

—O tal vez por el mismo Pedro de Valdivia –dije yo.

—Es una de las hipótesis –expresó el arquitecto–. Estos pucarás están a unos treinta metros bajo los cimientos del santuario y se hayan separados entre sí por corredores de piedra de unos cien metros de largo cada uno. Si los pudiéramos ver desde el aire, se verían como un triángulo de bordes ligeramente más curvos que rectos.

—¿Estos pucarás son parte de la ciudad incaica de Mapocho? –le pregunté.

—Son de la misma época, pero por la forma y la ubicación pensamos que se trataba de una fortaleza de defensa que, junto al pucará de Chena, se encargaba de vigilar el límite sur de la ciudad.

—¿Hay manera de acceder? –inquirió Javier.

—Los túneles de ventilación que se construyeron para dar aire y permitir que la basílica no se derrumbara sobre esta fortaleza subterránea….

–¡Perdón! –saltó Javier–, ¿me está diciendo que las ruinas de allá afuera cayeron sobre uno de estos…?

–Pucarás –completé yo.

–Eso mismo –aseveró el cura–. En 1906, para el terremoto, la base original y los subterráneos de la capilla cedieron y fueron tragados por la tierra. Es muy probable que el pucará que estaba ahí abajo resultara destruido. Pero la única forma de saberlo es bajando.

–Entonces bajemos –acotó Javier–. Bayó, prepara el insecto.

El coronel retirado del Ejército del Aire fue hasta la caja de plástico duro, quitó los cerrojos y sacó del interior un objeto en forma de ventilador con dos pequeños rotores contrarrotatorios encerrados dentro de una doble rejilla, la inferior dotada de seis alerones retráctiles. El artilugio se apoyaba en seis soportes hidráulicos que semejaban las patas de un insecto, y al frente proyectaba una cabeza móvil compuesta por una cámara orientable y un doble sistema de faros. Cuatro trazadores láser se agrupaban de dos en dos en los extremos opuestos a la cabeza, donde debían ir las alas. La cola estaba formada por un faro móvil y un par de sensores. No era muy grande; tomando su forma circular no superaba el metro de diámetro y, más que un objeto sofisticado, parecía un juguete muy costoso.

–AeroViroment Wasp IV –reconoció Ginebra–, el *drone* volador más pequeño disponible en el mercado.

–¿Le es familiar, agente? –le preguntó Bayó con un toque de ironía.

–Lo conozco –contestó ella.

El Wasp IV era el robot de su tipo más usado por el FBI y las policías federales de los Estados Unidos. Por su reducido tamaño y vuelo silencioso a baja altura era una máquina perfecta para labores de seguimiento, espionaje e incluso ataque, pudiendo disparar contra fuerzas hostiles con armas livianas como revólveres, lanzadardos tranquilizantes o incluso subametralladoras fáciles de montar en los bordes del rotor.

Bayó uso uno de los iPads para controlar el *drone*. Instaló las baterías con una autonomía de dos horas cada una y nos pidió que nos alejáramos.

–Javier –ordenó enseguida–, coge el otro iPad; la señal del trazador láser será enviada a ese ordenador. –Luego activó el Wasp IV.

Zumbando como un enjambre de insectos supersónicos, el doble rotor comenzó a girar dentro del ventilador, levantando el insecto en vuelo estacionario a no más de metro y medio del suelo. El ex coronel español verificó que los sistemas de control funcionaran y comenzó a deslizar el robot en forma de escarabajo hacia la escotilla metálica que se adentraba bajo la basílica del Santuario Nacional.

–Al contrario que otros *drones* voladores que funcionan como helicópteros convencionales –me explicó Ginebra–, este es un hovercóptero, es decir, un híbrido entre helicóptero y *hovercraft*. No vuela, se desliza y es una manera muy útil para introducirse en túneles o dentro de construcciones y edificios.

–¿La señal de guía llegará allá abajo, sea donde sea que conduzca el túnel? –pregunté porque en verdad lo dudaba.

–Es un diseño militar impulsado por la CIA y el Departamento de Defensa, y como todas las iniciativas que dependen de ambos estamentos puede hacer lo que su operario desee. Tiene un alcance de más de cuarenta kilómetros y funciona hasta dentro de un volcán en erupción. –Aunque lo parecía, Ginebra no exageraba. El *drone* agitó sus aletas ventrales, dirigiendo el impulso en la vertical y, lentamente, como si flotara entre el espacio de dos corrientes de aire, fue bajando por el túnel hacia las ruinas del subsuelo.

Como el resto de los presentes, salvo Ugarte, me acerqué a mirar. A pocos metros de adentrarse en las rocas, el *drone* encendió los faros delanteros y traseros y activó el trazador láser que copó el túnel de ventilación de marcas rojas que fueron bosquejando un mapa en el iPad que manejaba Javier. Bayó orientó la cabeza-cámara del robot hacia abajo, de manera de ir revisando la ruta en primera persona, desde el punto de vista subjetivo del robot.

Quince minutos después, el Wasp IV había descendido hasta los corredores más profundos, la mayoría no más anchos que el propio *drone*, lo que hacía imposible desde cualquier lógica que pudiésemos acceder a los pucarás desde el sótano de la basílica. Me acerqué a Javier para ver cómo iba el trazado de los planos que marcaban los láser incorporados al fuselaje del hovercóptero espía.

–Los pasajes son demasiado estrechos –comentó el Hermano Anciano–, debe haber otro acceso.

Revisé el trazado que se estaba dibujando en la pantalla. Tras bajar a un corredor en pendiente, la máquina deslizadora había llegado a una larga galería, muy estrecha, de unos veinticinco metros de largo.

–¿Qué forma tiene el túnel? –pregunté, ya que la gráfica enviada por los láser era similar a la de un sonar submarino, es decir, una imagen en dos dimensiones que impedía apreciar el volumen de la estructura.

Bayó me alcanzó la pantalla de su iPad.

–Circular, como el caño de acceso por donde ingresó –apuntó a la escotilla.

–Estamos en un conducto de ventilación –concluí–, hay que buscar algún otro corredor que atraviese en perpendicular, intentar salir de este tubo para entrar a algún túnel principal que permita el paso de personas. Alguien construyó ese laberinto y alguien lo usó. Que yo sepa nunca ha habido seres humanos del tamaño de chimpancés bebés.

Javier silbó la melodía de *Encuentros cercanos del tercer tipo.*

–¿Qué es eso?, lo he escuchado antes –preguntó Princess.

–Una tontera, una película vieja –explicó Juliana.

–No cualquier película –devolvió Javier–, es mi película favorita.

–Miele tiene razón –interrumpió Bayó, mientras abría al máximo las luces frontales del robot aerodeslizador. Fui hasta su monitor: todo estaba oscuro, cubierto de telarañas que enredaban la ruta, más algunas ratas que escapaban del ruido y la luminosidad del Wasp IV, y piedras, muchas piedras pegadas como lajas siguiendo la típica construcción estructural del Imperio incaico.

–Acerque la cámara a los bloques de piedra, señor Bayó –le pedí al español.

Tocando la pantalla táctil de la computadora, el ex coronel hizo un *close-up* a las rocas del techo del túnel.

–Perdón, –me excusé–, las de abajo, el piso.

Sin responder, Bayó obedeció. A esas alturas tenía a Javier pegado a mi espalda.

Enfoqué la mirada en los detalles. Mi instinto estaba en lo correcto: un delicado curso de agua corría en la misma dirección en que se movía el *drone*. Además, la erosión de las piedras delataba que alguna vez el agua había corrido con más fuerza.

–Javier, tu iPad –le pedí–, gíralo hacia mí.

Efectivamente el túnel estaba en pendiente.

–No es un ducto de ventilación –precisé–, es un acueducto. Hay que avanzar un poco más, tarde o temprano vamos a llegar a un pozo de vertedero. Si puede acelerar, señor Bayó, hágalo.

El español arrastró el dedo sobre la pantalla táctil y el *drone* se inclinó para que el flujo impulsor de los ventiladores llevara la máquina a mayor velocidad hacia adelante. Tal como pensé, no tardó en llegar a un punto donde el túnel se dividía en dos direcciones. Señalé que siguieran el curso del agua. Poco a poco la boca del corredor fue aumentando su diámetro, tomando el aspecto cónico de un aliviadero, tal cual Javier fue comprobando en el plano que iban marcando los láser del *drone*.

–Vacío de aire –apuntó Bayó al ver cómo la cámara se movía–. Eso significa solo una cosa: arribamos a una estructura grande. Miele, he de confesarle que en las últimas horas me ha sorprendido.

–No hubiese sido muy poco conveniente que resultara lo de Mendoza.

–Se lo concedo, también a Leguizamón, que fue quien en verdad le salvó la vida.

El padre Ugarte miró al Bayó y luego volteó hacia mí.

–¿Miele? –dijo–, ¿Elías Miele? Leí su libro, el de la catedral. El otro también.

El hovercóptero robot Wasp IV se abrió camino a una amplia cámara en forma hexagonal de unos diez metros por lado, suficientemente grande como para acomodar tres o cuatro autos tamaño mediano. Bayó puso sobre la pantalla el control doble de vuelo y deslizó el *drone* hasta una altura no mayor a los setenta centímetros. Los rotores levantaron mucho polvo, pero era fácil apreciar que el suelo del lugar estaba estructurado con lajas de piedras planas que formaban varios círculos concéntricos con una pequeña estructura en forma de media esfera en la mitad.

—¿Un altar? —preguntó Juliana.

—No —respondió el presbítero Ugarte, acercándose al monitor—; si pensamos que esto alguna vez estuvo expuesto y no enterrado, ha de ser algún tipo de instrumento astronómico, como un reloj de sol.

—Revisa el borde de los muros —ordenó Javier.

El *drone* deslizador voló despacio hasta uno de los bordes de la estructura y comenzó a recorrerlo en forma lenta para registrar cada uno de los detalles. Fue ahí cuando hizo el descubrimiento.

—¡Alto! —gritó Salvo-Otazo al reconocer la puerta. —Cuando yo también la reconocí, sentí una puntada en el estómago. Era una apertura de piedra, con el techo curvo, dentro de la cual se distinguía otra puerta de madera con marco y cruceros de metal.

—Eso no debería estar ahí —dije.

—Por supuesto que no —agregó Javier—. Busca la cerradura.

Las cámaras del *drone* detallaron la puerta, los extremos y el centro, y justo ahí, a un costado, el ojo de una cerradura, delgada y triangular, perfecto para meter la hoja de una espada.

—¡Gol! —gritó Javier. Recordé que era un hincha ferviente del Atlético de Madrid—, lo encontramos —miró hacia Chapeltown y Kincaid. El ex senador de Texas curvó una sonrisa a medio camino entre cómplice y sin entender nada de lo que sucedía.

—Señor Bayó —intenté bajar el optimismo del Hermano Anciano—, saque el *drone* del… vestíbulo —fue la primera palabra que se me ocurrió para definir el lugar— y regrese a la nave central. Hay algo que quiero revisar.

Javier me miró.

–Es bastante poco probable que haya una sola puerta.

No me equivoqué. Tras un sobrevuelo siguiendo la línea de las otras cinco paredes, encontramos dos pasadizos, exactamente iguales, lo suficientemente amplios como para permitir el paso de un grupo de más de cinco personas.

–Ahora hay que ver cómo entramos –dijo Juliana.

–De acuerdo al plano trazado por los láser –contestó Javier–, debiera haber dos túneles grandes de acceso hacia los muros más externos de la fortaleza –describió mirando su tableta.

Bayó condujo el *drone* según las instrucciones de su primo. Efectivamente había dos túneles grandes. En cada uno de ellos hubiera pasado un batallón con caballos y carros de arrastre.

–Probemos con el de la izquierda –indicó el Hermano Anciano.

El Wasp IV ingresó al pasillo, una pendiente que ascendía con escalones largos en dirección sur, según el plano que se iba dibujando en la pantalla del iPad de Javier.

–¿Puedes ir más rápido? –El autor de *Los reyes satánicos* estaba ansioso.

–Voy a lo máximo que da el robot –explicó Bayó–, es una máquina básica, no un artilugio volador en sí. Un buen ciclista es más veloz. –Era cierto.

Poco alcanzó a avanzar. Unos cuantos metros más adelante las cámaras frontales del robot se encontraron con rocas que bloqueaban el paso. El túnel entero había colapsado y se había venido abajo sobre sí mismo, aunque los bloques prehispánicos estaban mezclados con ladrillos de adobe de hechura más moderna.

–Son los cimientos de la capilla de la Victoria que fueron tragados por la tierra en 1906, para el terremoto –expliqué–. Es mejor sacar el *drone* del túnel, quizás aún hay riesgo de derrumbe. Probemos con el otro acceso.

Cuando Bayó sacó la máquina del corredor y la llevó al pasillo de la izquierda que se adentraba en diagonal y pendiente hacia el este, Ugarte rompió el silencio:

—Ese túnel es muy largo —dijo—, tiene casi doscientos metros de extensión y está en perfectas condiciones. —Todos lo miraron—. Fui consultor del metro de Santiago cuando extendieron la línea 5 hasta la plaza de Maipú, por lo del santuario. Puedo decirles cómo entrar a ese túnel, pero con una condición…

—Usted dirá, padre Ugarte.

—Quiero participar —agregó el presbítero—, ver qué hay allá abajo y qué es lo que buscan con tanto ahínco.

Estuve a punto de agregar que me gustaba ese cura, pero me lo guardé.

75

Ubicada en el nudo vial que formaba la intersección de la avenida Pajaritos con las autopistas Américo Vespucio y Del Sol, la estación, precisamente llamada Del Sol, de la línea 5 del ferrocarril metropolitano de Santiago de Chile, era la primera de la ruta donde las vías dejaban de ir por la superficie, montada en un viaducto de ocho kilómetros, para convertirse en subterránea y así continuar el trayecto hasta la plaza de Maipú, bajo la cual se ubicaba la estación terminal.

–Esto es como de *Dune*, Shai Hulud –dijo Javier cuando nos bajamos de una de las ambulancias Mercedes Benz Sprinter de la clínica del doctor Sagredo, citando una de sus novelas de ciencia ficción favoritas, de la cual había escrito toneladas de artículos y columnas en revistas culturales españolas.

–El durmiente debe despertar –le seguí el juego al autor de *Los reyes satánicos,* que no se separaba del estuche de madera que portaba la espada de O'Higgins y que se había convertido en cabecilla de una desquiciada conspiración religiosa e histórica internacional, mientras guiaba a los extranjeros a la estación del metro.

Javier, Juliana, Princess, Ginebra, Bayó, el mercenario llamado Manú, Kincaid y el «rehén» padre Ugarte era el batallón encargado de la misión de campo. Chapeltown optó por quedarse en el sótano, junto a otro de los soldados españoles, a quien el ex coronel encargó la operación del *drone*, bajo la orden de continuar el vuelo a través del corredor hasta la «puerta de ingreso» al triple pucará subterráneo de Maipú y permanecer allí, aterrizado, en espera de nuestro arribo; y esto, si es que lográbamos arribar, porque las posibilidades en contra eran iguales que las a favor, por muy optimista que fuera el ánimo del escritor español a quien llamaban Hermano Anciano.

Bayó le enseñó a su subalterno un código de señas con el cual nos comunicaríamos, robot mediante, cuando llegáramos al punto de encuentro. Se encargó además de traer todo lo necesario, armas incluidas, en una mochila de servicio con forro de fibra plástica, que en caso de guerra (no era esta la situación) podía servir incluso como protección antibalas.

Juliana se acercó a la boletería y compró los tickets para ingresar a los andenes. Luego ella misma fue metiéndolos en la ranura, mientras yo guiaba al grupo hacia las vías de la derecha, en dirección a la plaza de Maipú. En otras palabras, de regreso a la nave madre, pero esta vez bajo tierra.

—¿Qué hora es? —le pregunté a Ginebra, pero ella levantó los hombros. No traía ni reloj ni teléfono.

El padre Ugarte me tocó el hombro izquierdo y me indicó los televisores de pantalla plana que había sobre los andenes, donde las imágenes de un noticiario transmitido por un canal interno llamado Metro TV marcaban las 12.57. Pensé en mi hija, en nuestra última conversación antes de que Princess la llevara a casa. Ojalá le hubiese pasado el libro a su madre.

Sonreí.

—Qué feliz pareces —comentó Princess al verme.

—Me acordaba de Elisa. Le caíste bien.

—Soy buena en lo que hago. En todo lo que hago —me guiñó un ojo. El convoy 2066 del metro de Santiago, montado sobre material rodante GEC-Alsthom NS-93 con ruedas neumáticas y configuración de siete coches, se detuvo en la estación. Poca gente lo abordó, bastante menos de la que descendió de los vagones.

—Caminemos hacia el último vagón —indicó el presbítero Ugarte apenas nos subimos al tren subterráneo. Estábamos en el cuarto carro, así que a medida que este partía de la estación y se perdía hacia el túnel avanzamos tres vagones en dirección a la cola, ubicándonos al fondo de esta, apoyados en la puerta de la cabina del carro tractor, gemelo del que en esos instantes impulsaba el tren. Bayó se instaló convenientemente cerca de la palanca para tirar del freno de emergencia.

De acuerdo a lo revelado por el arquitecto y redentorista Horacio Ugarte en 2008, durante la construcción del túnel que unía las dos estaciones finales de la línea 5 –Santiago Bueras y Plaza de Maipú– se descubrieron, accidente mediante, los restos de un túnel prehispánico que prácticamente atravesaba Maipú en dirección al Templo Votivo. De inmediato, la Dirección de Bibliotecas, Archivos y Museos y la Escuela de Antropología y Arqueología de la Universidad de Chile se dieron cita en el lugar y exploraron las ruinas. Sin embargo, el costo de una intervención en terreno y el precio por abrir hacia la superficie era tan alto que se decidió suspender las investigaciones hasta conseguir los fondos necesarios. Pero los trámites eran tan engorrosos que, como suele suceder con este tipo de temas en países del tercer mundo, se decidió dejar en potencial las labores hasta que estas pudieran realizarse con todos los recursos necesarios para propiciar el mínimo impacto en la superficie de Maipú.

–Se pensó incluso sacarle provecho turístico al descubrimiento, hablando de una especie de nueva Machu Picchu bajo Santiago, pero todo eso quedó en espera. Miles de correos electrónicos sin contestar y cerros de papeles de estudio que nadie revisó. El metro accedió a construir una falsa puerta de servicio en una de las paredes del túnel, a cambio de que ni la Dirección de Bibliotecas, Archivos y Museos ni el resto de los involucrados difundieran la existencia del pasadizo y de la ciudad subterránea –nos informó Ugarte antes de salir hacia la estación de metro.

–¿Bayó? –preguntó Javier–, ¿cuánto explosivo plástico se requiere para abrir esa puerta de servicio?

–Poco, pero si la cerradura es como todo en este país, dudo que la necesitemos.

El tren frenó en Santiago Bueras y el vagón prácticamente quedó vacío. A lo más, un muchacho pegado a los audífonos de su iPod y una señorita de unos veintisiete años leyendo una novela erótica. Un par de muchachos que trataron de hacer contacto visual con Princess y una pareja de edad con bolsas llenas de frutas y verduras. Es lo bonito de Santiago de Chile. La mezcla de gente, sobre todo en el interior del metro, es de postal de libro fotográfico auspiciado por el National Geographic.

«Próxima parada, estación terminal Plaza de Maipú. Todos los pasajeros deben descender del tren», anunció una voz femenina mientras los frenos soplaban bajo el carro y cinco vagones más adelante la unidad tractora empezaba a mover los vagones.

–Usted dice cuándo. –Bayó miró al sacerdote apenas el convoy se sumergió en el túnel.

–Aguarde –respondió Ugarte.

Mientras el ferrocarril comenzaba a acelerar, yo busqué un buen lugar del cual sujetarme. El resto de los presentes me imitó. Miré hacia el resto de los pasajeros del carro, nadie se percataba de nada y vivían en su propio universo, cerrado y particular, como debía de ser.

El presbítero se agarró del asidero de la fila de asientos más cercana a la ventana y fue viendo las indicaciones de distancia que cada cien metros se leía en las paredes del túnel.

–Ahora –dijo, acompañando sus palabras con un movimiento de cabeza y ambas manos muy empuñadas al soporte de los asientos.

Primero Princess se tiró al piso del carro y empezó a gritar y a escupir simulando más un caso de exorcismo que un ataque de epilepsia. Luego, en sincronizada coreografía, Bayó fue hasta la palanca del freno de emergencia y la levantó con fuerza para desprender la cubierta de plástico transparente de la misma. Y cuando esta cedió, golpeó fuerte con el puño cerrado.

Primero las luces completas del tren se apagaron y luego el convoy entero frenó de golpe, tirando los vagones hacia adelante y haciendo que varios pasajeros perdieran el equilibrio con el choque de acción y reacción. Algunos rodaron por el suelo, otros alcanzaron a asirse. El muchacho del iPod vio cómo su aparato de escucha MP3 salía disparado de sus manos para caer entre el acople en forma de acordeón que separaba y unía el sexto vagón con el séptimo.

–¿¡Qué sucede!? –preguntó el varón de la pareja de edad que llevaba las bolsas con frutas, mientras Juliana arrodillada junto a Princess fingía reanimarla.

–Mi sobrina sufrió un ataque, no se preocupe, soy médico –dijo la esposa de Javier Salvo-Otazo, dándole la espalda y pidiendo luego que nadie se acercara. El joven del iPod se levantó y avanzó hacia los otros carros, al igual que los otros menores de edad que iban en el vagón.

Tal como el padre y arquitecto Ugarte nos había anunciado, diez segundos después del freno, las luces se prendieron y la voz del conductor, bastante menos amable que la de la locutora de las estaciones, nos informó que se iban a abrir las puertas, que todos los pasajeros debíamos descender al andén de emergencia junto a las vías y esperar a los guardias que venían en camino desde la estación Plaza de Maipú, y que se había cortado la electricidad en todo el sistema y el tráfico por la línea estaba interrumpido para evitar accidentes.

–Pasajeros con problemas para bajar a los andenes deben esperar al personal de seguridad. –Fue la última frase del conductor. Acto seguido las correderas se abrieron.

Bayó se montó la mochila en la espalda y fue el primero en saltar, luego Javier en su rol de portador de la espada que abriría las puertas del infierno. Después Princess, ante la sorpresa de los ancianos que no supieron qué decir y a quienes Kincaid, con su porte y su aspecto de jugador afroamericano de la NBA, hizo callar levantando su índice derecho contra los labios. El hombre abrazó a su mujer asustado. Era que no.

Desde la cercana estación Plaza de Maipú, distante a unos treinta metros delante del primer vagón, comenzaron a acercarse las luces de los guardias. Ugarte tomó la delantera y nos indicó que nos alejáramos en dirección a la estación Santiago Bueras, unos ciento cincuenta metros hacia el norte.

—Caminad rápido —ordenó Bayó— y pegados a los muros, para que los guardias no se percaten de vuestra presencia.

A unos ocho vagones de distancia, en un pasillo húmedo y oscuro por la falta de electricidad, Ugarte ubicó la entrada al túnel que conducía a los pucarás subterráneos. Bayó dejó su mochila de trabajo en el piso y se acercó a la puerta hecha de metal en una sola hoja y con remaches de acero, y golpeó con energía alrededor de la cerradura.

—No necesitamos explosivos —confirmó.

Princess sacó su arma y apuntó a la cabeza de Ugarte, quien se mantuvo petrificado.

—Nuestra garantía, curita —dijo la inglesa—, por si hay una sorpresa allá adentro.

Bayó la miró y se mantuvo en silencio. Desde el metro, detenido un poco más allá, se escuchaban voces y algunos gritos que sonaban amplificados por la acústica del túnel.

—Perfecto, con ruido es mejor —afirmó el ex coronel del Ejército del Aire español, mientras agarraba su automática de nueve milímetros con silenciador KAC en la punta del cañón y volaba la cerradura de tres disparos directos. Con un puntapié abrió de golpe la puerta, que chirrió por varios segundos. Una brisa hedionda a humedad, podredumbre y restos orgánicos nos golpeó en la cara y a más de uno le provocó arcadas y ganas de vomitar. Bayó iluminó el interior, y nada, todo estaba vacío como una tumba.

—Tienes suerte, sacerdote —pronunció Princess, quitando la punta de su arma de la nuca de Ugarte—. Ahora, andando.

Bayó ordenó a su mercenario permanecer junto a la puerta y disparar contra cualquiera que osara atravesarla.

—Que nadie te vea y que nadie pase —le dijo tras pasarle una linterna y un cargador extra para su arma de servicio.

A medida que nos adentrábamos, el olor se hacía más soportable; la costumbre y también la ansiedad de estar haciendo historia ayudaban. O estar escribiendo el capítulo final de una novela de suspenso, un metalibro, un libro dentro de un libro. Aquello que había empezado como una manipulación cerebral se había convertido en una realidad tan tangible como los bloques de piedra que nos rodeaban y que se curvaban en un pasadizo que poco a poco se inclinaba en una pendiente de bajada. Algunos murciélagos y ratas escapaban del movimiento brusco de la luz de la linterna de Bayó. A no mucho más avanzar, el ex militar español nos detuvo. Apuntó su faro al frente e hizo una señal de seis destellos seguidos reunidos en iguales grupos de a tres. Un poco más adelante, dos faros bastante más poderosos respondieron a la señal. Luego el ruido de insectos supersónicos, polvo que se levantaba y la coleóptera forma del AeroViroment Wasp IV se nos vino encima, jugando con sus luces como múltiples ojos. En el interior cerrado del túnel, el ruido del robot se ampliaba a niveles cercanos a los de un helicóptero convencional en un modo más agudo, producto del giro contrario de los rotores carenados instalados uno encima del otro. Cuando estuvo delante nuestro, la cabeza cámara del artilugio de inteligencia guiada nos quedó mirando como si quisiera saludarnos con una venia. Los láser trazadores de los costados ya estaban apagados y, en rigor, lo único que veíamos de ese escarabajo de fibra de vidrio con partes metálicas lacadas de negro eran las luces del frente y el iluminador de la cámara.

A base de gestos, Bayó le ordenó al operador del *drone* –que permanecía junto a Chapeltown en el sótano del Templo Votivo de Maipú– que se adelantara cinco metros delante del grupo para guiar nuestra ruta y que además encendiera los faros posteriores para iluminarnos de forma directa, una manera harto más efectiva que la linterna del ex coronel. Gracias a los focos del aerodeslizador se hacían visibles los detalles del espacio en el que estábamos, como las losas semicirculares del piso, el pequeño zócalo que se extendía a lo largo de los muros o las continuas aberturas en el techo que conducían a conductos de ventilación por los que entraba el suficiente aire para no ahogarnos bajo las toneladas de roca y tierra que teníamos sobre nuestras cabezas. Me acerqué al borde del túnel y palpé las piedras. Los bloques estaban muy helados y tan húmedos que los dedos se resbalaban.

–Tienen al menos seiscientos años, quizá más… –me indicó el padre Ugarte.

–El Dorado –dije, mientras metía los dedos entre las lajas tratando de ver si aún quedaba ese oro del cual hablaban las leyendas.

–No, amigo mío –me habló Javier, apareciendo a mis espaldas–, el verdadero tesoro no es el que brilla, sino el que provoca un cambio, como el que está más adelante.

–Y le devuelve dignidad a la familia del esclavo de un padre de la independencia hispanoamericana.

–Si lo quieres ver de ese modo… –me respondió. Enseguida sujetó firme la caja con la espada del Libertador y caminó en dirección a la luz del *drone*.

Lo dice la tumba del Papa Inocencio VIII en la basílica de San Pedro en Roma. Una inscripción profundamente anacrónica: «*Novi orbis suo aevo inventi gloria*», es decir, «Suya es la gloria del descubrimiento del nuevo mundo». Genovés de cuna y de nombre secular, Giovanni Battista Cybo, Inocencio VIII dirigió a la Iglesia católica entre 1484 y julio de 1492, cuando falleció de fiebre y fuertes dolores abdominales, exactamente una semana antes de que Cristóbal Colón zarpara del puerto de Palos el 3 de agosto de aquel año. El Papa Cybo había sido un ferviente aliado de esa misión y no solo eso, también fue quien dio el nombre de católicos a los reyes de Castilla y Aragón.

Marino de formación, Cybo o Inocencio VIII se educó en los muelles de su Génova natal. Como navegante realizó mapas de Europa y la costa africana, y desde su lugar en la más alta jerarquía católica abogó por la responsabilidad del viejo mundo de explorar qué había más allá del océano hacia Occidente. Desde temprana edad manejó información iniciática acerca de un continente desconocido al otro lado del Atlántico, un lugar lleno de tesoros, un nuevo mundo que debía ser explorado. Compartió estos conocimientos con muchos de sus contemporáneos, pero especialmente con la única persona en quien siempre confió: su hijo ilegítimo, Cristóbal Colón.

Hay varias pruebas que confirman esta teoría. Por una parte, el desconcertante parecido físico entre Colón e Inocencio VIII, revelado en varios retratos y pinturas de la época. Además, este Papa tenía ascendencia judía, era sobrino de sarracena y de abuela musulmana. De ser descendiente suyo, Colón tuvo fundados motivos para ocultar sus raíces, como así lo hizo. También es clave el hecho de que a pesar de ser una misión auspiciada por la corona española, la mayor parte de la tripulación del primer viaje de Colón estuvo compuesta mayoritariamente por genoveses. Y está el dato de que los navegantes bautizaron como Cuba la primera tierra que pisaron. Aunque parezca de origen indígena, el vocablo deriva de Cybo, el apellido secular del Papa, que a su vez procede de Cubus o Cubos.

A lo anterior deben agregarse otros hechos. En una serie de cartas que el Papa Inocencio VIII le envió a Cristóbal Colón entre 1488 y 1490, solía llamarlo con el anagrama de «Christo Ferens», que es la forma greco-latina de Cristóbal y que significa «portador de Cristo». Finalmente, es sabido que el Papa Cybo era un ferviente estudioso de la obra de los caballeros templarios, orden desaparecida tres siglos antes de su mandato. Provocó escándalo al hablar de ellos como católicos ejemplares que se dedicaron a proteger la Tierra Santa y abogó por el perdón de sus herederos y, sobre todo, por la devolución de sus tesoros que, según dijo, habían sido robados por la Iglesia romana en complicidad con el rey Felipe IV de Francia. Estas declaraciones le granjearon numerosos enemigos dentro de sus propias filas y acusaciones de ser un agente sobreviviente de la Orden del Temple que se había infiltrado en la Iglesia para destruirla por dentro. El tener antepasados judíos no ayudó mucho en esta guerra en su contra. Murió de un fuerte dolor estomacal, síntomas típicos de quien resulta envenenado.

Tras su fallecimiento, su hijo ilegítimo partiría al descubrimiento de América en una flota de naves cuyas velas iban pintadas con la cruz

paté de la orden templaria, homenaje de Colón a su padre reciente-
mente muerto o recuerdo de un viaje realizado siete años antes precisamente junto al Papa, en el que descubrieron, o «protodescubrieron»,
el nuevo mundo.

Previo a ser nombrado Papa, Cybo accedió a nuevos documentos
secretos, esta vez pertenecientes a la Orden del Temple, fechados en el
siglo XIII, entre los que había cartas, documentos y mapas mediante
los cuales los también llamados Caballeros Hospitalarios informaban
a Roma del descubrimiento de un nuevo continente, al que habrían
llegado siguiendo instrucciones y esquemas dejados por vikingos que
desde el siglo X venían explorando estos nuevos parajes, que eran
«como la Atlántida de Platón; más grande que Europa y África juntas». Usando esa información y con la ayuda de su vástago Colón y
fieles marinos genoveses, el recién asumido Papa Inocencio VIII se
embarcó en 1485 desde su tierra natal hacia el Oeste, llegando a la
costa de la actual Venezuela a fines de ese año y dejando registro de
la hazaña solo en los diarios de Cristóbal. A su regreso al viejo mundo, Cybo y su hijo comenzaron a trazar el plan para el viaje oficial a
esas tierras ignotas, esta vez con el apoyo de una corona europea que
los ayudaría a tomar posesión política y religiosa del nuevo mundo y
esconder una serie de tesoros y objetos preciosos que Inocencio VIII
quería sacar de Roma por el excesivo poder que estos daban al Vaticano. Además, era una manera de salvaguardar la herencia que se les
había arrebatado a los templarios, a quienes ambos hombres admira-
ban con una devoción absoluta. Oro, joyas y reliquias sagradas eran
parte de este cargamento, pero también un cofre que, de ser revelado
su contenido, poseía el poder de destruir buena parte de la influencia
de la Iglesia católica. Se trataba de tres urnas encontradas por los
Caballeros del Temple en un osario de Jerusalén, en el año 1099, que
contenían las cenizas de «María de Séforis, madre de Jesús de Naza-
reth», y de dos de sus siete hijos, uno llamado Santiago y la otra María
de Cleofás. Esta realidad atentaba contra dos fundamentos esenciales

de la Iglesia romana: la virginidad de María (que por lo demás solo es legitimada por dos de los cuatro evangelios: Mateo y Lucas, ya que Marcos y Juan jamás mencionan el dato de la pureza –previa y posterior– de la entonces joven nazarena) y el dogma de que la madre del Mesías no murió, sino que ascendió a los cielos, una invención católica del siglo VI que sería subrayada en los siglos posteriores hasta finalmente ser declarada dogma de fe, es decir, verdad que no puede dudarse ni objetarse, recién en 1950, por el Papa Pío XII.

Fue Cristóbal Colón en 1492 el que finalmente cumpliría la voluntad de su padre, quien antes de su muerte intercedió para que los Reyes Católicos auspiciaran la expedición de su hijo a las «Indias Occidentales», nombre inventado por los genoveses para resguardar el secreto de las nuevas tierras.

El 6 de agosto de 1492, tres días después de que las tres naves de Colón, la *Pinta*, la *Niña* y la *Santa María*, zarparan del puerto de Palos, una «cuarta carabela» se unió a la flota, la *Santa Clara,* también con velas pintadas con la Cruz de Malta o paté roja de la Orden del Templo de Salomón, al mando del capitán y sacerdote jesuita Pedro Niño. El barco, una nao de velamen cuadrado gemela de la *Santa María,* había zarpado desde Cádiz el 3 de agosto y el encuentro en alta mar se dio cerca de Madeira. La embarcación llevaba una tripulación de veintinueve genoveses y un tesoro en oro, piedras preciosas y reliquias que el Papa Inocencio VIII había conseguido sacar de Roma antes de su muerte, incluidas las cenizas de la madre de Cristo.

Desde ahí en adelante hay dos versiones del relato. Una sostiene que por orden del almirante del mar océano, la *Santa Clara,* al mando del capitán Niño, se dirigió hacia el sur, siguiendo la costa de Sudamérica hasta el Río de la Plata, donde la tripulación descendió de la nave y quemó sus restos para establecerse en algún lugar de la actual Argentina, en la región de Córdoba. La otra versión apunta a que Niño llevó la carabela más al sur, hasta el estrecho de Magallanes, y desde ahí subió por la costa de Chile hasta la actual zona del río Biobío, donde la tripulación entró en contacto con los mapuches, lo que explicaría la sorpresa de Pedro de Valdivia en 1551 al encontrar a indígenas de piel y cabello claro, además de ojos azules, en la zona de Boroa, al sur de Chile.

–Lo único claro, de acuerdo a lo que narra Lorencito Carpio en sus diarios –prosiguió Javier a medida que continuábamos adentrándonos metros bajo Maipú–, es que Francisco de Miranda habría accedido a esta información, aparentemente a través de unos diarios confidenciales escritos por Cristóbal Colón y que un masón escocés le habría facilitado en Londres. Sabiendo el poder que contra la Iglesia tenían esas reliquias, ordenó a sus hermanos buscarlas y ocultarlas en un lugar seguro y secreto del cual solo supieran los fundadores de la logia, para sacarlas a la luz cuando fuera necesario. Ese sitio fue la Ciudad de los Césares, la perdida fortaleza incaica enterrada bajo Santiago de Chile donde ahora nos encontramos. El resto de la historia ya la conoces. La espada llave y el rito de los cuatro puñales…

–Las cuatro espadas –precisé–. Solo una duda, ¿dónde encontró la logia el tesoro de la cuarta carabela? ¿En Córdoba o en Boroa?

–De eso no hay información. Puede haber sido en un sitio o en otro, lo único cierto es que ese tesoro y las cenizas de María, madre de Dios, están acá abajo, ocultas desde 1818 en espera de salir a la luz cuando el mundo así lo necesite.

–¿Y ese momento es ahora?

El Hermano Anciano no contestó.

–Existe otra posibilidad –le dije.

–¿Cuál es esa otra posibilidad, Elías Miele?

–Que todo no sea más que un mito, un invento de Carpio, y que acá abajo no encontremos nada.

Javier Salvo-Otazo me quedó mirando y respondió:

–Sí, es posible. Pero ni tú ni yo contamos con eso y lo sabes.

Se equivocaba, pero preferí no insistir con el tema. Cuatro pasos delante, Bayó nos guiaba hacia el centro de la Tierra, como una versión futurista de los personajes de la novela de Julio Verne. Nosotros, en lugar de seguir las instrucciones de un alquimista perdido, íbamos tras las luces de un robot que parecía haber salido del improbable cruce entre una araña, un escarabajo y un ventilador.

76

Desde el nivel piso, y no a través de los ojos del hovercóptero robot, la gran estructura hexagonal ubicada al centro de la fortaleza, treinta metros bajo el Santuario Nacional de Maipú, parecía una gran plaza subterránea. Había incluso dos filas de sitiales conformados de bloques pétreos para el descanso de quien trabajara o visitara el lugar. El techo se elevaba a unos seis o siete metros por sobre nuestras cabezas, curvándose hacia el centro en una especie de domo, un tipo de construcción muy inusual, no solo para los incas, sino para todos los pueblos precolombinos.

–¿Tiene una linterna? –le pedí a Bayó. El español abrió su bolso mochila y me arrojó una portable marca SupFire con foco LED, idéntica a la que él llevaba en la mano.

Enfoqué al cielo raso para examinar mejor los detalles, ya que los faros del *drone* estaban apuntando a otro sitio, y observé las juntas y terminaciones. Ugarte, el cura rehén, se me acercó para decirme:

–Una inteligente manera de instalar ductos de ventilación; el diámetro del centro entero es un canal que trae aire desde la superficie, sin eso estaríamos mareándonos, cayéndonos como borrachos.

Era cierto.

–Yo me siento algo atontado –comenté.

–Podría ser peor –remarcó la frase y luego regresó al tema inicial de la conversación–. Esta construcción es más reciente, el techo no debe tener más de tres siglos, a lo más cuatro. Note cómo se montan los bordes sobre la estructura inicial, además de los detalles románicos tan usados en la arquitectura jesuita de la época de la colonia española. Esto fue construido no solo para proteger la ciudad subterránea, sino para contener la tierra que se le echó encima.

–¿Ha oído lo del terremoto de mayo de 1647, el de La Quintrala? –El presbítero asintió–. Supuestamente ese evento sísmico hizo aflorar este pucará y otras secciones de la ciudad incaica de Mapocho que Pedro de Valdivia enterró cuando construyó la ciudad de Santiago. Los jesuitas se encargaron de reconstruir la ciudad y de volver a sepultar estas construcciones que modificaron para sus propósitos.

–Mitos, leyendas.

–Disculpe, padre, pero esto no me parece ni un mito ni menos una leyenda.

–Puede ser, pero ¿no le parece raro que no encontrásemos un solo cadáver, un solo hueso o resto humano?

Le concedí que tenía razón. También que esta era una sola de las, al parecer, numerosas construcciones subterráneas existentes bajo el suelo de la capital chilena, pero hablarlo acarrearía una seguidilla de datos y conversaciones innecesarias en las que, al menos en ese instante, no tenía ánimos de participar. Habíamos llegado al lugar que tanto buscábamos, era hora de abrir la puerta de este «sésamo» ignoto, ser partícipes de un instante histórico, me gustara o no. Lo que viniera después, el debate entre lo ético y lo incorrecto, de si esto era acerca de buenos y malos, podía esperar.

De todos los presentes, Ginebra era la única que parecía ajena a todo el alboroto subterráneo. Le pregunté qué le sucedía. Fue parca en su respuesta, que me preocupara de mis asuntos, de reportear el final para mi novela, que ella estaba atenta a otras cosas.

–Pero si te necesito, te lo haré saber –dijo, dándome la seguridad de estar buscando una manera de escapar, lo que a esas alturas (o profundidades) me parecía improbable, a menos que en alguna casa de Santiago, una mujer que alguna vez quise mucho, revisara la primera página del libro que su hija llevó a casa ayer por la noche.

Javier depositó la caja con la espada de O'Higgins en el suelo y la abrió lentamente, como si participara de un ritual. Lo primero que hizo fue desenvainarla y dejar la vaina de terciopelo al interior del estuche de madera. Enseguida alzó la hoja, reluciente y cuidada, como si fuera nueva, y la hizo destellar ante los faros del *drone* que volaba sobre nosotros como un gran ojo vigilante y robótico.

–Estamos listos –pronunció el Hermano Anciano–. Señor Kincaid, Elías, imagino que vosotros también queréis ser parte de este evento –apuntó.

Volteé hacia Juliana, ella permanecía con la mirada fija, sin atención definitiva, furiosa en su interior al percatarse de que al igual que en el resto de su vida, había vuelto a ser una actriz secundaria en su propio drama, usurpado por el protagónico de un marido demasiado inteligente y demasiado manipulador. Supe adivinar en sus ojos que muy cerca de la superficie nadaban las ganas de que Javier efectivamente hubiese aparecido muerto en la tina de la casona de Toledo. Princess, cerca de ella, jugaba con su cabello, absolutamente indiferente ante la realidad de que ella también se había convertido en una extra del relato.

Me acerqué al diácono de Atlanta y a Javier. Caminé con ellos hacia el interior del primer túnel, con el padre Ugarte pegado como una rémora. Bayó y el *drone* nos cuidaron la espalda, mientras las tres mujeres optaron por permanecer en la plaza, silenciosas, sin siquiera mirarse.

El corredor se adentraba unos veinte metros hacia las profundidades bajo el Templo Votivo de Maipú. Sin ser amplio, permitía el paso de varias personas adultas en grupos de tres. Insectos y otras alimañas aparecían entre las rendijas, pero se escondían de inmediato ante las luces y el sonido del Wasp IV que nos cuidaba la retaguardia y al mismo tiempo permitía que allá arriba, el reverendo y ex senador Andrew Chapeltown, uno de los financistas de la operación, participara de todo el proceso en primera persona. Mentiría si dijera que no estaba nervioso. Al igual que Javier y que todos los que caminábamos por ese túnel, sentía que mi corazón latía cada vez más fuerte, como el motor a pistón y pulso de un viejo avión de caza de la Segunda Guerra Mundial, un P-47 Thunderbolt, quizás.

En todo el trayecto era fácil descubrir las alteraciones que los jesuitas habían hecho a la estructura original, tras el gran terremoto del Señor de Mayo, el de ese Cristo hoy exhibido en el templo de los Agustinos, en el centro de Santiago, al cual la corona de espinas se le deslizó hasta los hombros sin lógica alguna, siendo desde entonces imposible de regresar a su posición original. Mientras continuábamos recordé la leyenda alrededor de esa escultura colonial. Se dijo que para evitar que la ciudad volviera a ser destruida por un terremoto, de la magnitud del de 1647, el Cristo de Mayo o Señor de la Agonía debía sacarse en procesión por las calles principales de la ciudad cada 13 de mayo. Solo en dos ocasiones esto no ocurrió, en 1984 y en 2009; en ambas, un año antes de que un gran sismo sacudiera la zona central de Chile.

Los faros del Wasp IV cambiaron su dirección al frente, abriendo además su eje de apertura para iluminar con más potencia y así descubrir la puerta de madera con postigos y cruceros de fierro que nos cercaba el paso.

La respiración se hacía entrecortada y resultaba difícil precisar si debido a los nervios del momento o a que en verdad comenzábamos a asfixiarnos allá abajo, en un corredor al que no llegaba un solo conducto de ventilación desde la superficie.

Javier apoyó su palma derecha contra la vieja madera de la puerta y se quedó un momento en esa posición casi ritual. Luego quitó su mano y vio cómo la superficie de esta lucía sucia con el barro, la podredumbre y el óxido que chorreaba desde las secciones metálicas. Se limpió la palma en sus pantalones y luego cogió la espada y, empuñándola, introdujo la punta en la cerradura de la puerta. Al hacerlo se escuchó el accionar de un mecanismo, el filo en forma de llave había sido reconocido por el laberinto interno del candado.

–Señor, que se haga tu voluntad –pronunció en voz alta quien se hacía llamar Hermano Anciano, siguiendo el teatro que tan bien había preparado para sus aliados de La Hermandad. Detrás mío y haciendo oídos al juego, Joshua Kincaid respondió con un «amén».

Entonces, apretando el puño de la espada del Libertador de Chile con ambas manos, Javier Salvo-Otazo, el autor de *Los reyes satánicos* y a quien todo el mundo creía muerto, giró el arma hacia su derecha. La puerta entera se estremeció al correrse sus cerrojos que la atravesaban en forma de cruz, anclándose en la vertical superior e inferior de la estructura y en la horizontal por el centro de la misma. El ruido fue sordo y seco y retumbó con un eco reiterativo a lo largo del pasadizo, desde el corazón de este hasta la plazoleta del pucará subterráneo.

Tras verificar que la puerta estuviera sin trabas, Javier quitó la espada del ojo de la llave y de un puntapié abrió la puerta. El olor que vino del interior era aún más anciano y repugnante que el del resto de la ciudadela enterrada. Totalmente a oscuras, el escritor español ingresó a la cámara hasta hacía pocos segundos sellada. Luego lo hizo el *drone*, que surcó zumbando sus rotores contrarrotatorios por encima de nuestras cabezas hasta situarse a medio metro detrás y por encima de Salvo-Otazo, orientando su sistema de faros hacia todas las direcciones que podía alcanzar. Encendió los focos a plena potencia.

Y la luz se hizo dentro del silo.

Y la cámara estaba vacía.

Completa y absolutamente vacía.

Ante nuestros ojos, cuatro paredes desnudas, un par de ratas que corrió hacia su agujero, un grupo de murciélagos que se soltó del techo y revoloteó hasta encontrar un lugar más seguro, lo más alejado de ese monstruo volador que los observaba con una decena de ojos enceguecedores.

Aparte de ello no había nada.

Y confieso que casi estallo en risas ahí mismo.

Tan desconcertado como furioso, Javier ingresó más al interior y zapateando con insistencia trató de encontrar si acaso había un fondo hueco tras las losas de piedra que conformaban el piso. Tan impactado como su primo, Bayó palpó las paredes por si había algún doble fondo o un mecanismo aún más secreto que abriera una puerta oculta.

Javier dejó la espada de O'Higgins apoyada en un rincón y prácticamente gateando comenzó a revisar cada centímetro de la cámara.

–¡Vosotros! –bramó Bayó con expresión de descontrol y sacando su arma–, ¡ayudad! ¡No os quedéis ahí mirando como tarados! –gritó, incluyendo también a Kincaid en la amenaza.

El padre Ugarte fue quien más se asustó con el arma. Sin pensarlo, se lanzó al suelo del búnker y reptando como un roedor empezó a revisar lo que ya había verificado Javier: si acaso el piso era falso y bajo este había una segunda cámara. Con mucha más cautela y usando la linterna que me había facilitado Bayó me dediqué a examinar las paredes para buscar dobles muros que por efecto óptico engañaran nuestra percepción, abriendo un paso hacia una caja de seguridad. Además, empujé bloques salidos, bajo la premisa de que alguno activara un mecanismo hacia un depósito o pasadizo. Nada ocurrió. Las piedras que se asomaban eran producto de la erosión y los siglos.

En la pared de enfrente, Kincaid repetía mis inútiles esfuerzos.

Entonces Javier explotó.

Tras patear algunos guijarros sueltos en el piso, soltó un par de garabatos y maldiciones, entre los que se asomaron varios santos y nombres divinos. Luego, presa del descontrol, agarró la espada llave y vino contra mí.

–¡Quiero tu linterna! –me exigió con los ojos inyectados en sangre. Pensé que me iba a golpear.

Apenas le pasé el foco portátil, abandonó la bóveda yendo de regreso a la plaza del pucará. Esta vez lo hizo corriendo, trastabillando desesperado. El *drone* partió de inmediato a la siga suya, con Bayó en tercer puesto y el resto de nosotros intentado darles alcance.

—¡¿Qué sucede?! —exclamó Juliana al ver a su marido aparecer, sucio y con la mirada desorbitada de un asesino psicótico, como villano de historieta de Batman. Javier no le respondió. Trató de ubicarse dentro de la plataforma y con un respirar entrecortado corrió hacia el otro túnel disponible de la fortaleza subterránea.

—¡Javier! —gritó Juliana.

—Calma. —Traté de aquietarla. Cuando ella volteó hacia mí le revelé lo que había ocurrido—: No hay nada, la cámara estaba vacía.

—¡¿Cómo que vacía?! —gritó Princess.

—Eso, vacía —le respondí a la inglesa, que asumiendo idéntica desesperación que la de su jefe, apresuró sus pasos en dirección hacia donde se había perdido Javier. Todos la seguimos.

Como un enajenado, Javier Salvo-Otazo trataba de romper una inexistente cerradura en la puerta que se ubicaba al fondo del segundo corredor. Con insistencia golpeaba la parte metálica de la estructura con el borde de ataque de la espada de O'Higgins. Iluminado por los faros móviles del Wasp IV parecía un desesperado caballero medieval intentando en vano destruir la coraza externa de un dragón demasiado cansado y viejo como para volverse y pulverizarlo con un chorro de fuego expulsado por su boca y nariz.

—¡Princess! —rugió Javier—. Tu arma, vuela el cerrojo de la puerta.

—No hay cerrojo —corrigió la inglesa, inquieta.

—Sí lo hay, fue sellado con metal caliente, exactamente aquí. —Indicó donde efectivamente había un sello de fierros fundidos, en el mismo lugar donde la puerta anterior tenía la cerradura para la espada.

El escritor le hizo un gesto al *drone* para que iluminara el lugar donde había de apuntar la ex asistente de Bane Barrow.

—¡Hazlo, qué esperas! —gritó Javier como energúmeno.

La pelirroja que gustaba de vestirse como muñeca sacó su Hecker & Kosh USP, idéntica a la de Bayó, y apretó el gatillo en cadencia automática de tres tiros. El rebote fue ensordecedor, con un retumbar que se convirtió en un pito doloroso e intenso al interior de nuestros oídos.

Pero funcionó. El mecanismo interno cedió con los disparos, liberando los cerrojos en crucero de la puerta.

De inmediato Javier, usando sus hombros y espaldas como ariete, empujó la puerta que, al igual que su gemela, se abrió quejándose como un anciano dinosaurio de cola rastrera.

Un hálito incluso más rancio que el de la cámara anterior nos pegó un golpe, tan intenso que Juliana fue incapaz de aguantar las ganas de vomitar.

–¿Estás bien? –le pregunté.

–Sí, no es nada.

–Es mejor que regrese a la plaza, hay más aire –agregó el padre Ugarte con amabilidad, pero la esposa del Hermano Anciano prefirió seguir en el túnel.

Con un gesto de su mano derecha, Javier ordenó al operador del *drone* que ingresara al bodegón e iluminara el interior con los faros a plena potencia. El ventilador que sustentaba el robot rugió en vuelo rasante y entró a la cámara con todos sus faros apuntando adelante y abajo. Chillando, un grupo de murciélagos revoloteó desde la parte alta de la cripta y, tras girar alrededor del *drone,* buscó refugio en la oscuridad más próxima.

Logré escabullirme entre Bayó y Kincaid para ver qué había dentro de la cámara. Al ingresar solo vi a Javier Salvo-Otazo arrodillado y rendido, apretando con rabia su mano contra la hoja de la espada de O'Higgins. Un chorro de sangre bajaba por el borde de acero del arma y goteaba hasta el piso del pucará.

Nada. Allá adentro tampoco había nada.

El diario de Lorencito Carpio, su antepasado, no era más que una sarta de mentiras, acaso los delirios de la imaginación de un lunático que pasó sus últimos días buscando una manera de cobrarse revancha de los patrones que se atrevieron a considerarlo poco más que un animal. O quizás el problema había sido yo. Y no era este el sitio subterráneo indicado por las claves de la Logia Lautarina. Una broma, la más grande y cruel de todas las bromas.

–Nada –lloró Javier Salvo-Otazo.

Juliana se acercó a su decaído esposo y trató de consolarlo, poniendo con cariño una de sus manos sobre los hombros del escritor, pero él reaccionó con violencia, girando rápido y derribando a su mujer de un golpe certero con el dorso de su mano derecha.

–¡No me toques, maldita! –exclamó, mientras reaccionaba y nos quedaba mirando como si fuera una fiera hambrienta, dispuesta a saltarnos sobre el cuello–. Queda un túnel –dijo–. Bayó, los explosivos.

–No –gritó el padre Ugarte–, es muy peligroso. Este lugar puede ceder sobre nosotros.

–Bayó, ya escuchaste mi orden –subrayó Salvo-Otazo.

El ex militar español miró a Juliana que se levantaba con dificultad, luego a su primo e insistió en lo del sacerdote.

–El cura tiene razón. Ese túnel está destruido, la iglesia de la superficie colapsó sobre él. Es peligroso. Si detonamos un poco de C-4 plástico podemos hacer que todo esto –miró al techo– se nos venga encima. Un poco de cordura, por favor, Javier.

Le contestó el arma de Princess apuntándolo a los ojos.

–Ya escuchaste a Javier –dijo la inglesa–. Es él quien está al mando y usted sabe que yo sé disparar muy bien.

Bayó asintió y no volvió a abrir la boca.

Princess movió su arma y nos indicó a todos que saliéramos de la entrada a la cámara. Luego lo hizo el *drone,* seguido de Juliana, quien ni siquiera volteó hacia su marido. La ex asistente de Bane Barrow y el Hermano Anciano fueron los últimos en regresar a la plaza central del pucará enterrado.

–¿El C-4? –pidió el Hermano Anciano a Bayó.

–Esto se acabó, señor Salvo-Otazo –se adelantó Kincaid–, la operación fracasó, le agradecemos el esfuerzo, pero…

466

–Pero usted y La Hermandad solo tienen miedo –refutó el escritor español–. El tesoro de la cuarta carabela está en este lugar, tiene que estar en este lugar. Y si los siglos lo sepultaron debajo de esas ruinas –apuntó al tercer túnel–, voy a sacarlo aunque tenga que dejarlos enterrados a todos ustedes… A todos ustedes… –me miró.

Bayó aprovechó el delirio de su primo para hacer un guiño al *drone*, pero Princess fue más rápida.

–Ni lo pienses, coronel. –Le apuntó a la cabeza–. Ahora, estimado –pasó a un trato formal–, indíquele a su hombre allá arriba que el robot tiene otro jefe. –Bayó asintió e hizo un gesto al operador del *drone* para que continuara en vuelo estático–. Entonces –prosiguió la inglesa–, los explosivos.

Bayó se quitó la mochila y la arrojó al suelo, empujándola con su pierna izquierda en dirección hacia Javier.

–Salvo –Ginebra rompió su silencio–, terminemos con este espectáculo. El juego acabó, no encontraste tu tesoro, pero ganaste la guerra.

–Yo no vine a ganar ninguna guerra, vine por mi tesoro, agente –respondió él.

–¡Basta, Javier! –grité, sacando coraje–. No eres un niño.

–Tú te callas –respondió a mi espalda Juliana, apuntándome con un arma idéntica a la de su compañera–. Lo tengo cubierto, Javier, ve por los explosivos… –Ella estaba llorando.

–Juliana… –Bayó intentó pararla, yo solo la miré.

–Vos sos solo un soldado, Bayó. Estás en esto por la recompensa que se te prometió. No entendés nada, y nunca lo vas a hacer… Militar cabeza hueca, mercenario de baja categoría.

La mujer de Javier se acercó a Princess y juntas cubrieron toda el área, apuntándonos al resto de los presentes, mientras sobre nuestras cabezas el *drone* rugía como si no supiera qué hacer.

Imaginé que para Bayó hubiese sido fácil ordenar a la máquina que apagara sus luces, pero no se iba a arriesgar a que le metieran una bala en la nuca. Un militar experto reducido por dos mujeres. Si me lo hubiesen contado no lo habría creído.

Javier dejó en el suelo la espada y fue por la mochila de Bayó. Estaba nervioso, tartamudeaba y sus manos le temblaban mientras buscaba el paquete con explosivo plástico.

—Sabes prepararlo, ¿verdad? —le preguntó a Princess con el tono de un niño mimado que buscaba la ayuda de su madre o hermana mayor.

—Lo sé, tú solo preocúpate de sacar el C-4 y el detonador.

Nervioso, el Hermano Anciano escarbaba al interior del bolso intentando comprender cuál de todos los artilugios con cable era el detonador.

Kincaid miraba a las mujeres.

Ugarte estaba arrodillado con la cabeza entre las piernas.

Ginebra tenía sus ojos fijos en mí.

Entonces lo supe. Mentira, creo que siempre lo supe. No. No siempre. Solo desde hacía unos segundos, cuando Bayó le arrojó la mochila a Javier.

Estaban Juliana y Princess, ambas con armas. La primera, nerviosa, cubriendo a cualquiera que amenazara a su marido. La segunda, preocupada del único realmente peligroso del lote: Bayó. Y estaba la espada de O'Higgins, arrojada en el suelo junto a Javier, y arriba, el *drone*, ese robot volador que estiraba su cuello para alumbrar a quien había ideado toda la misión.

La espada y el *drone*.

La espada y el dragón.

Observé el panorama completo, la ubicación de cada participante y mentalmente dibujé la movida de las piezas de mi ajedrez. Dos reinas y un rey, el resto solo peones. Es mentira que un peón no puede llegar al trono.

Javier seguía buscando los explosivos. Tres segundos que se me habían hecho diez minutos. Si el tiempo se condensaba de esa manera en mi cabeza, en la práctica podría ser igual. Pensé en mis héroes favoritos, desde Tarzán hasta Han Solo; desde mi padre hasta Colin Campbell, el héroe de mis novelas. Sin siquiera respirar me tiré y rodé sobre Ginebra, echándola al piso. Juliana disparó al aire, asustando a Kincaid y Ugarte que se tumbaron sobre las piedras. Princess intentó dispararme al adivinar mi propósito, pero le resultó imposible, porque Bayó se le fue encima. En medio de la confusión salté hacia Javier, lo golpeé en la mejilla para derribarlo y agarré la espada de O'Higgins. Dios, me sentí como dentro de un capítulo de *Juego de tronos*. Empuñé el arma y tracé un arco con el filo hacia las piezas móviles y los cables que unían la cabeza del *drone* con el fuselaje. Al igual que en los cuentos de hadas, había que cortar el cuello de la bestia maligna. El primer golpe solo aturdió al robot que, lento, trató de recuperarse, pero no pudo; un nuevo ataque de mi parte cortó las conexiones y la máquina se vino al suelo, apagando su motor y las luces.

Y todo fue oscuridad.

Y un primer balazo.

Y un segundo balazo.

Y un tercer balazo.

Otra vez oscuridad.

El eco de los tiros, un punzante silbido en el oído.

Luego el silencio.

Mi puño sudado aún aferrado a la espada.

Caballeros y dragones. Tonterías que uno piensa cuando lo menos que se debe hacer es pensar.

Entonces, una linterna que se enciende, luego otra. Javier y Princess iluminando la estancia.

—¿Qué hiciste, hijo de puta? —me gritó Princess desde su rincón. A su lado derecho Bayó, con una bala entre los ojos, aparecía tirado de espaldas, muerto. Al otro extremo, Juliana se sujetaba su hombro izquierdo, que había sido perforado por una bala y de cuya herida manaba mucha sangre. El arma en el suelo y su rostro descompuesto e indescriptible, como de quien experimenta por primera vez un tipo de dolor del que ha leído y visto demasiado, pero le es imposible dimensionar en su realidad.

En este lado de la cancha, por mi izquierda, Ginebra. La ex agente del FBI permanecía en el piso, sentada, con una herida en la pierna derecha por sobre la rodilla, sin cara de sufrimiento, solo de rabia, y de tratar de entender qué había ocurrido y, sobre todo, cómo habían sucedido las cosas.

–¿Estás bien? –le pregunté por preguntar.

–He tenido peores. –Era verdad.

Traté de aplicar lógica a la situación, pero la aritmética fue imposible. Princess le había disparado a Ginebra, eso era evidente. ¿Pero quién le había dado a Bayó y herido a Juliana? Miré a los de mi bando. Aparte de la hija de Leverance, el resto de los participantes no era precisamente competente: Kincaid y el sacerdote permanecían arrodillados en el suelo, aterrados y cubriendo sus cabezas con los brazos, acaso orando para que ninguna otra bala fugitiva les diera. Balas fugitivas y balas errantes, ya no me trago esas ideas, pero no había otra a menos que creyera en milagros. ¡Un momento! ¡El mercenario que Bayó había dejado en espera junto a las puertas que daban a las vías del metro! Quizás estaba en las sombras, acechando, buscando su mejor ángulo para el siguiente tiro. Miré y no encontré nada, salvo el *drone* moribundo que aún aleteaba en una esquina de la plaza de la fortaleza enterrada.

–Vas a pagar por esto, Miele –rugió Princess, abalanzándose sobre mí con el cañón de su arma apuntándome directo a la cabeza.

–¡Basta! –La detuvo Javier–. Déjalo, Princess, él ya no nos interesa; tenemos asuntos más importantes. –Levantó un paquete de C-4 y se lo enseñó. La inglesa bajó su automática y en mudo me dijo que tenía suerte.

–¡Javier! –En medio del dolor, Juliana intentó hacer recapacitar a su marido.

–Tú haz lo que quieras –le respondió el Hermano Anciano, quien luego agarró la bola de explosivo plástico y avanzó en dirección al interior del túnel derrumbado, iluminando su trayecto con el lánguido haz de su linterna.

—Espera, no entiendes… —Traté de que Javier Salvo–Otazo reflexionara.

—Todo lo contrario, amigo mío —me respondió dándome la espalda y siguiendo sin dudar cada instrucción del desbocado guión de su vida—. Entiendo mucho más que tú. ¡Y quédate con la espada de tu Libertador, ya no la necesito! ¿Princess?

La inglesa fue por los detonadores y, caminando de espaldas para no perdernos de su foco de atención, siguió a su jefe. Antes de perderse en el túnel recogió la linterna de Bayó y me la arrojó.

—Tómalo como el saldo de una deuda, Miele. E insisto, tienes suerte —me dijo y luego se perdió en la oscuridad.

De no ser por esa SupFire con foco LED que rodó hacia mis pies, hubiésemos estado nuevamente a oscuras. Fui por ella y abrí la luz a máxima potencia. No era el *drone*, pero ayudaba bastante.

Juliana lloraba, dividida entre salvar su vida o acompañar al hombre que alguna vez juró amar y cuidar hasta que la muerte los separara. Una cursilería que aquí y ahora parecía más irónica que nunca.

—¡No! —La detuve cuando la vi dar un paso hacia el corredor—. Tienes una hija, Juliana. Pase lo que pase, hay alguien en el mundo que te necesita más que ese loco. —Me quedó mirando. Lloraba, lloraba mucho.

Vi como Ginebra amarraba su herida con un pedazo de mezclilla que arrancó de un tirón de su pantalón y supe que debía de hacer lo mismo con Juliana. Le pedí que sujetara la linterna y luego rasgué la manga izquierda de mi camisa.

—Tu hombro —le pedí.

Ella se desabrochó la blusa escocesa que llevaba puesta y con cuidado me enseñó la herida. Arrugó el rostro al tirar de la tela que se había pegado al agujero por donde había entrado la bala y me pidió que tuviera cuidado.

–Lo tendré –le mentí, mientras observaba el daño. El proyectil se había incrustado en su omóplato, fragmentado el hueso que se había abierto y enterrado hacia el interior de su espalda. El dolor debía de ser espantoso. Amarré con cuidado, como vi que lo hacía la agente del FBI y como un militar amigo me había enseñado cuando me asesoró en *La catedral antártica,* pero lo suficientemente firme como para hacer un torniquete.

–Es solo para parar la hemorragia –justifiqué.

–No necesitabas explicarte –dijo ella entre lágrimas, sudor y mucosidades.

Luego tomé de vuelta la linterna y haciendo acopio de un don de liderazgo que nunca tuve, indiqué:

–Padre Ugarte, ayúdela. –El presbítero redentorista se acercó a Juliana y la sujetó por el lado de su brazo sano–. Kincaid, ¿puedes con Ginebra?

–Sí –me respondió el abogado de Athens, Georgia.

Recogí el arma de Juliana y me la mentí al cinto. Luego fui por la espada de O'Higgins, que estaba tirada a un lado de los restos del *drone*, y por su vaina, que recuperé del estuche de madera. Acto seguido, con la mano izquierda apunté la luz hacia el túnel que conducía a la línea 5 del metro de Santiago.

–No perdamos más tiempo. –Comencé a guiar a mi improvisada compañía en los que serían los doscientos metros más largos y lentos que he recorrido en mi vida.

–¿Miele? –me llamó Ginebra, que caminaba arrastrando su pierna derecha mientras se sujetaba de los hombros de Kincaid–, tú no sabes disparar y más adelante vamos a tropezarnos con uno de los soldados de Bayó, quien de seguro no va a entender razones.

Sin responderle le pasé el arma. Ella le preguntó a Juliana si es que la pistola estaba cargada.

–No disparé una sola bala –respondió, mientras yo me las ingeniaba para espantar ratones con la luz de la linterna y rogaba por que Javier y Princess demoraran en hacer estallar la fortaleza subterránea.

Ginebra metió la automática en el cinto de sus jeans, pero por detrás, para evitar que la descubrieran si es que la veían de frente.

El padre Horacio Ugarte sollozaba, haciendo lo imposible para no desfallecer, mientras sujetaba a la mujer del hombre que lo había secuestrado. En su lugar yo la habría dejado tirada, más aún cuando el psicópata de su raptor amenazaba con derrumbar todo alrededor suyo, sepultándolo para siempre. El tiempo corría en contra de todos y lo que menos necesitábamos era llevar lastres. Miré a las mujeres. Juliana sangraba menos pero cada movimiento le resultaba una tortura; lo de Ginebra era más superficial, un roce con rompimiento de músculo. En alguien sin su formación y entrenamiento militar habría sido invalidante, pero la hija del ahora caído en desgracia ex líder del National Committee for Christian Leadership se las ingeniaba para esconder la más mínima muestra de fragilidad y continuar manteniendo un buen paso, sujeta de las fornidas espaldas de Joshua Kincaid.

–Señor Miele –me distrajo el diácono de Athens, indicándome que mirara hacia delante. La luz de una linterna se nos aproximaba. No era lo único nuevo en la escena, aunque el otro detalle corría por la vereda del audio. Desde el fondo del plano se escuchaba el sonido arrastrado y largo de los trenes del ferrocarril metropolitano al pasar por las vías de la línea 5, cuyo ruido rebotaba hacia el interior de la fortaleza incaica como si un espectro gigante arrastrara cadenas muy largas y pesadas a nivel del suelo.

–Estamos cerca –balbuceó el presbítero Ugarte.

–Eso no significa que estemos a salvo –lo trajo a tierra la mujer que se sujetaba de sus hombros–. ¿Elías? –pronunció inmediatamente.

–¿Qué ocurre?

–La espada. Ese tipo sabe que soy la mujer de Javier y que él tenía ese sable. Si me ve a mí con ella será más fácil convencerlo de… –dudó– de lo que sea que haya que convencerlo.

Era lógico. Me acerqué y le pasé el hierro del Libertador. Ella no solo supo sujetarlo con firmeza, sino que además usó la vaina de improvisado bastón para amortiguar el dolor que con cada paso le punzaba en el hombro herido. Mentiría si dijera que no pensé que la reliquia podía dañarse de manera irreparable con esa acción.

Continuamos avanzando hasta llegar al punto de encuentro con la otra luz. Como era obvio, efectivamente se trataba de Manú, el mercenario de Bayó que debía de cuidar el ingreso al pucará, quien se paró frente a nosotros con su arma apuntando inmediatamente bajo la linterna, una técnica usada por los servicios de seguridad de todo el mundo, tanto para alumbrar emplazamientos oscuros como para enceguecer a quien se tuviera por delante, haciéndole imposible apuntar en contra.

El hombre nos miró, se concentró en las mujeres heridas y luego habló:

—¿El resto?

—Al fondo del pasaje, en una estructura prehispánica que funciona como plaza pública del pucará —lo demoré con lenguaje técnico.

—¿El coronel Bayó? —insistió.

—Está con el señor Salvo-Otazo —mentí— instalando explosivos.

—¿Qué sucedió? —apuntó a Ginebra y a Juliana.

—La muchacha inglesa —mintió la esposa de Javier— se volvió loca y trató de matar a Bayó, disparó al aire y nosotras tuvimos mala suerte. El coronel la baleó y bueno… Debió de escuchar el ruido.

—No oí nada.

—Bayó ordenó que nos acompañara a la salida —siguió Juliana—. Él y el señor Salvo-Otazo van a detonar unas cargas para abrir lo que quedó de un muro que se derrumbó en un terremoto.

—En 1906 —insistí, siguiéndole el juego a la autora de *Las hijas de la penumbra,* para marear al soldado con información que fuera incapaz de procesar rápido.

—Por eso me entregó la espada, como puede ver —le enseñó Juliana—, para que la cuidara y evitara que resultara dañada.

—Algo no está bien —reaccionó él—. El coronel Bayó me indicó que no me moviera de mi posición hasta que él regresara.

—Y no lo haga —siguió Juliana—, pero déjenos salir. —Sudaba de dolor e impotencia—. Ella y yo —indicó a Ginebra— estamos mal, necesitamos asistencia.

—No son las órdenes...

—No somos soldados —interrumpí.

—De acuerdo al coronel Bayó, todos somos soldados. Y mientras no tenga un mandato que diga lo contrario, ninguno de vosotros traspasará mi límite —sentenció el mercenario sin bajar su automática.

Miré hacia Ginebra y sentí cómo sus manos se deslizaban hacia el arma que llevaba sobre el cinto, encima de su trasero.

—Están malheridas —supliqué—. Por último que pasen ellas y uno de nosotros.

—Nadie traspasará mi muro —replicó él, sosteniendo su reluciente Heckler & Kosh USP de nueve milímetros.

Observé a Ginebra.

—¡Ustedes dos!, ¿qué sucede? —gritó el soldado al descubrir el gesto que habíamos compartido con la ex agente del FBI—. ¿Qué es eso que lleva atrás, señora? —continuó, y al encontrarse con la pistola idéntica a la suya aulló—: ¡Levante las manos de inmediato, no se mueva!

Ginebra no le respondió.

Nadie lo hizo.

No hubo necesidad.

El trueno de una explosión nos silenció a todos; luego una onda de choque avanzó como un terremoto por la galería hasta derribarnos. La nube de polvo, el temblor de toda la fortaleza, los escombros que se nos vinieron encima y la sensación de que todo lo que nos rodeaba se desplomaba sobre nuestras cabezas. El mercenario fue el más afectado, el impacto de la onda le pegó de frente, disparándolo contra una de las paredes del túnel, oportunidad que aprovechó Ginebra para volarle los sesos de un disparo. Entre el sonido de la explosión y el de los tiros, imagino que todos quedamos sordos por un instante. Volteé hacia el fondo del pucará. Todo era polvo y tierra. Hacia el frente, aún peor. El impulso de la onda de choque había convertido en astillas la puerta del túnel, haciendo del corredor un cañón que explosionó la fuerza del estallido hacia las vías del metro. Entre los restos y la humareda alcancé a ver un carro del ferrocarril metropolitano detenido, con los vidrios y puertas rotas, luces de todas las formas y colores. Había gritos y llantos. Miré a mis compañeros y asentí a Ginebra por lo que había hecho. Fui por Juliana y esta vez yo la tomé para ayudarla a moverse.

—Padre, ocúpese usted de la espada. La gente para la cual trabaja sabrá darle un buen lugar. Tómela como un regalo por las molestias.

El redentorista y arquitecto se aferró al fierro del padre de la patria y se mantuvo callado. Los primeros en salir a la línea 5 fueron Kincaid y Ginebra. Afuera todo parecía una película apocalíptica, la escena justo después del primer ataque extraterrestre o segundos antes de que ingresaran manadas de zombies —o cualquier otra clase de muertos en vida— dispuestos a acabar con el género humano.

El convoy afectado por el «cañonazo sónico» se había descarrilado, mientras el vagón afectado directamente por la onda de choque presentaba un boquerón similar al de un buque recién torpedeado. Había gente herida y asustada por todas partes, lo que nos daba una ventaja. Nadie iba a percatarse del grupo de extraños —incluidas dos mujeres heridas de bala que salían desde el centro de la Tierra— junto a las vías del ferrocarril metropolitano. La bomba desprendió concreto y fierros desde el techo del túnel y levantó y curvó el carril poniente como si fuera de plástico. Algo positivo en el caos. El evento había cortado la electricidad y suspendido el movimiento de los trenes. Hacia el norte, en el claro de la estación Santiago Bueras, se apreciaban dos convoyes detenidos y muchas personas mirando hacia el túnel. Al sur, en la terminal Plaza de Maipú, la situación era similar, salvo que los andenes estaban cubiertos de polvo, volaban chispas por todos lados y algunas roturas en las cañerías expulsaban chorros de agua que formaban cascadas hacia los carriles. Las luces de las linternas de guardias y el personal de seguridad se movían desde la entrada al túnel, acercándose rápido hacia donde estábamos nosotros y el resto de la gente afectada por la explosión.

–Hay que ir hacia allá –dije, impulsando al grupo a dirigirnos hacia la estación Plaza de Maipú. Con Kincaid ayudamos a Ginebra y a Juliana a saltar a las vías, mientras Ugarte no se separaba de la espada. No alcanzamos a avanzar cinco metros cuando un grito nos hizo voltear hacia la puerta que conducía al pucará.

–¡Mieleeeee! –gritaron mi apellido.

De pie, en la plataforma que formaba un terraplén sobre el andén, nos observaba Princess Valient. Estaba entera sucia, empapada en polvo y cenizas. Tenía heridas en las rodillas, la frente y un ojo reventado, absolutamente negro, que le sangraba sobre el lado derecho de la cara; quemaduras en los brazos y orejas y la ropa deshilachada, dejando al desnudo varias partes de su cuerpo. Entera marcada por piedras y astillas que se le habían incrustado en la piel, no parecía una imagen real, sino la viñeta final de un cómic o un videojuego ultraviolento; lucía como si fuera la última superviviente de la humanidad dando su aliento final para acabar con la bestia que le había arrebatado todo. La diferencia es que en nuestro orden de las cosas, ella no jugaba para el bando de los buenos.

–Allá abajo –tartamudeó–, allá abajo no hay nada, nunca hubo nada. Nos mentiste, Miele, nos mentiste a todos –lloraba de rabia y frustración–, maldito hijo de puta –y sacó desde su espalda el arma automática, dispuesta a meterme una bala entre los ojos y mandarme al otro lado.

Y se escuchó un disparó.

Pero no fue ella la que jaló el gatillo.

Dos balas de 45 ACP impactaron a la ayudante inglesa de Bane Barrow, la primera sobre el pecho izquierdo, directo en el corazón; la segunda en la frente, sobre el ojo derecho. Se quedó estática un momento, como petrificada por los balazos y luego se desplomó hacia su lado izquierdo, cayendo con peso muerto sobre las vías del ferrocarril metropolitano y quebrándose el cuello al golpear la cabeza contra el borde de cemento que soportaba uno de los rieles. El grito de una mujer que había contemplado todo lo ocurrido fue tan ensordecedor como el disparo.

Giré sobre mi derecha y ahí lo vi: Joshua Kincaid sujetando firme un pequeño revólver Smith & Wesson Governor con tambor de seis cargas. El abogado y diácono respondió a mi mirada y levantando su ceja derecha contestó a mi duda acerca de las dos balas furtivas de hacía un rato allá abajo.

–¡Tire el arma y ponga las manos sobre la cabeza! –gritó una voz desde el sur. Kincaid obedeció mientras todos girábamos lentamente. Un grupo de guardias, todos tan asustados como los pasajeros que miraban la acción, nos apuntaban con sus armas de servicio, esperando la llegada de miembros de Carabineros de Chile, la policía uniformada, que ya se apersonaban en el túnel.

–Elías… –estiró Juliana antes de desmayarse sobre los rieles neumáticos.

–Por favor –dije levantando las manos–, deténganos y todo lo que sea necesario, pero tengo a dos mujeres con heridas de bala, una de ellas desangrándose.

La policía sacó a Juliana y a Ginebra en camillas, ambas esposadas a los catres. Del padre Ugarte no supimos nada, solo que desapareció con la espada de O'Higgins. Con Kincaid subimos esposados desde la estación hasta la superficie, en medio de la Plaza de Armas de la comuna de Maipú.

Si los túneles y la terminal del metro eran un caos con revestimientos caídos, rieles levantados, escaleras mecánicas inservibles y mucha tierra y polvo, arriba las cosas no eran muy distintas, aunque, por supuesto, no había grandes daños y en apariencia la tierra no se había abierto para tragarse edificios y centros de comercio. Roturas de sistema de agua potable tenían las calzadas y veredas bajo una lluvia de agua. Los grifos para bomberos habían reventado y sus chorros se convertían en pequeños ríos que bajaban hacia avenida 5 de Abril. Nubes de polvo –que se parecían a esas fotografías viejas de tormentas de arena en el desierto– se esparcían por todos los puntos cardinales, con especial abundancia hacia el Templo Votivo. Pensé en Javier, probablemente sepultado allá abajo, aunque no había cuerpo y eso en cualquier historia de misterio y suspenso significa que no hay muerto. Curioso en su caso. Muerto dos veces… O dos veces no muerto.

Inspectores de la PDI, la policía civil de Chile, se nos acercaron para terminar la tarea de sus colegas uniformados. A medida que los veía caminar hacia nosotros pensé que este era el instante en que el director de la película ordenaba al montajista volver a poner en el metraje una escena previa para ayudar al espectador promedio a entender qué había pasado. Ayer, a la caída de la tarde, en un departamento ubicado en el piso 8 de un edificio en calle Francisco Encina, esquina con Padre Mariano, en el sector de Providencia, ciudad de Santiago de Chile, le pedí a Juliana y a Princess despedirme de mi hija. Podrían haber dicho que no, pero me arriesgué. Regresé a la habitación donde la tenían retenida, sin que ella se percatara de su situación, y le dije que pronto la llevarían a casa de su madre. Luego le pedí a Elisa un lápiz y el libro que estaba leyendo, abrí una página y escribí: «Miranda, llama a la policía; los que raptaron a nuestra hija y asesinaron a un amigo escritor en el cerro San Cristóbal están ahora en el Templo Votivo de Maipú. Yo estoy con ellos. Ayúdame». Luego miré a mi primogénita y le dije al oído un secreto: «Si papá no te llama mañana antes de mediodía para llevarte tu regalo, muéstrale lo que acabo de escribir en tu libro a tu mamá». Y ella lo hizo, sé que lo hizo, siempre supe que lo iba a hacer. Ahora necesito tiempo para buscar un regalo.

—Señor Elías Miele –saludó un detective joven que vestía una de esas casacas ligeras a imitación del FBI.

—Soy yo –respondí agotado, con ganas de que todo terminara.

—Está detenido por desacato a orden judicial en un proceso abierto desde hace diez años, también por complicidad en el secuestro de su hija, una menor de edad, y posible participación en asesinatos y acciones terroristas.

–Haga lo que tenga que hacer –le respondí–. Una cosa más: hay un hombre armado en la capilla del padre Ugarte, creo, pregúntenle a él. También hay personal entrenado y con armas en la oficina pastoral del Templo Votivo que mantienen bajo amenaza al párroco, sus asistentes y personal de aseo. Además, hay otro individuo, soldado también de origen español, en los sótanos del santuario, junto a un ciudadano norteamericano de apellido Chapeltown.

El policía me miró con cara de no saber si era broma o le hablaba en serio. Luego me agarró de la cabeza y me metió a la fuerza al asiento trasero de una Mitsubishi Montero G2 con los colores institucionales.

–Puede llamar a un abogado –me dijo el policía mientras le indicaba al conductor dirigirse al edificio de la Fiscalía metropolitana.

–Créame –le respondí–, ese es el menor de mis problemas.

Santiago de Chile

77

Cerré la puerta de la habitación y me quité la corbata. Odio llevar corbata, pero mi abogado me ha aconsejado que la use durante todo el proceso judicial, una larga serie de interrogatorios y dichos de un lado a otro. En mi caso nada muy complicado, salvo lo tedioso del trámite. Busqué el control remoto de la habitación y abrí las cortinas. Un atardecer otoñal santiaguino pintó de tonalidades naranjas y amarillas las paredes de la suite, ubicada en una esquina del piso 22 del hotel W de Santiago de Chile, emplazado en una de las torres más altas de la capital, frente a la plaza Perú, en la comuna de Las Condes, uno de los lugares favoritos de mi padre cuando estaba vivo. Claro, era otra época. Entonces, el vecindario estaba formado por casas familiares y elegantes edificios que no superaban los cinco pisos; en las antípodas del clon de Shanghái en que se había convertido el eje de avenida Isidora Goyenechea entre Vitacura y El Golf. La vista daba al poniente e incluso podían verse las luces de los aviones que despegaban desde el aeropuerto Arturo Merino Benítez, la mayoría, por supuesto, acababan tapados por la muralla de rascacielos del centro histórico de la ciudad. Me acerqué a los ventanales, gruesos paneles térmicos, y enfoqué en dirección a Maipú. Imposible no recordar lo que había ocurrido hacía menos de una semana. Me he pasado cada día, desde entonces, reconstruyendo los hechos, ayudando a jóvenes fiscales a armar un lego que no se escapara demasiado de lo racional. A pesar de todo ha sido bueno estar en Santiago. Vi a mi madre; la conversación fue tensa pero al menos terminó en abrazo. Miranda volvió a hablarme, desde lejos, pero incluso se rió con un chiste, y Elisa, bueno, ella es un tema aparte... Le prometí que terminando mis asuntos íbamos a ir a la tienda que ella quisiera a escoger lo que más le gustara, porque aún le debo su regalo. Olivia van der Waals se encargó de hacerme llegar, vía vuelo privado, toda mi documentación al día, incluidas nuevas tarjetas de crédito y talonario de cheques, con lo cual mi vida se reactivó. Jamás pensé que me iba a importar tan poco estar de vuelta en el sistema. Es lo bueno de las experiencias inusuales, más allá del lugar común, es bastante cierto eso de que uno termina valorando las pequeñas cosas. Abandoné las ventanas, fui a la mesa de noche y llamé a la recepción del hotel para pedir que me subieran la cena en media hora. Pedí además una botella de champaña; si la editorial pagaba, debía aprovechar. Busqué el teléfono móvil que mi abogado me había hecho llegar, con ID recuperado y todas las cuentas en orden, aunque según él las posibilidades de que siguiera pinchado, dada mi vinculación con Ginebra Leverance, eran altas. Pasé la clave de acceso y abrí la ventana de inicio. Tenía una llamada perdida de Frank Sánchez que en ese momento estaba disponible. Fui por un vaso de agua y regresé a la cama. Agarré el teléfono y apunté a la pantalla LED que colgaba de la pared de fondo. Ingresé al navegador, salí de los menús de televisión, videojuego y arriendo de películas, y accedí a mi disco duro virtual. Pasé a modo de videoconversación y marqué el número de mi asistente, que imaginaba aún pasaba sus días en mi casa en Zuma Jay. No me equivoqué.

—¡Jefe! —exclamó al ver aparecer mi rostro en el monitor que tengo instalado en la biblioteca.

—Odio que me llames así —sonreí.

—Por eso lo digo, un gusto volver a verte, ya me había olvidado de tu cara. ¿Nuevo look?

—No.

—La barba.

—Solo me la he recortado un poco. El abogado dice que es conveniente, por las formalidades del proceso. ¿Estás solo?

—Sí.

—¿Alison?

—Ya no hay Alison.

–¿Ya no hay –subrayé– o te dejó solo por hoy?

–Me dejó solo por hoy, por mañana e imagino que por pasado mañana y así hasta que pasemos al próximo año.

–Lo siento.

–No era muy importante.

–Te hacía surfeando, son las cuatro y media de la tarde.

–Hay viento… Y estuve fumando marihuana y me quedé dormido.

–¿Me llamaste?

–Sí, quería saber cómo estabas. Olivia se comunicó conmigo para pedirme el número de tu cuenta corriente y el nombre de tu ejecutiva bancaria, y me contó que todo iba por buen carril y que en una semana, o semana y media, te tendríamos de vuelta en casa.

–Tal vez antes, depende de la justicia chilena, que no se caracteriza precisamente por su velocidad.

–Al menos cerraste el capítulo con los Kaifman.

–No era muy difícil hacerlo, solo firmar un cheque y una declaración formal de disculpas públicas. Que el patriarca familiar llevara dos años muerto alivianó bastante las cosas.

–Olivia me contó que quiere reeditar el libro.

–Sí, cambiando el nombre del personaje principal y usando un título nuevo. La idea es incluir un prólogo largo en el que se cuente la historia de la demanda, la verdad y la mentira detrás. Creemos que puede funcionar bien. ¿Novedades por allá?

–Salvo las llamadas de Olivia, nada; mantengo en suspenso tus actividades públicas y académicas agendadas, y me he preocupado de regar tus plantas, pagar tus cuentas, recoger el diario y sacudir el polvo y la arena. A cambio me comí toda tu despensa y usé las dos cajas de condones que tenías en el baño.

–Ni un problema. Ahora que las cuentas están funcionando, saca dinero para lo que necesites.

–Ya lo hice.

Llamaron a la puerta, le indiqué a Frank que esperara un segundo que me traían la cena. Luego de firmar la orden y pedir que me acomodaran la bandeja en la mesa, junto a la pequeña salita que daba a los ventanales, regresé a la llamada. La tarde ya era noche y luces de helicópteros revoloteaban alrededor de las grandes torres gemelas del sector de Costanera, hacia la derecha de mi visión, por avenida Andrés Bello.

–Olivia me contó que habías pasado un día en la cárcel…–siguió Frank.

–Una noche y no fue en la cárcel, sino en la Brigada Internacional de la PDI, la filial de la Interpol en Chile. Pasado el mediodía ya tenía a la mejor oficina de abogados de Santiago trabajando para mí.

–¿Y el resto?

–A Ginebra la deportaron de inmediato, en un vuelo directo a Washington. La última vez que la vi fue cuando la subieron en una ambulancia después de lo del túnel, por lo de la bala en su pierna. Mi abogado me contó lo de su regreso a Estados Unidos, asuntos internos del FBI. La he mandado mensajes, pero no me ha respondido. Kincaid y el senador Chapeltown también fueron deportados, en su caso a través de la Embajada de los Estados Unidos…

–¿Y su socio chileno?

–No había pruebas que lo inculparan. Igual me encargué de que no la sacara fácil. Hablé con un amigo periodista de acá y le conté del médico y su vínculo con el National Committee for Christian Leadership, la idea de imponer el creacionismo en las escuelas, etc... Le compraron el tema, va a salir en televisión y en un par de diarios. «El complot de la derecha evangélica norteamericana para acabar con el culto mariano y la enseñanza de la ciencia y la evolución en Latinoamérica».

Frank Sánchez se rió.

–¿Le dijiste todo?

–No más de lo que se puede encontrar de La Hermandad en Google o Wikipedia, más la relación del grupo con Chile, centrada en la figura del doctor Agustín Sagredo, que acá es un nombre bastante conocido, dueño de una de las mejores y más caras clínicas privadas; un cristiano humilde y muy piadoso, temeroso de Dios.

–¿Finalmente encontraron el cuerpo de Javier?

–No han dado detalles. Diversas organizaciones gubernamentales, desde las Fuerzas Armadas hasta comités patrimoniales, se han involucrado en lo del pucará subterráneo de Maipú. Sé que prácticamente todo el corredor y parte de la plaza colapsaron, lo que hubiese ahí fue sepultado…

–Menos Princess.

–Que se llevó el secreto a la tumba. Si me preguntas, la lógica indica que escapó antes de que Javier detonara el C-4. O quizá la onda de choque la salvó al empujarla fuera del corredor…

Lo vi sacar un cigarro de marihuana, apretarlo con saliva y luego encenderlo usando un Zippo plateado con el logo de la banda Arcade Fire en el dorso.

–Permiso –se excusó.

–Adelante, estás en mi casa –subrayé–; ventila bien.

Dio una primera fumada, comentó que era de una cosecha del sur de Texas. Alguna vez me había dicho que la peor yerba del mundo era la texana.

–¿Los mercenarios de Bayó y Juliana ya fueron deportados?

–No. Los hombres están detenidos en la Brigada Antiterrorista de la Policía de Investigaciones y Juliana sigue en la clínica, su hombro se infectó y hubo que operarla dos veces para evitar amputar el brazo. Está con vigilancia policial y la Embajada de España está hecha un lío en explicaciones e intentos de llevar el caso a su jurisdicción. Uno de los militares habló e involucró al Ejército español a través de su negocio de arriendo de servicios y armas a naciones del tercer mundo. Obviamente, el gobierno de La Paz reaccionó al saber que Paraguay se había reforzado con los envíos de Bayó. Ha servido, en todo caso, para desviar la atención de la verdadera naturaleza de su presencia en Chile. Debo reconocer que Juliana se hizo cargo de su responsabilidad y declaró a mi favor asumiendo el rapto de mi hija, e incluso el intento de asesinarme en Mendoza, ratificado esto por la Federal de Buenos Aires. El haber dicho que fui forzado a cooperar me alivianó bastante las cosas, de otra manera no estaría en esta habitación. –Pasé a formato cámara el teléfono y le hice una panorámica de la vista y el lugar.

–Schuster House debe querer mucho esa novela –especuló mi asistente–. A propósito, mi equipo está preguntando cuándo comienza a trabajar.

–Vamos a cambiar algunas cosas en este punto –acoté–. Diles que no necesito redactores, solo verificadores de datos e investigación en la red, el terreno ya lo hice. Adviérteles que habrá menos dinero, que se quede quien quiera quedarse.

–No les va a gustar.

–A nadie le gustan las nuevas reglas –destaqué–. Ya –fui cortando–, necesito comer algo y luego revisar un contrato. Aún tengo esa cosa metida en la cabeza y la sangre y quiero aprovecharla. –No era broma–. Mantente atento, es probable que te moleste bastante con asuntos de la Deep Web.

–Para eso me pagas.

Y sin despedirme desconecté el llamado. Miré la comida, servida y enfriándose, luego la noche sobre Santiago y decidí que más fría o caliente, lo de masticar algo era secundario. Enlacé otra vez el teléfono a mi número de disco duro y abrí en la carpeta de documentos el archivo secundario marcado como *La cuarta carabela*. Lo desplegué tanto en el LED de la habitación como en el iPad que el hotel me había facilitado, luego desdoblé el teclado inalámbrico, puse en la punta de mi índice derecho el navegador óptico y lo primero que hice fue cambiar el título del libro por *LOGIA*. Así se iba a llamar el manuscrito de ahora en adelante, con mayúsculas y centrado. Por supuesto, todavía no le iba a decir nada ni a Frank ni mucho menos a Olivia, tampoco a Caeti. ¿Caeti? Recordé que acabó internado con una crisis nerviosa tras enterarse de lo de Javier y Juliana, la CNP española lo retuvo un par de horas en Madrid

486

por su posible complicidad en los hechos. Pobre, lo imaginé llorando, quejándose de estar sin aire, exagerando como siempre.

Bajé hasta el último párrafo redactado, marqué salto de página y luego escribí: «Buenos Aires, Argentina, 3 de enero de 1843», el ballenero *Eleonora Hawthorne* en el puerto de la capital argentina. Pulsé guardar y me levanté a la mesa. Ojalá la hamburguesa estuviera cocida a la inglesa. Si hay algo que en Chile jamás ha cambiado es la nula atención a la hora de pedir un tipo de cocción.

Buenos Aires, Argentina
3 de enero 1843

78

El muchacho, nacido dieciséis años atrás con el nombre de Lorenci-to Carpio y a quien todos llamaban Magallanes por la manera en que lo nombraba su ex patrón, despertó cuando un rayo de sol logró colarse a través de un agujero en el casco de la nave hasta la litera donde dormía. Era inusual que el primer oficial no lo hubiese despertado antes. Sus funciones a bordo del *Eleonora Hawthorne* eran básicamente las de asistir al capitán y acompañar a la dueña de la embarcación, esa mujer hermosa que solo en contadas ocasiones dejaba su refugio en la toldilla de popa. Ambas actividades solían partir muy temprano por la mañana. A veces también se encargaba de cocinar y sus habilidades con las ollas eran muy valoradas por la tripulación. El guiso con ubres de leona mari-na que preparó mientras navegaban por los canales del sur de Chile ha-cia aguas antárticas le valió sonoros aplausos y bendiciones. «Si tratas bien a tus compañeros, ellos te tratarán mejor», le dijo el capitán cuando doña Catalina lo presentó como el nuevo pasajero que iría con ellos a Valparaíso y luego, a través del cabo de Hornos, a Buenos Aires, para enseguida enfilar de regreso a New Bedford por la ruta del Atlántico.

Un par de marineros roncaba en otras literas, mientras un tercero se miraba los dientes en un pequeño espejo roto. Lo quedó mirando y lo saludó en inglés: «*Good morning*», la única frase en ese idioma que el mozo entendía y sabía repetir. Bostezó y antes de saltar del catre pensó en todo lo aprendido, conocido y vivido desde que había salido del puerto del Callao hacía ya mes y medio. Recordó a misiá Rosa, sus palabras du-ras, el último pago y esa casa llena de fantasmas que había abandonado. Recordó también la primera impresión que le había dado doña Catalina

Hienam, cuando ignoraba incluso su nombre: distante y terrible en la primera conversación, una niña dulce a medida que pasaron los días. Fue ella la que le mostró Valparaíso, ella la que lo protegió ante el recelo inicial de quienes navegaban alrededor del mundo en el *Eleonora Hawthorne*, y ella, también, la que le enseñó las costas australes, llamadas como el Huacho lo había apodado. «Jamás vio con sus ojos estos parajes, como era su sueño. Decía que acá, en el fin del mundo, estaba la patria de los verdaderos hombres. Por ese te llamó Magallanes, porque veía en ti a un verdadero hombre», le había dicho ella. Y aunque dudaba de la veracidad de la mujer, la historia era hermosa y lo hacía sentir bien. Lo suficiente como para ir minuto a minuto, hora a hora y día a día olvidando los olores, formas, amores y horrores de su Perú natal.

«Conocerás nuevos mundos y verás maravillas que solo imaginaste que existían en los libros», le había prometido su nueva ama. Era la primera vez que alguien que manejaba su destino había cumplido con lo tratado. Ni siquiera don Bernardo lo había hecho. Por supuesto, siempre veló porque se sintiera bien y no le faltara nada, y se preocupó personalmente de su educación, enseñándole de letras, números y bellas artes; pero ello no significó que, además, asumiera cada compromiso pactado.

Alrededor de isla Mocha, en la región del río Biobío, le hablaron de ballenas blancas sagradas y feroces que hundían barcos y conducían almas de guerreros al descanso eterno. En los canales australes escuchó de hombres focas y galeones encantados que secuestraban a hombres de mar para llevarlos a una ciudad de oro que existía en las profundidades de un volcán con dos cuernos alrededor del cráter, cumbre que podía verse al final de un estrecho canal donde una isla imposible aparecía en las noches de luna, con mujeres rubias vestidas de blanco que bailaban mirando al cielo siguiendo las órdenes de criaturas extrañas que bajaban de las estrellas. Vio también gigantescas ballenas azules, demasiado grandes y rápidas para los esfuerzos y arpones de los hombres que avanzaban a bordo del *Eleonora Hawthorne*. Escuchó de pueblos perdidos en bahías magallánicas que escribían lenguajes obscenos en las piedras y ofrecían a sus hijas mayores a las fauces de dioses antiguos dotados de tentáculos centenarios. Sobrevivió a una tormenta que parecía haber sido creada por el mismo dedo de Dios al dar la vuelta en cabo de Hornos y se maravilló a medianoche cuando los mástiles resplandecieron bajo la luz de los fuegos de San Telmo. Y finalmente, solo dos días atrás, vio desde la cofa más alta del barco cómo la tripulación entera se había largado en los tres botes que colgaban de la borda en persecución de una manada de cetáceos en los cabos y bahías de Puerto Madryn, al sur de la Argentina. El amito de los arponeros le enseñó luego –cuando dos de los monstruos fueron colgados de los palos del buque para extraer el aceite y la carne necesaria– que las ballenas eran de las llamadas verdaderas o francas y que eran fáciles de cazar por ser lentas, gordas y tener la costumbre de nadar en la superficie «como vacas que pastan en la pradera». Supo además que las barbas del animal eran usadas para entallar los vestidos de las damas y le enseñaron a convertir las lonjas de grasa en el más fino de los aceites. Magallanes jamás imaginó que pudiera existir un olor más intenso y desagradable que el que emanó del buque cuando los enormes animales fueron descuartizados y, menos aún, que en cosa de horas esa fetidez se transformaría en el más delicioso de los perfumes.

Magallanes brincó del camarote, se calzó los zapatos y buscó la salida del castillo de proa donde estaban instalados los alojamientos para la tripulación. Al notar que el barco no se movía, le fue fácil deducir que finalmente habían alcanzado puerto. Trepó a cubierta y el sol brillante y caliente de las ocho de la mañana le pegó en los ojos hasta casi enceguecerlo. Lagrimeó un rato y luego miró dónde estaban. Muchos veleros, algunos mayores que el ballenero, se daban cita en los muelles más grandes y poblados que había visto en su vida, duplicando las instalaciones del Callao y Valparaíso.

La ciudad que se abría alrededor de la costa era también más grande, con construcciones señoriales y las iglesias con las torres más elevadas de las que había tenido noticia. Fue hasta la borda y vio a la gente

490

que se apiñaba alrededor del *Hawthorne* y otras naves amarradas a los malecones del puerto.

–Bienvenido a Santa María de los Buenos Aires, joven Magallanes –le dijo doña Catalina, que apareció junto al capitán, debajo del palo mayor del ballenero–. En pocas ocasiones verás una ciudad más hermosa que esta.

–Es más grande que la Ciudad de los Reyes –respondió con humildad el mozo.

–Y tiene más historias que tu Lima y Santiago del Nuevo Extremo juntas –agregó la señora–. Ahora, ve con el capitán, él te pasará ropa nueva y te dará agua para lavar esa cara sucia que llevas. Ya tendremos tiempo de conocer Buenos Aires. Prometo mostrártela e invitarte a caminar por sus callejuelas, pero ahora hay alguien que deseo que conozcas. Cuando el capitán termine contigo, debes pasar por mi cabina.

–Lo que usted diga, mi señora.

–Así ha de ser. –Luego, la dama clavó sus hermosos ojos azules en el hombre que estaba al mando de su barco–. ¿Capitán?

–Señora. –El anciano, calvo y de baja estatura, miró a Magallanes y le habló en ese castellano neutro que había adquirido durante un viaje de servicio en un ballenero de bandera española. Muy útil, además, cuando se tiene una tripulación formada por muchos recogidos de los puertos sudamericanos del Pacífico–. Amito –le dijo–, agarra tu alma y sígueme.

Magallanes acompañó al capitán hasta la toldilla de popa. En la habitación le entregaron ropa nueva que, sin contar el largo de los pantalones, le quedó impecable.

–Dobla la parte baja de la pierna y átala con esto –le indicó el responsable del destino de los veintidós hombres y una mujer que daban la vuelta al mundo en el *Eleonora Hawthorne*, y a la par le pasaba una aguja enhebrada con un hilo grueso y áspero hecho de lana de oveja patagónica–. Ahora péinate esa cosa que llevas encima de la cabeza y rasura la poca barba que luces. ¿Sabes usar la navaja y el jabón?

–Sí, señor. En Lima era yo quien rasuraba a mi amo.

–Haberlo sabido antes. A partir de ahora tendrás otra tarea conmigo en nuestro viaje de regreso a New Bedford.

–Como usted mande, mi señor –respondió Magallanes mientras se quitaba el jabón de la cara y del torso con un paño estilando que remojaba en la palangana enlozada que el capitán había instalado sobre su mesa de noche. Poco rato después estaba listo para presentarse ante la patrona.

Salió del camarote del capitán y tras cruzar el estrecho pasillo llamó a la puerta de la cabina principal de la nave.

–Adelante, mi joven hermoso –le respondió misiá Catalina desde su interior.

La señorita Hienam no estaba sola. Sentada a su derecha, en la pequeña mesa redonda instalada al centro de la habitación, lo miraba una señora de avanzada edad y cabellos blancos, peinados en moño y divididos en dos sobre la frente, a la usanza de las monjas de las carmelitas que Magallanes conocía bien, pues solían visitar a misiá Rosa en Lima. Vestía enteramente de negro, con un velo trasparente sobre la cabeza, el cual le caía sobre los hombros. Un broche de plata con la imagen de un Cristo del Sagrado Corazón brillaba sobre el pecho, sujetando la capa que cubría sus hombros. Tenía la mirada cansada y triste, como si cada año que pasara se multiplicara por cien alrededor de su mirada y de las profundas arrugas que surcaban su rostro y cuello. Había algo cadavérico en su expresión, los huesos delineados y los labios recogidos, imposibilitados para devolver una sonrisa amable. Aunque en los días siguientes averiguaría que la dama alcanzaba los sesenta y dos años, para Lorencito Carpio la edad de la anciana fácilmente superaba la centena. Era de esas personas, como decía su difunta abuela, que vivían siglos en vez de años, como esos personajes anteriores al diluvio que aparecían en las Sagradas Escrituras.

–Así que usted era el protegido del Huacho Riquelme –dijo la vieja.

–No conozco a nadie de nombre Riquelme, mi señora –respondió con respeto el mozo acercándose a la mesa, pero negándose a sentarse frente a las mujeres. Al igual que la primera vez que estuvo con misiá Catalina, la mujer de edad que la acompañaba le produjo una incomodidad parecida al miedo que intentó espantar moviendo los dedos de sus pies.

–Por supuesto –respondió la mujer–, tú lo conociste por su falso nombre de O'Higgins.

–Don Bernardo –respondió él.

–Don Bernardo, el Huacho, su nombre poco importa ahora que está bien enterrado –suspiró la mujer–. Nos conocimos muy bien, ¿sabes? Siempre le gustó rodearse de niños vitales como tú. Porque has de ser muy vital, mi niño, ¿o me equivoco?

–Si usted lo dice, mi señora…

–Lo digo, digo eso y muchas otras cosas, ya me conocerás. Te decía que conocí a tu patrón. Fuimos enemigos por años hasta que el destino nos reconcilió. No diría que nos convertimos en amigos, pero sé que fui la persona en quien más confió hasta el día de su muerte. Te conozco como si nos hubiésemos relacionado desde siempre, Lorencito Carpio, o, si prefieres, Magallanes, y, por lo mismo, tenemos mucho de qué conversar y aprender el uno del otro.

–Lorenzo –interrumpió Catalina Hienam–, quiero presentarte a la persona más importante en mi vida, mi abuela Javiera.

Él la miró.

–Un gusto, misiá Javiera.

–Javiera Carrera… De la Carrera y Verdugo, para servirte, joven Magallanes –completó la anciana–. Ahora te regreso lo que nos entregaste en Lima, si quieres puedes tirarlo al mar.

La vieja puso sobre la mesa la bolsa de cuero con los ojos de Bernardo O'Higgins.

–¿Ya… –dudó Lorencito– los usaron?

–No –respondió doña Catalina–, no los íbamos a usar. ¿Para qué podríamos necesitar los ojos del Huacho?

–No, no... entiendo… –tartamudeó el muchacho.

–No hay nada que entender, mi niño –prosiguió doña Javiera Carrera–, era una prueba. Necesitábamos saber si estabas dispuesto a cumplir lo que te ordenáramos. Y pasaste, Magallanes. Ya estás listo para lo que viene.

–¿Y qué es lo que viene, mi señora?

–Venganza, Magallanes… Venganza.

79

Un helicóptero de doble turboeje Bell 429, con el fuselaje pintado de rojo y registro civil número 10987 marcado en la cola justo delante del plano horizontal de elevación, sobrevoló los hangares de la base Andrews de la Fuerza Aérea de los Estados Unidos en Camp Spring, Maryland. El piloto entregó su código de autorización a la torre y pidió instrucciones para aterrizar. Desde las instalaciones militares le respondieron que le estaba permitido tomar tierra en el área ejecutiva. Agregaron que lo estaban esperando.

La nave posó su tren de aterrizaje, un par de patines gemelos, junto al avión más grande que aparecía estacionado en la losa de la base aérea, un Boeing 747 destinado a vuelos particulares de la empresa más grande, influyente y poderosa del planeta.

El único pasajero de Bell 429 aguardó a que el piloto apagara el motor y cuando los rotores giraban solo por inercia, abrió la puerta de la cabina trasera y bajó de la aeronave. Su traje gris claro hacía perfecto juego en reverso con el hombre alto y caucásico que vino a buscarlo. El agente vestía de traje negro, con camisa blanca y corbata también negra. Y como era protocolo en el servicio para el cual trabajaba, ocultaba sus ojos tras anteojos oscuros que la marca Ray-Ban había diseñado con cuidado tan especial como requería la naturaleza del encargo.

–¿Señor…? –lo interpeló.

–Soy yo –contestó quien recién había bajado del helicóptero.

–Por favor, venga conmigo, ya está todo preparado.

–Lo sigo.

Mientras avanzaban hacia el 747, detenido unos sesenta metros más allá, el hombre vestido de negro se comunicó con alguien a bordo del avión, avisándole que ya iban en camino, que avisara a la señora secretaria.

El recién llegado se quedó viendo cómo una pareja de cazas Lockheed F-35 Lockheed II, con forma de dardo y alas romboidales, se perdían entre las nubes anaranjadas del ocaso. Faltaba media hora para la puesta de sol.

Sendas mangueras estaban conectadas a los estanques bajo las alas, junto a los motores del 747, despidiendo un olor a combustible tan intenso que irritaba los ojos. Calculó que con la capacidad de la nave era suficiente para llegar a California, tal cual era su itinerario, según lo que le habían informado en la tarde al confirmarle la cita. Claro, el alcance no era problema para un avión que, entre otras cosas, estaba dotado de sistemas de reaprovisionamiento en vuelo.

–Por acá. –El hombre del traje negro lo llevó hasta la escalinata que comunicaba a la puerta delantera del lado izquierdo del fuselaje, justo bajo la cabina del piloto. Era la gran ventaja del 747. Al ir los pilotos situados sobre la cubierta de pasajeros, la nave era perfecta para reuniones y conversaciones sin interferencias de terceros. No era el caso de este avión. Todos los que estaban a bordo habían sido escogidos por sus capacidades y por el compromiso de confianza y reserva que habían firmado. Ni sus familias sabían detalles de lo que ocurría en ese Jumbo cuando estaba en el cielo.

El interior del 747 rebosaba en actividad. Hombres y mujeres, civiles y uniformados revisaban papeles o tecleaban en computadoras de tableta; otros hablaban por teléfonos móviles levantando la voz como una manera de dar a entender que su trabajo era más relevante que el de la persona que tenían al lado.

–Aguarde aquí, ya vendrán por usted –le indicó el hombre vestido de negro, ofreciéndole asiento en un lugar disponible. Luego subió al segundo piso del avión.

—Buenas tardes —saludó una mujer alta, de unos cuarenta años y el cabello muy rubio, que llevaba un traje de dos piezas color negro y una carpeta con el escudo de los Estados Unidos en su brazo derecho.

—Buenas tardes —devolvió el alto afroamericano que había bajado del helicóptero.

—Sígame —le indicó la dama mientras lo guiaba por el fuselaje hasta el privado ubicado al fondo de la aeronave. En el trayecto, un hombre bajo, vestido de blanco y con delantal sobre las piernas, le avisó que la cena iba a ser servida a las nueve en punto, apenas estuvieran en altura de vuelo crucero. La mujer respondió con un ok sin mirarlo.

—Filete de res a cocción inglesa, tal cual lo pidió…

—Perfecto.

La ejecutiva le indicó al del helicóptero que aguardara un segundo, mientras ella ingresaba al privado, cuya puerta estaba cerrada. Se asomó, habló algo y luego volteó hacia el invitado.

—Tiene diez minutos —le dijo—; en veinte despegamos hacia California.

—Lo tengo claro, no creo que tarde más de cinco.

La máxima autoridad de la nave estaba reunida con cuatro personas, todos hombres, todos mayores de cuarenta y cinco años. Tres civiles y un militar con los colores del Cuerpo de Marines y demasiadas estrellas en los hombros.

—Por favor —le indicó al recién llegado que se acercara. Luego a sus acompañantes—: Caballeros, necesito unos minutos a solas con el señor Kincaid —lo llamó por su apellido.

Los presentes se levantaron, tomaron sus papeles y abandonaron el despacho. El militar revisó al supuesto nuevo pasajero de la cabeza a los pies; estaba seguro de haberlo visto en algún lugar antes. También le sonaba el nombre.

—Insisto, señor Kincaid —lo interpeló el anfitrión cuando finalmente se quedaron solos—, acérquese más. Usted sabe que no me gusta gritar —exageró.

El abogado y diácono de Athens, Georgia, Joshua Kincaid, se cambió de lugar a uno más cercano a su interlocutor.

–¿Quería verme? –le preguntó.

–En efecto, usted ya lo sabe, es la manera más segura que tenemos para conversar de nuestros asuntos. Por mucha tecnología de la que dispongamos, siempre se puede filtrar una llamada o un intercambio de mensajes. Por lo demás, usted y yo siempre nos hemos reunido en persona.

Era cierto.

–Leí lo que me hizo llegar –continuó–. ¿Entonces no había nada?

–No, señor, nada –subrayó–, y si lo hubiese habido, el estado de euforia en que entró nuestro aliado habría dificultado mucho las cosas. Creo que lo mejor que pudo ocurrir es que no encontráramos nada.

–Le concedo que estaba en lo correcto en sus reparos con Salvo-Otazo.

–No había que ser demasiado brillante, señor, para concluir que su salud mental no era precisamente… –dejó la idea en blanco–. Usted me entiende.

–Por supuesto que lo entiendo.

–Ha de estar tranquilo, señor. A pesar de que no encontramos el tesoro de la cuarta carabela, sí conseguimos nuestro principal objetivo: recuperar el control de La Hermandad. Dios mediante hallaremos otra manera de controlar la religiosidad en América Latina.

–Bendiciones por eso, hermano.

–Gracias, señor.

–Me enteré que Chapeltown fue sometido a un comité de disciplina.

–Yo también, pero en mi caso tengo algunas ventajas –lo miró–. Él no puede, ni jamás podrá –recalcó– salir de nuestra casa de seguridad de Mount Oak. Nos estamos encargando de mantenerlo «tranquilo» –sonrió y luego preguntó–: ¿Y usted qué novedades me tiene de Leverance?

–El FBI se encarga de él y su hija; no van a volver a molestar. También estamos vigilando lo que ocurre con la familia de Salvo-Otazo y los cuatro militares españoles a contrata, aún detenidos en Chile. No voy a engañarlo –sumó–, la esposa de Salvo-Otazo me preocupa incluso más que Leverance.

–No tiene de qué preocuparse. Juliana de Pascuali no va a hablar. Tiene una hija y necesita recursos para su crianza. Puede estar tranquilo, señor, su secreto está a salvo. Nadie sabrá nunca –aseguró con firmeza– la verdadera identidad de nuestro Hermano Anciano.

–El escritor chileno sospechó que no era Salvo-Otazo.

–El señor Miele no es un tema que deba quitarnos el sueño. Tiene intereses claros y acaba de firmar un buen contrato que le asegurará el futuro. Es cierto, no es una persona del todo confiable, pero tampoco es peligroso. Aconsejo dejarlo tranquilo, pero con un ojo bien puesto sobre él y sus asuntos. Además, que Elías Miele termine y publique el libro nos será muy útil, sembrará una semilla que más temprano que tarde sabremos recuperar.

–*La cuarta carabela.*

–Algo me dice que escogerá otro título.

–¿Aún permanece en Santiago de Chile?

–Sí, pero ya está libre de toda sospecha. Como es ciudadano norteamericano hice las gestiones para que lo traten bien, usted entiende –el anfitrión de Kincaid asintió–. Estará de regreso en Los Ángeles en una semana, quizás antes.

–Me alegro de que así sea; nos es más útil dentro de nuestras fronteras. ¿Hay algo más que deba informarme?

–No, señor, por ahora es todo.

–Pues, entonces, gracias por sus servicios, señor Kincaid. Confíe en que La Hermandad sabrá recompensar su sacrificio.

–Solo soy un soldado de Dios, señor. Cumplo con mi deber.

–Como todos, diácono, como todos –repitió el hombre más poderoso del llamado mundo libre. Luego le indicó a Kincaid que había llegado la hora de bajar del avión.

Joshua Kincaid y su anfitrión se despidieron con un honesto apretón de manos y mutuas bendiciones:

—Lo tendré presente en mis oraciones —dijo uno.

—En el amor de Cristo Jesús —respondió el otro.

Luego el abogado y religioso de Athens, Georgia, abandonó «la oficina oval volante». Lo esperaba la misma asistente presidencial que antes lo había recibido y que ahora lo acompañó hasta la salida del avión.

—Que tenga buenas noches —le dijo la mujer antes de señalarle que bajara de la nave.

El personal de logística de la base esperó a que el diácono Kincaid descendiera del Jumbo para quitar la escalera de servicio. Luego, mientras el elegante afroamericano avanzaba en dirección a su helicóptero, le indicaron con señas a la tripulación del 747 que podían cerrar las puertas e iniciar el proceso de despegue.

Tronando sus cuatro reactores General Electric CF-6, el gigantesco aparato comenzó a rodar las dieciocho ruedas de su tren de aterrizaje hacia la pista asignada. La pareja del F-35 de escolta pasó sobre el avión, que sacudía sus alas cargadas de combustible sobre Andrews y, tras dar dos vueltas sobre las instalaciones, ascendió a altura crucero en espera de sus órdenes. Joshua Kincaid se detuvo delante del helicóptero y volteando hacia la pista esperó el despegue del 747. De niño, recordó, le gustaba mucho ir con su padre al aeropuerto a ver cómo partían y llegaban los aviones. Ninguno de ellos era tan importante como ese que aceleraba sus motores allá adelante.

UNITED STATES OF AMERICA estaba escrito con letras mayúsculas a lo largo del fuselaje, pintado de blanco en la sección superior y azul en la ventral del avión más sofisticado del mundo. Por fuera, y en apariencia, no diferenciaba mucho de cualquier otro Boeing 747-400 Jumbo; por dentro, y en verdad, se trataba de una nave totalmente distinta. Una que era conocida en la jerga militar como VC-25, o como la mayoría de la gente la llamaba: *Air Force One*. Kincaid sabía que oficialmente existían cuatro naves idénticas: tres señuelos para despistar amenazas terroristas y una «Casa Blanca voladora oficial», precisamente la que en ese instante se elevaba desde Andrews, Maryland, rumbo a San Francisco, California.

Mañana temprano, en la ciudad de la bahía, el presidente de los Estados Unidos debía inaugurar dos escuelas públicas para la comunidad latina.

–¿Estamos ok, señor diácono? –preguntó el piloto del helicóptero al ver a Joshua Kincaid allegarse a la puerta de la cabina de pasajeros del Bell 429.

–Sí, Billy, estamos ok, despega cuando quieras. Llévame a casa.

Epílogo

Santiago de Chile
Dieciocho meses después

80

«Mientras caía desde el séptimo piso del hotel Dorchester sobre Park Lane Avenue, Jeff Jarvis, el escritor más exitoso del mundo, entendía que aquella advertencia que había recibido hacía pocas semanas estaba lejos de ser la broma ligera de un fanático. Tal vez, en realidad no había que escribir sobre «cierta gente y sus asuntos», por más dinero que esa «cierta gente y sus asuntos» pudieran reportar. Cerró los ojos y trató de estirar los dedos. Eso que habían marcado en su espalda le ardía mucho, pero ya no tenía importancia. En menos de un segundo su cuerpo obeso, de noventa y ocho kilos de peso, se estrellaría contra el techo de un sedán Daimler que tuvo la mala suerte de salir del parking del hotel a esa misma hora», terminé de leer la última línea del primer capítulo de *LOGIA,* mi nueva novela recién traducida al español. Por supuesto, la audiencia que había copado los doscientos cincuenta y seis asientos disponibles, además de todos los pasillos de la sala 1 del edificio A del Centro Cultural GAM, ubicado en el centro de Santiago de Chile, sobre la Alameda, se levantó y me ofreció un ensordecedor aplauso que se extendió por casi medio minuto. Agradecí y miré a mi editora en Chile; tanto ella como Caeti, sentado a su derecha, sonrieron. Era primera vez que tenía un debut así de grande en mi país; primera vez también que mi madre, mi ex esposa y mi hija de catorce años acudían juntas a la presentación de un trabajo mío. Antes de que comenzara la lectura, la asistente de prensa de la editorial me informó que había alrededor de doscientas personas afuera que no habían alcanzado a entrar y que seguían llegando más. Las ventas de *LOGIA* fuera de Chile, las supuestas revelaciones de un complot evangélico contra los católicos y mi rostro, convertido en un afiche de ocho metros de alto por tres de ancho que colgaba desde el frontis del GAM, ayudaron bastante a la promoción. También que Frank se encargara personalmente de responder cada pregunta hecha en las redes sociales. Por supuesto, a nadie le importó que cambiara los nombres de los personajes; desde antes de la publicación de la novela me encargué de que todo el planeta supiera que estaban basados en personas reales. Jeff Jarvis era Bane Barrow, eso era evidente, Feña Ruiz-Goyá, Javier, y así. ¿Qué de verdad y mentira había en el libro? En realidad, lo único realmente inventado era el narrador. Por una cuestión de continuidad con el resto de «mi obra» regresé al historiador Colin Campbell, mi álter ego favorito.

La presentación, dentro de todo, fue sencilla. Un cortometraje inspirado en el libro, con música sinfónica grandilocuente encargada a un anónimo compositor de la Juilliard por la gente de Schuster House; luego, extractos de entrevistas con Jimmy Fallon y Ophra; un recuento del éxito del libro en los rankings más importantes del hemisferio norte; imágenes del *booktour* por Estados Unidos e Inglaterra. Después, el comentario de un conocido conductor de televisión y de un historiador devenido en animador de programas de conversación que me dieron el pase de gol que finiquité de una forma simple. La lista de agradecimientos, una dedicatoria a Elisa, mi hija, que no paró de sacarme fotos y filmar videos, y la lectura de los dos primeros capítulos del libro. Finalmente, los aplausos.

La editora chilena me dio las gracias por haber viajado, avisó a la prensa que al día siguiente iba a estar disponible para entrevistas en las oficinas de la editorial y anunció, además, las ediciones corregidas y extendidas de *El verbo Kaifman* y *La catedral antártica,* una estrategia ideada por Olivia van der Waals para relanzar mi obra, valorizándola con material nuevo.

–Para los que aún no tienen su ejemplar de *LOGIA* –continuó la editora–, el libro está a la venta en el lobby del GAM y Elías estará feliz de firmar y dedicar sus ejemplares. ¿Cierto? –Me miró.

–Así es –respondí.

Una hora después seguía sentado en la mesa instalada en el escenario de la sala 1 del edificio A, conversando y fotografiándome con una fila de lectores que amenazaba ser eterna, tanto que el personal del GAM se preocupó de informarnos que a las diez y media de la noche, dentro de veinte minutos, se iban a cerrar las puertas. Ante la indignación del público, mi editora chilena informó que el día de mañana se iba a realizar otra jornada de firmas en la librería de un centro comercial. Elisa, mi ex mujer y mi madre se fueron de inmediato. Solo mi hija se despidió con un beso y quedamos de vernos la noche siguiente; iríamos a comer comida china sin gluten a su restaurante favorito. Recordé cuando con su madre le contamos que Princess, su amiga inglesa, en realidad la había secuestrado. Arqueó las cejas y respondió que igual lo había pasado bien, que había sido divertido.

A medida que avanzaba la fila y los lectores, las dedicatorias fueron más cortas. Una sola frase amable y la firma. La encargada de prensa revisaba la hora cada cinco minutos con cara de aburrida. Pobre, estaba recién comenzando. Quedaban otros cinco días en Santiago y luego un tour por las principales ciudades de Chile, incluido Chiloé, Coyhaique y Punta Arenas. Terminará odiándome, lo sé, tendré que comprarle un buen regalo.

De pronto distinguí un rostro familiar que apareció sonriendo en la fila y se acercó con una copia del libro. Era joven, de cabello rizado y abundante, y usaba lentes de marco pequeño. Vestía de civil, pero identificaba en su cuello los colores de la Congregación del Santísimo Redentor.

–Padre Ugarte –lo saludé con cariño.

–Elías –me devolvió él y luego enseñando su copia–: Me gustó mucho –dijo–, especialmente el final.

—Aunque pasara lo que pasó.

—Por eso precisamente.

—Espero que no me odie por haberle cambiado el nombre.

—Mucho mejor así. —Guiñó un ojo.

—Ni que terminara odiando a sus hermanos evangélicos.

—Todos somos hijos de Dios, señor Miele. —Luego me pasó el libro para que le redactara la dedicatoria.

—¿Horacio, verdad?

—Correcto.

Antes de darme las gracias y ofrecerme un apretado abrazo de despedida, me acercó una hoja de cuaderno de matemáticas.

—Puede interesarle —me dijo. Buenas noches y que Dios lo bendiga —Luego se marchó.

Le pedí al lector que seguía en la fila, un señor de unos cincuenta años que llevaba una boina de tela escocesa gris sobre la cabeza, que me diera un segundo y desplegué el papel. Sobre la cuadrícula estaban escritas, con lápiz de tinta y letras manuscritas, tres líneas que conocía muy bien:

REHUE CURA ÑUQUE
FILL MACUL KINTUNIEN
MAPUCHUNKO

Luego, más abajo se indicaba: «No es prometer ni cuidar. No hay traducción literal, pero la forma más exacta sería un compromiso de eterno socorro hacia la ciudad de Santiago. Cuidar y socorrer no es precisamente lo mismo, señor Miele». Busqué al presbítero Ugarte, pero ya había desaparecido.

Media hora después, y a pesar de los reclamos de al menos ciento cincuenta lectores, el personal del GAM nos estaba cerrando el salón, pidiendo disculpas y al mismo tiempo agradeciendo mi participación.

—La gente pregunta si puedes firmar sus libros afuera —insinuó la asistente de prensa.

—No, diles que no me siento muy bien y que mañana prometo estar toda la tarde en la librería, desde las tres hasta que cierren.

—Ok —dijo ella y se dirigió hacia la multitud para luego regresar conmigo y decirme que tenía un taxi privado esperando en el estacionamiento.

—Te acompaño al hotel —me ofreció.

—No, descuida, ya es tarde, tienes vida y yo te voy a quitar bastante de esa vida en estas semanas. Eres libre, solo dime qué tengo que hacer con el taxista.

—Simple. —Sonrió, que la liberara había sido un gran gesto—. Toma este recibo —me pasó un papel que ya venía firmado— y entrégaselo cuando llegues, solo indica el lugar de salida y de llegada en la línea punteada. —Puso su dedo.

—No hay problema. Una cosa, ¿puedo usar el auto para un trámite personal o solo es del GAM al hotel?

—Eres una superestrella, haz lo que quieras. Puedes ir a Viña del Mar y volver si quieres; con lo que vendes nadie te va a decir nada.

Le respondí con una sonrisa amable.

Siguiendo sus instrucciones bajé al estacionamiento del primer piso donde el único vehículo estacionado era un Chevrolet Orlando gris oscuro que en el parabrisas tenía indicado el logo de una empresa de transporte privado. Caminé hacia él, me identifiqué y subí al asiento trasero.

Busqué el papel del cura y volví a leerlo. Luego fui por mi teléfono, ingresé a la búsqueda en la red y escribí en la barra de Google: «eterno socorro Santiago de Chile» y presioné la tecla *Enter*. Titulares de diarios y revistas desde 1992 en adelante, nada claro, nada que diera una pista. Recordé la vestimenta de Ugarte, los colores de su orden sacerdotal, y escribí una nueva orden de búsqueda: «Congregación del Santísimo Redentor, Santiago de Chile».

Vi la pantalla del móvil y no pude disimular mi sorpresa.

—«La sagrada madre de piedra que promete el socorro perpetuo al Mapocho» —interpreté en voz alta.

—¿Dijo algo, señor? —me preguntó el conductor.

—No —me detuve—. Espere, necesito que me lleve a otro lugar antes del hotel.

—Usted manda.

Volví al teléfono e indiqué.

—Avenida Blanco Encalada a la altura del 2950, esquina con calle Conferencia, al lado del Club Hípico.

—Sé dónde es, hay una iglesia bien grande en esa dirección.

—Exacto, para allá vamos.

81

En el límite de Santiago Centro con la comuna de Estación Central, las torres gemelas neogóticas terminadas en agujas de sesenta y ocho metros de altura de la basílica de Nuestra Señora del Perpetuo Socorro se levantaban como un fantasma gris pálido contra la noche santiaguina. Le pedí al taxista que me esperara un rato y caminé en dirección al templo, una réplica a escala de las grandes catedrales góticas francesas, como Chartres o Notre Dame de París. Salvo por la ausencia de arbotantes y gárgolas, la construcción hubiera sido idéntica a sus hermanas mayores de la campiña europea. Un exoesqueleto metálico sujetaba el vestíbulo y la punta de las torres por encima de los campanarios, aún dañados por los efectos del gran terremoto del 2010. Otro pedazo de historia santiaguina que se caía a pedazos, como ya era habitual en esta ciudad.

Fui hasta la puerta de la oficina pastoral, ubicada en Blanco Encalada a la derecha del pórtico central del templo, y tras encontrar el timbre llamé dos veces. Eran las once de la noche, pero si estaba en lo correcto, el padre Horacio Ugarte debía de estar esperándome.

Se encendieron las luces y dos cerraduras fueron descorridas por dentro; luego la puerta, sujeta por una pequeña cadena, se entreabrió y en la ranura se asomó el rostro de una monja de avanzada edad que miraba con una mezcla de sorpresa y miedo.

—Buenas noches, hermana —dije—. Disculpe la hora, pero busco al padre Horacio

—Espere —dijo la mujer, y cerró la puerta. Dos minutos tardó en regresar. Esta vez me hizo pasar y me guió hasta el despacho privado del párroco.

—En unos segundos el padre estará con usted.

–Gracias.

Sobre el escritorio estaba el ejemplar de *LOGIA* que le había dedicado.

No alcancé a sentarme cuando el sacerdote entró a la oficina. Vestía exactamente igual a como lo había visto hacía un par de horas en el centro cultural de la Alameda, y tal como lo conocí hacía año y medio en un sótano del Templo Votivo de Maipú.

–Buenas noches –saludó–. Sea bienvenido a la casa del Señor.

Luego de que le enseñé el papel, continuó:

–Hizo rápido sus tareas… Pensé que mañana lo iba a tener por estos lados.

–¿Entonces?

Horacio Ugarte se metió la mano derecha a un bolsillo y sacó un manojo de llaves. Torpemente y en silencio eligió una y con ella abrió un armario de madera que había en una esquina del despacho. Del interior sacó un alargado objeto que yo conocía muy bien.

–¿No la devolvió? –Estaba impactado.

–Por supuesto que la devolví, no soy un ladrón. Pero al igual que usted –fue muy empático–, yo también me tomo algunas libertades, como conseguir en préstamo objetos históricos valiosos para poder estudiarlos.

Tomó la espada de O'Higgins y me la alcanzó. La vaina aterciopelada estaba muy limpia, al igual que el puño y el gavilán.

–Tómela y venga conmigo, quiero mostrarle algo. –Volvió a meterse el manojo de llaves a un bolsillo de sus pantalones y avanzó hacia la salida del privado.

Me levanté y lo seguí por el pasillo principal de la casa parroquial en dirección a la nave central de la basílica, que a esa hora estaba a oscuras, fría y silenciosa, como si fuera el desproporcionado mausoleo de un dios gigantesco.

–Aguarde –me dijo el presbítero y fue hasta los interruptores de luz. Uno a uno los tubos fluorescentes que colgaban de unas cadenas desde lo alto de la nave central se fueron encendiendo, seguidos de otros instalados en las paredes del templo–. No es una iluminación acorde a la estética de la basílica, pero, usted entiende, los recursos no alcanzan.

El lugar era hermoso.

Muchas veces había pasado por fuera, pero jamás había entrado. La altura, las terminaciones y las formas no tenían nada que envidiarle a cualquier catedral europea.

–Sorprendente dije, es como Chartres. –Fue la primera catedral que se me vino a la cabeza.

–Como la de su libro, la de la réplica en la Antártica. Pues debe saber que el Perpetuo Socorro se basó en esa iglesia. Claro, a menor escala y con algunos detalles menos llamativos.

–¿Hacia dónde nos dirigimos? –le pregunté.

–La paciencia es la madre de todas las virtudes, Elías. Voy a contarle una historia: este templo se empezó a construir en 1904 y se finalizó recién veinte años después. Los arquitectos fueron dos sacerdotes de la congregación, los padres Gustave Knockaert, de Bélgica, y su colega francés Humberto Boulangeot, quienes escogieron el estilo neogótico para darle forma a la que sería su obra maestra. Este dato le va a interesar mucho. La «primera piedra», a la que ellos llamaron «piedra angular», fue bendecida y colocada el 13 de diciembre de 1904, el día de Santa Lucía, la luz que guía Santiago de Chile. –Sonrió cómplice.

»Los confesionarios –fue haciéndome un recorrido– están hechos de madera de roble americano, y el órgano, fabricado en 1897, fue traído desde París. El altar mayor es de mármol y bronce y fue confeccionado en Bélgica y enviado por partes en un barco, luego trasladado en tren y carro tirado por bueyes hasta las obras. Esa imagen de la Virgen del Perpetuo Socorro –apuntó hacia la escultura al centro del altar– es una réplica de la que existe en la iglesia redentorista de Roma. Imagino que también notó que a un costado hay un altar en honor a la Virgen del Carmen.

Era cierto.

El padre y arquitecto Horacio Ugarte avanzó en dirección a las escaleras que llevaban a las torres.

–La basílica tiene setenta metros de largo –continuó– y treinta de ancho. Las torres alcanzan los setenta metros de altura y la aguja del transepto sobre la nave central, originalmente se elevaba por sobre los setenta y cinco; hoy con suerte llega a los cincuenta y cinco. El terremoto hizo caer la cruz que llevaba en lo alto –señaló–. En su diseño, el templo poseía cinco naves, pero solo fueron terminadas tres. Las dos restantes existen y la congregación las usa de bodega para guardar nuestros tesoros, que no son demasiados. –Marcó el punto aparte–. La estructura fue bendecida en 1919, pero hubo que esperar hasta 1926 cuando finalmente fue declarada y consagrada basílica menor por el Vaticano. Es bastante más alta que el Santuario Nacional de Maipú –hizo una mueca– y hasta la inauguración del templo de los Sacramentinos, en calle Santa Isabel, veinte años después, fue la iglesia más grande de Santiago de Chile. Pero, en fin –respiró–, supongo que toda esta descripción nos está alejando de la razón por la que estamos aquí.

–No podría haberlo dicho de mejor manera.

–Pues verá. El terreno donde se construyó la basílica pertenecía a la familia Ugarte, una de las más antiguas y tradicionales del sector.

–¿Ugarte? –reaccioné y lo apunté–: ¿Padre Horacio Ugarte? Imagino que no es solo un alcance de nombre…

–Imagina bien. Mis tatarabuelos. ¿Ha escuchado hablar de Antonino Ugarte?

–No.

–Lo imagino, no digamos que fue un gran personaje, pero tampoco alguien tan desconocido. Mi chozno –insistió– fue de esos secundarios que desde el anonimato hicieron su aporte a la historia de Chile. Buen amigo de Bernardo O'Higgins y de Ramón Freire, por contradictorio que pueda sonar, fue, además, un activo miembro de la Logia Lautarina de Santiago, fundada el 12 de marzo de 1817 por el propio O'Higgins y San Martín, y en la cual participaron personajes del Ejército de los

Andes, políticos y jóvenes criollos, como mi antepasado Antonino, quien después participaría de la masonería a través de su relación con Manuel Blanco Encalada, otro hermano lautarista.

–Estaba bien relacionado.

–Mucho.

–Igual que usted.

–Nada ocurre por casualidad; usted lo repite bastante en su libro –sentenció–. Como sea, en algún momento de 1818, O'Higgins pidió a Antonino permiso para usar su chacra sur, vale decir, esta propiedad, para un rito junto a sus compañeros fundadores de la Logia Lautarina.

–El rito de los cuatro puñales.

–Que en estricto rigor fueron cuatro espadas. –Sonrió.

–¿Antonino estuvo presente?

–No solo eso, Elías. Entregó estos terrenos para lo que O'Higgins y el resto de los «hermanos» dispusieran. Para disimular, levantaron una pequeña casa y una parroquia que fue conocida durante todo el siglo XIX como capilla Ugarte. Bajo este templo de adobe y madera, la logia construyó una serie de túneles y pasadizos que conectaban la superficie con una galería jesuita del siglo XVII, que como ambos sabemos y vimos, fue construida por la Compañía usando las estructuras de la antigua ciudad incaica existente desde tiempos prehispánicos: la Ciudad de los Césares.

No le contesté.

–Imaginará el resto de la historia.

–Lo que no entiendo es cómo llegamos a lo de esta basílica.

–Antes de morir, Antonino dejó estipulado en su testamento que los terrenos fueran entregados a la Iglesia para que esta levantara en el lugar un templo consagrado a la Virgen María. Por supuesto, insistió en que la nueva construcción debía mantener los túneles existentes bajo la capilla en absoluto secreto, y que estos fueran resguardados por sus descendientes directos. Así llegamos a mí. –Sonrió.

»Durante la segunda mitad del siglo XIX –prosiguió su relato–, este era un lugar despoblado, prácticamente campo, y, como tal, el arzobispado santiaguino no manifestó interés en la propuesta de Antonino, ni siquiera por el precio. –Hizo un guiño–. Hasta que en 1876 llegaron al país los misioneros redentoristas que se interesaron y aceptaron las condiciones impuestas por mi antepasado. Ese mismo año, la familia Ugarte cedió los terrenos y la congregación anunció la construcción de la basílica para el año 1880, lo que por falta de dinero tardó hasta 1906 y de ahí un año más, por los daños que la ciudad sufrió durante el terremoto de ese año. ¿Le pasa algo?

–Nada salvo lo sorprendente de la historia.

–Que en definitiva es solo una historia, porque me imagino que usted es de quienes necesita ver para creer. –Ni siquiera asentí–. Venga, vamos hacia las torres. La capilla Ugarte estaba construida donde hoy se levanta el pórtico de la basílica y, al contrario que este templo que mira hacia el norte, el original lo hacía en dirección oriente, hacia la salida del sol.

El padre Ugarte sacó el manojo de llaves de su bolsillo y abrió la puerta que llevaba al campanario occidental de la basílica. Escaleras de madera con varios descansos ascendían hacia las campanas ubicadas a más de cincuenta metros del suelo, todo sucio, roto y con telas de araña.

–Ya no hay campanas, tenemos un sistema de grabación que está instalado sobre el rosetón con altoparlantes hacia la calle. Como puede observar, subir sería un suicidio, al primer descanso nos vendríamos abajo, quizá con la torre entera. Pero usted sabe, no vamos hacia lo alto.

Apreté la vaina de la espada de O'Higgins.

Había otra puerta en la parte baja del campanario, cerrada solo por un postigo. Ugarte la abrió e ingresó. Me dijo que esperara un poco y luego encendió la luz. Una escalera bajaba en un túnel hasta unos cinco metros por debajo del templo.

–Agarre –me alcanzó una linterna de plástico barato–, más abajo la vamos a necesitar. La colgué del mango de la espada.

La primera galería avanzaba en dirección norte por unos quince metros, luego había una nueva escalera con dos niveles que descendía unos diez metros más abajo. A través de unos delgados ductos de ventilación no solo entraba aire, sino también el ruido del tráfico capitalino.

—Acá encima, Blanco Encalada se convierte en un túnel —me indicó.

—Cuando pavimentaron las calles o cuando se instaló el sistema de agua potable y alcantarillado en la zona, ¿nunca descubrieron este túnel? —pregunté.

—Ni este ni los otros. En todas partes del mundo la Iglesia sabe cuidar sus propiedades y su privacidad.

Avanzamos hasta una puerta de madera con cruceros de fierro, parecida a las del pucará de Maipú, pero con terminaciones a medio acabar y detalles muy descuidados. El cura buscó sus llaves y abrió la puerta. Pensé que nunca más volvería a sentir ese olor viejo, húmedo y ancestral de algo que se arrastraba desde hace siglos. Como entrar en las quijadas de una bestia prehistórica, a poco acceder al corredor, todo se hizo oscuridad. No se veía nada, solo se sentía la fetidez y la sensación de estar abriendo una puerta que quizás era mejor mantener cerrada.

Ugarte encendió su linterna.

—Haga lo mismo con la suya —me dijo—; de aquí en adelante sin «nuestras luces» no somos nada.

Encendí la lámpara de mano y seguí a mi anfitrión a través de una galería que volvía a descender varios metros más debajo de la superficie de la ciudad hasta llegar a una plaza similar a la existente bajo el Templo Votivo de Maipú, pero más pequeña. La explanada subterránea se abría hacia otros tres túneles secundarios, ligeramente más estrechos.

—Familiar, ¿no? —dijo el presbítero.

—Usted siempre supo todo.

—Es útil saber guardar secretos, uno aprende a disimular su sorpresa —recordé sus comentarios acerca de las terminaciones y detalles del pucará de Maipú.

–Entonces, he de suponer que, al contrario que mis ex socios, usted tiene claro hacia dónde seguimos.

–Y sin necesidad de un *drone* –me regresó. Luego, estirando su brazo derecho agregó: Por favor. –Dirigió el faro de la linterna en dirección a la galería del centro.

Mientras avanzábamos unos pocos metros, en los cuales espantamos un par de ratones, el cura me reveló que los otros túneles no llevaban a ninguna parte.

–Se adentran ocho o diez metros hasta llegar a una pared de ladrillos. No tengo idea el propósito pero no se me ocurre otro motivo que para distraer. O mejor dicho, demorar o despistar –me explicó.

–Capricho de su chozno y sus amigos.

El presbítero alzó su faro dejando que la luz rebotara en una puerta de metal con dos cruceros de fierro forjado que formaban una cruz de San Jorge sobre la hoja principal.

–Imagino que reconocerá la cerradura.

Me acerqué llevando la luz de mi linterna al ojo del candado. Me arrodillé y pasé mi mano por la boca de la llave. Era exactamente igual a la del pucará de Maipú, diseñada no para una clave convencional, sino para la punta del objeto que apretaba nervioso con mi mano derecha.

–El enigma de *La cuarta carabela* –pronunció el hombre de Dios–, el final de su novela.

Lo miré.

–Adelante –invitó el presbítero.

Dejé la linterna en el suelo y levanté la espada de Bernardo O'Higgins. Quité la vaina, la agarré firme con ambas manos y metí la punta de la hoja de acero en el ojo del candado. Luego giré a la derecha. Dentro, un mecanismo de fierros y palancas chirriaron al ser abiertos por primera vez en doscientos años.

Buenos Aires, noviembre 2009 - Santiago de Chile, febrero 2014